günter hack » freistaat

version 3.41 – the director's cut

> lokale zeit
> lokales system
> hardcopy sys
> upload to user brain
> start
> ok

günter hack

freistaat

ein utopischer heimatroman

MITTELBAYERISCHE DRUCK-UND VERLAGS-GESELLSCHAFT
REGENSBURG

Die Deutsche Bibliothek – CIP-Einheitsaufnahme
Hack, Günter:
Freistaat : ein utopischer Heimatroman /
Günter Hack. – Regensburg : Mittelbayerische Dr.- und Verl.-Ges., 1996
ISBN 3-927529-93-1

Günter Hack
Freistaat. Ein utopischer Heimatroman.

Herstellung: Druckzentrum der Mittelbayerischen Zeitung Regensburg
ISBN 3-927529-93-1

©

§

Alle in diesem Roman handelnden und erwähnten Figuren und Personen sind frei erfunden. Ähnlichkeiten mit lebenden oder bereits verstorbenen realen Personen sind nicht beabsichtigt und wären rein zufällig.

credits

Freistaat. Ein utopischer Heimatroman.
Geschichte, Satz, Fotos, Zeichnungen und Computergrafik von Günter Hack.
Portraitfotos auf Seite 5 und 331 von Christian Hack.
Fotolaboröse Unterstützung von Beate Schierlinger.
Tausend Dank an Sylvie Fisch und an das Beta-Testing-Team!

Gesetzt aus: *FF Scala (Bodytext)*
Fette DIN-Engschrift (Überschriften, Umschlag)
Frutiger (Fußnoten, diverse Textpassagen)
Shogun (Dekorativ)
Betty Alpha (Dekorativ) © 1996 by Günter Hack

abc

Günter Hack: Nicht nur Autor des vorliegenden Werks, sondern auch der Hörspielserie R'AUDIO, die 1993 und 1994 im Saarländischen Rundfunk ausgestrahlt wurde, sowie unzähliger Kurzgeschichten, Comics, Fotoserien, Internet-Sites und ähnlicher spaßiger Unternehmungen. Ihm mal offline zu begegnen ist schwierig – Realitäts-Level Eins wird von ihm grundsätzlich gemieden.

Für Nicky & Peter

lizenzvereinbarung

Werte Benutzerin, werter Benutzer,

Sie haben sich entschieden, eine analoge Hardcopy-Ausgabe unserer Datei „Freistaat" zu erwerben. Wir beglückwünschen Sie zu diesem Kauf und hoffen gleichzeitig, daß Sie mit diesem Produkt viel Freude haben werden.

Die Ursprungsdatei von „Freistaat" wurde in digitaler Form auf einem leistungsfähigen Bioprozessorsystem erstellt und anschließend analog als Hardcopy ausgelesen. Hochleistungs-Informationssysteme von National Hypertext sowie Stilfilter von MicroHemingway inc. brachten sie in ihre endgültige Form. Das Resultat bietet Ihnen einfachstes Handling auf der Basis jahrhundertealter menschlicher Informationstechnologie (Buch) kombiniert mit maximaler Verständlichkeit und stilistischer Finesse. Die analoge Hardcopy-Ausgabe von „Freistaat" ermöglicht es Ihnen, sie unendlich viele Stunden netzunabhängig zu benutzen. Gleichzeitig ist sie sehr leicht und das bei verhältnismäßig geringen Abmessungen. Das Hardcopy-Material von „Freistaat" ist problemlos vollständig wiederverwertbar. Es erhielt das nach den Gesetzen des Staates Californien vergebene Gütesiegel „Biodegradable level one" (höchste Stufe). Ein Produkt im Stil der neuen Zeit. Mit dem Öffnen des Buchdeckels haben Sie sich einverstanden erklärt, folgende Lizenzvereinbarungen anzuerkennen:

1. Nutzungsrecht: Der Käufer wird nicht zum Eigentümer von „Freistaat". Dem Käufer wird das nichtausschließliche Recht zur Nutzung dieser Kopie von „Freistaat" unter den in dieser Lizenzvereinbarung dargelegten Einschränkungen und Bedingungen gewährt. Diese Ausgabe von „Freistaat" darf immer nur von einer Person (dem Käufer) gleichzeitig gelesen werden. „Freistaat" darf nicht in einem Netzwerk oder über Kommunikationspakete von mehreren Nutzern gleichzeitig gelesen werden. Jeder einzelne Leser bedarf eines einzelnen Exemplars von „Freistaat". „Freistaat" darf nicht vermietet oder verliehen werden.

2. Kopierbeschränkungen: Der Käufer hat kein Recht, von „Freistaat" analoge oder digitale Kopien anzufertigen. Entsprechende Versuche werden mit Entzug der Leselizenz geahndet.

3. Einlesen von Hardcopy-Daten in lesereigenes Bioprozessorsystem (Gehirn): Durch den Lesevorgang wird der alphanumerische Code der „Freistaat"-Hardcopy in das spezifische interne Datenformat des jeweiligen Benutzergehirns umgewandelt. Die Verwendung von solchermaßen konvertierten „Freistaat"-Daten in benutzereigenen Träumen ist nur so weit gestattet, daß diese neu von ihm kreierten Datenkomplexe nur vom Benutzer intern verwendet, aber in keiner Weise wieder ausgelesen, gespeichert beziehungsweise analog oder digital weiterverarbeitet werden dürfen.

...und jetzt: Viel Vergnügen mit „Freistaat!"

Abensberg liegt an der Abens. Das ist ein kleiner Fluß, der so viel Nebel produziert, daß die Stadt regelmäßig darunter verschwindet. Strahlt ringsherum der Himmel blau – in Abensberg herrscht Nebel. Massive mittelalterliche Anlagen verschwinden hinter kalten, feuchten Schleiern. Große, schweigende Bürgerhäuser stehen dichtgedrängt im Stadtkern. Sie stützen sich gegenseitig, sie lehnen sich zurück in ihre jahrhundertealten Strukturen. Der Nebel schützt sie, der Nebel ist Kosmetik. Weichzeichnerhaft läßt er gnädig die Risse in den Fassaden der viel zu alten Häuser verschwinden. Die Risse an der Bank, an den Geschäften, am Rathaus. Sie mögen den Nebel, die alten Häuser. Der Nebel ist gut für sie. Die Stadt duckt sich unterm Nebel.

Draußen, vor der Stadt, steht ein massiver, in sich verschachtelter Block in der sumpfigen Ebene des Abenstals. Beton. Wellblech. Aus ihren Fassungen baumelnde, bonbonfarbig blinzelnde Neonröhren. Das Einkaufszentrum, der Antipode zur ruhigen, satten Innenstadt. Die Neonröhren zucken verzweifelt und grell gegen den Nebel an, aber sie kommen nicht durch. Das Einkaufszentrum versinkt im Nebel. Es versinkt in sich selbst.

Manchmal löst der Dunst sich auf. Dann kommen die Flugzeuge. Militärische Tiefflieger, spitze, laute, aggressive Formen, getragen von mächtigen Lärmwellen. Sie fliegen schnell und dicht über die Wüsten aus baugesparten Abensberger Eigenheimen hinweg, tauchen hinein in struppige, sandige Wälder und werfen nutzlos laute Bomben ins Gebüsch. Die Bewohner der Doppelhaushälften und Reihenhäuser protestieren dagegen. Nutzlos. Die Regierung will unbedingt, daß die Flugzeuge tief und laut über die Menschen hinwegfliegen. Ist ja schon gut, sagen die Bürger. Und ducken sich unter den Flugzeugen. Das ist die Stadt. So ist das Land. Hier lebe ich. Seit meiner Geburt. Beinahe ohne Unterbrechungen. Unter demselben Nebel, unter denselben Flugzeugen und unter derselben Regierung. Mein Name ist Frank. Ich bin Journalist. Ich mache hier mit meinem Kollegen Harald die Zeitung. Wir haben jeden Tag eine oder zwei Seiten zu füllen, in denen die Leute nochmal lesen können, was sie sowieso schon wissen. Die wirklich wichtigen Dinge, die stehen nicht auf unseren Seiten. Diese Dinge geschehen einfach, sie machen sich von selbst ab. Die Stadt funktioniert gut, unterm Nebel. Deshalb fragen wir auch nicht nach, Harald und ich. Wir haben ein schönes Büro, moderne Computer, die für uns die Arbeit machen, und wir fühlen uns gut. Unsere Jobs sind sicher. Ich habe eine Menge Zeit. Ich bin allein, ich verlasse die Stadt nie. Ich beobachte: Bäume, Tiere, Flugzeuge und den Nebel, wie er weiß und wattig durch die Straßen fließt. Ich beobachte die Leute dabei, wie sie sich bemühen, nichts zu verändern, und ich lerne von ihnen. Es könnte so weitergehen, für Jahrhunderte. Für immer. Nebel und Flugzeuge machen klein und zufrieden.

01

Sie fielen mir sofort auf, die zwei Japaner. Vielleicht, weil sie keinen Toyota fuhren. In meiner persönlichen Vorstellung von einer geordneten Welt fuhren Japaner keine hochbeinigen deutschen Geländewagen, sondern kleine, rote Toyotas. Ansonsten mochte ich die beiden Jungs sofort, weil sie genauso aussahen, wie ich mir immer Japaner vorgestellt hatte: klein und mit klobiger Brille vor den Schlitzaugen. Und mit grauen Anzügen, die unauffällig sein sollten, dem Beobachter aber gerade in diesem Neontrainingsanzug-Reservat hier besonders ins Auge fallen mußten. Die Japaner waren genau so, wie die ganze westliche Welt sie intensiv haßte. Eine Aura von Emsigkeit umgab sie, als sie ihre sperrigen Koffer ins Hotel Gurglbauer schleppten. Sie machten den Eindruck, als könnten sie es allein mit der ganzen IG Metall aufnehmen, und ihre Portokasse reichte garantiert für den Aufkauf von ganz Ostdeutschland. Die beiden interessierten mich. Was hatten die zwei hier zu suchen? Wie Sportler sahen sie nicht aus. Schon gar nicht wie Judokas, denn die örtliche Bundesliga-Judomannschaft wäre vielleicht der einzige Grund für einen Japaner gewesen, sich hier aufzuhalten. Außerdem pflegten japanische Judolehrer bestimmt keine Cray Junior Workstations im Reisegepäck mit sich zu führen. Das Ding war fast so groß wie ein Schrank, die Japaner aber waren nicht besonders kräftig und schafften es nicht, den Computer aus dem Geländewagen zu zerren. Eine Chance für mich:

„Excuse me. Can I help you?"

Die zwei Japaner waren überrascht, daß sie überhaupt jemand ansprach, noch dazu auf Englisch.

„Sie können ruhig Deutsch mit mir reden", keuchte der schmalere der beiden.

„Und helfen können Sie uns auch ruhig", grinste der andere und wischte sich mit dem Handrücken den Schweiß von der Stirn.

Mit vereinten Kräften wuchteten wir den Rechner aus dem Geländewagen und brachten ihn schließlich unbeschädigt in das Zimmer des einen Japaners.

„Der kommt vors Fenster", befahl der Schmale.

Vors Fenster?

„Dann sehen Sie ja gar nicht mehr raus", stellte ich blöde fest.

„Falsch", grinste der schwitzende Japaner, „man sieht nicht mehr rein!"

Wer sollte da nicht mehr reinsehen dürfen? CIA? Mossad? Der kasachische Geheimdienst? Der Nikolaus? Das Finanzamt? Eigenartig. Ich beschloß, sie auf die Schippe zu nehmen:

„Die UFOs werden Sie schon nicht belästigen", feixte ich, „Die Dinger bevorzugen einsame Hopfengärten vor der Stadt. Sie wollen die Konstruktion abkupfern und selber Bier brauen. Nach dem marsianischen Schleimheitsgebot. Harhar."

Anstatt mitzulachen, ließen die Japaner den Computer fallen.

Der schmalere Japaner hechtete zur Tür und knallte sie zu.

Der schwitzende Japaner schwitzte noch ein bißchen mehr und zog eine Pistole.

„Scheiße!“ sagte ich.

„Was wissen Sie von den UFOs?“ fragte der mit der Kanone. Er hielt da eine Keramikwaffe in den Händen, mit der er problemlos durch alle Flughafenkontrollen kam.

„Ich? UFOs? Hehe! Aber das war doch nur ein Scherz! Wissen Sie, ich bin Journalist hier und ich warte schon seit hundert Jahren darauf, daß endlich UFOs auftauchen! Hier ist es so stinklangweilig, unser spannendstes Thema ist momentan, ob der schon seit zwanzig Jahren geplante Radweg ins Nachbardorf endlich gebaut wird!“

Der Japaner mit der Waffe guckte noch ein bißchen schlitzäugiger.

„Aha. Journalist!“

Er machte „klick“ mit der Waffe. Ein eher beunruhigendes „klick“, wie in ‚Miami Vice‘.

Mein Hirn rotierte. Wie konnte ich den Spinnern nur meine Glaubwürdigkeit vor Augen führen? Da half nur ein Ausflug in politische Logik/Rethorik. Ich argumentierte wie ein BPD-Pazifist bei der Befürwortung von exterritorialen Kampfeinsätzen:

„Hä- hätte ich Ihnen denn gesagt, daß ich ein Journalist bin, wenn ich Sie hätte bespitzeln wollen? Gerade wir Journalisten können verdammt gut die Klappe halten!“

Der Japaner an der Tür sagte etwas auf Japanisch zu dem Japaner mit der Waffe. Ich konnte zwar kein Japanisch, aber die Gestik des Burschen sprach Bände: „Der Kerl ist viel zu blöde, um ein Spion zu sein. Lassen wir ihn laufen!“ Der schießwütige Japs bellte etwas zurück, was sich verdächtig nach: „Wir können ihn nicht laufen lassen, er weiß schon zuviel!“ anhörte.

Ich beschloß, ihm eine Brücke zu bauen:

„Vielleicht könnte ich Ihnen helfen?“ schlug ich vor.

Den Zusatz: „Ihr zwei leeren Luftballons hättet ohne mich ja nicht mal den Computer hier hochgekriegt“ verkniff ich mir angesichts der Kanone vor meinem Gesicht und klopfte stattdessen bedeutungsvoll mit der flachen Hand gegen das dunkelblaue Gehäuse der Maschine.

Der schmächtige Japaner kapierte als erster.

„Willkommen in unserem Forschungsteam!“ grinste er. „Mein Name ist Yoshi.“

Der andere ließ die Waffe verschwinden und grinste ebenfalls:

„Und ich heiße Hiroshi.“

Yoshi und Hiroshi. Verblüffend passende Namen für zwei japanische UFO-Forscher. Das roch alles stark nach Nintendo. Super-Mario-Brothers. Godzilla-Gang. Space-Manga. Willkommen in der herrlich schwerelosen Welt des Wahnsinns!

02

Warm war die Nacht. Wir saßen draußen, ungefähr 200 Meter vom Geländewagen entfernt, den Hiroshi am Waldrand geparkt hatte. Die Ölraffinerie Neustadt leuchtete wie eine gerade untergehende Baby-Sonne, die der großen, dicken Mama Sonne über den Horizont hatte folgen wollen, schließlich aber tolpatschig knapp über dem Rand der Erde hängengeblieben war. Die Atmosphäre schien hinreichend dreckig, die schmierigen Neonröhren der Raffinerie strahlten ihr Licht in verdächtig regenbogenfarbigen Aureolen ab.

Der Hopfengarten rauschte leise.

„Haben sie früher die Leute daran aufgehängt?" wollte Yoshi wissen. Er hatte ein Fernglas mit Restlichtverstärker. Er sah anders als ich. Er hatte Angst vor der Nacht. Nachts nahm er das Glas oft nicht von den Augen. Er hatte es sonnenbrillenähnlich mit Gummibändern vor seinem Gesicht angebracht.

„Häh?" machte ich.

„Im Mittelalter. Haben die Leute hier nicht ihre Verbrecher an diesen überaus praktischen Pfählen aufgehängt?"

„In den Hopfengärten?" Ich mußte lachen. Yoshi hatte den praktischen Killer-Verstand einer blutrünstigen Samurai-Hausfrau.

„Ja!" bestand Yoshi auf seiner perversen Idee.

„Schau lieber, wo die UFOs bleiben, Partner!" Hiroshi war ungeduldig. Er wollte zurück nach Japan. Dort lief gerade in einem örtlichen TV-Kanal täglich seine Lieblings-Sitcom. Er haßte es, auch nur eine einzige Folge zu verpassen.

Der Himmel zeigte sich heute bemerkenswert unkooperativ. Einige Wolken, einige bedeutungslose Sterne, dumme Flugzeuge, das war alles. Und die still vor sich hinverseuchende Raffinerie. Sie produzierte sogar Lichtmüll. Denkbar schlechte Voraussetzungen für UFO-Sucher.

Dies war die vierte Nacht, in der wir gemeinsam an dieser Stelle auf Lauer lagen. Warum ausgerechnet hier? Nun, Yoshi und Hiroshi hatten mich gefragt, wenn ich ein Abensberger UFO wäre, wo ich dann landen würde. Und ich hatte geantwortet, daß ich, wenn ich ein UFO wäre, die Nähe eines Hopfengartens suchen würde. Ganz instinktiv. Sofort glaubte ich auch an diese meine eigene Idee, die so killerwalhaft aus den Untiefen meines Hirns aufgetaucht war, als wäre es ein außerirdischer Gedanke.

Ich war sehr müde. Ich mußte, im Gegensatz zu Yoshi und Hiroshi, tagsüber in der Redaktion arbeiten und Veranstaltungshinweise vom Kaninchenzüchterverein entgegennehmen. Yoshi und Hiroshi schliefen tagsüber wie die Murmeltiere, denn jeder von ihnen hatte seine eigene Isolation Cell dabei, eine Art Kokon, der alles an Licht und Lärm von draußen abschirmte und einem zu perfektem Schlaf verhalf. Mein stinknormales Bett hingegen war höchstens vier Stunden pro Nacht belegt. Minimum. Allmählich kapierte ich gar nicht mehr, warum diese Japaner so scharf auf UFOs waren. Die waren ja selber welche.

„Warum sollen die UFOs eigentlich ausgerechnet hier in Abensberg landen?“ fragte ich Yoshi.

„Wundert mich, daß du das erst jetzt fragst“, antwortete er, ohne das Fernglas abzuschalten.

„Ein chinesischer Satellit hat vor drei Monaten hier eine eigenartige psychische Aktivität festgestellt, die für die Erde, äh, sagen wir mal: ungewöhnlich. Ja. Ungewöhnlich ist. Das wollten wir wissen. Sie müssen wissen, daß wir Japaner sehr UFO-verliebt sind“, erklärte Hiroshi. Und Yoshi fügte hinzu:

„Wenn überhaupt ein Volk ein Recht darauf hat, mit den UFOs als erstes Kontakt aufzunehmen, dann sind es wir Japaner. Als technisch am weitesten fortgeschrittenes Volk der Erde.“

Er sagte das ernst und ganz ohne Angeberei und frei von jedwedem hochnäsigen Unterton. Er hatte ein Recht darauf, die UFOs zu sehen. Wir waren Bauern. Wir schliefen in ganz normalen Betten und ließen uns von Mücken pieksen. Yoshi dagegen konnte in der Nacht sehen. Nicht etwa so wie die paramilitärischen Spinner von den hiesigen Wehrsportgruppen mit ihren primitiven Geräten, die sie vor Jahrzehnten auf Flohmärkten der Roten Armee abgedealt hatten, sondern absolut echt. Dreidimensional. Stereoblick. Farbecht. Wenn er wollte, dann konnte er sogar Schäfchenwolken über den digitalen Himmel ziehen lassen. Nur UFOs nicht. Die mußten von selber kommen. Yoshi und Hiroshi waren ganz klar auf der Suche nach dem nondigitalen Hyperkick, den ihnen ihre Sonywelt nicht bieten konnte und sie waren hier, stellvertretend für ihr ganzes Volk von Techno-Insulanern. Aber der Himmel über Abensberg blieb still.

„Fuckit“, sagte ich und stand auf. „Ich hau' ab. Zuwenig Schlaf.“

Yoshi guckte mich groß und restlichtverstärkt an. Space! Ich konnte bis zu seinem Hirn durchsehen.

„Du wirst doch nicht aufgeben wollen?“

„Shit. Na logo. Keine UFOs heute. Ich spür' sowas.“

Den letzten Satz liebten die Jungs natürlich.

„Was? Du kannst sie spüren?“ Hiroshi packte mich am Arm. „Wie spürst du sie? Mental? Körperlich?“

„In den Eiern spür' ich sie, die Dinger! Heute kommt keins. Hundertprozentig!“

Die Übermüdung machte mich hitlermäßig fies und größenwahnsinnig zugleich. Ich schüttelte Hiroshi ab, latschte zum Geländewagen.

Da kam es auf uns herab.

Es zischte knapp über die Baumwipfel hinweg.

Ich konnte nichts sehen, aber fühlen konnte ich es und hören. Gewaltige, sanft rauschende Luftverdrängung, schwer und elegant.

Yoshi verlor seine Restlichtverstärker.

Er schrie panisch. Licht! Licht! Er wollte sehen.

Mir genügte das Fühlen. Das Ding war wie Wind: lautlos, massiv. Es funkte kleine, präzise Stroboskopblitze in die tote Hallertau. Mondlandschaft. Schon hing es über Biburg, über den angestrahlten Doppelkirchtürmen des Klosters. Könnte ich es doch sehen! Aber es verschwand. Still. Ganz selbstverständlich floß es mit den Strömungen der Nacht.

Als das UFO außer Sichtweite war, hatte sich das Verhältnis zwischen mir, Yoshi und Hiroshi grundlegend verändert. Wir waren keine Japaner, keine Deutschen mehr, wir waren jetzt Erdbewohner. Die allerersten Erdbewohner überhaupt. Das Ding, das eben über unsere Köpfe hinweg war, ließ die gewaltigen kulturellen und physiognomischen Unterschiede zwischen uns verschwindend klein werden.

„Oh Gott!“ kreischte Yoshi. „Ein UFO!“ Er lachte irre: „Hahahaaaa!“ Und dann redete er nur noch in seiner Muttersprache. Er lobte seine Götter für die letzten zwanzig Sekunden und fiel mit den Knien in den Dreck der Hallertau.

„Moment mal“, unterbrach ich den Freudentaumel meiner Erdenbrüder. „Es besteht die Möglichkeit, daß das Teil da eben eine ganz banale Militärmaschine war. AWACS, Transall oder sowas. Bundeswehr. NATO. Amis. Oder so. Kapiert? Wir schreiben uns jetzt die Zeit auf und fragen morgen am Militärflughafen Manching nach, ob heute Nacht hier was unterwegs war.“

Schlagartig verstummten meine Brüder. Die Idee, daß unser UFO nichts weiter gewesen sein könnte als ein gähnend gelangweilter Bundeswehrler, der sich und seinen dicken Transporter lediglich auf irgendeine mehr oder weniger humanitäre Mission an einem der vielen Ärsche der Welt vorbereitete, schien ihnen zu mißfallen.

Mir auch.

Eigenartig. Für ganz kurze Zeit hatte ich die vollständige Kontrolle über unser Grüppchen innegehabt, die Verhältnisse für eine oder zwei Minuten umgekehrt. Die anderen hatten mir zugehört und meinem Vorschlag schließlich zugestimmt. Nun zog ich mich freiwillig aus meiner Position zurück. Ein souveräner Akt. Die anderen durften nun interpretieren, was er zu bedeuten hatte. Jedenfalls war ich nun vom heimischen Neger zum gleichberechtigten UFO-Jäger aufgestiegen. Indem ich mich japanischer verhalten hatte als die Japaner selbst. Kontrolle. Ergebnisse überprüfen. Logik. Ich stieg in den Geländewagen und fuhr an. Die Nacht hatte ihr UFO gehabt.

03

Am nächsten Morgen entschuldigte ich mich in der Redaktion. Jemand anderes würde die Berichterstattung zum Parteitag der lokalen BPD-Clique übernehmen müssen. Ich hatte die ganze Nacht keine Sekunde geschlafen. Ob UFOs wohl Koffein abstrahlten? Interessante Theorie. Yoshi und Hiroshi verpennten den Tag in ihren Isolationstanks. Die Sonne schien, es war angenehm warm, rundherum wurde es Herbst. Farbenfroh starb die Natur, die Bäume knallten bunt in den garantiert völlig verseuchten blauen Himmel hinein. Wunderbar.

Anstatt in Manching anzurufen, verkroch ich mich im Schloßgarten. Hier saß ich oft und gern, meistens allein. Ich blickte auf die klaustrophobischwürfelige Altstadt. Die Dächer waren mit Satellitenantennen übersät, hier und da glitzerte eine kleine Solarzellen-Batterie vor sich hin. Über die Antennen hatte ich noch nie nachgedacht. Es gab kleine, große, weiße, schwarze. Ein Technotop für sich. Ein Mikrochipkosmos.

Ich legte mich auf eine Bank – routiniert wie ich war, hatte ich mir eine bequeme Iso-Matte zum Unterlegen mitgebracht – und schlummerte weg. Im Wegschlummern, als der Schlaf schon träge und zähflüssig in mein Gehirn sickerte, da stellte ich mir das Leben auf den Dächern der Abensberger Altstadt vor. Die alten, vergammelten Dachböden, so dämmerte es dräsig in mir herauf, waren von haarigen, belederhosten, etwa dreißig Zentimeter großen Geschöpfen bewohnt, die im Grunde genommen nachtaktiv waren und die sich tagsüber toll als verstaubte, alte Reiseschreibmaschinen oder ausgebaute Kloschüsseln oder als versiffte, mit undefinierbarem Müll gefüllte ALDI-Plastiktüten tarnen konnten. Also als Dinge, die kein Mensch jemals freiwillig anfassen würde. Die haarigen Gnome ernährten sich fast ausschließlich von Tauben. Von gebratenen Tauben. Sie züchteten die Vögel in rauhen Mengen und natürlich freuten sich die Dachzwerge, wenn ihre Tauben uns auf die frisch gewaschenen Autos kackten, ja sie richteten sie sogar darauf ab.

Damit wären die kulturellen Aktivitäten dieser Kerle vollständig erwähnt. Ganz klar, daß sie gerne Bier tranken – meistens viel zu viel – und daraufhin in mondhellen Nächten völlig besoffen über die Dächer torkelten. Tagsüber schliefen sie dann im Zustand perfekter Tarnung ihren Rausch aus, des Nachts trampelten sie auf den Dächern 'rum, demolierten Dachziegel, rülpsten kleine, häßliche Rülpser und hatten bei Neumond – wenn keiner sie sah – hektischen, einfallslosen Sex mit ihren Weibchen.

Die Soziologie der Dachbewohner war nicht besonders komplex. Es gab nur zwei Gruppen: die Hans-Joachims, die den südöstlichen Teil der Altstadt bewohnten, und die Kriminellen Blubbs, die auf den Dächern im Nordwesten hausten. Selbstverständlich waren die beiden Gruppen miteinander verfeindet, aber erst seit wenigen Jahrzehnten. In den frühen sechziger Jahren nämlich hatte sich eines Tages ein Dachgnom so perfekt als Telefunken-Kofferradio getarnt, daß er tatsächlich funktionierte. Stundenlang hatte also ein Abensberger Dachboden mit den allerheißesten News von der Kuba-Krise gedröhnt und alle Dachgnomen hatten höchst interessiert zugehört. Krieg, das kannten sie nämlich noch nicht, das fehlte in ihrem Repertoire des niederträchtigen Zeitvertreibs. Da man zum Kriegführen immer wenigstens zwei Gruppen brauchte, beschlossen die Gnome, sich in die vorher genannten Völkchen aufzuteilen. Die einen benannten sich nach dem Nachrichtensprecher, die anderen nach einer üblen Alien-Fraktion aus einem damaligen Science-Fiction-Hörspiel.

Es folgte ein Erblühen der Dachkultur. Man biß sich gegenseitig in die Waden, klaute sich die Weibchen weg (die zuerst mal gar nicht so sauer über die Abwechslung waren, bis sie feststellen mußten, daß die neuen Macker genauso mies waren wie die alten) und man versuchte sogar, Kampfratten abzurichten, was allerdings daran scheiterte, daß die Nagetiere über eine höhere Intelligenz verfügten als die Gnomen selbst.

Die Installation der Satellitenschüsseln in den letzten Jahrzehnten war den gelangweilten Dachgnomen gerade recht gekommen. Die Dinger ließen sich leicht abmontieren und bei kriegerischen Auseinandersetzungen als Dachziegel-Abwehrschild sowie in Friedenszeiten als Bierbehälter nutzen. Anders als die Solaranlagen: Diese wurden regelmäßig von den Dachbewohnern aus reiner Abneigung gegenüber nützlichen und schönen Dingen auf die eine oder andere Weise beschädigt oder verschmutzt. Gleichzeitig wunderten sich die braven Besitzer der Solarzellen arglos über ihre miserable Energieausbeute.

Die Dachgnomen gibt es nur in Abensberg und auch dort nur in der Altstadt, denn sie haben es bisher kategorisch abgelehnt, die Neubaugebiete zu besetzen, weil ihre Vorfahren das auch nie nötig gehabt hatten. Und das ist auch gut so, denn falls die Dachgnomen sich ausbreiten sollten – sie würden aufgrund ihrer noch ausgeprägteren Blödheit, Streitsucht und Brutalität sofort den Menschen als Beherrscher der Welt in Rente schicken und mit dem allergrößten Vergnügen den Planeten endgültig fertigmachen.

Hmm. Solche Typen konnte ich nicht einmal in meinen Träumen am Leben lassen. Ich mußte sie wegdenken, psycho-ausrotten. Sollte ich die tapferen Abensberger mit Heugabeln auf die Dächer steigen und sie die haarigen Gesellen verschaschliken lassen?

Zu unglaubwürdig!

Ah!

Eine Idee! Mein Hirn erzählte weiter:

Das Ende der Dachgnomen schließlich war genauso ruhmlos wie ihre sonstige Existenz. Mit der Zeit nämlich kamen sie nicht mehr drum herum, sie mußten sich alle als Artikel mit dem Grünen Punkt drauf tarnen. Dieser Trend wurde noch dadurch beschleunigt, daß die Dachgnomen-Weibchen es zu der Zeit tierisch hip fanden, sich mit dem Grünen Punkt zu schmücken, denn das gab tierischen Schrott-Appeal bei den Männchen. Die Weibchen also wanderten nach und nach in den Gelben Sack und damit in weit entfernte polnische Müllverbrennungsanlagen und die Männchen, nun ihrer liebsten Freizeitbeschäftigung, der gegenseitigen Frauenschändung, beraubt, begingen kollektiven Suizid, indem sie sich gegenseitig als Chinchillas an die nächste Pelztierfarm auslieferten. Tragisch, tragisch, tragisch.

Ich hing gerade hängemattig in meinen Träumen, da schien plötzlich etwas sanft an mein Bewußtsein anzuklopfen. „Hallo!“ sagte der Klopfer, und simultan dazu entstand absurderweise das Bild eines alten, bärtigen Mannes, der eine Coladose in seiner Hand trug, in meinem Kopf. Der alte Mann wollte mich willkommen heißen, und ich wollte ihn fragen, wo. Er sagte: „In Abensberg“, und ich antwortete, daß ich da doch schon längst wäre, und daraufhin schüttelte er langsam den Kopf und sagte: „Noch nicht. Aber du könntest hier sein, wenn du willst. Dazugehören.“

Da stupste mich jemand am Arm.

Der alte Mann verschwand aus meinem Kopf, wie weggeblasener Wüstensand.

Ich blinzelte in die Sonne.

Die Stupserin stand neben mir und lachte. Ich kannte sie nicht. Ein frisches, ovales Gesicht. Hübsche, etwas zu lange Nase. Dunkle, schnelle, spöttische Augen, kurze, dichte, schwarze Haare. Feine, harte Fältchen um die

Mundwinkel. Elegante, schlichte Kleidung. Das Beste aber waren die Lippen. Nicht zu schmal, nicht zu voll, sondern einfach perfekt. Einfach per-fekt.

„Hallo!“ sagte die schönste Frau der Welt. „Rutschste mal ein bißchen?“

04

Mein Gehirn spuckte sofort ungefähr 3,5 Millionen kitschiger Metaphern für die aufregenderen ihrer Körperteile aus. Sex. Ein interessantes Thema. Aber, kein Zweifel, UFOs waren wesentlich interessanter als Sex. Speziell UFOs, die bei Nacht absolut schwerelos über Hopfengärten hinwegrauschten, waren besser als jeder Sex auf Erden.

Aber Sex war auch nicht schlecht. Guter Sex war hier in der Gegend schwer zu kriegen.

„Warum“, fragte ich die Frau, die sich vor einigen Sekunden neben mich auf die Schloßgartenbank gesetzt hatte, „haben Sie sich nicht auf eine der anderen Bänke gesetzt?“

Die Frau schlug die Beine übereinander. Kokett, wie in einem 50er-Jahre-Film. Sie machte sich's demonstrativ bequem.

„Mir gefällt's hier!“

„Ah oui? Mir auch.“

Die Sonne schien, hinter uns röchelte ein bronchitischer Igel im Dickicht.

Es war so romantisch.

„Warum sind Sie hier?“

Tiefes Durchatmen. Sie lehnte sich zurück, schloß die Augen.

„Ich genieße die Ruhe. Geradezu elementar, die Ruhe hier.“

Ich nickte.

„Hmmmmrichtig. Man kann sie fast greifen.“

„Wie heißen Sie?“

„Keine Ahnung. Hab's vergessen. Und Sie?“

Die Frau wollte das nicht schlucken:

„So 'n Unsinn! Sie werden doch Ihren eigenen Namen wissen!“

„Ich brauche ihn so gut wie nie. Niemand fragt mich je danach. Ich frage die anderen Leute nach ihrem Namen. Das ist mein Beruf.“

Sie legte den Kopf schief.

„Sie sind Journalist?“

Journalist. Das hörte sich gut an, so wie sie das sagte. Das klang nach Egon Erwin Kisch und Pulitzer-Preis. Prima. Ich war Journalist. Das war mir vorher noch gar nicht aufgefallen. Nie.

„Ich bin Journalist. Mhm. Ja.“

„Lustig. Ich heiße Laura. Laura Bergen.“

„Was sind Sie, Laura?“

„Keine Journalistin.“

„Was dann?“

„Nichts. Rein gar nichts. Ich lebe.“

„Sagen Sie Frank zu mir.“

Eine Dose Cola kam elegant über die uns gegenüberliegende Schloßmauer geschwebt.

Zielstrebig flog sie auf den Stadtkern zu. Knapp über meinen Kopf hinweg. Kein eigentliches Fluggeräusch, nur ein sanftes Zischen. Ich ignorierte die Dose und wandte mich wieder meiner wesentlich interessanteren Gesprächspartnerin zu. Die aber hatte die fliegende Dose bemerkt.

„Pizza-Service?“ fragte sie.

„Psycho-Teletransport“, vermutete ich.

„Schade. Ich würd' was geben für so 'nen Pizza-Service!“

Mein Gehirn hatte die Möglichkeit ausgeblendet, daß die Dose keine Illusion gewesen sein könnte. Ich war von ihrer Nicht-Existenz völlig überzeugt.

Laura aber nicht.

„War das eben eine Dose?“ wollte sie wissen.

„Eine Dose?“

„Welche Farbe hatte die Dose?“

„Rot. Die Dose war. *Rot*. Und sie flog. Von Südsüdost nach Nordnordwest.“

Laura stieg auf die Bank und versuchte, die fliegende Dose auszumachen.

„Da!“ hauchte sie. „Am Kirchturm!“

Ich atmete langsam ein. Massierte mir die Schläfen. Mein schwacher Kreislauf produzierte einen leichten Greyout. Verdammt! Der Traum von vorhin! Die Coladose des alten Mannes! Ich wußte es! Der alte Mann, der mich nach Abensberg einladen wollte, hatte genau diese Dose in der Hand gehalten!

Die Dose umkreiste den Kirchturm. Den großen, gelben Kirchturm. Sie befand sich im Orbit um den Kirchturm. Wie die Satelliten in diesen NASA-Simulationen die fernen Planeten umzirkelten.

„Coca-Cola!“

„Nix wie hin!“

Sie startete, ganz voller Energie. Wir rannten zum Schloßgarten hinaus, die Treppe runter und hinauf zur Pfarrkirche. Verwunderte Bürger blickten uns nach. Sie kannten mich alle. Sie meinten wohl, ich wäre unterwegs zu einer heißen Story: „Klospülung im Rathaus verstopft. Bürgermeister klemmt fest!“

Der Platz vor der Pfarrkirche war zwar voll mit Autos, aber Menschen waren keine zu sehen. Nur Laura und ich. Und die Dose. Tatsächlich. Sie bog um die Ecke. Sie warf sogar einen Schatten. Sie kontrastierte prima mit dem Gelb des Kirchturms. Und mit dem Blau des Himmels. So sonnenbeschienen. So poppig. So *warhol*!

Real?
„Checkup: Was siehst du?"
„Ich sehe eine Cocacoladose, die den Kirchturm im Uhrzeigersinn umkreist und sich dabei leicht um die eigene Achse dreht."
„Die Farbe?"
„Rot. Definitiv rot."
Laura raufte sich die Haare. Die Sache schien sie schwer anzugreifen. Aus welchem Grunde auch immer.
„Stimmt! Ich sehe dasselbe." Ihr Blick wurde fiebrig.
Eine alte Oma bog langsam um die Ecke. Ihr Ziel: die Kirche.
Laura lief auf sie zu, packte die Oma am Arm und zeigte auf den Turm und auf die Dose.
„Entschuldigen Sie, Madame! Wenn Sie dort auf den Kirchturm sehen, was sehen Sie da?"
Die Oma blieb cool.
„Ich sehe den Kirchturm. Wie immer."
„Und. Äh. Nichts *Ungewöhnliches*?"
„Nichts. Außer Ihnen, Fräulein."
Die Oma machte sich souverän frei und stolperte weiter übers Kopfsteinpflaster auf die Kirche zu.
Die Dose löste sich aus ihrer Umlaufbahn und flog wieder zurück, auf das Schloß zu. Ich wollte ihr hinterherlaufen.
„Halt!"
Laura hielt mich fest. Sie atmete schwer.
„Warte."
„Hm?"
„Die alte Frau hat gesagt, daß sie nichts sieht. Keine Dose. Wir müssen uns überprüfen lassen."
Äh. Moment.
„Wir müssen in Betracht ziehen, daß die alte Frau. Äh. Hm. *kurzsichtig* ist und gerade mal eben den Kirchturm gesehen hat. Wenn überhaupt. Sie weiß ja, daß der Kirchturm dort ist. Und dort hat sich in den letzten fünfhundert Jahren nichts entscheidend verändert. Wir können davon ausgehen, daß sie die Dose gar nicht sehen konnte. Oder nicht sehen wollte. Genau. Oder so."
Laura dachte da anders.
„Wir müssen uns untersuchen lassen!"
„Unsinn."
„Überhaupt kein Unsinn. Wir müssen uns sicher sein!"
„Bah. Ich bin mir sicher."
„Ich meine sicher im wissenschaftlichen Sinne. Empirisch überprüft. Von einem anerkannten Experten."
Laura war eine Frau.
Und ich nur ein Mann.
Wir machten uns auf zum Arzt.

05

Dr. Gerharts Wartezimmer: eine Mischung aus Kindergarten und Ikea mit vielen, vielen bunten Zeitschriften. Ein hyperaktives, triefnasiges Kind bombardierte die Wartenden mit bunten Bauklötzen und kreischte entzückt, wenn es traf. Abgebrühte Mütter blätterten stoisch ruhig in den zerlesenen Modezeitschriften und beneideten stinkreiche (und vor allem ledige) Supermodels. Laura befand sich kurz vorm persönlichen Super-GAU. Sie hockte da, die Knie zusammengepreßt, sagte kein Wort. Sie wußte nicht wohin mit ihren Händen, sie strich sich durchs Haar, zupfte an ihrer Kleidung 'rum, sie blätterte sich durch endlose Fotowüsten und langweilige Artikel. Bei alledem war sie weit, weit weg.

Ich blickte auf die Uhr. Yoshi und Hiroshi krochen jetzt wohl gerade aus ihren Schlaftanks, rieben sich die Schlitzaugen und stellten anschließend eine schicke Bildtelefonverbindung nach Japan her. Sie brauchten präzise Instruktionen, was als nächstes zu tun war. Ich konnte mir das Gespräch ziemlich plastisch vorstellen:

	(biiip. connected.)
Yoshi:	(verbeugt sich leicht) Guten Abend, Herr Abteilungsleiter Sumokawa!
Hiroshi:	(verbeugt sich ebenfalls) Guten Abend, Herr Abteilungsleiter Sumokawa!
Sumokawa:	(kalt) Ergebnisse?
Yoshi:	(stolz) UFOs, Abteilungsleiter! Ein Eingeborener hat uns zu der Stelle geführt, wo sie 'runterkommen!
Hiroshi:	(noch stolzer) Es war überaus beeindruckend!
Sumokawa:	(grunzt zufrieden/anerkennend) Gut. Überspielen Sie mir sofort die Aufnahmen.
Yoshi:	(äh. hm. tja.) Wir haben leider keine Aufnahmen, Abteilungsleiter.
Hiroshi:	(eilig) Es ging viel zu schnell vorbei!
Sumokawa:	(freundlich wie Don Corleone) Sie wollen doch nach Japan zurück, oder? Besorgen Sie die Aufnahmen. Der Aufsichtsrat ist sehr an dieser Sache interessiert.
	(over & out)

Yoshi und Hiroshi würden betreten auf das regenbogenfarbig ausglimmende Bildtelefon gucken und anfangen, sich Sorgen zu machen. Es war bei den Japanern seit neuestem durchaus üblich, sogenannte Fernentlassungen durchzuführen. Fernentlassene Japaner brauchten sich in ihrer Heimat nicht mehr blicken zu lassen. Sie waren entehrt und würden bei keinem der allmächtigen Multis mehr einen Job kriegen. Blieben sie jedoch in Deutschland, so würden sie früher oder später von einer der umherziehenden Nazi-Banden zum Spaß gelyncht werden, denn das Fascho-Gedächtnis war kurz und reichte nicht mehr bis zur Achse Berlin-Tokio zurück.

Als nächstes würden Yoshi und Hiroshi versuchen, mich zu erreichen. Redaktion: negativ. Wohnung: negativ.

Yoshi und Hiroshi würden allmählich nervös werden.

„Sie beide können jetzt zu Dr. Gerhart!“ Die Sprechstundenhilfe holte mich ins Jetzt zurück, und wir standen auf. Stumm ließ sich Laura von mir ins Sprechzimmer leiten. Ich hätte sie gerne getröstet, aber ich traute mich nicht, sie anzufassen. Sie konnte explodieren – oder sowas. Kein Grund zur Panik. Dr. Gerhart würde das schon hinkriegen. Er war ein alter Kumpel von mir. Intern nannten wir ihn ‚Dr. Sunshine‘. Er war permanent verschnupft, bebrillt und einfach nett. Er würde selbst die Pest persönlich überaus freundlich in seine Praxis hereinbitten, fragen, wie's denn so ginge und dann mal nachsehen, wo der Schuh drückt. Anschließend würde er die Pest von sich selbst kurieren, sie würde sich („Plopp!“) in Luft auflösen und Dr. Gerhart würde sich nachdenklich grinsend am Bart kraulen und „also sowas!?!“ sagen. Dr. Sunshine war, obwohl er sich die Praxis mit seinem etwas ruhigeren Kollegen Dr. Heinzl teilte, überarbeitet, wußte aber immer Bescheid und kümmerte sich, nach guter alter Landarzt-Manier, persönlich um absolut alles.

„Halloooo!“ Schon düste er herein, mit seinem knallweißen Flatterkittel sah er aus wie ein magerer Batman, der dem Weißen Riesen in die Quere gekommen war. Dynamisch schüttelte er uns beiden die Hände, setzte sich in seinen quietschenden Designer-Doktorensessel von 1989.

„Der Herr Reporter! Wie geht's denn so?“

„Mir geht's prima, Doc. Meine Bekannte hier hat ein, ähm, Problem!“

Laura ließ sich von Dr. Sunshines Fröhlichkeit leider nicht anstecken: „Red keinen Müll, Mann! Du hast die Dose doch selber gesehen!“

Dr. Gerhart legte den Kopf schief, kraulte sich interessiert grinsend am Bart und sagte: „Also sowas!?!“

Ich glaubte, dem Doc die Geschichte erzählen zu können.

„Vor zwei Stunden saßen wir beide arglos im Schloßgarten, da flog eine Dose über uns hinweg.“

Dr. Gerhart schüttelte den Kopf. „Diese Lauser, tsts!“

„Das waren keine Lauser! Die Dose flog wirklich. Aus eigener Kraft! Und sie umkreiste den Kirchturm! Absolut schwerelos!“

Dr. Gerhart begann, sich für die Sache zu interessieren. „Und Sie meinen jetzt, irre zu sein?“ wollte er wissen und rückte sich die Brille auf der Nase gerade. Laura stieß lautlos die Luft aus den Lungen und nickte.

„Sie hat nämlich eine alte Frau gefragt, ob sie die Dose auch sehen würde, was diese verneinte“, erklärte ich. Mir selbst machte das Ganze überhaupt nichts aus. Mein Lokalreportergeist verdaute jedwede Erscheinungsform von Irrsinn, ohne mit dem Kleinhirn zu zucken.

„Na kommen Sie! Jeder hat doch mal eine kleine Halluzination! Kein Grund, sich Gedanken zu machen", beruhigte der Doc väterlich.

„Es ist aber nicht nur das", rückte Laura 'raus.

„So?" machte ich neugierig.

„Ich weiß jetzt nicht mal, wo ich hier hingehen kann. Hab' keine Lust, im Krankenhaus zu landen."

„Du hast noch nicht einmal ein Zimmer?" fragte ich.

Laura sah mich an und schüttelte den Kopf. „Nein."

„Dann komm mit! Ich weiß schon was!" Ich zerrte sie so schnell hinaus, daß Dr. Sunshine nicht einmal dazu kam, die Krankenkarte zu verlangen.

„Tschüß!" rief er uns noch hinterher. Seine Sprechstundenhilfen guckten verdattert.

„Was sollte das? Jetzt weiß ich immer noch nicht, ob ich irre bin oder nicht!"

Wir fuhren mit Lauras Auto, einem uralten Fiesta, der aussah, als wäre Mad Max persönlich der Vorbesitzer gewesen.

„Erstens: du weißt genau, daß du nicht irre bist, denn wenn du's wärst, dann würdest du's gar nicht merken. Zweitens: hier gehen seltsame Dinge vor sich."

„Jaha! Du, zum Beispiel!" Ich jagte den Fiesta quietschend um die Ecke. Es ging zu meiner Wohnung, besser gesagt zu meinem Haus, am Galgenberg. Der Galgenberg hieß wahrscheilich so, weil man die Architekten, die die dortigen 70er-Jahre-Zweifamilienhäuser entworfen hatten, besser vor Ausführung dieser unsäglichen Bauten erhängt hätte. Ich wohnte dort. Umsonst. Ein ganzes häßliches Haus gehörte mir. Naja, ‚gehören' war wohl nicht der korrekte Ausdruck. Es hatte, wie so viele Häuser hier, leer gestanden, als ich nach Abensberg zurückgekehrt war. Ich hatte es einfach gesquattet. Es funktionierte noch ganz gut, die Solarheizung war auch noch in Schuß. Der Wagen quietschte in die Einfahrt. Ich selbst besaß kein Auto, die zwei alten Garagen wurden von mir als Nullräume genutzt. In einer davon stand einzig und allein der Käfig mit meinem Hamster Stalin drin, die andere hielt ich peinlich sauber, für den Fall, daß irgendwann irgendeiner meiner Gäste darauf bestehen sollte, vom blanken Garagenboden essen zu wollen. Jaja, solche Leute gibt's! Nullräume, so fand ich, hatten etwas Magisches an sich. Sie waren in dieser überfüllten Welt ein solcher Luxus, daß sie sich durch ihre Leere selbst überhöhten. Ich nannte das die Apotheose des leeren Kubikmeters. Es war wunderschön, in diesen leeren, kühlen Räumen spazierenzugehen und zu wissen, daß sich absolut nichts drin befand. Kein Lärm, keine irren Mitmenschen oder ihre Ausdünstungen, sondern höchstens freundliche Sonnenstrahlen, die durch die Lichtschächte auf sanft flirrende Betonstaubwolken schienen. Was denken Sie? Das ist Tierquälerei, in diesem kahlen Nichts einen armen, kleinen Hamster schmachten zu lassen? Von wegen! Stalin war in einer äußerst luxuriösen Kiste untergebracht, in der er ausgiebig buddeln und herumtollen konnte. Er hatte drinnen viel Platz und noch mehr Platz, wenn er nach draußen guckte. Das erinnerte ihn an seine Heimat, die Wüsten Syriens. Er liebte es, wenn nichts da war. Nicht umsonst hieß er Stalin. Er mochte es, wenn die Welt um ihn herum ausgerottet aussah. Keine anderen, subversiven, umstürzlerischen, konterrevolutionären Hamster! Weit und breit nicht. Er war der absolute Alleinherrscher seiner sibirischen Betontundra. Ein sinniges Maschinchen, das mir mein Bruder mal konstruiert hatte, fütterte ihn regelmäßig.

„Willkommen!“ sagte ich und kurvte mit der Hand eine weit ausladende, präsentierende Showmaster-Bewegung. „Du kannst bei mir wohnen!“

Das heiterte Laura etwas auf. „Prima!“ freute sie sich.

06

„Das Haus ist so leer!“

Laura wunderte sich über meine Einrichtung, deren Design eine einzigartige Kombination aus Minimalismus und schlichter Faulheit darstellte. Dabei hatte ich wahnsinnig viel Zeit damit verbracht, auszuknobeln, wie ich die Bude wohnlich erscheinen lassen und dabei meine wichtigsten Sachen notfalls in weniger als 15 Minuten zusammengepackt haben konnte. Am Haus gab es einen neueren Anbau. Den mochte ich besonders, denn er war noch nicht fertig. Ich hatte dort einen Raum, in dem standen nur ein Tisch und ein Stuhl. Beide waren sehr schlicht und in einem herrlichen Van-Gogh-Türkis bemalt. Ich nannte den Raum das Frühstückszimmer, denn ich hatte ihn optimal auf einsame Frühstücke vorbereitet. Das Frühstückszimmer besaß ein Fenster nach Osten, und ich hatte mir auf dem nackten Betonboden diverse optimale Positionen für Tisch und Stuhl unter Berücksichtigung des Sonnenstandes markiert. Besonders im Frühling mochte ich es dort. Man konnte das Fenster öffnen, ein bißchen essen, den Vögeln und Autos lauschen, sich vom Schlaf und von den Alpträumen erholen.

Der Anbau hatte zwar Fenster und Elektrizität, aber zur Wintertauglichkeit fehlten ihm noch Isolierung und Heizung. Momentan war ich nach der Arbeit damit beschäftigt, wieder mit meinen Sachen ins Haupthaus umzuziehen. Das Frühstückszimmer wollte ich als letztes auflösen. Im eigentlichen Haus hatten meine Vorgänger unübersehbar ihre Spuren hinterlassen: rosa Flokati-Teppiche und 70er-Jahre-Pseudobauernmöbel. Ich hatte den meisten Schrott in einem entlegenen Rumpelraum sicher eingeschlossen (manchmal, des Nachts, hatte ich Angst, das Zeug könnte entkommen und sich klammheimlich wieder über das ganze Haus verteilen) und nur die exquisitesten Scheußlichkeiten fragmentarisch an ihren Plätzen gelassen und museal isoliert. Das Prachtstück dieser Horrorshow: 30 Rehgeweihe an einer Wand.

Über jedes Geweih hatte ich einen selbstgebastelten Plexiglaswürfel montiert. Eine Batterie kleiner Halogenstrahler beleuchtete das Ganze. Mein Völkerkundemuseum für den Neandertaler 2000. Selbst mir war die Energie, die die Geweihe abzustrahlen schienen, nicht immer ganz geheuer. Als wir bei meiner kleinen Hausführung daran vorbeikamen, zeigte sich Laura ganz entzückt:

„Wunderschön!" hauchte sie.

Sie stellte vorsichtig ihr einziges Gepäckstück, eine prall gefüllte, abgewetzte blaue Sporttasche auf den Teppichboden und inspizierte die Geweihe aus der Nähe.

„Die Würfel sollen die Energie der toten Geweihe fernhalten. Sehr geschickt! Wo hast du das gelernt, Frankiebaby? Du kleiner Schamane!"

Energie?

Schamanismus?

Ein mir unangenehmes Thema. Dustere, abergläubische Gehirnsektoren regten sich.

„Ich fürchte, du hast die Banalität dieser Konstruktion nicht in ihrer vollkommenen Ganzheit erfaßt", salbaderte ich.

„Dann ist das nur Wandschmuck?" fragte sie enttäuscht.

„Naja. Fast. Es ist Teil meines Heimatkitsch-Museums."

Sie untersuchte die Würfel und ihren Inhalt trotzdem. Ihr Blick glühte voll professioneller Neugier.

„Was meintest du vorher mit Schamanismus?"

Sie schaltete auf ernst.

„Wir haben Berechnungen angestellt, nach denen unserer Kultur eine tiefgreifende Veränderung bevorsteht."

Während sie redete, versuchte ich, uns in der Küche etwas zu essen zu zaubern. Die tiefstgreifendste Veränderung in unserer Gesellschaft war meiner Meinung nach, daß die Weibchen das Kochen jetzt den Männchen überließen. Eine Theorie, die durch zahllose Schnorr-Expeditionen zu befreundeten Pärchen mehr als bestätigt wurde.

Auch Laura ließ es sich gern gefallen, von mir bekocht zu werden. Meine improvisierte italienische Küche schmeckte ihr, das machte sie gesprächiger. So fand ich heraus, daß sie eine Wissenschaftlerin war. Zumindest eine Art Assistentin. Ethnologie. Ihr Thema war die Heimatkunde/Futurologie. Ein, wie sie meinte, faszinierendes Thema, mit dem sie mich beim Abspülen vertraut machte.

„Wie", so fragte sie nachdenklich, „werden unsere Kinder wohl leben? Woran werden sie glauben?"

Ich konnte solche Fragen nicht ausstehen, denn sie machten den Zuhörer unendlich klein. Kaum blickte man auch nur etwas über den Tellerrand der eigenen, begrenzten Existenz hinaus, da wehte einem auch schon mit unerträglicher Penetranz der Odem der Jahrtausende um die Nase. Schon die bescheidene Aussicht auf die nächsten zwei, drei Generationen von Menschlein machte einen zum bloßen Glied in der Kette, zu einem simplen Funktionsträger, dessen Aufgabe es ist, irgendwelchen noch zu zeugenden Nachkommen das Dasein möglichst easy zu machen. Und das wiederum bürdete einem eine völlig irrsinnige Verantwortung auf. Genau jene Art von Verantwortung, die die Leute kleine, silberne Aludeckelchen von Joghurtresten säubern und sorgsam auf einen von hundertzwanzig verschiedenen Häufchen von „recyclingfähigen Stoffen" in der Küche legen läßt.

Verantwortung für die kommenden Generationen – ganz klar ein Tick unserer Zeit. Dabei übersah man, daß es zu den erfolgreichsten Strategien der Menschheit gehörte, genau das Gegenteil zu tun und völlig rücksichtslos vorzugehen. Wenn die Pioniere in Amerika die Indianer mit Samthandschuhen angefaßt hätten, dann würden wir jetzt vermutlich in Erdlöchern sitzen und Bongotrommeln spielen, anstatt uns Sitcoms mit Cola 'reinzupfeifen. Ganz klar: Eine unternehmungslustige Prä-Vietnam-Menschheit wäre jetzt schon längst fröhlich dabei, den Mond auszubeuten, die Venus zu schänden und den Mars zu versauen. Ein ganzes Universum wartete nur darauf, von uns fertiggemacht zu werden! Und wir überlegten höchstens noch, ob die leere Waschmittelpackung zum Papiermüll gehörte, oder ob sie doch lieber zu Alternativ-Briketts gepreßt werden sollte! Die westliche Zivilisation war nicht am untergehen, sie lag schon längst auf Grund! Alles starrte wie gebannt auf die Vergangenheit. Und je dusterer das Kapitel, desto besser. Nazis, religiöse Extremisten, Schamanen, Freaks! Sucht Euch was aus! Nur nicht denken!

Angesichts der Nazis fragt sich der Dummjournalist: „Kommt das Dritte Reich wieder?"

Die Leser zittern dann: „Es ist wie in Weimar!"

Ist es wie in Weimar?

„Äh, Laura?"

Das biologisch einwandfrei abbaubare und völlig froschfreundliche Geschirrspülmittel blubberte fröhlich vor sich hin.

„Ist es wie in Weimar?"

„Würd' ich nicht sagen. Es ist eher wie jetzt."

Klirr. Ich räumte die Teller auf.

„Hast du schon was mit Nazis zu tun gehabt?"

„Öfter", klang es aus dem Wohnzimmer. „In Landsberg. Unheimliche Geschichten. Ich werd's dir mal erzählen."

Ich ließ das Abspülwasser ab. Schmatzend gurgelte es in den Kanal.

„Wahnsinn!" quietschte Laura vergnügt. „Wo haste denn die Schrankwand her?"

Müde trocknete ich mir die Hände ab und kam zu Laura ins Wohnzimmer.

„Schön, gell?"

Die Schrankwand nahm die ganze Breite des Wohnzimmers ein. Sie schimmerte in mattem Dunkelbraun, sie war aus einem besonders brutalen Holz geschreinert. Eine Art Westwall. Zur Ligne Maginot fehlten nur noch die

Geschütztürme. Ihre Vitrinen waren voll mit Nippes. Hummelfiguren, kleine Engelchen, Kerzen und ein prachtvolles Sparschwein. Ein alter Fernseher dampfte ausgebrannt im TV-Fach vor sich hin. Daneben: eine antike Stereoanlage mit Quadrophonie-Taste. Diese Schätze verteidigte die Schrankwand allein mit ihrem grimmen Aussehen. Es funktionierte. Ich konnte nicht verstehen, warum meine Vorgänger das alles hiergelassen hatten. War der Dame des Hauses eines Nachts der Geist Coco Chanels erschienen („Laß diese Geschmacklosigkeiten hier, mein Kind! Flüchte wenigstens mit Stil!") oder war ganz einfach nur der Miet-LKW zu klein gewesen? Der Archäologe kann in solchen Fällen nur rätseln. Nun, vielleicht würde es mir eines Tages gelingen, dieses bundesrepublikanische Pompeji zu entschlüsseln.

„Das Sparschwein! Genial!" Laura war entzückt. Dabei hatte sie meine original 60er-Jahre-Sitzecke noch gar nicht gesehen!

Das Telefon klingelte nervös.

Yoshi war dran. Völlig aufgelöst.

„Kollege Hiroshi ist weg! Mitsamt Auto!"

Auweia!

07

Wir trafen Yoshi vorm Hotel Gurglbauer. Er war für einen Japaner ziemlich unruhig und er hatte seine Krawatte nur nachlässig gebunden. Es wurde dunkel, die Bürgerhäuser am Stadtplatz zogen sich in ihre Schatten zurück, Laternen blinzelten automatisch ins Leben.

„Wer ist das?" fragte Yoshi. Er meinte Laura.

„Sie ist okay", beschwichtigte ich. Und sie hat ein Auto, dachte ich bei mir.

„Und wer sind Sie?" fragte Laura.

Yoshi verbeugte sich kurz und grimmig.

„Mein Name ist Yoshi. Mein Kollege Hiroshi ist verschwunden, Madame. Wir müssen ihn suchen."

Laura prustete los.

„Yoshi und Hiroshi! Wie niedlich! Wie sieht denn Ihr Kollege aus?"

„Genauso wie er. Hiroshi fährt einen dunkelblauen Opel Größenwahn GSI, den Schrecken der Reichsautobahn."

„Echt? Ich dachte, alle Japaner fahren rote Toyotas?"

Yoshi lief dunkelgelb an.

Er haßte rassistische, arrogante Europäerweibchen.

Wenn er wollte, konnte er in Manila drei Dutzend Europäerinnen kaufen. Aber es schien ihm momentan nicht nach einem Wochenendausflug zumute zu sein.

„Wo wollte er denn hin?" fragte Laura. „UFOs suchen?"

Yoshi warf mir einen Blick zu, der zu den Zeiten der Samurai „Kopf ab!" bedeutet hätte. Heute meinte er: „Du mußt wohl *alles* ausplaudern!"

„Momenterl!" verteidigte ich mich. „Ich hab' ihr überhaupt nichts gesagt!"

Laura guckte mich an und dann guckte sie Yoshi an und allmählich, allmählich tauchte die Erkenntnis an ihrem Horizont auf.

„Jetzt kapier' ich's! Ihr Spinner sucht tatsächlich UFOs!"

Spinner?

„Pft! Wir suchen sie nicht, wir haben sie schon gefunden!"

Meine Begleiterin wurde schlagartig ernst.

„Tatsächlich? UFOs?"

Yoshi wurde es zuviel: „Hätten Sie vielleicht die Güte, mir jetzt suchen zu helfen?" bat er.

„Na klar!" sagte Laura und stopfte Yoshi auf den Rücksitz ihres Wagens. Ein Benzprolet hupte uns entrüstet nach, als wir davonschepperten.

„Wohin?" wollte Laura wissen. Sie fuhr mörderisch.

„Nach ‚Aunkofen', wo immer das auch sein mag! Hiroshi wollte sich die Kirche ansehen."

„Nach rechts und dann immer geradeaus!" kommandierte ich. Laura raste drauflos. Yoshi wurde schlecht. Er schien ein Freund ruhigeren Fahrstils zu sein. Am Maderturm, einem stummelig-bröckelnden Überbleibsel der historischen Stadtmauer Abensbergs, sagte ich Laura, sie solle anhalten.

„Yoshi und ich bleiben hier. Du gehst zur Aunkofener Kirche und guckst nach, wo Hiroshi ist", kommandierte ich. Ich hatte Schiß. Ich wollte da nicht hingehen. Ich redete mir ein, daß Laura den Übeltätern nicht bekannt sei und ihr deshalb überhaupt nichts passieren könnte.

„Blödsinn! Ich weiß weder, wo die Kirche ist, noch wie euer Kumpel aussieht!"

„Gar kein Blödsinn. Angenommen, Hiroshi ist wirklich entführt worden. Dann werden wir auch geschnappt, wenn wir hingehen. Dich kann noch keiner kennen. Also gehst du." Ich erklärte ihr den Weg. „Halt auch nach dem Auto Ausschau! Ein großer, dunkelblauer Geländewagen!"

Laura maulte, aber sie machte sich auf den Weg. Kaum zu glauben, daß sie sich von mir in der Gegend 'rumschicken ließ!

Yoshi und ich stiegen aus, gingen hinüber zur Abens.

„Glaubst du wirklich, daß Hiroshi entführt worden ist?" fürchtete sich Yoshi. Das Wasser der Abens war braun, verdreckt. Weiter hinten prügelten sich ein paar Enten. Es war trist, die Natur befand sich im Tiefstschlaf.

„Unsinn. Wer sollte ihm schon etwas zuleide tun wollen?"

Und wenn Hiroshi von Nazis aufgemischt worden war? Es gab hier seit zwei Jahren eine braune Bagage mit dem poetischen Namen ‚Verein zur reinrassigen Arterhaltung der Deutschen Dogge e. V.'. Dessen Aktivitäten hatten sich in der Vergangenheit zwar auf zwei stümperhafte Angriffe auf die hiesige Asylantenbaracke am alten Klärwerk und diverse Sauftouren beschränkt, aber zu zehnt und alkoholisiert könnten sie vielleicht doch den Mumm aufbringen, einen unbewaffneten Ausländer anzugreifen. Geschweige denn eine unbewaffnete Frau! Wie blöd von mir, Laura da hinzuschicken! Wir mußten hinterher! Ich teilte Yoshi meine Befürchtungen so dezent wie möglich mit, dann entwarf ich einen Schlachtplan: „Man kann vor der Kirche rechts abbiegen. Das tun wir. Es gibt nämlich die Möglichkeit, von hinten über einen schmalen Fußweg an die Kirche 'ranzukommen. Dort sieht uns keiner!" Hoffentlich!

Im Auto checkte Yoshi seine Kanone und schraubte einen großen, schwarzen Schalldämpfer vorne drauf. Er würde die Nazis abknallen, ohne lange zu überlegen. So gut kannte ich ihn schon.

„Mach bloß keinen Scheiß!" warnte ich, während ich losfuhr. Hakelnde Schaltung. Rostiger Fiesta.

„Geschossen wird nur im Notfall! Sonst haben wir gleich die Polizei am Hals!"

Ich fuhr so, wie ich es Yoshi erklärt hatte. Wir stiegen aus, schlichen uns vorsichtig 'ran. Von hinten. Quer durchs Gemüse. Der schmale Fußweg war fast völlig zugewachsen, wir mußten hintereinander herschleichen. Die Kirche, ein uralter, gotischer Bau, stand bunkermassiv im Dunkel. Niemand in Sicht. Nichts zu sehen. Nichts zu hören. Ich fühlte mich wie ein taubes U-Boot auf Feindfahrt im Trockendock. Yoshi hatte wenigstens seine Waffe, wenn's heiß herging. Aber ich?

Bisher war Abhauen in meinem Leben immer die effektivste Methode gewesen, Konfrontationen zu begegnen. Deshalb war ich jetzt auch Lokalreporter. Kein Streß, minimaler Zoff, viel Zeit für meine vielfältigen Spleens. Der tödliche Streß drängte meine Gedanken in periphere Gefilde ab.

Alle meine Freunde von früher hatten es zu was gebracht, wie es so schön hieß. Anwälte, Manager, Richter. Einer hatte sogar schon seinen ersten Herzinfarkt hinter sich. Besucht hatte mich hier noch keiner. Würden sie über mich lästern? Würden sie mich beneiden? Ah, nein. Vornerum würden sie mich beneiden, hintenrum mit ihren schmalen, knochigen Frauen über mich lästern. Und insgeheim, im allerletzten Kämmerchen ihres Oberstübchens, da würden sie mich echt beneiden. Gerade weil ich noch so lebte wie vor zehn Jahren. Keine Frau, keine teuren Kinder, keine debilen Angestellten oder Klienten.

Neulich hatte ich einen von ihnen besucht. Er liebte seine Frau nicht mehr und teilte mir das auf dem Klo des Nobelrestaurants mit, in das er mich zum Angeben eingeladen hatte. Armes Würsterl. Ich hatte kurzerhand beschlossen, ihn zu verarschen:

„Weißt du denn nicht, daß es in unserer Zeit kompletter Unsinn ist, zu heiraten?"

„Äh, wieso?" Er schüttelte irritiert sein Schwanzerl aus.

„Weil sich das menschliche Gehirn in den letzten Jahrzehnten dahingehend verändert hat, daß es immer stärkere Reize braucht, um überhaupt noch auf irgend etwas anzusprechen. Das ist die logische Reaktion der Evolution auf die Reizüberflutung in unserer westlichen Informationsgesellschaft. Wir brauchen ständig neue Kicks, damit unsere Hormone starten können. Somit ist auch aus der allergrößten Geilheit auf Frauen schnell die Luft raus. Wissenschaftler haben sogar ausgerechnet, ab wann uns Sex egal sein wird."

„Sex? Egal?" heulte er ungläubig und checkte innerlich schon ab, wie sehr ich bei ihm recht hatte. „Niemals! Das ist doch die stärkste Triebfeder des Menschen!"

Da schau her!

„Völlig abgestumpft", machte ich rücksichtslos weiter. „Wir werden überall mit Sex bombardiert, weil das der einzige Impuls ist, der es noch zu uns durchschafft. Und somit ist der Kreislauf perfekt. Wir brauchen immer irrere Perversionen, um überhaupt noch stimuliert zu werden, und stumpfen dabei immer mehr ab. Im Sinne der Rettung der wahren Erotik mache ich hiermit den Vorschlag, die Inquisition wieder einzuführen. Denn nur Verbotenes macht wirklich Spaß. Außerdem wären sämtliche Massenmedien sofort abzuschaffen. Dann könnten sich unsere Sinne vielleicht wieder etwas erholen."

Der Bursche hatte meinem Geschwätz tatsächlich geglaubt, hatte alle Fernseher aus seinem Haus 'rausgeschmissen und war zwei Wochen später von seiner Frau verlassen worden. Genau so ist das Leben. Genau so.

Knacks! Die Realität! Ein Ast kratzte mir durchs Haar. Weiterschleichen!

Als es um die Kirche herum ging, ließ ich Yoshi höflicherweise den Vortritt. Er giftete mich an, ich zeigte nur auf seine Waffe und drehte ihm meine viel zu leeren Handflächen hin. Das leuchtete ihm ein, und er wollte gerade weitergehen.

Da kreischte ein irrer weiblicher Schrei, ein wahnsinniges Wimmern um das alte Gemäuer.

Yoshi zuckte zusammen. Laura! Ich ließ den Japaner stehen und sprintete mutig um die Ecke. Laura stand starr vor dem Eingang der kleinen Kirche. Die niedrige Holztür war geschlossen. Vor der Tür schimmerte ein großer, feuchter Fleck. Blut! Verdammt! Blut! Was sagt man zu sowas? Blut! Wahnsinn!

In der Mitte des Flecks lag eine frisch abgeschnittene menschliche Hand. Jemand hatte sich die Mühe gemacht, die Hand so hinzulegen, daß sie wie lebendig nach Osten zeigte. „Geht dahin zurück, wo ihr hergekommen seid." Sonst kommt der Metzger. The Medium is the Message. Ich zog meine kleine Kompaktkamera aus der Tasche und fotografierte den amputierten Körperteil aus allen möglichen Richtungen. Sechsunddreißig Aufnahmen. Mit Blitz. Yoshi kotzte ins Gebüsch. War wohl doch nicht so hartgesotten. Es war kalt. Ich wollte Laura in den Arm nehmen.

„Scheiße!" kreischte sie mich an. „Du Wixer!"

„Hey, Mooo-ment!"

Überraschenderweise war ich beinahe völlig gefaßt. Vermutlich würde ich erst ein bisserl später durchdrehen. So mit Zeitverzögerung und so.

„Du schickst mich hier voll auf den Trip! Nächstes Mal gehst du selber!"

Sie sagte, ich wäre eine feige Sau. Wie wahr!

„Äh, Scheiße. Äh. Hm.“

„Spar dir deine Ausreden!“ fauchte sie.

„Wir sollten abhauen!“ Yoshi sicherte nervös mit der Waffe, während ich Laura zum Fiesta zerrte. Der Japaner kam über den alten, plattgewalzten Friedhof hinterhergestolpert. Wir stiegen ein, ich fuhr zum Gurglbauer. Yoshi wollte nicht in seinem Zimmer bleiben. Logisch. Er hatte Angst. Wir holten die wichtigsten Teile des UFO-Equipments aus dem Hotel und fuhren 'raus zu mir. Ich hatte genug Platz für alle. Sicher war es auch, denn vermutlich kannten die Attentäter mich noch nicht. Hoffentlich. Ich paßte auf. Keiner verfolgte uns. Wenigstens hatte es den Anschein. Yoshi kriegte die Einliegerwohnung im ausgebauten Dachboden. Sie war freundlich eingerichtet, holzverkleidet, mit eigenem Bett und Klo. Er mochte es sofort, er atmete leichter.

Meine mütterlichen Instinkte brachen durch: „Geht erstmal unter die Dusche. Ich mach' uns was zu essen!“ Dankbare Blicke. Laura schien schnell zu vergeben. Ich hatte die zweite Chance bei ihr bitter nötig, ich fühlte mich wie ein armseliger Köter, der gerade seinem Herrchen die Lieblingspantoffeln und die Tageszeitung zerbissen hat.

Während ich das Abendessen zubereitete, mußte ich immer wieder nervös zum Fenster 'rausgucken. Verkniffen wie ein verfolgtes Tier suchte ich die Dunkelheit ab. Das brachte natürlich wenig, weil es draußen dunkel und drinnen hell war. Mir kam die grandiose Idee, die Jalousien 'runterzulassen, damit ich nicht wie auf dem Präsentierteller dastand, während ich den Mozzarella in Scheiben schnitt. Aber es lag niemand auf Lauer. Ich fühlte mich sicher.

Nach dem Essen zeigte ich Laura ihren Raum. Sie bekam eines der Ex-Kinderzimmer, und zwar das mit den türkis gestrichenen Wänden. Meinen Entspannungsraum. Mit meiner großen, alten Musikanlage und großer, bequemer Liegewiese. Während sie ihre Sachen auspackte, holte ich einen Schlafsack.

„Ich bin gleich nebenan, wenn's Probleme gibt. Wenn du willst, kannst du mit dem Kopfhörer Musik hören.“

Natürlich hoffte ich, sie würde mich trotz allem bitten, bei ihr zu bleiben.

Sie sagte: „Gute Nacht!“

08

Nebelschwaden.

Der Tag begann kalt. Wenigstens war die automatische Heizung rechtzeitig angesprungen.

Acht Uhr. Ich ließ die anderen schlafen. Der TV schaltete sich ein. Die Morgen-News auf ZAP 1 mit Mimi Larifari und Fritz von Rapunzel. Hampelmann und Hampelfrauchen von der Stange. Von welcher Stange? Undenkbar.

„Hallo, liebe Zuschauer! Ein wunderbarer Tag wartet auf sie! Fritz! Was haben wir denn heute für unsere Fans?“

„Prima! Der Ministerpräsident hat soeben bei uns exklusiv angekündigt, daß wir ab heute der einzige Sender sind, der ihn noch interviewen darf!“

„Das staatliche Fernsehen muß heute leider abschalten! Die Miesmacher und Wichtigtuer sind somit vom Bildschirm verbannt!“

Aha. Alle verbliebenen Sender gehörten dem Medienkonzern von Theo Knirsch, einem Duzfreund des Ministerpräsidenten und altem BPD-Mitglied.

Mimi und Fritz erzählten, wie toll die neuen Minister wären und zerrten gleich einen von ihnen vor die Kamera.

„Herr Finanzminister, wieviel Taschengeld geben Sie Ihren Kindern?“

„Hehe. Natürlich nicht zuviel! Die Kinder sollen gut haushalten lernen!“

Das werden sie auch bitter nötig haben, wenn du so weitermachst.

„Wer wacht denn bei Ihnen zuhause über das Haushaltsgeld? Sie oder Ihre Frau?“

„Natürlich meine Frau! Die kann viel besser haushalten als ich, hehehe!“

Es sollte ein Witz sein, aber er hatte wahrscheinlich recht.

„Hähähä! Vielen Dank, Herr Minister!“

Wow! Das Fernsehen der Zukunft!

Es folgten die Katastrophen vom Tage: Bombenanschlag, Zugunglück, prominente Titten.

Gähnen.

Ausschalten.

Im Radio lief moderater Elektropop. Frühe Achtziger.

Boom, boom.

„Tainted loooove!“

Wenn sie anfangen, die Lieder deiner Jugend im Radio zu spielen, dann weißt du, daß du alt geworden bist.

Dieser Gedanke paßte prima zu meiner leichten Morgendepression. Bei dem Wetter mußte man sowas einfach kriegen.

„Klack-Beep!“

Der Toaster.

Zwei Brotscheiben. Nur für mich. Eigentlich war ich glücklich.

„Morgen.“ Laura. Sie sah müde aus.

„Du hast wohl nicht geschlafen“, riet ich.

Sie gähnte und schielte gierig nach dem Kaffee.

„Neinnn.“

Durchatmen.

„Abgeschnittene Hände sind nicht so... wie soll ich sagen? Hmm. Beruhigend?“

Das Wort gefiel ihr. „Beee- ruhigend. Aber ich mag das Zimmer. Ich mag das ganze Haus.“

„Eine Tasse Kaffee magst du auch, oder?“

„Jahhaaa!“

„Ich hab' Croissants. Sind aber leider synthetisch und aus der Mikrowelle."

„Her damit!" forderte sie.

Ich ging die Zeitung holen. Mein Kollege Harald wartete mit einem detaillierten Artikel über den bio/elektronischen Gen-Designer auf, den sich der Kaninchenzüchterverein angeschafft hatte: „Unerwünschte Gene können wir damit problemlos ausmerzen!" Das Ding war so einfach zu bedienen wie ein Gameboy und kostete wahrscheinlich auch nicht recht viel mehr. Vorne wurde das Kaninchen 'reingesteckt, hinten kam es ohne die entnommene Gewebeprobe wieder 'raus. Harald konnte sich die Frage nicht verkneifen: „Wann gibt's das auch für Menschen?" Wie blöde, eine solche Frage zu stellen. In Los Angeles standen bestimmt schon zwei, drei solcher Dinger für Menschen. *Design-a-Kiddie*. Ich war nicht genmanipuliert, aber wenn ich morgens in den Spiegel schaute, dann wünschte ich mir oft, ich wäre es. Oder man hätte mich wegen meiner schiefen Zähne oder wegen des fragwürdigen Gesichtsausdrucks gleich ‚ausgemerzt'. Hätte ich das gemerkt? Der katholische Pfarrer hatte sich kategorisch geweigert, der Maschine den Segen der Kirche zu geben. Ich mochte das. Er ging wohl davon aus, daß auch Kaninchen eine Seele haben. Hoppelnde, plüschige Karnickelseelen, die himmlische Karotten anknabbern. Sie alle kommen in den Himmel. Auch ich war dieser Meinung. Und zwar uneingeschränkt.

„Was steht denn drin? Haben sie die Hand entdeckt?"

Ich faltete die Zeitung säuberlich zusammen und legte sie auf den Tisch.

„Nein. Denn wenn wir heute zu dieser Kirche gehen, dann werden wir keine Hand mehr sehen."

„Meinst du?"

„Sicher. Alles wieder aufgewischt. Die Nachricht war nur für uns allein bestimmt."

Sie schluckte den heißen Kaffee. Ohne Rücksicht auf Verluste.

„Ahh! E-ner-gie! Das aktiviert die Speicherbänke! Ich muß dir noch was erzählen!"

„Was denn?"

„Ein Armeefahrzeug."

„Bundeswehr?"

„Bundeswehr. Genau. Ein Geländewagen. Olivgrün, mit einer ‚Y'-Nummer. Absolut schick. Er fuhr gerade Richtung Stadt, als ich zur Kirche ging. Hatte es eilig."

„Eilig?"

„Er fuhr schneller, als olivgrüne Geländewagen das normalerweise tun. Nur einen kleinen Tick hastiger."

Aha.

„Du meinst, er fuhr ungefähr wie einer, der gerade vor einer Kirchentür eine abgeschnittene rechte Hand sorgfältig in einer Blutlache plaziert hat und genau weiß, daß er niemals dafür belangt werden kann?" Sie nickte und holte sich noch mehr Kaffee.

„Genau! Genau so! Er fuhr nur deshalb etwas hastig, weil ihm der Ort und die Vorgehensweise nicht ganz geheuer waren."

„Er hatte es aber tun müssen", ergänzte ich, „denn es war ein Befehl!"

„Wow! Synchronicity! Du mein zweites Hirn, du!"

Sie schien mir vergeben zu haben, daß ich Feigling sie allein der Gefahr ausgesetzt hatte. Das Kompliment gefiel mir. Es machte mich unmerklich übermütig. Zu übermütig, denn genau zu diesem Zeitpunkt hätte ich eigentlich aufhören müssen, mich weiter für diese Sache zu interessieren. An allem, was von diesem Zeitpunkt an geschah, hatte Laura schuld. Ich war in sie verliebt und wollte ihr imponieren. Und so entwarf ich, anstatt UFOs und Blut und fliegende Coladosen intelligenterweise zu vergessen, einen Schlachtplan:

„Als erstes soll Yoshi im Hotel nachsehen, ob in sein Zimmer eingebrochen wurde. Wir untersuchen die Kirche."

In diesem Augenblick stolperte der Japaner ins Zimmer.

„Typisch. Die Ausländer dürfen wieder die Drecksarbeit machen!"

„Tsts! Interessiert es dich denn gar nicht, was aus euren hübschen Computern geworden ist?"

„Ich wäre lieber in Tokio."

„Setz dich. Trink 'nen Kaffee."

Der Japaner tat, was man ihm sagte. So ging er auch ins Hotel, während ich mit Laura zur Aunkofener Kirche fuhr. Yoshi hatte verständlicherweise Angst. Er blieb einige Minuten im Erdgeschoß neben den vergilbten, alten Karten und dem versifften Tastentelefon an der Wand stehen und tastete nach seiner Pistole. Sie kam ihm nutzlos vor. Wie ein Stück morsches, trockenes Holz. Sein Herz schlug rasant. Sollte er die Waffe ziehen? Idiotischerweise kam ihm in den Sinn, er könnte damit ein Zimmermädchen erschrecken. Zimmermädchen waren immer dann im Zimmer, wenn man sie nicht brauchte. Yoshi mußte furzen vor lauter Angst, er furzte leise und ziemlich stinkig. In diesem Moment haßte er sich selbst so sehr, daß er sich einen Ruck gab und die Treppe in den ersten Stock hinaufstieg. Der Gang war lang und dunkel und auf jede der Türen links und rechts den Gang entlang war naiv ein Pärchen in Tracht gemalt. Tirol... Yoshi hatte von Tirol gehört. Unabhängig. Arm. Terroristen in den Bergen.

Niemand war außer ihm im Gang. Yoshi zog seine Waffe. Er horchte an seiner Tür. Nichts. Er steckte den Schlüssel ins Schloß. Drehte den Schlüssel um. Nichts. Die Tür knarzte auf. Nichts. Gar nichts. Das Zimmer war noch so, wie er es gestern überstürzt verlassen hatte. Dieser Umstand war Yoshi unheimlicher, als wenn alles von fremden Händen durchwühlt und verwüstet worden wäre. Er hatte sich auf das Allerschlimmste gefaßt gemacht, nun war er enttäuscht. Aber die Stille war gefährlich. Vielleicht hatten sie irgendwo Gift versteckt? Oder eine Bombe? Das absolut sichere Gefühl, daß ein Unbefugter während seiner Abwesenheit sein Zimmer betreten hatte, wurde erst bestätigt, als Yoshi den Computer überprüfte. Die Cray führte Protokoll über Energieverbrauch. Der Computer war fast die ganze letzte Nacht gelaufen. Sie hatten danach die Zugriffsprotokolle gelöscht. Aber der Computer war zu modern für die *gaijin* Deutschen. Sie hatten ein solches Modell noch nie gesehen und wußten nicht, daß es ein Energieprotokoll außerhalb der Systemkontrolle der Betriebssoftware führte. Yoshi lachte. Diese Idioten! Hände abhacken, aber zu blöd für Computer. Das paßte wunderbar in sein Bild von Deutschland. Laura hatte ihm von der Armee erzählt. Frank hatte ihm erzählt, wie es in der deutschen Armee zuging. Die Geschichten hatten ihn erheitert. Yoshi war sich sicher, daß die Armee dahintersteckte. Euro/amerikanische Armeen tendierten immer zu solch martialisch-debilen Undercover-Operationen. Dabei waren sie immer zu dumm, die Spuren zu verwischen. Erleichtert ging Yoshi aufs Klo, um Angst und Biomüll loszuwerden.

Sie waren opulent, diese europäischen Klos. Sie machten aber auch viel Scheiße, diese Europäer.

09

Vor der Aunkofener Kirche war es friedlich und vor allem sauber.

„Wie du gesagt hast. Das Blut ist weg!“ stellte Laura fest.

„Wenn man genau nachsehen würde, dann könnte man bestimmt noch Spuren davon entdecken. Aber das wird nicht nötig sein. Ich habe die Fotos.“ Ich scharrte mit dem Fuß auf dem buckeligen Pflaster.

„Wir werden die Fotos entwickeln lassen.“

Laura kniete sich hin und kratzte Erde aus den Pflasterfugen. Dort, wo der Fleck gewesen war. Sie steckte die Erde in einen kleinen, durchsichtigen Plastikbeutel aus den Beständen meiner Küche.

„Wir könnten sie analysieren lassen.“

Ich dachte nach.

„Wenn das überhaupt Blut war. Es besteht die Möglichkeit, daß die nur ’ne Show abgezogen haben. Und wir sind getürmt wie die Anfänger.“

„Wir sind Anfänger!“ erinnerte mich Laura.

„Schon möglich. Wir haben nicht einmal überprüft, ob die Hand echt war. Es könnte eine Imitation gewesen sein. Eine mittelmäßige Fälschung hätte bei diesen Lichtverhältnissen durchaus gereicht, um uns einen Schrecken einzujagen.“

Laura nickte. Auch die Fotos würden nichts beweisen. Die Kamera hatte ein 35-mm-Weitwinkelobjektiv, und ich hatte zuwenig Mumm für ein Close-up gehabt. Man würde von den Fotos her nicht sagen können, ob das Szenario echt oder vorgetäuscht war. Fassen wir also zusammen:

1. Wir haben ein UFO, von dem wir nicht wissen, ob es eins ist.

2. Wir sind von einer Coladose umschwirrt worden, die außer uns niemand gesehen hat.

3. Eine abgehackte Hand war verschwunden. Dabei war nur eines sicher: Hiroshi war verschwunden und blieb es auch. Und selbst wenn das letzte

Nacht seine echte Hand gewesen sein sollte, wo befand sich dann jetzt der Rest von ihm? Bei der Armee? Auf irgendeinem Abfallhaufen? Kaum auszudenken.

„Ich frage die Nachbarn, ob sie etwas gesehen haben!"

Gute Idee, Laura! Unmittelbar neben das Kirchengrundstück hatte man vor Jahrhunderten ein altes, flaches Haus hingebaut. Es war duster, heruntergekommen und stank unheilvoll vor sich hin. Eine Art Second-Hand-Gruselburg für rezessionsgeschädigte Schloßgespenster. Natürlich gab es keine Klingel an der morschen Eingangstür. Eine Fußmatte: „Tritt ein, bring Glück herein." In Frakturbuchstaben. Die Besitzer dieser Bude schienen das ernsthaft nötig zu haben! Laura klopfte. Ich erwartete einen Igor mit rosa blubberndem Gehirnbehälter in der Hand, stattdessen kam ein altes Mutterl an die Tür geschlurft.

„Wooos iis? I kaaf nix!"

Laura entschuldigte sich nicht für die Störung. Zu diesem Typ Mensch hatte sie ein gestörtes Verhältnis. Dafür entschuldigte sich auch keiner, für diese Störung.

„Ist Ihnen letzte Nacht an der Kirche etwas Verdächtiges aufgefallen. Leute oder so?"

Das Mutterl nickte heftig.

„Freilich! Die Bundeswehr war da. Die ham so an Japaner mitgschleppt, so an gloana Gelbn! Der hod um sich ghaut! Anschließnd hams no irgendan Scheißdreck vor d' Kirchntür kippt, dann hans wieda abghaut, de Saubärn! Und wias mi gseng ham, da hättns mi bedroht. Mi! Sie ham gsagt, daß wenn i wos sagn dad, dann dadns mi fertigmacha! Aba i bin scho so oid, i hob koa Angst mehr vor dene! Wenigstns hams heit ganz in da Friah den Dreck wieder weggagramt! Ja, jaaa! I sog scho nix, daß Sie zwoa mi gfragt ham, was mit dem Japaner bassiert is! Und jetz pfiat Eich! Servus!"

Tür zu. Laura strahlte.

„Ganz irre sind wir anscheinend doch nicht!"

„Es besteht immer noch die Möglichkeit, daß die Oma dafür bezahlt worden ist, uns genau das zu sagen, was wir uns denken sollen."

Laura guckte mich böse an.

„Du Depp! Solche Omas kann man nicht fälschen! Und irgendwann müssen wir mal anfangen, Boden unter den Füßen zu kriegen!" Richtig.

Ich zweifelte weiter.

„Okay. Gehen wir davon aus, daß wenigstens die räumliche Situation real war. Aber ich kann nicht glauben, daß die Bundeswehr Leuten die Hände abhackt. Das gibt's nicht! Die Mafia macht sowas, aber nicht die Armee!"

„Tsts! Gerade die Armee wird für sowas bezahlt, Dummi!"

„Vielleicht war's gar nicht die Armee. Sondern verkleidete Mafiosi."

„Spiel hier nicht dauernd den Zweifler! Du weißt ganz gut, daß die Armee prima in das Puzzle paßt!"

Ich zuckte mit den Achseln und starrte in den Nebel.

„Vielleicht. Es besteht immer noch die Möglichkeit."

Zurück im Auto überschlugen sich meine Gedanken. Was sollten wir tun? Versuchen, Hiroshi wiederzufinden? Wo war Hiroshis Auto? Schrottplatz? Ich mußte noch in Manching anrufen, wegen der UFO-Nacht! Der Film! Den Film abgeben! Chaos. Viel zuviel auf einmal.

„Halt mal! Hier ist ein Fotoladen. Die entwickeln in einer Stunde."

Laura dachte nicht daran, anzuhalten.

„Den hier überprüfen sie als erstes. Die denken bestimmt, daß du Fotos gemacht hast!"

„Denkfehler! Woher sollten sie wissen, daß ich dabei bin? Sie konnten höchstens mit Yoshi rechnen!"

„Oder auch nicht!"

„Bueno. Wir holen Yoshi ab und fahren mit ihm nach Regensburg. Dort können sie nicht jedes Labor bestochen haben!"

Paranoia. Die Geschichte mißfiel mir immer mehr. Vor dem Hotel Gurglbauer mißfiel mir auch einiges. Yoshi verlud nämlich gerade seine Sachen in ein Großraumtaxi. Laura bremste, ich hüpfte aus der schaukelnden Kiste und spurtete zum Japaner.

„Willst du abhauen oder was?" schnaufte ich.

Yoshi grinste asiatisch.

„Nein. Ich bringe mein Zeug zu dir 'raus!" Er verbeugte sich: „Mit deiner Erlaubnis ..."

Ich atmete tief durch. Genau das wollte ich vermeiden. Mein wunderschönes Haus wollte ich aus der Sache heraushalten. Überhaupt wollte ich mich aus der Sache heraushalten. Wenn nicht Laura ...

„Nun komm schon!" rief sie vom Auto her.

„Der Schlüssel ist an einem Haken hinterm Briefkasten", informierte ich meinen neuen Untermieter. Der verbeugte sich artig.

„Vielen Dank! Der Aufsichtsrat wird sich erkenntlich zeigen!"

Na, hoffentlich! Denn nachdem ich schon zwei Tage unentschuldigt in der Redaktion gefehlt hatte, würde die Zeitung mich garantiert feuern. Das sagte ich Laura.

„Mach dir keine Sorgen! Doktor Gerhart wird dich schon krank schreiben!"

„Wenn Hiroshis Entführer uns erwischen, dann wird er das ohne schlechtes Gewissen tun können!"

Laura kicherte und drückte voll aufs Gas.

„Wann jagen wir eigentlich wieder UFOs?" wollte sie wissen.

„Erzähl mir lieber mal, warum genau du überhaupt hier bist! Und keine Scherze! Nur die reine Wahrheit!"

„Aber klar", sagte Laura. „Ich bin hier, weil mich moderne Folklore interessiert. Diese Mischung aus primitiv und neuzeitlich. Tatsache ist, daß wir an der Uni einen Tip aus Abensberg bekommen haben. Für unsere Forschungsarbeit. Neues Heidentum. Da bin ich hergefahren. Und weil die Sache mit der Dose passiert ist, bin ich geblieben."

Aha. Neues Heidentum. Hexer, Schamanen.

„Neues Heidentum. Klingt nach schwarzen Katzen, die in Vollmondnächten mit einem heiligen Baseballschläger rituell verdroschen werden, damit man aus ihren Knochensplittern die Lottozahlen von übernächster Woche lesen kann."

Laura nickte.

„Das meiste von dem Zeug ist wirklich auf diesem Niveau. Aber wir suchen ständig nach dem veritablen großen Trend!"

„Nach dem Big Cheese, dem Großen Kürbis!"

„Halloween. Hottentotten."

Oh mein Gott!

Wir hatten beschlossen, den Film aus Sicherheitsgründen in Regensburg entwickeln zu lassen, also fuhren wir hin.

Yoshi zog unterdessen mit seinem Equipment bei mir ein.

„Hoffentlich ist er noch da, wenn wir zurückkommen", sinnierte ich duster.

„Weeer?" brüllte Laura. Ihr Fiesta dröhnte wie Flash Gordons Lieblingsrakete auf Vollgas. Laura liebte das schnelle Leben und die dazugehörige Überholspur. Kein temponeurotischer Benzino schaffte es, sie 'rauszublinken. Rechts zischten rostige tschechische Lastzüge nach hinten weg, schwere Geräte mit Satellitenantennen auf den Dächern. Tote, trockene Tiere lagen flach am Straßenrand. Der BMW hinter uns kriegte sich nicht mehr ein. Er blinkte, er lichthupte, er wollte vorbei!

„Wie Neujahr!" freute sich Laura. Todesdriven war ihr Ding.

„Laß ihn dddoch vovorbbbei!" schlug ich aus den Tiefen meines Sitzes vor.

Denkste: „Yahuuuu!" brüllte die Driverin.

Mehr Gas! Mehr, mehr, mehr! Da wagte es ein Lieferwagen, direkt vor uns auszuscheren. Laura bedachte ihn mit erlesenen Flüchen aus Ägypten.

„Mein Opa war Araber!" Und: „Mach mal das Handschuhfach auf!"

Ich klappte das Plastikding nach unten. Eine kleine Tastatur erschien. Wackeliges Plastik. Drähte. Did-it-myself-Ware.

„Tipp ein: Konfuzius [Return]!" diktierte Laura.

Der Computer schien im harten täglichen Einsatz zu stehen.

„Na mach schon!" Ich gehorchte. Allein schon, um mich von meinen Unfalltod-Gedanken abzulenken. Im Heck des Autos tat sich was. Ein Leuchtband schickte flammend rote Buchstaben aus dem rückwärtigen Fenster.

„Hab ich aus 'nem chinesischen Supermarkt", erklärte mir Laura. „Der Junge hinter uns kriegt jetzt hundert Weisheiten zur göttlichen Tugend der Geduld vorgespielt. Dazwischen ein paar kantonesische Schimpfwörter. Damit ihm nicht langweilig wird!"

Der BMW-Fahrer schäumte.

„Wenn der so weitergeifert, dann braucht er bald keinen Airbag mehr!" lästerte Laura und kicherte dreckig.

Regensburg.

Geschwindigkeitsbegrenzung auf 80 km/h.

Natürlich rasten wir weiter, mit dem irren BMW im Nacken. Die Landschaft spritzte hinter uns weg, der Computer fiepte die schrägste Donauwalzer-Version der bekannten Galaxis. Laura schien dieses Signal 'was zu sagen. Sofort schoß sie 'rüber auf die rechte Spur und bremste mit dampfenden Reifen radikal auf brave Geschwindigkeit herunter. Genau auf 80. Der BMW-Fahrer zog wütend mit uns gleich und wußte gar nicht, welche obszöne Geste er nun machen sollte. Er versuchte alle ihm bekannten auf einmal, während er demonstrativ an uns vorbeiröhrte.

„Wieso das?“ fragte ich enttäuscht. „Es fing gerade an, mir Spaß zu machen!“

Laura war entzückt, daß ich mit ihrem Hobby was anfangen konnte.

„Super! Wir werden noch viel Spaß zusammen haben! Schau mal!“

Ich schaute hin und sah einen grellen, rötlichweißen Blitz.

Der BMW-Blödmann war direkt in eine Radarfalle gerast. Er hatte zwar mehr PS, aber keinen Vorwarn-Bordcomputer und einen Idioten am Steuer. Die Konfiguration eines Verlierers.

„Der Computer ist genau auf meine Bedürfnisse programmiert“, sagte Laura stolz. „Mein bester Freund!“

Laura war jetzt die Zufriedenheit selbst, und so ließ sie sich von mir ohne weitere Ausschweifungen zum Donau-Einkaufszentrum dirigieren. Das DEZ befand sich seit kurzem unter neuer (taiwanesischer) Leitung und hieß jetzt ‚KonsumiWunderwelt!‘. Mit Ausrufezeichen. Dort befand sich das billigste Ein-Stunden-Fotolabor der Stadt.

Wir rollten durch triste Regensburger Randbezirke, überquerten das kubistische Betonwunder Rhein-Main-Donau-Kanal. Flache Kähne warteten schwerbeladen in hektisch pumpenden Schleusen. Weiter hinten, unter wallendem Donaunebel, erstreckte sich flach das Einkaufszentrum meiner Kindheit. Es war sehr amerikanski. Schon damals, als ich noch mit meinen Eltern auf der Suche nach Junk-Kleidung neugierig durch die breiten Gänge gewandert war, war mir bewußt geworden, daß dieses Einkaufszentrum ein dankbares Terrain für Beobachtungen menschlichen Jagdverhaltens darstellte. Sprawlig-gibsonhaft waren Gebäude der unterschiedlichsten Baustile ineinandergeschachtelt. Ein Dschungel! Nur das Einkaufszentrum in Abensberg war architektonisch brutaler. Hier, in Regensburg, hingen allerdings keine Penner in den Gängen herum. Dazu war die KonsumiWunderwelt! zu exklusiv. Das Management tendierte dazu, auftauchenden Asozialen zehn Mark und den heißen Tip zu geben, es mit dem Herumlungern doch mal bei der Konkurrenz zu versuchen. Diese Taktik klappte bestens. Laura steuerte den erschöpft knarzenden Fiesta präzise auf einen der viel zu schmalen Parkplätze, genau zwischen zwei viel zu große Audis. Sie atmete aus und ließ sich auf das Lenkrad fallen.

Aber nur kurz.

Sie lehnte sich zurück und blickte mich erschöpft/befriedigt an.

„Rauchst du danach?“ fragte ich vorsichtig.

0 10 00000000000000000

Der Eingang zur ‚Konsumi-Wunderwelt!‘ öffnete sich servil-automatisch. Taiwanesische Elektromotoren ließen gläserne Türen gravitätisch zur Seite schwingen wie überbezahlte Haushofmeister die Flügeltüren in Versailles, und König Kunde durfte auf flaumigem Teppichboden ins duftige Kaufparadies einschweben. Tatsächlich fiel beim Betreten des Kaufhauskomplexes als erstes der Geruch auf. Es hing ein warmes, aufregendes, beinahe brünftiges Fluidum in der Atmosphäre. Ausdünstungen von virtuellen Moschusochsen. Auch die Optik wurde eingelullt. Statt Waren gab's Dekoration: mannshohe Videowürfel mit jungen, schönen Menschen drauf. Und ein holografisch getrickster endloser Sternenhimmel drüber. Elfengleich strahleweiß gewandete Verkäuferinnen bewegten sich schwerelos in der Kulisse. Alles war clean, clean, clean. Kalkuliert. Leblos. Steril. Unerfreulich. Interessant.

„Wo- wo sind wir hier?“ fragte Laura. „Mondbasis Alpha?“

Ich schluckte und öffnete den Anorak. Es war viel zu warm hier. Laura benahm sich seltsam. Aus ihren großen Augen war aller Spott und Zynismus gewichen und ihre Lippen waren entspannt und weich und wunderschön. Sie lachte mich glücklich an und sie hakte sich fröhlich bei mir unter und wir sahen aus wie ein junges Ehepaar in einer Gameshow-Kulisse, das soeben eine nagelneue Einbauküche gewonnen hat. Lauras champagnerhaftes Verhalten war auf gewisse Zusätze in der Kaufhausluft zurückzuführen, fiel mir ein. Mir machte solches Zeug nicht soviel aus, weil ich früher mal eine Reportage über ein vergleichbares ‚Erlebnis-Kaufhaus‘ in München gemacht hatte, im Zuge derer ich mich bei einem befreundeten Arzt gegen Kaufrausch-Duftstoffe hatte immunisieren lassen. Nachdem beim ersten Besuch beinahe mein ganzes Monatsgehalt draufgegangen wäre. Jetzt dachte ich nur leicht wattig, aber durchaus noch klar. Bei Laura war ich mir da nicht so sicher. Sie war ungewöhnlich schmusig gestimmt und sie schnurrte und kuschelte sich an mich. Sie war jetzt ganz Weibchen. Dieses windelweiche Verhalten stand ihr gar nicht. Wir mußten 'raus aus der Psychosuppe! Wir mußten 'raus in einen Verbindungsgang, der nicht mit dem Zeug durchseucht war. Vorsichtig beschleunigte ich meine Schritte. Laura schwebte widerstandslos mit, staunte die billigen malaysischen Videowürfel an, als wären sie das allerletzte Weltwunder. Die Architektur des Warenhauses war verschachtelt, aber mein Orientierungssinn konnte mit der verkorksten Schlauheit der Inneneinrichtungsdesigner gut mithalten. Ich fand den Weg aus dem bunten Videowabern und dem seichten, synthetischen Funkeln und wir stolperten gemeinsam in den Gang hinaus. Mein Atem ging schwer. Immer mehr psychomanipulative Stoffe wurden in meine Lunge und in meinen Kreislauf und in mein Hirn gepumpt. Ich war mir nicht sicher, wie lange ich das noch durchstehen konnte. Meine Bewegungen wurden unsicherer, meine Wahrnehmung soff in einem dumpfen Formenfarbenbrei ab, die Droge verstärkte ihren Zugriff. Ich lenkte mich ab, indem ich die anderen Menschen beobachtete. Es liefen nicht viele Leute durch die Gänge, aber alle bewegten sich scheinbar zehn Zentimeter über dem Boden und sie alle waren schwer mit Einkäufen bepackt. Auch die Luft in der Einkaufsgalerie roch nach diversen Manipulativa. Wir hatten verschissen!

Laura, überhaupt sehr sensibel für alle Umwelteindrücke, reagierte sofort darauf. Sie packte mich am Arm und zog mich bestimmt mit sich. Mir wurde schwindlig, ich konnte mich nicht dagegen wehren. „Wir müssen raus!" keuchte ich. Sie zerrte mich in einen verlassenen, hohlen Servicetrakt und knallte die Milchglastür hinter uns zu. Klirrend schwang das Glas im Aluminiumrahmen, der Klang hallte schrill in meinem Kopf. Das Zeug in der Luft, diese tückischen Molekülketten, hatten Laura völlig verändert. Hungrig kam sie auf mich zu, knallte mich hart gegen die Wand. Sie schwitzte. Ich konnte es riechen. Meine Muskeln waren blockiert, mein Hirn wehrte sich gegen das Kaufrausch-Kampfgas. Ich hatte Angst wie ein Tier, diese Angst kreischte klar und brillant und elektrisch durch meine Neuronen. Sie würde mich umbringen! Diese Frau würde mich umbringen!

Sterben,
sterben,
sterben!
Nicht jetzt!

Aber Laura tat etwas völlig anderes. Sanft umfing sie mit ihren schmalen, eleganten Händen meinen Kopf und blickte mir sekundenlang in die Augen. Die Augen. So schwarz und endlos, Schnittstellen zu ihrem wunderbaren Kosmos. Diese Frau! Ich ging hinein. Ihr Atem ging tief und schwer. Ich hatte keine Angst mehr. Ich sah nur noch sie. Zärtlich führte sie mich an ihre Lippen. Warm und fleischig zuckte ihre Zunge in meinen Mund. Vorsichtig leckte ich ihr über die feuchten Lippen und strich mit meiner Zunge an ihrer entlang. So schmeckte ich Laura zum ersten Mal, ihr feiner, säuerlicher Geschmack spülte sich an meiner Zunge entlang. Wir saugten hungrig aneinander, aufessen wollte ich sie, *ich biß in ihren weichen, schwitzenden Hals*. Ich schaltete um auf Automatik, ich funktionierte wie die Vorfahren meiner Vorfahren meiner Vorfahren und ich packte die Frau und preßte ihr Becken fest gegen meins und ich spürte ihr tonloses Stöhnen als heißen Wind in meinem Gesicht. Drinstecken wollte ich in dieser Frau! Ihr mein Erbgut verpassen! Sie atmete zischend aus, rhythmisch, sie machte genau die richtigen, kleinen Geräusche, die mich vollautomatisch funktionieren ließen. Gutes, altes, uraltes Programm! Vorfahren meiner Vorfahren meiner Vorfahren! Und alle steckten in mir drin wie ich gleich in Laura drinstecken würde. Generationen! *Generationen!* Generationen! AhhhhHHHHhhh!

Ich berührte ihre Seele.

Wir verloren das Gleichgewicht, wir knallten hart an die andere Wand, schrammten zusammen am rauhen Putz entlang. Ihre Hände schlüpften sanft von hinten in meine Hose und griffen meinen Hintern. Dabei ihre Zunge in meinem Mund! Ihre Düfte, ihr Geruch! Ihre Jeans, ihre verdammten Jeans! Runter damit! Sie kreischte mir leise ins Ohr. Die Frau! Diese FRAU! HhhHHHhhhh! Vorwärts! Weiter!

Plötzlich aber wurde sie schwächer, sie ließ mich schließlich ganz los, stolperte zurück und sah mich an. Laura blutete an der Lippe. Ich hatte sie gebissen. Der Nebel in meinem Hirn lichtete sich allmählich, Hormone strömten zurück. Die Luft im Servicegang war frei von Zusatzstoffen, die Wirkung verließ uns.

Laura starrte mich an, biß sich dabei krampfhaft in die Unterlippe. Eine einzelne Träne floß in ihren Mundwinkel. Sie schleckte sie weg. Ich kapierte erst jetzt, wie sehr ich sie liebte. Ganz und gar wollte ich sie haben. Nie hatte ich eine Frau wie sie vorher gesehen oder gehabt. Für alle anderen Frauen in meinem Leben hatte ich insgesamt nicht soviel verspürt wie für diese hier in den letzten Sekunden. Wenn sie mich nur jetzt nicht haßte! Wenn sie jetzt nur nicht wegging, entsetzt von mir und von sich selbst! Aber nur die Belüftung surrte. Ich roch die Spuren von ihrem Schweiß, die fein in der Luft schwebten. Mein Herz pumpte, mein Körper pulsierte. Laura atmete tief und gleichmäßig durch und rutschte mit dem Rücken an der weißgetünchten Wand nach unten, setzte sich hin. Sie weinte und starrte ins reinweiße Nichts dort an der anderen Wand und ich stand da und Kopfschmerz bohrte sich mir quer durchs Hirn. Keinen Fehler machen! Keinen Fehler! Keinen Fehler.

„Laura“, begann ich, etwas zu hektisch, „sie tun was in die Luft, weißt du?“

Laura nickte, vermied allerdings, mich anzusehen.

Ich machte weiter: „Waren wir das, gerade eben? Wir zwei?“

Beide wußten wir genau, was passiert war. Es gab keinen gnadenvollen Filmriß wie beim Vollrausch.

Da sagte Laura: „Dochdoch. Das war ich.“ Sie sah mich fest an. Direkt in die Augen. Und lächelte ein bißchen unverschämt. „Und du auch.“

Ich brauchte alle Energie, um ihrem Blick standzuhalten. Es lohnte sich. Sie lächelte mich immer noch an. Langsam setzte ich mich ihr genau gegenüber. Wenn wir unsere Füße ausstreckten, dann paßten unsere Schuhsohlen genau aneinander. Völlig kompatibel, haha. Überall. Schön.

Die Neonröhren summten, summten, summten.

Sie schaute mich immer noch an. Sie konnte meine Gedanken lesen. Ihr Blick war warm und freundlich und er erlaubte mir, mich zu ihr ’rüberzusetzen. Sie legte ihren Kopf an meinen. „Sag mir, was du denkst“, forderte ich sie auf.

„Mußt du immer genau wissen, woran du bist?“ konterte sie leise. Sie hatte recht. Wir sollten erfahren genug sein, uns nicht bedenkenlos um den Hals zu fallen. Etwas war da. Und es schien noch viel Zeit zu brauchen, um sich zu entwickeln. Wir sollten es nicht dabei stören. Undsoweiterblabla. Vernünftig sein. Vernunft beweisen. Verantwortlich sein.

Ich nahm ein Papiertaschentuch und tupfte ihr vorsichtig das Blut von der Lippe. Hellrotes, zerflossenes Blut. Blutblume auf dem Taschentuch. Taschentuch. Blut.

Ich erinnerte mich an ihre Hände an meinem Hintern. Kräftige, schlanke Hände. In meiner Hose, Lauras Atem in meinem Gesicht.

„Unvernunft ist genial!“ entfuhr es mir. Laura lachte mich allwissend an.

„Rrrichtig!“ schnurrte sie und blinzelte kätzisch und sie fixierte mich plötzlich herausfordernd, öffnete leicht ihre Lippen und zeigte sanft und langsam mit ihrem herrlich langen Zeigefinger auf ihre kleine Bißwunde. Ein winziger, einzelner Blutstropfen floß heraus.

„Du könntest es auch vorsichtig wegschlecken!“ sagte sie seidig.

11

Ich hatte Laura zum Wagen hinausbegleitet und eilte nun alleine durch die Hallen des Einkaufszentrums. Rundherum gedopte Kunden. Die Geräuschkulisse tönte zeitlupig, unter Drogen bewegten sich die Leute langsamer und sagten nicht viel. Mein Gegenmittel hatte sich mittlerweile auf die neue Wirkstoffkombination eingepeilt und hielt mir den Kaufrausch vom Leib. Variabel/intelligenter Impfstoff. Ein Abfallprodukt aus der AIDS-Forschung. Die Kopfschmerzen ließen nach, und ich fühlte mich wieder besser. Mit Lauras feinem Geschmack im Mund betrat ich das Fotogeschäft. Die Luft in dem Laden war warm und trocken, in einer Vitrine standen alte Kameras aus zweiter oder dritter Hand. An alten Kameras konnte ich noch nie vorbeigehen. Die Händler wurden die Kameras aus den 80er und 90er Jahren nicht los, weil sie noch das alte Filmformat hatten. So manchen Apparat, für den ich in meiner Jugend geschwärmt hatte, konnte man jetzt billig bekommen. Ich hatte nie viel Geld gehabt, als ich jung gewesen war. Anstatt zu fotografieren, hatte ich deshalb viel gezeichnet. Meine erste eigene Kamera hatte mir mein Vater geschenkt. Eine schöne, kleine Spiegelreflex aus Japan. Völlig mechanisch. Ohne Motor. Batterien nur für den Belichtungsmesser. Ich hatte sie nie verkauft, auch dann nicht, als es mir schlecht gegangen war. Denn gerade damals, zu meinen dunkelsten Zeiten, legte ich mir immer genug Geld für Filme zur Seite, um immer fotografieren zu können. Zu der Zeit konnte ich nicht mehr reisen. Ich saß in Abensberg fest. Ich konnte nicht weg, also beschloß ich, in meiner eigenen Stadt Tourist zu sein. Zum Zeichnen reichte meine Kraft nicht mehr. Ich zog mit meiner Kamera herum und stellte mich auf die Plätze und fotografierte. Ich kroch in die dunkelsten Ecken und fotografierte. Ich ging in alte Gebäude und fotografierte. Ich fotografierte alles. Menschen, Tiere, alles. Ich kaufte Filme und Chemikalien statt Fleisch, denn ohne Fleisch konnte ich leben, ohne Fotos nicht. Die Fotos bestätigten mir, daß ich noch lebte. Ich sah sie an und wußte, daß ich sie gemacht hatte. Das half mir überleben. Tatsächlich. Denn eines Tages fiel ich diesem Kerl von der Zeitung auf. Meinem Vorgänger. Er fragte: „Junge, was fotografierst du da?" Ich antwortete: „Alles". Die beste Antwort meines Lebens. Denn der Kerl brauchte Fotos von der Stadt, um seine Seite vollzukriegen. Schon war ich im Geschäft. Erst als freier Mitarbeiter, dann als Redakteur. Ich hatte einen Job und ich konnte mir wieder was Anständiges zu essen leisten. Und vernünftige Kleidung. Die Zeiten wurden wieder besser, der Aufschwung kam, und ich wurde besser bezahlt, und am Ende war ich für meine Maßstäbe direkt wohlhabend. Ein sattes, ein warmes, ein gutes Gefühl.

„Kann ich Ihnen behilflich sein?" Eine schicke Verkäuferin.

„Bitte entwickeln und vergrößern", bat ich eilig. „So schnell wie möglich."

Die Verkäuferin strahlte mich bambiäugig an, als wäre ich die Reinkarnation von John F. Kennedy.

„In einer Stunde, mein Herr!" Auch sie war voll drauf. Vielleicht hielt sie so den Job aus. Viele Angestellte ließen die Gegenmittel weg, genauso wußten alle Stammkunden, was hier in der Luft so alles 'rumschwirrte, und sie kamen trotzdem. Kein Wunder, denn so billig kam man selten auf einen Trip in angenehmere Bewußtseinszustände. Die Verkäuferin mit ihrer scharfen Zitterrochendauerwelle, rotem Schleifchen im Haar und diesem eng auf Körper geschnittenem, teuren Kostüm sah aus, als wollte sie mir jeden Moment an die Wäsche. Das Zeug machte einen zum Tierchen. Es aktivierte den Jagdtrieb. Jagen und Sex. Fressen und Ficken. Primitives Bioprogramm. Unangenehm.

„Bis später!" zwitscherte sie mir hinterher, ich sah zu, daß ich wegkam. Draußen auf dem Gang beschloß ich, mich erst mal wieder hier umzusehen. KonsumiWunderwelt! Spaßig. Vor allem das schrille Ausrufezeichen. Nachdem ich die Haupteinkaufsstraße einmal rauf und runter geschlendert war, wußte ich, warum das Management auf den Psychogasangriff ausgewichen war: Die Bausubstanz der KonsumiWunderwelt! befand sich nicht mehr in allerbestem Zustand. Au contraire. Sie war total heruntergekommen. Nur die Eingangszonen wie Kaufhaus Eins wurden auf dem neuesten Stand gehalten. Weiter drinnen sah es lausig schlecht aus. Verfault. Die zugedröhnten Kunden stolperten über den löchrigen Fußboden, in dem oft ganze Kacheln fehlten. Die unter Glasdächern angebauten exotischen Pflanzen waren entweder verdorrt oder wucherten hinauf bis zum von rostigen Stahlträgern versperrten Himmel, von wo aus gerissenen Versorgungsleitungen allerlei interessante grünliche Flüssigkeiten auf die schwach bevölkerte Galerie heruntertropften.

Die Leute schien das nicht zu stören.

Sie nahmen überhaupt nichts wahr.

Außer den Waren, of course.

Da schau an. Der ehemalige Taschenbuchladen. Hier hatte ich früher immer meine Bücher gekauft. Sozusagen der Startplatz in die Imagination. Mit dem Geschmack nach verlorenen Tagen im Hirn bog ich um die nächste Ecke. Ich blickte auf, in diesem Moment schossen die ersten frischen Sonnenstrahlen des Tages hellweiß durchs Glasdach. Sie brachen sich tausendfach in den transparenten Röhren und sprudelnden Wassertanks, die dekorativ im Atrium der KonsumiWunderwelt! aufgestellt waren. Plastikpalmen. Bekifft grinsende Konsumenten. Aber da gab's noch mehr! Hypnotisiert ging ich auf den mittleren, auf den ganz, ganz großen Wassertank zu. Eine transparente Röhre, in der Luftblasen herumblubberten. Wie in der Dekoration einer 70er-Jahre-Disco. Und ein bleicher, menschlicher Leichnam schwamm mittendrin. Hiroshi! Der tote Japaner schwebte schwerelos im Wasser, umtanzt von Myriaden fröhlicher Luftbläschen. Langsam drehte er sich in der Strömung um die eigene Achse. Kein Blut. Man mußte ihn erwürgt haben. Ich ging näher ran. Mein Frühstück schoß mir bitter in den Mund zurück. Nur mühevoll konnte ich mein Verdauungssystem zu mehr Disziplin überreden. Der Magen krampfte. Ich spähte nach dem Gesicht des

Japaners. Da. Hiroshi blickte betreten drein – aber keinesfalls tot. So sah kein Toter aus. Ich hatte zwar in meinem ganzen Leben noch keine echte Leiche gesehen, aber ich konnte mir einfach keine Leiche vorstellen, die so gelangweilt guckte wie dieser tote Hiroshi. Die Hände! Es waren noch beide Hände dran! Und eigentlich mußte er ja oben schwimmen, wenn er eine Leiche war. Leichen taten sowas, das wußte jeder Krimileser. Ich hatte einen Verdacht. Aber um diesen zu bestätigen, mußte ich diesen Hiroshi erst aus seinem Seemannsgrab herausholen.

Die KonsumiWunderwelt! kam mir dabei zur Hilfe. Auf der Galerie entdeckte ich ein Geschäft für Angelbedarf, dessen Besitzer frei von Drogen und recht rührig war. Gemeinsam schafften wir es, diesen schwimmenden Hiroshi (?) aus dem Glaszylinder herauszuziehen.

Ich gab dem Mann ein Trinkgeld, aber er dachte nicht daran, zu verschwinden. Er hieß Karl, hatte ein rotes Holzfällerhemd an und trug ein blondes Oberlippenbärtchen.

„Was is denn des?" wollte Karl wissen.

Ich auch. Hiroshi war es jedenfalls nicht. Es handelte sich um eine Kopie, eine Nachbildung aus einem weißlich-bröseligen Material. Bis zum letzten Pickel hatte jemand Hiroshi perfekt nachgebildet. Und dann weggeworfen.

„Das ist eine 3D-Kopie aus einem Stereokopierer", entschied ich. „Und zwar eine ziemlich gute! Fühl mal!"

Karl quetschte Hiroshis Bizeps prüfend zwischen Daumen und Zeigefinger. Er griff in Schaumgummi.

„Vui Schmalz hat der ned", kommentierte er und grinste schnurrbärtig.

Karl, der Angler war so freundlich wie neugierig und half mir beim Tragen der Kopie. Glücklicherweise war auch die Stunde um, und ich konnte meine Aufnahmen von der schicken Fotomieze abholen. Ab ins Fotomiezengeschäft!

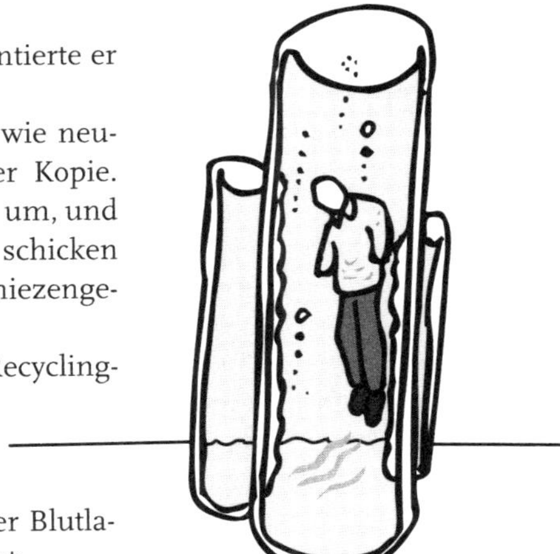

Hektisch riß ich die braune Recycling-Fototüte auf, um nachzusehen, erleichtert stieß ich die Luft aus den Lungen. Wir hatten uns nichts eingebildet. Da war eine Hand in einer Blutlache zu sehen. Scharf und deutlich. Gut.

„Tschühüß!" flötete mir die Fotomaus nach. Ich winkte ihr fröhlich zum Abschied zu und trug mit Karl den tropfenden falschen Hiroshi zum Auto. Ein Bild für Götter. Und für Laura.

„Jetzt hat ihn der Kaufrausch doch erwischt!" stöhnte sie entsetzt. „Wieviel hat der Pappkamerad gekostet?"

12

„Du solltest auch was essen."

Laura streckte mir ein Stück von ihrem Wiener Schnitzel mit ihrer Gabel unter die Nase. Lustlos schnappte ich mit dem Mund danach und kaute gedankenschwer vor mich hin. Wir saßen in Abensberg, im Café ‚Ciao', dem ehemaligen ‚Au revoir', direkt an der Hauptverkehrsstraße. Minuspop-Muzak von Antenne Bayern gurgelte aus den Deckenlautsprechern, Mittagspäuslerinnen stritten leise über ihren Tagesgerichten, wer von ihnen den blöderen Chef hatte.

„Ich muß wieder arbeiten", stellte ich fest. Laura kaute an ihrem Schnitzel und schüttelte den Kopf. Nachdem sie 'runtergeschluckt hatte, gab sie mir noch einen guten Ratschlag:

„Sag ihnen doch, du wärst auf Recherche zu einem heißen Fall!"

Ich lachte heiser.

„Hähä! Très funny! Hier gibt es keine heißen Fälle. Mein Kollege Harald wird mich bereits mit seinem Voodoo-Püppchen verflucht haben. Ich bin schon appetitlos."

Die mißmutige Bedienung bestrich mit einem unendlich gelangweilten Radarblick die Tische. Bei mir und meinem leeren Saftglas blieb sie hängen.

„Wollns no was zum Trinken?" Im Kellnerinnen-Jargon bedeutete das übersetzt: „Du Depp hockst schon viel zu lange vor deinem leeren Glas rum und bestellen tust du eh nix mehr! Verpiß dich und mach den Platz für spendablere Typen frei!"

Laura hob den Kopf.

„Geh schon mal in die Redaktion und laß dir was einfallen! Ich komm dann nach."

Ich bezahlte (kein Trinkgeld für die Hängebacke!!!), erklärte Laura den Weg zur Redaktion und verließ das Lokal. Es nieselte. Eigentlich konnte ich mir ja den Weg in die Redaktion sparen. Ich kannte schon jetzt den Ablauf genau. Ich würde die Tür öffnen, Harald würde vom Computer aufblicken und: „Na? Sieht man dich auch mal wieder?" sagen und mir dann gleich einen Deppenjob aufhalsen: „Heute abend ist Stadtratssitzung! Da gehst du hin! Ich muß nämlich zum Kaninchenzüchterclub und die ersten Genkopie-Kaninchen begutachten!" Ganz klar. So müßte es kommen.

So kam es auch. Ich ging zur Tür herein, begrüßte die Jungs von der Anzeigenabteilung und trat, Keuchhusten simulierend, dem Kollegen Harald entgegen. Die wohlbeleuchteten Redaktionsräume strahlten weiß und warm. Wie immer. Nutzlos hing der Ventilator zwischen zwei glasverkleidet summenden Neonröhren. Alle Flächen sauber und aufgeräumt. Harald haßte Unordnung. Das war gut so. Er räumte auch mein Zeug weg. Unsere Schreibtische standen sich genau gegenüber, dennoch waren wir durch zwei große, flache Layoutbildschirme getrennt. Harald konnte mein Gesicht nur dann sehen, wenn wir beide etwas Akrobatik vollführten, so groß waren die Monitore. Ein funktionsüberladenes Faxtelefon hockte auf einer drehbaren Abstellfläche daneben. Unsere digitale Dienstkamera hing griffbereit mit ihrem abgegriffenen Lederriemen am Kleiderständer. Wie immer.

„Na?" sagte Harald cool. „Sieht man dich auch mal wieder?"

Er blickte nicht mal von seinem Kaninchenzüchterartikel auf. Bläuliches Monitorflimmern bestrahlte sein schmales Gesicht. Frankenstein Junior.

„Krank, ey? Ich hab' da 'nen ruhigen Job für dich. Heute abend ist Stadtratssitzung. Da kannst du hingehen. Ich muß zu so 'ner Promotion. Dessous-Modenschau im Weißbierstadl."

Energielos ließ ich mich in meinen Stuhl fallen. Automatisch fuhr sich mein Computer hoch.

„Soll ich dir dafür mein Teleobjektiv leihen?"

Er tippte weiter. Er tippte mit der Hektik, mit der sich ein Hamster seinen Fraß in die Backentaschen stopfte. Ein blöder Vergleich, aber er stimmte genau.

„Schiebst wieder den Blues, ey?" grinste Harald, der Hamster. Er meinte es freundlich und aufmunternd, aber die Bemerkung brachte mich in geradezu neurotische Rage. Verbissen würgte ich den Kloß im Hals 'runter.

„Was gibt's denn im Stadtrat?" krächzte ich.

Harald machte „Pft!". „Keine Ahnung. Großes Geheimnis. Sie rücken wieder die Unterlagen nicht raus."

Wunderbar.

„Kannst schon mal den Umbruch machen", schlug Harald vor.

Während ich die Software aktivierte, dachte ich fieberhaft nach, wie ich der Stadtratssitzung entkommen konnte. Schwächeanfall? Hämorrhoiden? Tischtennis-Arm?

Die morgige Seite erschien groß und farbig auf meinem Schirm. Haralds Aufmacher: „Einkaufszentrum soll vergrößert werden". Interessant. Wow. Das Konsortium plante, hinter der McDisco noch einen lila Würfel zu errichten, in dem ein Elektronik-Discounter und eine Filiale der Sonnenstudiokette ‚NOzonialand' unterkommen sollten. Der Stadtrat war dagegen. „Umweltschutzgründe." Denn der Klotz sollte mitten in die allerletzten Feuchtwiesen hineingebaut werden. Konsortiumschefin Marion Muellers konnte diese Bedenken nicht verstehen: „Für den Rest haben wir ja auch die Genehmigungen gekriegt!" Die geschäftstüchtige, dreimal geschiedene Dauerwellenträgerin im altrosa Business-Outfit präsentierte auf Haralds Pressefoto unschuldsmienig eine tolle Computergrafik, auf der der Anbau wunderschön, von Störchen umschwebt, in die Auenlandschaft eingebettet war. Und sowas in meinem Blatt! Da hatte Harald seinen Journalistenjob mal wieder mit dem des PR-Managers verwechselt. Ihm passierte sowas oft und gern. Die Muellers-Crew war ihm dafür bestimmt nicht undankbar. Bestimmt nicht. Aber, verdammt, ich konnte dem Kerl die Annahme gewisser Gefälligkeiten nicht nachweisen. Und Harald war schlau. Er hielt sein Vorgehen für absolut legitim. Er versteckte sich damit trotzdem. Er wußte, was ich von Gefälligkeitsjournalismus hielt.

Energisch schmiß ich das Foto raus und ersetzte es durch eines von mir aus dem Archiv, das die häßliche, rostzerfressene Rückseite der schon bestehenden Anlage des Einkaufszentrums zeigte. Mitsamt dem naturgeschützten und dennoch einbetonierten Bach. Ich war ziemlich in Stimmung für sowas. Als der Umbruch stand, ging ich auch schon wieder. Ich wollte zu Laura.

„Vergiß nicht die Sitzung!" schrie Harald mir nach. Beim Hinausgehen wäre ich fast mit Laura zusammengeprallt.

„Na, du guckst aber stinkig!" kommentierte sie meinen muffigen Gesichtsausdruck. Gemeinsam schlenderten wir die Baderstraße runter zur Abens.

„Du hast dich nicht loseisen können, stimmt's?"

Hmm.

„Richtig. Heute abend ist Stadtratssitzung. Ich muß berichten. Vielleicht könntest du mit Yoshi auf UFO-Jagd gehen."

Laura schüttelte sich.

„Nein. Ich... ich mag Yoshi nicht so richtig. Er ist so japanisch."

„Nanana! Wer wird denn da fremdenfeindlich?"

Sie hakte sich bei mir unter.

„Außerdem will ich bei dir bleiben. Langweilen wir uns also gemeinsam im Stadtrat."

„Langweilen? Es ist meistens ziemlich lustig da!"

„Soll ich mein Opernglas mitnehmen?" kicherte sie.

„Einlaß nur mit Abendkleid und eigenem Fettnäpfchen!"

Am Abend hatte sich Laura tatsächlich fein gemacht. Sie trug eine riesige, teure Lederjacke, aus deren Ausschnitt ein buntes seidenes Halstuch flatterte. Elastische schwarze Hosen an ihren schlanken Beinen. Modisch-leichte, luftgefederte Lederstiefel dazu. Zum Spaß hatte sie sich eine Restlichtverstärkerbrille von Yoshi geborgt. Die Technofrau fürs nächste Jahrhundert!

„Die Jungs im Stadtrat werden den ganzen Abend nur dasitzen und dich anstarren", prophezeite ich.

„Ha!" freute sich Laura. „Dann tun sie wenigstens was Vernünftiges!"

Yoshi war auf die Felder hinter dem Haus hinausgezogen. Er schleppte leichtes UFO-Equipment mit sich mit. Ich hatte ihm weisgemacht, daß in dem aufgelassenen Steinbruch am nächsten Hügel des Nachts manchmal seltsame Lichter zu sehen waren. Jetzt versuchte er, wenigstens irgendwas Mysteriöses zu filmen, das er seinem Boß vorzeigen konnte. Mir schien, er hatte von Deutschland genug.

„Wir müssen Hiroshi wiederfinden", sagte ich. Laura trieb ihr schrottreifes Auto gnadenlos vorwärts. „Die Puppe aus dem Einkaufszentrum beweist, daß er noch lebt."

Laura fauchte verächtlich.
„Sein Kumpel, dieser Yoshi, tut überhaupt nichts für ihn. Wenigstens Anzeige hätte er erstatten können!“
Da mußte ich widersprechen.
„Wenn es tatsächlich die Armee war, die Hiroshi entführt hat, dann ist es nutzlos, die Polizei zu informieren. Das würde ihre Aufmerksamkeit höchstens noch stärker auf uns lenken. Schätze, Yoshi wartet ab, bis die Entführer mit ihm in Verbindung treten.“
Der Fiesta ratterte auf die Stadt zu. Hohl hallte der Motor von den leeren Wänden wieder.
„Oh Mann! Bin ich denn von lauter Machiavellis umgeben? Ihr kühlen Denker würdet wahrscheinlich die eigene Oma für ein halbes Pfund Rationalismus verhökern!“
Das wollte ich so nicht auf mir sitzen lassen!
„Wir haben angefangen mit der Suche, und wir bleiben dran. Heute Abend aber können wir nichts mehr tun. Außerdem bin ich sicher, daß Hiroshi wohlauf ist und daß sich seine Entführer bald von selber melden werden.“
„Ich liebe notorische Optimisten!“ sagte sie beißzangig. Prima!
Blechern dröhnten wir durchs Regensburger Tor, das einzige Stadttor, das von der mittelalterlichen Verteidigungsanlage übriggeblieben war. Niemand bewegte sich auf den holprigen Straßen der Altstadt. Nur hinter schwach glimmenden Wirtshausfenstern bewegten sich klobige menschliche Schatten.
„Das Rathaus ist neben dem Hotel Gurglbauer?“ fragte Laura nach.
„Gegenüber. Vielleicht kriegen wir noch einen Parkplatz.“

Auch auf dem Stadtplatz war nichts los. Tauben, Katzen, keine Menschen. Nur im ersten Stock des Rathauses, im Sitzungssaal, brannte warmes Licht. Leider konnten wir keinen Parkplatz mehr kriegen, das Auto mußte beim Aventinusdenkmal vor dem Schloß abgestellt werden. Durch die Kälte stapften wir dann zurück zum Rathaus. Vorbei an der Apotheke. Von der Neonreklame der Apotheke brannten nur noch die ersten drei Buchstaben. ‚APO‘ leuchtete es revoluzzerrot in die Nacht. In der dusteren Discohöhle gegenüber dem Rathaus hingen ein paar Gestalten im Schatten rum.
Unwillkürlich schaltete ich auf Kampf-/Fluchtreaktion. Laura aber sah sich ruhig und interessiert um. Sie öffnete mit einer kräftigen Bewegung die knarzige Holztür des Rathauses. Schnell schlüpfte ich hinterher. Die schwere Tür fiel metallisch krachend in ihr Schloß zurück.
„Von außen ist das Rathaus schöner“, kommentierte Laura die schäbige Eingangshalle. Ihr Blick strich über die holprig verlegten Kalksteinfliesen am Boden, über schlampig in den rostigen Informationsständer gestopfte, veraltete Broschüren, über die schwarze 70er-Jahre-Stecktafel, an der Namen und Zimmernummern der einzelnen Amtsinhaber der Stadt mit vergilbt-weißlichen Plastikbuchstaben befestigt waren.
„Funktioniert der Aufzug?“ fragte sie mißtrauisch.

„Ja. Aber wir müssen ihn nicht nehmen." Ich wies portierhaft auf die schmale, schräge Treppe rechts daneben.

„Puh! Bin ich froh! Ich hasse Aufzüge!"

Geschmeidig stieg sie hinter mir her.

„Mann! Habt ihr schon mal daran gedacht, hier zu modernisieren?"

Der Lokalpatriot in mir antwortete auf ihre Lästereien: „Bei uns legt man eben mehr Wert auf effiziente Verwaltung als auf Äußerlichkeiten! Außerdem ist das Rathaus nicht heruntergekommen, sondern in historischem Zustand belassen! Das ist ein Unterschied!"

„Huch! Warum versuchst du's nicht als Pressesprecher? Sie würden dich lieben! Und was die Effizienz angeht ... Das werden wir gleich sehen!"

Ähh. „Zwischen Verwaltung und Stadtrat bestehen gewisse Unterschiede", versuchte ich umzubiegen. Hoffentlich benahmen sich unsere Volksvertreter heute etwas ruhiger als sonst. Der Stadtrat war fast vollständig zusammengetreten. Ich nickte Bürgermeister Alfons Kirmair (BPD) artig zu und setzte mich auf mein Presseplätzchen. Meine alten Kumpel Fritz und Leo saßen auch da. Jeder von ihnen hatte eine Chipstüte und eine Familienflasche Billig-Cola vom Waldimarkt dabei: Sie erwarteten einen vergnüglichen, langen Abend, fröhlich winkten sie zu mir 'rüber. Laura entdeckte die zwei sofort.

„Sag mal, ist das hier so üblich?" flüsterte sie mir zu.

„Früher eigentlich nicht. Aber solange Fritz und Leo die Würde des Gremiums wahren und nicht allzu laut mit den Chipstüten rascheln, wird Bürgermeister Kirmair sie wohl in Ruhe lassen."

Zumal sie seine Neffen sind, wollte ich noch hinzufügen, ließ es aber dann doch bleiben. Der Stadtrat stand – wie immer – mächtig unter Dampf. Es ging um die Erweiterung des Einkaufszentrums, um den häßlichen Betonklotz im Naturschutzgebiet. Marion Muellers (BPD) hatte sich zu diesem Anlaß mächtig modedesignt und mörderisch parfümiert. Denn heute galt es ausnahmsweise nicht nur die Opposition zu becircen, sondern auch die meisten der eigenen Parteigenossen umzudrehen. Anscheinend hatte die rosarote Computervision, die sie überall hatte verbreiten lassen, nicht ganz die gewünschte Wirkung erzielt. Gerade Stadtrat Karl Krampl, laaaangjähriges BPD-Mitglied und graue Eminenz hinter Bürgermeister Kirmair sowie begeisterter Naturfreund und Waidmann mit dunkelgrünem Mercedes-Benz-Geländewagen, dachte nicht daran, die Abensauen und den romantischen Sallingbach gegen einen lila Bunker einzutauschen. Dazu kamen beträchtliche persönliche Animositäten. Krampl und seine ‚g'standneren' Kumpane aus der goldenen Gründerzeit der BPD liebten nämlich alte Traditionen und konnten Leute wie Marion Muellers, die mit diesen Traditionen nichts anfangen konnten, auf den Tod nicht ausstehen. Muellers dagegen stützte sich auf eine langsam wachsende Gruppe von jungen Geschäftsleuten, die vor allem an ihr eigenes Wohl dachten und sonst vielleicht noch ein kleines bisserl an ihre eigenen Profite. Der Bürgermeister hing irgendwo zwischen diesen zwei Gruppen. Er konnte es sich nicht leisten, die alten Parteigenossen und obersten Meinungsmacher oder andererseits die Gewerbesteuerzahler zu verärgern. Er würde sich also auf die Seite der Mehrheit schlagen, schien aber mit Krampl zu symphatisieren. Die Opposition zur BPD war nicht nennenswert. Ein paar Lehrer, Hausfrauen und Bauern von diversen Ortslisten sowie einer winzigen Öko-Gruppierung. Trotzdem schienen diese Leute diesmal das Zünglein an der Waage zu sein, was sie sichtlich genossen.

Es ging los. Marion Muellers, in pastellgelbem Business-Outfit mit gewagtem Minirock und sexy Strümpfen mit Naht – sie sah eher aus wie eine Chefsekretärin aus einer schlechten amerikanski Seifenoper als wie die mächtigste Geschäftsfrau von Abensberg – hielt ihre Rede. Sie sprach von „Arbeitsplätzen" und einer „eminent wichtigen Attraktion für Abensberg" und natürlich auch von viel, viel „Geld". Krampl donnerte seiner „geschätzten Kollegin" gleich vor den Latz, daß ihr „ausufernder Aldi-Slum" am Stadtrand eh' schon eine architektonische Schande sei, die man besser verstecken solle, anstatt sie zu vergrößern. Da fuhr Muellers die Krallen aus. Sie stichelte, Krampl wäre auch nicht mehr „der Allerschönste" und sie wäre doch gezwungen, ihn in jeder Sitzung wieder anzuschauen. Sie empfahl ihm „wärmstens", einmal die Schönheitsfarm in ihrem Einkaufszentrum zu besuchen. Die Muellers-Brigade kicherte dreckig, die Krampl-Boys grummelten in ihre Schnauzbärte und schworen der gegnerischen Gewitterziege ewige Rache. Fritz und Leo prusteten in ihre Colaflaschen und Laura wunderte sich. Es ging weiter. Muellers versuchte, den Bürgermeister aus der Reserve zu locken. Er solle bitte für „mehr Fraktionsdisziplin" sorgen. Parallel dazu schoß Krampl einen megadusteren Killerblick auf Kirmair ab. Der arme Bürgermeister durfte sich jetzt zwischen Scylla und Charybdis entscheiden. Verdammt! Hektisch fuhr er sich über die Glatze und kippte ein Glas Mineralwasser. Alle Anwesenden blickten nur auf ihn. Er schien unter dieser Aufmerksamkeitsenergie zu verschrumpeln. Er wurde kleiner und kleiner. Gerade, als die Spannung am größten und sogar das Knistern von Leos Chipstüte erstorben war, meldete sich Marion Muellers wieder zu Wort. Sie streckte sich und machte dem Bürgermeister und ihren „geschätzten Fraktionskollegen" ein tolles Angebot, bei dem alle ihr Gesicht wahren würden: Die Stadt solle für die geplanten Geschäfte doch das kürzlich erworbene Grundstück am Ortseingang gegenüber der Mercedes-Werkstätte zur Verfügung stellen. Und natürlich für eine Anfahrtsmöglichkeit sorgen. Dann wäre die Erweiterung des Einkaufszentrums überhaupt nicht mehr nötig. Jetzt erst kapierten alle – ich übrigens eingeschlossen – daß das ganze Öko-Bedrohungs-Manöver nur ein Trick von Muellers und Konsorten gewesen war, um das begehrte Grundstück zu bekommen. Das gab einen Artikel plus scharfen Kommentar! Marion Muellers dachte sich das auch und lächelte zuckersüß zu mir herüber.

„Schreiben Sie auch alles schön mit?" Ich grinste so fies wie möglich zurück und nickte. Marion Muellers bekam das Grundstück.

„Hast du was mit der Tante?" knurrte Laura und krallte mir brutal in den Oberschenkel.

„Danke“, sagte ich so ruhig wie möglich, „meine Geschmacksnerven sind noch völlig in Ordnung.“

Ihre Hand kam auf meinem Bein zu liegen, sie begann damit, es langsam zu streicheln. „Tut mir leid“, schnurrte sie. „Eifersucht ist was Ekelhaftes.“

„Du ahnst nicht, wie glücklich du mich machst, liebste Laura!“

„Alter Schleimer!“ Sie streichelte auch die Innenseite meines Schenkels.

„Wenn du damit weitermachst“, flüsterte ich ihr, „dann garantiere ich für gar nichts mehr!“

Natürlich machte sie weiter.

„Super! Du könntest mich auf den Tisch werfen und wir könnten den Typen zeigen, wie man erfolgreiche Bevölkerungspolitik betreibt“, sinnierte sie. „Das würde mir gefallen. Aber ich glaube, diese Spinner haben ihre Dosis Action für heute Nacht schon gehabt.“

Der nächste Sitzungspunkt betraf Straßenlaternen.

Ein interessantes Thema, fand Laura.

„Meinen die diese Dinger an den langen, harten Stielen?“ fragte sie und guckte viel zu unverschämt für diese heiligen Ratsräumlichkeiten.

Der Stadtrat ging, Alfons Kirmair blieb zurück und dachte nach. Vor ihm breitete sich die weite, glatte Fläche des massiven hölzernen Sitzungstisches aus, am anderen Ende der Tafel blickten die Fotos der Abensberger Ehrenbürger von der Wand. War es Nacht, so wie jetzt, dann hingen die schwarzweißen Portraits schummrig im Schatten. Man sollte sie anstrahlen, fand Kirmair. Er war dieser Meinung, weil er fest daran glaubte, daß auch sein Bild einmal dort an der alten Rathauswand hängen würde. Na, von oben herab konnte man die Bilder schlecht beleuchten. Die hölzerne Decke des Sitzungssaales war einfach zu hoch. Vielleicht neue Rahmen mit eingebauter Lichtquelle? Er würde morgen seiner Sekretärin Bescheid geben.

Alfons Kirmair erhob sich schnaufend und ging zum Ausgang und löschte die Lichter im Sitzungssaal. Im engen, schmutzigen Korridor summte noch der alte, monströse Fotokopierer. Auch ihn schaltete Kirmair ab. Leises, trockenes Heulen vom auslaufenden Ventilator schallte durch die leblosen, verwinkelten Gänge des alten Rathauses. Kirmair war verschnupft, er zog lautstark seinen Rotz hoch und beäugte die fleckigen Bebauungspläne an der feuchten Wand. Der allergrößte Fleck auf den Plänen war das Einkaufszentrum. Verdammte Muellers! Seit sie sich hier hereingedrängelt hatte, war die Stadt nicht mehr dieselbe. Das Gleichgewicht war weg. Das delikate Gleichgewicht. Der Bürgermeister stapfte über knarrende Dielen am Schreibtisch seiner Sekretärin vorbei in sein Büro. Das Namensschild hinter der schmuddeligen Plexiglashalterung an der Tür war vergilbt, so lange war er hier schon Bürgermeister. Zwischen Kirmair und Frankie gab es gewisse Parallelen. Auch der BPD-Boß hatte sein ganzes Leben hier in Abensberg verbracht. Sein ganzes Leben. Ohne Unterbrechung. Hier geboren, hier auf die Schule gegangen, in der Stadtverwaltung gearbeitet, die richtige Frau geheiratet – er kannte sie schon seit Schulzeiten, es war hier sehr wichtig für die Karriere, die richtige Frau zu heiraten – und ein Haus gebaut. Und nebenbei nie seine Verbindungen vernachlässigt. Fleiß und Beständigkeit und Berechenbarkeit und Bodenständigkeit, aus diesem Urgestein war ein BPD-Bürgermeister gemeißelt. Kirmair ließ sich in seinen ächzenden, breiten Ledersessel fallen. Es pfiff hydraulisch, der kleine silberne Bilderrahmen mit dem leicht verblaßten Foto seiner Familie darauf wackelte instabil. Kirmair schnaufte. Er schaute die Stadt an. Sein Schreibtisch stand gegenüber der Tür, durch die sie alle kommen mußten: Parteifreunde, Bittsteller, Beamte. Neben dieser Tür hatte Kirmair einen Tag nach seinem Amtsantritt höchstpersönlich eine Karte seiner Stadt aufgehängt. Ja. Dieses Abensberg, das war seine Stadt. Das würde er Muellers und Konsorten schon noch beibringen. Alfons Kirmair drehte sich herum, der Metallrahmen seines Stuhls knarzte bedenklich laut in der Stille der leeren Amtsräume. Der Bürgermeister roch das modrige Mauerwerk. Hinter sich, an der bröckelnden Wand, hatte Kirmair Fotos aufgehängt. Aufnahmen von der Stadt, die er selbst gemacht hatte. Seit jeher war er Mitglied im Fotoclub, und er fotografierte mit Begeisterung. Da mußte er kurz nachdenken. Tatsächlich: Fotografieren war die einzige Tätigkeit in seinem Leben, die nichts mit seinen öffentlichen Ämtern zu tun hatte. Kirmair betrachtete liebevoll seine Fotos. Spielende Kinder auf dem Stadtplatz, Sonnenuntergang über der Stadt und ein grobkörniges, markant-schwarzweißes Bild von der steinernen Aventinus-Statue vor dem Schloß. Bedauern schlich sich in Kirmairs Gedanken. Schade, daß er so wenig Zeit zum Fotografieren hatte. Zum ersten Mal verspürte er in diesen Räumen eine leichte Müdigkeit, und zwar genau die Art Müdigkeit, von der sich Marion Muellers wünschte, daß er sie in sich hätte. Da verkrampfte sich Alfons Kirmair in seinem abgeschabten Amtssessel, und plötzlich erschien ihm die Luft in seinem Raum viel zu muffig und der Raum selbst viel zu eng. Seine großen, rissigen Hände schlossen sich zu Fäusten. Die Müdigkeit, sie verschwand, flatternd, wie ein schwarzes Seidentuch in kühler Nacht. Der alte Bürgermeister wandte sich von seinen Fotos ab, und sein Blick kehrte zurück zu dem Stadtplan an der Wand gegenüber. Abensberg.

Diese Stadt war seine!

Er hatte sein ganzes Leben dafür gearbeitet.

Muellers konnte vielleicht ein Grundstück bekommen, aber niemals seinen Sessel.

Die Stadt würde das nie zulassen.

Da konnte er sich sicher sein.

Vollkommen sicher.

Er stand auf, löschte das Licht und ging.

13

Ich starrte danach an die Decke.
Laura lag warm und still neben mir.
Die einzige, schlanke Halogenlampe flutete den Raum mit gedämpftem Licht.
Ich hörte jetzt nichts außer Lauras Atem. Ruhig und gleichmäßig.
Es war schön, nach langer Zeit wieder eine Frau neben mir zu spüren. Gleichzeitig irritierte mich ihre Anwesenheit in meinem intimsten Bereich. Niemand außer mir hatte seit der Umgestaltung des Hauses diesen Raum betreten. Nun atmete sie hier. Neben mir. Dieselbe Luft. Völlige Ruhe erfüllte meinen Körper. Der Wind heulte ums Haus. Ich wollte mit Laura reden. Aber sie schien zu schlafen. Auch ich war müde. Gedanken und Fragen zischten meine Gehirnwindungen entlang: Wo war Hiroshi? Und Yoshi? Naja. Der würde noch mit seinen Minicomputern, Restlichtverstärkern und Kameras auf den Feldern herumschleichen. Vielleicht auch im alten Steinbruch. Hmmja. Haha. Der alte Steinbruch. Ein schöner Ort für UFOs. Ein Ort mit Vergangenheit. Dort könnten sich tagsüber UFOs gut verstecken. Unter dem Geröll. Oder mit stählernen Stelzen in der Grube verkeilt und mit elektronischer Tarnkappe vor menschlichen Blicken geschützt.
Bei Nacht würden sie aufsteigen.
Lautlos: hinauf in die Schwärze.
Nur ab und zu würde ein vorsichtiges Blinken sie verraten. Das Blinken. Positionslampen? Scanner? Sensoren?
Und der Wind. Die Luftfront, die die UFOs vor sich herschoben, wenn sie des Nachts suchend über den Hopfengärten kreuzten. Was sie hier nur wollten?
Ich schaltete das Licht aus und legte mich zu Laura. Sie drückte sich an mich und grunzte zufrieden. Weitere Gedanken: Laura. Laura! Laura! Ich wünschte mir, sie würde hierbleiben. Aber ich rechnete mir da nicht viel aus. Sie würde gehen. Ich würde dableiben. Ich war der Dableiber.
Für den Moment reichte mir ihre Körperwärme.
„Du?“ sagte Laura plötzlich verschlafen. „Sind die UFOs nur im Kopf?“
„Nein“, antwortete ich sicher. „Das wäre viel zu einfach.“
„So?“
„Ja.“
Ich hielt es nicht mehr aus.
„Laura“, sagte ich, „hast du mir eigentlich verziehen?“
„Die Schweinerei bei Hiroshis Entführung?“
„Ja. Hast du?“
„Du bist eine feige Sau, Frankie.“
Ich strampelte unruhig die Decke weg.
„Stimmt“, sagte ich. „Stimmt. Du hast recht.“

„Naja. Du bist ehrlich. Du bist ehrlich und witzig. Ein ehrlicher, witziger Feigling. Das ist besser, als bloß ein Feigling zu sein."

„Hm."

„Ich glaube, ich mag dich trotzdem. Ich vergebe dir hiermit."

„Wow!" Ich rollte 'rüber und schmatzte ihr einen Kuß auf die Wange. „Danke."

„... Unter der Bedingung, daß du bei unserem nächsten Abenteuer den Kopf hinhältst. Dann vergebe ich dir. Ein bißchen. Höchstens."

„Okay", versprach ich. „Is' wohl Ehrensache."

Sie glaubte mir, und wir schliefen zusammen ein.

14

Laura sagte mir beim Frühstück, daß sie mich liebte.

Ich haute ein Spiegelei in die Pfanne und freute mich. Es dauerte nicht lange, da schlurfte Yoshi herbei. Die dunklen Ringe unter seinen Augen ließen auf eine lange Nacht schließen.

„Guten Morgen", murmelte er und spechtete nach dem Kaffee. „Nach dem Frühstück muß ich euch was zeigen", grummelte er erschöpft. „Deine Frau kann schon mal die flache, schwarze Kiste aus meinem Zimmer holen. Mit dir muß ich noch was besprechen."

Er schielte Laura tatsächlich so lange nach, bis sie den Raum verlassen hatte. Dann hielt der Japaner seine Rede. Es war sonst gar nicht seine Art, aber er faßte mich an, als er mit mir sprach. Vielmehr krallte sich seine Hand in meinen Arm. Ich ignorierte die Schmerzen und sah ihn so ruhig wie möglich an. In der letzten Nacht schien er um Jahre gealtert zu sein. Langsam lösten sich seine Finger wieder, als ich ihm den Kaffee 'rüberschob.

„Was gibt's denn?"

„Ein technisches Problem. Die Verbindung nach Tokio ist heute Nacht zusammengebrochen."

„Na und?" wiegelte ich ab. „Wird halt der Satellit 'ne Macke haben."

Selbstverständlich wußte ich genau, welche psychologischen Folgen ein Disconnect von der Zentralintelligenz für meinen kleinen Japaner hatte. Desaströs. Vernichtend. Er wußte nicht mehr, was zu tun war, er bat sogar mich um Rat!

„Du verstehst mich falsch! So etwas kann nicht passieren! Völlig unmöglich! Unsere Kommunikationstechnik ist unfehlbar. Da sind Probleme ausgeschlossen."

Uralte Gedankenbrocken schoben sich packeisig in mein Bewußtsein. Godzilla-Filme. Die Nemesis für Japan. Atombomben. Irre Außerirdische, die es auf Sony und Mitsubishi abgesehen hatten. Solche B-Movie-Urängste mußten Yoshi jetzt wohl plagen. Ich verstand ihn. So ungefähr.

„Worauf ist das dann zurückzuführen?“ wollte ich wissen und biß in den Toast. Yoshis Augen wurden weit und schwarz und füllten sich schnell mit blanker, elementarer Angst.

„Sabotage?“

War der Kerl irre geworden?

„Schlaf erst mal weiter“, schlug ich freundschaftlich vor.

Laura trug die Kiste herein. Eine Kiste? Eher ein Modul. Genau. Ein Modul von irgendwas. Flach, schwarz, glatt, elektronisch. Verdeckte Klappen für diverse Interfaces.

„Noch nicht auf dem Markt“, fiel mir dazu ein.

„In dieser Kiste ist die letzte Nacht“, behauptete Yoshi.

Laura machte die Augen schmal und versuchte, diesen nebelhaften Gedanken so scharf wie möglich ’reinzukriegen.

„Du meinst, du bist da drin, Partner?“

Yoshi nickte mehrmals hintereinander. Zackig. Eckig. Er war eckig, der Bursche, fiel mir auf. Und er ging zu der Kiste hinüber und warf sie an. Das Gerät faltete sich lautlos auseinander. Es strahlte sich an die weiße Wand, ließ dort ein reliefartiges Pseudo-Hologramm wachsen. Der primitive Vorläufer der Realitäts-Simulationstechnik von morgen. Yoshi verteilte Helme. Tatsächlich. Die Kiste war eine Art von Mini-Gibson. Ein Cyberspace-Projektor. Zwar primitiv gegenüber den Körperloses-Licht-Projektoren der neuesten Generation, aber immerhin individualisierbar und mit direkter Aufnahmeoption.

„Es kann deine Sinneseindrücke aufnehmen, oder?“

Natürlich. Yoshi konnte sowas. Elektronisch aufgerüstet. Mikrochip in der Birne. Silikon im ZNS.

„Mit den Gerüchen klappt’s noch nicht so ganz“, entschuldigte er sich und startete die Wiedergabe. Wir wurden drei Yoshis. Dreimal der Blick durch die Restlichtverstärkerbrille, dreimal der fade Geschmack von Eukalyptusbonbon auf der Zunge. Wir liefen durch die Nacht auf den Feldern hinterm Haus.

RÜCKBLICK: YOSHI.

Yoshi schnaufte durch die kalte Nacht. Die Elektronik in seinem Schädel schmerzte. Wenigstens schien es zu funktionieren. Der Abteilungsleiter steckte in seinem Hirn und feuerte ihn an: „Weiter! Weiter!“ Die Füße des Japaners stapften schmatzig durch feuchte Felder. Alles abgemäht. Keine UFOs. Der Abteilungsleiter bestand darauf, daß Yoshi den Restlichtverstärker herunterregelte. Obwohl Yoshi diesbezüglich eine Angstneurose hatte, tat er es sofort. Unwillkürlich brach ihm der Schweiß aus, seine Herzschlagfrequenz erhöhte sich beträchtlich. „Was ist das da?“ Der Abteilungsleiter meinte den alten Steinbruch. Willenlos marschierte Yoshi auf den Steinbruch zu. Er durfte jetzt nicht denken. Das Denken übernahm Tokio. „Wo steckt Hiroshi?“ fragte Yoshi lautlos. Der Abteilungsleiter konnte jederzeit auch mit

Hiroshi docken. Behutsam mischte er Bilder von Hiroshis Aufenthaltsort in Yoshis Sichtfeld: blanke, graue Wände. Er verspürte von dort keine Schmerzen, keinen Hunger. Hiroshi war gefangen, aber wohlauf.

„Warum haben Sie mir die Bilder nicht schon früher gegeben, Abteilungsleiter? Die Eingeborenen und ich haben uns schon Sorgen um den Kollegen Hiroshi gemacht."

Der Abteilungsleiter lachte leise in Yoshis Schädel. Tausendfach sanftes Nachhallen vom Satelliten.

„Kollege Hiroshi ist in Ingolstadt. In einer Produktionsstätte, die neueste Technologie unseres Konzerns nutzt. Man wird ihm nichts tun können, ohne einen Eklat zu riskieren. Ohne unsere Unterstützung könnte die ganze Stadt sofort Konkurs anmelden. Sie werden sich hüten!"

Yoshi taumelte unbeholfen durch die neblige Realität. Auf den Steinbruch zu. Er wagte noch eine Frage: „Wieso ist er dann noch nicht frei?"

Der Abteilungsleiter seufzte.

„Die Eingeborenen wollen ihn erst befragen. Ich vermute, sie haben unsere Elektronik angepeilt. Ein paar unserer Geräte sind in Deutschland illegal und/oder nur dem Militär vorbehalten."

Yoshi war verwirrt.

„Wieso können die uns anpeilen?"

Tokio blieb für eine Sekunde fein rauschend still. Der Abteilungsleiter überlegte. „Das wissen wir nicht. Da geht etwas Ungeheuerliches vor. Anscheinend eine Kooperation zwischen Siemenstronic/ITALOTECH und einem obskuren militärischen Arm der IBM-Motorola. Amerikaner stecken da auch mit drin. Jedenfalls pfuschen die da mit Techniken herum, mit denen sie noch lange nicht umgehen können."

Nach einer erneuten kurzen Pause fügte der Abteilungsleiter hinzu: „Wir auch noch nicht. Wahrscheinlich ist dieses ... Projekt ein letzter Versuch, uns zu überholen. Finden Sie heraus, was es ist! Der Aufsichtsrat verläßt sich auf Sie!"

Over and out.

Man konnte die tonnenschwere Verantwortung spüren, die knochenhart auf Yoshis Schultern niederging. Und in exakt demselben Augenblick verschwand der Abteilungsleiter. Yoshi wußte sofort: Der hat nicht abgeschaltet! Da wurde unterbrochen!

Blanke Panik nahm den Raum in Yoshis Hirn in Besitz, der vorher vom Abteilungsleiter ausgefüllt worden war. Und die Dunkelheit! Yoshi schaltete seinen Restlichtverstärker hoch. Blieb stehen. Atmete durch. Sollte er jetzt noch den Steinbruch untersuchen? Er fühlte sich plötzlich allein. Ein ihm völlig unbekanntes Gefühl. In Tokio, in der Firma, da gab es keine Einsamkeit. Gemeinsame Arbeit, gemeinsame Freizeit, gemeinsame Abende auf künstlichen, überdachten Skipisten. Alles weg, alles dahin. Er war so einsam wie noch nie in seinem ganzen Leben. Keine Menschenseele im Umkreis von dreihundert Metern. Yoshi fühlte sich wie eine Marionette, der unwillkürlich die Fäden durchgeschnitten worden waren. Gleichzeitig fühlte er sich – frei. Yoshi kannte das Gefühl von Freiheit nicht. Was war Freiheit? Er ließ die Hosen 'runter, pinkelte mitten auf den Feldweg und hopste anschließend auf einem Bein todernst dreimal um die Pißlache herum. Mit heruntergelassener Hose. Die anschließende Stille außenrum, die vollkommene Stille in seinem Schädel, das war die Freiheit! Kein Tadel, keine Sanktionen. Yoshi war europäisiert. Er hatte begriffen, was Freiheit bedeutete und er dachte: „Das nächste Mal pinkle ich mitten auf die Fußgängerzone!"

Er begann, den Abteilungsleiter zu vergessen.

15

Nach seiner Freiheitsorgie hatte Yoshi Probleme, seinen Pimmel wieder in die Unterhose zu kriegen, so sehr erregte ihn die Vorstellung, fortan pinkeln zu können, wo immer er wollte.

An dieser Stelle nahm ich den Helm ab. Nicht, weil ich die Stelle anstößig fand. Ich wollte vielmehr sehen, wie Laura als Frau auf das Gefühl reagierte, plötzlich etwas zwischen den Beinen zu haben. Tatsächlich tastete sie verwirrt im Schritt herum und suchte nach etwas, was nicht da war. Das brachte mich auf eine Idee. Wie wär's mit Crossover-Cybersex? Die Frau via Elektronik im Körper des Mannes und umgekehrt! Würde viel zur Geschlechterverständigung beitragen. Man könnte sich dann wirklich besser in den Partner einfühlen.

Ich klinkte mich wieder ein.

Yoshi tanzte fröhlich über die versumpften Felder auf den Steinbruch zu und genoß die stille, dunkle Einsamkeit... („Knacks!")

Das „Knacks" schreckte Yoshi, denn das „Knacks" kam nicht von ihm. Zumal er mit beiden Füßen im Morast steckte. Das „Knacks" kam von dem Feldweg, der zum Steinbruch führte. Menschen! Yoshi sah sie überdeutlich: in Panasonic-Stereovision.

Sofort ging er hinter ein paar Büschen in Deckung. Die Eingeborenen konnten ihn nicht sehen. Sie marschierten in den Steinbruch hinein. Sie murmelten dumpfe Lieder. Sie trugen eine Kiste mit sich, die sie mit äußerster Ehrfurcht und Sorgfalt behandelten. Yoshi schlich geschickt hinterher. Schleichen war schon immer seine Spezialität gewesen. Auf den Korridoren der Firma war diese Fähigkeit überlebensnotwendig. Er floß mit dem Wind durchs Gebüsch. Unsichtbar. Mitten im Steinbruch war der Geröllhang etwas abgetragen worden. Im Zentrum des so geschaffenen Steinkreises stand eine kräftig angerostete, braune Tonne.

Ein Kultplatz!

Die Eingeborenen hoben die Holzkiste auf die Tonne.

Ein Ritus!

Die Menschen schrien wild durcheinander. Sie gerieten in Ekstase. Yoshi zählte sechs Männer und fünf Frauen und ein Mädchen. Er aktivierte das kompakte Richtmikrofon. Das verwehte Murmeln fokussierte sich zu deutlicher Sprache. Einer der Männer, ein Greis, warf die Arme hoch, und die anderen verstummten sofort.

„Ruhe! Die Jungfrau soll die Kiste öffnen!"

„Die Kiste! Die Kiste!" heiserten die Frauen hysterisch.

Die Männer begannen, auf dem umherliegenden Schrott rhytmisch blechern zu trommeln. Dumpfes Hämmern, hektisches Schlagen. Die Menschen dort unten hatten sich offensichtlich von der westlichen Zivilisation losgesagt! Yoshi nahm eine Kamera und zoomte hinunter in den Kessel. Lautlos war er emporgeklettert und filmte vom oberen Rand der Grube aus. Unten war es jetzt nach einem finalen, metallischen Trommelwirbel völlig still geworden. Die weißen Tennisschuhe der ‚Jungfrau' knirschten durch den Dreck auf die Kiste zu. Das kleine Mädchen hatte nur ein dünnes weißes Kleid an. Dennoch schien es nicht zu frieren. Es war völlig weggetreten. Drogen? Die Kamera suchte und fand die Gesichter der Erwachsenen. Besonders auffällig waren die Augen: Weit aufgerissen und blutunterlaufen starrten sie die Kiste an. Die Münder der Leute waren entweder schmal zusammengekniffen oder standen sabbernd weit offen. Bei alledem wirkten die zwölf wenigstens äußerlich wie beispielhafte Normalbürger: ordentlicher Fassonschnitt bei den Frauen, Oberlippenbärtchen bei den Männern, überall modische Klamotten. Trainingsanzüge! War das etwa die Voodoo-Abteilung des Turn- und Sportvereins? Gut möglich. Abensberg verpaßte niemals einen Trend! Die Jungfrau hatte die Kiste erreicht. Voll ehrfürchtiger Blödheit starrte sie den Behälter an. „Öffnen!" kreischte eine der Frauen spitz. Die Jungfrau klappte den Deckel langsam hoch, drehte sich feierlich um und marschierte im Zeitlupentempo zu den Erwachsenen hinüber. Yoshis Kamera biß sich an der offenen Kiste fest. Was war da drin? Ein kleingehacktes Frührentnerehepaar? Gurkensalat? Ein goldenes Tabaksdöschen mit den echten Koteletten von Elvis?

Da stieg sie schon empor! Ich hörte Laura unter ihrem Helm leise kreischen. Sie griff nach meinem Arm. Es war die Coladose! Majestätisch langsam schwebte sie aus der wurmstichigen Kiste hervor, schlug mitten in der eiskalten Luft einen doppelten Salto – wohl um Newton in seinem Grab noch ein bißchen schneller rotieren zu lassen – und verharrte schließlich bewegungslos in zweieinhalb Metern Höhe über der Erde. Der Alte zitterte tattrig einen Meter vor.

„Was ist dein Wille, oh Dose?"

Er war der Oberpriester des Colakultes.

Und die Dose sprach: „Ich will Opfer!". Dann stieg sie schnell höher und verschwand Richtung Stadt.

Die Leute im Steinbruch rasteten völlig aus. Sie rissen sich die Kleider vom Leib und tanzten wild zu den Klängen von Michael Jackson aus einem mitgebrachten Ghettoblaster um die Kiste herum, die der Alte mittlerweile angezündet hatte. Wild wippten pralle Brüste und Bierbäuche im hemmungslos flackernden Feuerschein. Die Frauen kreischten, die Männer brüllten brünftig. Über allem wachten der Alte und die Jungfrau und sie lächelten selig.

Laura ließ mich los – sie hatte die ganze Zeit über meinen Arm festgekrallt – und riß sich den Helm vom Kopf.

„Ich brauch' das nicht!" keuchte sie. „Ich brauch' das wirklich nicht!"

Schnell warf auch ich den Helm weg und nahm Laura in den Arm. Sie zitterte. Ich hob ich sie hoch und trug sie ins Schlafzimmer. Tür zu. Laura vorsichtig ins Bett. Behutsam deckte ich sie zu und streichelte ihr Gesicht. Sie blickte mich erschöpft an, beruhigte sich langsam. Ich ließ es eine Zeitlang still werden, dann fragte ich sie: „Was war da gerade los?"

Laura drehte den Kopf zur Decke. Ich legte mich zu ihr ins Bett und hielt sie fest, steckte meine Nase in ihr duftiges Haar.

„Schön, daß du da bist", flüsterte sie. „Ich brauche dich. Mir wächst alles, alles über'n Kopf!"

Ich kroch zu ihr ins Bett und kuschelte sie.

„Ich liebe dich auch, Laura."

„Du hast trotz allem Qualitäten, Frankie."

„Ich muß dir noch was sagen, Laura."

„Was denn, hm?"

„Dieser Coladosentrip ist mir nicht fremd."

„Was soll das heißen?" Sie drehte sich herum und sah mich an.

„Das soll heißen, daß ich mal von dem Hohepriester und seiner Dose geträumt habe und daß sie mich im Traum für irgendwas rekrutieren wollten."

Laura setzte sich auf.

„Erzähl mehr!"

Ich zerrte diese zähen Erinnerungen aus meinem Gedächtnisspeicher heraus.

„Es war der Tag, an dem ich dich kennenlernte. Im Schloßgarten, du weißt schon."

„Ja. Hihi. Du warst vielleicht schüchtern!"

„Naja. Immerhin hat mich kurz vorher der Hohepriester mitsamt Coladose im Traum besucht."

„Scheiße! Echt?"

„Na klar. Er hieß mich willkommen in Abensberg und ich hab' gelacht und ihm gesagt, daß ich ja schon hier wäre und dann hat er gesagt ‚nicht ganz' und dann noch was davon, daß er mich ‚aufnehmen' wolle oder so. Verstehst du das?"

„Aufnehmen? Kein bißchen! Vielleicht sind diese Träume ein Trick der Colasekte, um Mitglieder zu gewinnen."

„Verdammt", sagte ich. „Die Dose macht mich fertig. Sie fliegt, sie spricht, sie erscheint in Träumen! Demnächst wird sie noch zur Miss World gewählt."

„Glaub' ich nicht", sagte Laura. „Sie hat überhaupt keine Taille!"

„Mal was anderes: Das Spektakel eben, das hat dich an etwas erinnert. An was? Sag's mir."

Sie drehte sich wieder weg und ließ sich knuddeln.

„Es ist die Geschichte aus Landsberg", murmelte sie weich in ihr Kissen.

„Landsberg am Lech?" fragte ich.

„Genau. Am Lech."

LAURA ERZÄHLT IM BETT VON LANDSBERG:

cybernazis konstituieren sich aus amorpher masse. (simulation)

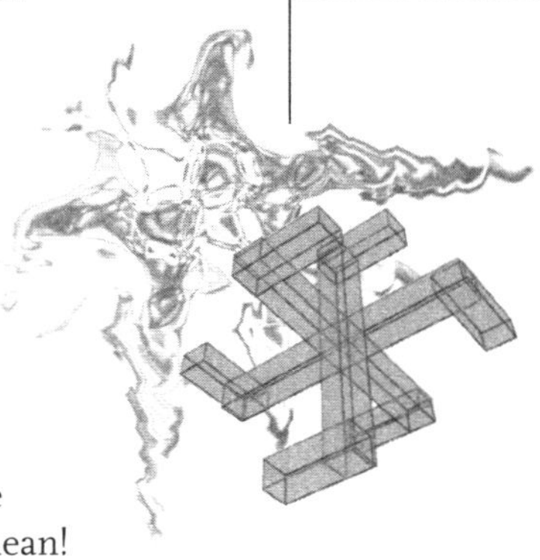

Ich war von einem meiner Kollegen auf Landsberg aufmerksam gemacht worden. Damals werkte ich gerade an einer Forschungsarbeit über modernes Heidentum. Ich kann mich noch genau daran erinnern, wie ich auf dem Brunnenrand mitten auf dem Hauptplatz saß und die aufwendige Rathausfassade bewunderte. Es war im Frühsommer. Ein warmer, schöner Tag. Die Sonne tauchte alles in ein frisches, helles Licht und die Stadt war völlig fujichrome, if you know, what I mean! Die Touristenbäuche wabbelten gemütlich über die Bürgersteige und ameisenwimmelige Schulkinder warteten wepsig auf ihre Busse, die sie heim zu Mamis warmem Essen bringen würden. Meine Geschlechtsgenossinen hatten die Miniröcke und die knappen Tops wieder hervorgekramt und die Typen gafften gierig den ungehindert herumhopsenden weiblichen Formen hinterher. Aufsehen, auch solcher Art, konnte ich mir nicht leisten. In Landsberg gab es viel Bundeswehr. Soldaten in den Telefonzellen, Soldaten in den Eisdielen, Soldaten in der Luft. Ständig brummten penetrante Transall-Turboprops im Tiefflug über die Stadt hinweg und wollten bewundernde Blicke von den Minirockmädchen erhaschen. Ich guckte auf meinen Zettel: ein Uhr zehn. In der Eisdiele neben der Buchhandlung. Ein Blick auf die Zeit – es war soweit! Träge hopste ich vom Brunnenrand 'runter und stolperte übers extragrobe Kopfsteinpflaster zur Eisdiele. Es war eine herrliche Eisdiele. Wunderbar sixties und angenehm abgewetzt. Zu solchen Anlässen sollte man sich die Haare hochtoupieren (damals trug ich meine Haare noch lang) und zur Feier des Tages ein apricotfarbenes Minikleid anziehen. Plastikgondeln! Venedigbilder! Der Stereo dudelte Eros Ramazotti und ich wollte ein Spaghettieis. Der unverschämt grinsende Italiener spendierte mir eine Extraportion mit Extrawaffel, ich setzte mich an den Tisch am Fenster. Wie abgemacht. Bald tanzte auch Oskar an. Oskar war mein Informant und ein waschechtes Arschloch. Männliche Arschlöcher grüßen immer mit ‚Hi, Baby!'. Oskar war da keine Ausnahme. Die kleine, dicke Italienerin mit dem viel zu roten Lippenstift brachte Oskar sein obligatorisches Weizen und Oskar hätte ihr beinahe mit der flachen Hand auf den prallen, schwarzberockten Hintern draufgepatscht, wenn nicht der schmale Italiener hinter der Theke gerade düsteren Blickes sein viel zu langes Klappmesser gereinigt hätte. Das Weizenbier gurgelte dunkel in Oskars abgründigen Schlund hinein. Daß Arschlöcher immer Weizenbier in sich hineinschütten mußten? Oskars Körper war eine cloaca maxima, ein verpestetes Röhrensystem, das für die Welt noch so manche üble Überraschung parat haben mußte! Ich wußte genau: Eines Tages würde die Cholera aus Oskars weitgeöffnetem Fischmaul herausgucken, souverän die biergetränkten Enden seines Schnurrbarts zwirbeln, ganz heraushopsen, mal eben die ganze Stadt hinwegraffen und endlich an der Gasvergiftung krepieren, die sie sich von Oskars Mundgeruch geholt hatte. Oskar rülpste nicht. Er ließ die Kohlensäure in seinen voluminösen Mund hinaufblubbern, bis er sich hamsterbackig aufblähte und sich dort ansammeln, um sie dann mit jedem Wort, das er sagte, ‚unaufällig' parallel mit auszugasen. Er trug ein gestreiftes Muscle-Shirt und er roch nicht etwa angenehm nach Schweiß, sondern nach ‚strong', dem ‚männlich-herben' Stinke-FCKW-Deo vom Waldi-Megamarkt, wo alle Wixer einkaufen mußten, weil ihr Geld nach den Monatsraten für Goldkettchen und Mercedes-Cabrio nicht mehr für eine westlich-zivilisierte Lebensweise langte. Auf dem Tisch bildeten sich kleine, warme Bierpfützchen. Mir verging der Appetit. Eiscreme, vermischt mit ätzender Magensäure, würgte sich bitter in meinen Mund hoch. Ich hatte gute Lust, diesem haarigen Ekelbrocken gegenüber direkt ins Gesicht zu kotzen. Stattdessen lächelte ich ihn an und fragte ihn, wann und wo das avisierte Treffen stattfinden würde.

„Was für a Treffn?" kam es schräg aus ihm hervor. Ich war mir sicher, daß dieser Mann aus dem Mund furzte. Weil er nicht wußte, wo bei ihm hinten der Ausgang war. Oder weil ihm das viele blöde Bier den Mastdarm verklebt hatte. ‚Mastdarm'. Ein Wort, das wunderschön zu Oskar paßte. Er sollte es groß und breit und fett auf jedem seiner Muscle-Shirts tragen. Wie ein Walroßbulle brüllte er dann die Kellnerin an, sie solle ihm „a Schachtl Marlboro" holen. Wäre ich ein Eskimo gewesen und mein kleines Plastikeislöffelchen eine waschechte Harpune, dann hätte ich dieses fettschwabbelnde, stinkende Tier mit einem beherzten Stoß in den feisten Hals erledigen und daraus Ballettschuhe und Kaffeefilter machen können.

Die Italienerin kam devot angewackelt und servierte Oskar die Zigaretten, die dieser mit einer gnädigen Geste vom Alutablettchen zupfte. Gleich zündete er sich eine an. Ich haßte diese Raucherei! Gerade bei Oskar. Stinkig und schlaff hing der dampfende Glimmstengel zwischen Oskars fetten, bierglänzenden Lippen.

„Des Treffn is draußn im Wald. Du fahrst stadtauswärts. Nach Westn. Da kommt irgendwann auf der linken Seitn a Filiale vo da Bayrischn Vereinsbank. Da fahrst links nei und dann imma gradaus. Bis 'd auf an Feldweg kommst. Da is rechts a Marterl und a Bank. Imma gradaus weiter. Dann kommst in Wald nei. Und dann sigst as scho. Zehn Uhr! Pünktlich sein!"

Ich nickte und sah ihm genau in die alkoholvernebelten Augen. Das mochten sie nicht, die Deppen. Klare, ehrliche Blicke brachten sie nicht zustande. Sie würden es aber gerne können, damit sie andere Leute besser 'reinlegen konnten. Sie schafften es aber niemals. Es wurde immer nur ein treudoofes Stieren daraus. Ein Weißbierblick. Deshalb fielen nur wenige Menschen auf sie herein und deshalb haßten sie auch die guten Leute mit dem ehrlichen Blick so sehr. Auch Oskar hielt dem Blick nicht lange stand und ging. Schade. Noch zehn Sekunden länger, und ich hätte mich bis zu seinem plastilinweichen Hirn durchfressen und dort einen wunderbar finalen Kurzschluß verursachen können. Als Oskar mit seinem Mercedes-Cabrio draußen davonbrummte, zogen am Himmel dunkle Wolken auf.

10

Nach dem Treffen mit Oskar saß ich einige Minuten lang einfach nur da und dachte an frisches, klares Quellwasser, um meine Gedanken auszuspülen. Es zog mich zum Wasser, also marschierte ich zum Lech hinunter. Auf der Betonmauer entlang des Flusses saßen Dutzende von Kids hektisch schnatternd nebeneinander wie grünliche Zwergpapageien im sauren Regenwald. Ich lehnte mich an die Brüstung und sah dem Wasser zu, wie es dynamisch schäumend in einen kleinen Kanal hineinschoß. Die Schüler machten, obwohl astreine Landeier, einen auf Citykids, was damals vor allem das Tragen von Baseballmützen und hemmungslos überteuerten Markenklamotten bedeutete. Schwere, schleimige Gesprächsbrocken kullerten träge über den sonnenbeschienenen Mauerkamm zu mir hinüber:

„Ey, hast schon den neuestn Slasher-Movie gesehn?"

„Moanst ‚Kettnsägn-Atze und Panzerfaust-Paule metzgern Chicago'?"

„Gäää-nauuu! Voll guat! Da hams ächts Blutplasma zum rumspritzn hergnommen. Des schaut bessa aus, wenns trocknet!"

„Booh! Hähä! To-tal da Hamma!"

Die Mädchen unterhielten sich übers TV.

„Duuu, Tanita?"

„Jaaa, Samantha?"

„Hast gestan den Film auf RTL gseng?"

„Was na für oan?"

„‚Tödliche Lüge'. Aus der Reihe ‚Gefährliche Leidenschaften'."

‚Tödliche Lüge'. Aus der Reihe ‚Gefährliche Leidenschaften'. ‚Tödliche Leidenschaft'. Aus der Reihe ‚Gefährliche Lügen'. ‚Tödliche Gefahr'. Aus der

Reihe ‚Lügnerische Leidenschaften'. Toll. Vor meinem geistigen Auge spiralten sich simple, bunte Textbausteinchen DNAhaft in den logikfreien Raum hinein. Die Mädels bestätigten zudem eines meiner übelsten Vorurteile: je provinzieller die Gegend, desto utopischer die Vornamen. Vor allem in der DDR war das zu beobachten gewesen. Die Eltern gaben den Kindern phantastische Namen, wahrscheinlich, um sie damit in eine etwas bessere Welt zu projizieren. Ein ‚Ernesto' oder eine ‚Samantha' lebten einfach nicht in Hintervorderau und fuhren Traktor. Taten sie aber doch. Und zwar alle. Deshalb hatte ich auch diesbezüglich einen tollen Vorschlag für junge Eltern: alle Mädchen ‚Maaare' taufen. Und die Jungen sollten sämtlich ‚Schorsch' heißen. Schorsch und Maaare. Damit war kein Etikettenschwindel mehr möglich. Und ich würde mir endlich alle Namen merken können. Das wäre doch toll auf Parties! Hallo, Maaaaaaaareee! Servus, Schorsch! Einfach paradiesisch!

„Nette Idee. Komm auf den Punkt!"

Okayokay, Frankiedarling!

Zehn Uhr. Naturgemäß war es völlig dunkel, aber nicht unbedingt kalt. Melancholisch saß ich auf der kleinen Bank neben dem Marterl und überprüfte unauffällig meine Kamera. Bald rauschten die ersten Autos vorbei. Große Autos, kleine Autos und ein riesengroßer, dunkler S-Klasse-Benz und ein Leichenwagen. Es wurde Zeit. Ich stand auf und joggte den Autos in gebührendem Abstand hinterher. Sie konnten nicht schnell fahren, so kam ich ihnen gerade mal hinterher. Es ging tief in den Wald hinein. Schließlich stoppte der Konvoi an einer großen Grube auf einer Lichtung. Die Leute parkten ihre Autos außerhalb und gingen zu Fuß in die Grube hinein. Scheinwerfer blendeten auf. Lakaien schleppten primitive Tribünen und ein Rednerpodest an. Sie bauten das Zeug rings um ein großes, rechteckiges Loch im Zentrum der Grube herum auf. Der Mercedes wurde direkt neben diesem Loch geparkt und mit Hilfe von Ketten an den riesigen, dunkelgelben Greifarm eines Baggers gehängt. Die Teilnehmer an der Zeremonie begaben sich auf ihre Plätze; einer von ihnen, ein blonder, gefönter Cosmopolitan-Arier, erklomm schwungvoll die Tribüne. Alle Gäste waren schwarz gekleidet, fiel mir auf. Der Blonde gab ein Zeichen, das Volk schwieg sofort.

Der Blonde hatte jetzt das Kommando über die schwere Stille, die massig über der Grube zusammengestrudelt war und den anderen Anwesenden gerade noch das Atmen erlaubte.

Der Mann hob gebieterisch beide Hände. Eine Lautsprecheranlage erwachte mit einem dezenten Knacksen. Das feine Räuspern des Blonden schallte wattstark durch den Wald. Der Tonmeister drosselte den Sound und nickte dem Blonden sein Okay. Die Show konnte beginnen.

„Willkommen auf der Thingstätte! Heute haben wir eine besondere Pflicht zu erfüllen: die Beisetzung eines unserer Führer. Wir alle kannten ihn gut. Er war ein mächtiger Mann und ein großer Fürsprecher unserer Bewegung."

Auch ich wußte jetzt, um wen es sich hier handelte. Ein hiesiger Metzgermeister, BPD-Mitglied und Klüngelkumpan sämtlicher lokalen Kartelle. Kürzlich verstorben.

„In diesem Zusammenhang möchte ich auch die Kameraden von der Neuen Thule-Gesellschaft und Wotans Wölfen begrüßen, die mit ihrer Anwesenheit ihre Verbundenheit mit uns und dem Verstorbenen zum Ausdruck bringen möchten. Ihnen rufe ich ein aufrechtes, germanisches ‚Heil!' zu."

Das war ja wie bei der Jahresversammlung des Hermann-Göring-Kegelvereins! Der blonde Obernazi sagte noch mit möglichst geschwollenen Worten „hallo" zur anwesenden Prominenz aus Wirtschaft, Politik und Kultur, dann ging es gleich zur Sache. Weiß behandschuhte Helfer hievten den mächtigen Leichnam des Metzgers auf den Fahrersitz des Mercedes.

„Nun legt die Grabbeigaben in den Kofferraum!"

Die Jungs packten allerlei in den Wagen: Metzgerbeile, Messer, einen Fernseher, eine Familienpackung Kondome. Alles, was ein Metzgernazi in Walhall halt so brauchen konnte. Die Handschuhjungs klappten den schweren Kofferraum zu. Wopp. Der Bagger wurde angeworfen, sein Motor dröhnte durch die Nacht. Stinkende Dieselwolken waberten über der ‚Thingstätte'. Völlig automatisch ließ ich die Videokamera mitlaufen.

Jetzt wurde der Benz in die Luft gewuchtet!

„Fahr hinab!" kreischte der Blonde.

Langsam und zischend versenkte der Greifarm den Mercedes in der Grube. Aus den Lautsprechern dröhnte furios der Wagnersche Walkürenritt. Behende schaufelten die Nazis die Grube zu. Den jüngeren von ihnen stand „schade um den schönen Wagen" direkt ins Gesicht geschrieben. Ich traute ihnen zu, daß sie den Karren heimlich ausbuddelten und verhökerten. Müde richtete ich mich auf. Ich hatte genug gesehen. Auch die Nazis gingen zum gemütlicheren Teil der Veranstaltung über und ließen sich Sekt und Kaviar schmecken. Als ich mich umdrehte, stolperte ich ungeschickt über eine hervorstehende Wurzel und knallte gegen einen Baum.

Das rettete mir das Leben.

Der Nazi mit dem Messer sprang ins Leere und landete flach auf dem Boden. Geistesgegenwärtig startete ich in die schwarze Nacht. Doch der Nazi war durchtrainiert. Er kam immer näher. Ich hörte sein mechanisches Schnaufen hinter mir. Er wollte mich töten! Meine Turnschuhe federten über den feuchten Waldboden. Der Nazi krachte wie ein Panzer durchs Unterholz. Er wich nicht aus, er brach einfach durch. Aber ich gewann immer mehr an Boden. Schon war ich am Waldrand, schon waren die Lichter der ersten Neubaugebiete zu sehen! Da kriegte der Nazi meine Jacke zu fassen. Ich fiel hin und riß den Kerl mit. Nicht mal sein Gesicht konnte ich sehen, nur den Schatten seines quadratischen Nazischädels. Und das Messer! Er kriegte mich nicht zu fassen, stach ein- zweimal daneben. Ich jagte ihm mit letzter Kraft meinen rechten Fuß ins Gesicht. Die Gegenwehr überraschte den Kerl. Vermutlich hatte er bisher nur Wehrlose aufgemischt. Sein massiger Körper fiel nach hinten und patschte in die feuchte Wiese. Da sah ich das Messer. Der Nazi hatte es verloren: ein blankes Blitzen im Gras. Ich stürzte darauf zu! Kaum hatte ich es, da sprang mir der Nazi auch schon in den Rücken. Gerade noch konnte ich zur Seite rollen, der Mordbube stapfte beidbeinig ins Leere. Er wußte nicht, daß ich das Messer hatte. Er fühlte sich sicher und lachte dreckig und sagte: „Haben wir dich, Spionin!“ Und stürzte auf mich zu. Direkt ins Messer. Überrascht gurgelte es in seinen jäh zerfetzten Eingeweiden. Wald und weiche Wiesen schluckten seinen Todesschrei. Es pfiff in ihm, als er krepierte. Sekundenlang stand ich in der Stille bloß da, und ich merkte, daß ein langes, feines, tierisches Kreischen aus meiner Kehle kam.

Ich hatte den Nazi getötet.

Paradox! Paradox! Ich wünschte, er wäre lebendig, würde getroffen und kampfunfähig vor sich hinröcheln und sich vor Schmerzen krümmen und mich als Kommunistensau verfluchen. Aber er tat mir den Gefallen nicht. Er lag einfach nur naß und tot im Dreck. In meiner zusammengekrampften rechten Hand zitterte das Messer. Da passierte mit mir etwas Eigenartiges. Anstatt heulend zusammenzubrechen, wurde ich mit einem Schlag völlig ruhig. Eine Art Notsystem übernahm meine Handlungen. Flink durchsuchte ich mit der linken Hand meine Taschen und ich fand idealerweise eine zusam-

mengefaltete Plastiktüte vom letzten Einkauf. Das Messer in die Tüte. Die Tüte zusammenrollen. Im Spaziergängertempo ging ich auf die Stadt zu und erreichte bald mein Auto. Niemand hatte mich gesehen. Tatsächlich. Niemand. Als ich die Autotür hinter mir zuschlug, fühlte ich mich etwas sicherer. Wenn mich die Polizei kontrollierte? Entschlossen fuhr ich los. Ich mußte das Risiko eingehen. Absolut sicher steuerte ich durchs nächtliche, neonhell-trostlose Landsberg. Irgendwann, außerhalb der Stadt, entdeckte ich einen kleinen Bach. Ich verlangsamte. Niemand weit und breit. Ich bremste, hielt und stieg aus. Vorsichtig stapfte ich zum Bach hinunter, kniete mich hin und wusch das Messer im kalten Wasserstrom. Der Griff der Waffe bestand aus Kunststoff. Abwaschbar und pflegeleicht. Am Bach selbst konnte ich zwar kaum etwas sehen, aber ich konnte mich im Auto vergewissern, daß kein Blut mehr auf dem Messer war. Ebenso rein meine Hände: kalt, bleich und sehr sauber. Die Plastiktüte hatte ich ausgespült und zusammengerollt. Ich steckte sie im nächsten Dorf in eine auf der Straße stehende Restmülltonne. Meine Jacke hatte leider auch was abgekriegt. Sie loszuwerden, war schon bedeutend schwieriger. Wieder hielt ich am Straßenrand und trennte alle Etiketten aus dem Kleidungsstück heraus. Den blutbefleckten Ärmel trennte ich mit dem scharfen Mordmesser ab und schnitt ihn in kleine Fetzen. Die restliche Jacke wanderte in den nächsten Kleidersammelbehälter, die blutigen Fetzen warf ich später ins Klo einer Gaststätte und spülte sie weg. Blieb nur noch das Messer. Verständlicherweise wollte ich es nicht zum Wurstschneiden benutzen, also verhökerte ich es zusammen mit anderen alten Sachen einige Wochen darauf auf einem Flohmarkt in München. Über das Opfer habe ich dann gelesen, es sei der achtzehnjährige Sohn einer reichen Landsberger Familie gewesen. Nein, die Eltern hätten nichts über seine Beziehungen zu rechten Organisationen gewußt. Die Polizei grub den ganzen Landkreis LL um, tauchte sogar im Ammersee. Ich schlug jeden Morgen ängstlich die Zeitung auf, wartete darauf, daß die Polizei einen Hinweis auf mich fand. Nichts. Ich hatte wahrhaftig keinen einzigen Fehler gemacht. Bis heute weiß niemand, daß ich die Mörderin des Nazis bin.

ABENSBERG

„Verstehst du jetzt?“ fragte Laura. „Die ganzen Umstände in diesem obskuren Steinbruch waren denen in Landsberg so verdammt ähnlich! Und der Mord! Er steckt immer noch in mir drin! Fast jede Nacht kommt das alles hoch!“

Ich massierte mir die Stirn und legte mich auf den Rücken. Schwierig, schwierig. Diffizil.

„Haßt du mich jetzt? Weil ich jemanden ermordet habe?“ Eine gute Frage. Ich atmete zischend aus.

„Nein. Vermutlich bin ich der allererste Mensch, dem du davon erzählst.“

Sie nickte und schloß die Augen.

„Hoffentlich geht's dir jetzt besser", beruhigte ich sie. Tatsächlich wurde mir etwas seltsam zumute. Mit einer Mörderin im Bett! Scheißgefühl.

„Wirst du mich verraten?" fragte sie leise.

Da mußte ich lachen.

„Hättest du mir jemals ein Sterbenswörtchen von dieser Angelegenheit erzählt, wenn du dir nicht absolut sicher gewesen wärst, daß ich dich niemals verraten würde?"

Ich beschwichtigte sie weiter. Ich mußte sie von ihrer Sünde lossprechen. Sie war höchst instabil. Sie würde zusammenbrechen. Ich mußte Laura helfen, sie freimachen. Erlösen? Was würde ein Priester tun? Ich wußte es nicht. Ich konnte ihr nur meine mageren Gefühle und meine verbrauchten Sprüche anbieten.

„Ich, ich persönlich. Äh. Ich vergebe dir." Ojeh! Was für Sprüche! „Äh, Es ist doch offensichtlich, daß du nichts dafür konntest!" Ich sollte wohl besser gar nichts sagen! „Der wollte dich umbringen! Er oder du! Und du bist wertvoller als jeder Nazi auf Erden. Du bist für mich wichtig! Ich liebe dich! Du machst mich glücklich, wenn ich dich ansehen kann und weiß, daß ich endlich nicht mehr allein bin. Äh. Und jetzt müssen wir gemeinsam diese UFO-Geschichte hinter uns bringen. Ich brauche deine Hilfe!"

Es nützte nichts. Sie steckte zu tief drin, in der Schuld. Sie konnte nicht mehr aus. Sie steckte drin. Tief drin. Nur eine einzige Idee hatte ich noch für sie:

„Du mußt mir helfen, Hiroshi wiederzufinden! Dann hast du ein Menschenleben gerettet und kannst in Frieden weiterleben!"

Blitzartig drehte sie sich zu mir herum. „Ist das wahr?"

„Ja! Das ist die Lösung! Hiroshi ist in Gefahr! Wenn wir ihn retten, kannst du frei werden!"

Ihre Augen waren leer. Sie sah keinen Ausweg mehr. Aber sie sagte:

„Du hast recht. Vielleicht kann ich dann Ruhe finden."

„Auf nach Ingolstadt!"

17

„Es ist nicht so einfach."

„Aber es ist eine Option."

Der Fiesta kroch hinter einer Kolonne Tanklastzüge her. In den tief ausgefahrenen Spurrinnen der B 16 brauchte man fast nicht zu steuern. Alles lief von selbst. Nur nicht bei Laura.

„Ich hätte es dir nicht sagen sollen."

Hmm. Vielleicht.

„Njet. Ist schon okay."

Während wir mit unserer klapprigen Kiste zwischen den dröhnenden Lastwägen einherschlichen, schossen links die Audis vorbei. Die größenwahnsinnigen Überholmanöver der Einheimischen amüsierten Laura offensichtlich.

„Die Leute hier lieben ihre Autos?"

HIROSHI

Grau.

Tagelang nur Grau für Hiroshis Netzhaut.

Nur Grau, sonst nichts.

Der Raum hatte kein Fenster, erhellt wurde er von körperlosem Licht.

So war dieses Grau, das Hiroshi an die Farbe antiker Computergehäuse erinnerte, seine ganze Welt. Der Raum war wie ein Würfel. Ohne Möbel. Nur Hiroshi und das Grau.

Nacht.

Eine Nacht gab es nicht.

Das körperlose Licht schien immer gleich. Es gab keine Schatten und keine Nuancen von Grau. Hiroshi konnte Decke und Wände ertasten, er konnte sie fühlen, aber nicht sehen, wo sie anfingen, welche Abmessungen sie hatten.

Ab und zu öffnete sich eine kleine Klappe in der Wand.

So bekam Hiroshi sein Essen.

Für kurze Zeit fiel dann echtes, wahrhaftiges Tageslicht, frische, tanzende Photonen, hinein in Hiroshis Grau. Feine, gefächerte Strahlen. Hiroshi war hungriger nach diesem Licht als nach dem Essen. Über das Essen konnte Hiroshi sich nicht beschweren. Er mochte die Küche der Europäer. Die Klappe öffnete sich in regelmäßigen Abständen. Hiroshi konnte anhand des Essens die Tageszeit bestimmen: morgens Kaffee, mittags Knödel und abends Aufschnitt. Seine Uhr hatte man ihm weggenommen.

Daß die Verbindung zum Abteilungsleiter in Tokio unterbrochen war, wunderte Hiroshi nicht weiter. Er registrierte es. Das war alles. Schade nur, daß es damals mit der Übermittlung aus dem Hopfengarten nicht geklappt hatte. Hiroshi vermutete, daß das UFO mit seiner durch und durch fremden Maschinerie die Verbindung gestört hatte.

Ah! Das UFO!

Hiroshi hätte gerne ein Gedicht über das UFO geschrieben. Denn in jener Nacht war er von der Erhabenheit berührt worden, der Wind, die einzige körperlich spürbare Information über die tatsächliche Existenz des UFOs hatte seinen Körper umflossen wie eine Wildwasserströmung einen Kieselstein.

Nun war alles fort.

Die Gefühle und das UFO.

Aber es war für Hiroshi nicht mehr nötig, das UFO noch einmal zu sehen oder zu fühlen oder es gar zu beweisen. Hiroshi war erfüllt von fundamentaler Zufriedenheit. Seine dunklen Augen ruhten ruhig im allumfassenden Grau seines privaten Universums. Er hatte das wahrhaftige UFO gespürt. Mit Leib und Seele wußte er, daß es existierte. Die Eingeborenen, die ihn gefangengenommen hatten, würden das genausowenig verstehen wie Kollege Yoshi oder der Abteilungsleiter. Hiroshi war in der Nacht des UFOs eine Erkenntnis zuteil geworden: Es ging niemals um irgendwelche handfesten Ergebnisse. Sondern um Gefühle. Um Erlebnisse. Um das sanfte Geräusch eines fremden Raumschiffs über den rostigen Drähten eines Hallertauer Hopfengartens. Diese Erkenntnis verlieh Hiroshis zukünftiger Existenz eine völlig neue Perspektive. Seine daraus resultierende Ruhe machte die Entführer ganz unruhig. Das wußte Hiroshi und lächelte.

Eigentlich sollte es ja umgekehrt sein und er sollte winselnd in seiner grauen Zelle liegen und um Farben und Geräusche betteln. Aber er tat nichts dergleichen. Er lauschte höchstens dem feinen Plätschern seiner Pisse nach, wenn er in das dreimal täglich hereingeklappte Klo urinierte. Ab und zu trommelte er fröhlich an die Wände. Hiroshi wußte, daß man ihm nichts tun würde.

Er lachte das Grau an.

FRANK & LAURA

Hubschrauber flogen über eine vibrierende Landschaft. Schwarze, schlanke Schatten gegen den nebligen Himmel. Die Straße nach Ingolstadt machte vor der Abzweigung nach Geisenfeld eine weit geschwungene Kurve. Die Hubschrauber, Militärmaschinen amerikanischen Typs, folgten der Kurve und dröhnten über uns hinweg.

„Sie fliegen nach Abensberg“, riet Laura.

„Da vorn. Nach der Brücke. Die Kreuzung. Fahr rechts ’raus.“

Laura zog die Augenbrauen hoch, grinste und fuhr rechts ’raus. Eine Minute später standen wir auf einem feuchten Feldweg und atmeten durch. Die Hubschrauber waren hinter den schwarzen Zacken eines Nadelwalds unter den Horizont getaucht. Die Luft schien immer noch zu zittern.

„Ganz schön gewaltig“, meinte Laura.

„Sie fliegen bestimmt nach Abensberg.“

„Ist auch die schönste Stadt in der ganzen Gegend."

Ich lachte kratzig. „Stimmt. Das waren Kampfhubschrauber. Raketen links und rechts. Was wollen die bei uns?"

Laura setzte sich auf die warme Motorhaube des Fiesta und schlug die Beine übereinander.

„Da steckt einiges dahinter." Sie zwinkerte. „Von wegen UFOs! Hähä!"

Ahhh! Mein Kopf!

„Ich habe das UFO gesehen. Und dieser ominöse Coladosenkult ist auch nicht zu verachten. Da geht was vor."

„Vielleicht eine gezielte Manipulation", vermutete Laura. „Die Japaner bauen bereits jede Menge verschiedenster Projektoren für totale Massenbeeinflussung. Ich habe von einem Versuch in einer Tokioter Großfirma gelesen, die ihre Angestellten während der Arbeit permanent einem solchen Manipulationsfeld ausgesetzt hat."

„Und was kam dabei heraus?"

„Einiges. Die Menschen schufteten in ihren völlig überfüllten Großraumbüros vor sich hin und glaubten, sie wären auf Hawaii. Man machte sie glücklich. Man nennt das ‚Virtual Working'"

Phhh.

„Wieder mal ein sehr hübscher amerikanski Name, hinter dem sich eine unglaubliche Schweinerei versteckt. Und sowas läuft hier. Hier! In meinem ureigensten Revier!"

Laura kicherte.

„Egon Erwin Kisch spricht."

„Ich sehe immerhin fliegende Coladosen! Wie soll ich recherchieren, wenn meine eigene Wahrnehmung offensichtlich auch geschädigt ist?"

Ärger. Ich verstand überhaupt nichts von dem, was um mich herum vorging. Kein Begreifen. Gar nichts. Das machte mich unglaublich wütend. Ich brauchte Kontrolle. Kontrolle! Kontrolle! Her damit!

„Unsinn. Nur wenn wir wissen, wie die Manipulation aussieht, können wir feststellen, wem sie nützen könnte."

„Nützen könnte?" äffte ich blöde nach.

Laura hopste vom Auto herunter.

„Na logo! Der ganze Aufwand! Sowas macht man nur, wenn etwas dabei 'rausspringt!" Sie windmühlte mit den Armen, tanzte über die nassen, erdigen Felder. Und sang: „Trallala! Ev'rybody wants PROFIT!"

Wow! Sie hatte recht. Eigenartige Gedankenbrocken hopsten durch mein Hirn: ‚Militärisch-industrieller Komplex', ‚Multinationale Megakonzerne'. Und so weiter. Da kriegte ich Angst.

„Sag mal, sollen wir uns wirklich mit diesen Spinnern anlegen? Ich meine, wir könnten ein bißchen UFOs suchen gehen und uns dann nach Südfrankreich zurückziehen. Wir könnten Yoshi mitnehmen!"

Laura guckte mich böse an.

„Und was wird aus dem armen Hiroshi? Und aus meiner Seele?"

Sie schien bereits mit ihren schlimmen Erinnerungen zu kokettieren. Sie regenerierte sich schnell. Ich stapfte durch den schmatzenden Morast zu ihr hinüber. Der Himmel war homogen milchigweiß und vor allem triefend feucht. Die B 16 dröhnte unter den ungezählten Reifen schwerer, rostiger Tanklastzüge. Laura stolperte in meine Arme, und beinahe wären wir naß und platschig in den Schmutz geplumpst. Ich steckte meine Nase in ihre nassen Haare und sog ihre Körperdüfte ein. Weit weg wünschte ich uns beide.

18

Yoshi stand auf dem Marktplatz. Mitten in Abensberg. Und starrte in den Himmel. Etwas hatte sich verändert. Gefühlsmäßig. Kräfte schienen sich auf dieses verschlafene europäische Städtchen fokussiert zu haben, die man mit konventioneller Technik nicht mehr messen konnte. Die Kräfte hingegen, die Yoshi auf die Blase drückten, waren für ihn sehr gut zu spüren. Er ging hinüber zum pittoresken Bau des Hotel Gurglbauer und suchte die Toilette der dortigen Gaststätte auf. Yoshis Klogewohnheiten waren für einen Mann sehr speziell, was von seinen Wohnverhältnissen auf einem Großraumfloß vor der japanischen Küste herrührte. Dort lebte Yoshi in einer winzigen Kammer, in einer von hunderten von Waben, in denen die fleißigen Arbeitsbienen des Großkonzerns untergebracht waren. Und damit hatte er's noch gut getroffen. Die unteren Chargen hielt man sich in schmalen, röhrenförmigen Containern in Schachtstädten unter der Erdoberfläche. Zehn Prozent dieser Leute, meist Gastarbeiter aus kaputten Sterbeländern wie den Philippinen, wurden wahnsinnig und/oder starben.

Ah!

Geistige Bilder von Yoshis Zeit in einer solchen Untergrundsiedlung zogen durch sein Bewußtsein. Ja, auch er hatte einmal in einem Tank gelebt. Synthetische Düfte, mit leichten Beruhigungsmitteln gemischt. Weiße, saubere Fliesen. Komprimierte, trocken-bröselige Nahrung. Entsalztes Meerwasser. Geschmack. Geruch. Ereignisse: Besonders erinnerte sich Yoshi an den fetten Hawaiianer aus der Zelle nebenan. Die Sensoren seines dreckigen, verstunkenen Tanks hatten Alarm geschlagen. Zu spät. Als Nachbar war Yoshi verpflichtet gewesen, nachzusehen, was mit dem Kerl passiert war. Rote, dynamische Leuchtsignale hatten seine Zelle geflutet und ihn aus seinem angenehmen, drogenbedingten Halbschlaf geholt. Im Pyjama war er aus der Röhre gerutscht und mit den bleichen, nackten Füßen auf die kalten Fußbodenfliesen gepatscht. Die anderen drei Nachbarn hatten überhaupt nichts gemerkt. Nur die Lüftung surrte fein in dem leeren, langen Gang. Die Zelle des Hawaiianers (der sich im Schlaf immer so unangenehm laut hin- und hergewälzt hatte, erinnerte sich Yoshi) blinkte ebenfalls rot. Die Automatik hatte die Einstiegsluke entriegelt, Yoshi konnte sie mühelos von außen aufschwingen lassen, strenger Geruch war ihm entgegengeweht. Da lag der Hawaiianer. Still und absolut tot. An der ‚Gestaltungswand' des Tanks, der einzigen Fläche in der Behausung, die man persönlich dekorieren durfte, hing ein großes, verknittertes Poster von einem Palmenstrand, daneben die üblichen Fotos von nackten Frauen und alte, vergilbte, vollgekritzelte Selbstklebenotizen. Die Röhre befand sich ansonsten in einem bedauernswerten Zustand: überall Dreck und Essensreste und ein defektes Leuchtelement, das nun rötlich und elektrisch zuckte. Das Alarmsignal. Yoshi zerrte an den nackten Füßen des Hawaiianers. Keine Chance. Der Kerl war zu schwer. Erst mal entspannen. Ruhig ging Yoshi zur nächsten Sanitärzelle (Männer) und kotzte in eines der weißen Waschbecken. Es gab hier keine Spiegel über den Waschbecken und jeder, wirklich jeder war dankbar dafür. Da kamen auch schon die Burschen von der medizinischen Gruppe. Weiße Wegwerfanzüge strahlten im roten Alarmlicht. Keine Trage. Die zwei Jungs nahmen Yoshis Angaben zu Protokoll, ließen ihn unterschreiben. Er hätte jetzt gehen können, blieb aber auf dem Gang stehen. Warum, das wußte er bis heute nicht. Wahrscheinlich hatte Gott ihm den toten Hawaiianer zeigen wollen. Auch die zwei Muskelpakete hatten schwer zu tun, den Körper aus der schaumstoffgepolsterten Röhre zu ziehen. Schließlich versuchten sie es mit roher Gewalt und hatten Erfolg. Der Hawaiianer kam aus der Zelle gepurzelt, zusammen mit leergefressenen rosa Pralinenpackungen und einer Armada von ausgetrunkenen Plastikflaschen und bunten Zeitungsfetzen. Der Müll klapperte auf die weißen Fliesen, die Plastikflaschen hopsten und kullerten ein Stück den Gang hinunter. Auch den Körper hielt niemand fest, der Mann schlug laut knacksend auf dem Boden auf. Der eine Mediziner pumpte eine Ladung Desinfektionsmittel in die Röhre des Hawaiianers. Es stank süßlich nach aggressiver Chemie. Als er mit dem vorgeschriebenen Entseuchen fertig war, plombierte er die Zelle. Endlich schleiften die Mediziner den Toten an den Füßen hinter sich her den Gang hinunter, ab und zu kickten sie eine der Flaschen vor sich her, auch als sie längst um die Ecke gebogen waren, konnte man sie poltern hören. Der schwere Schädel des Hawaiianers holperte an seinem erschlafften Hals über die Fliesen hinter den zerrenden Medizinern her. Yoshi suchte nach einer Blutspur, fand aber keine. Kopfschmerzen bohrten quer durch seinen Schädel.

Der Gruppenleiter in der Firma hatte einmal nach einem Motivationsfilm gesagt, Japan sei wie ein Raumschiff im Pazifik gewassert, eine Insel der Seligen inmitten einem Meer der Armut und Primitivität. Also müßten die Japaner auch wie auf einem Raumschiff leben. Man hatte nur wenig Platz, aber man lebte wenigstens zivilisiert und inmitten lebenserhaltender Technik. Nach seinem ersten Ausflug aufs chinesische Festland war Yoshi nicht mehr von dieser These überzeugt gewesen. Die Chinesen waren ebenso reich wie unterdrückt. Koreanische Bosse prahlten in den Hotels, und sie hatten viel mehr Geld als Japaner in vergleichbaren Positionen. Und all der Platz! All dieser freie Raum! Dieser Raum! Raum! Raum! Jeder Quadratmillimeter war so wertvoll, in China schmissen sie damit geradezu herum! Damals hatte Yoshi noch nicht einmal einen Videobericht über Europa gesehen. Vermutlich wäre er angesichts der dort herrschenden Platzverschwendung einfach in Ohnmacht gefallen. So war er still in seine enge Röhre zurückgekrochen und hatte ruhig die extrastarke Schlafdroge eingeatmet, die die Verwaltung ihm für diese Nacht spendierte.

Die weißgefliese Enge des Klos, auf dem Yoshi in Abensberg saß, erinnerte den Japaner sehr an die Heimat. Yoshi setzte sich zum Pinkeln aufs Klo. In seinem Zimmer auf dem Floß konnte man aufrecht stehen und man hatte eigene sanitäre Anlagen. Aber wenn Yoshi bei sich zuhause danebenpinkelte, dann traf er den Videoprojektor und der vertrug absolut keine Feuchtigkeit. Deshalb setzte er sich immer vorsichtshalber gleich ganz auf die Schüssel.

Diese Gewohnheit verhalf Yoshi nun zu einer seltsamen Begegnung.

Anstatt wie jeder andere Mann sein Geschäft in der gekachelten Pißrinne zu verrichten, hockte Yoshi auf der Kloschüssel. Da öffnete sich die Kabine neben ihm. Yoshi konnte den Schatten des anderen durch den Schlitz unter der Trennwand sehen. Aber der andere setzte sich nicht aufs Klo. Er kniete davor nieder. Und er sang:

„Oh wunderbares Klo!
Nur Du machst mich so froh!
Denn wenn ich Dich nicht hätt',
wär' ich ganz ohn' Toilett'!
Klo, nimm an die Opfergabe!
An diesem frischen Fleisch Dich labe!
Nimm auch Pommes, Wein und Kräuter!
Und von Harrys Kuh den Euter!"

Es platschte verdächtig und es wurde schwer runtergespült. Das angebetete Klo tat sich schwer mit dem Verdauen der Opfergaben. Die sanitären Anlagen gurgelten und spotzten. Der Besucher mußte ein ganz schön dickes Paket hineingeworfen haben! Und er machte mit dem seltsamen Ritus weiter:

„Klo! Nun zeig mir Dein Mirakel!
Schüssel, sei der Welt Orakel!
Komm, ich zeig Dir meine Hose
wenn Du mir sagst, wo ist die Dose!"

Der Fremde in der Toilette nebenan rülpste einen lauten rituellen Rülpser.

„Dose, Dose, Einszweidrei!
Dose! Dose! Komm herbei!"

Der Sänger steigerte sich in Ekstase. Immer und immer wieder spülte er runter. Es platschte und gurgelte heftig in der benachbarten Schüssel. Dem Schatten nach zu urteilen war der Mann jetzt über sein Klo gebeugt. Überflüssigerweise gab sich der Kerl selbst die Antwort auf seine hirnrissige Frage: „Such im Cafe Terrazzo!" gurgelte er, offensichtlich den Spülbehälter des Klos als dumpfen Resonanzkörper nutzend. Yoshi hielt es da nicht mehr auf seiner Schüssel aus. Der Fremde hatte seine Kabine verlassen und hüpfte draußen herum wie ein Verrückter.

„Es hat gesprochen! Es hat zu mir gesprochen! Das Klorakel! Juchuuu!"

Aha.

Pathologisch.

Irre.

Völlig bescheuert. Yoshi trat vorsichtig aus seiner Kabine.

„Pardon", machte er wie Inspektor Columbo, „sprachen Sie gerade eben von der Dose, dem Gegenstand des berüchtigten Colakultes?"

Der verrückte Klobeschwörer, ein langer, hagerer Hippie, der über und über mit bunten Taschen behängt war, wirbelte herum und starrte Yoshi aus weit aufgerissenen blauen Augen an.

„Woher weißt du vom verderbenbringenden Colakult, Fremder?" gurgelte er und stürzte auf Yoshi zu. Der Japaner tat einen schnellen Schritt zur Seite, und der flatternde Hippie segelte ins Leere, landete in der rutschigen Pißrinne.

Yoshi, an fast alle denkbaren extremen Situationen gewöhnt, zog seine Waffe und zielte ruhig und präzise auf das Hippiewrack am Boden.

„Schon gut!" ächzte der bärtige Mann.

„Ich bin Eddie, der Kloologe. Der Kenner sämtlicher sanitären Mysterien! Verneige dich vor mir, Wurm!" Er rieb sich seinen haarigen Hinterkopf.

Yoshi grinste nur ein bißchen breiter.

„Soso! Dann wissen Sie also auch, wie diese unglaublichen Klempnerrechnungen zustandekommen! Mit Anfahrtswegen wie von Alpha Centauri!"

Und er bedeutete Eddie mit seiner Kanone, er solle weitermachen mit Erklärungen. Der Hippie richtete sich stolz auf und ordnete würdevoll seine labbrigen Klamotten.

„Ignorant! Ich spreche von gänzlich anderen Mysterien! Hast Du das Klorakel gehört?"

Yoshi nickte.

„Hahaaa! Herrlich!" freute sich der Kloologe von eigenen Gnaden.

„Ziehen Sie lieber keine voreiligen Schlüsse", warnte Yoshi ernst.

„Okay. Okay. Das hier mag auf dich als Ausländer ziemlich seltsam wirken, aber wir Europäer machen das öfter. Eine Art Nationalbrauch", schwindelte der Hippie.

„Nur weil Sie nicht mit Stäbchen essen, müssen Sie nicht zwangsläufigerweise jeden anderen Blödsinn mitmachen. Ich glaube nicht, daß der durchschnittliche Deutsche täglich seiner Toilette opfert und um gutes Wetter bittet!" entgegnete Yoshi cool.

„Gut. Ich sag' dir, was Sache ist. Aber draußen beim Gurglbauer. Bei einem Glas Bier. Ich lade dich ein, weil du so eine hübsche Kanone hast!"

„Oh. Danke! Schön, daß das hier auch mal jemand bemerkt. Das Ding hat ein Vermögen gekostet!"

Der Hippie und Yoshi verließen gemeinsam das mysteriöse Klo und setzten sich an einen freien Tisch. Ein holziger Tisch, übersät mit Schrammen. Macken überall.

Eddie, der Kloologe, erzählte seine Geschichte.

19

Laura saß mit mir in einem Café. Es war dreckig, aus den Lautsprechern dröhnte Radio DingDong mit den neuesten Sabbel-News: „Der Bundeskanzlerblahblahblah! Soldaten! Minister! Diäten! Zugdesaster in Zaire! Springflut in Sambia! Revolte in Ruanda! Das Wetter war schlecht, ist schlecht und bleibt schlecht! Tschüß! Weiter mit Werbung und viel, viel Musik!"

(Trallalallalaaaaaaa!)

Laura stocherte mörderisch im Bodensatz ihres überzuckerten Cappuccino herum. Es knirschte.

„Ich erledige dieses Arschloch von Barkeeper stante pede, wenn er nicht sofort diesen Scheißdreck ausmacht!" krächzte sie.

Ich guckte mein müdes, säuerliches Gesicht in der blankpolierten Tischplatte an. Ausgerechnet das war die einzige saubere Fläche hier! Meister Propers letzte Zuflucht. Ein Reservat der Keimfreiheit. Der Rest des Ladens war ein Biotop für alle erdenklichen niederträchtigen Lebensformen vom ostasiatischen Spulwurm bis hin zum gemeinen Trainingsanzugsnazi. Rotes Neon, klapprige Bescheißerautomaten und andere Abgreifer-Elektronik an sämtlichen Wänden. Poster von Miezen und Autos. Billardtisch. Ein Ort, an dem man besser nicht sein sollte. Ein Ort, der besser überhaupt nicht existieren sollte. Zwei, drei in sich zusammengesunkene Wixer hockten an anderen Tischen und stierten gedankenhohl in billige Tittenmagazine. Ein großer Ventilator quietschte an der Decke. ‚Casablanca' für ganz, ganz Arme. Statt Sam am Klavier gab's Quengelbert und Konsorten aus dem fettverklebten Radiolautsprecher. Die Bedienung, eine pickelige Schulschwänzerin aus dem benachbarten Gymnasium, wackelte mit dem Kopf im Takt zur Musik und schaffte es, gleichzeitig in der Nase zu bohren, ohne sich den Zeigefinger zu verknacksen.

„Ganz klar. Eine Künstlerkneipe", lästerte ich und überprüfte meinen Orangensaft auf mit bloßem Auge sichtbare Parasiten.

Der einzige Grund, weshalb wir uns in dieser Kneipe aufhielten, war die geographische Lage des Etablissements. Von unserem Tisch aus konnte man einen riesengroßen, geteerten Platz voll und ganz überblicken, und dahinter ragte aus Sicherheitsanlagen und Elektrozäunen und Nebelschwaden die Fabrik der Vereinigten Volksmotorenwerke (VVMW) auf. Eigentlich sollte mir jetzt eine Taktik einfallen, mit der wir unseren Kumpel Hiroshi aus der Bude befreien könnten, aber mein Hirn wollte einfach nichts ausspucken. Auaaah.

Auch Lauras anfänglicher Drive schien im dunkelbraunen Strand des Cappuccinosatzes verlaufen zu sein. Mürrisch zerdrückte sie die Zuckerkristalle in der molassigen, braunen Soße mit ihrem Löffel. Knirsch, knirsch. Die Bedienung kam angeschlurft.

„Kann ich Ihnen no was bringen?“

„Einen Ingoburger aus der Mikrowelle“, bestellte ich.

„Einen Liter Cappuccino.“ Laura schob der Tussi ihre Tasse hin.

„INGOburger. Très créatif!“ spottete Lauradarling. „Wahrscheinlich in Motorenöl gebraten.“

Ich gähnte.

„Ich werde garantiert nicht fragen, was drin ist“, schwor ich.

Laura lachte trocken.

„Hähä. Sauf doch auch ’nen Kaffee! Da weiß man, was man hat.“

„Ja. Allerdings. Ungerechte Kaffeepreise und halbverhungerte Bauersleute in Südamerika.“

„Pft! Wenn ich nicht so viel von dem Zeug saufen würde, dann würden die Jungs nur noch Coca anbauen!“

Da weiß man, was man hat.

Das war so ein Satz aus der Waschmittelwerbung. Einer dieser Slogans, die sich durch penetrante Wiederholungen ins Kollektivbewußtsein des deutschen Volkes hineingemeißelt hatten. Oder Clementine! Was, zum Geier, war aus Clementine geworden? Vom Zeitgeist hinweggespült? Oder auf Ultra-Format komprimiert, so sehr geschrumpft, daß man sie in den Commercials gar nicht mehr sehen konnte? Oder in ein phosphatfreies Baukastensystem gezwängt? (Gedankensprung) Genau! Vielleicht brauchte Clementine einen der heutzutage verbotenen Zusatzstoffe zum Überleben! Phosphate! Chlor! Säuren! Nichtbiologischabbaubare Chemikalien! Tenside! Toll! Bezeichnenderweise konnte ich mich noch an Clementine erinnern, nicht aber an das Produkt, für das sie geworben hatte. Ajax? Ariel? Der Weiße Riese? Keine Ahnung. Vielleicht hatte man sie deswegen abgeschafft! Sie hatte einfach mit ihrer massigen Präsenz das Produkt zu- und abgedeckt, ja beiseite geschoben. Das konnten diese humorlosen Werbemanagertypen mit ihrer Zielgruppen-Neurose natürlich nicht dulden. Sie hatten Clementine aus ihrer lichtdurchfluteten Arielwelt fleckentfernt und in eine dustere Bio-Waschküche verbannt, wo sie jetzt, mit nichts ausgestattet außer mit Waschbrett und Kernseife, für den Rest ihres Lebens für ihre Killerchemiepromotion schrubbend büßen mußte. Welch ein Schicksal! Nach dieser Logik dürfte das HB-Männchen jetzt an der Seite des Marlboro-Cowboys als unbezahlter Zivi auf der Intensivstation eines Lungensanatoriums in Oberbayern schuften.

„Hey!“ stupste mich Laura mit dem Fuß. „Man sieht dir direkt an, was für einen abstrusen Schwachsinn du dir aus lauter Langeweile ausdenkst!“

Ah! Einer Frau, mit der man einmal verschmolzen war, konnte man nichts mehr verheimlichen. Telepathie. Ich konnte sie auch denken hören.

Es fing an zu regnen.

Passend dazu kam der Ingoburger.

„Guten Appetit“, sagte die Kellnerin.

Ich beäugte den dampfenden Haufen auf dem heißen Teller vor mir.

„Wünschen Sie mir lieber viel Glück!“

Laurababy grinste breitestens.

„Selber schuld!"

„Was ist da drin?" fragte ich die Bedienung, als sie mit Lauras Cappuccino und einem frisch gefüllten Zuckersteuer ankam.

„Gummi, Glukose und viel Glutamat, damit Sie die ersten beiden nicht so sehr merken", rotzte die Tussi.

„Leistungskurs Chemie?" vermutete ich.

Das Mädchen grinste furchtbar picklig. Sie schrie förmlich nach einem Clearasil-Cocktail.

„Hör mal auf zu schäkern!" drängte Laura plötzlich und sprang auf. „Da vorne stolpert einer übern Platz!"

„Jetzt schon?" fragte sich die Bedienung müde.

Ich guckte genauer hin.

„Hiroshi!"

„Das ist Hiroshi?" Laura hatte ihn noch nie gesehen. Nur seine Nachbildung aus dem Einkaufszentrum. Der Japaner taumelte und fiel schließlich mitten auf dem Platz in sich zusammen. Laura und ich sprangen gemeinsam auf, der Cappuccino verteilte sich gleichmäßig fließend auf der glänzenden Tischplatte.

„Hey! Wohl total irre, oder was? Wer soll'n das aufwischen?" keifte die Bedienung. Als Antwort knallte Laura ihr einen Zwanziger in die Kaffeepfütze. Ich rannte schon draußen über den Asphalt, Laura sprintete hinter mir her.

Hiroshi war neben einem der irrsinnig hohen Laternenpfähle zusammengebrochen. Er war nackt. Nur seine Brille hatte man ihm gelassen. Der Puls des Japaners war etwas schwach, aber durchaus okay. Laura kam an.

„Is' er tot?" fragte sie.

„Nein. Bewußtlos. Verletzt scheint er auch nicht zu sein."

Ich packte Hiroshi unter den Achseln und hievte ihn hoch.

„Schnapp dir seine Füße. Wir tragen ihn zum Auto."

„Yes, Sir!"

Ich vorne, sie hinten. Wir schleppten Hiroshi über den Platz zum Fiesta und legten ihn vorsichtig in den Wagen. Laura holte eine versiffte Decke aus dem Kofferraum und wickelte den Japaner damit ein.

„Stell die Heizung auf Volldampf! Der Junge ist total durchgefroren."

„Nicht nur er!"

Laura trat aufs Gas, wir schossen vom Platz.

„Da ist ein Wegweiser: ‚Klinikum'! Sollen wir ihn ins nächste Krankenhaus bringen?"

Ich überlegte scharf. Die Verantwortung machte mir zu schaffen. Ich wußte nicht, was die Entführer dem guten Hiroshi eingetrichtert hatten. Sie hatten Hiroshi betäubt und in die Gosse geworfen und damit gerechnet, daß irgendwelche Freaks dann den Rest erledigten.

„Nein. Hmmm. Wir bringen ihn zu Doktor Gerhart. Das ist sicherer."

Liebe Leserin, lieber Leser,

gerne informieren wir Sie regelmäßig über unser Verlagsprogramm. Schicken Sie einfach diese Karte ausgefüllt an uns zurück!

Ihr Buchverlag
der Mittelbayerischen Zeitung

P. S.: Wenn Sie Zeit und Lust haben, beantworten Sie doch die Fragen auf der Rückseite dieser Karte. Sie würden uns damit helfen, unsere Arbeit noch besser auf unsere Leser abzustimmen.

Als kleines Dankeschön verlosen wir unter den Einsendern monatlich einen unserer aktuellen Titel!

Vorname / Name

Straße / Hausnummer

PLZ / Wohnort

Bitte Briefmarke nicht vergessen

Antwortkarte

Buchverlag der
Mittelbayerischen Zeitung

93042 Regensburg

Diese Karte entnahm ich dem Buch

____

Ich habe dieses Buch

❐ gekauft

❐ geschenkt bekommen

Ich wurde auf das Buch aufmerksam …

❐ in der Buchhandlung

❐ durch einen Prospekt

❐ durch eine Besprechung in der Zeitung

❐ durch Freunde und Bekannte

❐ Anzeigen / Werbung, und zwar in:

____

Ihre Altersgruppe?

❐ bis 30 Jahre ❐ 46 – 60 Jahre

❐ 30 – 45 Jahre ❐ über 60 Jahre

Welchen Beruf üben Sie aus?

____

Welche Themen sähen Sie gerne im -Buchverlag?

____

____

Buchverlag der
Mittelbayerischen Zeitung
Margaretenstraße 4, 93047 Regensburg
Tel. (09 41) 2 07-1 39, Fax (09 41) 2 07-1 99

„Woher“, fragte Laura, „äh. Woher wußtest du eigentlich, daß Hiroshi in dieser Fabrik ist?“

„Einfach. Das ist der einzige Konzern hier, bei dem der Staat beteiligt ist.“

Naja. Ich hätte einfach nicht gewußt, wo ich sonst hätte anfangen können. Glück.

Auf dem halben Weg nach Abensberg hörte ich hinter mir ein Stöhnen. Hiroshi kam wieder zu sich.

„Hey!“ Grinste ich ihn an. „Welcome back, Jack!“

Hiroshi setzte sich auf. Und stierte ins Nichts.

„Die Bundesregierung dementierte Berichte, nach denen die Expeditionstruppen an der indisch-pakistanischen Grenze / BAUERBRÄU macht richtig dicht, hähä / Sicherheitsleistung / Bauteil K399875343 Strich drei. Codierung.“

Laura war völlig entnervt.

„Was soll das sein? Human Radio?“

Shit. Die hatten doch ein bißchen mehr mit Hiroshi gemacht, als ihm bloß ein Narkotikum verpaßt. Aber was?

20

„Wo ist das Café Terrazzo?“ wollte Yoshi wissen.

„Wir gehen gemeinsam hin. Es öffnet erst in einer Stunde.“ Eddie verhielt sich außerhalb sanitärer Anlagen völlig unauffällig. Wenn man von seinen Theorien mal absah.

„Klos, mein Lieber, sind kultische Stätten!“, behauptete der Hippie und soff sein Bierglas leer. Yoshi konnte weder Bier noch Hippies ausstehen, bemühte sich dennoch krampfhaft um ein Minimum an Freundlichkeit.

„Wie kommen Sie denn auf diese, äh, interessante Idee?“

Eddie grinste mit der überlegenen Selbstsicherheit des verkannten Genies.

„Geht ein Mensch aufs Klo, dann schaltet er total ab. Er findet Ruhe, und er konzentriert sich ganz auf den Abtritt seiner überflüssigen Biomasse.“

Ein feines Lächeln schlich sich auf Yoshis Lippen. Für kleine Irre hatte er sich immer schon interessiert.

„Machen Sie weiter!“ forderte er Eddie auf.

Der bestellte sich noch ein Bier und machte weiter. Mit gesenkter Stimme.

„Bisher hat sich aber noch niemand für die geistigen Vorgänge dabei interessiert!“

„Sagen Sie das nicht!“ konterte Yoshi. „Ich habe einen Kollegen, der liest Platon auf dem Klo!“

„Neiiiin! So meine ich das nicht! Ich will damit sagen, daß Menschen auf dem Klo auch beträchtliche Mengen von Gedankenmüll abscheiden! Dieser Gedankenmüll ist an die biologischen Abfälle gekoppelt, einiges davon bleibt aber im Klo hängen und bildet eine autonome Intelligenz. Deshalb: Je älter ein Klo, desto erfahrener ist es! Das Klorakel weiß alles!"

„Hmm. Vielleicht kann es differenzierte Aussagen über die Wasserqualität oder über die Essensgewohnheiten diverser Personen treffen. Aber so ein Klo kann doch niemals wissen, was es mit dem Colakult auf sich hat!" meinte Yoshi vorsichtig.

Eddie widersprach:

„Ha! Möchte man meinen, mein Lieber! Aber ich weiß, daß viele Anhänger des Kultes regelmäßig hier zu speisen pflegen! Also weiß das Klo alles!"

Eddie schien in einer eigenen Logik zu leben. In einer autonomen, in sich schlüssigen Logik. Yoshi beschloß, sich auf diese Logik einzulassen. Was blieb ihm anderes übrig?

LAURA

Hiroshi war bei Dr. Gerhart abgeliefert. Frank kümmerte sich um den Japaner. Frankie. Eine seltsame Type, ein lieber Kerl.

Um den Block gehen. Die regenlosen Minuten ausnutzen. Spazierengehen. Mmm. Überall diese Pfützen. Die Straßen ein reines Flickwerk. Gasrohre. Strom, Kabelfernsehen, Netzwerke, Glasfaserkabel. Tote Blätter. Dreck. Lauras neue Turnschuhe schlappten über den Asphalt. Heute wollte sie nicht zum Himmel hinaufschauen. Der Boden scrollte langsam unter ihren Schritten weg. Das monotone Flatschen der Turnschuhe auf dem nassen Boden, sie mochte es. Es beruhigte. Ffffchhh. Die kalte Luft spülte Lauras Lungen. Sie kam an eine vollkommen verlassene Kreuzung und blieb stehen. Den Kopf heben. Sich die Gegend anschauen.

„Was für eine Scheißarchitektur", sagte Laura. Daß in solchen Häusern überhaupt jemand leben mochte? Ach! Laura haßte sich oft für ihren eigenen Snobismus. Dabei wohnte sie selbst in einem solchen Bunker. Bei Frankie.

Nach links. Eine lange, einigermaßen gerade Straße. Laura memorierte den Straßenverlauf und schloß ihre Augen und begann, diese Straße blind entlangzugehen. Mit geschlossenen Augen sah man hier wesentlich mehr als mit geöffneten. Keine fliegenden Dosen oder ähnliche Scherze konnten jetzt noch irritieren. Lauras übrige Sinne klappten sich nach außen. Windböen rauschten in den absolut akkurat geschnittenen Hecken. Die Leute hier verschanzten sich hinter blickdichter Vegetation. Es roch nach Essen. Schwere, traditionelle Küche. Laura navigierte absolut sicher. Sie fühlte die großen Häuser an sich vorbeiziehen, spürte die wenigen, verlorenen Menschen darin. Sie lehnte sich an eine schmutzigweiße Garagenwand. Hier war alles kalt, also dachte sie sich warm. Sie erinnerte sich an einen Traum.

Und war am Meer. Laura hatte keine Kleidung an in diesem Traum. Ihr magerer Körper lag nackt im feinkörnigen Sand, das Meer spülte sanft gluckernd an den flachen Strand. Die restliche Umgebung war absolut unwichtig. Vielmehr versuchte Laura sich auf jedes einzelne mikroskopisch kleine Sandkorn auf ihrer Haut zu konzentrieren. Es gelang. Sie war selbst überrascht darüber. Aber sie spürte alles. Bislang brachliegende Gehirnsektoren fuhren sich hoch und erfaßten jeden winzigen Kontaktpunkt. Verbindungen wurden hergestellt. Nicht mit dem gesamten Kosmos oder sowas. Nur mit den nächsten paar Sandkörnern. Es bestätigte Laura, daß sie existierte. Es war eine Rückkopplung. Das erste Lebenszeichen nach dem Mord auf der Wiese bei Landsberg. Ein Zeichen, daß sie existierte. Lauras ganzes Leben baute sich danach auf diesen Traum auf. Der Traum hatte ihr bewiesen, daß es die Realität gab. Und wenn es nur ein paar Sandkörner an einem eingebildeten Strand waren. Große Gefühle waren danach quer durch ihren Körper gefröstelt, der tatsächlich in einem dreckigen Bett in dieser kleinen Münchner Wohnung lag, die sie genau einen Monat lang nicht verlassen hatte. Seltsam. Genau einen Monat lang. Danach war sie aufgewacht und ans Institut zurückgekehrt.

„Hallo, Frau Bergen!“ hatte der Professor gesagt. Sie stand wieder zur Verfügung. Wie schön. Vor allem stand sie wieder sich selbst zur Verfügung. Das Geld auf dem Konto würde eine Zeitlang reichen. Sie bat um Urlaub, legte die Atteste der behandelnden Ärzte vor.

„Haha!“ der Professor schüttelte langsam den Kopf. „Ich habe da was viel besseres für Sie. Sie erholen sich bei der Arbeit.“ Lauras Vorgesetzter lachte. Ein schicker Prof in einem teuren Anzug. Ein gut verpacktes Konglomerat von Theorien und Ambitionen. Diesmal ließ er Gnade walten. Er schickte Laura, die Untergebene, nach Niederbayern. Er holte eine nagelneue, scharf gefaltete Karte aus dem Schrank, warf das bunte Papier in einem Schwung schräg über den pompösen Schreibtisch. Laura atmete vorsichtig durch, der Professor beugte sich kurzsichtig über die Karte und suchte das Einsatzgebiet. Sattgelbes Spätsommerlicht fiel durch das einzige Fenster auf akademisches Aktenchaos, staubige Bücher und verdreckte Computertastaturen.

„Aah!“ Der Professor zupfte Laura am Ärmel und deutete auf einen Punkt auf der Karte. Zwei Hügel, irgendwo in der Landschaft.

„Sehen sie?“

„Natürlich.“ Laura stützte sich neben dem Professor auf die Schreibtischplatte. Er roch aus dem Mund, was sein dürftiges Deo kaum überdecken konnte.

Sein Sakko stank muffig nach altdeutschem Kleiderschrank. Der Arm, der in dem Sakko steckte, deutete starr auf die zwei Hügel auf der Karte.

„Das“, sagte der Professor bestimmt, „ist der Arsch der Welt.“

Laura guckte den Prof von der Seite her an und nickte.

„Und das“, fuhr der alte Mann fort und tippte fünf Millimeter daneben auf die Karte, „ist Abensberg.“

Er lachte schallend.

„Und da gehen Sie hin!“

Laura nahm das Angebot sofort an und packte ihre Sachen. Dem Institut war aus obskuren Quellen zugetragen worden, daß in diesem Abensberg seltsame Kulte praktiziert wurden. Professor Klunkermann war sich natürlich viel zu gut dazu, in die Provinz zu fahren.

„Arsch der Welt.“ Alle waren anscheinend dieser Meinung. Auch – und vor allem – Freund Frankie. Laura lauschte dem Wind nach. Vielleicht zischte gerade ein UFO über das Meer der 70er-Jahre-Einfamilienhäuser?

Sie hielt ihre Augen geschlossen. Frankie. Ein Mann, für den, nach eigenen Aussagen (im Bett wurde er immer sehr gesprächig), mit seinen 30 Jahren das Leben schon vorbei war. Er hatte sich freiwillig hier in dieser Redaktion am Ende der Welt geparkt. Warum nur? Er war offensichtlich einsam. Den Politikern war er lästig, bestenfalls ein Instrument zur Verbreitung ihrer Meinung. Den Lesern war er egal. Hauptsache, die Zeitung lag am Morgen auf dem Frühstückstisch. Das sagte er wenigstens. Die Realität sah vielleicht etwas anders aus. Laura hatte die leise Achtung der Bewohner vor ihrem Reporter gespürt. Nicht viel, aber immerhin etwas. Und Frank ignorierte es. Er ignorierte es! Zerfloß in Selbstmitleid. Hielt längst zerbrochene Utopien erbarmungslos gegen die Realität, die gegen die glorreichen Visionen der Vergangenheit natürlich äußerst ärmlich aussehen mußte.

Armer Frankie! So mußte er immer verlieren, egal was auch immer passieren mochte. Er würde immer tragisch bleiben. Das gefiel ihm natürlich. Genauso wie sein komplexes System von kleinen Riten und Gewohnheiten, in das er sein Leben eingebettet hatte. Und die beinahe vollständige Verantwortungslosigkeit. Er war gerade mal für sich selbst verantwortlich. Wenn überhaupt. Seine Artikel nahm anscheinend sowieso kaum einer ernst. Aber stimmte das? Warum machte er das alles? Warum manövrierte dieser Mann sich selbst ins Aus?

Laura öffnete ihre Augen und sah keine Antwort.

FRANKIE.

Ich hatte Hiroshi bei Dr. Gerhart abgeliefert und war gerade im Hinausgehen, als das Telefon der Praxis läutete und die Sprechstundenhilfe „ja, er ist gerade noch da“ sagte und mich zu sich und ihrem hellbeigen Telefonhörer herüberwinkte. Ich nahm den schweren Hörer. Das Plastikding war schon ganz schmalzig vom vielen schweißhändigen Daranherumgreifen und es verbreitete einen leicht ätzenden Desinfektionsmittelduft.

„Frankie spricht“, hustete ich in den Hörer.

„Eeeeendlich! Mann, wo STECKST du?!?“ Es war Kollege Harald.

„Ich kuriere die partielle Hirnvertrocknung aus, die ich mir bei der letzten Biotopdiskussion im Stadtrat geholt habe.“ Arschloch.

„Hähähäh! Seeeehr witzig! Da werden direkt neben deinem Haus drei Typen an Straßenlaternen aufgehängt und du hängst beim Doc rum!“

Stromstoß. Durchn ganzen Körper.

„Drei Typen? Neben meinem Haus?“

„Nein. Nicht ganz daneben. An der Straße nach Arnhofen. Vor der Schreinerei.“ Er lachte noch dreckiger. Ich hatte in einen auf dem glitschigen Telefonhörer vergessen vor sich hinschimmelnden Batzen Salbe gelangt.

Harald machte weiter: „Braucht dich eh nicht mehr jucken, Partner! Du bist raus aus der Sache. Sie schicken Robert Braun aus der Zentrale. DU gehst heute abend zur Versammlung des Vereins für gentechnische Kaninchenprogrammierung. Robert und ich machen das mit den Leichen schon.“

Robert Braun. Ich knallte den Hörer auf und streifte den Salbebatzen an der Tresenkante ab. Wahrscheinlich würde ich davon rosarote Pustelchen an der linken Arschbacke kriegen. Risiken und Nebenwirkungen. Arzt oder Apotheker.

Ich hopste hinaus an die frische Luft. Wo war Laura abgeblieben?

Instinktiv ging ich der richtigen Straße nach, folgte einer diffusen Duftspur. Wahrscheinlich konnte ich Laura noch am anderen Ende der Welt riechen. Wie ein bekiffter Schmetterling eierte ich der Pheromonspur meines Weibchens nach, stolperte über die unbarmherzig schlecht ausgebesserten Straßen. Meine Nase hing in der kalten Luft und zerrte den restlichen Körper hinter sich her. Sie fand Laura ohne große Umwege. Meine Frau lehnte mit geschlossenen Augen mit dem Rücken an einer Garagenwand, spürte aber sofort, daß ich da war, stieß sich mit einer einzigen Wellenbewegung ihres Rückgrats ab und kam nachdenklich auf mich zu.

„Was gibts?“ Sie lag leicht und warm in meinen Armen, spürte mit ihrer Zungenspitze sanft an meinen Lippen herum, bis ich meinen Mund öffnete und sie reinließ. Sie schmeckte so gut wie sie roch. Meine Hände schlüpften unter ihre Lederjacke und drückten ihren schmalen Körper an meinen.

„Ich weiß es überhaupt nicht mehr", stöhnte ich geistesabwesend, roch ihre frischen, weichen, schwarzen Haare.

„Na komm schon. Was ist mit Hiroshi?"

„PHHhhhhhhh. Schwer zu sagen. Der Arzt wird ihn ins Kelheimer Krankenhaus einweisen. Organisch fehlt ihm überhaupt nichts. Er scheint nur nicht mehr ganz bei Bewußtsein zu sein."

Lauras Gegenwart war zielgerichtetem Denken nicht gerade förderlich. Meine Liebe zu ihr saß, ich mußte gar nicht so genau hinspüren, satt in meinem Zentrum, in der Magengegend. Von dort aus strahlte sie warm auf alle Körperteile ab, schwappte wohlig ins Hirn.

Arm in Arm schlenderten wir den Weg zurück.

„Was ist das für ein häßlicher Kasten, da drüben?"

Was? Achso.

„Das ist die Realschule. Mit Turnhalle und Schwimmbad."

Laura löste sich von mir und hopste zur Schule hinüber.

„Hier gibts ein Schwimmbad? Warum hast Du mir das noch nicht gesagt?"

21

Der Chlorgeruch im alten Hallenbad der Realschule erinnerte mich immer an meine Kindheit. Bis auf die neuen Duschen hatte sich hier seit dreißig Jahren nichts, gar nichts verändert. Immer noch fiel diffuses Licht milchig durch die blinden Oberlichter, immer noch wurde die Wand von blaubeigen Fischen verziert. Was heißt hier Fische? So, wie man sich in den Sechzigern halt einen Fisch vorgestellt hat: starr, geometrisch, mit nicht allzugroßer Klappe. So muß er sein, der Fisch. Außerdem: graue, schmale Schränke, denen das Rowdytum der Schüler immer stärker anzusehen war. Beinahe verschämte Hakenkreuzschmierereien drucksten in den Ecken meiner Kabine herum. Da hilft das ganze Chlor nichts, die Scheiße in den Hirnen bleibt drin.

Die Wasserpfützen machten sich fantastisch auf den kleinkarierten Fliesen. Stummelige Chromrüssel ragten in Fußknöchelhöhe aus der weißgefliesten Wand. Diffus schaumiges Zeug tropfte zähflüssig aus den Hähnen und ätzte jeden Verdacht auf Fußpilz weg.

Duschen. Duschen mit Sprühköpfen, die den Wasserstrom zu einem sparsam diffusen Nebel atomisierten. Ich liebte das Duschen. Irgendwann werden diese Arschlöcher wohl das Trinkwasser rationieren. Dann würde man nicht mal mehr das Duschwasser saufen können. Mist! Hoffentlich werde ich das nicht mehr erleben! Uuups! Das fiel mir auf: Eine weitverbreitete Einstellung in meiner Generation war das. An der Verseuchung kannst du eh' nichts mehr ändern, also mach's dir so gemütlich wie möglich und hoffe drauf, daß du tot bist, wenn's so richtig losgeht. Ich legte den Kopf in den Nacken und sperrte meine Klappe auf und ließ es hineinregnen, bis ich luxuriös mit Trinkwasser gefüllte Hamsterbacken hatte. Dann prustete ich den ganzen Segen gegen den nächsten mirómäßig bunten Duschvorhang. Wie Laura wohl im Badeanzug aussah?

Natürlich wunderbar.

In ihrem schwarzen Einteiler mit französischem Beinausschnitt sah sie aus wie ein scharfgemachter Atomtorpedo. Ungefähr genauso schwamm sie auch. Schnell, schlank, kerzengerade. Die Radaubabys am flachen Ende des Bades ruderten panisch beiseite, wenn Laura bei ihnen ankam, eine elegante Wende vollführte und wieder davonschoß. Bei alledem schaffte sie es noch, meine Ankunft im Bad zu registrieren. Gesittet stieg ich an einer der Leitern ins Wasser.

„Mannomann!“ kreischte Laura.“Ich glaub' es nicht! So-fort steigst Du wieder raus und hechtest ordentlich rein in die Suppe, so wie sich's gehört!“

„Äh, ich kann keinen Hecht. Nie gekonnt.“

Sie lachte mich fröhlich an.

„Churchill, eh? No sports!“

Da mußte ich doch schmunzeln.

„Spuck nicht so große Töne, Landratte!“

Blitzschnell ging ich auf Tauchstation und stieß mich vom Beckenrand ab. Laura kam nicht nach, ich zog ihr davon. Einige Bahnen später gab ich auf.

„Wow!“ röchelte Laura. „Wo haste dich auf Motorboot umschulen lassen?“

Ich ließ meinen Blick in der Schwimmhalle herumkreuzen.

„Hier drin. Damals war alles aber noch irgendwie – größer.“

Ein Fettsack schräg hinter mir zog geräuschvoll seinen Rotz hoch.

Laura mimte eine dynamische Kotz-Bewegung seitwärts.

„Ist ja auch 'ne üble Pfütze hier“, lästerte sie.

„Immerhin zwanzig Meter lang.“

„Nur zwanzig? Damned! Dachte, es wären fünfundzwanzig. Dann darf ich noch 'n paar Runden paddeln.“

„Bewundere lieber die Architektur.“

Laura tauchte kurz ab und schoß gleich wieder nach oben wie ein russisches Atom-U-Boot im Eismeer.

„Hab ich doch schon. Ein wahres Meisterwerk! Eine Perle!“

Sie meinte es ernst. Ich liebte das Schwimmbad auch.

Die Proportionen, das Material, alles war aus den goldenen Zeiten der alten Bundesrepublik. Zwei riesengroße Lautsprecher an der Stirnseite der Halle fluteten den Raum mit mittelmäßiger Popmusik vom Regierungssender. Auch sie fossilienalt. Hinter uns: die metallenen Startblöcke und ein buntes Fliesen-/Bronzerelief, das stark an die offizielle katholische Kirchenkunst der sechziger und siebziger Jahre erinnerte. Unter der Holzdecke hingen hellblaue Neonlichtwannen. Tauchte man unter, dann schwebte man über die hellblauen Landschaften der zerknitterten Unterwasserfolienwelt. Chlorinaland. Und Laura war die Venus. Die Venus von Chlorinaland. Schaumgeboren. Wunderschön.

Laura stieß sich sanft ab und glitt neben mir her.

„Wieviel Babypisse braucht man wohl, um den Tümpel hier ein paar Grad aufzuheizen?“ sinnierte sie mit einem Seitenblick auf die Quietschebabys, die gerade um die altersschwache Dusche herumzofften. Der Bademeister las den „Stern“ und linste ab und zu in den Überwachungsspiegel.

„Schon einige Hektoliter.“

Eine schwere Oma kreuzte wasserverdrängend an uns vorbei und scannte Laura aus ihren faltigen Augenwinkeln heraus. Gewaltige Bugwelle.

„Welcher Tip war das eigentlich, der dich hierher nach Abensberg verschlagen hat?“

Laura schien den Grund vergessen zu haben. Sie dachte eine Weile nach, dann hatte sie es.

„Mannomann!“ Beinahe wäre sie abgesoffen. Volltreffer aus dem Hinterhalt der Erinnerung. Gemeinsam hopsten wir auf den Beckenrand und ließen unsere Beine ins Wasser baumeln. Laura erzählte was von einem Mädchen, das hier in der Gegend beobachtet worden war. In einem Minidorf namens Sandharlanden hätte sich ein Kult um dieses Mädchen gebildet. Die Bauern meinten, sie hätte direkten Kontakt zu Gott. Mit dem Mädchen selbst hatte allerdings noch niemand gesprochen. Laura sollte das abhaken. Offensichtlich ein Idiotenjob, denn die Storys waren nicht verifiziert. Auch ich hatte noch nichts von diesem Mädchen gehört. Laura aber besaß sogar die Adresse.

„Daß mir das noch nicht eingefallen ist!"

„Fffft. Was denn?"

Laura hopste ins Wasser zurück.

„Wir müssen uns sammeln. Koordinierter vorgehen als bisher. Wir dürfen uns nicht mehr so von den Ereignissen überfahren lassen wie bisher!"

Ich erzählte ihr von den angeblichen Toten an den Straßenlaternen am Ortsausgang. Und davon, daß Robert Braun bald hier auftauchen würde.

„Leichen, die im Herbstwind baumeln?" grübelte sie. „Und wer ist Robert Braun?"

Widerwillig glitt auch ich ins Wasser.

„Robert Braun ist ein Kollege von mir. So 'ne Art Starreporter. Ein widerwärtiges Geschöpf. Eine Laune der Natur, höchstens vergleichbar mit dem gemeinen Stachelschwanz-Iguana."

„Heyja! Du redest ja wie Brehms Tierleben!"

Wir paddelten gemächlich zurück.

„Kein Wunder. Ich hab' ihn einmal im Einsatz erlebt. Ein schwerer Unfall. Da lag so ein Typ auf der Straße und kreischte nur noch. Ich meine, sein linker Arm lag immerhin auf der anderen Straßenseite. Robert Braun spurtet durch Rauch und Nebel zu dem Burschen rüber. ‚So ein Samariter', denke ich noch bewundernd, aber der Braun zieht eiskalt seine Nikon 'raus und fotografiert den halbtoten Jungen von allen Seiten, und als er fertig ist, geht er seelenruhig wieder weg. So einer ist das."

Laura tauchte langsam und nachdenklich unter, kam ebenso bedächtig wieder hoch und flutete ihre Lungen mit Chlorluft.

„Außerdem sieht Robert Braun echt prima aus und kriegt, im Gegensatz zu dir, 'ne Menge Ruhm und alle Mausis!"

Ich kriegte einen Krampf im rechten Fuß. Shit.

„Woher weißt du das?"

Lauras Mund legte sich links und rechts in spöttische Fältchen.

„Ein Mann haßt einen anderen Mann niemals so intensiv so wie du diesen Robert Braun nur aufgrund dieser Sauereistory, die du mir gerade erzählt hast. Zu so einer echten Männerfeindschaft gehört viel, viel mehr. Vor allem Frauen. Durch die Lappen gegangene Frauen. Ich weiß sowas. Bin ja schließlich selbst eine. Ist sicher ein extreeeeem interessanter Mann, dieser Robert Braun."

Ich wurde stinkig.

„Dann fick ihn doch!" schlug ich vor.

„Vielleicht", sagte sie. „Aber nur, um zu sehen, wie's ist. Oder für Informationen."

„Wow! Lukrezia! Mischst du mir auch Zyankali ins Frühstück, wenn du mich nicht mehr brauchst?"

„Nanana!“ Sie schwamm näher und griff mir unter Wasser sanft an die Eier, lächelte wie Mona Lisa. „Ich brauche dich schon noch länger. Schließlich will ich hierbleiben und mit dir eine kleine, feine Family gründen. Ich glaube, ich will sogar heißen wie du! Ist das nicht toll?“

Oh Gott! Wie- wie *unnötig fies*!

„Hör zu: Wir sind trotz BPD immer noch ein einigermaßen freies Land. Du kannst abhauen, wohin du willst! Der Horizont ist die Grenze! Wenn's dir hier nicht gefällt, dann geh' doch einfach. Wenn ich dir nicht gefalle, dann geh' weg. Einfache Kiste. No sweat! Aber jazz' mich nicht 'rein. Mir macht es nichts aus, zu hören, was für ein Versager ich bin, das hör' ich hundertmal am Tag. Man gewöhnt sich auch an sowas.“

Laura sah mich ernst an und schüttelte langsam den Kopf.

„Neinneinnein. Es gibt Dinge, an die kann und darf man sich nicht gewöhnen. Wenn andere dir in die Fresse hauen, okay. Aber hau' dir verdammtnochmal nicht selber in die Fresse! Du gehst auf dem Zahnfleisch! Schau' mal, wie leicht ich dich aus der Reserve locken kann!“

Ich tat mich plötzlich schwer mit dem Atmen. Schreien hätte ich können. Blieb aber still.

„Es kommt darauf an, wer das tut. Und wie, auf welche Weise.“

„Oh nein! Deine Gefühle liegen offen, man kann darauf spielen, dich dirigieren!“

„Du kannst das vielleicht. Weil ich dir vertraut habe. Bis jetzt.“

„Ha! Nicht mal mir darfst du vertrauen!“

Sie packte mich fest an beiden Armen. Ich war wie erstarrt.

„Dieser Trip geht jetzt erst los! Du mußt stark sein! Ich will nicht, daß du im entscheidenden Moment wegkippst, nur weil jemand oder etwas deine Schwachstelle entdeckt und dich fertigmacht! Schau dir Hiroshi an! Ich will dich, nicht ein wimmerndes Psycho-Würstchen!“

Die anderen Badegäste guckten seltsam zu uns 'rüber. Sogar der Bademeister linste neugierig hinter seinem Doofmagazin hervor.

Ich versuchte, von meinem Erregungslevel 'runterzukommen, schaffte es schließlich.

„Pah“, spuckte ich. „Jeder hat seine Schwachstelle. Auch du! Ich kenne sie sogar. Wenn die Story nicht gelogen war. Aber was ist schon wirklich genug, daß ich es hier und jetzt glauben könnte?“ Und: „Kann ich mich überhaupt auf dich verlassen?“

Sie sah mir fest in die Augen. Venus von Chlorinaland, weißgefflieste Meerjungfrau. Lächelte.

„Jetzt schon, Frankie. Jetzt schon.“ Und schoß davon. In die ‚Schwimmer'-Zone.

22

Einige Meter über dem Asphalt stanken die drei Leichen an ihren Stricken vor sich hin. Gelangweilte Polizisten in Regenmänteln sperrten die rechte Straßenspur ab. Seltsam. Daß sie die Leichen noch nicht abgenommen hatten.

„Wir kommen da nicht 'rauf", erklärte der eine Polizist.

„Wir müssen warten, bis die Feuerwehr kommt", ergänzte der andere.

Polizisten sprechen Polizistenbayerisch. Polizistenbayerisch ist eine Kreuzung zwischen dem jeweiligen lokalen bayerischen Dialekt mit einem eigentümlichen Beamtenhochdeutsch, welches die alltäglichsten Ausdrücke durch absurde, aber rechtlich wasserdichte Wortkonstruktionen ersetzte. Vielleicht lenkten besondere Stoffe in den Uniformen der Beamten die Polizistengehirnwellen beim Sprechen mit Zivilisten in abstruse Regionen des Sprachzentrums ab, wobei willkürlich wirre Wortpartikel aus der letzten Gesetzesbuchlektüre zu Tage gefördert wurden, die den Polizisten dann so gut gefielen, daß sie sie immer benutzten.

Die Leichen baumelten schlank und eigentümlich ausgetrocknet im Wind.

„Wer sind die Typen?" fragte Laura den einen Polizisten.

Achselzucken.

„Irgendwelche Hippies aus einem der drei Hochhäuser am Freibad."

Die Sonne sank schnell unter den Horizont. Man konnte die Erhängten kaum mehr erkennen.

Robert Braun und Harald waren schon dagewesen. Robert Braun hatte tolle Fotos geschossen. Heroische Von-schräg-unten-Perspektive. Er hielt sich wohl für die männliche Reinkarnation von Leni Riefenstahl. Laura stand einfach nur da und fror. Die Autos fuhren langsamer, man wollte die Leichen sehen. Zeitlupig walzten die breiten Gummireifen über den nassen Asphalt, ein Geräusch wie beim Auseinanderziehen von zusammengepappter Frischhaltefolie. Da: ein blaues Blitzen. Die Feuerwehr mit ihrem neuen, stolzen Leiterwagen, dem Hauptthema unzähliger zäher Stadtratssitzungen. Nach viel zackigen Kommandos und noch mehr hydraulischem Zischen lagen die Leichen endlich in ihren aseptischen, anthrazitfarbenen Ewigkeitscontainern. Da fiel mir etwas auf.

„Hey, Herr Wachtmeister, was haben die da auf ihre Arme tätowiert?"

„Häha. Den Grünen Punkt! Gut, oder? Müssen's wohl schon geahnt haben."

Ich stellte fest, daß unsere Polizisten immer abgebrühter wurden.

„Très funny!" Immer mußte ich alles selber machen. Die dünne Decke hoch („Die frieren eh' nicht mehr, hähä.") und nachsehen.

„Hhhh! Laura! Komm her und sieh dir das an!"

Laura, die Fäuste fest in den Anoraktaschen, kam bibbernd zu mir und dem flachen Container herübergezittert.

„Wow. Echt. Tatsächlich. Sie sind jeder mit einem Grünen Punkt tätowiert! Originell!"

Ich kniff die Augen zusammen und klappte den Deckel des Containers zu.

Klang. Blechernes Echo gegen die bröckelnden Wände der Schreinerei. Die Polizisten packten die Container und warfen sie in einen blitzeblanken Kastenwagen. Tür zu und weg.

„Für heute reicht's. Wir gehen heim."

Laura hopste hinter einem BMW auf die andere Straßenseite. Ich stapfte hinterher, durchs patschige Straßenrandgras.

„Meinst du, daß der Colakult diese Kerle ‚geopfert' hat?"

„Scheißegal. Ich will was zu essen."

Plötzlich drehte sie sich unterm Gehen um.

„Sie haben dir die Story genommen."

Autos rauschten vorbei. Fffffffschhhhh. Ich blieb stehen.

„Sollen sie doch."

Laura blieb ebenfalls stehen. Sie grinste, und sie biß sich gleichzeitig in die Unterlippe.

„Du denkst, daß sie dir die Story genommen haben. Tatsächlich aber sieht es anders aus: Sie sind in deiner Story drin!"

Ich kapierte erst mitten in der Nacht, was sie damit gemeint hatte. Es regnete heftig gegen das Fenster. Laura atmete still und körperwarm neben mir. Sie konnte schlafen. Plötzlich kam mir mit zeitlicher Versetzung die Kotze hoch. Wegen der Leichen. Das lief bei mir immer so. Gerade noch rechtzeitig schaffte ich es aufs Klo. Vor der supersauberen, feuchtglänzenden Schüssel kniete ich auf einem winzigen, eigelben Synthetoteppich, den Kopf über dem kleinen, wäßrigen, schwarzen Loch, dem Abtritt, dem Exit für alles, alles was unsere hektischen, kleinen Körper nicht verwerten konnten oder wollten. Laura trat hinter mich. Lautlos, aber ich spürte sofort, daß sie da war.

„Ich frag' mich auch immer, wo die ganzen Schnitzel am Ende hingehen."

Aufstehen fiel mir schwer. Die nackte Glühbirne, die an ihren Kabeln von der Decke baumelte, strahlte knallhart gegen die Klowände.

„Was ist eigentlich mit Yoshi?" fragte ich.

„Weiß nicht. Wir könnten nachschauen, ob er da ist."

Gute Idee. Gemeinsam stiegen wir nach oben. Nichts. Kein Yoshi.

„Der wead se a feschs Bauanmadl o' glacht ham!" parodierte Laura.

Ich ließ mich gegen den nächstbesten Türrahmen fallen.

„Die haben ein Talent fürs Verschwinden, die Kerle."

„Ich jedenfalls habe keine Lust mehr, das so einfach hinzunehmen!" entschied Laura.

„Ich geh' ins Bett", sagte ich und tat es. Auch Laura folgte mir – mit aller Entschlossenheit.

Ganz klar, daß das Wetter auch am neuen Tag beschissen war. Bei Kaffee und Schinkenbrot packte mich der Pragmatismus.

„Paß auf, Laura: Wenn wir irgendwie vorwärts kommen wollen, dann können wir es uns einfach nicht leisten, dauernd diesen Japanern hinterherzulaufen. Unsere Gegner wollen uns damit nur ablenken!"

Laura werkelte an der Mikrowelle.

„Mit deiner letzten Aussage unterstellst du gleich zwei Dinge: erstens, daß wir ein Ziel haben, zu dem wir vorwärtskommen wollen, und zweitens, daß wir einen unsichtbaren Gegner haben, der uns jazzen will, warum auch immer."

Wild entschlossen biß ich ins Brötchen.

„Okay. Formulieren wir unser Ziel. Vorschläge?"

Ding. Die Mikrowelle war fertig.

„Wie wär's mit ‚ding'?"

Schlecht. Laura öffnete den Ofen.

„Im Ernst: Wir könnten versuchen, herauszufinden, was hier passiert."

Laura setzte sich mit ihrer 5-Minuten-Pampe zu mir.

„Ha. He-raus-fin-den. Pfah! Das alles folgt keiner konventionellen Logik."

„Dann müssen wir für diesen Fall eben eine autonome Logik etablieren", scherzte ich. Laura löffelte ihren Mampf und stimmte mir voll und ganz zu.

„Absolut richtig. Normal denken nützt nichts. Hier ist ein Gebiet, ein Raum von völlig anderer Logik erfüllt."

„Das sollten wir ganz spontan machen. Ich glaube nicht, daß die anderen penibel planen, wenn sie etwas tun. Ich glaube, die andern denken anders, als wir das normalerweise tun, aber nicht völlig anders, nicht diametral entgegengesetzt. Im Gegenteil. Ihre Logik ist der unseren ziemlich ähnlich, sie ist verwandt. Gerade deshalb tun wir uns so schwer damit: Weil anfänglich logisch erscheinende Aktionen in scheinbar unsinnige Ergebnisse münden. Ihr Denken nimmt ab einer gewissen Stufe oder Zeit einen etwas anderen Weg als unseres. Hmmm. Fangen wir an! Fangen wir mit gestern an."

„Genau. Gestern ist immer gut."

„Mit den Toten an den Straßenlaternen."

„Man hat sie an den Laternen aufgehängt, damit alle sie sehen und deine Kollegen das Bild in der Zeitung verbreiten."

„Hmmm. Nein. Genau so nicht. Das ist normale Denke. Ich glaube auch, daß diese Aktion eine Art Zeichen, ein Signal sein soll. Wofür, das weiß ich nicht. Aber denk doch mal anders. Sie wollen ein Signal setzen. Wie setzen wir ein Signal?"

Laura grübelte in ihr Süppchen.

„Hmmm. Wir stellen etwas Auffälliges auf."

„Neinnneinnnnn. Grundlegender."

„Wir verändern etwas! Damit es auffällig wird."

„Superb! Wir sind ihnen auf der Schliche! Ich spüre es! Verändern! Verändern! Auch sie haben etwas verändert. Sie haben die Menschen verändert. Sie haben sie vom Leben zum Tod verändert. Vom Sein zum Nichtsein. Das ist die Spur!“

Laura guckte mich an, wie man einen armen Irren halt so anguckt. Ich aber machte weiter. Mein Hirn tickte plötzlich auf der Wellenlänge der Unbekannten.

„Ha! Ich hab's! Sie haben auch die räumliche Position der Leute verändert! Das plötzliche Nichtmehrvorhandensein dieser Leute an dem Platz, an dem sie sich normalerweise aufhalten, das ist das Signal! Die haben die Leute nur umgebracht, weil das die allersicherste Methode war, sie von ihrem angestammten Ort zu einer bestimmten Zeit fernzuhalten!“

„Und wieso haben sie sie dann ausgerechnet an den Laternen aufgehängt?“

„Sie mußten sie ja irgendwohin tun. Vielleicht erschien ihnen das logisch?“

„Was“, so fragte Laura, „sollen wir also tun?“

Ich wußte es. Hurra! Ich wußte es!

„Wir sehen im Hochhaus nach, wo die Jungs gewohnt haben! Der Polizist hat mir gestern gesagt, daß die drei in einem der Hochhäuser am Freibad gewohnt haben. Das ging mir nicht mehr aus dem Kopf.“

Laura sprang auf.

„Na los! Ich liebe Hochhäuser!“

23

Irgendwann früher war hier mal der Stadtrand von Abensberg gewesen. Jetzt ragten die drei Hochhäuser, Musterbeispiele der Legoland-Architektur, aus einer steinernen Galaxis von Reihenhäusern, DHHs und MEFHmGs hervor.

„Was ist ein MEFHmG?“ fragte Laura und spähte die Betonbalkonreihen hoch. Dicke Audis aus besseren Zeiten rosteten am Straßenrand vor sich hin. Alle abgemeldet. Erste Anzeichen von Slumbildung.

„Ein Minimalfamilienhaus mit Garten. So hat man früher gebaut. Die meisten davon stehen leer. Willst du eins?“

Sie schnalzte mit der Zunge, ihr Blick blieb an der verrotteten Fassade des größten Wohnsilos hängen. Die Hippies hatten in dem Ding gewohnt.

„Du willst mich wohl los sein?“ vermutete sie halbernst.

„Wir könnten auch bei den Hippies einziehen.“

Laura ging nicht darauf ein, daß ich nicht auf sie einging.

„Hat das irgendeine Bedeutung, daß die drei Hochhäuser so gebaut sind? Ich meine, erst das kleine, dann das mittlere, dann das große?“

„Vielleicht sind die ersten beiden vor Scham in der Erde versunken?“

Überall eingeschlagene Fensterscheiben. Hier wohnte niemand mehr. Warum sollte hier auch noch jemand wohnen? Wir knirschten hintereinander über bräunlich glitzernde Bierflaschensplitter auf schiefen Betonplatten zum Hauseingang. Vor dem Eingang stand ein klobiger Betonblock mit unzähligen verrosteten Briefkastenschlitzen auf der uns zugewandten Seite.

Moment!

Einer der Schlitze glänzte blitzeblank und war sauber beschriftet: ‚Kalny' stand auf dem kleinen Zettelchen hinter dem dafür vorgesehenen kleinen Plexiglasschildchen. Laut Haralds Artikel der Name eines der Hippies.

„Der Aufzug ist kaputt!" schrie Laura vom Eingang her. Scheiße. Treppensteigen mochte ich nicht. Laura dagegen liebte es.

„Sag mal", sagte sie, während ich ihr über die viel zu schmale Treppe hinterherhechelte, „weißt du, daß jede Treppe so eine Art Zeitmaschine ist?"

„Ja. Man ist zehn Jahre älter, wenn man oben angekommen ist", schnaufte ich.

Dumpfes Licht strahlte durch die wenigen Fenster. Laura stieg sicher durch Licht, Dreck und Schatten.

„Hihi! Aber nein! Au contraire! Man wird jünger und schöner!"

Beim Treppensteigen war ihr Hintern einfach fantastisch anzusehen.

„Weißt du", fuhr sie fort, „ich habe eine Untersuchung gelesen, in der stand, daß Treppensteigen den Organismus so ankurbelt, daß man pro Treppe, die man steigt, 2 Sekunden länger lebt. Je schneller ich also steige, desto größer der Zeitgewinn, desto länger lebe ich! Toll, oder?"

„Prima!" Wenn man's mag.

„Hey!" Laura blieb stehen. Wir standen auf irgendeinem Stockwerk.

„Ist dir noch nicht aufgefallen, daß alle Türen, die zu Wohnungen auf der Westseite führen, aufgebrochen sind?"

Sie ging zu der offenen Tür. Das heißt, ‚offen' war sie eigentlich nicht. Eher inexistent. Irgend etwas hatte die Tür weggefetzt. Nur an den Angeln hingen noch kleine, ausgefranste Holzteile. Die ehemalige Wohnung dahinter war beschissen klein und bis auf eine schäbige Telefonkonsole vom Pack & Nix Wie Weg Markt und dazu passende, geschmacksnervenverletzende, grüngelbe Tapeten völlig leer.

„Uuups! Was ist das?"

Wohl das ehemalige Wohnzimmer. Es wies genau nach Westen, man hatte eine prima Aussicht auf das nächstkleinere Nachbarhochhaus. Wenn man zwischen den riesigen Stereoboxen, die auf den Fensterbänken standen, hindurchschielte.

„Vielleicht ein Anhänger moderner E-Musik, der bei Antenne Bayern besonders genau weghören will?" grübelte Laura. Die Boxen waren nämlich nach außen gedreht, und damit die Dinger immer frische Luft kriegten, hatte ein besorgter Stereofreund die Fensterscheiben mit einem Ziegelstein entfernt.

„In den anderen Wohnungen sieht es bestimmt ähnlich aus."

Laura atmete in kleinen, hektisch verdampfenden Wölkchen aus. Entschlossen-verspannt stand sie auf dem verdreckten Teppichboden.

„Kabel!“ Ich hatte eine Taschenlampe dabei und leuchtete mit dem Lichtkegel an einem Bündel Leitungen entlang, die durch ein grob gepreßlufthämmertes Loch nach oben verschwanden.

„Du hast recht“, sagte ich und schaltete die Lampe aus. „Da scheint wirklich noch mehr zu sein.“

„Zu jeder Box gehört ein Verstärker. Finden wir ihn!“

Der Verstärker stand in der Wohnung der Hippies. Die Polizei hatte das Appartement versiegelt, ich trat die dünnbrettige Tür einfach auf.

„Hah!“ freute ich mich. „Nicht mal das Siegel verletzt!“

Laura sagte nichts darauf. Blanke Neugierde besetzte alle ihre Systeme. Vor mir stieg sie durch die zerstörte Tür und begann, den Raum dahinter zu erfassen.

Die Hippies hatten die ehemalige Miniwohnung ziemlich aufgebohrt. Nur die wichtigsten tragenden Wände hatten sie stehengelassen. Es gab keine Türen, nur viele häßliche Teppiche, kitschig bunte, flattrige Vorhänge, blasse Fernsehgeräte, Uralt-Computer und Frank-Zappa-Poster. Plus einen gigantischen Verstärker. Ein digitales Monstrum, offensichtlich im Eigenbau entstanden. Irrwitzigerweise bekam das Teil sein einziges Input-Signal von einem winzigen, umfrisierten Plastikwalkman, der klein, rot und hochkant auf dem bombastischen, dunkelmetallen schimmernden Verstärker stand wie ein Gartenzwerg mit Maschinenpistole auf einem frisch erlegten Brontosaurus.

„Der Walkman hat eine Kassette drin!“ sagte Laura. Sie hatte sich den Miniatur-Recorder geschnappt und probierte alle Knöpfe daran aus. Nichts.

„Die Polizei hat den Saft abgestellt.“

„Woher willst du das wissen?“

Ich deutete auf einen flachen, weißen Radiowecker, der verstaubt neben einer durchgelegenen Schaumstoffmatratze in einer Ecke stand. Sein LED-Display war tot.

Versuche mit den Lichtschaltern ergaben dasselbe.

„Warum haben die das gemacht?“ fragte Laura.

„Hmmmm. Dieser Lautsprecherverbund ist durchaus eine Waffe. Damit kann man vielleicht sogar das ganze Nachbarhaus wegblasen.“

„Komische Konstruktion. Okay, das Nachbarhaus ist häßlich, aber man kann Abbrucharbeiten auch mit ein bißchen Sprengstoff erledigen.“

Der Lautstärkeregler des Verstärkers war nur ganz leicht aufgedreht. Die Wohnung roch muffig. Kaum vorstellbar, daß hier einmal humanoide Lebewesen gehaust hatten.

„Ui! Guck! Drogen!“

Laura wedelte ein kleines, durchsichtiges Plastikbeutelchen in der staubigen Luft. Ein unschuldig weißes Pulver.

„Das liegt hier überall herum! Warum haben die Bullen das nicht mitgenommen?“

Warum sollten sie?

„Die Konsumenten sind tot, niemand wird sie mehr verurteilen. Später schicken sie dann einen Schamanen her, der das Haus offiziell verflucht. Das klappt hier in letzter Zeit ganz gut. Niemand wird das Haus dann noch betreten."

Es war kalt.

„Scheiße nochmal! Die Lautsprecher sind zwar ganz schön interessant, aber noch kein Mordmotiv. Du hast doch was davon gesagt, daß das Nichtmehrvorhandensein der Hippies ein Signal sein sollte!"

Achja. Stimmt. Plötzliche Kopfschmerzen. Nur noch bruchstückhafte Wahrnehmung. Das Nichtmehrvorhandensein der Hippies. Das Nichtmehrvorhandensein von Hippiemusik. Die fremde Logik war futsch. Ich wollte hier weg. Das Ambiente brachte mich zum Kotzen. Scheißgegend.

„Hier gibt es nichts Wichtiges mehr. Ich spüre überhaupt nichts. Wir sollten das Nachbarhaus untersuchen. Irgendwas muß doch da drüben sein, was die Hippies gestört hat. Sonst hätten sie kaum diesen Aufwand betrieben."

Laura verschwand im Schatten.

„Ich frage mich dauernd, woher diese Typen das viele Geld für die Lautsprecher hatten."

Sie tapste die hohl hallende Treppe hinunter. Auch ich stieg durch die zerstörte Tür wieder nach draußen. Was konnte die Hippies nur dazu gebracht haben, diese unglaublich aufwendige Lautsprecheranlage zu installieren? Das milchige Licht? Der ewige Nebel, der ewig über diesem Loch hing und den Himmel nicht durchließ? Hatten sie versucht, den Nebel mit diesen Boxen wegzublasen?

Laura knirschte nach draußen.

„Wart mal", sagte ich. Schnell malte ich mit meinem schwarzen, dicken Edding ein großes, zittriges Kreuz an die weiß lackierte Aufzugtür.

„Was soll der Scheiß?"

„Das ist ein Zeichen. Keiner der Spinner hier wird jetzt noch das Haus betreten."

„Nicht mal der Schamane?"

„Der erst recht nicht. Der wird höchstens seinen Tarif berechnen und wieder abziehen. Aberglauben schüren gehört zum Geschäft."

Jaa-haa! Ich kenn' mich da aus!

„Respekt, Zauberer! Der Rückfall in die Primitivität hat große Vorteile für die Leute, die dabei nicht mitmachen."

„Zweiklassengesellschaft. Die einen glauben irgendwas und werden glücklich damit, und die anderen sind viel zu schlau, um glücklich zu werden. Was meinst du, warum unsere Zivilisation gescheitert ist? Sie macht nicht glücklich."

„Keine menschliche Zivilisation auf diesem Planeten wird jemals glücklich machen."

„Du hast auch jeden Idealismus verloren!"

„Na klar. Magst an Keks?"

LAURA.

Es wurde einfach nicht hell in diesem Saukaff. Und dazu noch diese 70er-Jahre-Architektur. Alles so lahmgelegt. So tot. Wenn man ungenau genug hinguckte, dann konnte man die Neandertaler der Zukunft auf diesen Flachdächern ihre rituellen Lagerfeuer entzünden sehen, auf dem nächsten Dachfirst saßen dann die letzten Anthropologen von der Intellektuellen Brigade mit ihren Hochleistungskameras, die sich interessiert die Vollbärte kraulten und „interessant, interessant“ murmelten, bis ihnen auffiel, daß es keine Automechaniker mehr gab, die ihnen ihre kaputten japanischen Geländewagen reparieren könnten und sie somit für immer hierbleiben mußten.

„Laura?“

Frankie! Lieber, lieber Frankie!

Ein Auto fuhr vorbei. Ein ganz normales, stinkendes Auto mit Stereoanlagenwerbungsaufkleber quer über der Heckscheibe. Ganz selbstverständlich fuhr es vorbei. Wunderbar! Und meine Nachkommen? Würden meine Ururenkel schon wieder am ganzen Körper ein dichtes Fell haben? Ich beschloß, meinen Epilady zum Familienerbstück zu erklären. Behaarte Beine fand ich scheußlich.

„Was träumst du?“

„De-evolution. Kleine Äffchen auf verfallenen Wolkenkratzern.“

„Funny, die Idee. Wie kommst du drauf?“

„Schau dich bloß mal um! Die Verhaltensweise der Menschheit ist die Negation der eigenen Zivilisationsnormen. Sowas kann nicht gutgehen!“

„Die Zukunft der Menschheit ist mir scheißegal. Ich muß erstmal schauen, daß ich selber klarkomme.“

„Siehst du? Genau das habe ich gemeint!“

24

Das zweite Hochhaus sah genauso häßlich aus wie das erste. Und auch hier schien nur ein einziges Appartement bewohnt zu sein. Auf dem vierten Stockwerk. Frankie blieb diesmal draußen. Er meinte, es würde nichts bringen, sich diese Wohnung und ihren Bewohner, einen gewissen Ewald Blonzinger, anzusehen.

Da konnte ich nicht zustimmen. Wir wollten schließlich was rauskriegen. Ein Typ, der freiwillig in diesem Betonghetto hauste, wo doch so viele schöne Häuser frei waren, der mußte eine Macke haben. Bestimmt. Und Macken suchten wir! Wenn sie uns nicht gerade nachliefen.

4. Stock. Blonzinger. Alles echt tipptopp. Sogar die Treppe war gebohnert, das Klettern wurde zur Schlitterpartie. Aber tatsächlich nur auf dem letzten Treppenabsatz. Für den Rest fühlte sich Blonzinger anscheinend nicht mehr verantwortlich. Wahrscheinlich stand es nicht in seinem Mietvertrag! Und womöglich bezahlte der Kerl noch seine Miete! Hihi! Amüsant.

Ich hatte geklingelt und stand nun vor Blonzingers Wohnungstür. Billigstes Holz. Nach ungefähr einer Minute fühlte ich, daß ich mißtrauisch durch den verschrobenen Türspion beobachtet wurde. Eine weitere Minute lang ließ ich mir das gefallen, dann wurde es mir zu dumm:

„Nun machen Sie endlich auf! Ich werd' Sie nicht vergewaltigen, wenn ich drin bin! Ich versprech's!"

Der Mann, der gleich darauf die Tür öffnete, sah aus wie einer, der es gewohnt war, harschen Kommandos zu gehorchen. Klein, kugeliger Bierbauch, die lächerlich wenigen Haare quer über die glänzende Glatze gelegt. Graue Stoffhose, triste Hosenträger, stramm über das weiße Feinripp-Unterhemd gespannt. Sein Gesicht ein knubbeliger, mißgelaunter Klumpatsch, aus dem eine bemerkenswert knorrige, mit feinen roten Äderchen überzogene Nase herausragte. Seine Stimme brachte ihm auch keine Punkte:

„Was wollen Sie?" quietschte er.

„Guten Tag! Ich bin Reporterin und hätte ein paar Fragen zum Tod Ihrer Nachbarn!"

Überraschenderweise bat er mich freundlich herein. Ein Medienjunkie? Oder wollte er seiner häßlichen Standuhr im Wohnzimmer mal zeigen, wie eine Frau aussah?

„Die Polizei war auch schon da. Und ich werde Ihnen dasselbe sagen wie den Beamten."

Wie schön. Ich sah mich um, versuchte den intensiven Körpergeruch Blonzingers zu verdrängen. Aber da stank nicht nur Blonzingers Bierbauch. Über die ganze Wohnung war gleichmäßig Vogelscheiße verteilt. Überall, auf jedem Möbel, sogar in der vergessenen Kaffeetasse mit Blümchendekor, die auf dem Fernseher stand und die außer dem Kaffeesatz vom letzten Jahr auch noch eine ansehnliche Pantoffeltierchen-Zivilisation beherbergte. Dieser grünliche Klumpen konnte bestimmt schon „Mama" sagen, wenn man ihm gut genug zuredete.

„Kooooommmkommkomm!" lockte Blonzinger. Was sollte kommen? Würde mich nicht wundern, wenn gleich der Blob persönlich um die Ecke geschleimt käme.

Ich wurde enttäuscht. Eine viel zu normale Amsel flatterte aus der Küche herein und hockte sich auf den flachen Couchtisch, dem sie gleich eine Ladung Vogelscheiße verpaßte.

„Schön. Sie haben einen Vogel!" stellte ich zweideutigst fest.

Die Amsel, ein gelbschnabeliges, schwarzes Männchen, hopste quer über den Tisch und zupfte neugierig in dem Mulch aus darauf herumliegenden Fernsehzeitschriften von 1983 herum. Nachdem sie Bobby Ewing das rechte

Auge zerpickt hatte, flatterte sie auf eine Stuhllehne und blickte ruhig aus dem Fenster. Draußen, im Garten, verrosteten alte Klettergerüste und Schaukeln.

Da begann die Amsel plötzlich zu singen.

Nicht wie eine gewöhnliche Amsel, es klang wie ein durchgedrehter elektronischer Dudelsack: hoch sirrende Tonfolgen, die sich rasend schnell wiederholten, sich mit der Intensität eines Zahnarztbohrers in den Gehörgang fraßen. Es klang wie Alien Radio. Bauchtanz auf Alpha Centauri. Zwei Sekunden, nachdem ich davon mörderisches Kopfweh bekommen hatte, hörte die Amsel mit ihrem Gesang auf.

„Kann die auch ‚Polly will einen Keks' sagen?" stöhnte ich. Mein Schädel war am Zerplatzen. Wie hielt Blonzinger es nur mit diesem Höllenkrawall aus?

„Wunderschön, nicht?" schwärmte der verrottete Sachbearbeiterprototyp. „Besser als jeder Wienerwalzer!"

Offensichtlich brodelte der Vulkan des Masochismus unter seiner rutschig glatten Schädeldecke.

„Schön, daß Sie sowas mögen! Könnten Sie mir jetzt vielleicht ein paar Informationen über die Hippies geben?"

Blonzinger kicherte und nahm die bakterienverseuchte Tasse vom Fernseher.

„Ach, da ist ja meine zweite Tasse! Hab' sie schon jahrelang gesucht!" murmelte er erfreut, ging in die Küche und kam sogleich mit der gefüllten Tasse wieder zurück.

„Ich bin ein schrecklicher Gastgeber", entschuldigte er sich dafür, daß er mir nicht schon früher eine Tasse kalten Kaffee mit einem dekorativ grünen, verklumpten Batzen Bakterienkultur darin angeboten hatte. Ich hielt diesen Fauxpas für verzeihlich und stellte die Brühe vor mir auf den Tisch, passenderweise direkt in ein bereits angetrocknetes Häufchen Vogelmist.

„Die Melodie, die die Amsel singt, haben die Hippies dauernd gespielt. Jede Nacht. So laut war das, alles hat gezittert. Die Amsel hat sich die Melodie gemerkt."

Wunderbar! Genauso relevant hatte ich mir die Erkenntnisse dieses Typen vorgestellt.

„Haben sich die Nachbarn nicht beschwert, bei dem Lärm?"

Blonzinger schüttelte den Kopf.

„Neiiinn. Nur wir zwei hier haben die Musik gehört."

Mir kam eine vage Idee.

„Haben Sie die Amsel schon länger?"

Ich war so eifrig dabei, daß ich beinahe routinemäßig aus der Kaffeetasse getrunken hätte.

„Natürlich", antwortete Blonzinger und streichelte den Vogel. „Jahrelang."

„Und die Hippies wußten das?"

„Natürlich. Sie waren oft bei mir!"

„Haben sich die Hippies auch mit der Amsel beschäftigt?"

Blonzinger setzte den Vogel vorsichtig und liebevoll wieder auf die Stuhllehne.

„Oh ja. Oft, sehr oft haben sie mit ihr gesprochen."

Wie idyllisch! Wirklich ausnahmslos Spinner in dieser Gegend! Da fiel mir noch was ein:

„Wissen Sie, warum jeder der Hippies mit einem Grünen Punkt tätowiert war?"

In Blonzingers gnubbeliger Gesichtslandschaft fanden einige tektonische Verschiebungen statt, die ich als ein mitleidiges Lächeln interpretierte.

„Alle Waren tragen heutzutage den Grünen Punkt!"

„Alle Waren?" keuchte ich.

Blonzingers Achseln zuckten. Galvanis Froschschenkel kamen mir in den Sinn.

„Na klar. Die Jungs kamen aus der DHF in Gaden"

„DHF? Was soll das sein?"

„Das ist eine amerikanische Abkürzung. Es heißt Disposable Hippies Factory. Fabrik für Wegwerfhippies. Dort laufen dutzendeweise Hippies vom Band. Fix und fertig. Die Amis haben einen Riesenverschleiß an Hippies. Denken Sie nur an Hollywood! Tausend Hippies für eine einzige Demo in einem Vietnamfilm! Und San Francisco will auch dekoriert sein!"

Künstliche Hippies? Der wollte mich wohl verarschen!

„Wozu, mein guter Mann, sollten drei Wegwerfhippies in dieser Bude da oben hausen?"

„Äh. Ich weiß nur, daß sie den Rolling Stones gehörten."

„Den Rolling Stones?"

„Na klar. Die noch lebenden Rolling Stones und die voll Lizenzeinnahmenbezugsberechtigte Mick-Jagger-KI in Sausalito haben beschlossen, sich von United Disposable Hippies Construction Co. ein paar Millionen Hippies bauen zu lassen, deren einzige Funktion es sein sollte, Rolling-Stones-Musik zu kaufen. Mit sowas hält man heutzutage die Verkaufszahlen hoch!"

Könnte stimmen! Tatsächlich hatte ich in der Hippiewohnung überdurchschnittlich viele Rolling-Stones-Musikdatenträger herumliegen sehen.

„Und was tun die Wegwerfhippies, wenn sie nicht gerade Rolling-Stones-Digitapes kaufen?"

„Dann hören sie sich die Rolling-Stones-Tapes an."

Aua!

Aha.

„Und was sonst noch?"

„Sonst sind sie ganz normale Menschen."

„Normale Menschen arbeiten. Für wen haben sie gearbeitet?"

„Für den Hausbesitzer. Als Hausbesetzer. Der Besitzer verliert nämlich seinen Besitzanspruch, wenn keine Mieter mehr in dem Haus wohnen. Natürlich wohnten die Jungs umsonst. Besonders anspruchsvoll waren sie ja nicht."

Hmmja. Tatsächlich. Künstliche Lebewesen. Rolling Stones Marketing Department. Sex. Clones. Rock'n'Roll. Mir wurde schwindlig.

Round and round.

AHmmmmmmmmm.

Laura lehnte sich an ein Stück weiße, freie Wand und sog langsam die abgestandene Luft ein. Vogelscheiße. Sie brauchte Distanz. Sie schloß die Augen. Der Vogel sang wieder, diesmal leiser, hypnotisch. Sein Gesang sickerte in Lauras Gehirn, die Monotonie der sich ewig wiederholenden Klangschleife saugte Lauras Bewußtsein in einen TRAUM-RAUM.

Sie sah sich nochmals in das große Hochhaus hineingehen. Das Haus war voll bewohnt. Alles funktionierte. Der Aufzug. Der Aufzug funktionierte. Alles roch neutral, alles war sauber und beige. Die Aufzugstür sah aus wie Metall, fühlte sich jedoch an wie Plastik. Komisch? Beim Schließen schmatzten die Gummiwülste der inneren Schiebetür feucht aneinander.

Und der Aufzug startete.

Laura brauchte gar nichts zu machen.

Gar nichts.

Die Kabine schoß durch ihren engen Schacht nach oben und immer weiter und immer weiter und hielt nicht an und durchbrach den Beton und blieb laut knirschend ganz oben im Wartungshäuschen stecken.

Lauras Seele störte das nicht.

Sie war strahlend pink, wie die Leuchtreklame eines amerikanischen Motels und sie flog linear und problemlos durch alle Materie hindurch und steil nach oben, in den nebligen Himmel über Abensberg.

Und Laura erkannte die Stadt, wie sie wirklich war. Sie sah die jahrhundertealte Genealogie bauernschlauer Geschäftemacherei, sie sah Menschen, die durch den zugespitzten Pfahl ihres eigenen Stammbaums tief in ihre schwarze Heimaterde gerammt waren, sie sah das primitive, kurzsichtige Networking der Politiker, die aus den Umständen noch alles rausholen wollten, was irgendwie noch drin war. Und sie sah die mehr oder weniger brave gewöhnliche Bevölkerung, tauchte hinab in die eng gezimmerten Wohnungen von deren Gedanken. Doch da war noch etwas anderes, etwas, was nicht zur Stadt gehörte und niemals dazugehören würde. War es ein Mensch?

Und dann – PÄNG! – explodierte Lauras rosa Neonseele direkt über dem alptraumhaften Einkaufszentrum, sie explodierte champagnerhaft wie eine Sylvesterrakete, aber ganz ruhig und lautlos und still und sie leuchtete all den nächtlichen Bürgern der in sich selbst verstrickten Stadt eine Art Hoffnung in die Zweitakt-Herzen.

„Laura?“

„Hallo, Frankie! H-hhhhallo!“

Warme, sichere Umarmung.
„Laura! Was ist?“
„Nichts, Frankie. Gar nichts.“
Himmel. Viel Himmel. Unendlich weiter Himmel.

25

Hiroshi indessen starb einen besonders japanischen Tod. Dazu muß man wissen, daß das menschliche Gehirn nicht ganz so blöd ist, wie man bisher allgemein angenommen hat. Zumindest, was Film und Fernsehen angeht. Ein Film funktioniert nur, indem man viele, viele Einzelbilder ganz, ganz schnell hintereinander ablaufen läßt, wodurch der Eindruck der Bewegung entsteht. Das Gehirn, so meinte man, würde diesen Trick nicht merken. Dem ist aber nicht so. Das Gehirn zählt sehr wohl, wieviele Bilder es pro Sekunde zu sehen bekommt. Wir, die Gehirnbenutzer, merken es nur nicht, denn der Zähler ist irgendwo in einem der hinterletzten Gehirnlappen versteckt, in dem sich bei mir unter anderem Namens- und Termingedächtnis befinden. Und wir kriegen von der Aktivität dieses Bilder-pro-Sekunden-Zählers nichts mit, weil dieser, wenn er mit dem Zählen fertig ist, erkennt, wie nutzlos dieser Job eigentlich ist und daraufhin die Zahlen einfach zerknüllt und wegschmeißt, also vergißt.
Soviel zur Theorie.
Hiroshi lag in seinem sauberen, weißen Kelheimer Krankenhausbett und sah fern. Sein Geist war zwar noch in einem reichlich verwirrten Zustand, aber fürs Fernsehen reichte es schon wieder.
Eine ungeheuer tolerante und blondierte holländische Moderatorin war gerade dabei, einen Transvestiten feierlich vor der Kamera mit einer Schlagbohrmaschine zu verheiraten, da schlug der Mörder zu: Er schoß alle im Satelliten verfügbaren Fernsehprogramme für genau eine Sekunde absolut gleichzeitig auf ein- und demselben Kanal direkt in Hiroshis Hirn. Zuviel Bildinformationen auf einmal! Der Bilder-pro-Sekunde-Zähler klinkte aus! Unkontrollierte Datenströme donnerten in Hiroshis Bewußtsein, schwemmten alle Kontrollen beiseite, fluteten die Persönlichkeit des Japaners weg.

Und Hiroshi starb.
Es war wie ertrinken.

26

Die Rolling Stones waren mittlerweile ein multinationaler Medienkonzern, der Franchise-Rechte an talentierte, junge Rockbands vergab, die dann das Recht hatten, sich The Original Rolling Stones zu nennen. Dieser Rolling-Stones-Megamulti hatte die uralte aufgelassene Fabrik in Gaden bei Abensberg gekauft, um dort Hippies herzustellen, die die Rolling-Stones-Platten in die Charts kaufen sollten. Das Projekt war unglaublich geheim. Nicht mal ich hatte bis jetzt davon gewußt.

„Das heißt doch gar nichts!"

Laura war wieder völlig fit, und sie stand mit mir vor dem massiven, verschlossenen Stahltor der Hippiefabrik. Ich zog die Sonnenbrillen aus der Tasche.

„Setz sie auf!"

Schon sahen wir aus wie zwei echte Arschlöcher.

Laura drückte den kleinen, grauen Klingelknopf.

Fünf Minuten, und ein Bauerntrampel, der zum Obernachtwächter befördert worden war, kam cowboystiefelig auf uns zugelatscht. Er trug die Haare vorne kurz und schütter, hinten blond und lang, ließ ein keckes Schnauzbärtchen auf der Oberlippe wuchern und einen einzelnen, aufs glänzendste polierten Ohrring an seinem rechten Läppchen baumeln. Und er hatte einen Revolver. Und einen tiefergelegten schwarzen GTI mit Breitreifen und verdunkelten Heckscheiben. Aber keine Sonnenbrille.

„Abhauen", sagte das Ferkelchen und meinte Laura und mich.

„Sag mal", machte Laura ihn an (die Sonnenbrille in Killerstellung auf dem Nasenhöcker), „stört dich das nicht beim Laufen?"

Der Pseudobulle kratzte sich in seiner verfilzten Fußballermähne.

„Häh?" Das war alles, was er herausbrachte.

„Ich meine dein Gehirn."

„Huh?"

„Ich meine, das muß dich doch ganz schön stören, wenn das da oben immer so rumkullert!"

„Irgendwann verschluckt er 's", mutmaßte ich frech.

„Er wird es mit einem kleinen, grauen Kaugummi verwechseln. Drauf ein bißchen 'rumbeißen und anschließend herunterschlucken. Das Ganze wird dann ausgeschissen und landet via Kanalisation in der Donau. Meinst du, er hat gelernt, bis zehn zu zählen, bis er im Meer angelangt ist? Und wird sein hirnloser Körper für alle Zeiten mit heruntergelassenen stonewashed Jeans hohlbirnig auf dem Klo herumsitzen und den Toilettenpapierhalter anstarren?"

„Ich glaube kaum. Denn Fressen, Saufen und Ficken sind Funktionen, die man auch mit den paar grauen Zellen im Rückenmark problemlos erledigen kann."

Der schwerbewaffnete Dorfdepp hinter dem Gitter grunzte leicht gereizt. Das war leider schon alles. Er sollte nämlich das Gitter für uns öffnen. Wir mußten größere Geschütze auffahren.

„Was bedeutet denn der Ohrring?“ fragte Laura.

„Das bedeutet, daß er nur einen winzigwunzigkleinen Pimmel hat. Sein Stamm hat ihm den angemacht. Als Warnung für die Weibchen, daß es sich nicht lohnt.“

Das war's. Der Seitenhieb auf seine Fick-Fähigkeiten ließ den Türsteher ausrasten. Na bitte, blinzelte ich meiner Frau zu. Typen mit dieser Art Auto erwiesen sich unterhalb der Cowboygürtelschnalle meistens als ziemlich angreifbar.

Der Blödmann riß also das Tor auf, sein feistes Gesicht glomm tomatigrot und es schien leicht aus seinen Nasenlöchern zu dampfen.

Toll. Das Tor stand offen. Und während der widerwärtige Wächterknilch versuchte, mich zu greifen, witschte Laura hinein die Fabrik.

Ich davon, der Türsteher hinter mir her. Er war muskelprotzig und dabei langsam, ein typisches Fitneßstudioprodukt. So hetzten wir quer durchs Gemüse, um die ganze Fabrik herum, und schließlich langten wir wieder am Tor an. Ich huschte durch und knallte ihm das schwere Metallgitter vor der Nase zu und rammte einen Riegel 'rein. Klang. Draußen stand er. Und wir waren drin.

„Wie kommen wir jetzt wieder raus?“ wollte Laura von mir wissen.

„Darum kümmern wir uns später.“ Ich spähte im Vorübergehen ins Cockpit des GTI. Der Schlüssel steckte. Hmmm.

'Runter mit den affigen Sonnenbrillen. 'Rein in die Fabrik. Der Eingang war in dezentem Mint gehalten. Häßliche, pseudomoderne Miró-Kopien an den Wänden. Niemand im Empfangsbereich. Komisch. Ich hatte damit gerechnet, wieder eine Show abziehen zu müssen. Ha! Ein Wegweiser! ‚Zu den Labors‘. Schön!

„Alles total verlassen hier“, sagte Laura in die Halle hinein, und es schallte überzeugend hohl zurück.

„Fragt sich, warum. So billig ist dieses gentechnische Equipment nun auch wieder nicht.“

„Da drüben geht's rein!“

Eine mintgrüne Tür, ein langer, schmaler Gang mit einigen Türen links und rechts. Teppichboden. Flauschig, flauschig.

Hinter solchen grünen Türen, dachte ich, könnte man einfach alles produzieren. Nicht nur Hippies, auch abgasreduzierte Panzerfäuste oder flugfähige Pinguine mit einziehbarem Fahrwerk. Wissenschaftler mit mintgrünen Kitteln würden stolz ihre pinguinartigen Produkte über den flauschigen Teppichboden tragen und alle ihre Produkte Gaga, dem Gott des Blödsinns, darbringen und anschließend diese Fabrik verbrennen und an einen anderen unschuldigen Ort ziehen, den sie mit ihren dreckigen Gedankengängen verseuchen konnten.

„Fabulier hier keinen Blödsinn zusammen, Partner! Es könnte jederzeit noch ein Schnauzbartträger auftauchen."

„Da vorne summt's!" sagte ich.

„Dann gehen wir 'rein."

„Äh, ich meine eher, daß wir da 'reingehen sollten, wo es *nicht* summt!"

„Mach' mir bloß nicht auf den sauberen Teppichboden", sagte Laura und riß die Tür auf.

Ein Labor. Ein lichtdurchflutetes Labor. Das Summen kam von einem Gen-Mixer, einem kompliziert vor sich hinblinkenden, schrankähnlichen Gerät. Außerdem standen eine Menge Glaswannen herum, jede mit einem mehr oder weniger fertigen Hippieklon drin. Die Jungs – es handelte sich ausnahmslos um Jungs – schwammen in herrlich grüner, glibberiger Nährflüssigkeit.

„Guck mal! Ein Mikrowellenherd! Vielleicht hat sich die Belegschaft die Burschen zum Mittagessen auf die Seite gelegt."

Alle waren säuberlich mit dem Grünen Punkt versehen, und manche hatten auf die Fußsohlen tätowiert, daß sie Eigentum der Rolling Stones waren.

Grauenhaft? Der penetrante Veilchengeruch, der die Luft verpestete, war schlimmer.

„Wovon leben die bloß?"

„Von dem grünen Zeug, Schwester!" sagte einer der fortgeschritteneren Hippies und langte demonstrativ seinem schlafenden Nachbarn in die Glaswanne und schöpfte eine Handvoll von dem grünen Glibber in seinen jaggermäßigen Mund.

Ich hatte mich erschreckt.

Laura überhaupt nicht.

„Zieh dir erstmal was an, bevor du mit mir redest, Figur!" zischte sie den Hippie an. „Und nenn mich nicht ‚Schwester'!"

„Sachte, sachte", beruhigte ich.

„Genau! Der Mann hat recht!"

Der Hippie stieg aus seiner Wanne und genehmigte sich noch einen Schluck Glibber von seinem Nachbarn.

„Guck mal! Der Kerl hat gar keine Eier!"

Schön. Keine Konkurrenz für mich.

„Unsereins vermehrt sich im Mixer! Dabei gehts mindestens genauso rund wie bei der Erzeugung von echtem Fleisch!"

Der grüntriefende, nackte Hippie flatschte plattfüßig die Reihe seiner stummen Kollegen entlang.

„Ups!" Er blieb bei einem der Behälter stehen. „Der da ist verschimmelt! Schlechte Wartung!"

Er überprüfte etwas hinter der Glaswanne. Einen Filter oder sowas.

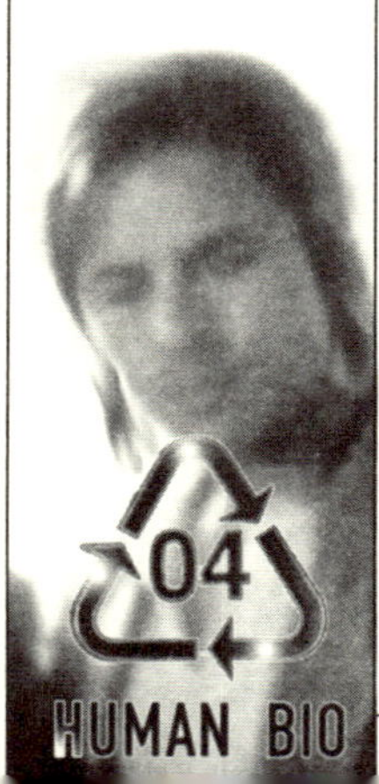

beinahe lebensechtes Leben!

„Verstopftes Auslaufventil. Shit! Das muß doch einer gemerkt haben!" schimpfte der Klon. Die Angelegenheit regte ihn rechtschaffen auf. Vorschriftsmäßig griff er zum Säurekanister und kippte das Zeug über seinen verschimmelten Kollegen. Er wartete ein paar Sekunden, bis sich alles in einen patschig brodelnden Brei aufgelöst hatte und ließ die Suppe dann rauslaufen.

„Gehn wir, Hausmeister?"

„Hier stimmt was nicht", behauptete der Klon.

„Überhaupt gar nichts stimmt hier!" sagte Laura und ging zur Tür hinaus.

„Ich meine, hier ist überhaupt kein Personal mehr. Schon seit längerer Zeit."

Eine feine Staubschicht auf den Instrumenten gab ihm recht.

„Die Fabrik ist aufgegeben", sagte Laura rigipsgedämpft von draußen.

„Schau mal! Die meisten anderen Räume sind plombiert!"

„Hmm. Deshalb hatten die auch nur diesen einzelnen Seppen da draußen."

„Na klar", sagte der Hippie, der sich von irgendwoher einen weißen Laborkittel besorgt hatte. „Nachdem die drei abgehauen sind, haben sie hier alles geschlossen."

„Welche drei?" zischte ich. Ein verdammt einsamer Pimmel baumelte zwischen den bleichen Schenkeln des Hippies.

„Na, meine Nachbarn aus den Tanks daneben. So ein Typ hat sie abgeholt. Er hat versprochen, ihnen 'nen sinnvollen Job zu verschaffen. Da sind sie doch gleich mit."

Aha! Ein Anhaltspunkt!

„Wie sah der Typ aus?"

Laura fotografierte. Sie fotografierte alles: Einrichtung, unfertige Klone, die grünen, glitschigen Patscher des erwachten Hippies auf dem Linoleum des Labors. Sehr gut.

„Äh, Madame", schrie der Hippie zu Laura 'rüber, „könnten Sie bitte den roten Knopf rechts an der Wand drücken? Danke!"

Laura drückte. Dummerweise, ohne lange nachzufragen.

Der Knopfdruck aktivierte die kleinen Sprengladungen, die hintereinander die Tanks mit den halbfertigen Hippies darin hochgehen ließen.

Laura flog durch den Türrahmen nach hinten, landete auf dem Teppichboden im Gang. Wohl mehr aus Schock als wegen der Druckwelle. Die Luft keuchte aus Lauras Lungen, sie kreischte ein hohes, langes, feines Kreischen.

„Na? Bist du fertig?" grinste der Hippie.

„Ich hab sie getötet!"

Verdammt! Lauras Trauma. Ich mußte sie beschützen!

„Halt's Maul, Arschloch!" Ich knallte den Hippie hart gegen die Wand.

„Ich hab sie getötet", wimmerte Laura.

„Sie hat ein recht spezielles Verhältnis zum Tod", knurrte ich.

„Haben wir das nicht alle?" fragte der engelsgleiche, weißbemantelte, lockenhaarige Hippie.

Meine Frau rappelte sich auf und ging auf den milchigweißen Klon los. Ein schneller, unglaublich brutaler Faustschlag ins Gesicht ließ ihn, Blut rotzend, zu Boden gehen.

„Okay. Jetzt geht's mir besser."

Der angeschlagene Hippie kotzte Blut und unverdauten grünen Glibber auf den Teppichboden des Gangs.

„Aber Sie haben das einzig Richtige getan, Madame! Sie haben meine armen Kollegen erlöst! Sie hätten ohne regelmäßige Wartung niemals überlebt!"

„Recht hat er, Laura." Meine Frau biß die Zähne zusammen.

Da zischten die Sprinkler los. Feueralarm heulte.

„Weg!" schrie ich. Die Abensberger Feuerwehr war nicht eben die langsamste. Und ich hatte keine Lust auf dumme Fragen. Schnell griff ich mir Laura, zog sie hinter mir den langen, heulenden Gang entlang. Natürlich folgte uns der Hippie. Mit seinem bunt vollgekotzten Labormantel sah er aus wie Dr. Oetker nach einer Glibberblubber-Puddingschlacht.

„Da geht's raus!"

Glastür. Ausgangstür. Tageslicht!

Die sabbernden Sprinkler duschten uns bis auf die Knochen. Zu allem Überfluß sprang auch noch der Wächterschnauzbart hinter einem der Empfangstresen hervor. Fettglänzend wie Walroß Antje stand er breitbeinig im Zimmermonsun. Anstatt aber nach guter, alter Walroßart brav mit den Flossen zu patschen, ließ er lautstark die Fingergelenke knacksen. Ich hechtete an ihm vorbei, zur Tür, doch er kriegte mich zu fassen und nahm mich in den Schwitzkasten. Ich. konnte. kaum. noch. atmen. Ver. dammt.

Bis irgendwas gegen seinen Bullenquadratschädel knackte. Hart. So hart, daß der Kerl mich loslassen mußte. Ich taumelte zum Ausgang. In einem verspiegelten Wandelement sah ich, wie Laura und der Hippie mit vereinten Kräften den Wächterblödmann fertigmachten. Seltsam, daß der Hippie zu uns hielt. Naja. Wir waren das Ticket nach draußen. Draußen! Ich mußte mich um die Flucht kümmern! Mein Hirn zimmerte schnell einen halbwegs brauchbaren Fluchtplan zusammen: mit dem GTI des Wächters durch das geschlossene Tor fahren. Ein Scheißplan. Aber zu Fuß würden wir nicht weit kommen. Oder? Egal. Der Schlüssel steckte. Ich warf mich in den Recarositz und ließ den Motor aufröhren. Ein archaisches Prologefühl überrollte mich. Drauf aufs Gaspedal! Und auf die Deutsche Wertarbeit hoffen!

Was denkt man so, wenn man in einem windigen GTI auf ein massives, geschlossenes Fabriktor zurast? Man hofft auf Gott und serienmäßigen Airbag!

Das Tor zooooomte auf mich zu. HUCCHhhhhHHHHHHHH!

Dann war es weg. Weg. Zur Seite. Automatisch. Ein Tor mit Sensor. Es öffnete sich automatisch, wenn von drinnen ein Auto kam.

Ich trat mörderisch hart in die Bremsen. Wunderbar, wenn man mit einem Auto fahren konnte, auf das man überhaupt keine Rücksicht nehmen brauchte. Super! Ich fühlte mich so gut, daß ich gleich die CD-Box des Schnauzbarts auf der Suche nach einem Soundtrack zur Situation durchwühlte. Na klar! Dieses Walroß hörte nur Nebelhornmusik. Zum Abheulen! Bon Chauvi war gerade das richtige, um mit dieser Prolokiste durch die Scholle zu gasen!

Als Laura und der Hippie endlich eintrafen, konnte ich schon die ersten Feuerwehrsirenen hören.

„So 'ne Scheißmusik!" Laura!

„Haste nix von den Stones da, Mann?" Der Hippie. Gut programmiert!

Wir starteten durch. Rechts. Links. Richtung Biburg. Die zweitürmige Klosterkirche schwamm in Nebelbänken. Im Rückspiegel: die blaublitzende Feuerwehr.

„Wir fahren 'rauf auf den Berg. Zur Wallfahrtskirche."

„Wallfahren. Prima. Immerhin haben wir überlebt."

Laura schien zufrieden.

Vor der Wallfahrtskirche, auf einem großen, geteerten Parkplatz, hielt ich den Wagen an.

Laura packte sich die Bon-Chauvi-CD und warf sie aus dem Fenster, hinaus ins Grüne.

„Weg mit Schaden!"

Es war so ruhig. Nur Wind und ein bißchen Nebel.

Zeit für Nachforschungen.

„Hippie, kannst du mir jetzt vielleicht den Mann beschreiben, der deine drei Kollegen mitgenommmen hat?"

Hippie überlegte. Im Rückspiegel sah ich seine Stirnfalten.

„Was krieg' ich dafür?"

„Kost und Logis. Bei mir." Was Besseres hatte ich nicht anzubieten. Ein Spinner mehr oder weniger im Haus . . .

Aber der Hippie mochte nicht.

„Nein. Ich will weg hier. So schnell wie möglich."

„Dann nimm doch das Auto", schlug Laura vor.

„Kannst du fahren?" fragte ich.

„Klar. Ist im Grundprogramm. Easy Rider, hahah."

„Okay. Du kriegst das Auto, wir die Infos."

Laura hatte ihn erwischt.

„Okay!"

Es fing an zu regnen. Dicke, kalte, patschige Tropfen. Der Hippie erzählte. Allerdings nicht viel. Der Mann, der seine drei Kumpel gekauft hatte, hatte sein Gesicht mit einem Nebel aus körperlosem Licht verschlüsselt. Das war so 'ne Art Effekt wie im Fernsehen, wenn sie das Coming-out eines Kinderschänders live im Privat-TV brachten. Umschwirrt von einem Pixelnebel hatte er dagestanden, vor den Tanks der drei fertiggestellten Hippies. Er hatte ihnen einen lukrativen Job angeboten: Rumlungern. Für Geld. Die drei Hippies hatten das super gefunden und waren gleich mitgelaufen.

„Der Typ war ’n ziemlich hohes Tier!“ schwärmte unser Hippie. „Die ganzen Kerle von unserer Anlage haben ihn hofiert, als wäre er Louis XIV!“

„Das war alles?“

„Ach! Sie nannten ihn ‚Paul‘.“

Paul. Sagte mir nichts.

„Das war wirklich alles?“

„Al-les. Und jetzt ’raus aus meinem Auto.“

„So schnell schon? Wir müssen dich erst mal taufen!“

Lauras mütterlicher Instinkt. Sie wollte einen Namen vergeben.

„Du sollst Leopold heißen! Genau! Ich taufe dich auf den Namen Leopold!“ sagte sie feierlich.

„Leopold? Klingt groovy. Einverstanden!“

Laura und ich stiegen aus. Hinaus in den Regen.

„Was wirst du jetzt machen?“ schrie ihm Laura noch zu.

„Ich fahr’ nach Paris.“

„Pa-ris?“

„Klar. Morrisons Grab. Père Lachaise.“

Und er war davon.

Die Wallfahrtskirche zu Allersdorf saß auf einem kleinen Hügel vor Abensberg. Drumherum hatten gläubige Vorfahren eine Menge kleiner Kapellchen gebaut. Prima als Unterschlupf. Laura und ich wateten durchs patschnasse Gras hinüber ins Trockene. Es goß in Strömen.

„Trostlos.“

Ich schüttelte das Wasser aus meinen Haaren.

„Im Sommer ist’s hier wunderschön!“

„Ich hab’ Hunger.“

Laura hatte Hunger, wir gingen essen.

Der McDünnald’s kam dafür nicht in Frage. Laura mochte zwar den Fraß, nicht aber das Ambiente.

„Hab’ mal in einer Plastikfabrik gejobbt“, sagte sie. „Kann das Zeug seither nicht mehr sehen.“

In Abensberg hatte man nicht viel Auswahl, wo man hingehen konnte.

„Ich bin völlig fertig. Ich will ins Café.“

Den großzügigen Beschluß, dem Hippieklon das Auto zu überlassen, hatten wir bald bereut. Es hatte weitergeregnet, und wir hatten zu Fuß gehen müssen. Quer durch die Wiese, mitten durch die Wasserwand. An der Hauptstraße waren wir von einem meiner Bekannten aufgelesen worden, der uns dann gnädigerweise bei mir zu Hause abgesetzt hatte. In Anbetracht der Tatsache, daß wir schon einige Kilometer von mir zur Fabrik nach Gaden zu Fuß gegangen waren („Komm schon! Das macht fit!!!“), war unser Fußmarschpensum für die nächsten 100 Jahre wohl erfüllt. Wir kurvten mit dem Fiesta in die verkehrsberuhigte Innenstadt.

„Ist ja wirklich beruhigt hier“, grinste Laura, als wir frierend über den leeren Stadtplatz liefen. Das Café ‚Abendblatt‘ glühte gedämpft in der Nacht.

„Da ’rein“, lotste ich.

Laura stürmte dynamisch durch die Doppeltür.

„Wär-me!“ seufzte sie.

Das ‚Abendblatt‘ gehörte zu einer Franchising-Kette absolut identischer Cafés. Sein Design wurde indirekt durch das der Konkurrenzkette ‚Morgenblatt‘ bestimmt. Alle ‚Morgenblatt‘-Cafés strahlten nämlich supernova-neonhell und waren ordentlich verspiegelt. Unser ‚Abendblatt‘ dagegen war mit dem Wort ‚schummrig‘ ausreichend beschrieben. Bei den Möbeln hatte sich der Innenarchitekt nicht entscheiden können, welche Epoche der Caféhauskulturgeschichte er nun durch den Kakao ziehen wollte. Das Ergebnis seiner Überlegungen war ein ästhetisches Unglück, das geographisch-temporal irgendwo zwischen Jugendstil-Wien und Champs-Elysées (20.-Jhd.-Remake) angesiedelt werden konnte. Die funzelige Beleuchtung breitete gnädiges Halbdunkel über alledem aus. Wir setzten uns.

„Was kann ich Ihnen bringen?“

Eine weißbeschürzte Kellnerin.

„Kaffeeeeeee!“ krähten wir unisono.

Sie schien es verstanden zu haben und ging. Das Café war einigermaßen vollbesetzt. Neben mir saß eine blondierte Dauerwelle mit rosa Lippenstift, es roch nach Frisiersalon.

„Wir müssen uns wieder mal koordinieren. Uns ist immer noch kein UFO ins Netz gegangen“, sagte ich.

„Das haben wir uns weiter vorne auch schon mal vorgenommen“, erinnerte sich Laura.

Mäßiger Elektropop lärmte blechern aus den Lautsprechern. Die frühen ‚Depeche Mode‘. Das Zeug wurde mit den Jahren auch nicht besser. Einfach schauderhaft.

„Sollen wir uns von den Ereignissen treiben lassen, oder sollten wir auch mal die Initiative ergreifen?“

Eine japanische Computerkasse piepte. Dazu jodelte Kate Bush aus den mickrigen Lautsprechern des Cafés. Es hörte sich an wie ein liebestoller digitaler Vogelschwarm im Kenwood Forest.

„Hey! ’Ne gute Frage! Echt gut! Aktivität oder laufen lassen? Das frag’ ich mich schon mein ganzes Leben lang!“

Eat your Karma! Instant Karma, eat it up! Wap! Bam! Boom!

„Wir sollten mal die Initiative ergreifen. Das schreckt die anderen vielleicht auf.“

Ein Geschwader selbstverliebter Lederjackenträger trudelte ein.

„Wie sollte eine solche Aktion aussehen“, fragte Laura und blickte den Lederjacken spöttisch nach. Ich konnte riechen, was sie dachte.

„Hmmm. Ich meine, wir sollten irgendeinen Schwachsinn vom Stapel lassen. Etwas, das von ihnen selbst sein könnte.“

Laura mochte die Idee.

„Prima! Wir könnten mit diesen superhäßlichen Doppelhaushälften anfangen! Wo hast du deine Photonentorpedos?“

„Explosionen. Gar nicht schlecht! Aber keine Häuser!“

„Was dann? Dieses Caféhaus-Surrogat?“

Da kam mir eine meiner kleinen Fotoserien von vor ein paar Jahren in den Sinn. Sie hieß „Aux barricades, citoyens!“ und handelte von Gartenzwergen in Neubaugebieten. Die Serie hatte ihren Titel von einem der Fotos, auf dem ein besonders abgewetztes Exemplar von Vorgartenzwerg mit einem irren Grinsen einen Miniaturgartenzaun bewachte. Mit seiner knallroten Mütze hatte er ein geradezu revolutionäres Fluidum verbreitet.

„Wir besorgen uns Semtex und jagen Gartenzwerge in die Luft!“

Lauras Augen leuchteten radioaktiv.

„Au ja!“ sagte sie.

„Aber vorher sollten wir uns um den D.J. kümmern.“

Elton John heulte ‚Nikita‘.

„Du hast recht.“

Die Atmo wurde dicker. Immer mehr Leute, immer mehr Stimmen, immer mehr verdammte Raucher.

„Die Raucher töten wir auch. Alle“, verlangte Laura blutdürstig.

„Ich hab’ mal ’ne Frau geküßt, die hat geraucht“, erzählte ich.

„Gleichzeitig?“

„Njet. Sie hat erst geraucht, dann hat sie mich geküßt.“

„Und? C’ était comment?“

„Äck! Wie wenn man den Boden einer Zigarettenfabrik aufschleckt.“

„Und wie ist das sonst für dich?“

„Was?“

„Küssen.“

„Na, bestenfalls elektrisch.“

„C’est-à-dire?“

„Es ist wichtig, wie die Frau schmeckt. Ich mag diesen leicht säuerlichen Geschmack. Dann ist Küssen, wie wenn man die Pole von einer 9-Volt-Batterie gleichzeitig mit der Zunge berührt: elektrisch.“

„Naaa?“ schnurrte sie. „Bin ich elektrisch?“

Mal ausprobieren.

Die Frisösen und die Lederjacken hielten die Luft an und beguckten uns schräg.

„Sag mal“, flüsterte Laura. „Ist das hier nicht so üblich, daß man sich gegenseitig die Zunge in den Mund steckt?“

„Weiß nicht. Vielleicht erst nach dem Fönen.“

„Harhar."

Da kam Rudi.

Rudi war ein alter Freund von mir. Das heißt, ‚Freund' war eigentlich viel zuviel gesagt. Es handelte sich bei ihm eher um eine nur unzureichend vergessene Unannehmlichkeit aus meiner Jugend.

Er setzte sich zu uns an den Tisch, ohne lange zu fragen.

„Servus", sagte er, dann scannten seine ferkeligen, schwarzen Augen Laura mindestens eine Minute lang.

„Äh", begann ich.

Laura übersetzte: „Sie sind klein, dick, häßlich und unhöflich. Sie können gehen." Sie sagte es Rudi direkt ins feiste Gesicht wie eine Bankbeamtin, die ihm freundlich mitteilte, daß er mit seinem Girokonto schon seit geraumer Zeit ziemlich im Minus stand.

Rudi schluckte.

„Ja, hähä. Der war wirklich gut."

Laura grinste ihn breit an. Wie ein Gen-Ingenieur eine kleine, blöde, piepsige Versuchsmaus angrinsen würde, die wieder mal den Intelligenztest nicht geschafft hat.

„Wie geht's denn so, Rudi?" fragte mein Außenministerium. Laura kickte mir unterm Tisch gegen das Schienbein. Sie wollte nicht mit Rudi reden, sie wollte schleunigst mit mir ins Bett. Was ich sehr gut nachvollziehen konnte.

„Super geht's", sagte Rudi und erzählte mir seine Lebensgeschichte seit dem Abschluß der Grundschule. Im Stenogrammstil, für den, den es interessiert: Realschule, Lehre, Tussi kennengelernt, geheiratet – HOPPLA! – Kind gebaut, DHH gekauft... *Gekauft!* Der Mann war so ehrlich wie blöd. Und jetzt hatte ihn sein Lebensweg hierher zu uns in dieses Café geführt, um uns am Ficken zu hindern.

Er holte eine Zigarette 'raus.

„Laß das sein, Partner!" fauchte Laura.

Rudi zuckte stark zusammen und ließ die Zigarette fallen.

Die Zigarette fiel, Rudi stand auf.

„Tschüß, Rudi!"

„Servus!" sagte er, komplett verwirrt. Laura schien nicht gerade das zu sein, was er unter ‚Frau' verstand. Kein doofes Weibchen eben. Na denn, viel Spaß mit deiner Frau. Jedem das Seine. Ein Parallelprozessor in meinem Gehirn schrieb Rudis Biographie zu Ende: verschuldet, Großvater, Begräbnis. Schluß. Tschüß Rudi, servus. Die Welt braucht Ameisen wie dich. Ja. Vielleicht braucht sie die.

„Da geht er hin", sagte Laura. „Seine Frau hat heute abend keine Lust, wegen dem Baby. Sagt sie. Dann setzt er sich vors TV, guckt den Mitternachtsporno, das Haus ist so ruhig. Da holt er sein Würsterl aus der Trainingsanzugshose und wixt still vor sich hin. Dabei wird er wohl ein bisserl schwitzen."

„Das nennt sich Neue Deutsche Freizeitgesellschaft."

„A propos Freizeit. Wir sind heute hundert Kilometer durch Schnee, Eis und Nebel gelaufen, haben eine Fabrik in die Luft gejagt und eine Horde sabbernder Klone zu Frühlingsrollenfüllung verarbeitet. Unser Tagwerk ist getan, schätze ich.“

Ich nahm eines ihrer Knie sanft zwischen meine.

„Noch nicht ganz“, sagte ich leise.

„Warum“, flüsterte Laura, „tragen diese Kellnerinnen eigentlich keinen Schnauzbart?“

„Frag sie halt.“

Tatsächlich lief in diesem Augenblick eine lockige Kellnerin vorbei. Wie bestellt. Laura kriegte sie zu fassen.

„Pardon, Mademoiselle“, sagte sie, „warum tragen Sie eigentlich keinen Schnauzbart? Das würde gerade bei Ihnen fürchterlich schneidig aussehen!“

Laura klang wie die freundliche AVON-Beraterin. Die Kellnerin konnte gar nicht anders, als freundlich-überrascht „Ehrlich? Meinen's?“ zu sagen.

Eine Minute später merkte sie's und hetzte die Lederjackengang auf uns.

Wir konnten nur noch knapp unsere Anoraks retten!

Lachend und grölend stolperten wir übers Stadtplatzpflaster.

„Kein gelungener Abend ohne Lokalverbot!“ sang Laura. „Kein A-habend ohne Lo-kal-ver-bohot!“

Wie richtig!

Shock the people!

Eat your Karma!

Wap! Bam! Boom!

28

Semtex.

Tschechischer Plastiksprengstoff. Jiri, ein zauseliger tschechischer Computerfreak hatte mir das Zeug mal zum Geburtstag geschenkt. Teuer, weil absolut jungfräulich. Das heißt, in der Masse waren keine Erkennungsstoffe enthalten. Unglaublich gefährlich und von bösen Buben ungeheuer begehrt. Man konnte damit problemlos überallhin spazieren, ohne daß ein Scanner es als Sprengstoff erkennen konnte. Prima für Terroristen. Gut für uns.

„Ganz schöner Scheißjob, dieses knetige Zeug in diesen Gartenzwerg 'reinzustopfen!“

„Denk an das Ergebnis: Geschockte Spießer! Erleichtert die Arbeit kolossal!“

„Den Spießer 2000 schockt gar nichts mehr. Der hat sich schon die Horrorvideos mit der Muttermilch 'reingezogen.“

„Richtig. Den schockt nur noch das eigene richtige Leben.“

„Weswegen er sich mit SAT 1 in einem Orbit befindet. Weit weg von der Erde!“

Laura tippte auf den aktuellen Gartenzwerg. Es war einer mit drohend erhobener Mistgabel.

„Das hier wird sie wieder ’runterholen.“

„Naja. Es geht weniger um die Spießer. Es geht darum, unsere speziellen Freunde etwas aufzuschrecken.“

„Wirst schon sehen! Die UFOs werden aus den Bäumen purzeln!“

Meine Bombenlegerkomplizin wandte den Gartenzwerg in ihren schlanken, weißen Händen hin und her. Als wäre er ein Artefakt einer längst vergangenen Zivilisation. Einer wirtschaftswunderlichen Kuschelzivilisation.

„Wie verteilen wir die Dinger?“ wollte Laura wissen, nachdem sie mit dem Stopfen fertig war.

„Nach dem Zufallsprinzip.“

Ich hielt eine Obstkiste hoch, an der ich einen Zettel befestigt hatte: „GRATIS! ZU VERSCHENKEN!“

„Die stellen wir auf den Stadtplatz.“

„Und wenn einer einfach alle mitnimmt?“

„Zeitgenossen, die Gartenzwerge mitnehmen, tendieren vielleicht nicht zum Abzocken. Denke ich mir jedenfalls.“

„Eine reichlich kühne Annahme.“

„Weißt du was besseres?“

Als Antwort kippte Laura die Zwerge in die Kiste.

„Nö.“

Gemeinsam verfrachteten wir die Kiste ins Auto.

Das Telefon klingelte.

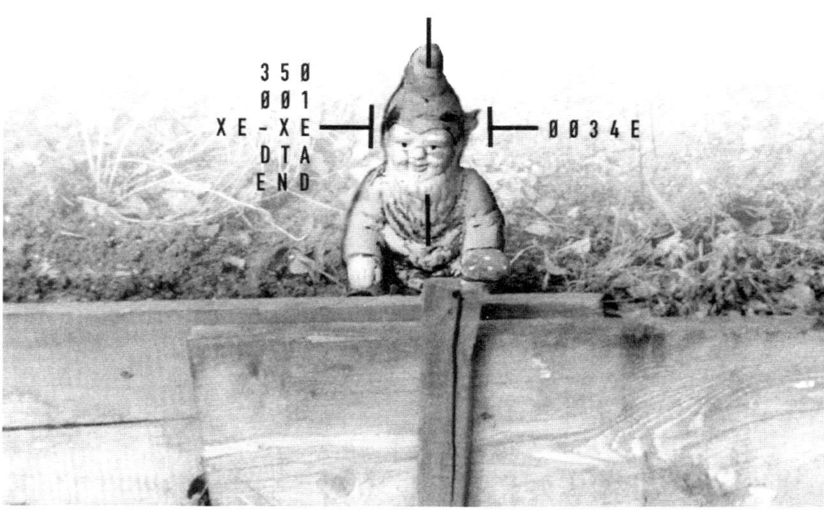

Ich hielt mitten in der Bewegung inne.

Stop.

Das Klingeln!

„Warum so bleich? Sag's mir gleich!"

Wieder das Klingeln.

„Weißt du", erklärte ich, „ich habe ein verzaubertes Telefon. Eine Konstruktion meines Bruders. Es mißt den Erregungslevel des Anrufers und klingelt je nach Art der Nachricht."

„Na und?"

„Das Telefon klingelt nur so, wenn jemand gestorben ist."

„Na, dann geh 'ran! Vielleicht ist es die Erbtante von Wolke 7!"

Ihre Worte hallten hinter mir her, als ich zum Telefon hetzte. Abnehmen.

„Hier ist das Krankenhaus Kelheim. Wir bedauern, Ihnen mitteilen zu müssen, daß Ihr japanischer Freund gestern verschieden ist", sagte eine Kaugummistimme aus dem kalten Plastikhörer an meinem Ohr.

„Hiroshi!" keuchte ich. „Woran ist er gestorben?"

„Sein Hirn ist durchgeschmort. Oder sowas. Ich kenn' mich da auch nicht aus. Ich bin nur der Zivi. Ich darf immer die Todesnachrichten überbringen, weil ich das so gut kann."

„Schön für Sie."

Ich legte auf. Ging langsam runter zu Laura. Sie stand neben dem Fiesta und begutachtete die Gartenzwerge.

„Na? Wer ist gestorben?"

„Hiroshi. Man hat sein Hirn gegrillt. Oder sowas. Es war nur ein Zivi dran, der immer die Todesnachrichten überbringt, weil er das so gut kann."

Laura hielt inne.

„Was? Ist Hiroshi wirklich tot? No Jive?"

„Na klar." Ich biß die Zähne zusammen. „Scheiße."

„Wahnsinn!" stöhnte Laura und knallte die Autotür zu.

Ich mußte die Augen schließen. Chaos. Chaos. Kurz an blauen Himmel denken.

Wieder klingelte das Telefon.

„Wer ist es diesmal?"

Ich kannte das Klingeln genau.

„Nur die Zeitung. Sie wollen, daß ich wieder mal zur Arbeit komme."

Wir stiegen ein, fuhren in die Stadt. Die Gartenzwergkiste konnten wir unbeobachtet auf dem Stadtplatz abladen.

„Schau mal!" freute sich Laura. „Kein Nebel heute!"

Tatsächlich. Aufgelockert-impressionistisch verwaschene Wolkenfetzen leuchteten an einem ansonsten tiefblauen Himmel.

„Ich schau' mal eben in der Redaktion vorbei."

„Die Redaktion interessiert mich nicht. Ich lungere mal hier herum und sehe zu, wer sich unsere Gartenzwerge greift. Tschüß!" sagte sie und küßte mich weich und frisch auf die Wangen.

Als ich zur Redaktion hinunterging, fühlte ich mich flatterhaft beflügelt und deprimiert zugleich. Insgesamt verwirrt. Mein Leben war aus den Fugen geraten und mein Ego eierte jetzt kreuz und quer durchs Kontinuum. Um meinen Job bei der Zeitung machte ich mir keine Sorgen. Der Personalmangel war groß, sie brauchten mich. Außerdem gab es nur wenige, die mit der Bezahlung einverstanden waren.

Die klotzige Digitalanzeige über dem Eingang der Redaktion, die vor 15 Jahren noch Fortschrittlichkeit signalisiert haben mochte, zeigte heute nur noch die aktuelle Außentemperatur an. Minus fünf Grad. Kälte statt Fortschritt. Das Ding war präziser, als es eigentlich wollte. Und hinter alledem versteckte sich Harald. Ein großer 21-Zoll-Flachbildschirm beleuchtete sein Gesicht eisblau. Der Computerlüfter surrte leise.

„Na? Kommen wir auch mal wieder zur Arbeit?“

Er benutzte den Pluralis majestatis. Nett von ihm. Ich ignorierte ihn trotzdem. Harald wollte ignoriert werden. Alles an ihm und an seinem Verhalten deutete darauf hin: Seine Gesten, seine Worte waren wie Warnsignale, wie Heulbojen, die mich davor bewahren sollten, auf der Seichtheit seines winzig kleinen Geistes auf Grund zu laufen. Harald war eine Sandbank. Es knirschte sogar ein bißchen, wenn er redete.

„Ich muß hier die ganze Arbeit alleine machen“, nörgelte er.

„Dachte, du hast unseren lieben Kollegen aus der Stadt?“

Harald lachte wie einer, der soeben auf einer Sandbank ausgesetzt worden war.

„Robert Braun? Dieses Arschloch hat mich hier abgeladen, nachdem er mir unmißverständlich klargemacht hatte, daß die Story mit den drei Gehängten einzig und allein ihm gehört!“

Na sowas. Neulich steckten sie noch zusammen wie Batman und Robin.

Ich setzte mich an meinen Platz, der treue Layoutcomputer fuhr sofort hoch.

„An die Arbeit!“ keifte Harald, der Witzlose.

Arbeit? Ein Scheißwort. ‚Tetris‘ klang besser. Ich ließ die Tastatur rauchen.

„Schon besser“, lobte Harald, der nicht sehen konnte, was ich da eigentlich machte.

„Was gibt's eigentlich Neues?“

„Zunehmende Aktivität im Luftraum über Abensberg.“

„Wieso?“

„Weiß nicht. Aber wir berichten darüber.“

Der Artikel erschien auf meinem Schirm. Er enthielt keinerlei Informationen, jedenfalls nicht mehr als Oma Huber haben konnte, wenn sie nur regelmäßig aus dem Fenster geguckt hatte. Harald, zweifellos ein Meister der Nullinformation.

„Hat unser Superreporter aus der Zentrale eigentlich schon was 'rausgefunden?“

Harald haßte Braun jetzt genauso stark wie ich. Er verriet mir alles.

„Ja. Die Hippies haben für Bauunternehmer Mühlbauer gearbeitet."
„Mühlbauer? Paul Mühlbauer?"
„Genau. Gibt ja nur den einen."
Paul! Der Paul, von dem Hippieklon Leopold gesprochen hatte! Hätte mir gleich einfallen sollen!
„Ist Mühlbauer nicht auch der Besitzer von dem Hochhaus, in dem die drei gewohnt haben?"
Tetris!
„Weiß nicht." Harald klapperte mit seiner Tastatur, es war ihm wurscht. Er hackte die Fußballergebnisse der 28. Bezirksliga F-Jugend in die Maschine. Viel Spaß dabei. Ich stand auf, der Computer sagte Goodbye.
„Hey!" kreischte Harald. Er war völlig von der Rolle. Jaja. Arbeit macht knochig.
„Paß auf. Du machst mir einen Bericht! Kapiert? Ich muß die Seite vollkriegen!"
„Nimm doch was aus der Bilderdatenbank. Wie wär's mit dem Picture von der zugefrorenen Abens? Schön romantisch. Mit lustigen Entchen drauf!"
„Das hatte ich schon!" knurrte er. „Du *machst* den Bericht!"
Ich riß mich los.
„Worüber soll ich denn einen Bericht schreiben, Mann?"
Eine blöde Frage.
Sofort zog Harald einen kaffeefleckigen Wisch aus der Schublade.
„Bauer Pichler aus Hörlbach hat einen Ernteroboter. Interviewe den Bauern und fotografiere den Roboter."
Ein Ernteroboter. Muy interessante.
„Hier ist die Adresse."
Ich schnappte den Zettel und verschwand, damit Harald Ruhe gab. Ich mußte aufs Rathaus. Dort würden sie mir sagen können, ob das große Hochhaus diesem Baulöwen Mühlbauer gehörte.
Auf dem Stadtplatz traf ich Laura. Sie schien höchst zufrieden zu sein.
„Sind schon ein paar Zwerge weg", freute sie sich. Ich nahm sie in den Arm.
„Sind ja auch ganz besonders hübsche Zwerge. Übrigens: Ich hab' einen neuen Tip!"
„Transmit!" drängte sie.
Wir eilten zusammen ins Rathaus.
„Der Besitzer der Hippies war Paul Mühlbauer, anerkanntermaßen der reichste Mann der Stadt. Zumindest arbeiteten sie offiziell in seiner Firma. Jetzt müssen wir nur noch feststellen, ob auch das Hochhaus Mühlbauer gehört. Dann ist der Kreis geschlossen. Mühlbauer hat die Hippies angeheuert. Wahrscheinlich nur aus dem einzigen Zweck, daß sie täglich eine durchgedrehte Amsel beschallten und schließlich starben."
Laura sah nicht ein, warum der Hippiebesitzer sein Eigentum vernichten sollte:

„Die waren bestimmt teuer, die Jungs!"
„Denk an unsere Theorie! Das Verschwinden der Hippies ist ein Zeichen!"
„Oder auch nicht."
„Keine Zweifel mehr! Du weißt, wohin das führt."
„In den Wahnsinn?" fragte Laura.
„Genau."
Georg, der Stadtbaumensch, der in einem beamtengrauen, bröckeligen Kämmerchen im Rathaus residierte, verhielt sich nicht eben wahnsinnig kooperativ.
„Des is geheim! Wo kämen wir denn da hin! (Undsoweiter, undsofort!)"
Ich stützte mich mafiös langsam mit beiden Händen auf seinem riesengroßen, dunklen Schreibtisch auf und grinste ihn mörderisch an.
„Leg ne andere Platte auf!"
Tat er: „Was krieg' ich dafür?"
Man hätte die Beamtengehälter vielleicht doch nicht kürzen sollen. Naja. Immerhin war er flexibel. Eine schöne Eigenschaft.
„Nanana! Hast wohl deinen Benz noch nicht abbezahlt! Nicht mit mir! Her mit der Information!"
Er gab sehr schnell auf.
„Das Gebäude gehört Mühlbauer. Zufrieden?"
Na klar.
Laura schmatzte ihm im Hinausgehen einen Kuß zu. Das war mehr, als er verdiente. Sie zog die knarzende Tür zu seiner Gruft zu und überließ alles weitere den Holzwürmern.
„Alsoooo", machte Laura, als wir wieder an der frischen Luft standen. „Wenn wir jemals 'rauskriegen, was hier läuft, dann werde ich eigenhändig dieses düstere Rathaus renovieren. Mal im Ernst: So rezessionsgeschädigt könnt ihr doch gar nicht sein, daß ihr eure Häuptlinge in diesem düsteren Gemäuer hausen laßt!"
„Wenn wir hier fertig sind, dann können wir vielleicht sogar im Rathaus einziehen", orakelte ich. „Mühlbauer ist einer der ganz, ganz großen Local Heroes. Die ganze BPD hängt mit ihm 'rum. Die Stadt ist seine."
„Wow!"
Rundherum war nicht viel los. Das übliche, zähflüssige Abensberger Leben. Bekopftuchte Hausfrauen wandelten stumm und eingemummt in die Bank, in den Extrabillig-Schleudermarkt, in die Apotheke.
„Mann! Wie hältst du das hier nur aus?"
„Was?"
„Raaaaah! Das blindwütig pulsierende Leben, die nervenzerfetzende Action!"
Ich starrte sie an.
„Du willst *hemmungslose Action*?" fragte ich sie.
Natürlich nickte Laura.
„Dann komm mit. Nach Hörlbach!"

29

Hörlbach.

Nullkommafünf Einwohner, davon zwölf Hühnchen.

Bauer Pichler wohnte in Unterhörlbach, dem pulsierenden Künstlerviertel des Ortes.

„Künstlerviertel? Worin äußert sich das?"

„Sie streichen hier die Scheunen öfter als anderswo."

„Und was pulsiert hier?"

„Das Leben!"

Auf Stichwort tobte ein durchgedrehter Gockel über die Straße. Laura lachte immer noch, als die Reifen des Fiesta auf Bauer Pichlers Hof knirschten.

„Ich muß feststellen, daß du hier draußen ganz schön arrogant bist. Schätze, Hörlbach verhält sich zu Abensberg wie Abensberg zu München."

Kluge Feststellung.

„Welches Weltwunder erwartet uns hier?"

„Ein Ernteroboter."

Ich holte die Kamera aus der Tasche. Kein Film drin. Naja. Hhhhh. In den Taschen 'rumgrabbeln. Aha. Einen hatte ich noch. Aufreißen, einlegen. Banzai!

„Wo ist hier die Klingel?"

„Hier gibt's keine Klingel. Wir gehen einfach rein. Pichler weiß, daß wir kommen."

„Nicht gerade die feine englische!"

Wir trafen Pichler und seine Gummistiefel auf dem dunklen, gefliesten Gang.

„Hallo, Herr Pichler! Ich bin von der Zeitung. Wir wollten uns Ihren Ernteroboter ansehen."

„Jo. Ge-nau. Gemma naus. Er steht in der Scheune."

Wir gingen 'raus. Zur Scheune. Der Hof war ein Mosaik aus Waschbetonsteinen, dazwischen rebellisches Grünzeug. Ansonsten alles leer.

Mir kam ein Verdacht.

„Sagen Sie, Herr Pichler, ähhh, bewirtschaften Sie Ihren Hof überhaupt noch?"

Pichler blieb stehen und blickte mich an.

„Nein. Natürlich nicht."

Laura prustete.

„Und wozu brauchen Sie dann einen Ernteroboter?"

Pichler lachte unvermittelt los.
„Den hat mir die EU geschenkt, damit ich meinen Hof stillege!"
Wie war das nochmal?
„Jaja. Höhö. Da ham Sie ganz richtig gehört."
„Aber, äh. Wenn Sie sowieso aufhören wollten, warum haben Sie dann den Roboter gekriegt?"
Pichler kratzte sich hinterm Ohr. So hatte er die Sache noch nicht gesehen.
„Naja. Hm. Vielleicht als Souvenir."
„Hehe. Groovy! Was kostet so 'n Teil?"
„Elend viel, schätze ich."
Pichler guckte Laura an, als wäre sie ein Schweinderl from Space.
„Naja. Billig is sowas nicht."
Er rollte das Scheunentor auf.
Verrottete Traktoren und ein ERNTEROBOTER! Mein GOTT! Was für ein Gerät! Ich hatte von Robotern eine relativ fest vorgefertigte Vorstellung, die hauptsächlich durch viel zuviele „Star Wars"-Filme zustande gekommen war. Demzufolge hatte ich mir unter einem Ernteroboter eine mobile Mülltonne à la R2D2 mit eingebautem Rasenmäher und Strohhut vorgestellt.
Pichlers Ernteroboter aber war der Traum eines durchgedrehten neosowjetischen Kolchose-Traktoristenführers: ein Ungetüm, groß wie zwei Mähdrescher. Hovercraftantrieb. Dunkelroter, matter Anstrich. Er saß mitten in der Halle, drängte mit seiner bloßen, geballt technischen Präsenz alles andere an den Rand. Dieser Roboter duldete nichts anderes neben sich.
„Äh, könnten Sie das Ding vielleicht 'raus auf den Hof fahren?"
Pichler zog lässig eine Fernbedienung aus der Tasche und dirigierte den riesigen Roboter aus der Halle, als würde er von RTL auf MTV zappen.
Das bombastische Gerät war mit Antilärm-Generatoren ausgerüstet, es flüsterte über den Beton, fegte eine feine Dreckwolke vor sich her. Die Lautlosigkeit verlieh dem Ernteroboter Unwirklichkeit. Eine Maschine dieser Größe hatte einfach laut zu dröhnen, aber dieser Gigant schien nur halb vorhanden zu sein, er schien seine Geräuschkulisse in eine andere Welt abzustrahlen. Besonders Laura war von dem souverän schwebenden Roboter fasziniert. Der Bauer steuerte die Maschine hinaus aufs freie Feld. Ein Krähenschwarm flatterte panisch davon. Satellitenpeiler auf dem Dach des Ernteroboters richteten sich auf ihre Navigationsbezugspunkte im Weltraum aus. Der Ernteroboter bestimmte seine Position auf den zehntel Millimeter genau, stand still. Sanft heulten seine Turbinen. Er war eine Naturgewalt von ungeheurer latenter Brutalität. Naturgewalt. Ganz eindeutig. Technologie ist Natur.
Bauer Pichler zeigte keinerlei Gemütsregung. Er steuerte das Gerät mit seinem Daumen und blickte ansonsten über seine Felder. Der Abwind von den Robotertriebwerken floß heiß durch Lauras Haar.
„Darf ich 'raufsteigen?" fragte sie den Bauern.
„Hm? Freilich!" Er deutete auf die kurzen Leitersprossen an der Flanke der Maschine.

„Was erntet der Ernteroboter denn?“ fragte ich unterm Fotografieren.

„Alles“, sagte Pichler und lächelte. „Wenn wir den schon früher gehabt hätten! Er macht alles automatisch!“

„Kann man ihn auch manuell steuern? Wie einen Mähdrescher?“

Laura beantwortete diese Frage auf ihre Weise. Sie war in den Führerstand geklettert und riß die Maschine elegant herum. Wie ein Hyperspace-Cowboy donnerte sie übers Feld davon. Pichler blieb ungerührt und steckte seine Fernbedienung wieder ein.

„Wollen 'S noch was wissen?“

„Äh. Nein. Is' okay. Total okay. Wird 'ne Bildunterschrift.“

Ich hetzte Laura hinterher, fotografierte wie ein Verrückter.

Es war wunderbar. Blauer Himmel, das tiefbraune Feld, Lauras wehende, schwarze Haare, der rasende, rote Roboter. Und ich hinterher. All die Erde, all die Luft.

Keuchend blieb ich stehen. Laura vollführte eine Wende, schoß mit ihrem Giganten auf mich zu. Bauer Pichler lachte. Er war mir hinterhergestapft und fand Lauras Show mindestens so toll wie ich.

„Des is a Wuide!“ Er meinte Laura, die Königin der Pampa.

Sie lenkte die Erntemaschine präzise neben uns und sprang elastisch herunter. Rechtzeitig drückte ich auf den Auslöser meiner Kamera, ich erwischte Laura mitten im Flug.

„Frankie, mein Junge“, keuchte sie. „Das sollten wir zusammen machen!“

Sie blickte Bauer Pichler mit ihrem Energieblick an. Er rückte den Roboter für eine kurze Rundfahrt 'raus. Ganz klar.

Laura zerrte mich hinauf auf das dampfende, rote Ungetüm und schaltete die Turbinen ein. Eine gigantische Staubwolke umspülte Bauer Pichler, als wir davonflogen, knapp über die dunkelbraunen Felder hinweg. „HI-JaaaaaaaaaAAAAAAH!“ machte Laura. Dieser Trip war ihrer. Ich hockte hinter ihr, auf der Zuschauerbank. Bewunderte ihren Körper, der mit jeder Bewegung der Maschine elastisch mitging. Sie diri-

gierte den Ernteroboter auf einen einsamen Hügel hinter dem Dorf. Man konnte Abensberg sehen und die Doppeltürme des Biburger Klosters. Die Turbinen liefen in einem langen Heulen aus. Laura hatte abgeschaltet und sprang hinter zu mir, um mich voll auf die Lippen zu küssen. Sie roch fein nach Schweiß.

„Weißt du, daß die Kiste auch Liegesitze hat?"

Die Bank zischte hydraulisch flach nach hinten. Laura griff nach mir und küßte mich und steckte ihre Zunge in meinen Mund. Unter mir strahlte die Erntemaschine ruhige Hitze ab.

„HUCH! Was für ein Trip!" Ihre linke Brust hing plötzlich weich in meinem Gesicht, ich saugte dran, zog ihr gleichzeitig die Jeans 'runter. Über mir waren jetzt nur noch Laura und der Himmel und ein roter, stummeliger Lüftungsschacht mit dem gelben Firmennamen und gelben englischen Warnungen drauf: MitsuBISHi. caution. air exhaust.

caution.
air exhaust.
caution.
air exhaust.
caution.
air exhaust.
caution!
air exhaust.
cAUtion!
aiiiiihr exHAUST!
Laura.
Himmel.
Mitsubishi.

LAURA GESTEHT:

Die warme, stille Maschine vermittelte mir Sicherheit. Eine Schleuse brach in mir auf, alles floß heraus, alles stand plötzlich offen. Eine alte Geschichte trieb da heraus. Eine beschissene, alte Geschichte. Frankie war da, er konnte auffangen, was da hervorkam. Das hatte er schon einmal bewiesen. Ich konnte nicht anders, ich war darauf gespannt, wie er reagieren würde.

„Frankie", sagte ich. Mein Mund war rauh und trocken.

Frankie grunzte und drehte sich in seinem Sitz zu mir herum.

„Was gibt's?" Er sah so zufrieden aus. Er *war* zufrieden.

Es machte mich fundamental glücklich, wenn er so zufrieden war.

Das mußte wohl Liebe sein.

„Ich muß dir was erzählen."

Er signalisierte Aufmerksamkeit. Er würde mir zuhören. Ich erzählte:

Vor ein paar Jahren bekam ich in meiner Münchener Wohnung einen Anruf. Es war am frühen Morgen, ich war gerade aufgestanden und hatte eine schlechte Nacht hinter mir. Entsprechend mies fühlte ich mich auch, als der Apparat düdelte. Ich meldete mich:

„Hallo? Hier spricht Laura Bergen. Sie haben mich aus der Dusche geholt. Danke. Bitte sprechen Sie nach dem ‚KLICK-Tuuuuuuuuut'!"

Kurz bevor ich den Hörer aufknallen konnte, kriegte ich noch mit, wer es war. Walter, ein Bekannter von mir, mit offensichtlichen psychischen Problemen. Er sagte gar nicht viel. Er stellte nur eine Frage:

„Laura? Bist du's? Nur eine Frage: existiere ich?"

Scheiße. Er jazzte mich mit philosophischen Fragen und mein Shampoo flockte rosarot auf den Teppichboden. Ich beschloß, zurückzujazzen.

„Walter, ich kann dir nicht sagen, ob du existierst. Wirklich nicht. Du entziehst dich durch deine körperliche Abwesenheit dem vollständigen Zugriff durch meine Sinnesorgane. Deine Stimme könnte eine elektrische Störung in der Leitung sein."

Alles, was ich danach noch hörte, war ein leises „danke." Ich duschte mich zu Ende und hörte eine Woche später, daß Walter versucht hatte, sich aufgrund meiner Antwort umzubringen. Es hatte nicht geklappt, aber der Versuch allein hat mich geschockt. Daß einer mich anrufen muß, damit er weiß, ob er existiert! Verstehst du?

FRANKIE.

Naja. Nicht so ganz.

„Machst du dir jetzt Vorwürfe deswegen?"

Sie schüttelte den Kopf, guckte den leeren Himmel an.

„Nein. Der Kerl war ein Idiot. Komplett lebensunfähig. Es schockt mich eher im gesamtgesellschaftlichen Zusammenhang."

„Blödsinn. Du wälzt es ab, weil's auf deiner Seele liegt. Natürlich machst du dir Vorwürfe."

„Natürlich. Du hast recht. Ich hätte nur freundlich zu ihm sein sollen."

Andererseits...

„Andererseits hätte er bestimmt noch einen anderen Grund gefunden, sich umbringen zu wollen."

Großartig, wie ihre Selbstschutzmechanismen funktionierten. Selbst wenn sie sie unterlief, funktionierten sie noch.

Sie stand unbeschädigt auf.

„Wir sollten zurückfahren."

Warum erzählte sie mir das alles?

Der wunderbare Sex und all die seltsamen Geschichten. Welcher Zweck?

Wo Yoshi sich wohl jetzt herumtrieb?

30

Yoshi kam sich wirklich sehr seltsam vor. Sehr, sehr seltsam.

„Zieh deinen rechten Schuh und deine rechte Socke aus und stell den nackten Fuß in die Kloschüssel!"

Der Japaner zögerte.

„Die hiesigen Methoden der Fußpflege sind etwas befremdlich."

Kloologe Eddie mußte gütig lachen. Dieser kleine, gelbe Ausländer hatte echt keine Ahnung von den wunderbaren Ritualen des Toilettismus und der Kloologie! Obwohl er nun schon ein paar Tage bei ihm im Tempel der Kloologie bei philosophischen Diskussionen über Coladosen und Klopapierfarben verbracht hatte. Trotzdem: Die Erlösung stand auch ihm zu. Und zu diesem Zweck war das toilettistische Initiationsritual zu durchlaufen.

„Stell nicht lang Fragen, Partner. Tu 's einfach!"

Tu 's einfach.

Das kannte Yoshi verdammt gut. Abteilungsleiter Sumokawa hatte das auch immer gesagt. Don't ask. Do it.

Do it.

Okay.

Yoshi lächelte und zog seine Socken aus und stellte zum ersten Mal in seinem Leben fest, daß das Wasser in den Kloschüsseln ziemlich kalt war.

„Wow! Ein völlig neues Gefühl!"

Naß. Kalt. Und glitschig.

Eddie begann mit der Zeremonie. Er entrollte eine ganze Rolle Recyclingklopapier und rupfte das Zeug feierlich in Schnitzel.

Dazu sang er eins seiner irren Lieder:

„Toilette, nimm das Opfer hin!
So wahr ich Hohepriester bin!
Hier ist ein Neuer, und er glaubt!
Darum sei mir jetzt erlaubt,
die Rituale durchzuführen,
die ihn zu Deinem Jünger küren!"

Eddie spülte runter.

Yoshi fröstelte in dem kalten Schwall.

„War 's das?" fragte er. Der Spülkasten füllte sich gurgelnd mit frischem Wasser.

Eddie sagte gar nichts. Er bedeutete Yoshi, er solle seinen Fuß aus der Kloschüssel nehmen und auf den Rand der Toilette stellen. Da er schon mal dabei war, ließ Yoshi sich auch dazu überreden. Ein Fehler. Blitzschnell zog Eddie eine Nadel aus der Manteltasche und piekste Yoshi fest in den großen Zeh.

„Was soll das? Ich blute!"

Eddie war begeistert. Yoshi blutete wie ein Schwein.

„Schnell! Den Fuß zurück ins Klo!"

„Spinnst du, Mann?"

„Tu - den - Fuß - zurück - in - die - Schüssel!"

Autorität. Das half. Yoshi stellte den Fuß zurück ins Klo. Das kleine Wasserpfützchen in der Schüssel färbte sich von dem Blut leicht rötlich. Eddie schien höchst zufrieden und spülte ein weiteres Mal herunter.

„So."

Wieder blubberte der Spülkasten.

„Nun bist du ein Blutsbruder der Kloologie! An mein Herz!"

Eddie drückte Yoshi überschwenglich an sich.

„Ist, äh, die Zeremonie jetzt beendet?" wollte Yoshi wissen.

„Natürlich", antwortete Eddie. „Du kannst deinen Fuß wieder bedecken."

„Darf ich mich mit dem Klopapier abtrocknen, das hier überall 'rumliegt?"

Eddie nickte.

„Na klar. Ist bloß Dekoration. Die Zeremonie wirkt dadurch feierlicher."

Yoshi, nagelneuer Jünger der Kloologie, folgte Eddie zur Bar des Café Terrazzo. Der große Zeh schmerzte ihn, er hatte ihn nur notdürftig mit einem Streifen Klopapier verbunden. Er wollte schleunigst weg hier.

„Was wollen wir eigentlich in diesem Café?"

Eddie rammte ihm den unglaublich spitzen Ellenbogen zwischen die Rippen. Seine Art, „Schnauze!" zu sagen. Die beiden Kloologen setzten sich an die Bar, und Eddie signalisierte Yoshi im gegenüberliegenden Spiegel, die drei Typen am anderen Ende der Bar im Auge zu behalten.

„Die idealen Opfer!" flüsterte Eddie.

Yoshi kapierte gar nichts und bestellte einen Cappuccino.

Eine halbe Stunde saßen sie nebeneinander. Keiner sagte etwas. Eddie peilte ab und zu die drei Typen an und wimmelte die restliche Zeit den aufdringlichen Kellner ab, der ihm dauernd etwas zu trinken bringen wollte.

Nach dem vierten Cappuccino fühlte sich Yoshi ziemlich explosiv. Was Eddie nur mit den drei Typen hatte? Die sahen völlig normal aus! Jeans, Hemden, Jacke der Saison von C & A. Unglaublich.

Da zuckte Eddie zusammen.

„Da!" zischte er.

„Was denn?" Yoshi stand kurz vorm Kaffeeflash. Er vibrierte.

Trotzdem sahen seine zittrigen Augäpfel, wie sich eine Coladose naß tropfend aus dem geöffneten Kühlfach erhob, unauffällig emporschwebte und unbemerkt in die Jackentasche des vordersten Jünglings schlüpfte.

„Wow!" keuchte Yoshi.

„Die Coladose!" knurrte Eddie. „Unser größter Feind!"

Der von der Coladose angefallene Bursche zahlte und ging. Seine beiden Kumpel folgten ihm.

„Schon sind sie Jünger des infamen Colakultes!"

Yoshi warf einen Geldschein auf die Theke und stand auf.

„So geht das also! Hinterher!"

Eddie hielt den vollgetankten Japaner am Arm fest.

„Stop. Du kannst nichts mehr für sie tun. Die Dose beherrscht sie. Ich wollte dir nur zeigen, wie sie ihre Leute rekrutiert."

Yoshi mußte an die Toilette denken. Sein großer Zeh ziepte.

„Auf jeden Fall weniger schmerzhaft als die Kloprozedur!" jammerte er.

„Ach! Sei still", ärgerte sich Eddie. „Diese ‚Prozedur' macht dich immun gegen den verderblichen Einfluß der Coladose!"

„Echt?"

„Na klar. Das Klo beschützt dich!"

Yoshi ließ sich Eddies Adresse geben und verließ das Café. Gutgut. Rekapitulieren wir: Das Klo beschützt vor der Coladose. Aber wer beschützte Yoshi vor dem Irrsinn? Prima Frage. Yoshis Atem dampfte kleine Wölkchen aus. Yoshi dachte an Japan. Vielleicht wäre es jetzt gut, den Abteilungsleiter zu kontaktieren. Von einem öffentlichen Telefon aus. Es wäre jetzt gut, etwas Japanisch zu hören. Yoshi ging hinauf zum Stadtplatz, durch die enge, schlecht beleuchtete Gasse hindurch. Alles war hier so sauber und die Häuserfassaden bonbonfarbene Wunder. So disneyland, nur echter. Das war das Problem: Die Kulisse war so furchtbar echt, die Vorgänge drumherum dagegen völlig irreal und unlogisch. Und UFO hatte er immer noch keins gefunden.

Yoshi hielt inne.

Ob es unter diesen unerfreulichen Umständen klug war, Tokio anzurufen? Sie könnten ihn feuern! Yoshi blieb stehen und betrachtete die Schaufenster einer Boutique. Teure Kleidung für große europäische Frauen. Viel zu große europäische Frauen. Laura, Franks Freundin, verwirrte Yoshi. Sie machte ihm Angst. Alles an ihrem Verhalten irritierte ihn. Frank dagegen war Yoshi symphatisch. Er war gastfreundlich, und er schien eine ähnlich langweilige Vergangenheit zu haben wie Yoshi selbst. So etwas verband. Die Solidarität der Belanglosen. Lauras Ausstrahlung gefiel Yoshi ganz und gar nicht. Sie war viel zu interessant und sie war bestimmt wichtiger, als sie zugab. Yoshi, der aus einer immer noch streng hierarchisch organisierten Gesellschaft kam, erspürte jemandes Wichtigkeit instinktiv.

Er ging weiter durch die Gasse, vorbei an den pseudorustikalen Straßenlaternen. Er mußte Tokio anrufen. Wenigstens Bericht erstatten. Unglaublich wichtig. Sie mußten wenigstens wissen, wo er war. Yoshi machte es nichts mehr aus, daß die Online-Verbindung über Satellit zusammengebrochen war. Er hatte jetzt viel mehr Platz im Kopf. Er genoß die Weite der mittelalterlichen Gassen. Kein Euro würde diese Weite wahrnehmen. Sie waren nicht dankbar für ihre vielen freien Quadratmeter. Oder doch? Yoshi wußte es nicht. Er würde Frank fragen, was er davon hielt.

Der Stadtplatz. Neben dem Rathaus, erinnerte sich Yoshi, standen zwei Telefonzellen. Zittrig wühlte er in seinen Manteltaschen. Verdammter Kaffee! Schwachsinnige Kloologen! Das Hotel Gurglbauer. Gegenüber des Rathauses. Ein verwinkelter Riesenbau mit vielen Erkern und Türmchen dran. Weiß gestrichen, dunkelgrüne Fensterrahmen. Darunter die Disco, in deren düsterem Eingang ein paar völlig abgedumpfte Landjungendliche mit der charakteristischen Lethargie einer aussterbenden Spezies herumhingen.

Yoshi schloß eilig die Tür hinter sich. Ein Glück. Der Apparat war auf internationale Gespräche vorbereitet, und er nahm auch Kreditkarten. Die Karte paßte sogar. Es machte „Piep" und ein sachverständiger Computer im Orbit stellte eine schwerelose Verbindung her. Ein feines, fernes Pfeifen drang aus dem Hörer. Japan. Ein akustisches Abbild von Japan. Ein sanfter, hoher Flötenton. Ein japanischer Code. Yoshi kannte ihn von früher. Hiroshi! Er hatte Hiroshis Nummer gewählt. Ein Versehen.

„Hallo?"

Eine deutsche Stimme. Es wunderte ihn gar nicht. Er war es so gewöhnt.

„Hallo?" Yoshi sprach Japanisch.

„Yoshi?" fragte die Frau am anderen Ende.

„Woher wissen Sie meinen Namen?" Wieder auf Japanisch.

„Yo-shi! Du bist es! Versuch's mal auf Deutsch!"

„Laura?"

„Hihi. C'est moi! Wie hast du das erraten? Wo steckst du? Komm' nach Hause!"

Der Computer soff Yoshis Kreditkarte leer. Für ein Gespräch rund um die Welt. Aus Abensberg nach Abensberg zurück. Yoshi knallte hektisch den Hörer auf. Was hatte diese Schaltung zu bedeuten? Wollte Hiroshi keinen Anruf verpassen? Oder hatte die Firma das veranlaßt? Seltsam.

Der Japaner verließ die Telefonzelle. Er spürte … Es wurde enger. Es wurde enger außenrum. Ein Scheißgefühl.

Yoshis Schultern krampften hoch. Die Gestalten im Disco-Eingang gegenüber versuchten, möglichst gefährlich auszusehen. Der Japaner ignorierte sie. Auch die Nacht ignorierte er. Er setzte seine Restlichtverstärkerbrille auf. Das gab der Architektur etwas mehr Pep. Neongrelle Fassaden. Ginza in Niederbayern. Yoshis teure Schuhe rutschten übers feuchte Kopfsteinpflaster, es ging durch enge Gassen, durch ein uraltes Stadttor. Alles leer. Leere Parkplätze. Vorbei an Kino und Supermarkt. Ein, zwei Autos rollten auf der viel zu breiten Hauptstraße vorbei. Niemand beachtete den einsamen Mann in dem grauen Anzug.

31

„Hallo, Yoshi!“ Laura goß den Kaffee in die extragroße, gelbe Tasse.

Yoshi nickte kurz, suchte sich einen kleinen, schmalen Platz auf der antiken Sitzecke. Laura setzte sich ihm gegenüber. Sanfte, zartweiße Kaffeedampfwölkchen spiralten sich aus der großen, gelben Tasse hinauf zu Lauras Lächeln.

„Wieso hast du vorher angerufen?“

Sie trank aus der Tasse.

Yoshi wollte Laura nicht ansehen. Sein Blick rutschte auf der Glasschiebetür zum Garten herum.

„Da ist was Seltsames passiert“, gab er zu.

Laura zog die Augenbrauen hoch und setzte die Tasse ab.

„Am Telefon? Was denn?“

Yoshis Hände strichen nervös durch sein dichtes, schwarzes Haar.

„Nicht nur am Telefon.“

„Nicht nur am Telefon? Sowas!“

„Nein.“

Er wurde ärgerlich. Sie glaubte ihm nichts. Trotzdem wollte er ausprobieren, ob er noch ganz dicht war.

„Ist dir die Kloologie bekannt?“

„Silberfischchen? Wanzen? Oder die unsichtbaren Viecher, die dir ausgerechnet dann immer das letzte Klopapier von der Rolle klauen, wenn garantiert kein Ersatz mehr da ist?“

Sie lächelte ein bißchen spöttisch, aber sie merkte, daß er verwirrt war, also ließ sie den üblichen ätzenden Unterton weg.

„Erzähl’ doch mal!“

„Okay“, sagte Yoshi kraftlos.

„Fein.“

„Da war so ein Typ in der Toilette vom Hotel Gurglbauer. Ich saß gerade auf meiner Schüssel und pinkelte …“

„Du setzt dich hin zum Pinkeln? Die letzte weibliche Bastion ist geschleift!“

Yoshi beschloß, künftig Zwischenrufe dieser Art zu ignorieren und erzählte der großen, gelben Kaffeetasse seine Geschichte.

„Echt? Die Coladose?“

Lauras Überheblichkeit verschwand.

„So ist es.“

„Naja. Mach’ dir vor allem keine Sorgen um deine geistige Gesundheit. Frankie und ich haben zum Beispiel vor kurzem noch eine Brigade potthäßlicher Gartenzwerge mit Plastiksprengstoff ausgestopft. Hier ist ab sofort alles ganz normal.“

„Mir macht Sorgen, daß die Telefonverbindung nach Tokio nicht geklappt hat.“

„Ruf doch von hier aus an.“

Laura schritt barfuß über den abgetretenen, beige Teppichboden hinüber zum Telefon und warf Yoshi das flache, schwarze Gerät zu.

Der Japaner schnappte es sich mit einer locker zuckenden Bewegung mitten aus der Luft wie ein Chamäleon eine unvorsichtige Fliege. Er tippte eine Zahlenkolonne in den knarzenden Hörer, Laura sah ihm von einer Sessellehne aus gespannt zu.

„Tuuuuuut. Tuuuuuut. (Klick) HaaaaalloOOOOooooo?“

„Hallo? Tokio?“

„Verarschn 'S doch wen anders. Hier ist das Bistro America!“

Yoshi legte auf.

„Das Bistro America! Wo ist denn das?“

„In einem aufgelassenen Supermarkt gegenüber der alten Grundschule“, sagte ich. Ich kam gerade aus der Dusche und fühlte mich entsprechend aufgeräumt. „Willst du dir den Magen verderben?“

Laura sprang auf und riß Yoshi das Telefon aus der Hand.

„Sag mir die Nummer!“

Yoshi leierte die Nummer seines Abteilungsleiters herunter.

„Scheiße nochmal! Ferngespräch nach Tokio! Wollt ihr mich ruinieren?“

„Abregen, Käpt'n! Hier stimmt was nicht!“

„Pah! Hier stimmt überhaupt nichts mehr! Mich wundert, daß die Gravitation noch funktioniert!“

Yoshi guckte komisch, nahm ganz, ganz vorsichtig eine Orange aus der Schale vor sich, hob sie hoch und ließ sie dann fallen. Die Frucht fiel, hopste ein bißchen auf dem Teppichboden 'rum und rollte dann 'rüber zu Laura. Yoshis Erleichterung war grenzenlos.

„Hallo? Tokio?“

„Schindlgruber. Was is los?“

„Wohnen Sie in Abensberg?“

„Freilich, du Depp! Und jetzt verarsch wen anders! I hab morgn Schicht!“

Laura rief ihre Freundin in Los Angeles an und kam in der Adlerstraße in Abensberg raus.

„Das ist immerhin am anderen Ende der Stadt“, gähnte ich. „Was soll der Blödsinn?“

„Man kann nicht mehr aus Abensberg hinaustelefonieren! Man landet immer nur in Abensberg!“

„Schwachsinn. Gib her!“

Ich griff mir das Telefon und wußte instinktiv, daß sie recht hatten. So etwas würde gut zu den restlichen Erlebnissen passen, die wir in letzter Zeit gehabt hatten. Ein Anruf zu meiner Oma in Garmisch schaffte es gerade mal in die Abensberger Nelkenstraße. Verdammt!

Yoshi befragte sein Computerwunder.

„Wahnsinn! Wir sind völlig von der Außenwelt abgeschnitten! Alle Satellitenleitungen werden gespiegelt und die Glasfaserleitungen sind gekappt!"

„Wer oder was könnte Interesse an einem Kommunikationsstop haben?"

Yoshi wußte es, of course: „Das Militär. Die militärischen Leitungen sind von alledem überhaupt nicht betroffen!"

Wie eine Antwort begann die Luft schwer zu schwingen: ein Hubschrauber! Laura löschte die Lichter, und ich konnte ihn noch sehen, als er mit der souveränen Bedächtigkeit eines Allmächtigen in Richtung Stadt flog. Die Bäume beugten sich unter der Luftströmung seiner Rotoren. Es war ein einzelnes, schlankes, schwarzes Gunship. Es feuerte verächtlich rote Positionsblitze zwischen die 70er-Jahre-Doppelhaushälften, neigte sich in eine Kurve, verschwand.

Stille strömte in den Raum.

„Sag mal, Yoshi, weißt du eigentlich schon, daß Hiroshi tot ist?"

Yoshi griff sich völlig ruhig an die Brust.

„Ah! Jetzt weiß ich, woher dieser leere Fleck in meiner Seele kommt", sagte er und ging hinauf in sein Zimmer.

Laura ließ sich in die Couchgarnitur fallen. Es staubte.

„Wann jagen wir die Gartenzwerge in die Luft?"

„Die Anwesenheit des Militärs verändert die Situation etwas. Man könnte die Explosionen, so klein sie auch sein mögen, als Akt der Aggression auffassen."

„Lassen wir das. Hat Yoshi dir schon von der Coladose erzählt?"

„Ach? Neues von der Weißblechfront?"

„Und ob!"

Sie erzählte mir Yoshis Erlebnisse aus dem Terrazzo.

„Großartiges Phänomen." Ich hielt die Story für absoluten Schwachsinn. Wahrscheinlich hatte Yoshi sich mit dem hiesigen Bier zu fest angefreundet. Die feuchtfröhliche Kloologen-Passage klang jedenfalls danach.

Das Telefon klingelte.

Laura guckte hinaus in die Nacht, ich rammte mir eine Tischkante ins Knie und ertastete mir fluchend den Telefonhörer.

Der Pfarrer war dran.

„Äh, was kann ich für Sie tun, Hochwürden?"

„Sie könnten mir morgen einen kleinen Besuch abstatten. Ich hätte da was für Sie."

Wow! Ministrantenvereidigung oder Kuchenbasar?

„Was für die Zeitung? Da rufen Sie wohl besser meinen Kollegen an."

„Äh, nein. Ich hätte lieber Sie. Es handelt sich um eine eher delikate Angelegenheit."

„Und was hat das mit mir zu tun?"

„Ich brauche Ihren Rat. Morgen früh um neun im Pfarrheim."

„Nicht in Ihrem Büro?"

„Im Pfarrheim. Bis dann. Auf Wiederhören!"

Ein Rat? Hmmja. Soso. Fascinado. Ausgerechnet von mir. Dabei gab es hier so verdammt viele Leute, die irre fix mit cleveren Vorschlägen aus dem Gebüsch hopsen konnten. Wenn man sie nicht brauchen konnte.

„AAAaaaaaaAAAAAArrrrrrrrrRRRRrrrrrHHHHHHHH!!!!!!!!!“

Laura!

„VerPISS Dich!!!“ Sie brüllte die Glasschiebetür der Terrasse an. Meine Augen akkomodierten sich, und ich sah den Grund fürs hemmungslose Kreischen: Da klebte eine schmale, mit einem weißen Kittel angetane Figur wie ein Saugnapf-Garfield am Fenster.

Ein Spanner der völlig beknackten Art. Ich beschloß, den Burschen zu fangen, schwang mich zur Vordertür ’raus. Den Weg wollte ich ihm abschneiden und vielleicht noch ein bißchen mehr. Die Nacht summte, voll mit kleinen, feinen Geräuschen, aus den Nachbarwohnzimmerfenstern flimmerten hektische Fernsehgeräte.

Da!

Ich hörte ihn im Unterholz der absurden Zierpflanzen, die meine Vorläufer hier im Garten angepflanzt hatten. Er knackste furchtbar unbeholfen durchs Gebüsch, und sein weißer Mantel machte ihn auch nicht gerade unsichtbar. Hinter mir hörte ich Laura durch den nassen Rasen laufen.

„Auahrrr!“

Der Blödmann hatte sich in Bombergers häßlichem Jägerzaun verfangen und war flach aufs Gesicht gefallen. Ein Leichtes für mich, ihm die dürren Arme auf den Rücken zu reißen und sein Gesicht noch ein bißchen tiefer in den Schlamm zu drücken.

„Irgendwelche letzten Wünsche, Freundchen?“ fragte ich höflich.

„Hast du ihn?“ keuchte Laura.

„Bien sûr“, sagte ich sanft und riß den Kopf des Spanners an seinen wenigen Haaren hoch. Er keuchte und hechelte und spuckte. Wunderbar.

„Sind Sie verrückt, Mann?“ spotzte er.

„HhhhHHHHhhh. Das ist *mein* Grundstück! Ich kann mit dir machen, was ich will!“ Ein schöner Satz aus einem amerikanischen Film.

„Arrrrr! Ich werde dich verfluchen! Dein Klo wird . . . “

„Wird es mich beißen?“

Laura hatte sich endlich auch durchs Gebüsch gekämpft und besah sich neugierig den gestellten Eindringling.

„Bei der heiligen Kloologie! Ich werde . . . ! “

„Nanana! Aber erst, wenn ich dich aufstehen lasse!“

„Kloologie? Eddie?“ fragte Laura.

„Richtig!“ freute sich der weiße Kittel. „Ich wollte nur meinen japanischen Freund besuchen.“

Nur widerstrebend ließ ich ihn los und stand auf. Eddie klappte sich hoch wie ein Stativ.

„Das Ende der Welt steht bevor!“ meinte er, „Das wollte ich euch bloß mal sagen!“

32

Der nächste Morgen rotzte mir kalt und naß ins Gesicht. Wir hatten uns mit Eddie die Nacht um die Ohren geschlagen. Laura schlief. Eddie war total wahnsinnig, ganz klar. Yoshi hätte ihn bestimmt auch für weniger voll genommen, wenn er gewußt hätte, daß Eddie van Kloo in Wirklichkeit Hans Angerer hieß und der ehemalige Besitzer eines Schreibwarengeschäfts in der Innenstadt war, das vor ein paar Monaten wegen der übermächtigen Konkurrenz aus dem Einkaufszentrum pleite gemacht hatte. Der gute, alte Hans schien diesen Schock offensichtlich nicht so gut verkraftet zu haben. Um mein Hirn nach dieser Nacht wieder klarzupusten, hatte ich beschlossen, zu Fuß zu meiner Verabredung mit Pfarrer Klemm zu gehen. Eine Scheißidee. Es war kalt, und bald würde es anfangen zu schneien. Mein Blick klebte am Asphalt, vorbeifahrende Autos gaben sich alle Mühe, mich mit Dreckwasser vollzuspritzen. Ach! Schau an! An einem Verteilerkasten der Post (‚Plakate ankleben verboten!‘) pappte ein grelles Plakat: Die lokalen Bomber-Matadoren ‚Commando de Groove‘ gaben sich wieder mal die Ehre im ‚Pattex‘, dem hiesigen Punkerpalast. Bombermusik – vor zwei Jahren mal der heiße Trend in London. Jetzt endlich ließ dieser baßlastige Sound auch Abensberger Fensterscheiben klirren. Da mußte ich glatt hin. So viel Kultur gab es hier nur selten. Kartenvorverkauf stilecht von halb acht bis neun auf dem Klo vom McDünnald's. Schon wieder Klo. Was soll's.

Pfarrer Klemm sah nicht so aus, als wäre er scharf auf ein ordentliches Bombing. Er reichte mir seine riesige, trockene Hand und bat mich in den Versammlungsraum des Pfarrzentrums, einen niedrigen Saal mit einem wirren Gewölbe, das eine ziemlich vertrackte Akustik erzeugen konnte, wenn es dazu aufgelegt war. Wir setzten uns an einen der massiven, alten, hölzernen Tische. Ein in Warhol-Manier gedruckter Kolping starrte entschlossen von der Wand. Alte Fotos zeugten von langen Traditionen und den schlechten Kameras unserer Vorfahren.

Pfarrer Klemm kam sogleich zur Sache. Wie soll man da sagen? „Ohne Umschweife“? Was ist ein Umschweif? Ich mußte an Pferde denken. Pferde mit Schweif. Rundrum. Ein Um-Schweif! Lustig!

„... deshalb wende ich mich an Sie!“ sagte Pfarrer Klemm ernst.

Ich nickte professionell. Er sprach mit so einer sanft gurgelnden Stimme, ich war es gewohnt, während seiner Predigten meinen Gedanken nachzuhängen. Dazu kam die Müdigkeit. Ich konnte mich nur schwer konzentrieren.

„Ich verstehe", sagte ich. Er machte weiter.

„Es ist eigenartig. Die Zahl der Gottesdienstbesucher nimmt ständig ab! Besorgniserregend!"

„Aber das tut sie doch schon seit Jahren!"

Alles war unglaublich clean hier. Kompliment für die Putzbrigade. Ein herrlich aufgeräumter Computertisch (die Maus hatte jemand akkurat im rechten Winkel zur Tastatur auf der poppig bunten Mausmatte geparkt). Griffbereite gelbe Aktenordner in der Schrankwand – keiner von ihnen stand auch nur einen Millimeter über den Rand. Naturbelassene, robuste Holzmöbel. Auf dem massiven, rechteckigen Tisch, an dem wir saßen, lag eine Häkeldecke, präzise in der Mitte positioniert. Darauf wiederum ein Strohblumengesteck. Bayerisches Ikebana. Pfarrer Klemm fühlte sich hier wohl. Er saß mir gegenüber, guckte mich durch seine ovalen Brillengläser alarmiert an, und sein Mund unterhalb der etwas gnubbeligen Nase redete und redete.

„Hören Sie mir überhaupt zu?"

„Ich versuche mal, nachzuvollziehen: Zuerst haben Sie einen vehementen Anstieg von Gottesdienstbesuchern verzeichnet, und jetzt haben Sie weniger Leute als vorher."

Klemms Finger galoppierten nervös über die feste Tischplatte.

„Sogar unsere treuesten Leute bleiben weg!"

Er war verzweifelt. Er machte sich Sorgen.

„Woran könnte das liegen?"

„Das frage ich SIE! Sie sind der Journalist mit dem heißen Draht zum Volk!"

Bin ich das?

„Warum kommen Sie mit diesem Problem zu mir?"

Er seufzte und lehnte sich zurück. Verspannt sah er aus. Verspannt. Massier' seine Seele:

„Ich weiß, daß Sie sich wirklich um die Leute kümmern. Die Programme für die Alten. Die Hilfsaktionen für die Armen und so weiter. Ich werd' mich mal für Sie umhören."

Klemm kratzte sich am Kopf. Weiße Haare. Sanftes Schuppenrieseln.

„Darum geht es nicht. Verstehen Sie? Meine Welt schmilzt!"

Ich zupfte am Häkeldeckchen herum, vermied Blickkontakt.

„Das Gefühl kenne ich."

„Sagen Sie mal ..."

„Hm?"

Ich ließ die Decke in Ruhe.

„Haben Sie Abensberg eigentlich irgendwann einmal verlassen?"

„Ich. Ich kann mich nicht mehr erinnern."

Ein Blick hinaus aus dem Fenster.

Hinaus in den Regen.

Klemm sagte gar nichts.

Man hörte es plätschern. Furchtbar leise.

ah! die regentropfen,
die an mein fenster klopfen
sind ölig und bunt.
ist das gesund?

Ich dachte mir dieses blöde Gedicht hoch und mußte lachen.

„Warum sind Sie hiergeblieben? Warum? Sie hätten gehen können!"

„Das hier ist kein KZ! Ich liebe es!"

„Haben Sie geträumt, als Sie jung waren?"

„Ach! Ja!"

„Und wie sind Ihre Träume gestorben? Langsam?"

Das Fenster verschwimmt, löst sich auf im Regen.

„Ganz schnell. Ich hab's bis heute nicht gemerkt."

„Wie konnte das passieren?"

„Naja. Äh. Ich hatte den ganz genauen Durchblick von meiner Umgebung. Ich hatte den Ablaufplan. Ich nannte es ‚bürgerliche Maschine'. Das Leben als Seifenoper. Eine banale Folge nach der anderen. Geburt. Kindergarten. Grundschule. Gymnasium. Armee. Studium. Beruf. Dazwischen die Werbe-Blöcke. Das große Werben, die große Jagd. Schnapp dir eine Frau! Pflanz dich fort. Und stirb. Primitives biologisches Programm."

„Und was wollten Sie?"

Ich blickte ihn an. Die Intensität des Kontaktes erschreckte ihn.

„Ich wollte immer nur weg hier."

Er zuckte zusammen. Er wußte, daß ich mit „weg hier" nicht einfach nur „weg aus Abensberg" meinte oder „weg aus Deutschland" oder „weg aus Europa".

„Und wo ist Gott in alledem? Ich sehe Sie manchmal beten."

„Gott hat mir einen Tip gegeben: Die einzige Möglichkeit, wirklich von hier wegzukommen, ist, sich nicht von der Stelle zu bewegen. Es hat funktioniert."

„Ich gebe Ihnen die Absolution. Sie brauchen sie."

„Was geben Sie mir als Buße auf?"

Er stand auf.

„Gehen Sie zurück an die Stelle, wo Sie ihre Talente vergraben haben – wenn Sie sie noch finden – und graben Sie sie aus! Gehen Sie jetzt. Und schauen Sie vorher noch in der Klosterkirche vorbei. Da habe ich was Interessantes für Sie."

Ich war irgendwo überrascht, daß er sich nicht in einem überirdischen Lichtblitz auflöste. Nein. So cool war er nun auch wieder nicht. Er ging durch die stinknormale Tür und ließ mich allein und vertraute darauf, daß mich die Einrichtung bald von hier vertreiben würde. Er kannte mich wirklich gut.

Auf dem Weg zur Klosterkirche wußte ich immer noch nicht, warum der Pfarrer mich zu sich gerufen hatte. Wegen der ausbleibenden Gottesdienstbesucher? Wegen der verkappten Standpauke? Oder wegen dem Hinweis auf die Klosterkirche? War der Kerl noch ganz bei sich? Naja. Er hatte sich vorher auch nie anders benommen. Ein spaßiger Knabe.

Der Stadtplatz. Es regnete immer noch. Die Menschen gingen noch gebückter als sonst in die Bank, in den Larifari-Schrottmarkt, in den Spielwarenladen, in die Apotheke. Aus den Fenstern des Rathauses: ein mattblauer Schein. Ein Projektor. Egal. Weiter übers Kopfsteinpflaster, zwischen den alten parkenden Autos durch. Die alten Bürgerhäuser in ihren Pastellfarben guckten trübe durchs traurige Wetter. Die Marzipanschweinchen in der Auslage der Konditorei verbreiteten breit grinsenden Zweckoptimismus. Auf der anderen Straßenseite wagte sich der winzigkleine Stummelturm der Klosterkirche eine übertrieben bescheidene Winzigkeit in den Himmel vor. Links davon, in einem klaustrophobischen Eckchen, das martialisch vergitterte Heimatmuseum im ehemaligen Kreuzgang.

Von außen so einladend wie ein Folterkeller.

Die Klosterkirche war ein Riesenbau, dem man seine wirkliche innere Größe von außen kaum ansah. Meistens waren die großen Türen der Kirche geschlossen. Heute nicht. Ein dicker, weißer Lieferwagen mit dem wichtigen Logo eines Fernsehsenders parkte schräg vor dem Haupteingang an der Rückseite der Kirche. Viele dicke Kabel schlängelten sich von dem Wagen hinein in das kühle Gebäude. Die Überraschung des Pfarrers? Wahrscheinlich. Ich fühlte mich eingeladen, ging hinein.

Vorne, vor dem Altarraum, da standen sie. Ein Kameramann, der aus dieser Entfernung aussah wie ein technoider Alien mit Hyperwasserkopf. Ein schwarzgekleideter, schmuddeliger Kabelboy mit Pferdeschwanz (daß die Jungs vom Fernsehen auch wirklich immer schwarz gekleidet waren? Eine Uniform? Sollte der viele schwarze Fummel die Sonnenstrahlen absorbieren, sie davon abhalten, den unglaublich coolen Kameramann-/Kabelträgerinhalt ein paar Grad aufzuheizen? So warn 'se, die Fernsehjungs. So, und nicht anders!). Und ein sorgfältig gekämmter, ernster, dunkelblonder Scheitel als Moderator. Der Scheitel war der einzig Bunte in der ganzen Crew, und er hielt sich für wichtig. Er trug einen weinroten Blazer, und er redete auf ein zauseliges Frauchen ein, das vor ihm auf der Treppe stand, um den Größenunterschied etwas auszugleichen. Die Kameralampe strahlte knallhart jeden Schatten von dem Duo weg. Ein Erzengel von einer Kameralampe. Hinweg mit Finsternis! Der Scheitel hatte eine Arschlochstimme, und er nervte das zittrige Frauchen mit trocken bellenden Fragesätzen.

„Frau Grittinger", begann der Scheitel.

„Jooo?" machte das Mutterl und tupfte sich mit ihrem blauweißen Rotztuch den Schweiß von der Stirn.

„Frau Grittinger, Sie sind Heiligenfigurenentstauberin und Sie haben hier in der Klosterkirche von, äh, *Abensberg* einige sonderbare Beobachtungen gemacht. Um präzise zu sein, Sie hatten Erscheinungen."

Frau Erni Grittinger grinste breit und faltig und steckte ihr Tuch wieder in die Rocktasche zurück. Sie trug ein geblümtes Kleid, eins von der Sorte, mit der die Omas in dieser Gegend schon seit Jahrhunderten von Geburt an serienmäßig ausgestattet wurden.

„Ja. San 'S ruhig präzise. Eine Erscheinung hab ich g'habt! So wahr ich hier stehe!“

Beinahe wäre sie auf Stichwort laurel-/hardymäßig über eines der Kabel gestolpert.

„Welcher Art war diese Erscheinung? Wann ist es passiert?“

Der Scheitel hielt die Oma für eine Irre, ganz klar. Aber er mußte sie interviewen, wenn er vorwärts kommen wollte. Wenn er einmal seine eigene, beschissene Sendung bekommen wollte, in der endlich die Irren zu ihm kamen und nicht er zu den Irren kommen mußte. Das war der Unterschied, der Karrieresprung für so ein sauber gescheiteltes TV-Wixerchen.

Oma Grittinger erzählte ihm von ihrer Erscheinung:

„I hab den ganzn Tag Heiligenfiguren abg'staubt. Da herin, in der Klosterkirchn. Dann is passiert!“

„Was ist denn passiert, Frau Grittinger?“

Der Scheitel konnte es kaum erwarten, wieder zurück in sein Großstadtstudio zu kommen, wo schon seine Freundin, eine sauber gestylte, ambitionierte Junganwältin, auf ihn wartete. Er würde sie heiraten, in dem vollen Bewußtsein, daß sie sich von ihm in drei Jahren wieder scheiden lassen würde. Aber das war's wert. Vielleicht würde sie das Sorgerecht für die noch zu zeugenden Kinder bekommen. Na wenn schon. Heiraten spart Steuern und ist gut für das seriöse Image beim Programmdirektor. Wer heiratet, der beweist damit, daß er Verantwortung übernehmen will, daß er Verantwortung übernehmen kann. Die Verantwortung für eine eigene Sendung, beispielsweise (Augenzwinker). Heiraten. Kinder. Scheidung. Heiraten. Alimente, Alimente. Bürgerliches Maschinchen. Biologisches Programm. Wie eines dieser Laufrädchen in den Hamsterkäfigen. Strampel dich ab im Maschinchen, und alles ist gut. Wenn du tot bist, dann ist's vorbei. Erst dann. Und steig bloß nicht 'raus aus dem Rädchen! Sonst bist du draußen, ganz draußen! Aber warum solltest du auch nur auf die Idee kommen, aus dem Rädchen 'rauszuwollen, ja auch nur dein rosiges, kleines Stupsnäschen hinauszustrecken, um ein bißchen zu schnuppern, was da draußen vor sich geht? Warum? Sag nur einen einzigen Grund. Ha! Du weißt keinen. Schließlich ist es dein Rädchen und du hast über die Jahre ganz schön gestrampelt, um es in Schwung zu kriegen. Warum ausgerechnet dann aussteigen, wenn's gerade so schön läuft?

Es gibt Leute, die tun so etwas.

So wahnsinnig widersinnig das auch klingt.

Nur noch ein kleiner, fieser Gedanke, wie eine Brennesselberührung am nackten Bein: „Eigentlich müßtest DU jetzt da stehen“.

„Was machen Sie hier, Mann?“ Der Kabelträger.

Ich blicke auf, grinse ihn irre an und lache.

„Wenn ich das wüßte, Partner!“

Wenn ich das nur wüßte!

33

„Und? Wie war's in der Kirche?“

Laura lag entspannt in einem der Wohnzimmersessel und lächelte mich an. Schön, sie wirkte so ruhig und ausgeglichen. Ich ging zu ihr hin und küßte sie auf den Mund. Sie roch frisch, nach meinem Shampoo. Mattes, dumpfes Licht schien lustlos durch die Verandaschiebetür.

„Es war eher müde. Der Pfarrer hat mich gefragt, warum nur noch so wenig Leute in die Kirche gehen. Dann hat er mich zur Klosterkirche geschickt, wo gerade ein Fernsehteam eine Oma interviewte.“

Ich quetschte mich zu Laura in den Sessel. Sie kicherte, ich nahm sie in den Arm. Mmm. Ihr Körper.

„Ich glaube, ich werde die Schrankwand 'rauswerfen“, sagte ich.

Sie drehte sich ein kleines bißchen zu mir hin. Ich spürte jeder ihrer Muskelbewegungen nach.

„Warum denn?“

„Hm. Sie paßt nicht mehr hier 'rein. Oder ich passe nicht mehr hier 'rein.“

„Oder wir passen nicht mehr hier 'rein“, ergänzte Laura. „Ist es das?“

Ich nickte. Stumm.

„Vielleicht.“

Laura gähnte und streckte sich.

„Fühlst du dich wohl hier?“

Sie nickte.

„Mhm. Ja.“

„Schön.“

„Du machst dir Sorgen, oder?“

„Ja.“

„Du fragst dich, ob ich bei dir bleibe, wenn das alles hier vorbei ist.“

„Natürlich.“

„Ich hab's gespürt. Dauernd. Du denkst oft daran, hm?“

„Ja. Sehr oft.“

„Du wirst lachen: Bevor ich gemerkt habe, wie sehr dich das quälen könnte, da hab' ich selber überhaupt nicht dran gedacht, daß unsere Freundschaft ein Verfallsdatum haben könnte.“

Ich lachte tatsächlich, setzte mich ’rüber in den anderen Sessel.

„Du siehst das wahrscheinlich etwas lockerer“, sagte ich.

„Da irrst du dich.“ Sie massierte ihr Gesicht mit ihren schlanken Händen, blickte mich an.

„Ich liebe dich.“

Sie sah mich intensiv an.

„Genieß es doch ganz einfach.“

Ich schloß die Augen und fühlte mich wohl.

Sie war präsent.

Sie lachte, und sie ließ mich spüren daß sie für mich da war.

Oben, unter dem Dach meines Hauses, befand sich nicht nur Yoshis Einliegerwohnung, sondern auch mein winziges Computerzentrum. In diesem kleinen, weißen Raum unter der Schräge des Dachs stand ein einzelner, alter Computer mit Modem. Mit ihm konnte ich mich in eine archaische Mailbox einloggen, die von nostalgischen Computerfreaks in Österreich betrieben wurde. Ältere Leute wie ich griffen gerne auf dieses vertraute Forum zurück.

Ich schaltete den Computer an. Der Speicher wurde ratternd durchgecheckt. Die Kiste piepte. Fertig. Hinein ins Netz!

Die Verständigung im ÖTZI (Österreichisches Telefon-Zentral-Informationssystem) war rein auf ASCII-Zeichen beschränkt. Auf monochromen ASCII-Text. Kein Bild. Kein Ton. Gar nichts. Philosophen tummelten sich gern im ÖTZI, weil dort nichts die perfekte Neutralität ihrer reinen Gedankengänge stören konnte: kein Stirnrunzeln, keine Untertöne in der Stimme. Einfach nur Text. Das zwang zur Präzision. Zur Abstraktion. Ich liebte es. ÖTZI war etwas für intelligente Menschen. Die Deppen dagegen tummelten sich im Cyberspace, einer ziemlich störanfälligen Virtuellen Realität. Wenn dort ein Computer abstürzte, konnte es sein, daß man sich stundenlang wie ein Warzenschwein fühlte. Ich würde niemals einen Computer an mein Hirn lassen.

WILLKOMMEN! sagte der Computer.

LOGIN: FRANKIE

Ich meldete mich an. Sagte den anderen, daß ich da war.

ANNOUNCE: FRANKIE

Meine Netzwerk-Kumpane meldeten sich.

BETTY: HI, FRANKIE :-)

ALESSANDRO: LONG TIME NO SEE, F.!

GAGARIN: HAB’ WAS FÜR DICH, F.! GO UTOPIA!

BETTY: CREATEGROUP: CHITCHAT.

BETTY: GONE CHITCHAT -> FOLLOWME!

GAGARIN: GONE CHITCHAT

ALESSANDRO: GONE CAIRO. CIAO!

Betty hatte eine Gesprächsrunde eröffnet. Gagarin zog mit, Alessandro verdrückte sich.

Ich tastete mich zu Betty durch.

: GO CHITCHAT

BETTY: HI FRANKIE! GOT A WILMA?

Mit Wilma meinte sie eine Frau. Betty war nämlich der Meinung, ich sollte unbedingt heiraten. Sie selbst war seit drei Jahren verheiratet und fand es immer noch prima. (DANN KANN'S JA NICHT SCHLECHT SEIN!!!)

: BETTY: I'M ALMOST WILMA'D!

GAGARIN: NICE! :-)

BETTY: LOVE, SEX INTELLIGENCE! :-)

GAGARIN: HAB' EIN PROGRAMM FÜR DICH!

: WAS DENN?

GAGARIN: EINE SELTENE TETRIS-VERSION AUS BULGARIEN.

: RÜBER DAMIT!!!

Tetris! Herrlich! Her damit! Ich sammelte antike Versionen klassischer Computerspiele. Ich hatte eine ganze Streamer-Kassette voll mit prähistorischem digitalen Entertainment.

Gagarin war ein irrer Typ. Er saß in einem der Meteora-Klöster in Griechenland und orderte Tiefkühlfraß mit seinem Computer. Er war einsam und krank, und er hatte die Liebe mehrerer Frauen verbraucht. Jetzt war er völlig allein. Körperlich.

Wenn Betty nicht gerade vor ihrem Terminal saß, dann leitete sie ihr Geschäft: einen mittelgroßen religiösen Ping-Pong-Club in Ljubljana. Betty: MAN MUSS NUR GLAUBEN, DASS DER BALL GUT WAR! Sie hatte die Idee, Sport und Religion zu verbinden, von einem findigen Religions-Designer, der die abstrusesten Glaubensbekenntnisse erfand und sie an junge dynamische Franchisenehmer vermietete. So hatte sie jedenfalls erzählt.

Ach ja! Franchising. Eine tolle Sache. In München gab es einen abgehalfterten Immobilienmakler, der sich verspekuliert hatte und auf der Straße gelandet war. Er zog sofort ein neues Business auf: ‚Spende mit Sinn!' – Ein Franchise-Unternehmen für Bettler. Wer sich als Bettler diesem Netz anschloß, der mußte zwanzig Prozent seiner Einnahmen als Lizenzgebühren an den Ex-Makler zahlen. Im Gegenzug bekam er ein tadelloses Image verpaßt. Der Makler nämlich hatte Broschüren drucken lassen, in denen stand, daß von jeder ‚Spende mit Sinn' 30 Prozent für einen guten Zweck verwendet werden würden. Zum Beispiel für schönere Gehege im Tierheim. Der Trick funktionierte. War es an sich schon eine gute Tat, einem Obdachlosen ein Almosen zu geben, so wurde diese *gute* Tat durch ‚Spende mit Sinn' zu einer *superguten* Tat potenziert. Spendete man bei einem Bettler, der diesem Netz angeschlossen war, so konnte man sicher sein, daß wenigstens 30 Prozent des gespendeten Geldes nicht in billigen Alkohol umgesetzt werden würden, sondern den armen Kreaturen im Tierheim zugute kamen. Da gab der Bürger doch gerne ein bißchen mehr! Nette kleine Hundewelpen kamen nun mal besser beim Publikum an als heruntergekommene menschliche Kreaturen am Rande ihrer Existenz. Am Ende jedoch waren alle zufrieden: Die

Bettler machten Umsatz, die Hündchen machten fröhlich „Wau!“ und der Makler machte sich mit seinem Anteil und einer Society-Blondine davon auf die Seychellen. Dort betrieb er jetzt, wie man so hörte, ein Franchise-Unternehmen für Kokosburger und chinesische Aphrodisiaka.

BETTY: FRANKIE? BIST DU NOCH DA?

Ich loggte mich aus, ich kappte die Verbindung.

Damit lag ich stärker im Trend, als ich dachte.

wintergeschichten 34

Die folgenden Monate vergingen schnell. Nur an Weihnachten wurde der Zeitstrom etwas zähflüssig. Laura schenkte mir ein zwei Meter großes, schlankes Musikinstrument aus dem pazifischen Raum. Original! Das Gerät war einem überdimensionalen Jagdbogen nicht unähnlich. Es hatte nur drei Saiten und es klang fürchterlich – zumindest wenn ich darauf spielte. Laura liebte es trotzdem, und wir verbrachten lange Winternächte vor dem laufenden, aber auf stumm gestellten Fernseher, der wohlig und warm flimmerte und flackerte wie ein schönes, heißes Kaminfeuer, und ich versuchte, aus dem verflixten Instrument so etwas wie eine Melodie herauszuholen. Ich schaffte es nie, und Laura mußte mich jedesmal trösten. Allmählich begann ich das Instrument auch zu mögen.

Yoshi saß die ganze Zeit oben in seiner Wohnung. Er konnte den Winter nicht ab. Nur manchmal kam er ’runter und untersuchte mein Frühstückszimmer mit fürchterlich wissenschaftlicher Akribie. Zwei- bis dreimal lieh er sich Lauras Auto und besuchte Regensburg. Den Kontakt zu Japan hatte er beinahe völlig abgebrochen. Er hatte Hiroshi auf dem hiesigen Friedhof beerdigen lassen. Er besuchte oft das Grab, er hielt unsere Erdbestattungen für unglaublich luxuriös. „Ihr gebt viel Land für die Toten“, sagte er immer. Der Cyberspace-Kontakt blieb blockiert, die Telefone hingegen verbanden uns wieder zuverlässig mit der Außenwelt – eine Tatsache, die ich schon bei der Modem-Connection nach Österreich festgestellt hatte.

Beim Frühstück fluchte Yoshi oft über sein unzuverlässiges Equipment.

„Dieser Cyberspace ist doch echt was für Idioten“, schimpfte er in seinen Kaffee.

Laura, nur in Hemd und grauslig bunten Boxershorts („Häßlich wie die Nacht – also ein idealer Schlafanzug!“) grinste den Japaner breit an.

„Wieso denn?“ fragte ich.

„Dachte immer, das sei unser aller glorreiche Zukunft. Cyberpunk und so. Totale Auflösung des menschlichen Geistes in purer Elektronik?“

Yoshi guckte mich an wie ein allwissender Alien einen südalbanischen Bergbauern bei einer Diskussion über Alfa Centauri.

„Hast DU eine Ahnung!“

Der Toaster machte „sproing“. Laura war zu gierig und verbrannte sich die Finger. Yoshi machte weiter.

„Die Architektur unserer Computer läßt sich nicht realitätsanalog programmieren. Die Simulation ist entweder erbärmlich schlecht, oder sie hängt sich an Bugs in der logischen Grundmatrix auf.“

„Schau an! Dachte, Computer können alles.“ Laura biß in den warmen Toast, schleckte sich zerflossene Butter und widerspenstige Brösel von den Lippen.

„Haha. Denkste. Virtuelle Realität setzt voraus, daß man eine möglichst perfekte, in sich schlüssige artifizielle Realität schafft.“

„Ja, und?“

„Na, wie zum Geier will ich eine perfekte künstliche Realität schaffen, wenn ich noch nicht mal die reale Realität kapiere, in der ich lebe?“

Die Diskussion begann abstruse Grenzbereiche der Wissenschaft zu berühren. Das interessierte mich.

„Aber ich kann doch selbst eine Reihe von Parametern aufstellen und sie als real deklarieren.“

„Du meinst, es genügt, eine autonome, hermetische Logik zu schaffen, die dann als eine Art Grundgesetz für die zu schaffende künstliche Realität dient.“

„Genau.“

„Das reicht doch völlig aus“, behauptete Laura.

Yoshi lachte und schüttelte den Kopf. Er schien sich bereits mit dem Problem auseinandergesetzt zu haben. Alternative Logik – sein eigentliches Spezialgebiet? Mir fiel auf, daß ich unseren japanischen Gast eigentlich noch sehr, sehr wenig kannte, obwohl er nun schon seit geraumer Zeit bei mir lebte.

„Eine interne Logik reicht längst nicht aus“, sprach Yoshi mit tonnenweise felsenfester Überzeugung in der Stimme.

„Wenn ich das anhand eines Beispiels illustrieren dürfte.“

Wir nickten gleichzeitig, Laura und ich. Es wurde interessant.

„Wie ihr wißt, haben auch heute noch sehr viele Menschen Probleme bei der Bedienung von Computerprogrammen.“

„Ja.“

„Mhm.“

„Warum haben sie diese Probleme? Weil die Programmierer stets davon ausgehen, daß ihre Logik die einzig richtige ist. Auch heute noch. Trotz Anwendbarkeits-Tests und dem ganzen Kram. Dennoch bleibt eine Anwendung immer das Produkt der Logik eines Programmierteams. Was aber diese Programmierer für selbstverständlich halten, kann für andere Menschen völlig absurd sein. Sie verstehen die Struktur des Programms nicht und lehnen es ab. Das ist beim Cyberspace noch genauso. Eine so groß angelegte alternative Realität müßte eine gemeinsame Basis haben, die allgemein verstanden und akzeptiert wird. Man muß diese alternative Realität lieben, man muß sich gerne darin aufhalten, um auch wirklich darin aufgehen zu können."

„Ja. Genau. Richtig. Ich gebe allerdings zu bedenken, daß Menschen eine alternative Realität mit autonomer Logik sehr wohl zu akzeptieren bereit sind."

„Ach ja?"

„Ja. Ich denke dabei an TV-Universen wie beispielsweise ‚Star Trek', das bereits in die 10. Runde geht. Die Leute leben diese Weltraumgeschichten richtiggehend mit. Wenn auch nur die kleinste Unstimmigkeit auftritt, dann rebellieren sie. Teilweise werden Teile der Star-Trek-Ideologie von besonders devoten Fans in die Realität importiert. Ich wage sogar zu behaupten, daß die Menschen das, was sie am TV erleben, tatsächlich leben. Sie werden für die Dauer konzentrierten Fernsehens völlig vom Medium absorbiert. Also ist Cyberspace auf Basis einer autonomen logischen Basis sehr wohl möglich."

„Bravissimo!" applaudierte Laura.

„Das sehe ich anders", widersprach Yoshi. „Bei Star Trek machen zwar viele Leute mit, aber beileibe nicht alle. Viele halten dieses Weltraum-Getue für kompletten Schwachsinn. Außerdem müssen diese Star-Trekkies nicht in diesem Universum agieren. Wenn sie auf einem Raumschiff arbeiten und leben müßten – und dort gibt es bestimmt auch eine Menge furchtbar stupider Jobs – dann sähe die Begeisterung bestimmt anders aus. Nicht jeder kann ein Captain Kirk sein."

„Man könnte doch in einer alternativen Realität sehr wohl den Blickwinkel so programmieren, daß jeder in der Situation agiert, die er sich wünscht."

„Keineswegs. Der menschliche Verstand würde das auf die Dauer nicht als Realität akzeptieren."

„Schlaumeier!"

„Und was wäre dann die Lösung?" fragte Laura und setzte die Kaffeetasse ab.

Yoshi zuckte mit den Achseln.

„Zur Zeit laufen Versuche mit Rechnersystemen, die analog dem menschlichen Gehirn aufgebaut sind. Fortgeschrittene Neuronale Netze. Parallel dazu findet das größte Projekt in der Geschichte der Wissenschaft statt: der Universalscan. Der Versuch, die gesamte Realität, so wie sie sich uns darstellt, zu erfassen und aus den so gewonnenen Daten ein alternatives Universum zu extrapolieren."

Ich schnappte mir einen Erdbeermarmeladentoast. Laura sprach für mich:

„Was für ein Blödsinn. Ein solches Unternehmen muß scheitern, da wir unsere Umwelt selektiv wahrnehmen und noch lange nicht vollständig begreifen."

„Warum sollte es nicht funktionieren? Wir kennen ja die Parameter, die auf uns einwirken. Wir brauchen sie lediglich komplett einzugeben. Die Faktoren, die wir in der wirklichen Welt nicht wahrnehmen, werden uns auch in der künstlichen nicht fehlen.“

„Blödsinn“, mampfte ich, „wer sagt denn, daß wir alle Faktoren ausnahmslos kennen? Also macht dieser Universalscan keinen Sinn und die wahre VR ist zum Scheitern geboren.“

„Vielleicht.“

„Sicher“, bekräftigte Laura und stellte ihren großen Kaffeepott mit Nachdruck auf den Tisch.

„Aber wie“, sinnierte Yoshi, „könnte ein solches Unterfangen jemals gelingen?“

„Gott könnte es tun. Nur der Konstrukteur hat den vollständigen Bauplan.“

„Gibt es Gott?“

„Originelle Frage.“

„Vielleicht.“

„Warum eigentlich der ganze Quatsch mit dem Cyberspace?“

„Ihr habt Cyberspace und Perfekte Virtuelle Realität dauernd durcheinandergebracht. Cyberspace ist lediglich eine Abstraktion der Realität, während PVR sich dieser asymptotisch annähern will.“

„Cyberspace ist der totale Eskapismus. Für Leute, die zu doof sind für die Realität.“

„Die Realität ist doof.“

„Cyberspace steht nicht außerhalb der Realität. Er ist ein Produkt der Realität. Also ist Cyberspace auch doof.“

„Du bist doof!“

„Selber doof!“

„Wer macht den Abwasch?“

Wintergeschichte 2: American Dream!!!

Manchmal setzten wir uns ins Café des Emmerdeurs im Erdgeschoß des Einkaufszentrums. Vom Niveau her hätte dieses Etablissement allerdings eher im 50. Untergeschoß liegen sollen. Um uns herum ein hübscher Zoo. Leergesoffene Gesichter, NoBoys und nervöse Nintendos. Eine tolle Junk-Atmosphäre.

„A propos Junk“, sagte ich und nippte von meiner Coladose.

„Jaaa?“ Laura beobachtete aufmerksam einen Nintendo beim Popeln. Der Junge hatte sich den Griff eines Kaffelöffels zu einem satten Drittel in die Nase gesteckt und rührte damit in seinem Riechorgan herum wie ein Harakiri-Samurai in seinen Eingeweiden.

„Faszinierend“, meinte Laura.

Das Einkaufszentrums-Kommunikationssystem spielte „Roy Blacks Greatest Hits“, die Videoleinwand zeigte einen Kettensägenfilm. Die Nintendos peilten die Handlung nicht, die NoBoys grölten an den falschen Stellen. Kurz:

Alle bemühten sich, der authentische Bodensatz der Gesellschaft zu sein.

Laura gluckste. Der Kaffeelöffelstiel steckte jetzt bis zum Anschlag in dem Nintendo drin, keinerlei Gehirnmasse hinderte den Löffel bei seinem Vorstoß in den Schädel.

„Was hören solche Typen eigentlich für Musik?" fragte Laura ihre Fantadose.

„Sie fahren auf ‚Tumpa Tumpa' ab", sagte ich. „Das ist eigentlich keine Musik, sondern immer nur genau derselbe stupide Drumbeat. Dazu gibt es einen gesprochenen Text, der obligatorisch gewaltverherrlichend oder frauenfeindlich oder faschistisch oder am besten alles auf einmal ist. Tumpa Tumpa ist die Antwort der Weißen Amerikanischen Wixer auf schwarzen Gangsta-Rap. Leider sind die WAWs nicht so musikalisch wie die Black Homeboys."

„Kennst dich ja voll aus bei denen!"

Der Bildschirm zeigte einen Mann mit Footballhelm, der sich als eine Karikatur des Magiers David Popperfield verkleidet hatte, und der nun versuchte, einer gefesselten Blondine die beachtlichen Titten abzusägen, und dabei immer: „Rückrufaktion der Molkerei!" brüllte.

„Mann!" stöhnte ich. Draußen fielen dicke, weiße, giftige Schneeflocken.

„Dagegen war ja meine Fernsehserie noch intellektuell!"

„Du hast eine Serie geschrieben?"

Ha! Jetzt war sie wirklich überrascht!

„Na klar. Es war ein Experiment. Ein Privatsender hat's finanziert. Ich hatte mich schon lange gefragt, warum amerikanische Serien so erfolgreich sind, seien sie auch noch so schwachsinnig."

Auf der Leinwand fetzten blutgetränkte Leichenteile herum.

Die Nintendos bespritzten die NoBoys mit Quetschup (gefärbtes Gentomatenextrakt aus der Plastiktube). Die NoBoys holten ihre Klappmesser heraus. Die Bedienung drückte den Alarmknopf.

Laura und ich blieben ruhig sitzen.

„Ich glaub', ich werd' niemals Kinder zur Welt bringen. Das hier schreckt mehr ab als jeder Verhütungswerbespot."

„*Du* bringst sicher keine Kinder zur Welt", lachte Laura.

„Erzähl mir weiter von deiner Fernsehserie!"

„Hm. Wir produzierten in Deutschland. Mit deutschen Schauspielern. Nur nicht auf Deutsch, sondern auf Amerikanisch. Und anschließend ließen wir's von beliebten Synchronsprechern ins Deutsche zurückübersetzen. Es wurde ein bombastischer Erfolg. Es lag nur an der Sprache! Amis formulieren einfach prägnanter. Wenn man sich bemüht, das einigermaßen ins Deutsche 'rüberzukriegen, so hat man einen Hit! Würde man's auf Deutsch schreiben, dann würde alles viel zu umständlich werden."

„Ich glaube dir nix! Hehe. Blødsinn! Deutsch ist so gut wie Amerikanisch!"

„Scheißegal. Man braucht nur eine bescheuerte Idee, die man diesen TV-Spinnern verkaufen kann. Solange sie halbwegs wissenschaftlich klingt, werden sie sie dir abkaufen. Toll, oder?" Dummsurfen.

„Wie hieß denn die Serie?"

„,Johnny Killgood'. Und sie ist zu einem guten Teil für die asoziale Verhaltensweise dieser völlig ausgeflippten Nintendokids verantwortlich."

Drei Metzger aus dem benachbarten Supermarkt vermöbelten die aufgedrehten Kids und warfen sie 'raus.

„Das ist einer der Gründe, warum ich beschlossen habe, mich in meiner Heimatstadt nur noch dem bescheidenen Dienst an meinen Mitmenschen zu widmen."

Laura war erfreut, daß auch ich Dreck am Stecken hatte.

„Worum ging's denn in dieser Serie?"

Ich begann zu erzählen:

The Legend of Johnny Killgood, the Last Real American Man

Johnny Killgood war ein Vietnam-Veteran. Ein eingefrorener Vietnam-Veteran. Hollywood hatte in den 80er Jahren heimlich damit begonnen, Vietnam-Veteranen in Hibernation zu versetzen, um sie dann bei eventuellem Bedarf in ultra-authentischen Vietnam-Filmen (halb Hollywood lebte ausschließlich von der Produktion von Vietnam-Filmen) auftreten lassen zu können.

Naja. Johnny Killgood dämmerte so eingefroren vor sich hin, bis eines Tages das Filmstudio von den Japanern gekauft wurde, die dort eine Sushi-Bude eröffneten und den in einen soliden Eisblock eingefrorenen Johnny als Kühlelement für Frischfisch benutzten. Sie nannten es die „G. I. Joe Bar".

Auch die Japsen machten dann bankrott, und die Bar wurde in ein Burger-Restaurant umgebaut, und Johnny diente als Unterlage für einen ziemlich wackeligen Müllcontainer. Dort war es zu warm, und so taute er langsam wieder auf.

Kaum wieder unter den wachen Lebewesen, tat er sofort das, was jeder anständige Vietnam-Veteran laut Drehbuch zu tun hatte: Er lief Amok. Aber nicht einfach nur Amok. Johnny war da eine Klasse besser: Er klaute sich aus einem geheimen US-Labor einen Kampfhubschrauber-Prototyp namens ‚Viper'. Die ultimative Kampfmaschine. Überschallgeschwindigkeit, Cyberspace-Steuerung, Atomraketen.

Damit wollte Johnny nur eines: Vietnam plattmachen. Und zwar endgültig. Nicht erst in die Steinzeit zurückbomben, sondern gleich ins Mesozoikum. Johnny fühlte sich wie eine Mischung aus Tyrannosaurus Rex und vollgedoptem Ronald Reagan. Töten war für ihn nicht nur ein Job, es bereitete ihm Vergnügen. Seine liebsten Hobbys: Verstümmeln, Vergewaltigen und Ausrotten.

Wie dem auch sei, Johnny hatte in seinem Eisblock dummerweise eine entscheidende Entwicklung verschlafen: Vietnam nämlich war schon seit 30 Jahren ein Bundesstaat der USA. Die Amis hatten sich den Landstrich einfach von den Pleite-Kommunisten gekauft! Und Saigon hieß nicht mehr Ho-Tschi-Minh-Stadt, sondern Billytown!

Billytown war echt rundumerneuert und völlig amerikanisch. Die Hauptstraße: links nur Burgerbuden, Rechts nur Autovermietungen und kaputte Tankstellen. Und das alles sah absolut zufällig genauso aus wie Johnny Killgoods Heimatstadt Averageville in Texas!

Johnny fliegt also nach diversen mörderischen Kämpfen mit der eigenen Luftwaffe auf Billytown/Saigon an, er ist tödlich geladen, er will vernichten, doch da sieht er in letzter Sekunde die Stars & Stripes auf dem Dach eines McDünnald's.

„Wo's Burger gibt, da laß dich nieder", denkt Johnny und landet, statt zu killen. „Schlechte Menschen haben keine Emulgatoren und Geschmacksverstärker."

Nun, Johnny geht rein in den Mac, setzt sich hin, guckt sich um. Da trifft ihn der Schlag.

Eine einzelne Gurkenscheibe fällt aus seinem Burger 'raus, und weißliche Soße sabbert ihm aus dem Mundwinkel, und das alles in bildschirmfüllender Großaufnahme.

Kamera: Schwenk durch das Restaurant.

Überall sitzen nur schlitzäugige Vietnamesen!

Alle mit potthäßlichen Baseballkappen, alle starren sie ihrerseits zu Johnny 'rüber.

Johnny kriegt die Paranoia!

Großaufnahme: statt Burger-Dressing hat er jetzt Schaum vor dem Mund. Er legt die Überreste des DünnMacs in die fettige Schachtel zurück, nimmt sein Tablett, geht zum MacMülltrenner und entsorgt seine Abfälle ruhig und sachgerecht. Er ist ein sauberer Amerikaner!

Danach springt er elastisch auf einen Tisch, zieht seine Maschinenpistole und legt alle um. Alle. Jeden einzelnen Vietnamesen. Denn Vietnamesen müssen weg. Alle! Schießen! Schießen! Schießen!

Manche versuchen zu flüchten, doch Johnny kriegt sie alle! Alle! Jeden einzelnen Scheißvietnamesen! Er rächt die Schmach, die man ihm und seinem großartigen Land angetan hat! Die Supermacht Johnny Killgood schlägt zurück, und ihr Schlag ist hart! Die Frauen erschießt er, die Männer erschlägt er, und die Kinder nimmt er sich mit dem Messer vor.

Keiner bleibt übrig.

Johnny hat sein Tagwerk getan und bläst den Rauch von der Mündung seiner Uzi und geht. Im Ausgang dreht er sich noch einmal um und sagt den toten Vietnamesen, welchen Fehler ihre Großeltern in den sechziger Jahren gemacht hatten: „You just don't mess with America, boys!"

„Überzeugend", sagte Laura mit einskommanull Megaspott in der Stimme.

„Es war ein Riesenerfolg. Die Leute wollen sowas sehen. Am besten war die Szene vor dem Verlassen der Burger-Bude: Johnny nimmt einen abgerissenen Arm und steckt ihn in das ‚Sonstige'-Fach am Mülltrenner. Noch heute eine Kultszene unter den abgerappelten Nintendos. Zum Schreien komisch."

„So eine kranke Scheiße hab' ich wirklich noch nie gehört! Und das hast *du* geschrieben?"

Ich lehnte mich in meinem Plastikstuhl zurück.

„Hehe. Nicht die Bohne. Ich hatte ein Computerprogramm geschrieben, das mir die kaputtesten Storys aus amerikanischen Kriegsfilmen zusammengesucht und aneinandergestückelt hat. Das Ergebnis war Johnny Killgood."

„Und das hat sich verkauft?"

Laura war wirklich entsetzt.

„Es hat sich nicht *verkauft*, es wurde uns *aus den Händen gerissen!*"

„Irrsinn. So viel Mist paßt in keinen Mülleimer!"

„Es bekam den Amerikanischen Fernsehpreis!"

Die Videowand war fertig mit dem Killerfilm und zeigte nun Reklame für Damenbinden.

„Du mußt stinkreich sein!"

„Ich habe das Geld gespendet. Irgendeine Schule im afrikanischen Niemandsland trägt angeblich meinen Namen."

„Fehler machen, für Fehler büßen."

Schokoriegelreklame.

„Eine bescheuerte Geste. Heute bin ich pleite."

Autoreklame. Quietschereifen. Starke, männliche Hände am Lenkrad.

„Hähä. Wenigstens bist du ehrlich."

Testbild.

WINTERGESCHICHTE V 2.0

Die Seherin von Sandharlanden. Lauras eigentlicher Auftrag. Deswegen war sie überhaupt hergekommen. Vor mehreren Monaten. Sie brauchte Ergebnisse.

Sandharlanden war eines der Dörfer, die zu Abensberg gehörten. Spargelanbau, viele Siedlungsgebiete aus den 70ern. Es hatte viel geschneit, Laura kurvte vorsichtig über die rutschige Landstraße.

Ab und zu hing ein havarierter japanischer Geländewagen in den Bäumen am Straßenrand. Ansonsten röhrte nur der mickrige Motor des Fiesta durch die wattigweiße Landschaft.

Sandharlanden: Kirche, Wirtshaus, Bauernhöfe. Am Ortseingang: das Haus von Katharina Moser, der Seherin. Ein flacher Bungalow mit einem auffallend schlampigen Garten drumherum. Wir parkten an der Straßenseite, im knirschenden Kies. Laura sah sich um. Blauer, kalter Himmel. Mittendrin Laura mit Sonnenbrille. Optik wie im Comic. Ich ging voraus, Laura folgte mir wie ein schwarzeneggeroider Bodyguard.

„Wow!" sagte Laura. Ich war einfach stehengeblieben. Rechts und links von der Türe stapelten sich ... Opfergaben. Ja. Es konnte sich nur um Opfergaben handeln. Nahrungsmittel (industriell oder natürlich). Devotionalien. Bittbriefe. Dazu in der Gartenlandschaft verschneite Mariengrotten, Mini-Höhlen aus aufgeschichteten Natursteinen mit je einer Marienfigur drin und einer Menge brennender Kerzen davor.

„Die Seherin hat sich anscheinend clever in die hiesigen christlichen Traditionen eingebaut", vermutete Laura.

Es war früh am Morgen. Mein Hirn wollte noch nicht so recht.

„Als Seherin lebt man hier offenbar prima."

Das Grinsen unter der Sonnenbrille wurde breiter. Ich klingelte. Minuten später schwang die schwere Eingangstür auf. Die Seherin.

„Ja?" sagte die junge Frau.

Ihre – äh – Erscheinung mutete, wie soll man sagen, ätherisch an. Besonders alt war sie nicht. Vielleicht 20? 22? Jedenfalls war sie relativ groß und mager. Richtiggehend asketischer Typ. Lange, leicht gewellte, braune Haare. Weite, wehende Gewänder.

„Was 'n Outfit", dachte Laura. „Nachthemd am Morgen, visuelle Schlaftablette."

Tatsächlich schlummerten die Augen der Seherin in Halbschlafposition. Zu zwei Dritteln unter die Augenlider geklappt. Wie die Scheinwerfer eines geparkten Ferrari.

„Kann ich Ihnen helfen?" fragte sie.

Ihre Stimme war ein Säuseln.

Laura war schlau. Sie merkte sofort, daß die Seherin uns auf eine ehrliche Anfrage hin nichts verraten würde – sonst wäre ja ihre Einnahmequelle dahin – deshalb änderte sie innerhalb einer Sekunde ihre Strategie:

„Äh. Mein Mann und ich", sagte sie mit demutsvoll niedergeschlagenen Augen, „haben ein kleines Problem."

Was?

„Stimmt's, Schatzi?"

Sie hatte die coole Sonnenbrille abgesetzt und guckte abwechselnd mich und die Seherin mit furchtbar ehrlichen dunkelbraunen Hundeaugen an.

„Äh, ja, Hasi. Ein kleines Problem."

„Oh. Kommen Sie herein."

Die Seherin lotste uns in ihre Behausung. Sie ging uns voraus. Sie hatte absolut keinen Hintern.

Laura blinzelte mir ein „nix für ungut" zu. Ich war ein bisserl sauer, sah aber doch bald ein, daß Impotenz bestimmt ein relativ häufiger Grund war, weswegen ein Ehepaar eine Wunderheilerin gemeinsam aufsuchen würde.

Innen war der Bungalow kahl, aber sauber. Der einzige Wandschmuck bestand aus Heiligenbildern, holographischen Jesus-Darstellungen und diversen Madonnenstatuen. Ansonsten: alles clean und betont asketisch, mit leichten Ausrutschern in den Kitsch-Bereich (Aschenbecher aus rosa Plastik auf dem massiven Eichenholzisch). Auf dem großen Schreibtisch am Fenster lag ein flaches französisches Funktelefon, daneben eine komplizierte Fernbedienung für ein Integriertes Informationscenter (TV, Satellit, Video etc.), das sich offensichtlich in der aggressiv-rustikalen Schrankwand gegenüber befand. Licht schien die Frau nicht zu mögen. Ich konnte mir auch gut vorstellen, daß eine nackte 100-Watt-Birne sie sang- und klanglos wegstrahlen würde, dünn wie sie war. Jedenfalls hatte sie die Beleuchtung schwer gedimmt. Gedimmt, das war ein Wort, das überhaupt sehr gut auf die Frau und die gesamte Atmo, die sie umgab, paßte.

Wir setzten uns in die gut gepolsterte Sitzecke.

„Wie heißen Sie denn?" fragte sie uns mit therapeutischer Freundlichkeit.

„Huber", bellte ich, bevor Laura „Schmitt" sagen konnte.

„Erwin Huber und Yasmin Huber."

Das waren die Namen eines Ehepaars, das vor einer Woche aus meiner Nachbarschaft weggezogen war.

„Nun, Yasmin. Wo liegt das Problem?"

Laura bedachte mich mit einem Killerblick. ‚Yasmin', der Name war fast so gut wie ‚Impotenz'.

Laura rächte sich stante pede.

„Äh", machte sie, die traurigen braunen Augen auf den traurigen beige Teppichboden gesenkt, „Erwin *kann* halt nicht mehr so wie früher."

Die Seherin nickte mit der Einfühlsamkeit einer Person, die diese Story schon zum hundertsten Mal anhören muß.

„Ich verstehe", sagte sie.

„Woran, meinen Sie, liegt das? Liebt er Sie nicht mehr so wie früher?"

Laura griff entschlossen nach meiner Hand und machte pseudo-empört:

„Oh! Wir lieben uns immer noch sehr!"

„Bloß, äh", machte ich und kratzte mich verlegen am Hinterkopf, „man wird halt auch nicht jünger."

„Ja, ja. Hatten Sie außerehelichen Geschlechtsverkehr?"

„Außerehelicher Geschlechtsverkehr" klang bei ihr wie „angefaulter Pottwalkadaver". Eklig kalt. Natürlich war die indiskrete Frage mit impliziertem Vorwurf an mich gerichtet. In der hypermarianischen Pseudotheologie der Seherin waren die Frauen die Unschuldigen, die Reinen, die von den Männern durch Sex versaut wurden. Eine Art Drittelmix aus Blödheit, Aberglauben und falsch verstandenem Feminismus.

Trotzdem mußte ich antworten.

„Äh, nun, tjaaaa, jaaa."

„Also: Ja!" sagte sie resolut.

„Pfui!" machten Lauras Augen schelmisch.

„Naja. Nur ein bisserl. Aber meinem Mauserl bin ich immer treu gewesen!"

Das stimmte die Gestapo-Seherin gnädiger. „Gut. Dann sind Sie noch zu retten. Sie müssen wissen, daß außerehelicher Geschlechtsverkehr (diesmal klang es wie ‚verschimmelter Gastropode') immer zu Impotenz führt."

„Oh-oh", machte Laura besorgt.
„Yasmin." Sie legte Laura ihre schmalen Hände auf die Schultern.
„Häh?"
„Sie müssen jetzt stark sein."
Ein echter Scheißtrip.
„Ich werde den Segen der Satelliten auf Sie herabrufen. Übermorgen sind Sie gesund und können wieder ihren ehelichen Pflichten nachkommen. Haben Sie Kinder?"
Wir schüttelten beide ganz schnell die Köpfe.
„Dann sollten Sie schleunigst welche machen", forderte diese Tussi uns auf. „Es gibt noch viel zu wenig echte Gläubige."
Ich wollte 'raus hier.
„Was sind wir schuldig?"
Die Seherin machte einen auf entsetzt.
„Nur Gebete! Nur Gebete!" sagte sie, stand auf und fügte hinzu: „Wenn Sie aber wollen, dann können Sie an einem der Altäre im Garten eine Spende hinterlegen. Das hilft unserer Sache sehr weiter."
„Äh, wie funktioniert Ihre Methode?" fragte ich ketzerisch. Doch es störte sie kaum.
„Gott hat uns die Satelliten geschenkt."
„Dachte, das war die NASA?"
„Alles Werk der Menschen, das gelingt, ist das Werk Gottes!" erklärte sie cool. „Die Satelliten sprechen zu mir, und sie senden heilende Strahlen aus, die ich steuern kann."
„Wie oder wo treten Sie mit den Satelliten in Verbindung?"
Ich dachte da an die Fernbedienung auf dem Schreibtisch.
„An einem Heiligen Ort."
„Echt? Wo denn genau?" wollte Laura aus ihr 'rausquetschen.
„Eine Anlage im Kreis des Leidenswegs. Gehen Sie jetzt."
Nur zu gerne.
Nach der halben Stunde in der Dämmerung schmerzte das grelle, schneereflektierte Licht in den Augen. Laura setzte die Sonnenbrille auf.
„Yasmin", meinte sie im Auto und lachte. „Du Wixer!"
„Du wirst noch mehr lachen", schoß ich zurück, „das war nicht mal 'ne Racheaktion für die ‚Impotenz'."
„Häh? Was dann?"
„Ich habe Personen angegeben, die tatsächlich hier existierten, aber vor kurzem weggezogen sind, deshalb also noch in den Datenbanken des Rathauses vorhanden sein dürften. Die Frau da eben war nämlich vollelektronisch. Funktelefon und Satellicom-Anlage."
„Ist mir nicht entgangen."
„Würde mich jedenfalls nicht wundern, wenn sie am Rathauscomputer hängen würde. Ist 'ne wichtige Informationsquelle."
„Scharf gedacht, Frankie", lobte sie.

Wir schlitterten auf Abensberg zu. Es wurde wärmer. Tauwetter.

„Mir fällt da was ein. ‚Im Kreis des Leidenswegs'. Mit Leidensweg könnte sie den Kreuzweg meinen."

„Den Kreuzweg?"

„Du weißt schon. Diese Prozession in Kirchen. Der Leidensweg Christi."

„Könnte sein. Aber so etwas gibt es doch in jeder Kirche."

„Vielleicht meint sie den Kreuzgang im ehemaligen Kloster?"

„Da, wo euer komisches Museum drin ist? Niemals! Das ist doch dauernd geschlossen!"

„Stimmt. Dann vielleicht Allersdorf. Du weißt schon. Diese Wallfahrtskirche auf dem Hügel. Da sind lauter kleine Kapellen drumherum. Wir waren schon dort. Wie wir uns damals nach dem Trip in die Hippiefabrik vor dem Regen untergestellt haben."

„Bingo!" sagte Laura und schlug mit beiden Händen aufs Lenkrad.

„Das ist es! Dieser Ort ist echt megamystisch! Genau Seherinnenkragenweite!"

„Mit wehenden Gewändern ... "

„... auf dem Hügel", ergänzte meine Partnerin tick-trick-und-track-mäßig.

Wir wurden uns langsam ähnlich.

Nachts.

Yoshi, Laura, das Nachtsichtgerät und ich lagen auf der Lauer. Eine Flanke des Hügels, auf dem die barocke Wallfahrtskirche stand, war zur Abens hin bewaldet. Wir lagen gut eingemummt im Gebüsch und scannten den Sektor.

„Hoffentlich kann sie uns nicht über Satellit orten", gab ich flüsternd zu bedenken. Yoshi klopfte mit der flachen Hand auf eine Black Box.

„Wir sind gewappnet. Elektronische Gegenmaßnahme."

Er fühlte sich so verdammt sicher, daß auch ich ruhiger wurde.

Laura sagte gar nichts. Sie atmete kleine, verpuffende Wölkchen aus und suchte angestrengt die Gegend ab.

Völlig still lag sie im dunklen Gestrüpp. Vorsichtig, damit ich sie nicht erschreckte, schob ich mich zu ihr hinüber.

An der Kirche geschah nichts.

„Hallo", flüsterte ich.

Sie klappte das Nachtsichtgerät aus ihrem Gesicht. Ihre Augen ermüdeten. Ich schnupperte an ihrem Ohr.

„Hmmmhihi", summte sie.

„Ah! Die Wildnis! Das macht mich, äh ... "

„... wild? Komm her!"

Sie küßte mich mit ihren etwas kalten, feuchten Lippen auf den Mund.

„Ich liebe dich", flüsterte ich in ihr Ohr, am Wind vorbei.

„Oh, ja. Du tust mir gut."

„Wirst du bei mir bleiben, wenn das hier vorbei ist?"

„Wann soll es denn vorbei sein?"

„Naja, wenn wir wissen, was mit der Seherin ist."
„Und die UFOs? Dieser Bauunternehmer? Hiroshis Tod? Die Hippiefabrik?"
„Hah. Das gehört wohl nicht mehr zu deinem Job."
„Mein Job ist es, herauszufinden, was die Leute hier ticken läßt. Meine Arbeit ist nie zu Ende. Und wenn ich tot bin, dann wird sie jemand anders nahtlos weiterführen."
„Was bedeutet das für uns?"
„Ich geh' nicht weg, Frankie."
Schön. Oh Mann! Wunderschön!
Die Präsenz einer vierten Person wurde uns gleichzeitig bewußt. Synchron drehten wir unsere Köpfe hinüber zur Kirche und hoben die Nachtsichtgeräte vor die Augen.
Bingo! Da stand sie, die Seherin!
Unter ihrem dicken Anorak wehte ein weiter, wallender Rock hervor. So stand sie auf der Plattform direkt vor der Kirche und starrte schicksalsschweren Blickes in die typischen feuchtkalten Abensberger Dunstschwaden, als wären es die Nebel von Avalon. Sie klammerte sich mit beiden Händen fest an das rostige Geländer der Aussichtsplattform und starrte hinauf zu den Sternen hinter dem Nebel.
Nun mach schon!
Sie machte.
„Datenstrukturveränderung im lokalen Kommunikationssatelliten!" zischte Yoshi überrascht.
„Na und?" gähnte ich.
„Da checkt jemand alle aktuellen Speicherelemente ab, die diese Gegend hier betreffen."
„Pöha. Wenn schon."
„Diese Vorgehensweise ist absolut unüblich!"
Aha. Nicht nur ein bisserl unüblich, sondern absolut unüblich.
„Du willst mir erzählen, daß diese Tante da drüben den Satelliten nach News durchforstet?"
„Sieht ganz so aus. Sonst ist momentan kein Zugriff festzustellen."
„Wie macht die das nur?" fragte Laura ihr Nachtsichtgerät. Die Außenbeleuchtung der Wallfahrtskirche war abgeschaltet. Eigenartig.
An der Seherin konnte ich keine technischen Hilfsmittel erkennen.
Zum Anzapfen eines Com-Satelliten war immer noch etwas mehr Technik nötig, als in eine Handtasche paßte.
Vor allem vermißte ich eine Antenne.
„Wo hat sie die Antenne, Yoshi? Wo hat sie nur die Antenne?"
„Es ist keine herkömmliche Sendestation auszumachen."
„Vielleicht in dem gelben Haus neben der Kirche?"
Laura meinte das ehemalige Einsiedlerhaus. Der Einsiedler war schon lange tot, sein Haus stand noch. Das alte Gebäude, das schräg am Berg direkt vor

der Kirche stand, paßte überhaupt nicht in unsere Gegend. Es sah völlig italienisch aus, irgendwie toskana. Sogar der gelbe Putz blätterte mit südländischer Grandezza ab – etwa wie der Lack von einer vergessenen venezianischen Motorjacht.

So leise wie in diesem feuchten Gebüsch möglich ging ich in die Hocke und schlich mich hinter den kahlen Bäumen und Sträuchern, die insgesamt kaum Deckung boten, hinüber zur Kirche. Vor mir lag freies Feld, links davon die Bundesstraße und der Parkplatz, rechts davon die große, geteerte Fläche vor dem Hügel mit der Kirche. Mein Gesicht hatte ich mit Ruß geschwärzt, ich bewegte mich mit jedem Windstoß ein kleines Stück weiter vorwärts.

Die Seherin stand immer noch so da wie vorher. Sie konnte mich nicht sehen. Sie lauschte. Sie sprach mit dem Satelliten wie der Heilige Franziskus mit den singenden Vögeln!

Ich konnte ihn jetzt fühlen, den Datenstrom, der in sie hineinfloß: zwitschernde, hell zirpende Flüsse aus Nullen und Einsen, die sich in der Seherin Kopf zu klar verständlichen Wörtern, Sätzen und Bildern zusammenfügten. Sie konnte den Strom nur schwer kontrollieren, manchmal versank sie im Strudel, manchmal schwappte ihr Bewußtsein weg. Meistens aber blieb sie oben und kontrollierte und registrierte und nahm sich, was sie brauchte.

Schnell legte ich das Nachtsichtgerät ins Gras. Wenn die Frau mit Computern sprechen konnte, dann würde sie wissen, daß wir da waren, weil unsere Computer da waren. Yoshi hatte halb Silicon Valley und noch dazu die interessanteren Teile von TechnoTokio dabei. Das konnte sie einfach nicht übersehen.

Es sei denn, sie mußte sich ganz auf den Satelliten konzentrieren, um effektiv arbeiten zu können. Ich konnte ihre Anstrengung spüren, sie war immens.

Ach, Unsinn! Sie war sensibel für Computer, also hatte sie uns bemerkt. Aber sie würde mich jetzt nicht bei meinem Vordringen bemerken! Hoffentlich.

Auf das Nachtsichtgerät konnte ich verzichten.

Das hier war mein Revier.

Ich schlängelte mich durchs Unterholz, kam bis hinauf zu den Kapellen am Fuß der Kirche. Zwischen zwei der Kapellen führte eine schmale Treppe hinauf zu der Aussichtsplattform, auf der die Seherin immer noch stand und hinaufstarrte ins All.

In der Kirchturmspitze brannte ein kleines, verwaschenes Licht.

Da!

Beinahe wäre ich gestolpert und auf die bröckeligen Betonstufen gekracht.

Für etwa eine Sekunde nämlich hatte ich vor dem Turmlicht eine rote Coladose gesehen! Eine fliegende rote Coladose!

Ich schüttelte mich ab. Der ganze Gedankenkomplex um diese Coladose gefiel mir nicht. Ich mußte weiter!

Plötzlich eine Stimme von oben, von der Plattform:

„Schönes Scheißwetter, um mir nachzusteigen, oder?“

Ich mimte völlige Coolness.

„Richtig. Und wie konnten Sie mich entdecken? Rein elektronisch gesehen bin ich gar nicht da."

„Ihre Armbanduhr, Freundchen!" kicherte sie. „Auch ein Computer!"

Verdammt!

„Machen Sie Licht. Ich komm' rauf."

Sie war unglaublich nett und leuchtete mir mit ihrer Taschenlampe den Weg zu sich.

„Ich werd' mir demnächst 'ne mechanische Zwiebel kaufen", sagte ich, als ich endlich der Seherin gegenüberstand. Im schwachen Taschenlampenlicht konnte ich erkennen, daß ihre Augen wesentlich wacher waren als zuvor in ihrem Haus. Jetzt, außerhalb ihrer Rolle als Heilige, blickte sie fast so spöttisch drein wie Laura.

„Ja. Sie sollten sich wirklich eine mechanische Uhr kaufen. Ich hab' auch eine. Sogar mein Wecker ist völlig mechanisch. Stellen Sie sich vor, auf Ihrem Nachtkästchen sitzt ein kleiner elektronischer Zwerg und flüstert Ihnen dauernd die Uhrzeit ins Gehirn, wenn Sie einschlafen wollen. Lästig."

„Eine kleine spiritistische Sitzung mit einem geostationären Com-Satelliten ist da bestimmt unterhaltsamer."

Wir spazierten langsam zum Einsiedlerhaus hinüber. Es war wie ein Smalltalk auf einer Cocktailparty mit viel Nebel und ein paar uralten Gräbern ringsrum – unsere Schuhe knirschten in den Kies des hiesigen Herrgottsackers.

„Unterhaltsam? Nicht unbedingt. Die Welt ist nicht besonders aufregend."

„Ich bin froh, wenn's keine Aufregung gibt. Äh, was mich tatsächlich interessiert: Wieso verstecken Sie ihre außergewöhnlichen Fähigkeiten hinter diesem pseudoreligiösen Brimborium?"

Sie lachte trocken auf.

„Wenn ich die Wahrheit sagen würde, dann würden die Leute mich als Mutation oder bestenfalls als Hexe verbrennen. So aber nutze ich positive religiöse Symbolik, und sie verehren mich. Einfache Kiste. Supersimpel."

„Hm. Sie könnten Millionen machen mit Ihren Fähigkeiten. Mit Industriespionage, beispielsweise."

„Pah. Millionen. Und dann sämtliche Geheimdienste und womöglich noch gedungene Mörder am Hals! Ich ziehe das ruhige, sichere Leben vor."

„Parasitäre Lebensweise", sagte ich und grinste spitzbübisch. Ein Vorwurf, den ich irgendwoher kannte.

„Stimmt doch gar nicht!" konterte sie.

Sie wurde sauer.

„Die Leute bekommen von mir echte Informationen und wertvolle Ratschläge. Und die Bezahlung dafür können sie sich aussuchen oder einfach weggehen."

„Ich meine, das Parasitäre ist weniger materiell als vielmehr spirituell. Sie leben von den Wünschen der Leute."

„Ist doch mir wurscht. Ich will auch von etwas leben. Andere Leute sind in der Durchführung ihrer speziellen Überlebenstechnik weit weniger wählerisch als ich.“

Ein schönes Stichwort für den brutalen Armeehubschrauber, der in diesem Augenblick gefährlich ruhig über die Baumwipfel gerauscht kam. Diese Hubschrauber benutzten selbst die Akustik als Waffe. Mit eingeschalteten Antilärmsystemen bewegten sie sich beinahe lautlos durch die Lüfte, andererseits hatten sie sogar Außenlautsprecher, die den ohnehin infernalischen Hubschrauberlärm noch um ein vielfaches verstärken konnten, um damit den Gegner einzuschüchtern.

Das tödliche schwarze Ding schaltete seine Suchscheinwerfer an.

Schon warfen wir Schatten, die Seherin und ich. Hollywoodreife Schatten warfen wir an die knallweißen Kirchenmauern – Ginger und Fred. Wir tanzten mit überirdischer Gleichzeitigkeit erst in die eine Richtung, dann in die andere. Die Lichtkreise folgten uns, sie blendeten uns. Sie sollten uns blenden, das war ihre einzige Funktion. Denn die da oben brauchten garantiert kein Licht, um sehen zu können.

Der Hubschrauber kam näher. So langsam, so leise.

Wir liefen weg, und wir hechteten zwischen die Grabsteine, kalte, spitze Splitter flogen mir um die Ohren. Der Hubschrauber schoß auf uns! Schallgedämpft. Nebenan schlief die Siedlung auf dem Kamm des Hügels, wir krochen durch den Kies, wir drückten uns in den Dreck, nah an den Boden ’ran, damit sie uns nicht ins Visier kriegen konnten.

Die Seherin stand auf und hechtete um die Ecke, ich sprang hinterher, und hinter mir kamen die Projektile: ffffsssSSSSsssst!

Wir mußten zur Rückseite der Kirche. Dort standen dichte, hohe Bäume, und der Hubschrauber konnte uns dort nicht kriegen. Er konnte nicht in den Wald ’reinfliegen. Wir liefen los. Schnell, schnell! Durch die Gräber, drüber über die Gärten der Toten, rußschwarze Erde an den Schuhen. Der Pilot erkannte unsere Absicht sofort und versuchte, uns den Weg abzuschneiden. Suchscheinwerfer aus. Er sah uns jetzt mit seiner Bordelektronik. Ich konnte die Maschine weder sehen noch hören, aber ich spürte ihre massive Präsenz durch den Nebel und die dürren Bäume hindurch. Äste zitterten, knarzten, wo der Wind des Helikopters wehte.

Eine Rakete. Mit einer Rakete könnte er alles erledigen.

Aber er war so leise. Abgeschaltete Positionslampen. Er wollte diskret sein. Keine Raketen. Zu laut. Er wollte uns nur schnell töten und dann wieder wegfliegen. Nach Hause, ins molligwarme Hubschrauberheim. Katharina floh in den kleinen offenen Bau, in dem das große hölzerne Missionskreuz stand. Mir war kalt., ich warf mich hinter die Friedhofsmauer. Der Hubschrauber brachte sich neu in Schußposition, und die dumpfen kleinen Einschläge kamen Katharinas Unterschlupf immer näher. Auch einige Ziegel auf meiner Schutzmauer gingen zu Bruch. Einer nach dem anderen. Die wußten, wo ich war. Spitze Splitter fetzten flach über den kalten Friedhof, schlugen schrill in jahrhundertealte, moosbewachsene Grabsteine ein. Manchmal Querschläger, wie verwehtes Vogelzwitschern. Ich verkrampfte mich hinter der Mauer wie abgeschaltet, wie tot.

Denken? Planen?

Unmöglich. Ich reagierte nicht mal mehr, ich keuchte nur noch die kalte Luft ein und aus und bildete mir ein, den Tod zu riechen. Der Dreck von den Gräbern, der schwarze Dreck. Sauberwischen. Kleidung sauberwischen. Ich zitterte.

Drüben, bei der Seherin, ging eine Fensterscheibe zu Bruch. Klirrendes Splittern. Katharinas feines, todesängstliches Kreischen hallte kurz die Kirchenmauer entlang. Auch ich stieß ein kurzes, knurrendes Geräusch aus, als ich mich von der Mauer abstieß und zur Vorderseite der Kirche hinüberrannte.

Ich hatte Glück. Das Astgewirr der kahlen Bäume vor der Friedhofsmauer verwirrte den Autofokus der Hubschrauberwaffen, sie kriegten mich nicht richtig ins Ziel. Sie hingen da droben. Über den Bäumen. Rotoren kämpften mit dem Wind. Nebelfetzen auf der glatten Hubschrauberhaut. Tau auf den Raketen. Mein Herz! Jagt meinen Organismus hoch. Maximum.

Verdammt! Wo war dieser Hubschrauber? Ich konnte ihn nicht sehen, nur vage erspüren. Macht mich wahnsinnig. Keine Sicht. Diese Schweine! Ich atme. Ich will zu mir was Beruhigendes sagen, aber rauskommen tun nur so seltsame, schnarrige Laute wie von 'nem kleinen Tierchen. Schweiß. Spitzer Kies piekst in meine Handflächen. Scheiße. Die Jungs im Hubschrauber sehen uns wie am hellichten Tag. Restlichtverstärker. Die wissen, wo ich bin. Wissen die wo ich bin? Angst! Angst! Angst!

Hhhhhchhhhhh!

Die wissen, wo ich bin! Die hängen schwarz im Schwarz und warten, bis ich 'rauskomm. Dann knallen sie mich ab!

Ich bin nur so ein kleiner Scheiß.

Und das da oben, das ist Amerika, das ist die Staatspartei! Du neugieriges Arschloch, du! Was hast du da gemacht, du neugieriges Arschloch? Was hast du da bloß gemacht? Dieser Hubschrauber! Arschloch! Wieder schießt der Hubschrauber und keiner merkt was und alle liegen drüben in der Siedlung in ihren warmen Kuschelbettchen und pennen oder denken an Schlaftabletten, und selbst wenn sie knallwach sind, dann hören sie den Meuchelmörderhelikopter auch nicht. Nicht mal ich hör' ihn. Ich hör' bloß den Wind. Ich leg' mich hin zum Sterben, ich bin tot. Die sind überlegen. Die sind Amerika. Die fliegen lautlos und sehen in der Nacht.

Trotzdem schalteten sie urplötzlich alle ihre Scheinwerfer und Positionslampen an.

Und wieder aus.

Und wieder an.

Und wieder aus.

Und wieder an.

Der Hubschrauber benahm sich wie eine frisch aus dem Irrenhaus ausgebrochene Disco-Lightshow! Dazu dröhnte aus allen Bordlautsprechern übelste Country-Musik und weitere Radioscheiße: „Don't forsake me, oh my darling!" Drüben in der Siedlung gingen die Lichter an. Der Hubschrauber strahlte deutlich sichtbar über den Baumwipfeln. Es waren Amerikaner mit einer alten, aber modifizierten Blackhawk. Bis zu den Rotorspitzen schwerstbewaffnet. Aber den Amis schienen ihre Raketen jetzt nicht mehr viel zu helfen. Ihr abgedrehtes Waffensystem spielte Johnny Cashs Greatest Hits rauf und runter und dachte nicht mehr daran, auf uns zu schießen. Mit dem Antrieb sah es auch nicht mehr so toll aus. Die arme Maschine heulte und spotzte und das alles zu übelstem Hillbilly-Sound, und sie torkelte unkontrolliert durch die Luft, nach heißem Flugbenzin stinkend. Ich konnte die Piloten in ihrem hellerleuchteten Cockpit wie die Irren an ihren kleinen Schaltern herumschalten sehen, aber sie kriegten ihre Krise nicht in den Griff. Der Boß blies zum Rückzug, der Hubschrauber wurde herumgerissen und dröhnte über die hell erleuchteten Häuser davon. Eine halbe Minute später verabschiedete sich das Ding mit einem Led-Zeppelin-Medley, und hoch über der B 16 wurden die Positionsblitze der Maschine von einer grellen, harten Explosion abgelöst, und es regnete kurz heiße, dreckige Trümmer und blutige Menschenfetzen. OhmeinGOTTTTTTTTT! WAHNsinn! Ruhe!

Ruhe!

Ru-he!

Atmen. Bauchatmen. Ruhigruhigruhig. Keinescheißebaun!

Ich starrte noch etwa eine Minute in den wieder völlig schwarzen Nebel hinein, dann erinnerte ich mich an die Seherin, ich rannte hinüber zu dem kleinen weißen Häuschen mit dem großen Kreuz darin und suchte nach Anzeichen von Leben.

Sie war noch da, die Frau.

Körperlich, zumindest. Ich konnte sie ertasten. Sie lag zusammengekrümmt in einer Ecke, übersät von schwachen Lichtreflexen – winzige, atomisierte Glassplitter von der zerschossenen Fensterscheibe. Überall auf ihrem Körper. Eine kleine, verschreckte, glitzernde Galaxis. So viel Funkeln! Die Seherin atmete ruckartig und viel zu schnell. Sollte ich sie berühren? Oder einfach abhauen?

„Scht", flüsterte ich. Ganz leise.

Vor-sichtig!

Katharina atmete weiter, den Körper hart gegen die kalten Wände gepreßt.

„Ich bin's", sagte ich. „Der Hubschrauber ist weg. Kaputt. Kommt nie wieder."

Draußen waren jetzt Schritte zu hören. Ich schreckte auf. Amerikaner? Ich sprang in Deckung, ich knallte wieder gegen eine weißgekalkte Mauer.

„Frankie? Fran-kie?"

Laura und Yoshi.

„Hey! Hierher!"

Yoshi brachte mir meine Nachtsichtbrille mit, meine Augen bekamen wieder Licht. Laura half der Seherin auf die Beine. Sie konnte kaum laufen, wir mußten sie tragen. Unser Fiesta stand an der anderen Seite des Hügels, dort, wo die Abens vorbeifloß. Hektisch trampelten wir über die schmale, dröhnende Metallbrücke und verstauten Katharina auf dem Rücksitz.

So schnell es ging, schleuderten wir über den versumpften Feldweg. Die Scheinwerfer ließen wir aus. Sicherheitshalber. Wir brauchten sie nicht. Wir konnten auch so was sehen.

„Wohin?“

„Wir bringen sie ins Krankenhaus.“

„Ist das sicher? Hiroshi haben sie im Krankenhaus erledigt.“

„Weiß nicht. Sie scheint ärztliche Hilfe zu benötigen.“

Die Seherin war dagegen.

„Bringt mich nach Hause. Ich bin okay.“

Laura war's recht. Sie war müde.

„Wieso ist dieser Hubschrauber explodiert? War sie das?“

„Nein“, sagte Yoshi mit bemerkenswert abwesender Stimme. „Das waren wir.“

„Aha. Danke. Das kam gerade noch rechtzeitig.“

„Wir sind über den Satelliten in das Computersystem des Hubschraubers eingedrungen.“

„War nicht ganz einfach“, lobte Yoshi sich selbst.

„Du bist toll, Yoshi.“

„Wirklich?“

„Ja. Wahrhaftig.“

„Ich will nach Hause. Ich bin okay“, nölte die Seherin.

„No chance. Wir werden dich erst mal bei mir unterbringen. Ist sicherer.“

Wenn's um andere Leute geht, dann treffe ich meistens die richtigen Entscheidungen. Als wir am nächsten Tag die Seherin bei sich zu Hause abliefern wollten, stand statt des Hauses ein Bulldozer da. Das Anwesen der Seherin war säuberlich untergepflügt worden. In einer einzigen Nacht! Saubere Arbeit! Sie selbst, die Seherin, sagte gar nichts. Sie starrte nur. Sie fühlte sich bedroht, und ihre spezielle Art, vor Bedrohungen wegzulaufen, war, daß sie in sich selbst hineinlief. Da drin, in ihrem Kopf, da war so ungeheuer viel Platz, ein ganzer Kosmos, in den sie ihr Ich hineinschießen konnte wie eine Raumkapsel.

Laura saß auf dem Rücksitz. Sie knabberte an ihrer Unterlippe.

„Verdammt!“

„Schau sie dir an! Wir müssen sie zurückholen!“

Kalter Wind pfiff hohl durch den Bulldozer. Sogar die Bäume im Garten der Seherin hatten sie weggerissen. Die Altare waren niedergewalzt, die Gaben verschwunden. Dumm, daß die Seherin keine Nachbarn hatte. Keine Zeugen. Ich hielt an, Laura stieg aus.

„Die Spuren. Schwere Stiefel."

„Militär?"

„Möglich."

Militär. Der totale Zugriff des Staates. Der Bulldozer dort auf dem Acker jedenfalls war eine Art von Zugriff. Er war groß und schwer und gelb, und auf der Tür der Fahrerkabine prangte stolz Mühlbauers Firmenlogo. Mühlbauer wiederum war BPD-Mitglied und die BPD war der Staat.

Ah! Die BPD war eine tolle Erfindung. Für die Politiker. Sie war die Partei der Politiker, die es satt hatten, abgewählt werden zu können. Abwählen, so meinten sie, war ein überkommener Brauch, auf den man problemlos verzichten konnte. Also reduzierte die BPD die Demokratie in Bayern auf bloße Sachfragen. Die BPD gab Alternativen vor, die man auf dem Wahlzettel ankreuzen durfte. Dabei ging es um Weißwurstpreise, Biernormen, Tempolimits und Umgehungsstraßen, also um alles, was die Leute wirklich interessierte. Um Außen- und Sicherheitspolitik kümmerte sich die Partei. Die hatte da die größte Kompetenz. Überhaupt strahlten alle, ausnahmslos alle BPD-Repräsentanten eine satte, zufriedene Kompetenz aus. Die Sicherheit, mit der sie sich in ihren Ämtern wußten, strahlte auf den Staat und auch auf das ganze Volk ab. Kompetenz. Das war das Stichwort. Kompetenz. Und Sicherheit.

Sicherheit.

Und Ruhe.

Und Kontinuität.

Die verschreckten Bürger liebten die BPD dafür, daß sie ihnen all die Ruhe brachte, und soviel Unterschied zur Demokratie in der restlichen Bundesrepublik war nun auch wieder nicht. Nach den Wahlen konnte man genausowenig mitreden wie vorher. Also am besten gleich gar nichts machen. Von der Parteiendemokratie zur ‚Sachfragendemokratie' der BPD war es nur ein winziger Schritt. Und von der gesetzlich geschützten Freiheit und Unversehrtheit des Individuums zur totalen Zugriffspolitik halbstaatlicher Bulldozer ebenfalls. Laura untersuchte den Bulldozer, kletterte ins Führerhaus.

„Nichts. Nichts besonderes", sagte sie.

„Wir hauen besser ab."

Wir stiegen wieder ins Auto und fuhren nach Abensberg zurück.

„Wahnsinn."

Die Lüftung des Fiesta zischte. Kalte, trockene Luft.

„Hm. Schon wieder Mühlbauer."

„Zufall?"

„Kann sein. Mühlbauer hat das Monopol auf Bulldozer hier in der Gegend."

Der Himmel war wie immer von Wolken und Hochnebel blockiert. Abensberg war abgeschnitten vom Blau. „Ich muß weg hier", flüsterte die Seherin, die zusammengesunken wie eine löchrige Ziehharmonika auf ihrem Beifahrersitz hockte. Laura massierte ihr von hinten vorsichtig den Nacken. Sie massierte gut. Die Seherin entspannte sich etwas.

„Na, wohin willst du denn?“ fragte Laura.

„Traunstein. Da hab’ ich eine Cousine.“

„Wir bringen dich hin“, versprach Laura.

„Hey! Moment!“ versuchte ich einzuschreiten.

„Wir fah-ren dich da hin!“ sagte Laura gefährlich.

„Wieso? Hier geht doch gerade die Post ab! Die Fäden laufen zusammen! Wir müssen uns um Mühlbauer kümmern!“

„Hast du vergessen, was wir mal in einer unserer äußerst interessanten taktischen Besprechungen herausgefunden haben? Wir müssen unlogisch reagieren!“

„Na gut. Wir sollten hier sein, also hauen wir ab.“

„Genau.“

Vielleicht hatte sie recht. Klare Bergluft statt Hochnebel. Gut für die Gedankengänge. Wir sollten auf einen Berg klettern und Abensberg mit einem großen, dicken Teleskop betrachten. Die Stadt würde sich unter der Linse bewegen. Wie ein Organismus. Das konnte ich mir ganz klar vorstellen.

35

Mit etwas Geld hatte ich mir ein Auto gekauft. Lauras Fiesta traute ich keine weiten Reisen mehr zu, im Winter schon gar nicht. Also mußte ein anderes Fahrzeug her. Bei Roßhändler Pullinger (‚Pferde und Pferdestärken‘) hatte ich ein Auto entdeckt, das die weite Reise nach Traunstein vielleicht schaffen könnte. Winterreifen waren bereits aufgezogen worden. Es war kalt, als ich das Auto kaufte. Laura saß abseits im Fiesta und rieb sich die kalten Hände und lächelte ab und zu zu mir herüber. So ertrug ich auch Pullingers penetrante Gegenwart, den Nebel aus billigem Eau de Cologne, der ihn umgab – ein Schutzschild gegen Ungeziefer.

„Sie werden zufrieden sein!" Ein Satzbaustein aus dem Roßhändler-Lehrbuch.

Na klar. Aber das Teil mußte nicht lange durchhalten. Einmal Traunstein und zurück.

„Frontantrieb und Turbodieselmotor. Damit kommen Sie überall durch!"

Es war ein riesengroßer, langer, flacher Citroën CX Pallas. Silbermetallicgrau lag er am Straßenrand, mit völlig heruntergelassener Hydropneumatikfederung. Ein gestrandeter Killerwal. Völlig verrostet, aber so mußte es sein. Ein Prachtstück!

Ich zeigte mich demonstrativ uninteressiert. Das würde Pullingers Preis sicher halbieren. Ich wußte, daß er den Wagen loswerden wollte.

„Naja", sagte ich skeptisch und drehte mich um.

Er halbierte sofort.

Seltsam.

Am Nachmittag meldeten wie den Citroën in der Kreisstadt Kelheim an. Ein starkes, geräumiges Fahrzeug mit schwarzen Ledersesseln und einem luxuriösen 70er-Jahre-Autoradio, das sich nur auf Bayern 3 einstellen ließ. Am meisten beeindruckte mich die Hydropneumatik, mit der man den Wagen um ein paar Zentimeter heben und senken konnte. Gut fürs Gebirge, für steinige Feldwege. Der Motor schien noch halbwegs zu funktionieren, er dieselte brav vor sich hin.

Lieblingslaura richtete sich gleich in dem neuen Auto ein: Sie verstaute Decken, Schlafsäcke und Vorräte.

„Trau keiner Gurke, die nicht in Plastikfolie eingeschweißt ist!" sagte sie und grinste. „Das hat schon meine Mama gesagt."

„Erzähl mir von deiner Mama, Laura!"

Wir schossen über die leere nächtliche Autobahn. Ich fühlte mich entspannt, das Gefühl wuchs, je weiter wir nach Süden kamen. Seherin Katharina schlief quer auf dem breiten Lederrücksitz, sie sah so furchtbar rein aus, ihre Lippen waren halb geöffnet.

Laura knackte sich eine Coladose auf und lauschte einige Sekunden auf das Zischen der Luftströmung, die das Auto umrauschte. Dann begann sie zu erzählen.

Laura erzählt:

Du hast mich nach meiner Mama gefragt. Also gut. Meine Eltern kamen aus der DDR. Du weißt schon, dieser kleine kommunistische Staat, den es mal auf dem Gebiet des heutigen Sachsen/Brandenburg/Berlin und so weiter gab. Diese DDR machte Ende der 1980er eine recht rapide Veränderung durch. Aus der kommunistischen Hardcore-Diktatur wurde – in geschichtlichen Dimensionen gedacht – quasi über Nacht ein Teil der privatwirtschaftlich orientierten Alten Bundesrepublik. Naja. Das brachte die Leute ziemlich durcheinander. Die einen wurden Nazis, die anderen lebensmüde, die ganz anderen paßten sich an und die ganz, ganz anderen wurden stinkreich. So wars. Meine Eltern aber waren schon vor dem Crash des kommunistischen Dummregimes über Budapest in den Westen ausgereist. Eigentlich wollten sie nach Paris – so 'ne fixe Idee – aber sie blieben aus Kostengründen in München hängen. Sie sind heute noch dort. Papa ist Mitglied in der BPD-nahen Senioren-Union und meint jetzt, Bayern sollte ein unabhängiger Staat werden, Mama backt Prinzregententorten und ist glücklich, weil sie es bis hierher geschafft hat.

Ich: „Erzähl mir mal eine kommunistische Geschichte. Kommunistische Geschichten sind immer so schön. Helden! Verräter! Gewitzte Unterläufer!"

Laura: „Was, zum Geier, ist ein Unterläufer? Sowas wie ein Überläufer?"

Ich: „nö. Ein Unterläufer ist einer, der durch Mitmachen sabotiert. Eine Art Schwejk."

Ha! Da weiß ich eine Geschichte, die mir Papa mal erzählt hat. Ich weiß zwar nicht, ob sie wahr ist, aber darauf kommt's ja nicht an.

Sie handelt von einem sowjetischen Computertechniker. Das KGB hatte den armen Kerl wegen irgendwas auf dem Kieker und machte ihm mit den üblichen, einfallslosen Terrormethoden die Hölle heiß. Trotzdem fand der Mann, nennen wir ihn mal Hektor, weil's so schön unrussisch ist, eine Frau: Anna.

Anna gebar ihm einen Sohn, und als es darum ging, diesem Sohn einen Namen zu geben, da wollte Hektor einfach kein passender Name einfallen. Er reparierte einen ganzen Nachmittag lang seinen Lada, weil ihm dabei normalerweise immer die richtigen Ideen kamen.

Es half nichts, ihm fiel kein Name ein.

Schließlich reparierte Hektor sein kubanisches Fahrrad und dann seine Dusche und beim Duschereparieren kam ihm ein ganz netter Gedanke.

Er legte das Werkzeug in die Ecke, packte seinen Sohn und zog mit ihm zum Standesamt oder wie das in der UdSSR auch immer geheißen haben mochte.

Das russische Standesamt war eine reichlich triste Angelegenheit. Graue Korridore, braune, dreckige Holzvertäfelungen, graue Beamte, die noch viel, viel grauer schienen als die Beamten anderswo auf der Welt.

Hektor ging mit seinem Sohn zu jenem grauen Beamten, der für ihn zuständig war.

„Guten Tag", sagte Hektor.

Der Beamte schlug sein Buch auf und suchte viel langsamer als nötig eine leere Karteikarte heraus und schob Hektor ein Formular hin, auf dem schon von einer Maschine eine Codenummer vorgedruckt worden war, die Nummer von Hektors Sohn.

„Wie soll Ihr Kind heißen?“ fragte der Beamte. Desinteressiert wie ein gelangweilter Verkäufer in einer Metzgerei.

Hektor nahm das Formular zur Hand und sagte:

„Er soll KI-205/380/775-RT heißen. Zu Ehren des Staates.“

„Was soll das?“ ärgerte sich der Beamte und fuhr sich mit der Hand, in der er auch den Kugelschreiber hielt, nervös über die Halbglatze.

„Hier“, sagte Hektor und hielt dem Beamten sein stilles Kind hin, „ich gebe hiermit die Identität meines Sohnes auf. Ich erspare dem Staat die umständliche Prozedur, sie ihm zeitaufwendig nehmen zu müssen. Die Nummer, die sein Name ist, ist gleichzeitig die Nummer seines Personalausweises. Das erleichtert ihm die Eingliederung in die Gesellschaft als Teil der Verwaltungsstruktur. Und Sie als Staatsdiener müssen, wann immer Sie mit meinem Sohn zu tun haben, nur diese eine Nummer in ihr Formular eintragen. Das spart Ihnen fürchterlich viel Arbeit. Und – seien wir ehrlich – wer braucht schon einen Namen, wenn eine Nummer so viel sagt.“

Der Beamte sagte nichts. Er wußte nicht, ob er Hektor belobigen oder dem Staatssicherheitsdienst melden sollte.

„Hier. Nehmen Sie“, sagte Hektor freundlich und reichte dem Beamten seinen Sohn über den Schalter. Er tat das so selbstverständlich und bestimmt, und der Beamte, der früher zufälligerweise bei der Post gearbeitet hatte, nahm das Kind reflexartig an wie ein korrekt frankiertes Paket.

„Hiermit übergebe ich meinen Sohn der Obhut unseres geliebten Staates, der nun seinen schrankenlosen Zugriff auf ihn ausüben kann. Auf Wiedersehen.“

Hektor machte kehrt und ging. Wochen später wurde er vor eine Art Gericht vorgeladen. Wieder graue Korridore, bullige, braune Tische und graue Menschen. Ein Richter, ein Parteimann und einer vom KGB, einer von Hektors persönlichen Peinigern.

Der Richter begann:

„Hektor Iwanowitsch Iwanow. Sie haben am soundsovielten Blablabla Upsundsiebzig Ihren leiblichen Sohn einem Beamten im Standesamt Nummer 38 in Moskau übergeben mit der Begründung, ihr Sohn sei nun voll und ganz Eigentum des Staates. Ist das richtig?“

Hektor blieb freundlich und nickte.

Der Mann vom KGB blickte ihn an. Seltsamerweise nicht einmal feindselig, sondern irgendwie besorgt.

„Wie kommen Sie auf eine solch – äh – *originelle* Idee, Hektor Iwanowitsch?“ fragte ihn der Mann vom KGB.

„Sehen Sie“, sagte Hektor mit vollkommener Aufrichtigkeit, „ich liebe unseren Staat. Unser Staat kann viel besser für meinen Sohn sorgen, als ich das jemals könnte. Und als verantwortungsvoller Vater will ich natürlich immer das Beste für mein Kind.“

Hektor sagte das so ehrlich, sie konnten ihn einfach nicht anschreien oder mißhandeln. Die Situation paßte in keines ihrer Schemata.

„Sie sind, obwohl hier etwas anderes in meinen Akten steht, offenbar ein besonders treuer Bürger unseres Landes, Hektor Iwanowitsch", sagte der Richter mit einer väterlichen Ich-bringe-dich-auf-den-richtigen-Weg-zurück-Stimme. „Als solcher haben Sie die höchste Würde auf Erden: Die, ein sozialistischer Sowjetmensch zu sein. Warum sollten Sie da ihren Sohn nicht erziehen können? Der Staat braucht Sie, Hektor Iwanowitsch. Sie sind ein wertvolles Mitglied unserer Gesellschaft."

Der Mann vom KGB schluckte irgendwas ganz, ganz Dickes 'runter.

„Äh, wissen Sie, Genosse", sagte Hektor mit ob so viel Güte untertänig gesenktem Blick, „das Leben war für mich in letzter Zeit nicht eben leicht, und ich möchte nicht, daß meinem Sohn Ähnliches widerfährt. Deshalb habe ich beschlossen, ihn in die liebevollen Hände unseres gütigen Staates zu legen, damit er unter der bestmöglichen Obhut aufwachsen kann."

„Aber nehmen Sie doch Vernunft an, Hektor Iwanowitsch!" sagte der Richter ruhig. „Nehmen Sie ihren Sohn wieder zu sich und erziehen Sie ihn im Geiste des Sozialismus. Ich bin mir sicher, daß Sie das können."

Hektor lächelte schüchtern. Ein billig gedruckter Parteichef blickte stolz von der Wand auf ihn herab.

„Sie trauen mir mehr zu als ich mir selbst, Genosse. Das ist sehr freundlich von ihnen."

„Ich traue Ihnen nicht zuviel zu, Genosse Ingenieur!" ermutigte ihn der Richter, der seinen Sieg schon spürte, sich auf der Gewinnerstraße fühlte, „Sie können es."

„Ich vertraue Ihnen, Genosse Richter", sagte Hektor. „Nur eine Bitte habe ich."

„Was denn?" fragte der Richter und lächelte. Er war der ranghöchste Repräsentant des großzügigen Staates in diesem Raum.

„Der Staat könnte mir bei der Erziehung meines Sohnes helfen."

Der Richter nickte.

„Sie bekommen alle Unterstützung, die Ihnen unser Staat nur bieten kann, Hektor Iwanowitsch. Das steht Ihnen zu."

Der KGB-Mann guckte sauer. Er hatte alles verstanden. Erst jetzt.

„Habe ich dafür Ihr Wort, Genosse Richter?" fragte Hektor eindringlich.

„Ich stehe persönlich dafür ein, Hektor Iwanowitsch", sagte der Richter, stand auf und drückte Hektor fest und freundlich die Hand. Der Mann vom KGB nickte nur kurz und ging.

Hektor bekam seinen Sohn zurück. Er wurde befördert und fortan in Ruhe gelassen.

„Eine wunderschöne Geschichte", sagte ich.

Bäume, Autos und Städte flogen nach hinten weg, alle verschneit.

Oberbayern.

„Genau das habe ich gemeint."

„Schön", sagte Laura, lehnte sich zurück und schlief ein.

Oberbayern.
In Oberbayern ist auch der allerletzte Grashalm, der etwas auf sich hält, voll auf Tourismuswirkung gestylt, und von der Luft könnte man meinen, sie käme direkt aus der Aero-Waschanlage, wo sie gebürstet und mit angenehmen Aromastoffen versehen wird. In den Sportgeschäften, die sich alle Mühe gaben, gleichzeitig wie ein holziger Tiroler Bauernhof und wie ein hippes Londoner MTV-Studio auszusehen, wurden grellbunte SlidderBoards verkauft. Die SlidderBoards sahen aus wie mit Neonfarbe vergewaltigte Bügelbretter. Sie waren an der Unterseite mit diesem HyperTeflon beschichtet, sodaß sie auf MegaSlidd-Belag hervorragend flutschige Flitzeigenschaften zeigten. Um diesen Exzeß von marketingintensiven CombiWords[I] zu erklären: Nachdem es in den letzten Jahren immer weniger und weniger Schnee gegeben hatte, sah sich die Alpintourismus-Industrie gezwungen, für das herkömmliche Skifahren Ersatz zu schaffen, um die Bettenkapazität in den teuren Hotels weiterhin gut auszulasten. Man besann sich also auf die grundlegende Qualität der Berghänge als schiefer Ebenen und goß sie mit dem fantastischen, semielastischen MegaSlidd-Belag aus. Eine Aktion, gegen die nicht einmal die Umweltschützer protestierten, denn in den Skigebieten war, ökologisch gesehen, schon längst gar nichts mehr kaputtzumachen. Außerdem war MegaSlidd atmungsaktiv und hatte eine Halbwertszeit von nur einem halben Jahr (biologisch abbaubar!), nach der das Material knusprig wurde und problemlos als Rinderfutter gebraucht werden konnte. Der Almauf- und -abtrieb als Tradition und als gewinnbringendes touristisches Ereignis war somit auch gesichert. Die Rindviecher nämlich liebten den krossen MegaSlidd-Belag. Lawinen, vor denen man sich im Tal mit MegaSlidd –

aber ohne Bannwald – hätte fürchten müssen, gab es ohne Schnee auch nicht mehr. Und als ganz besonderes Plus konnten die neuen Pisten das ganze Jahr über befahren werden. Das Ausbleiben für den Skibetrieb ausreichender Schneemengen hatte sich für Oberbayern als ausnehmender Glücksfall erwiesen. Heutzutage meckerten die Manager in den Touri-Tälern nur noch dann, wenn ausnahmsweise zu viel Schnee die Mega-Slidd-Pisten und die Zufahrtsstraßen zu den Hotelbunkern blockierte.

Katharinas Cousine war klein und zerzaust-rothaarig, und sie trug in der riesengroßen linken Manteltasche ein Zweitgehirn mit sich herum.

„Ich bin in der Werbebranche. Da brauch' ich das. Wenn das eine Hirn gerade kreativ drauf ist, dann brauch' ich das andere für Kundenverhandlungen oder sowas. Furchtbar praktisch. Hab's im Dubai Duty Free Shop gekauft, auf dem Rückweg von Sydney. Sydney ist echt cool. Mußt aber voll aufs Ozonloch aufpassen, sonst grillt's dir den Schädel weg und dein Hirn verdampft. Surfen nur mit Schutzanzug!"

Wir nahmen das Zweitgehirn auf unseren Ausflug mit. Leider hatte es die Cousine an ein Sprachmodul angeschlossen, nun quasselte es uns mit seiner Lebens- und Leidensgeschichte voll:

„Mein Körper wurde in einem Slum in Bombay geboren. Ich kann heute noch den Schweiß, den Dreck und die verfaulten Nahrungsmittel riechen. Sie ham' mich beim Dealen von rosa Pillen erwischt. Gottseidank haben sie gemerkt, daß ich ein irre hohes Kreativ-Potential habe. Naja. Braucht man auch bei uns, zum Überleben. Und in Europa sind sie irre scharf auf neue, exotische Ideen und Gedankengänge. Europa ist ein Ideenimportgebiet mit einem sehr schnellen Gedankendurchsatz. Ihr habt hier einen irren Trendverschleiß, wißt ihr das?"

Ich schaltete 'runter. Es ging steil den Berg 'rauf und das Hirn rutschte nach hinten und rummste sanft gegen die Rückenlehne des Beifahrersitzes.

[1] CombiWords, die amerikanski Spezialität, zwei Wörter zu einem zusammenzupappen und dabei dem zweiten Wort gnädigerweise seine Großschreibung zu lassen, haben tatsächlich bis ins nächste Jahrhundert überlebt. Kein Wunder, haben die CombiWords doch den unschätzbaren Vorzug, auch dem allerletzten Scheißprodukt und der hintervorletzten Dummdienstleistung jenen supercoolen Anstrich von Pseudo-Avantgarde und HighTech (!) zu verleihen, den die kaufkräftigen Superkonsumis so schätzen. Außerdem kann man aus CombiWords besonders einfach einen Markennamen basteln. Nach dem Baukastenprinzip werden neue Namen für uralte Produktlinien aus dem Duden gestampft. CombiWords sind allermeistens amerikanisch. Um besonders schöne zu finden, begebe sich der linguistische Großwildjäger am besten in einen Computerladen, dort findet er CombiWords im Dinoformat (PowerBook, HyperCard etc.). Aber auch in den Haushaltsbereich sind die CombiWords bereits weit vorgestoßen: MegaFridge, HyperHoover und NutraSweet bitten zu Tisch. Es wird also nicht mehr lange dauern, und wir werden uns im MicroWave eine PopUpMeal zubereiten, das wir unseren FriendlyFriends, PogoPals, MommyPoppyParents, FuckyPartners, CoolColleagues und NintendoKids dann auf einem PartyPlate servieren. WelcomeToThePleasureDome!!!

FootNotes in Romanen sind übrigens auch megahip. Sieht fast aus wie HyperText auf dem PowerBook! Was glauben Sie denn, warum ich mir sonst die Mühe mache, mir hypercoole Schlagwörter aus den Fingern zu saugen! Ein modernes Machwerk, das nicht wenigstens fünf starke, möglichst amerikanski Neologismen für irgendwelche absolut peripheren Zeitgeisterscheinungen einführt, wird von den CoolCritics erst gar nicht mehr in die RadicalRecensions aufgenommen! Naja. Lieber Rezension, als Rezession, hab' ich recht? Eins! Zwei! Drei! Ein Lied:

Mar-ke-ting (trallala!) –
(wir lieben Dich!!!)
Du bist King!

„Ups!“ machte das Gehirn.

„Wieviel hast du denn gekostet?“ fragte Laura neugierig. Das Hirn summte in seinem ovalen orange Kunststoffgehäuse.

„499 Dollar“, sagte das Hirn.

Laura nickte anerkennend.

„Durchaus preiswert.“

„Und was ist mit deinem Körper passiert?“ fragte ich unvorsichtigerweise.

„Hundefutter“, antwortete das Hirn mit einem grabesdunklen Timbre in der synthetischen Stimme.

„Oh, Pardon.“

„Schon gut.“

Der Motor dröhnte. Vor uns arbeitete sich ein blitzeblank glänzender italienischer Milchtransporter den Berg hinauf.

„Was für ein Leben! Hast du schon gewußt, daß du in einem absolut scheußlichen quietscheorange Gehäuse liegst?“

„Echt?“ rief das Hirn entsetzt.

„Ja. Ein scheußliches Orange. Siehst aus wie ein 70er-Jahre-Eierbecher!“

„Hab' ja schon immer gewußt, daß meine Besitzerin nicht ganz dicht ist!“ schimpfte das Hirn.

„Wir könnten ja die wunderhübsche, grüngelblich-orange Klorollen-Häkelhaube über dich drüberstülpen, die ich beim Ausmisten im Kofferraum gefunden habe!“

Laura legte das leise meckernde Gehirn zu Wurst und Käse in den Picknickkorb, klappte den Deckel zu und lehnte sich zu mir nach vorne.

„Schau mal, Frankie!“

Sie zeigte mir eine flache Tafel mit matter, silbergrauer Oberfläche. Das Teil war etwas größer als DIN A4 und etwa doppelt so dick wie eine herkömmliche Schokoladentafel. Es sah teuer aus.

„Ein elektronischer Zeichenblock! Simuliert jedwede Mal- und Zeichentechnik mit absoluter Perfektion!“

„Super! Wo hast du den her?“

Sie blinzelte mir im Rückspiegel zu und ließ sich wieder ins leise knirschende Leder der Rückbank fallen.

„Von der Cousine geklemmt.“

„Unfein, unfein!“ tadelte das Gehirn mit leicht durch den Picknickkorb gedämpfter Stimme.

„Du hältst die Klappe“, drohte Laura, „sonst benutze ich dich zum Walnußknacken!“

Der Korb verstummte.

Mit dem Lift fuhren wir hinauf zur SlidderAlm und machten es uns zwischen buntem Münchner Neonvolk gemütlich. Es duftete nach teuer parfümierter AntiSolar-Creme, Diskussionen über Porsches und vollverglaste Eigentums-Penthouses in Schwabing sprudelten champagnerperlig durch die urgesunde Bergluft.

„Wow! Diese Wixer!“ freute sich Laura über das unverfälschte Ambiente ihrer Heimat. Eine Kellnerin im Lack-und-Leder-Dirndl, deren zu zwei Dritteln freigelegte Brüste sich durch einen starken Aufwärtstrend auszeichneten, brachte uns Glühwein mit Geschmacksverstärker.

„Skistiefel mit High Heels!“ Laura guckte der davonstaksenden Bedienung mit ihrem ganz speziellen Na-sowas-Blick nach.

„Traditionsbewußtsein“, vermutete ich und griff in den Picknickkorb. Gerade als ich nach der Dosenwurst grabbelte, wurde ich von einem der Neondeppen angerempelt und fiel fast vom Liegestuhl. Dafür kippte der Korb um, wobei natürlich das Hirn herausfiel und gleich munter auf die SlidderPiste kullerte.

„Verdammt!“ schrie ich. *„Das Hirn!“*

„Häh? Aber damit haben wir doch alle unsere Probleme!“

Laura hatte sich ins herrliche Reich der modernen Kunst zurückgezogen. Das Grafikbrett fesselte ihre ganze Aufmerksamkeit. Das abtrünnige Hirn aber rollerte und hopste unterdessen hinab auf die Buckelpiste. *Hinterher!* Ich griff mir das nächste Slidder-Board, entkam dem Zugriff einer durchgedrehten Neontussi und surfte dem Bocksprünge vollführenden orange Hirnbehälter hinterher.

Nur mit Mühe konnte ich mich auf dem Brett halten, der Belag war ziemlich schnell, und jetzt kam auch noch die Buckelpiste! Und hop und hop und hop und BAUchlandung!

Woraufhin ich feststellte, daß auch ohne Brett gut sliddern war.

Auf dem Bauch rutschte ich dem immer schneller werdenden Hirn hinterher.

„Wo bin ich?“ quäkte das Ding durch die Landschaft. Wenigstens konnte ich durch das Geschwafel die Richtung erahnen, in die es das Gehirn verschlagen hatte. Wie ein bekiffter Laurel stolperte ich über die slidderige Buckelpiste. Das Material gab gewaltig nach, fast wie ein mit Neuschnee versetzter, kalter Grießbrei.

Irgendwann war ich dann mit zirka 300 blauen Flecken am Fuß des Berges angelangt und konnte gerade noch miterleben, wie das Gehirn schwungvoll gegen die Ketten eines großen, roten Raupenfahrzeugs prallte.

„Scheiße“, keuchte ich. Meine Lungen pfiffen den River-Kwai-Marsch in die kalte Bergluft hinaus.

Der Boden war leicht mit Pseudoschnee überpudert. Schon aus der Weite sah ich, daß das orange Schutzgehäuse einen Sprung abbekommen hatte. Ich ging hin und hob es auf. Fast mußte ich kotzen bei dem Gedanken, daß mir gleich ein veritables, feucht glibberndes menschliches Gehirn entgegengeschwappt kommen mußte. Wieder diese Bitterkeit im Mund.

Mut!

Stärke!

Luft holen!

Reingucken!

Elektronik.

Keine einzige graue Zelle.

Leiterplatten! Prozessoren! Speicherchips!

Ich guckte genauer hin.

„Wo bin ich?“ fragte das ‚Gehirn‘.

„Weiß ich auch nicht genau. Jedenfalls bist du Made in Malaysia.“

Die Enthüllung, daß es nicht biologisch war, wie es die ganze Zeit über angenommen hatte, schockte das Gehirn etwa so, als hätte statt meiner ein Südsee-Kannibale mit einem Buschmesser sein Gehäuse geöffnet und würde jetzt einen rostigen Suppenlöffel aus seinen thailändischen Boxershorts hervorziehen, um es leerzuessen. Wobei zumindest letztere Horrorvision jetzt für das Gehirn ihren Schrecken verloren gehabt haben dürfte.

„Ich bin also ein simpler Computer, hm?“ sagte das Gehirn. Ich hatte es mit Leukoplast aus dem Autoverbandskasten provisorisch zusammengeflickt.

„Äh. Ein *simpler* Computer bestimmt nicht“, versicherte ich ihm und tätschelte beruhigend sein Gehäuse.

„So eine Kacke! Ich bin ein Taschenrechner!“

„In Form eines orange Footballs. Hm. Du hast wohl die Existenzkrise. Haben wir alle mal. Nichts, was ein guter Therapeut nicht wieder zurechtdengeln könnte.“

„Therapeut? Zurechtdengeln?“

„Du mußt nur akzeptieren lernen, daß du ein Computer bist. Computer sind wertvolle Mitglieder der menschlichen Gesellschaft!“

„Aber ich hasse Computer!"
„Interessantes Programmdetail."
„Ich muß den Kerl finden, der mir das angetan hat", dröhnte das Gehirn theatralisch. „Ich muß meinen Programmierer finden!"
Ich suchte die demolierte Oberfläche des Gehirns ab. Funkentstört... GS- und TÜV-geprüft... Anschlüsse für Ladegerät und Kopfhörer...
Kopfhörer?
„Sag mal, kriegst du Bayern 3 'rein?" witzelte ich. Tatsächlich kreischten einen Augenblick später die „Deadlock-Pissopathen", eine Barfuß-Bongo-Band aus Suhl, hinaus in die unendlichen Weiten des Talstation-Männerklos, wo ich mich mit dem Hirn versteckt hatte.
„Hm. Ordentlich."
„Herzloser Kerl", gab das Hirn mir zurück. „Verschaff mir lieber einen Körper."
Nebenan rauschte die Klospülung, und mir knallte ein mittelstarker Geistesblitz durch die Gehirnwindungen.
„Du hast bestimmt auch ein Funkmodem. Dann wähl dich mal in folgende Adresse ein: Hörlbacher Weg 25, Abensberg."
„Bin drin. Aber was soll das?"
„Sag mir jetzt die Menüpunkte."
„Tabellenkalkulation, Fibu, Textverarbeitung, Mitarbeiterkartei, Produktadressen..."
„Stop! Geh nach ‚Produktadressen'!"
„Was soll das?"
„Tu es!"
Er war ein Computer. Er tat, was man ihm sagte.
„Wird schwierig. Ist gut verschlüsselt!"
Das Hirn rappelte zwei Minuten vor sich hin, dann besaßen wir die Adressen sämtlicher Hippies, die jemals in der Disposable Hippies Factory produziert worden waren.
„So. An einen von denen schicken wir dich. Die Jungs haben eh' keinen Lebenszweck, außer Rolling-Stones-Platten zu kaufen. Die werden dir gern Körper sein. Das sind nämlich geklonte Hippies!"
„Wunderbar!" schwärmte das Gehirn. „Danke!"
Ich gab es gleich am kleinen Talstationspostamt als Schnellpaket nach Pirmasens auf. Es jodelte vergnügt zum Abschied. Da hatte ich mir wohl einen kleinen, orange Freund gemacht. Ab und zu jemandem einen kleinen Gefallen tun. Mit Gummibäumen sprechen. Gehirnen einen neuen Körper verschaffen. Das Tagewerk des dadaistischen Pfadfinders.

„Du spinnst wohl?" sagte meine Angebetete. „Was wird da die Cousine sagen?"
„Sie wird sagen: ‚Ups! Mein Hirn ist weg!' Und ich werde sagen: ‚Damit haben wir doch alle unsere Probleme!'"

„Hihi! Du Spinner!"

Laura stellte ihre CocoCola auf das dekadente, kleine, runde Tischchen neben ihren Deck-Chair und reichte mir den eingeschalteten Grafikcomputer. Im allerbesten Ligne-Claire-Stil kurvten da SlidderBoardfahrer auf dem kristallklaren, hochauflösenden Display herum. Dazu Berge und gleichmäßig azurblauer Himmel. Bunte, gesichtslose, marketingfähige Fröhlichkeit ausstrahlende, Frischluft und Geschwindigkeit konsumierende SlidderBoardfahrer, jeder von ihnen mit einem herrlich ironischen Dollarzeichen in der zum jeweiligen hypermodernen Anorakdesign komplementären Farbe auf dem Rücken.

Lauras Liegestuhlnachbar sah das Bild auch und kapierte überhaupt nichts.

„Ey! Super Bild! Kann man das kaufen?"

Laura schenkte ihm ein Lächeln und schwang sich mitsamt Grafiktablett aus ihrem Stuhl empor und küßte mich weich auf den Mund. Mmmm. Jedem das Seine!

„Avanti!"

'Runter vom Berg.

Laura saß am Steuer des dunkel grollenden Citroën. Ich warf einen Blick zurück und sah all die kleinen bunten Punkte den Berg hinunterrutschen und wieder hinauffahren und wieder hinunterrutschen und wieder hinauffahren und wieder hinunterrutschen und wieder hinauffahren, und ich konnte sie mir beim besten Willen nicht mehr ohne dieses Dollarzeichen auf dem Rücken vorstellen.

Laura gab Gas.

Die Cousine war überraschenderweise gar nicht böse, daß ich ihr Hirn nach Primasens geschickt hatte.

„Elektronische Hirne sind sowieso out", meinte sie und steckte sich ein Stückchen Filet medium in ihren großen Mund. Sie kaute erst gar nicht, schluckte gleich runter. Eine hungrige Frau.

„Man kann sich nicht mehr mit sowas sehen lassen."

Seherin Katharina warf mir einen stillen, verschmitzten Blick zu und schob sich ein besonders langes Stück Pommes Frites mit leicht betonter Langsamkeit zwischen die Lippen. Auch sie schien hungrig zu sein.

Laura werkelte in Cousinchens Kreativecke mit einem alten Farblaserdrucker.

„Das Grafiktablett hat keinen Treiber für dieses Ding, Mimi!"

Mimi, die Cousine, quetschte sich gnadenlos Ketchup übers ganze Essen, das daraufhin aussah wie ein gehäuteter Hase, der soeben von einem Porsche zur Strecke gebracht worden war.

„Was redest du, Kind? Was ist ein Treiber? Almauftrieb ist erst später!"

„Ach, Scheiße", schimpfte Laura aus der schlecht beleuchteten Ecke heraus. „Was sind das für beknackte kleine Statuen, die hier überall im Weg herumliegen?"

„Das sind Statuen von indischen Gottheiten."

„Wozu sind die gut?" wollte Laura wissen. Sie trampelte wie ein Berserker durch den unordentlichen Schlamperbereich der Cousine. Ihre Distanz zu der Cousine wuchs zusehends. Sie roch Aberglauben und diesen speziellen Drang zur Esoterik, den sie besonders bei ihren Geschlechtsgenossinnen intensiv verabscheute. „Das paßt zu genau in das Klischee, das Arschlöcher von Frauen haben", pflegte sie mir dann immer zu erklären.

„Die Gottheiten haben für mich eine Schutzfunktion."

„Ach ja?" sagte Laura. „Gute Nacht."

Laura, Katharina und ich schliefen in einem einzigen Raum unter dem schrägen Dach. Wenigstens konnte ich die Sterne sehen, wenn ich auf dem Rücken lag. Laura schlief bereits, als die Seherin unhörbar leise zur Tür hereinkam und sich neben mich auf ihre Iso-Matte legte. Warme, duftende weibliche Präsenz.

„Sssst." Sie beugte sich zu mir herüber und flüsterte „angenehme Träume" und fuhr mit ihrer warmen Zunge die Kontur meines Ohrs nach. Als ich mich zu ihr hindrehte, steckte sie mir die Zunge in den Mund, und gleichzeitig suchte ihre freie Hand in meiner Unterhose nach dem anatomischen Grund dafür, daß ich im Stehen pinkeln konnte. Sie fand ihn und holte ihn 'raus, und dann hatte sie ihre Lippen nicht mehr an meinem Ohr oder an meinem Mund, sondern woanders.

Aaaah!

Verdammt!

Ich nahm den allerletzten verbliebenen Rest Willenskraft, der nicht völlig aufgelöst im Orbit schwebte, zusammen und beugte mich zu ihr vor und nahm vorsichtig ihren Kopf und schob ihn zurück, schob ihn da weg.

„Tut mir leid", sagte ich leise, „so funktioniere ich nicht."

Laura atmete ruhig und regelmäßig. Sie schlief.

„Hm. Schade. Wie dann?"

Das schwache Lichtrechteck vom Dachfenster beschien den Torso der Seherin. Sie hatte kleine, feste Brüste. Breite Hüften. Wahnsinnige Lippen mit interessanten Ideen. Mein Laura-Solidaritätsprogramm kämpfte gegen die allerübelsten Hormoncocktails, die in so einem männlichen Körper herumbrodeln konnten, und schließlich gewann es.

„Frag doch sie", sagte ich, wies mit dem Kinn kurz auf die still daliegende, ruhig atmende Laura und legte mich wieder hin, „sie weiß es."

Die Seherin legte sich ebenfalls auf ihre Matte und starrte meinen Rücken an, und sie fragte sich, was da gerade schiefgelaufen sein mochte.

Zustandsbericht: moralisch clean, körperlich unbefriedigt und leicht übermüdet.

Na, wenigstens moralisch clean und vor allem treu.

Laura schnurrte, drehte sich 'rum und zog mir die Decke weg.

So ist das also!

37

YOSHI.

Yoshi war allein.

Yoshi war sehr, sehr froh, endlich allein zu sein.

Als erstes untersuchte er Lauras Auto. Schlampig, aber fahrtüchtig. Auch die scheinbar schlampigen Deutschen, die es niemals zugeben würden, hielten sehr viel auf ihre Autos. Dieses hier hatte einen primitiven selbstgebauten Bordcomputer, mit dem man dem nachfolgenden Auto Botschaften mittels eines Leuchtbandes zusenden konnte. Eine lustige Konstruktion.

Yoshi war der Meinung, Laura für die Überlassung des Fahrzeugs einen Gefallen schuldig zu sein, und fuhr mit dem Fiesta zur nächsten halbwegs kompetent aussehenden Werkstatt. Er ging hinein und verlangte von der gedauerwellten Empfangsfrau den Chef. Er bekam ihn, der Mann war dick und ölverschmiert, sein Atem roch warm nach Bier. Yoshi drückte ihm die Schlüssel zu Lauras Auto in die Hand und sagte: „Machen Sie was Schönes aus diesem Auto, Meister."

Der Meister grinste ungeheuer breit und schlug ein. Er fragte noch nach einem Termin, an dem der Wagen fertig sein sollte, und Yoshi zeigte ihm schöne, japanische Scheine, was den Arbeitseifer des guten Meisters sichtlich anregte.

Yoshi stellte fest, daß die Europäer beim Anblick ausreichender Mengen Bargelds eine geradezu asiatische Freundlichkeit an den Tag legen konnten, und er verließ die Werkstatt mit einem Gefühl tiefer Zufriedenheit.

In der folgenden Woche sah sich Yoshi Abensberg ganz genau an, und er kannte sich bald besser aus als jeder Einheimische. Jeden Straßennamen wußte er auswendig, und meistens hatte er sich auch erfragt, was dieser jeweils bedeutete. Yoshi spürte, daß Abensberg ihn verlangsamte. Es bremste ihn 'runter. Keine Hektik. Gar nichts. Nur jahrhundertealte Steine. Verrückte, alte europäische Gegenstände im Heimatmuseum. Das Heimatmuseum. Yoshi mochte das Heimatmuseum. Es war im ehemaligen Kloster untergebracht. Dort gab es alte Uniformen, alte Arbeitsgeräte der Bauern, sogar Fundstücke aus der Zeit der Römer. So selbstverständlich die Römer für den Mitteleuropäer waren, so unbekannt und faszinierend waren sie für Yoshi. Er vergegenwärtigte sich, daß zur Zeit der Römer diese Gegend hier an der Donau die vorderste Front gegen die Barbaren gebildet hatte. Sie hatten einen Limes gebaut gegen die Unzivilisation. Eine Mauer. In diesen Breitengraden schien man Probleme besonders gern mit Mauern zu lösen. Um jeden Garten eine Mauer, um jedes Land eine Mauer. Sie waren sehr darauf bedacht, ‚meins' und ‚deins' auseinanderzuhalten.

Yoshi sah die alten Waffen. Mit Waffen waren die Europäer schon immer besonders fix gewesen. Mit ihren Waffen hatten sie den Rest der Welt einfach überrumpelt. Auch heute noch waren die meisten Staaten außerhalb Euro-/Amerikas noch irgendwie Kolonien. Sei es wirtschaftlich, sei es politisch, sei es in der Denkweise.

Yoshi war das egal. Vollkommen gleichgültig. Er bewunderte die Architektur des Klosters. Der Kreuzgang war von besonders delikater Architektur. Der Säulengang und das Grasviereck in der Mitte. Mönchische Meditation aus Jahrhunderten schien wie feine Silberfäden in die Mauern eingewebt. Yoshi blickte nach oben. Der Nebel hing über dem Quadrat des Innenhofes. Immer der Nebel, der Nebel und nur der Nebel.

In den Kreuzgang war ein Sarkophag eingebaut. Irgendein Ritter lag hier begraben. Der Sarkophag war gemauertes Rechteck mit einer Deckplatte aus einem einzigen schweren Stein. Der steinerne Deckel zeigte ein Abbild des Toten in voller Rüstung. Yoshi untersuchte die Schrift, die oben um die Abdeckplatte des Grabes herumlief. Fremdartige, schmale deutsche Frakturlettern. Yoshi schloß die Augen und strich mit seinen Fingern über die Schrift. Vielleicht konnte er sie so erkennen. Er erkannte aber nur eine Störung. Eine Störung in der fundamentalen Ruhe des Ortes. Einen Riß.

Ein gelangweilter Schüler hütete das Museum. Er saß hinter einem schweren Holztisch gleich neben dem Aufgang zum Museum und las in einem Buch. In seinen runden Brillengläsern spiegelte sich das Licht, das der Nebel durchließ. Wenn Yoshi an ihm vorbeiging, dann blickte er kurz auf, war dabei aber darauf bedacht, daß er nicht dem Blick des Japaners begegnete. Yoshi spürte den Blick des Jungen, bis er um die Ecke bog. Das Museum befand sich direkt neben der Klosterkirche. Alles war vor kurzem renoviert worden. Es gab einen Raum, der Yoshi sofort gefiel: der Raum hinter dem Hochaltar, im Turm der Kirche. Der Altar schnitt den Raum nicht völlig vom Kirchenschiff ab, der Raum stand offen. In der Mitte des Raumes hatte man ein Loch in den Holzfußboden geschnitten, durch das die Glockenseile von der Turmspitze hinunter in die Sakristei führten. Yoshi war versucht, an den Seilen zu ziehen und die Glocken klingen zu hören, schließlich aber siegte doch sein Wunsch nach Ungestörtheit und Anonymität. Wie anonym konnte ein Japaner in einer kleinen Stadt wie Abensberg bleiben? Er war schließlich der einzige Japaner hier. Die physiognomischen Unterschiede zu den Abensbergern waren einfach zu groß, als daß er einfach als Gleicher unter ihnen hätte leben können. Es war unfair: Weiße Mitteleuropäer konnten den verschiedensten religiösen, philosophischen oder technischen Theorien anhängen, sie konnten einander geistig noch so fremd sein, aber sie sahen sich alle irgendwie ähnlich, und deshalb konnten sie alle sich unerkannt und ungestört untereinander bewegen, ohne gleich wegen ihres speziellen Aussehens mit ganzen

Komplexen von Vorurteilen belastet zu werden. Yoshi als Asiate hatte es nicht so einfach. Ihm war es in Abensberg einfach nicht möglich, nicht aufzufallen. Das bereitete ihm psychische Probleme. Wenn er einkaufen ging, fiel ihm das Atmen schwer. Der Brustkorb zog sich schmerzhaft zusammen, an seinen Händen brach Schweiß aus. Yoshi fühlte sich wie auf dem Präsentierteller. Das machte ihm angst.

In dem Raum mit dem Glockenseil standen Modelle von Bauwerken. Ein ganzes Modell des mittelalterlichen Stadtkerns von Abensberg. Ein bißchen schmuddelig, aber man konnte doch das Wesentliche daran erkennen: daß sich in den letzten Jahrhunderten hier nicht viel geändert hatte. Zumindest architektonisch. Da stand auch, von einem Glaswürfel geschützt, ein altes Modell der Wallfahrtskirche zu Allersdorf, der Kirche, an der der Zwischenfall mit dem amerikanischen Kampfhubschrauber stattgefunden hatte. Das Modell zeigte die kleine Kirche mit ihren Kapellen zu der Zeit, als noch ein Eremit in dem der Kirche vorgelagerten Gebäude gelebt hatte. Ah! Der Eremit hatte seinen eigenen Hopfengarten gehabt! Die Hopfengärten mußten etwas mehr sein als nur reine Zweckkonstruktionen, meinte Yoshi. Sie mußten für die Eingeborenen auch kultische Bedeutung haben. Nicht umsonst hatte der Eremit an diesem heiligen Ort einen Hopfengarten angelegt. Die Hopfengärten waren seltsam. Energiegeladen. Wenn man mit dem Auto durch sie hindurchfuhr, dann streikte das Autoradio. Die Hopfendrähte störten den Empfang. War es auch möglich, die Hopfengärten als Sendeanlagen zu nutzen? Waren sie es, die die UFOs anlockten?

Yoshi nahm sich vor, das genauer zu untersuchen. Er hatte, seit dem entscheidenden Erlebnis nach der Ankunft in Abensberg, kein UFO mehr gesehen. Auch seine stets wachsamen Geräte hatten keinerlei UFO-typischen Anomalien feststellen können. Gerade deshalb mußte jetzt weitergemacht werden.

Der Raum über der Sakristei diente auch als Bibliothek. Alte Bücher, teils riesige, bröckelige Folianten, waren staubsicher hinter große Glastüren weggeschlossen. Bücher, überall Bücher. Beherrscht wurde der Raum jedoch von dem Holzmodell einer großen Kirche. Eine Kathedrale? Das Modell mutete gotisch an, es war aus dunklem Holz gebaut, und es war Yoshi unheimlich. Ein Gerippe. Etwas Gestrandetes. Auch die mit der historischen regionalen Tracht angetanen Puppen erschienen Yoshi staubig, ausgetrocknet. Er verließ den Raum.

Yoshi machte auch die Entdeckung, daß man vom Museum aus direkt hinunter in den Altarraum der Klosterkirche blicken konnte, wenn die richtigen Fenster geöffnet waren. Goldene, barocke Engelschwärme umflatterten viel zu schwungvolle Kanzeln, Statuen von gemarterten, aber dennoch siegreichen Heiligen blickten schmerzhaft, aber dennoch hoffnungsvoll gen Himmel. Sahen sie dort mehr als nur den ewigen Nebel über der Stadt?

Die Einsamkeit tat Yoshi gut. Der Teilzeit-Museumswächter erwartete nicht, daß Yoshi irgend etwas aus der Sammlung stahl, deshalb übertrieb er es auch nicht mit der Kontrolle. So konnte Yoshi woanders sein als in Franks Haus und dennoch Privatsphäre genießen. Er kam oft hierher. Mittlerweile kannte er jedes auch noch so unbedeutende Ausstellungsstück. Einen Eingeborenen hatte er hier – abgesehen vom Museumswärter – noch nie gesehen. Das Museum war ein Ort, der vor allem die Stille der Jahrhunderte konservierte. Man mußte nur ganz genau hinlauschen, dann konnte man auch das Schweigen der ersten Abensberger Karmelitermönche hören. Ein feines, andächtiges Schweigen, das im Gebet Erlösung herbeisehnt. Andere Epochen traten in dieser Hinsicht nicht so dezent auf. Das Schweigen während und nach der Nazizeit war ein hartes, brutales, verletzend lautes Schweigen. Und es war fatal: Man konnte und wollte diesem Schweigen nicht lange zuhören, aber dadurch wurde es immer noch lauter und begann schließlich zu dröhnen und finster durch die alten Mauern zu schwingen. Multiplizierte Totenstille. Angesichts derer man über das Schweigen der Neuzeit, das Schweigen der behäbigen Gleichgültigkeit noch gnädig hinwegsehen, es sogar als angenehm dezent empfinden konnte. Und wahrhaftig: Ließe sich nicht jede Epoche in der Menschheitsgeschichte nicht viel genauer dadurch charakterisieren, was zu der und der Zeit *nicht* gesagt, was verschwiegen oder unterdrückt worden war, als durch die Analyse von lauten historischen Pamphleten und großen Reden toter Lügner?

Mochte sein.

Yoshi verließ das Museum, er spürte feuchte und kalte Luft. Es war Sonntag. Das Museum hatte nur sonntags geöffnet. Yoshi kam ein Gedanke. Er entschied, etwas für seine Anonymität zu tun, und suchte deshalb die Redaktion der Zeitung auf, in der gerade Franks Kollege Harald verzweifelt damit beschäftigt war, die Seite für den Montag zu füllen. Yoshi klopfte zaghaft an die Glastür der Redaktion und trat ein. Sie war nicht verschlossen. Harald saß vor dem Computer, die Stimmung pendelte gefährlich instabil zwischen Streß und Langeweile. Der Redakteur verhielt sich entsprechend gereizt, Yoshi aber ließ alle Aggressivität im feinen Sand der Freundlichkeit verlaufen.

„Was wollen Sie denn hier?"

„Guten Tag. Ich will mich vorstellen. Mein Name ist Yoshi Hiramoto. Ich bin Forscher. Aus Japan."

Harald schwang seinen Sessel herum. Eine Story?

„Setzen Sie sich doch. Was kann ich für Sie tun?"

Dieser Harald hatte ein so nichtssagendes Gesicht. Wenn man es anblickte und dann gleich wieder wegsah, dann hatte man es auch gleich wieder vergessen. Frankies Gesicht war ähnlich, fiel Yoshi auf. Hübsch, aber unauffällig. Ein Journalistengesicht.

„Ich wollte zunächst einmal Ihre Zeitung abonnieren ..."

„Geht heute nicht. Machen nur die drüben in der Geschäftsstelle. Die sind heute nicht da. Kommen Sie morgen wieder."

Waren das die harten journalistischen Kämpfer gegen die Bürokratie?

„Außerdem wollte ich mit Ihnen sprechen. Vielleicht interessiert es Sie und Ihre Leser, was mich hierher verschlagen hat."

Yoshi erzählte Harald eine krude Story von Störungen, die die Drahtkonstruktionen der Hopfengärten angeblich im morphogenetischen Feld der Erde erzeugten. Dabei gab er sich als Dozent einer japanischen Privatuniversität aus, der hier einige Monate verbringen wollte, um diese Theorie zu bestätigen oder sie zu widerlegen. Man solle sich also nicht wundern, wenn einem demnächst ein hektischer Japaner mit seltsamen Meßgeräten über den Weg laufen würde. Die Forschungen seien völlig harmlos und stellten keinerlei Gefahr für Leib und Leben der Bevölkerung dar.

„Prima", freute sich Harald, „das bring' ich gleich morgen auf unserer Seite."

„Vielen Dank. Sie haben mir einen großen Gefallen erwiesen. Ich will die Menschen hier nicht beunruhigen."

„Kein Problem", grinste Harald und markierte schon mit dem Layoutprogramm den freien Platz auf der Seite. „Weg mit dem Hühnerzüchtervereinsartikel!" dachte er und winkte Yoshi noch durch die Glastür nach.

Als am nächsten Tag der Artikel erschien, hatte sich Yoshi unsichtbar gemacht. Er hatte sich in die Abensberger Gesellschaft eingegliedert. Als Exot zwar, aber er war eingegliedert, insofern, als jedermann wußte, wer er war und was er (angeblich) in Abensberg zu schaffen hatte. Die fragenden Blicke blieben aus, Yoshi tauchte ein, gewann ein gutes Stück Sicherheit zurück. Er war massiv an die Öffentlichkeit gegangen und war dadurch völlig untergetaucht. Menschen, von denen man alles weiß, sind schließlich uninteressant. Nicht einmal die alten Frauen mit den Kopftüchern und den schweren Einkaufstaschen drehten sich noch nach Yoshi um. Und an den Gartenzäunen wurde nicht mehr über die Gelbe Gefahr, sondern wieder über uneheliche Kinder anderer Leute debattiert.

Yoshi war völlig verschwunden und sehr zufrieden.

38

Yoshi hatte Hunger und ging ins Einkaufszentrum. Dort gab es ein chinesisches Restaurant. Die dortige Küche stellte zwar eine einzige Konzession an den mitteleuropäischen Geschmack dar, aber man konnte dort wenigstens zivilisiert mit Stäbchen essen. Mit Belustigung hatte Yoshi festgestellt, daß das Restaurant viel mehr Kunden anzog, seitdem er regelmäßig dort aß und zwar deshalb, weil die Eingeborenen aus seiner Anwesenheit schlossen, daß das Essen dort besonders authentisch fernöstlich schmeckte. Das wiederum hatte zur Folge, daß sich die philippinischen Kellner speziell ihm gegenüber besonders freundlich und zuvorkommend verhielten und auch die Küche ihm den einen oder anderen bescheidenen Sonderwunsch ohne Aufpreis erfüllte.

Auch an diesem Tag begrüßte ihn der Kellner mit einem Lächeln, das wenigstens zur Hälfte ehrlich gemeint war, und geleitete ihn zu seinem Lieblingsplatz am Fenster. Das Restaurant befand sich auf der Rückseite des Einkaufszentrums im zweiten Stock. Yoshi genoß die schöne Aussicht über das Biotop des Abenstales, das mittlerweile von allen Seiten von Stadt und B 16 umschlossen war. Die Natur hatte nur eine winzige Chance, aus der Umarmung zu entkommen: wenn sie sich unter der Brücke der B 16 zwischen Fluß und Feldweg hindurchzwängte. Diese Brücke wiederum stand am Fuß des Hügels, auf dessen Spitze die Allersdorfer Wallfahrtskirche saß, umringt von ihren zehn Kapellen. Heute gab es ausnahmsweise keinen Nebel. Die Sonne strahlte klar und präzise herab und meißelte mit ihrem Licht die grausigen architektonischen Details des Einkaufszentrums-Konglomerats subversiv genau heraus.

Yoshi nippte gedankenleer an seinem schwach perlenden Mineralwasser und bestellte sich Fisch. Die Einrichtung des Restaurants wirkte eigentümlich lieblos, beinahe provisorisch. Hier und da ein lustlos grinsender goldener Drache, ab und zu ein aufgeblähter Plastikbuddha, viele pseudochinesische Laternchen mit Troddeln dran. Die schummrigen Laternchen, die heute von der grellen Sonne glatt weggestrahlt wurden, baumelten unmotiviert von den nackten Fertigbau-Verstrebungen der Deckenkonstruktion herab. Irgendwoher zog es durch irgendwelche Ritzen. Es zog hier ständig. Supermarktkassiererinnen schlürften hastig ihre billigen Süppchen, gingen, wurden vom vergleichsweise gut gekleideten Verwaltungspersonal des Einkaufszentrums abgelöst. Yoshi beobachtete sie jedesmal, diese Leute. Es waren alberne, junge Frauen, allesamt mit Dauerwelle, die ihre Beine dadurch abhärteten, indem sie auch bei minus 20 Grad Außentemperatur in Miniröcken oder Shorts herumliefen. Dem einzigen jungen Mann in dieser Runde schien das zu gefallen. Er hielt sich für den Hahn im Korb, machte ständig dumme Witze und wurde dafür von den Minirockmädchen blöde ausgelacht. Der Kerl trug eine Krawatte mit einem warholigen Marilyngesicht drauf, und er sonnte sich merklich in seinem gesellschaftlichen Erfolg. Auf seine Art gab er sich diszipliniert, er machte immer gute Miene zum debilen Spiel. Oder war es einfach nur blanke Blödheit? Schwer zu unterscheiden.

Als die nächste Gruppe hereinkam, blickte Yoshi noch genauer hin, denn diese Leute gehörten nicht zum gewöhnlichen Inventar. Yoshi kannte diese Gesichter aus Franks elektronischem Archiv, das er angezapft und auf sein System überspielt hatte. Es waren Marion Muellers, die Chefin des Einkaufszentrums, Bürgermeister Alfons Kirmair und Baulöwe Paul Mühlbauer. Marion Muellers, wie immer im knappen altrosa Designer-Kostüm, strahlte den morbiden Sex einer mehrmals gelifteten Hollywood-Diva ab. Der Kellner versuchte glatt, bei seiner Verbeugung vor ihr unter den leicht verdreckten Teppichboden zu kriechen. Tatsächlich verschwanden auch der barock-harmlose Kirmair und der schmale, betongraue Mühlbauer vollständig hinter den verächtlichen Energien, die mit Marion Muellers durch den Raum blitzten. Yoshi sah gerade noch weg, bevor ihn ihr Blick streifte; als er es tat, rasierte er ihm messerscharf über den Nacken hinweg. Marion Muellers: eine Urgewalt.

Das Trio setzte sich ans Fenster. Yoshis Rücken war nur durch die spärliche Vegetation eines stümperhaft mit Dekofix-Holzimitatfolie verklebten Plastik-Blumentrogs von Marion Muellers' stahlhartem Rückgrat getrennt. Bei Bier (Kirmair, Mühlbauer) und mäßigem Rotwein (Muellers) und glutamatverpapptem, pseudochinesischem Essen heckte die Crème von Abensberg ihre neuesten Pläne aus. Yoshis Ohren wurden länger. Er wußte allerdings, daß Marion Muellers wissen mußte, daß er mit Frank und Laura zusammensteckte. Da war es gut, daß Yoshi das Haus niemals ohne etwas Elektronik verließ. Er improvisierte mit einem ferngesteuerten Minidiktiergerät und einem Fetzen Klebeband eine Art Abhörsonde, die er unauffällig am nächsten Tischbein befestigte. Als das Essen der Honoratioren kam, stand Yoshi auf, zahlte und ging. Aber nicht weit. Auf der einigermaßen schalldichten Toilette des KebapWorld-Imbiß holte er seinen drahtlosen Kopfhörer/Empfänger heraus und hörte mit.

Zunächst einmal ging es um Muellers' neueste Erwerbung, das Grundstück an der südlichen Ortseinfahrt. Kirmair sollte staatliche Zuschüsse dafür besorgen, daß Mühlbauers Leute für Muellers die angrenzende Hauptstraße mit einer zusätzlichen Abbiegespur verbreiterten. Dafür würde Muellers via Mühlbauer Kirmairs Schwager zu einem günstigen Eigenheim in bester Lage verhelfen. Der Schwager wiederum war ein mittelschwerer Funktionär in der BPD-nahen Franz-Schweigel-Stiftung, die über die Vergabe eines Stipendiums an Mühlbauers Enkel Poldi zu entscheiden hatte. Poldi sollte dafür seine alten Videospiele an Marion Muellers' Nichte abgeben, die Tochter des Landshuter Bürgermeisters Knirzinger (BPD), der mit dem Besitzer einer Münchner Fleischgroßhandlung befreundet war, auf dessen Privatjet die beste Freundin von Marion Muellers kostenlose Flugstunden absolvieren könnte. Niemand wurde vergessen. Es folgten noch ein paar obskure Grundstückdeals, wobei Marion Muellers dauernd per Mobiltelefon mit ihrem Duzfreund, dem Sparkassenbezirksdirektor Schlummerer, kommunizieren mußte. Dann ging es zur Sache.

Aber zu welcher Sache? Bis auf Yoshi wußten alle, worum es ging, was für den japanischen Mithörer den Spionierjob nicht leichter machte.

„Heute nacht wird der Kontakt hergestellt", verkündete Marion Muellers.

„Faszinierend!" schniefte Kirmair.

„Das wurde langsam Zeit", moserte Mühlbauer, „dieser miese, kleine Scheißer von der Zeitung wurde schon darauf aufmerksam."

Muellers nippte vom Rotwein und lächelte halbtrocken.

„Dieser Frank? Der ist keine Gefahr. Der hat weder Grips noch Ambitionen. Den kenne ich. Der ist längst vertrocknet und wartet auf den Tod."

„Den kann er haben", knurrte Mühlbauer.

„Du spinnst wohl! Viel zu auffällig. Außerdem weiß er nichts. Ungefährlich. Wie ich schon sagte, Paul. Mit anderen Worten: Der Mann wird nicht angerührt. Noch nicht.“

Muellers hatte ihren sanftmütigen und legte sich für Frankie ins Zeug.

„Hm. Vielleicht sollten wir ihn mit etwas Geld ruhigstellen“, schlug Kirmair vor und rülpste einen winzigen, verschämten Rülpser.

„Gar nichts machen wir. Kapiert? Er weiß nichts und wird nie etwas wissen. Wenn wir ihn angreifen oder ihm Angebote machen, dann wird er erst neugierig werden. So kümmert sich das Kerlchen um die Vorstandssitzung des Hamsterzuchtvereins, und bis er überhaupt merkt, was hier vor sich geht, haben wir schon alle Trümpfe in der Hand.“

Marion Muellers war sich schon verdammt sicher, dachte Yoshi und pinkelte vor Aufregung ins Klo.

„Und der Japaner?“ fragte Mühlbauer.

„Der ist schon gefährlicher. Aber man hat mir versichert, daß er durch eine Kommunikationsblockade von seiner Zentrale abgeschnitten ist. Allein sind solche Kerle machtlos. Er ist nicht einmal ein Störfaktor. Und daß er sich diesem unorganisierten Journalistenpack angeschlossen hat, wird ihm auch nicht weiterhelfen.“

„Was hat eigentlich der andere Japaner damals ’rausgerückt? Wissen wir schon, weshalb die beiden hierher gekommen sind?“ wollte Kirmair wissen.

Marion Muellers schlürfte.

„So ein mieses Gesöff. Ähm. Hrm. Der andere Japaner hat gar nichts gesagt. Die Burschen sind knallhart. Das sind nicht irgendwelche dummen Figuren, das sind Spezialisten. Aber solange der übriggebliebene Japaner nichts weiß, kann er nichts tun. Und herausfinden wird er nichts. Auch nicht mit seinen ach so tollen Gerätschaften. Sie haben keine Chance. Nicht die geringste. Sie werden nicht merken, was heute abend hier vor diesem Fenster geschehen wird.“

Der *übriggebliebene* Japaner.

Sie hatten ihn getötet.

Die Wut nahm Yoshi den Atem. Sie hatten Hiroshi getötet, diese aufgeplusterten, miesen Primitiven! Sie waren es gewesen! Kein einziger dieser unbeholfen schachernden Schmalspur-Verschwörer wäre es auch nur im entferntesten wert gewesen, Hiroshis Scheiße zu essen! Yoshi war versucht, sich die Hose heraufzuziehen, in das Restaurant hineinzumarschieren, sich vor Muellers und ihren Speichelleckern aufzubauen, höflich „Pardon“ zu sagen und mit absoluter Ruhe einen nach dem anderen säuberlich mit schallgedämpfter Waffe zu erschießen. In den Kopf. Zwischen die Augen. Einen nach dem anderen. Aber Yoshi blieb sitzen. Er stand erst auf, nachdem die anderen gegangen waren. Dann ging er zurück ins Restaurant und montierte unbemerkt seine improvisierte Wanze ab. Seine „ach so tollen“ Gerätschaften hatten ihm diesmal einen echten Wissenvorsprung verschafft. Bis heute abend dann, Marion Muellers!

Yoshi konnte es nicht mehr sehen.

Marion Muellers und Paul Mühlbauer ließen sich von einem chinesischen Lakaien eine festgerostete Metalltür aufzerren, die hinaus auf die weite, von grobem Kies bedeckte Dachfläche des Einkaufszentrums führte. Muellers atmete tief ein und aus und Mühlbauer entging nicht, wie sich der enge Rock ihres Kostüms um ihre Hüften spannte, feine, scharfe Falten werfend. Sie selbst fand ihre Figur ganz okay. Ihre Figur war okay und die Dinge liefen gut. Vogelschwärme wolkten schwarz vorbei, warme Winde wehten aus den Abluftkanälen und Marion Muellers' Stimmung rutschte ins Grundsätzliche.

„Paul", sagte sie, „Es sind große Zeiten für unsere Partei."

„Ah", sagte Paul, „wirklich."

Er mochte ihr nicht folgen, traute sich aber auch nicht, ihr zu widersprechen.

„Ja. Große Zeiten", wiederholte die Frau und setzte eine schlichte schwarze Sonnenbrille auf. „Unsere Partei ist dabei, ihr Land in einen völlig neuen Abschnitt seiner Geschichte zu führen."

Mühlbauers Stirn runzelte sich.

„Ihr Land?"

Marion Muellers nickte.

„Ihr Land", bestätigte sie. „Unser Land. Land und Partei. Land und Partei sind eins. Siehst du das auch so, Paul?"

„Na, ehm. Wir stellen die demokratisch gewählte Regierung."

„Richtig. Sie wählen uns jedesmal wieder. Wir können machen, was wir wollen. Verstehst du? Sie wählen uns seit Generationen. Wir sind die legitimen Herren. Sie kennen es gar nicht anders."

Paul steckte beide Hände in seine teuren Hosentaschen.

„Das stimmt."

„Weißt du, warum sie uns immer wieder wählen, und nur uns und keinen anderen?"

„Wir haben die Erfahrung und das politische Konzept."

Marion Muellers mußte lachen. Mühlbauers überraschend große Naivität belustigte sie immens.

„Blödsinn, Pauli! Blödsinn!" sagte sie. „Sie wählen uns, weil sie uns brauchen. Sie sind uns gewohnt. Die BPD ist das einzige, was in diesem Land eine Konstante darstellt. Alles zerfällt. Familien, Kirchen, alles. Nur wir bleiben. Wir sind noch da. Immer noch. Nach allen Skandalen und Krisen. Wir sind unbesiegbar. Denken sie. Dabei sind sie es, die uns unbesiegbar machen. Man möchte ja meinen: je schlimmer die Krise, desto unbeliebter die Regierung. Aber nein! Sie sehen die Krise und sie sind auf die Krise fixiert und nur auf die Krise und sie sehen sonst gar nichts mehr außer der Krise und sie brauchen etwas, woran sie sich halten können, in diesen schlechten Zeiten. Und das sind wir, Pauli. Das sind wir. Wir brauchen gar keine Konzepte, gar keine Lösungen. Wir müssen nur Sicherheit ausstrahlen. Staatstragend sein. Einfach nur dastehen, wie der Fels in der Brandung. Und die Kleinen, drunten in der Flut, die meinen, daß sie endgültig absaufen. Und bevor sie sich das Ersaufen antun, kommen sie lieber zu uns zurück. So ist es, Pauli. Nur so."

Drunten tobte das Einkaufszentrum. Mannigfaltige Arten von Lastwagen dieselten schwer heran und pumpten dunkle Waren in die dampfenden Wellblechhallen. Satte, metallische Geräusche. Lebendige, gewinnbringende Klänge.

Paul Mühlbauer trug feine, ziehende Schmerzen im Gesicht. Marion Muellers sah ihn nicht an. Sie brauchte ihn eigentlich gar nicht. Sie sprach zum Hauch der Geschichte, dabei bliesen ihr schwitzende Lüftungsrohre fettige Dünste ins Haar.

„Pauli", sagte Marion Muellers und drehte sich herum und blickte Mühlbauer fest ins müde Gesicht, „dieses Land ist unseres!"

„Hm", grunzte Paul Mühlbauer und blickte von Marion Muellers weg und stieg zitternd zurück ins sichere Restaurant. Weg von der Frau und weg von ihren Gedanken und weg von den schalen Gerüchen des Daches.

Marion Muellers blieb. Sie war lieber allein als mit einem negativen Geist zusammen. Sie spürte das tobende Einkaufszentrum unter ihren Füßen. Sie sah die feucht glitzernde Ebene, den bunt flirrenden Verkehr auf der B 16. Sie sah die Stadt. Das alles war ihres. Endlich ihres.

Sie zieht die Schuhe aus und steigt durch den nackten Kies und sie läuft über die blanken Steine und sie spürt bei alledem keine Schmerzen, sie ist eine harte Frau. Marion Muellers stellt sich direkt an die Kante, an den äußersten Punkt ihres Reiches. Sie setzt sich, und sie läßt die Füße an der Wellblechwand hinunterbaumeln wie ein kleines Mädchen. Und sie denkt nach. Sie denkt daran, wie schwierig es gewesen war, dies alles hier zu schaffen. Supermärkte und Restaurants und das Einkaufszentrum und alles übrige.

Lange, lange hatte es gedauert, sich gegen die alten Gewinnlerstrukturen durchzusetzen, gegen diese verfaulten, stinkenden Spezl-Netzwerke, die tatsächlich noch im 21. Jahrhundert eiskalt kalkulierte Heiratspolitik betrieben. Heiratspolitik! Als sie hier angekommen war, als junge Geschäftsfrau und frisch eingetretenes Parteimitglied, da hatte sie sich erst ein paar Monate Zeit nehmen müssen, um Kontakte zu knüpfen und überhaupt bei diesen Seilschaften durchzublicken. Von Akzeptanz, von Einsteigen gar keine Rede. Im Gegenteil. Sie hatten versucht, sie 'rauszuekeln. Wie schon ihre Großväter und deren Großväter andere Marion Muellers 'rausgeekelt hatten. Aber diese Marion wollte nicht aufgeben. Sie hatte gewartet und analysiert und schnell gesehen, daß sich die Clans untereinander nicht ganz grün waren, daß sie sich hinter den vordergründig fest geschlossenen Kulissen in kleinen, dummen Konflikten gegenseitig bekriegten. Die Clans waren morsch und müde geworden, nach all der Zeit vollkommener Kontrolle über die Stadt. Sie fühlten sich sicher. Keiner von ihnen bemerkte die schmalen, verästelten Kanäle, über die Marion mit Hilfe ihrer Strohmänner immer mehr Anteile an dem chaotisch-desorganisierten Einkaufszentrum vor der Stadt abzapfte. Bis sie eines Tages von ihren bierschweren Stammtisch-Intrigen aufblickten und feststellen mußten, daß sich da direkt vor ihren rotgesoffenen Nasen ein beachtliches Machtpotential zusammengeballt hatte. Das Einkaufszentrum war Marion Muellers' Festung. Eine Trutzburg.

Sie hatten dann versucht, sie hintenrum fertigzumachen. Durch üble Nachrede und über ihre Kanäle in der Partei. Zu spät. Marion hatte die Jungen in der Stadt hinter sich gebracht, und ihre Leute saßen schon an allen wichtigen Knotenpunkten in Partei und Verwaltung, meistens eine Ebene höher als die faulen, satten Bundesgenossen der alten Clans. Nun hockte sie ihnen auf der Brust, mit der ganzen Schwere ihres gigantischen Konsumkomplexes, und sie bestimmte, wieviel Luft sie kriegen durften. Nun verkrochen sie sich in ihren Traditionen und warteten darauf, daß Marion Muellers starb und sie wieder alles an sich reißen konnten. Sie hatten Zeit. Sie hatten viele Nachkommen. Die Zukunft würde wieder die Vergangenheit sein.

Marion Muellers wußte das. Aber es war ihr scheißegal, was nach ihrem Tod hier passierte. Sie wollte erst mal leben!

Leben. Leben.

Leben.

Das war's, was Marion Muellers wollte.

Sie war in einem kleinen Kaff südlich von Abensberg aufgewachsen. Schon in der Grundschule merkte die kleine Marion, daß sie nicht zu den anderen Kindern kompatibel war. Sie war anders. Sie war von anderswo. Sie war nicht hier geboren. Sie war evangelisch. Der Schuldirektor hatte Marions Eltern ernsthaft vorgeschlagen, ihre Tochter umtaufen zu lassen, damit wieder alle Kinder in seiner Schule katholisch seien. Dafür haßten Marions Eltern den Schuldirektor und die ganze selbstzufriedene, dumpfe Gegend, und Marion lernte, mit ihnen zu hassen. Hart wurde sie, härter als alle Jungen. Sie schaffte es als einzige aus ihrer Klasse aufs Gymnasium. Damals, als die Ausbildung auf einem Gymnasium noch etwas besonderes gewesen war. Auf dem Gymnasium merkte sie schnell, daß sie die anderen Kinder nicht mehr verprügeln durfte. Dafür mußte sie jetzt arbeiten, noch härter arbeiten als je zuvor. Sie machte sich Freunde. Nützliche Freunde. Als sie in die Pubertät kam, holte sie sich Sex, wann immer sie welchen brauchte. Sie verließ das Gymnasium mit einer Durchschnittsnote von Einskommanull. Alle bewunderten sie, und sie haßte weiter.

Marion Muellers studierte in München. Betriebswirtschaft mit Schwerpunkt Marketing. Ihr Haß wandelte sich in Verlassenheit. Für einen völligen Zusammenbruch war sie viel zu stabil, aber sie mußte etwas tun, was ihr sehr, sehr schwer fiel: sie mußte ihre Werte ordnen, ihre Ziele bestimmen. Damals entschied sie, daß sie Sicherheit brauchte. Es war nur logisch, es war durch und durch ihre Art, daß sie ihre seelische Stabilität aus materiellen Sicherheiten beziehen wollte. Das war ihr damals nicht aufgefallen. Jetzt, da sie auf der kühlen, steinernen Kante ihres eigenen Einkaufszentrums saß und die gesamte, dröhnend zitternde Macht dieser von ihr eigenhändig angesammelten Materie unter sich spürte, da offenbarte sich dieser Gedanke mit jener überraschend glasklaren Brillanz, die nur zutiefst wahren Gedanken zu eigen ist.

Mit dem Diplom in der Tasche schaffte es die junge Marion bis nach Amerika. Sie fand eine primitive Arbeit in einer Firma namens Atomic Breakfast, welche völlig synthetische Nahrungsmittel für unterprivilegierte Slumbewohner herstellte. Schnell stieg sie von der Tomatenderivat-Hilfspanscherin zur Sprecherin der Marketing-Unit auf. Das erste Mal in ihrem Leben konnte sie sich schicke Kleidung kaufen, und es blieb noch was vom Gehalt übrig. Das erste Mal in einem vernünftigen Appartement wohnen. Küche und Wohnzimmer getrennt! Ein eigenes, sauberes Bett! Und nebenbei den Typen von der Presse irgendeine Scheiße erzählen. Leichtes Geld, leichtes Geld. Amerika. Ein prima Land für Marion Muellers. Ein Land der Chancen. Atomic Breakfast ging trotzdem pleite. Sang- und klanglos. Von einem Tag auf den anderen verschwand die Firma aus den Cyberspace-Ebenen der Virtual Wall Street. Die Aktien waren schließlich nur noch so viel wert wie die Scheiße, aus der die Atomic-Breakfast-Produkte gemacht wurden. Das Glück verließ Marion Muellers und Marion Muellers verließ Amerika. Es zog sie wieder nach Hause zurück. Nach Niederbayern. Sie kam zurück, und nichts hatte sich verändert. Gar nichts. Prima. Sie trat sofort der BPD bei. Und sie kaufte das Einkaufszentrum in Abensberg. Jetzt saß sie da, wo sie hingewollt hatte, ihr ganzes Leben lang. Wobei sie sich in letzter Zeit immer seltsamer fühlte. Je mehr sich ihre Position hier konsolidierte, desto unsicherer fühlte sie sich. Sie war wie ein Porsche, der kräftig auf einer Brücke dahinrast und immer weiter und immer weiter und der schließlich merkt – so ähnlich wie Carl der Coyote in den Roadrunner-Cartoons – daß der Boden unter den jaulend durchdrehenden Reifen plötzlich weg ist. Marion Muellers wußte: Wenn sie sich nicht bald ein neues Ziel würde schaffen können, dann würde sie von der Schwärze verschluckt werden. Die Wogen der Sinnlosigkeit würden das schäbige Fundament ihrer profitorientierten Existenz schnell erodieren, umgeben von sinnlos kreischendem Nichts würde sie zerfallen.

Sie schreckte hoch.

Sie schnappte nach Luft.

Sie stand auf, viel zu schnell.

Sie sah sich panisch um.

Es könnte jemand zugesehen haben.

39 DER DOOMSDAY

Der Morgen schwappte kühl über das verschachtelte Mehrfamilienhaus nebenan. Allein stand ich vor der großen Glasschiebetür und ließ das Nichts durch meinen Kopf spülen. Katharina und Laura schliefen jetzt, da ich weg war, nebeneinander. Kaum war ich weg, da waren die beiden Nachbarn. War ich ein Trennelement? Ich ließ meinen Blick ziellos durchs dunkle Zimmer kreuzen. Auf dem flachen, gläsernen Wohnzimmertisch, der seine spitzen Füßchen tückisch in den flauschigen Teppichboden bohrte, entdeckte ich die neueste Ausgabe von ‚Der Doomsday', dem nördlichsten Nachrichtenmagazin Deutschlands. Von den berüchtigten 12 Nachrichtenfaktoren nach Galtung und Ruge nahm Der Doomsday bevorzugt den ‚Negativismus' als Filter für die Nachrichtenauswahl. Neulich war es passiert, daß die Lektüre des Doomsday eine labile Leserin ob all der Katastrophenberichte in den Selbstmord getrieben hatte. Der Doomsday hielt diesen Bericht für ein Komplott seiner zahlreichen Gegner. Womit er recht haben konnte. Die erbittertsten Gegner des Doomsday, korrupte Politiker, Mafiosi, Nazis und andere Unerfreulichkeiten, schreckten vor nichts zurück. Trotzdem war Der Doomsday das journalistische Äquivalent zu einer scharfgemachten Panzerfaust im Maßanzug. Der Doomsday, stets Garant für elegant-zynische Beschreibungen menschlicher und materieller Katastrophen, war das wahre Deutsche Magazin. Den Doomsday auf- und anschließend die Hände über dem Kopf zusammenzuschlagen, das war eine einzige, fließende Bewegung, und jeden Montag konnte man dieses Klatschen aus Studentenbuden, Parteizentralen und Konzernhochhäusern vernehmen. Der Deutsche ist am liebsten

a) entrüstet
b) betroffen und
c) empört,

und Der Doomsday verstand es vorzüglich, sein Publikum in diese deutschen Grundstimmungen zu versetzen. Der Nutzwert der Doomsday-Lektüre ging dazu noch weit über die eigentliche Lesedauer hinaus. War der Leser nämlich erst entrüstet, betroffen und empört, dann konnte er gemeinsam mit seinen Freunden, Genossen und/oder Kollegen der allerdeutschesten Lieblingsbeschäftigung nachgehen: dem Meckern. Denn der Doomsday verabschiedete sich immer mit einer vage bedrohlichen Zukunftsperspektive („Wenn das so weitergeht, dann ist die Menschheit echt die Schüssel 'runter! Auweia!") oder einem koboldhaft kichernden, hämischen Schlußsatz von seinem Publikum („BPD-Schatzmeister von Reiching weiß wohl, wo die Milliarden vom Rüstungskonzern MBTU hingeflossen sind, harhar!"). Da zwischen jeder Zeile als zusätzliches Gimmick noch mindestens ein versteckter Hinweis, eine Beschuldigung oder eine wadenbeißerische Attacke steckte, bekam man für eine Handvoll Euros ganz schön viel Polit-Entertainment. Von den unschlagbaren Bildunterschriften ganz zu schweigen („Reichskanzler Blodnick[2] und Präsident Ortega y Navarro: Digitales Besäufnis."). Kein Wunder, daß sich da die wunderbunte Nachrichtenblatt-Konkurrenz aus München ganz schön schwer tat. Immerhin hatte sich das ehemalige Blumenzüchter-Fachblatt CROCUS durch eifrigen Einsatz buntester Computergrafik-Systeme (36 Bit Farbtiefe!!!) zum größten Comicmagazin der Republik gemausert, und es hatte in seiner kurzen Geschichte auch schon zwei mittelschwere Skandale aufdecken können (Skandal A: Ostdeutsche Broilerbraterei verbrutzelte tausende geklonter Galapagos-Pinguine – Zahlreiche Ossis entwickeln eigentümlichen Fracktragezwang!!! Skandal B: Kellerasseln sterben wegen überintensiver Bejagung aus – Chinesen halten getrocknete Asselfüßchen für Aphrodisiakum!!!). Die Sonne spitzte schon vorsichtig über den Kamm des gnadenlos häßlichen Eigentumswohnungsmassivs gegenüber und spendete mir nun genug Leselicht. Ich wappnete mich und nahm den Doomsday zur Hand. Der erste Blick galt der allerletzten Seite, die traditionell in eine linke und eine rechte Spalte aufgeteilt war. In der linken Spalte listete der Doomsday genüßlich all die saublöden Tudasnichtse und Satzfehler auf, die sich die anderen Presseorgane letzte Woche wieder geleistet hatten, auf der rechten Seite schwang der ansonsten knallhart antiklerikale Doomsday kräftig das Weihrauchfaß für sich selbst, indem er devote Ergebenheitsadressen von befreundeten Medien gnadenlos abdruckte („Wie schon in der letzten Ausgabe des Doomsday hervorragend, präzise und mit gottähnlichem Durchblick recherchiert, hat das Institut für kosmetische Chirurgie an der Universität Dresden endlich zugegeben, daß Silikonfüllungen in Hühneraugen – wie der unübertreffliche Doomsday bereits mit seinem ihm eigenen wunderbaren Scharfsinn bemerkt hat – für passivrauchende Schwangere ab dem 3. Monat ein Gesundheitsrisiko bedeuten könnten.").

Den Doomsday begann der Kenner stets von hinten. Dann nämlich steigerte sich das Grauen beim Lesen schön stetig linear und genüßlich. Der wahre Katastrophen-Gourmet arbeitete sich zuerst durch die aktuellen Blödheiten in Kunst und Kultur hindurch, ließ sich anschließend im Wirtschaftsteil

---

[2] Mit computersimulierter katalanischer Kalebasse, dem Gastgeschenk des Präsidenten.

gepflegt von den neuesten Rezessions-News schocken, bis er schließlich ins Allerheiligste, den ‚Deutschland'-Teil vorstieß, wo er den exquisitesten Horror der Republik degustieren konnte. Der Doomsday, diese tiefgedruckte Geisterbahn auf Recycling-Papier, ließ ihre Adepten nie im Stich.

Die Sonne stieg höher, ich kratzte mich am Kopf und blätterte um und stieß schließlich auf einen Artikel, der mich interessierte: Die VVMW-Werke in Ingolstadt waren kürzlich von einer obskuren Firma aus dem Dunstkreis des amerikanischen militärisch-industriellen Komplexes aufgekauft worden. Die BPD-Regierung in München, die Ex-Eigentümerin der riesigen Automobil- und Rüstungsfabrik, hatte dabei einen unwahrscheinlichen Riesengewinn erzielt, den sie gleich in ein größenwahnsinniges Projekt namens ‚Bayern-Park' stecken wollte, an dem auch der Ministerpräsident persönlich beteiligt war. Es ging darum, eine exakte Kopie der Zugspitze mitsamt einem Schloß Neuschwanstein darauf mitten ins ostfriesische Watt zu setzen und dann dafür Eintritt zu verlangen. Ein Robot-Double von König Ludwig II. befand sich bereits auf Welttournee, um für die Idee zu trommeln. In Japan und den USA zeigte man sich begeistert. Blödsinn beiseite, der Artikel barg für mich mehr Relevanz, als es zunächst den Anschein haben mochte. Es stellte sich jetzt nämlich für mich die Frage, ob Hiroshi damals in einer deutschen oder in einer amerikanischen Fabrik gefangengehalten und gefoltert worden war. Angesichts des völlig überhöhten Preises, den die Amerikaner für die Anlage gezahlt hatten, war es allerdings wahrscheinlich, daß sie mit der BPD verbündet waren. Das wäre klug von den Amerikanern. Denn ohne die BPD ging hier in Bayern sowieso nichts. Amerikanische Fabrik. Amerikanische Kampfhubschrauber. Endlich paßte etwas zusammen! Ich ging und sagte es Laura.

„Das wird verdammt gefährlich!"

Laura setzte sich in ihrem Schlafsack auf und wuschelte chaotisch durch ihr Haar. Sie sah am Morgen irrsinnig sexy aus. Ich liebte es, wenn sie ungeschminkt, wenn ihre Lippen weich und ihr Körper vom Schlafen noch wunderbar warm war. Ich lehnte mich neben sie an die Wand und kuschelte mich an sie 'ran. Mmmm. Schon ging es mir besser.

„Diese Amis sind völlig durchgeknallt und die BPD gibt ihnen für gutes Geld freies Geleit. Was steckt da bloß dahinter, daß diese Kerle alle Skrupel fallen lassen? Hey!"

Laura lehnte sich vorneüber und stupste die noch schlafende Katharina an. Die Seherin wachte brummelig auf und guckte uns säuerlich an.

„Wasnlos? Hm?"

„Wieso hat eigentlich dieser Hubschrauber auf dich geschossen?"

„Der Hubschrauber? Naja. Schätze, wegen dem Signal."

„Wegen dem Signal?"

„Hm. Ich hab' über längere Zeit ein codiertes Signal aufgefangen, das regelmäßig von einer Sendestation in Abensberg an den militärischen Teil meines Satelliten geschickt wurde. Neulich blieb es dann plötzlich weg. Das war um die Zeit, als die ersten amerikanischen Hubschrauber auftauchten."

Die Hippies! Das Signal!

„Schätze, sie haben mich dabei erwischt, wie ich in ihren Dateien herumgestöbert hab' und meinen Standort an der Kirche geortet. Anders kann ich mir den Anschlag nicht erklären."

„Hast du auch herausgefunden, was die Signale bedeuten?"

Sie schüttelte müde ihre Mähne.

„Nein. Zuviele Sicherheitsebenen. Plus eine menschliche Sicherheitsstufe am Ende der Datenpipeline. Unmöglich für mich, da 'ranzukommen. Was offnet ist, kann ich nicht erreichen."

40

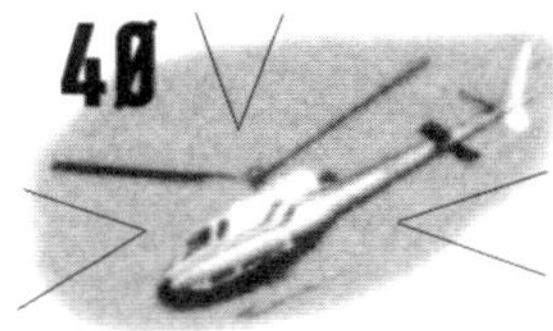

„Zur Erinnerung an die Schlacht von Abensberg".

Napoleon.

Yoshi kannte Napoleons Hut von verschiedenen Mangas, japanischen Comics. Es waren immer die Irren, die einen Napoleonhut trugen. Warum wohl? Napoleon als Symbol für Wahnsinn. Jedenfalls war der echte Napoleon mit seinen Truppen hier anscheinend mal durchgekommen, und die Eingeborenen hatten ihm aus lauter Ehrfurcht gleich ein Denkmal gesetzt. Oder ein Schandmal? Yoshi war sich da nicht ganz sicher. Denn die Stätte bestand nur aus einem schweren, grauen, bizarr geformten Gesteinsbrocken, in den man eine Gedenktafel eingelassen hatte. Es sah beinahe aus wie ein europäisches Grab, in die kleine graue Tafel hatte man einen Text eingemeißelt: ‚ZUR ERINNERUNG AN DIE SCHLACHT BEI ABENSBERG AM 19. U. 20. 4. 1809'. Sie schienen stolz darauf zu sein, daß Napoleon mit seinen Truppen im Jahre 1809 die Gegend hier verwüstet hatte. Absurd, daß diese freundlichen, friedlichen Leute hier einen brutalen Feldherrn so sehr verehrten, daß sie ihm zu Ehren ein Denkmal errichteten. Sogar im Hotel Gurglbauer hatte es ein 'Napoleonszimmer' in der Gaststube gegeben. 1809 schien für die Menschen hier nicht weit entfernt zu sein. Yoshi überlegte. Wahrscheinlich mochten sie Napoleon, weil er der Gegend hier Glamour verliehen hatte. Stars machten auf ihren Welttourneen wohl relativ selten Station in Abensberg. Yoshi hielt es auch für möglich, daß man den originalen Rolling Stones auch ein Denkmal errichtet hätte, wenn sie mal hier durchgekommen wären. Ganz sicher sogar. Da hätte der Gesteinsbrocken wirklich gut gepaßt, grinste Yoshi. Dieser Rock hier rollte zwar nicht mehr, aber immerhin. Tatsächlich: Napoleon als früher Popstar? Gar nicht mal so abwegig. Er hatte eigene Gesten, eine eigene Corporate Identity. Ein eigenes Land. Und einen eigenen Hut.

Um das kleine Denkmal herum hatte man ein kleines Gärtchen angelegt und dahinter zwei Bänke aufgestellt, von denen aus sich die Abensberger an

ein
kauf
zen
trum

ihrem herrlichen Rolling Napoleon Stone erfreuen konnten. Ein bemerkenswert cooler Ort. Immerhin stand das Denkmal inmitten einer Art Hain auf dem Gipfel eines Hügels am äußersten östlichen Rand der Stadt. Bäume, Gestrüpp, an einer Seite des kleinen Hügels die B 16, in der anderen Richtung heischte die hiesige McDünnald's-Filiale mit einem gigantomanischen gelben „M“ am Stiel um die Aufmerksamkeit fastfoodgeiler, tiefergelegter Autofahrer. Hinter dem Drive-In erstreckte sich das dunkle Volumen des Einkaufszentrums, dann kamen gleich die letzten Reste des Abenstal-Biotops und am anderen Ende der Hügel mit der Wallfahrtskirche drauf, in deren Turm immer das unentwegte kleine Licht brannte. Dunkelheit floß langsam vom Himmel herab. Yoshi setzte sich auf eine der verdreckten Bänke beim Denkmal. In den Büschen raschelte der McMüll. Biologisch abbaubar, aber rein optisch eine Schande.

„Mmmmm! Rrrrreinbeißen!“ quäkte eine Stimme aus dem Hinterhalt.

Yoshi rutschte von der Bank und rettete sich seitwärts rollend ins zerknackende Unterholz.

„Mmmmmm! Rrrrrreinbeißen!“

Das Stimmchen war dünn, verweht. Schon der Fahrtwind der Autos nahm es mit.

„Mmmmmmm! Rrrrr.“

Yoshi setzte den Restlichtverstärker auf.

„Mmmmmmmm! Rrrrein!“

Schon hatte er den Bösewicht: eine sprechende Hamburger-Verpackung, die wie eine dieser elektronischen Glückwunschkarten beim Öffnen einen

Spruch aufsagte. Der Japaner zupfte den kleinen Unhold aus den Zweigen heraus, legte ihn vorsichtig auf den hartgetretenen Erdboden und zerquetschte ihn gründlich mit seinem Schuhabsatz. Anschließend steckte er, um die Atmosphäre besser in sich aufnehmen zu können, den Restlichtverstärker wieder in die Tasche. Yoshi wußte: Heute nacht würde das UFO kommen. Eine Modulation im Wind teilte es ihm mit. Eine heisere, kalte Strömung. Das UFO war kein Betrug. Es war echt. Denn die Gefühle, die es vermittelte, waren echt. Massiv.

Auch diese dumme Eingeborenenfrau Muellers wartete auf das UFO. Aber die außerirdische Intelligenz würde keinesfalls mit diesen BPD-Menschen Kontakt aufnehmen. Es war intelligent. Von deutlich spürbarer Sensibilität. Nicht umsonst war sie eine überlegene außerirdische Intelligenz. Woher aber wußte dann Muellers, daß die außerirdische Maschine kommen würde? Oder hatte sie doch nicht das UFO gemeint?

Drüben schaltete sich das große gelbe ‚M' auf volle Leuchtkraft. McDrive. Mit Frühstück und Pizza Service.

Das war optisch viel zu laut. Es störte. Yoshi atmete ein und aus und ein und hielt die Luft an und zielte auf das große, viel zu helle M und zerschoß es mit einer einzigen Kugel aus seinem lautlosen Gewehr. Es behinderte seine Beobachtungen. Lichtmüll war stets auszuschließen. Yoshi justierte die mattschwarz-metallene Videokamera. Aus dem McDünnald's kamen ein paar Leute in lächerlichen Uniformen gerannt. Bedienstete, die feststellen mußten, daß ihre Reklame ausgefallen war und daß es in der Dunkelheit unmöglich war, sie zu reparieren. Sie zuckten mit ihren kleinen, ratlosen Ärmchen und trollten sich wieder zurück in ihre Burgerbude. Es roch leicht nach Abgasen und fettigen Pommes.

Bald war es völlig dunkel. Yoshis Geräte registrierten nichts. Stille im Äther. Ruhe über der Ebene.

Mit Restlichtverstärker sah die Abensebene allerdings anders aus. Von der Stadt her bewegte sich eine Prozession auf dem Feldweg, der durch das Flußtal von der Stadt zur Wallfahrtskirche führte. Yoshi griff im Dunklen nach der Videokamera und zoomte die Leute 'ran. Es waren Abensberger Bürger, von denen er schon viele auf der Straße oder in Geschäften gesehen hatte. Sie alle folgten gemessenen Schrittes einer Coladose, die ruhig in etwa zwei Metern Höhe in der Luft vor ihnen herzog. Sie alle waren völlig in sich versunken, sie schienen zu beten oder ihren Geist in reiner Auflösung zu baden. Sie waren in Trance. Pumps, Turnschuhe und quietschige Gummistiefel stapften einträchtig hintereinander durch den Schmutz des Feldweges. Alle in Reih' und Glied. Sekretärinnen, Bauern, Metzgerlehrlinge und Anwälte. Yoshi sah sie wie bei Tag. Seine Hand zitterte, die x/y/z-Koordinatenangabe im Sucher seiner Kamera zuckte in nervösem Grün.

Wurden die Leute von der Dose ins Feld geführt oder trieb die mächtige Konzentration dieser Menschen die Dose einfach vor ihnen her? Wer beherrschte wen? Yoshi legte die Kamera weg und rieb sich die Augen. Da fühlte er, daß der Raum um ihn herum sanft verändert wurde. Nach und nach. Etwas griff ein in die Struktur der Nacht, etwas klopfte an die Tür. Freundlich und neugierig. Das UFO!

Yoshis Hand ertastete sich den Griff seiner Waffe.

Die Show begann!

Die Nacht über der Ebene strudelte beiseite, sie machte dem über das winzige Lichtlein in der Turmspitze der Wallfahrtskirche hinweg einfliegenden Schatten Platz.

Der Schatten nahm seine Position über der Ebene ein. Er paßte dorthin, seine Anwesenheit hatte überhaupt nichts Fremdes an sich. Es war, wie wenn er genau dort, fünfzig Meter über den Sumpf bei Abensberg, hingehörte. Es war wie ein Heimkommen. Fein fingerten die Sensoren des Schiffes über Sumpf, Gras, Bäume und Menschen hinweg und schalteten sich wieder ab. Die Form des Gerätes sang im Wind.

Die Menschen aus der Stadt hatten sich nun im sumpfigen Gelände verteilt und einen verblüffend exakten Kreis gebildet. Hießen sie das Schiff willkommen? Die Coladose konnte Yoshi nicht mehr erkennen, sie war aber sicher noch da und beobachtete.

Das UFO stand einfach über der Ebene und über den Leuten und ließ sich vom Wind umstreichen.

Die Leute da unten hielten sich vollkommen still.

Nur im McDünnald's raschelten die Müllpressen.

Eine Bewegung!

Das außerirdische Objekt kippte leicht nach vorne und drehte sich einmal, zweimal ganz herum. Dann stand es wieder still. Es suchte. Oder es tanzte. Oder es startete einen Kommunikationsversuch. Oder der außerirdische Kommandant wollte von der Gravitation einen Drink gemixt kriegen.

Dann wurde das UFO von Einkaufszentrum und Wallfahrtskirche her angestrahlt!

Und lautlose, fiese, glatte Hubschrauberschatten zischten raketenbestückt und dicht über Yoshi hinweg und zwei, drei weitere schwarze Hubschrauber, ebenfalls kopflastig von den vielen Waffen, kamen in Baumwipfelhöhe vom Wallfahrtskirchenhügel rotorenflirrend herübergeflattert. Alle auf das stille, konturenlose UFO zu.

Auch die Hubschrauber schalteten jetzt ihre Suchscheinwerfer ein, und sie umzirkelten mottenhaft wirr das stille, lichtschluckende UFO. Und sie flogen herum und darunter und darüber hinweg, und das UFO ließ alles mit sich geschehen wie eine Tiefseetaucherglocke, die von neugierigen, bizarren Leuchtfischen umschwommen wird.

Yoshis Videokamera summte, sie nahm alles auf. Die Sensoren jedoch nahmen nur die Hubschrauber wahr. Das UFO schien eine Anti-Radar-Beschichtung zu haben. „Oder es ist überhaupt nicht da", dachte Yoshi belustigt.

Irgendwann wurde es dem UFO zu dumm und es fand eine Lücke zwischen den wirr wimmelnden Hubschraubern und Scheinwerferkegeln und es kippte sich wieder leicht zur Seite und flitzte steil nach oben weg, ließ die Erde einfach unter sich wegfallen und die Hubschrauber hilflos und alleine über dem Sumpf herumtaumeln. Die Helikopter wurden ärgerlich und sie scheuchten im martialischen Tiefflug die Abensberger aus den Feldern, die bis jetzt in ihrer Kreisformation verharrt hatten. Auf dem Einkaufszentrum wurden die Scheinwerfer abgeschalten und glühten langsam aus und die Hubschrauber verzogen sich wieder Richtung Westen und der McDünnald's roch weiter nach Pommes Frites. Alles ruhig. Alles beim alten. Naß dampften die Scheinwerfer am Einkaufszentrum. ... wie nach einem nächtlichen Fußballspiel. Die Atmosphäre kühlte sich ab. Alle gingen nach Hause.

Auch Yoshi packte langsam seine Ausrüstung zusammen. Dabei dachte er nach. Was hatten die Eingeborenen da gerade eben versucht? Das UFO zu fangen? Es zu vernichten? Mit ihm zu sprechen?

Na, das wohl sicher nicht.

Wer nur sprechen will, der schickt keine vollbewaffneten Hubschrauber.

Die große Frage blieb: Woher wußten all diese Leute (inklusive der zahlreichen Colakult-Anhänger!) nur, daß das UFO gerade heute gerade hier erscheinen würde? Wußten sie es von der Coladose? Sollte er die Coladose fangen, um mit ihr zu sprechen? Sie konnte sprechen. Wenigstens damals in der alten Grube hatte sie es gekonnt. Sie hatte gesagt: „Ich will Opfer." Opfer? Wofür? Fruchtlose Fragen. Yoshi wollte nach Hause.

Da knackste es gefährlich nah hinter ihm. Der Japaner drehte sich um, die Nachtsichtbrille vor den Augen, und lächelte den amerikanischen Soldaten an, der ihn mit seiner kurzen, schwarzen Maschinenpistole bedrohte. Yoshi lächelte vor Angst. Der quadratische Mann, der ihn bedrohte, hatte einen brutalen Kurzhaarschnitt, und er versuchte, so mörderisch zu grinsen wie Judge Dredd. Er hatte schlechte, gelbe Zähne. Er meinte, er hätte den Japaner sicher. In seinem Gesicht klebte eine dicke Nachtsichtbrille, ein klobiges amerikanisches Modell.

Yoshi wußte sofort: Der Junge war hier, um ihn zu erschießen. Tatsächlich: Der Amerikaner entsicherte. Glücklicherweise hatte Yoshi noch seine Hand bei seinen Geräten in der großen Nylontasche. Blind fand er den leicht gewellten Plastikschalter für die elektronische Blendgranate und schloß fest die Augen und preßte den kleinen Schalter tief in sein glattes, kühles Gehäuse hinein und ließ gleichzeitig mit einer geschickten Kopfbewegung seine eigene Restlichtverstärkerbrille in die Tasche fallen.

Der Ami brüllte. Sein Gesichtsfeld explodierte in einem grell strahlenden Inferno. Er bekam ein Hiroshima. Er war blind. Mit unerträglicher Brillanz fraß sich der E-Flare in seine Sehnerven. Der Mann schrie, er kreischte. Er tobte, er stolperte herum. Blind. Taub. Zerstört. Schockwellen aus reinem Schmerz fluteten durch sein rohes Nervensystem. Yoshi beschloß, den Soldaten nicht so weiterleben zu lassen, und nahm seine Waffe und legte an und schoß ihm in den Kopf. Der eine Schuß genügte. Es zischte leise, der massive Körper des Amerikaners kippte kraftlos nach hinten weg und plumpste knacksend in das kleine, struppige Gärtchen vor dem Napoleon-Gedenkstein hinein.

Yoshi zerlegte sein Gewehr, legte die blankpolierten Einzelteile nacheinander in die dafür vorgesehenen Ausbuchtungen im beige Schaumstoff der Tasche und ging durch das stille, feuchte Wäldchen zur Straße zurück.

Dieser Schlacht bei Abensberg würde wohl niemand ein Denkmal setzen, dachte der Japaner, und er spürte leise prickelnde Unsicherheit seine Beine hinaufkriechen. Ausgetretener Asphalt unter seinen Sohlen. Die Erde kam ihm immer näher. Der Himmel blieb den Hubschraubern und UFOs.

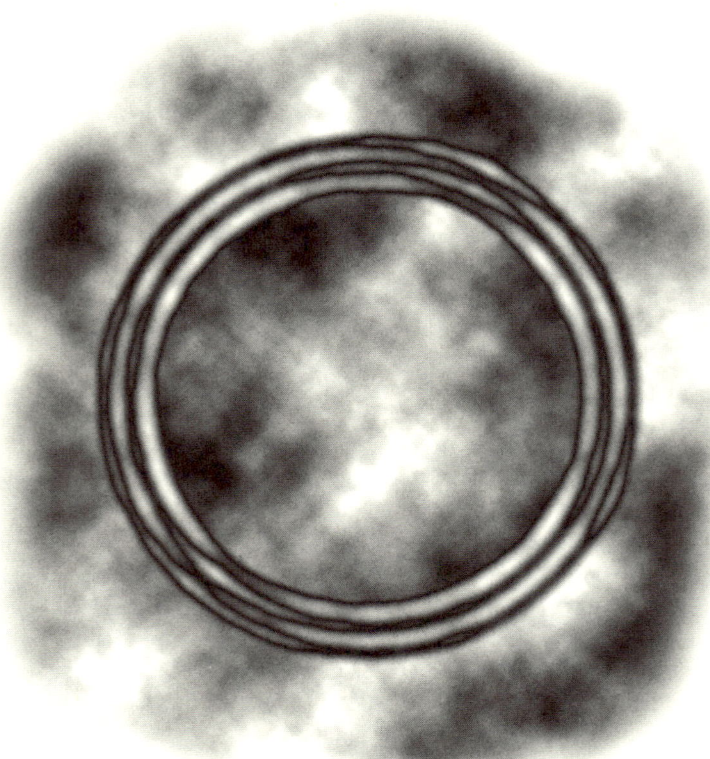

41

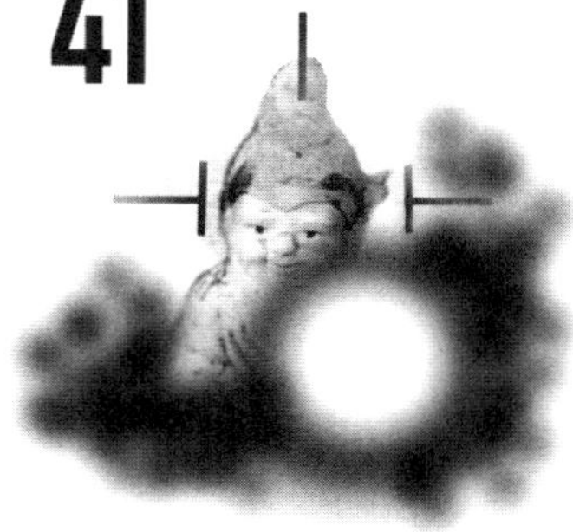

Ich hatte mich zum Denken auf Klo zurückgezogen. Das Klo der Cousine war ein plüschiger Kosmos aus vagen, teuren Duftwölkchen und schicken Prilblümchen. Dazu ein Poster an der Wand: Rodney Leguans Meisterwerk ‚Adolf fängt langsam an zu spinnen'. Es zeigte einen heroisch dreinguckenden Hitlerkopf mit monströsem Schnauzbart, der auf einer Comicsprechblase die sinnigen Worte „Die Außerirdischen suchen Kontakt" in extrafetter Helvetica absonderte. Sogar original handsigniert, das Ding! Wahnsinn! Sie schien Geld zu haben, die Frau. Leguans blöde Kunst inspirierte meine Gedanken zu einem Purzelbaum. Wenn die Amis von Katharina nur die Scharlatan-Fassade kannten, dann mußten wir davon ausgehen, daß sie auch angetreten waren, um diesen Scharlatan zu beseitigen. Warum mußte dieser Scharlatan Katharina weg?

Warum nur?

Dem Pfarrer blieben die Leute aus der Kirche weg.

Wieso?

Glauben! Glauben war das Stichwort!

Sie gingen gegen jede Form von Glauben vor! Oder?

Die Menschen gingen nicht mehr in die Kirche, sie liefen der fliegenden Coladose nach.

Oder auch nicht. Aus zwei Beispielen einen Trend abzuleiten war wohl etwas voreilig. Falls die Theorie stimmte, dann wäre der nächste Kandidat für einen Anschlag der infame Cola-Kult. Das mußten wir austesten. Entschlossen betätigte ich die Klospülung. Der Zeitpunkt für den Einsatz meiner Geheimwaffe war gekommen.

Für die Auswertung meines geplanten Anschlages brauchte ich Katharina und ihre Fähigkeiten.

„Katharina. Komm mal mit."

Sie folgte mir vor die Haustür und auf den nächsten Hügel, wo eine eigenartige Kapelle stand. Laura blickte uns mißtrauisch nach. Ich hatte das Funktelefon der Cousine mitgenommen.

„So", schnaufte ich. „Ich brauche deine Hilfe. Du mußt dich in den Comsat einklinken, der für die Videoüberwachung des Abensberger Sektors zuständig ist, dich auf die Stadt 'runterzoomen und mir genau sagen, was du siehst! Noch besser wäre eine Hardcopy. Ein Ausdruck – oder sowas."

Sie drehte sich zu mir hin, ließ ihr Haar effektvoll im leisen Wind flattern.

„Soso", sagte sie, „du willst was von mir, ja?"

Ich grinste naiv und nickte.

Sie kam näher heran. In meinen Bereich.

Sie wollte auch was von mir.

„Paß auf. Ich werde jetzt bei mir zu Hause anrufen. Dann gehen in Abensberg Bomben los, die Laura und ich in Gartenzwergen versteckt haben. Du sollst überprüfen, ob und wo diese Bomben in Abensberg hochgehen."

„Sonst noch was?"

„Nein. Das war's."

„Okay. Ich mach' das für dich. Aber was tust du für mich?"

Ich lehnte mich mit dem Rücken an die Kapelle, die ganz aus ausrangierten Flugzeugteilen zusammengeschweißt war.

„Hm. Was willst du?"

Der Wind pfiff durch die verschachtelte Konstruktion der Kapelle. Elektrische Votivlämpchen flackerten vage durch krumme Fenster.

„Sex", sagte die Seherin.

Ich atmete tief ein. Blauer Himmel.

„Sex mit mir ist völlig langweilig."

„Darum geht es nicht. Ich will den Sex, den sie kriegt."

Sie meinte Laura.

„Wieso denn?"

„Ich sammle Erfahrungen."

„Okay. Aber zuerst die Explosionen!"

Ich wählte meine Nummer. Eine zusätzliche Folge von Wählimpulsen aktivierte den an den Anrufbeantworter angeschlossenen Fernzünder.

Katharinas Augen waren starr. Sie nutzte die sakrale Abstrahlung des Ortes und klinkte sich in den Satelliten ein.

Jetzt!

In Abensberg explodierten die Gartenzwerge.

Katharina riß die Augen auf und strahlte mich an.

„Wunderbar! Es hat funktioniert!"

„Ha! Sehr gut. Und wo?"

„Ich habe den Datenstrom auf das Hyperfax der lokalen Poststation an meine Cousine geschickt. Wir müssen die Blätter nur noch abholen."

Prima.

Positiv.

„Auf geht's!"

Ich wollte loslaufen, sie griff mich am Ärmel.

„Und jetzt zu unserer Abmachung!"

Ein schräges Grinsen entflutschte meinen Mundwinkeln.

„Hier? Jetzt?"

„Hier und jetzt."

Sie schob sich wieder an mich heran.

„Wir müssen die Faxe sofort abholen, bevor jemand auf der Post Verdacht schöpft", schnaufte ich.

„No chance, Partner. Hier und jetzt!"

Laura rettete mich. Sie kam in lächerlichem Jogging-Outfit den Hügel heraufgesprintet.

„Hallooooho! Wie geht's denn so?“

„Super!“ sagte ich, so ehrlich wie noch nie zuvor. Ich umarmte Laura. Sie schwitzte nicht mal ein kleines bißchen. Weit konnte sie noch nicht sein.

„Die Gartenzwerge sind explodiert. Wir können das Videoprotokoll am Hyperfax der Poststation unter dem Namen der Cousine abholen.“

„Bombasto! Ich hab' auch schon ihre Identitätskarte abgezockt.“

Sie war mir immer zwei Schritte voraus. Auch räumlich. Schon joggte sie wieder davon. Ich hechelte hinterher, kam mit ihr gleichauf. Die wenig durchtrainierte Seherin hatte keine Chance, nachzukommen.

„Na? Was hast du mit der Kleinen auf dem Hügel noch nicht getrieben?“

„Gar nichts. Und ich hätte auch nichts getrieben“, antwortete ich wahrheitsgemäß.

„Ha! Ich glaube dir. Aber du solltest mit deinen Versprechungen ein bißchen vorsichtiger sein.“

„Hast du mich verkabelt?“

Wir bogen um die nächste Ecke. Ich keuchte.

„Nicht direkt.“

Da lehnte das Grafiktablett der Cousine an der Wand. Laura schnappte es auf und trabte langsam weiter.

„Schau mal!“

Sie schaltete das Tablett ein und kringelte mit dem Electropen ein paar Befehle auf den milchigen Schirm, der kurz darauf völlig durchsichtig wurde. Ein weiterer Befehl, und der nächste Kirchturm zoomte stufenlos heran. Man konnte sogar die Taubenscheiße auf der Turmuhr erkennen.

„Normalerweise dient das hier zum automatischen Drüberpausen.“

Zauberei!

„Wieso hat die Seherin das nicht gemerkt?“

„Schätze, daß sie sich auf diese Entfernung gegen Störimpulse abschirmt. Außerdem ist dieses Gerät ein kleiner Fisch gegen die Grafikcomputer in der Druckerei, hinter der ich mich verschanzt hatte.“

„Und der Ton? Woher wußtest du, was wir gesprochen haben?“

„Das Ding hat auch ein hochsensibles Richtmikro. Das Teil zoomt sogar brav mit und filtert Störgeräusche 'raus. Für Multimedia-Anwendungen. Man kann mit dem Tablett auch einen Film drehen. Ist ganz lustig.“

„Du kannst auch mit Computern sprechen!“

„Halt dich mal mit deinen Komplimenten zurück. Erst mal müssen wir einen Weg finden, wie wir die Seherin kaltstellen.“

„Wieso kaltstellen?“

„Die will dir jetzt an die Wäsche. Und nicht nur an die Wäsche.“

„Wieso nicht nur das?“

„Die Cousine hat mir erzählt, daß die Seherin ziemlich kraß drauf ist. Sie hat nämlich die Theorie, daß beim menschlichen Geschlechtsakt nicht nur biologische Materie entsteht, sondern auch die Seele des frisch produzierten Menschleins. Und um diese Theorie zu überprüfen, fickt sie mit Typen und steigt in deren Gehirne ein. Besser gesagt, sie versucht es, denn Menschen sind definitiv keine Computer. Naja. Das Ergebnis war dann meistens, daß man die Kerle wegschmeißen konnte. Ausgebrannt."

Ich blieb stehen. Meine Beine blockierten einfach. Vielleicht war das der Grund, weswegen die Amis diese Frau wegpusten wollten. Vielleicht hatte sie mal den Falschen für ihre Experimente benutzt!

„Warum hat sie dir das erzählt?"

„Sie mag dich halt, und sie will, daß du und ich unser Leben noch ein bißchen zusammen genießen!"

Laura lief weiter.

So viel Liebe auf einmal.

„Die Tussi hat auch schon letzte Nacht versucht, mich 'rumzukriegen", beichtete ich kleinlaut.

„Weiß ich, weiß ich."

Sie schien an mich gedockt zu sein. Sie wußte alles.

„Na! Und?"

Laura blickte mich an. Liebe kleine Fältchen in den Augenwinkeln.

„Du kleiner Held. Dieser Verzicht wird dir viel, viel mehr einbringen, als du dir überhaupt jemals erhofft hast."

Da schau her.

Gemeinsam trabten wir zur Post und holten die Grafiken ab. Abensberg von oben. Nicht nur in Normalovision, sondern auch in allen erdenklichen Analysevarianten und auch non-optisch mit dem körperloses-Licht-Verfahren. Das Ergebnis: Die Explosiönchen bildeten einen beinahe exakten Kreis innerhalb der Grenzen der Abensberger Altstadt. Dort also wohnten die Leute, die sich die Zwerge nach Hause geholt hatten!

„Ein Kreis. So präzise. Das kann kein Zufall sein!" kommentierte Laura.

„Das glaube ich auch. Schau mal!"

Durch die Scheibe des Postamts konnte man Katharina sehen, die gerade um die Ecke gespurtet kam.

„Wir müssen sie loswerden. Sie wird sonst keine Ruhe geben, bis sie hat, was sie will."

„Hast du einen Plan?"

Laura steckte Grafiktablett und Explosionspläne schnell in eine mitgebrachte blaue Plastiktüte.

„Hm. Sowas Ähnliches. Ich lasse nicht zu, daß diese Tussi dir das Hirn weglutscht." Sie tätschelte mir den Kopf und grinste. „Das brauchen wir nämlich noch!"

Aha.

Katharina kam herein und sah uns und kam wütend auf uns zu.

„Habt ihr die Pläne?"

„Ja."

„Und was machen wir jetzt?“
Laura lächelte sie an.
„Wir fahren ans Meer.“
„Ans Meer?“
Ans Meer!

42

Yoshi fühlte sich gar nicht prima, nachdem er den Amerikaner erschossen hatte. Er mußte überlegen: Hatte er schon mal jemandem direkt zwischen die Augen geschossen?

Hmm. Unwahrscheinlich.

Yoshi fühlte diese Leere. Die ausgelöschte Existenz des Amerikaners fühlte er. Zusätzlich war da noch dieses blöde Bohren in der Magengegend. Sartre wäre begeistert gewesen: Dieser Ekel war wirklich exquisit.

In Japan wäre er jetzt in diesen kleinen, sanftgrünen Raum gegangen, den die Firma für solche Fälle bereithielt. Ein Raum für Zen. Die Wand gegenüber der Tür war ein einziger Videoschirm mit einem Computer, der von einem aktiven Stress-Sensor gesteuert wurde. Die Wand wußte immer, was du brauchst. Und sie gab dir die Bilder, Farben und Geräusche, die dein Hirn haben wollte. Einer der Kollegen war mal dringeblieben. Es hatte ihm so gutgetan. Das Licht und die Musik. Sogar die Gerüche. Er war nie wieder ’rausgekommen. Die Bosse hatten weise gelächelt und ihm das alles gelassen. Einem glücklichen Tod sollte man niemals im Weg stehen.

In Abensberg gab es kein grünes Zimmer. Yoshi hatte zwar ein Programm, das einem in akzeptabler Geschwindigkeit einen Sinn des Lebens (SdL) konstruieren konnte, aber das würde ihm jetzt nicht weiterhelfen. Immer dieses Töten. Yoshi erinnerte sich an die Kampfmaschinen, an diese glatten, schwarzen Helikopter. Sie waren sicher sehr teuer, diese Maschinen. Unglaublich, dieser Aufwand, Menschen mit solchen Maschinen umbringen zu wollen. Dabei war der Tod so billig. Er kam von selbst. Für jeden. Frei Haus. Wozu dann diese teuren Maschinen? Verschwendung von Geld. So viele Schmerzen. Yoshi tötete. Yoshi fühlte in sich hinein. Es war hohl und feucht und warm. Klebrig. Dumm. Nutzlos. Schmerzen. Hubschrauber. Alles umsonst. Und kein grünes Zimmer.

Was machten die Eingeborenen, wenn der Seelenschmerz sie quälte?

Sie gingen in ihren dafür vorgesehenen Raum.

Sie gingen in die Kirche.

Yoshi saß in Franks Wohnzimmer und starrte die Schrankwand an.

Er rechnete sich aus, wie weit der Weg zur Kirche war und setzte den Fußweg in Relation zu dem schmerzhaft leeren Gefühl, das ihn peinigte, und entschied, daß es die zwei Kilometer Fußmarsch wert war, dieses Gefühl wieder loszuwerden.

Er machte sich auf den Weg. Prima Wetter.

Auf dem Kirchplatz wurde Yoshi Zeuge einer kleinen theologischen Diskussion zwischen Pfarrer Klemm und einem kleinen, rothaarigen Zweifler.

Der Pfarrer benahm sich reichlich relaxed, aber der Rothaarige hatte ein Problem.

„Herr Pfarrer!“ klagte er. Es war dringend. „Herr Pfarrer, Sie müssen mir helfen!“

„Was gibt es denn?“ fragte Pfarrer Klemm und grinste zentnerschwer wie der Mönch aus der Bierwerbung.

„Ich, äh, hab' neulich eine Diskussion mit ein paar Freunden gehabt. Die behaupten, diese Sache mit Jesus, das is' alles nicht wahr!“

Der Kleine steigerte sich unwahrscheinlich 'rein.

Der Pfarrer lächelte.

„Was hatten die denn für Beweise, Partner?“

„Äh, die meinten eher, es gäbe keinen Beweis für die Existenz Gottes.“

„Na, gibt es einen unumstößlichen Beweis dafür, daß es Gott *nicht* gibt? Einen einzigen?“

Der Rothaarige guckte, als hätte er einem durchgedrehten Moulinex im Weg herumgestanden. Klemms Grinsen wurde so breit wie ein standesgemäßer GTI-Reifen.

„Äh. All das Leiden auf der Welt!“

„Leidest du gerade, mein Junge?“

„Öh. Nicht direkt.“

„Dann freu dich doch! Und freu dich vor allem darüber, daß es keinen unwiderlegbaren Beweis dafür gibt, daß Gott nicht existiert. Sonst hättest du nämlich wirklich Grund zum Verzweifeln.“

„Aber besonders glücklich hat mich mein Christentum nicht gemacht.“

„Selber schuld“, sagte Pfarrer Klemm.

Ein Geschwader verschreckter Tauben flatterte vom Kirchplatz weg.

„Chistentum macht nicht glücklich!“ belehrte der Kleine trotzig.

„Waren deine atheistischen Freunde glücklich?“ fragte Pfarrer Klemm.

„Sie waren alle schwarz gekleidet und hatten Kopfweh“, berichtete der Kleine.

„Na, siehst du? Atheismus macht auch nicht glücklich.“

Der Kleine startete einen letzten Versuch: „Und die kleinen rosa Pillen?“

Pfarrer Klemms große Hand scheuchte wegwerfend einen Kubikmeter Luft über seine Schulter.

„Vergiß es“, sagte er, „und komm mit. Ich lad' dich auf ein Bier ein.“

Klemm marschierte los, Richtung Café. Der Kleine konnte gar nicht anders als hinterherzutrotten.

„Die Kirchensteuer find' ich aber auch nicht gut!“

„Beim Psychiater zahlst du wesentlich mehr. Und der geht sicher nicht mit dir auf ein Bier. Und er kommt auch nicht, um dir dein Händchen zu halten, wenn du abkratzt. Nur wir bieten den totalen Service von der Wiege bis zur Bahre. Besser als die staatlichen Versicherungen!“

Pfarrer Klemm. Ein toller Kerl. Yoshi beeilte sich und schloß zu dem Priester und seinem zweifelnden Schäfchen auf.

„Pardon“, sagte er, „ich finde es wirklich beeindruckend, wie Sie den Menschen aus ihren Glaubenskrisen helfen.“

Klemm nahm den Japaner beiseite und lächelte gütig.

„Datenbank“, sagte Klemm knapp.

„Datenbank?“ fragte Yoshi.

„Ein Programm: ‚Der elektronische Jesuit. 10.000 coole Antworten auf die häufigsten atheistischen Phrasen‘. Hab' ich abonniert. Kommt jeden Monat neu auf CD-ROM. Versagt eigentlich nie.“

„Jaja. CD-ROM wurde auch nicht an einem Tag erbaut“, wortspielte Yoshi.

„Hö, hö, hö. Kommen Sie doch mit auf ein Bier!“ lud Klemm ihn ein.

Natürlich ging Yoshi mit ins ‚Au revoir‘.

Das Café war gut gefüllt mit Schnauzbartträgern.

„Ein mieser Laden“, meinte Klemm, „aber prima Bier.“

Aus den Lautsprechern sickerte ein billiger Blues:

The Lonely Electronic Desperado Blues

Yeah, I'm roamin' thru' da bars
I'm lonely like a rock on mars
At least I'm in love
Yeah
In love with myself
In love with myself
Yeah

There's a woman at da table
She's alone, yeah, she's alone
And while I think I might be able
to make some talkin' to her
some guy walks across da room – it's her man
Across da room
It's her man!
Across da room
Yeah!

Another woman, she's fat 'n crazy
She smiles at me but I'm not lazy
I pack my things & hit the road.
Yeah!
I hit the road
Jump in my boat
I hit the road
Yeah!

'Bout women I know just this down to my bone:
They're either fat or not alone!
Yeah!
They're either fat or not alone
Either fat
Or not a-loneeeee!
Yeah!
(Ba-woinnnng!)

„Saugutes Lied", meinte Pfarrer Klemm.

„Sauguter Blues", stimmte der Kleine zu und grinste. Er war bekehrt. Er war wieder drauf auf der Arche, konvertiert wie eine Grafikdatei.

„Was ist dran an Ihrer Religion?" fragte Yoshi, der schlechten Pseudo-Blues grundsätzlich verabscheute.

„Weiß' nicht", sagte Klemm überraschenderweise, „ich bin schon als Katholik geboren. Ich kenn's nicht anders. Was ist denn so am Zen-Buddhismus alles dran?"

Yoshi sagte vorerst nichts.

Die Kellnerin kam herübergesockt.

„Bitte ein Buddhabrot für meinen gelben Freund hier", bestellte Klemm, „Vielleicht ist er dann inspiriert!"

Die Kellnerin schmeckte den Witz nicht aus Klemms Wortbrei heraus.

„Wir ham koa Buttabrot!"

„War bloß Gaudi", entschärfte Klemm und bestellte drei Biere und lehnte sich wieder vor zu Yoshi. „Na? Wie ist das mit dem Zen-Buddhismus?"

Yoshi lehnte sich zurück, versuchte Klemm aus seinem Bereich 'rauszukriegen.

„Keine Ahnung", sagte er und begann zu bedauern, daß er mitgegangen war.

„Das mußt du doch wissen! Das Klatschen mit einer Hand!"

„Blödsinn. Man kann nicht mit einer Hand klatschen!"

„Zen-Buddhisten können's angeblich", behauptete Klemm.

Der Kleine lachte herzhaft und freute sich gleich noch mehr, als sein Bier kam. An seinem rechten Ohrläppchen zappelte ein kleiner, aufgeregter Ohrring. Yoshi haßte Ohrringe an Männern. Schmierig, schmierig. Auch an den

Wänden hingen schmierige Bilder: sich wellende und windende halbnackte Jugendstil-Schönheiten. Das Café hatte Tapeten an den Wänden. Der letzte Schrei in Europa: Tapeten mit wollüstigen floralen Mustern à la Georgia O'Keefe. In der Firma gab es nur glatte, saubere Plastikwände. Keine Tapeten. Nirgends. Aber die Firma war nicht ganz Japan.

In einem kleinen Dorf an der Küste hatte Yoshi einmal eine Tapete gesehen. Die Tapete hing in Fetzen von der Außenwand einer kleinen, schiefen Holzhütte weg und diese Fetzen flatterten im Wind und die wetterzerfressenen Holzwände knarzten leise und die uralte Fernsehantenne auf dem kaputten Dach federte starr hin und her. Yoshi war vor der Hütte stehengeblieben und er hatte vergessen, die warm summende Videokamera in seiner Hand abzuschalten – das fleißige kleine Maschinchen lief weiter und weiter und es nahm in einem schrägen, bizarren Winkel den hageren, ausgedörrten Fischer auf, der im Hintergrund langsam aus dem weißen, geräumigen Wohnmobil herausstieg, das hinter der halb verfallenen Hütte dauerhaft geparkt war. Heiß tropfende Versorgungsleitungen waren an das Wohnmobil angeschraubt. Der Mann wohnte hier. Die Hütte schien sein Eigentum zu sein. Ihm gehörte das steinige, zerfurchte Stückchen Land am Meer. Yoshi sah sich um. Er sah vom Fischer weg. Es war ihm peinlich, sich in derart armselige Verhältnisse verirrt zu haben. Er wollte den Fischer nicht ansehen. Also blickte er hinaus aufs Meer.

Ein kleiner Kutter tanzte am Ende eines langen, zerbrechlichen Stegs in den Wellen. Der Steg war dünn, Origami aus Holz. Yoshi war sich nicht sicher, ob dieser Steg das Gewicht eines Regentropfens oder eines kleinen, kalten Hagelkorns würde aushalten können, er wirkte filigran und instabil wie ausgedörrtes Schilfgras. Stacheliges Antennengewirr reckte sich aus der festen Schale des Fischerboots heraus, die schmalen, scharfen Metallstäbe schienen die tieffliegenden, schnellen Wolken leicht anzukratzen.

Schließlich mußte Yoshi den Fischer doch ansehen. Es ging nicht anders, denn der Mann stand vor direkt vor ihm. Yoshi blickte erst zu Boden, sammelte seine Kraft und schließlich brachte er es fertig, dem alten Fischer direkt in die Augen zu sehen. Die Augen des Fischers waren große, glänzende, schwarze Kugeln hinter faltigen, rötlichgelben Augenlidern. Da war überhaupt nichts weißes im Auge. Gar nichts. Nur schwarze, lichtschluckende Kugeln. Yoshi mußte sich schnell wieder zurücknehmen und seinen Blick zu Boden lenken. Der Fischer trug amerikanische Turnschuhe. Zerfetzte Turnschuhe, perfekt für das Deck eines vom Meer zerbeulten Fischfängers. Yoshi sah die rauhen, gelben Zehen des Mannes durch den abgewetzten Stoff der Schuhe. Heiser pfiffen kühle Windstöße um den schmalen Mann herum, sein großes, weißes Hemd flatterte an ihm im Wind, es flatterte trocken und laut wie diese Tapetenfetzen an der Hütte.

Der Fischer geht sehr langsam einmal um Yoshi herum und blickt ihn aus seinen vollkommen schwarzen Augen heraus an. Der Dreck und der Kies knirschen unter seinen Turnschuhen. Yoshi kommt sich lächerlich vor, denn er ist in die Ausgehuniform der Firma gekleidet: schwarze Jeans und teurer, schwarzer Blazer und dunkelblaues Hemd mit dem weißgestickten Zeichen der Firma darauf. Er kommt sich sehr lächerlich vor. Doch der Fischer sagt nichts Abschätziges. Er geht nur einmal um den Angestellten Yoshi herum und schaut ihn an. Yoshi beschließt, die Frage zu stellen, die der Fischer von jemandem wie ihm erwartet:

„Warum haben Sie diese Hütte noch nicht abgerissen?"

Der Fischer schließt kurz die Augen, ein Blinzeln in Zeitlupe. Er sagt:

„Weil noch jemand darin wohnt."

Die Wolken treiben niedrig über den Himmel. Yoshi hat Angst, eine von ihnen könnte kurz herunterstoßen und das Fischerboot mitnehmen.

„Wer sollte noch in dieser Hütte wohnen?" fragt Yoshi.

„Komm und sieh."

Der Fischer geht zur Hütte und schließt das große, feste Vorhängeschloß auf, das die Türe sichert. Die Türe ist das stabilste an dieser Hütte, eigentlich braucht es sie gar nicht, selbst ein kleines Kind könnte die morschen Wände einfach von außen aufdrücken. Der Fischer und sein Gast treten ein. Der Fischer greift ins Dunkle und ertastet sich einen Schalter. Es gibt hier elektrisches Licht. Eine nackte Glühbirne tanzt an ihrem Draht von der Decke in der Mitte des einzigen Raumes der Hütte und verstrahlt blankes Licht. Unter der Glühbirne steht ein hölzerner Tisch. Auf dem Tisch liegt ein schwerer transparenter Kunststoffquader. In die kristallklar saubere Masse ist ein großer, grauer Fisch eingegossen. Es sieht aus, als ob der Fisch lebt, seine starren Augen scheinen wach zu sein und sie fixieren den gesamten Kosmos. Unter der leise tanzenden Glühbirne. In der Hütte mit der zerfetzt flatternden Tapete. Im Meer von Wind und Wolken, die durchs kaputte Dach fließen.

In dem Fisch war jetzt mehr Leben, als jemals zu seiner Zeit im Wasser in ihm gewesen war.

„Der Fisch wohnt hier", hatte der Mann ihm gesagt. „Er beobachtet."

Yoshi hatte stumm genickt und der Mann hatte gewußt, daß sein Gast ihn verstand. Yoshi hatte sich stumm umgedreht und war gegangen.

Die Kamera war mitgelaufen. Die ganze Zeit. Sie hatte alles gesehen. Yoshi verwahrte sie seit diesem Tag in einem kleinen, weiß lackierten Kästchen, das auf der einzigen Fensterbank seines Zimmers stand. Damit sie immer den Himmel und die schwerelosen Bewegungen der Wolken spüren konnte und damit sie den Fisch niemals vergaß.

Yoshi wußte seither um einen Hauch der religiösen Natur.

Die Erinnerung an die Religion des dürren alten Fischers tat Yoshi weh. Würde der Fisch in der Hütte einen Mord tolerieren, sei er aus Notwehr oder aus Neugier oder aus Überlebensdrang? Die Wolken, die kühl im Blau fließenden Wolken, sie waren für das Leben.

Kein Zweifel.

Und der Fisch war ihr Bruder. Er war Leben.

Kein Zweifel!

Der alte Fischer war sein Priester und sein Erlöser. Erst er hatte den Fisch dorthin gebracht, wo er hinmußte, um seinerseits erlösen und überhaupt erst leben zu können. Oder hatten die Wolken das Boot des Mannes zu der Stelle gelenkt, wo er den Fisch treffen sollte? Oder war der Raum in der Hütte Ausdruck einer großen stummen Übereinkunft zwischen dem Fisch, dem Mann und den Wolken?

Die Erinnerungen explodierten jetzt in Yoshis Seele, sie hallten hohl in dem Nichts, das in Yoshi von dem toten Amerikaner übriggblieben war.

Yoshi hatte eigentlich gar nicht gemerkt, wie er mit weinend verzerrtem Gesicht aufgestanden war und das schmierige, rauchige Café verlassen hatte, und wie er anschließend, den starken Autoverkehr ignorierend, über die Hauptstraße und immer weiter an der Abens entlang gerannt war. Bis er schließlich in der Ebene des Abensbiotops angekommen war und vor den Wolken in den nassen, dreckigen Feldweg gesunken war, um sie, oder was oder wen auch immer um Verzeihung für seine Tat zu bitten. Und seinen Kopf in Schmerzen senkte und irgendwann die Augen aufmachte und die zahllosen Fußspuren im Schlamm sah. Die Fußspuren von der Prozession, von der Hubschrauberjagd gestern abend.

Er hatte nicht geträumt!

Er hatte nicht geträumt. Er hatte nicht geträumt. Er. Hatte NICHT geträumt.

Nicht geträumt.

Nicht.

Nichts.

Nichts.

nichts

gut

schon gut

Wolken.

43

Wir beschlossen, uns einen *teuren* Trip zu geben.

Die Cousine sagte: „Wir könnten ins Virtual-Tal fahren. Wart ihr schon mal am Meer?"

Wir waren. Alle. Sogar ich. Als ganz, ganz, kleines Kind. Am versifften Strand von Cattolica. Im Wasser die Scheiße der gesamten EG. Zwischen lila Waschmittelflaschen und mehrmals gebrauchten, vollgespermten Parisern, die ich damals für besonders widerstandsfähige Quallen hielt. Und auf Mallorca. Hätte ich heute einen Dreyfus auf irgendeine möglichst höllische Insel zu verbannen, ich würde ihn gefesselt zwischen ein junges GTI-Ehepaar in einen Hapag-Lloyd-Airbus stopfen und ihn auf Mallorca seinem Schicksal überlassen. Er würde sich in Kneipen mit Namen wie ‚Bodega Löwenbräu' und ‚Hofbräuhaus Palma' mit lauwarmem Bier eine Trinkerleber ansaufen und, wenn er viel, viel Glück hatte, schnell zwischen zwei zum Lambada schunkelnden Kegelclubs aus Bottrop und Herne zermalmt werden.

Nur schnell ins Auto!

„Echt geil, euer Citroën!" meinte die Cousine.

„Freut mich, daß jemand diesen exquisiten Oldtimer zu schätzen weiß!" sagte ich.

„Der hat sogar noch einen Rolltacho!"

Sie meinte das etwas spezielle Instrument, das in dem französischen Auto die Geschwindigkeit anzeigte, indem es auf eine Kugel aufgemalte Ziffern von rechts nach links scrollte.

„Was ist das VirtualTal eigentlich?" wollte Laura wissen. Mit ihrer scharfen Sonnenbrille sah sie aus wie eine dieser makellosen Italienerinnen. Tiefschwarzhaarig, Sonnenbräune passend zur Augenfarbe.

Die Cousine war in Trendfragen natürlich ungeheuer kompetent.

„Das VirtualTal gehört einem Billy[3] namens Rudger van Bozen. Es ist ein einziger Wahnsinn aus körperlosem Licht. Einfach super!"

„Was ist eigentlich genau dieses körperlose Licht?"

Die Cousine wußte auch dieses. Technisch furchtbar bewandert, das Kind.

„Körperloses Licht ist die Umsetzung von individuellem Erinnerungsmaterial in optische Impulse mit Hilfe neuronaler Computertechnik. Der Name kommt vom allerersten praktischen Verwendungszweck dieser Technologie. Militärfahrzeuge sollten bei Nacht ohne Licht fahren können, um für Feinde schwerer sichtbar zu sein. Es funktionierte. Man hetzte die Soldaten bei Tag in ihren Panzern durchs Gelände, ihre Gehirne speicherten brav die Einzelheiten der Gegend. Bei Nacht rief dann der damals noch recht primitive Computer diese Erinnerungen ab und spielte sie ohne Umwege ins Sehzentrum des Gehirns. Die Erinnerungen deckten sich mit der Realität, die Soldaten in ihren Fahrzeugen sahen wie bei Tag. Ohne energieintensive und leicht zu ortende Nachtsichtgeräte. Der Witz dabei ist, daß der Computer bei der Datenaufnahme auch die Daten kriegt und speichert, die das menschliche Gehirn aufgrund mangelnder Kapazität oder Penibilität vergißt. Das Bild des Computers ist demnach absolut objektiv und vollständig. Wenn sich die Gegend seit der Aufnahme verändert hat, dann spielt der Computer einfach einen Platzhalter ein. Die neuesten Versionen erkennen natürlich die Natur der jeweiligen Störung wie umgestürzte Bäume oder gegnerische Soldaten und fügen diese möglichst detailgetreu ihrer Darstellung hinzu. kL ist also

---

[3] Billy = Derbes Schimpfwort aus der Computerszene.

eine Möglichkeit zur Schaffung alternativer Realitäten, die sich vom ‚Cyberspace' insofern unterscheidet, als daß sie den Menschen unmittelbar als Datenquelle nutzt und bisher keinerlei Vernetzungsmöglichkeiten bietet. Die subjektive Objektivität des jeweiligen kL-Computers ist vollkommen, denn er ist auf seinen jeweiligen Menschen angewiesen."

„Toll", sagte ich.

„Und wo ist da der Unterhaltungswert?" fragte Laura.

„Die neuen kL-Geräte brauchen keine Panzer und Projektionsdisplays mehr. Im VirtualTal beispielsweise holen sich die Aufnahmegeräte die schönsten Erinnerungen der Gäste an ihre Strandaufenthalte heraus und mischen diese automatisch zu einer ästhetisch einwandfreien Komposition ab und verteilen sie dann gleichmäßig an alle Anwesenden."

Fein. Ich würde also nicht wieder im Adriaschlamm meiner frühesten Kindheit herumpatschen müssen.

Wie wohl Katharinas Meer aussah? Und Lauras?

Die Einfahrt ins VirtualTal glich einer französischen Autobahnmautstelle: Die Straße fächerte sich in unzählige Spuren auf, von denen man sich eine aussuchen konnte. Anschließend wurde man von einem adrett uniformierten Mädchen ziemlich schwer abkassiert.

„Nehmen Sie auch VirtualGeld[4]?" grinste ich. Das fand die Tussi hinter ihrer Panzerglasscheibe gar nicht witzig. Wenn's um Geld geht, dann werden die immer gleich so auffällig humorlos. Ich nahm mir vor, künftig nicht mehr über Geld, sondern nur noch übers Wetter zu scherzen.

Sie riß mir die Scheine aus der Hand, bevor ich es mir anders überlegte und warf uns vier lustig-holografische Eintrittskreditkarten ins Auto.

Ich quietschte extra laut und prolig davon.

„Scheißtussi!" knurrte ich, mit meiner Eintrittskarte zwischen den Zähnen.

Es ging eine kurvig-steile Bergstraße hinauf. Wiesen ohne MegaSlidd-Belag! Eine Seltenheit – weil unrentabel.

Laura hatte sich an der Zahlstelle durch das heruntergekurbelte Autofenster eine rosarote Ausgabe der ‚Allgemeinen Geschäftsbedingungen und Verhaltensregeln' geschnappt, in denen stand, daß das VirtualTal Privatbesitz war und als solcher so eine Art Ministaat à la Monaco oder Liechtenstein darstellte. Der Aufenthaltsgenehmigungsparagraph war eins zu eins aus dem aktuellen BPD-Ausländerrecht übernommen worden und der besagte: Wer nicht

---

4 Ein interessanter Gedankengang: Wenn Zeit Geld ist und umgekehrt Geld nichts anderes als eingefrorene (Arbeits-) Zeit, dann wäre virtuelles Geld, also simuliertes Geld, virtuelle, simulierte Zeit. Wie aber simuliert man Zeit? Und wie macht man umgekehrt wieder simuliertes Geld daraus? Man könnte vielleicht mit seinen Erinnerungen bezahlen, die ja auch irgendwie Zeit repräsentieren. Vergangene Zeit. Vergangene Zeit könnte nutzlos sein. Aber auch ganz schön wertvoll. Je nach persönlicher Lebensphilosophie und individueller Lebenserfahrung. Genauso könnte man einen ausgebufften Computer damit beauftragen, aus den aktuell vorhandenen Lebensdaten und Umgebungsparametern eine zukünftige, vom User noch zu lebende Existenz zu extrapolieren und mit seinen Zukunftsperspektiven zu bezahlen. Eieiei! Da sähe es bei so manchem aber ganz schön duster in der virtuellen Kasse aus!!!

ganz, ganz brav ist, der fliegt gnadenlos 'raus, egal wo er dann landet. Na, wer sich das VirtualTal und seine kostspieligen Vergnügungen (Glücksspiel und Duty-Free Einkauf!) leisten konnte, der war eh' im richtigen Leben so brav gewesen, daß ihm das wadenbeißerische BPD-Finanzamt entsprechend viel Geld gelassen hatte.

Die Straße spiralte sich weiter und weiter und zwischen mit bulligen Wächterlingen bemannten, schwerbewaffneten Jeeps hindurch, und schließlich überquerte sie einen Paß.

Und dann lag es vor uns, das VirtualTal.

Die Straße schlängelte sich vom Kamm des Berges hinab. Eine richtig schöne, antike Paßstraße, wie sie James Bond in der Schweiz auf der Jagd nach Goldfinger hinunterkarriolt. Spärliche hellgrüne Flecken aus Gras und Moos. Viele, viele graue Felsen. Verwaschen gelbe Mittelstreifen auf dem Asphalt. Kühle, unwahrscheinlich saubere Luft mit soviel Sauerstoff drin, daß man schon vom ganz normalen Atemholen Hyperventilationssymptome kriegen konnte!

Die Straße kam vom Berg herunter in eine wunderbar frische Wiese, auf der ein paar hübsche Kühe zu Dekorationszwecken weideten. Ich war mir nicht sicher, ob die Tiere wirklich existierten. Sogar an die Maulwurfshügel auf der Wiese hatten sie gedacht. Unser Weg führte uns auf den Parkplatz eines riesigen Hotels im Tessiner Baustil der 60er und 70er Jahre: viele kubistische Schrägen und skandinavisch anmutende Naturholzflächen. Es duftete nach Geld. In einer herrischen Kurve landete ich unser silbernes Schlachtschiff zwischen den spaßig bunten, aber eher mickrigen Gefährten der neuzeitlichen Society. Diese Wixer! Zu einem Ort wie diesem hatte man sich gefälligst stilecht im metallicsilbernen Aston Martin zu bewegen. Naja. Unsere Kiste war vielleicht kein Aston Martin, aber immerhin stimmten Farbe und Größe.

Ein junger Lakai, eine Mischung zwischen Spirou und schleimigem Tom-Cruise-Verschnitt, kam herbeigeeilt und wollte unser Gepäck greifen. In Wirklichkeit war er nur auf Trinkgeld aus, denn in die mickrigen Flitzer, mit denen der Kerl es normalerweise zu tun hatte, paßten außer Fahrer und Freundin vielleicht noch eine Handtasche und ein Scheckheft 'rein.

„Wo steht Ihr Fahrzeug, mein Herr?" snobte er mich an.

Ich zupfte die dunkelschwarze Sonnenbrille auf meiner Nase zurecht und wies in einer armanisakkolässigen Bewegung auf den riesigen, gleißenden Citroën, der die benachbarten Mickermobile allein durch seine massive, satt auf dem Boden aufliegende Dieselaggregatpräsenz an die Hotelwand klatschte. Ich hatte die Kofferraumabdeckung im Schrägheck herausgenommen, der Stauraum war randvoll mit unserem Krempel.

Ich drückte dem Sklaven den Autoschlüssel in die respektvoll feuchte Hand.

„Du wirst den Kofferraum öffnen", befahl ich. „Hast du das so weit kapiert?"

Der Lakai nickte, wie ein Lakai halt so nickt.

Ich fuhr fort mit meinen Instruktionen:

„Dann räumst du den gesamten Kofferraum aus. Verstanden?"

Wieder nickte er eifrig.

„Wehe, es bleibt auch nur ein einziges Teil drin!"

Ein Schaudern ließ seinen etwas zu großen Pagenanzug schlottern.

Ich lächelte großherzig-arrogant wie ein weltmännischer Wirtschaftsboß und sagte: „Fein", woraufhin er meinte, es wagen zu können, an mich eine Frage zu stellen:

„Und was soll ich dann mit dem, äh, Gepäck machen, Monsieur?"

Ich wandte mich an die ebenfalls sonnenbebrillte Katharina, die mit ihrem blassen Teint so richtig großherzöglich aussah.

„Was soll er mit dem Zeug machen, Herzogin?"

„Pht!" machte die Herzogin, was wohl bedeuten sollte, daß es ihr völlig wurscht war, wo der Speichellecker den Schrott verklappte.

„Baronin?" fragte ich Laura.

„Na, wieder einladen, natürlich. Und dann wieder ausladen. Und wieder einladen. Hin und her. Damit tut Er etwas für seine Gesundheit. Er ist zu schmächtig! Seine Uniform soll besser sitzen! Man sieht nicht einmal Seinen Arsch!"

„Sogleich, Frau Baronin!" japste der Lakai und wieselte pflichtbewußt von dannen.

„Und bilden Sie sich nicht ein, Sie könnten das Zeug einfach im Kofferraum lassen! Ich werde Ihre Tätigkeit zu überwachen wissen, Scherge!"

„Gewiß, Monsieur!" glitschte es aus ihm hervor. Und er machte sich eifrig daran, den ganzen schweren Müll auszuladen. Allein das satte Klingeln der Trinkgeldkasse in seinem Kopf hielt ihn noch bei der Stange.

Ich hielt es noch aus, bis wir hochherrschaftlich um die nächste Ecke gebogen waren, dann mußte ich losprusten!

„Du bist ein Psycho, Frankie!" scholt mich Katharina. „Und du auch, Laura!"

„Ach was", winkte ich ab, „das gerade eben war eine revolutionäre Aktion."

„Genau!" bekräftigte Laura, die natürlich sofort verstand, worauf ich da hinauswollte. „Der Kerl wird die Geldaristokratie jetzt hassen wie noch nie zuvor!"

„Warte erst mal ab, wie er sie hassen wird, wenn wir zurückkommen und er nur eine Packung Atomic-Breakfast-Instant-Schokopulver als Belohnung für seine Schufterei kriegt!"

Katharina wollte sich nicht an unsere teenagermäßige Gaudistimmung ankoppeln:

„Ihr spinnt ja!" schimpfte sie, unterließ es aber, zurückzugehen und Lauras blöden Befehl zu widerrufen.

Cousine Priscilla hielt sich 'raus und starrte verträumt aufs Meer hinaus.

Das Meer!

Die riesigen Berge, die das Tal vollständig umgrenzten, waren kaum zu sehen hinter diesem gewaltigen, tiefblauen Meer. Sanft plätscherten die Wogen gegen die Mole und gegen die weitläufige steinerne Terrasse des Hotels. Die riesigen, blank weißen Projektoren auf den angrenzenden Berghängen brachten die Karibik im Hirn der illustren Besucher hierher zum real existierenden Schweizer Hotel mitten ins allertiefste Oberbayern. Technologische Großtat? Dekadenter Blödsinn? Die Projektoren! Groß wie Zehnfamilienhäuser und rund und glatt wie eingeschweißte Hühnereier. Trau keinem Lebensmittel, das nicht in Plastikfolie eingeschweißt ist! Sanft summende Projektoren. Dunkles, sicheres Brummen, das sich zwischen Mensch und Welt hineinschiebt. Unterbricht. Einschläfert. Sogar die Luft roch leicht salzig, der Duft erlesener Speisen wehte frisch von der Terrasse herüber.

„Hunger!" meldete mein Magen.

„Wir sollten was essen", meinte auch Laura.

„Wahrscheinlich projizieren sie den Hunger direkt in die Gehirne der Leute", vermutete Priscilla.

„Mußt du einem auch alles verderben!" meckerte Laura.

Tatsächlich: Wenn man sich ein bißchen auf seine wirklichen Empfindungen besann, die da irgendwo unter dem gewaltigen Strom aus simulierten Eindrücken verschüttet lagen, dann stellte man fest, daß man gar keinen Hunger hatte, weil man soeben noch im Auto eine ganze Packung Kartoffelchips verdrückt hatte. Mit einem solchen Akt der Willensanstrengung konnte man auch das Meer flimmern sehen und darunter ... Das echte Tal! Es war noch da! In mir machte etwas „Klick". Ich mußte da 'runter! Wie auch immer. Es rief mich, und der Ruf war echt. Sie würden versuchen, mich daran zu hindern, aber ich mußte es versuchen!

„Die könnten ja weiß der Geier was in die Hirne der Leute projizieren", stellte Katharina fest. Ich hörte sie kaum. „Sowas wie: ‚Überschreiben Sie uns sofort Ihr ganzes Geld!'" Ich hörte ihr gar nicht zu. Sie konnte reden und reden und reden. Ich wollte da 'runter!

„Hähä. Wer hierher kommt, dem bleibt nicht mehr viel, wenn er wieder abfährt! Wetten?" Laura. Ich vergaß auch Laura. Ich mußte da 'runter!

„Die Anlagen werden von der Regierung permanent daraufhin überprüft, daß sie nur die genehmigten Illusionen und leichte Konsum-Impulse abstrahlen", wußte Priscilla.

„Hey! Man kann sogar für teures Geld eine Art Psycho-Walkman mieten, der die Konsumimpulse 'rausfiltert und nur die Illusion durchläßt! Was für den ganz besonderen Snob!" las Laura in ihrer rosa Broschüre. Prima! Jetzt aber zu den anderen Snobs auf die Terrasse.

„Wer will einen Hummer?" sang Laura.

Cinzano-Sonnenschirme! Die ganze Bande hockte auf dieser riesigen Terrasse im Schatten von blauroten Cinzano-Sonnenschirmen. Dazwischen irrten tranäugige Kellner mit silbernen Tabletts voller überteuerter Speisen herum. Das Pflaster. Ich hatte selten ein so teuer verlegtes Pflaster gesehen. Es sah wild und rauh aus. Bergig halt. Aber tatsächlich war's vollkommen glatt und klinisch staubfrei. Unauffällige Roboter fitzten von Zeit zu Zeit aus ihren schattigen Verstecken unter wild wuchernden Blumenarrangements hervor und fegten mit eifrig heulenden Turbo-Bürsten jede Verschmutzung hinweg.

Laura lehnte an der Aluminiumreling, die die Terrasse an einer Stelle von den Klippen abtrennte, die zum künstlichen Meer hin abfielen. Ich ging zu ihr hinüber und strich einmal mit den Händen über das perfekt verarbeitete, kühle Metall, um zu sehen, ob es echt war.

„Ich finde das ganz schön traurig", sagte Laura und guckte hinaus in das neblige Gemisch aus Gebirgsdunst und projizierter Illusion.

„Hm. Was denn?" Mein Kreislauf lief auf niedrigen Touren. Ich fühlte mich schlapp. Die dekadente Szenerie verstärkte meine Antriebslosigkeit nur noch.

„Stell dir mal vor: Die ganzen superreichen Typen, die hierher kommen! Das sind doch die allerreichsten Macher des Landes!"

„Na und. Wir sind auch hier."

„Aber um welchen Preis! Für die" – Laura wies mit ihrem delikaten Kinn kurz hinüber zu den sich schwach bewegenden Gestalten unter den antiken Sonnenschirmen – „ist der Eintrittspreis nicht mal ein Trinkgeld! Und die finden das hier gut und bleiben auch noch ein paar Tage im Hotel!"

„Worauf willst du hinaus?"

Ich stellte fest, daß sich auch die Tierwelt von den Projektoren täuschen ließ. Ich sah Möwen, die versuchten, im Wasser zu landen, und einfach durch den simulierten Wasserspiegel hindurchfielen. Nach einiger Zeit schwebten sie etwas groggy wieder empor und verdrückten sich schleunigst. Solche Fehler sind peinlich, auch für einen Wasservogel. Dann gab es noch Möwen und Enten, die auf dem NonMeer schwimmen konnten. Die gehörten zur simulierten Fauna, die für noch mehr Realismus sorgen sollte. Ob die echten, getäuschten Möwen wohl auch diese Lust auf Hummer verspürten?

Besonders spaßig wurde es, wenn ein echter Enterich eine falsche Ente anzubalzen versuchte und dabei immer wieder im nicht existenten Wasser absoff und überhaupt nicht merkte, daß das Objekt seiner Begierde nur ein Schatten in seinem Gehirn war. Er versuchte es immer wieder, und sie beachtete ihn überhaupt nicht. Na, wie im wirklichen Leben. Bei manchen der offensichtlich teuren Frauen hier war ich mir auch nicht ganz sicher, ob sie nicht nur Luftspiegelungen waren. Wenigstens Laura schien echt zu sein.

„Wahnsinn."

„Was denn?" gähnte ich.

„Stell dir mal vor, all diese superreichen Typen hängen hier in diesem Tal der billigen Illusionen herum, obwohl sie es sich locker leisten könnten, auf die exotischsten Inseln zu reisen, wo der Zauber völlig echt ist! Traurig."

„Stimmt. Total Traurig."

„Oder. Oooooder die Welt ist überall schon so verseucht und gefährlich, daß das hier tatsächlich das Beste vom Besten an snobistischem Urlaub ist: In einem Tal der Illusionen, abgeschirmt von quadratschädeligen Sicherheitstrupps. Das Münchner Penthouse und die Grünwalder Villa gleich um die Ecke."

„Oh. So hab' ich das noch gar nicht gesehen."

„Die Seychellen sollen ja sehr kaputt sein, in dieser Saison", grübelte Laura. „Unangenehme Mikroorganismen im Meer."

Priscilla und Katharina hatten sich zwei Plätze unter einem der riesengroßen Sonnenschirme erkämpft und bestellten sich konservative Cocktails.

Laura zog einen Minifernseher aus ihrer dunkelblauen Lederjacke und schaltete ihn ein.

„Guck mal! Sie haben sogar einen eigenen Kanal!"

VirtualTalTV brachte eine Werbesendung. Viel Computergrafik, viel Morphing, viele wirre Effekte. Die Aussage: „Schmier dir HydrInjectOCreme ins Gesicht und du schaust besser aus der Wäsche, Moppel!" Fantastisch. Es folgte eine Reihe von ähnlich bizarren Spots und schließlich eine von einem taiwanesischen Regierungssender eingekaufte Gameshow für Ostasiaten: ‚Catch 'da Noodle!' Der Wind strich mir müde durchs Haar. Laura stierte in ihren Fernseher.

„Ich bin so müde, ich kann nicht mal mehr die Augen bewegen", gähnte sie und zappte. Der BPD-Sender brachte mit ‚Meine Katastrophe' Erschütterndes aus dem wahren Leben:

Sprecher: Ego, du warst ein Junkie und bist jetzt clean. Was hat dich dazu gebracht, mit den Drogen aufzuhören?

[Der Sprecher ist nicht im Bild, und die Kamera guckt fisheyemäßig-weitwinkelig verzerrt aus der Geierperspektive auf den angeblichen Junkie, dessen Gesicht zwecks Unkenntlichmachung gut gedigitized worden ist. Soviel sieht man: Er trägt pseudoamerikanski Kleidung vom C&A und hat eine rote Wollmütze auf.]

Junkie:	Ja. Hm (schnief). Ey. Scheiße.
Sprecher:	(eilig) Ich kann ja verstehen, daß die Erinnerung daran für dich ganz schön hart ist. (du mußt jetzt stark sein, Kumpel!!!)
Junkie:	(wird immer noch vom penetrant hellen Kameralicht direkt angestrahlt und versucht sich gegen diese Photonenvergewaltigung mit dem breiten Fledermausärmel seines Sweatshirts zu wehren.) Ey! Pft! Fuck! Weißte, ich hab echt alles geschmissen, was so auf dem Markt war. (Schnief! Rotz!) Vor allem die Rosa Pillen!
Sprecher:	Und warum hast du aufgehört, Ego?
Junkie:	Äh. Das Zeug macht *kaputt*. Und die Therapeutin hat gesagt, ich könnte einen Job kriegen.
Sprecher:	Richtig! Die BPD hat wunderbare Programme zur Wiedereingliederung von Drogengeschädigten initiiert!
Junkie:	Jetzt hab' ich einen Job beim Städtischen Reinigungsbetrieb!

(Ausschalt'KLICK!)

„Wahnsinn!“
„Wahnsinn.“
„Die Drogenabhängigen verrotten im Stachus-Untergeschoß.“
„Nein.“
„Nicht mehr?“
„Das Stachus-Untergeschoß wurde saniert und ist jetzt voller Luxusläden.“
„Wo kann man in München als normaler Mensch eigentlich noch hin?“
„In die Slums im ehemaligen Euro-Industriepark.“
„Ich geh' aufs Klo.“
„Du liebst die Schüssel, eh?“
„Zeig mir dein Klo, und ich zeig dir, wer du bist.“
„Wer du pißt? Wohin du pißt, muß das heißen!“

Bei drittklassigen Kalauern geht man besser. Allerdings wollte ich nicht aufs Klo, sondern da 'runter.

Ruhig plätscherte Wasser, das es gar nicht gab, gegen das künstlich aufgeschichtete Ufer. Bevor ich mich in einem unbemerkten Moment über das Geländer schwingen konnte, sah ich gerade noch die Lichtschranke. Man hatte sich gegen solche Scherze abgesichert. Aufsehen konnte ich bei meiner exotischen Aktion nicht brauchen. Wie, zum Billy, kam ich da bloß 'runter?

Nervös und mit verzweifelt rappelndem Gehirn rannte ich in die Empfangshalle des Hotels. Marmor. Blankpoliertes Messing. Computerterminals. Aufmerksame Lakaien.

„Kann ich Ihnen helfen, Monsieur?"

Und ob du mir helfen könntest, Bursche!

„Man hat mir gesagt, in den Kellerräumen des Hotels wären die Kongreßeinrichtungen untergebracht. Stimmt das?"

„Selbstverständlich, Monsieur!"

Natürlich stimmte es. Da hinten an der Treppe stand auch ein dezentes Mahagonischild mit ‚KONGRESSZENTRUM' in goldenen Lettern und einem dynamischen Pfeil abwärts drauf!

„Könnte ich vielleicht diese Räumlichkeiten kurz besichtigen? Ich erwarte wichtige Geschäftspartner aus Fernost, und ich beabsichtige, diesen Leuten etwas wirklich Besonderes zu bieten."

Gut, daß ich mein einziges Markensakko angezogen hatte. Bei meinen Turnschuhen stutzte das Kerlchen etwas, aber naja, es war Sonntag und in gewissen Kreisen der Werbebranche konnte man sich mit Turnschuhen gerade wieder sehen lassen.

Der Sklave holte also den für die Kongreßeinrichtungen zuständigen Marketingmenschen, und dieser charmante Knabe führte mich hinab in die Hallen des Glücks.

„Voilà, Monsieur!"

Die hohe, zweiflügelige Tür schwang lautlos auf. Sehr versailles, die Einrichtung. Was für Napoleons.

Ahh!

Kühle, klimatisierte Luft schlug mir und dem fein lächelnden Marketingmann entgegen. Es roch frisch nach Nichts. Keine Konsumbestrahlung hier, man konnte freier denken, was ich dankbar zur Kenntnis nahm. Ich mochte den Raum. Weite, riesige Tischflächen, in deren Zentrum eine Batterie Video- und Tageslichtprojektoren zur Hälfte versenkt war. Ich ging in den Raum hinein und hatte sofort das Gefühl, etwas Illegales zu tun, mich in eine Welt einzuschleichen, die für meinesgleichen für immer verboten bleiben würde. Minimikrofone, Simultanübersetzer, Touch-Screen-Computer und altmodische Konferenzblöcke aus Papier an jedem Platz. Ledersessel. Und irgendwo mußten sie immer noch hergestellt werden, diese putzigen kleinen Konferenzsaftfläschchen und die Minimineralwasserdöschen. Bei diesen Super-Business-Konferenzen gab es bestimmt eine ganz eigene, autonome Kultur, die ich mir prima vorstellen konnte:

„Schlonzig", sagt der Boss und berührt leicht seinen perfekten Krawattenknoten, „Ihr Bericht von der Westfront." Schlonzig steht auf, stupst dabei etwas ungeschickt den für seinen schmalen, knochigen Hintern viel zu breiten Ledersessel nach hinten, um seine Unterwürfigkeit zu betonen. Er hat eine Halbglatze, und er ist Außendienstleiter der Westgruppe. Als er sich unsicher und heiser räuspert, hat der Boss eigentlich schon genug gehört. Er läuft schon mal vorsorglicherweise rot an. Schlonzig stottert seinen Bericht 'runter und führt der erlauchten Versammlung eine von seiner drittklassigen Sekretärin zusammengestoppelte Singsang-Multimedia-Verkaufszahlenshow vor, während der der Computer des Overheadprojektors dreimal abstürzt. Er bedankt sich bei seinen eisig schweigenden Kollegen, bei diesem Wolfspack, das ihn gleich in Stücke reißen würde, und setzt sich, kriecht in die kuschelig weiche Umarmung des riesigen Ledersessels zurück. „Du kleiner, erbärmlicher, nichtsnutziger Wixer“, denkt sich der Boss, und sein ganzer gewaltiger fitneßstudiogestählter und vitaminaufgemotzter, von einer Ehefrau und drei Mätressen wohlgebumster Superkörper droht aus dem maßgeschneiderten Yamamoto-Hemd zu fahren wie der wütende „Hulk“ aus den blöden Americomics, „du hast den ganzen Westen der Konkurrenz ausgeliefert! Dafür wirst du sterben. Oder? Nein! Noch viel schlimmer! Du wirst gefeuert werden, und du wirst die Raten für deine beschissene Villa und die Alimente für deine geschiedene Kuh mit ihren Kindern, die dich sowieso schon hassen, nicht mehr zahlen können! Willkommen unter der Isarbrücke, VERSAGER!!!“ Aber der Boss denkt das nur. Er sagt es nicht. Er sagt: „Vielen Dank, Kollege. Wir sehen uns morgen in meinem Büro.“ Und alle um den riesigen, flachen Tisch herum wissen, was er meint, und alle ducken sich leicht hinter ihren viel zu kleinen Mineralwasserfläschchen in ihre verschwitzten Ledersessel hinein. Nur der Videoprojektor in der Tischmitte summt leise und strahlt das schicksalsschwer superdynamische Firmenlogo an die völlig unbeteiligte, mattweiße Wand.

Hier morden sie noch, die Zahlen und Zeichen.

Der Konferenzraum machte mir trotzdem Spaß. Von der sauberen Geometrie der Einrichtungsgegenstände ging eine tatsächlich expressionistische Dramatik aus. Ein schöner Platz für die Conferenz des Dr. Caligari. Und vom Ausblick auf das Meer haben wir noch gar nicht gesprochen: Riesige, mehrere Meter hohe Glaswände öffneten den Raum hinaus in die Landschaft. Die Möwen kreisten, die Berge gipfelten, alles war so wunder-wunder-wunderschön und sauber und beeindruckend. Da mußte einem die pollengefilterte Luft einfach wegbleiben.

„Gefällt es Ihnen, Monsieur?“

Ich machte meinen Mund wieder zu.

„Hm. Ganz nett. Was ist das für eine kleine Tür da hinten?“

„Nichts, Monsieur. Nur der Technikraum.“

„Den möchte ich sehen.“

„Da gibt es nichts zu sehen, Monsieur.“

„Wenn ich schon für teures Geld das ganze Hotel für ein Wochenende miete, dann will ich das Haus wenigstens kennenlernen“, mimte ich den gefährlich gekränkten Hyperkonsumenten.

Sofort war die Tür offen. Sie war nicht einmal verschlossen gewesen. Genausowenig übrigens wie der Konferenzraum selbst. Man wähnte sich hier mit der ganzen Bewachung völlig sicher, und die Geräte waren alle deutlich diebstahlsicher markiert.

Im Technikraum fand ich, was ich suchte: ein von Hand zu öffnendes Fenster, das noch dazu recht knapp über dem leise gluckernden ‚Wasserspiegel' lag.

Ansonsten standen nur leicht angestaubte Videopräsentationsgeräte und dynamisch vollgeschmierte Flipcharts herum.

„Pardon, mein Bester", sagte ich kumpelhaft, „können Sie mir vielleicht schnell eine Kalkulation über ein Wochenende Komplett-Konferenzmiete mit allen Schikanen erstellen und ausdrucken lassen? Ich genieße solange den Ausblick aus dem Konferenzraum."

„Gewiß, Monsieur!" freute er sich und verschwand. Wunderbar. Ich hatte damit gerechnet, daß er nach oben mußte, um diesen Job zu erledigen. Ein Kontrollblick: hier gab es keine Überwachungskameras. Wäre ja noch schöner in einem Konferenzraum! Haha! Schnell in den Technikraum. Bingo! Keine Kontrollmechanismen am Fenster! Die hatten sie sich hier, in einem Raum ohne Publikumsverkehr, gespart! Noch besser: Das Fenster war eins von der Sorte, die auch beim Schließen von außen automatisch zuschnappten, ohne daß irgendein Hebel in verräterischer ‚Geöffnet'-Stellung blieb. Dann gab es da nur noch ein einziges Hindernis: Der Marketingzwerg würde mit seinem nutzlosen Wisch zurückkommen und feststellen, daß da gar kein zahlungskräftiger Kunde mehr auf ihn wartete. Ich mußte wieder pokern. Ohne lange nachzudenken, riß ich einfach einen Fetzen Papier vom nächsten Flipchart ab und kritzelte eine Nachricht für den Typ darauf, die ich schön auffällig auf dem Konferenztisch plazierte: „Sorry, eine meiner Ex-Frauen hat angerufen. Ihr Ferrari ist krank. Mußte sofort los. Komme telefonisch auf Ihr Angebot zurück. (Unleserliches ‚Unterschrift'- Gekrakel)."

Dann öffnete ich das Fenster.

Blickte nach oben.

Nach unten.

Zur Seite.

Nichts.

Simuliertes Wellengeplätscher gluckerte durch mein Gehirn.

Ich stieg hinaus.

Schloß das Fenster, es rastete mit einem gut geölten Klicken hinter mir ein.

Schnell mußte ich jetzt sein, denn der Bursche würde vielleicht nachsehen, wo ich abgeblieben war. Nur schnell unter den Pseudo-Wasserspiegel, dann würde mich keiner mehr sehen, denn auch die Angestellten waren nicht gegen die Projektorenstrahlung immun.

Ich kletterte tolpatschig an den Felsbrocken hinunter zum gischtig schäumenden Wasser. Das Meer schien immer wilder zu werden, je näher ich ihm kam. Als ich schließlich ganz unten war, schien es über mich hinwegschwappen zu wollen, und wo die Spritzer mich berührten, gab es ein unangenehmes Brennen auf der Haut. Nervenstimulation! Mir blieb die Luft weg. Das war alles nur Einbildung! Weiter! Weiter! Weiter! Was würde ich wohl unter dem Meeresspiegel finden? Einen geheimen Rüstungsbetrieb? Eine Raketenbasis à la James Bond?

Oder etwas noch viel Seltsameres?

Yoshis einsame Nächte wurden immer schlafloser und nervöser, und schließlich waren Tag und Nacht nicht mehr voneinander zu unterscheiden, alles versuppte in einem tranceähnlichen Halbwachzustand. Dabei steckte eine tödliche Unruhe fest in seinem Körper, seltsam statisch und massiv wie ein leicht elektrisierter Stahlblock. Das lausige europäische Essen verkorkste seine Verdauung, und in der UFO-Sache war er keinen Schritt weitergekommen, obwohl er sich seine Videobänder immer wieder ansah und das UFO, dessen Existenz eigentlich mit diesem Band bewiesen werden sollte, von Mal zu Mal mehr aussah wie ein miserabler Videotrick. Die tatsächliche Präsenz des UFOs, erinnerte sich Yoshi, war von einer entschieden anderen Qualität gewesen. Wie ein verbrannter Gedanke, wie die leere Hülle einer Seele, wie ein Loch in der Wirklichkeit. Wobei vielleicht letztere Beschreibung der Natur des UFOs am nächsten kam. Das stärkste Gefühl, das vom UFO ausging, war Leere. Keine Sinnlosigkeit, aber Leere. Absichtliche Leere. Zielgerichtete, selbstbewußte, starke Leere.

Die Stärke des UFOs war seine Nicht-Existenz.

Den Videofilm konnte Yoshi glatt wegschmeißen. Er war nur ein Beweis dafür, daß etwas *nicht* existierte. Und zwar genau dort, wo sich auf dem Film das UFO befand. Die anderen Instrumente hatten nur absolut wirren Datenmüll geliefert. Kein Wunder, angesichts dieses massiven Brockens aus Nichts!

Yoshi war verzweifelt und sehr, sehr allein. Kein Kontakt nach Japan. Er war isoliert. Und solange er kein Ergebnis hatte, solange saß er hier fest. Aber welches Ergebnis wurde eigentlich von ihm jetzt noch erwartet?

Hiroshi, Freund, Kollege und Familienvater, war tot. Ermordet von irgendwelchen Spinnern oder Verschwörern oder Fanatikern.

Yoshi mußte seinen Kopf freikriegen!

Systematik!

Her mit der Systematik!

Der Japaner soff den tiefschwarzen, dicken Kaffee direkt aus der Kanne. Schwere braune Tropfen fielen aus dem schlampig entfalteten Filter und sammelten sich auf der Warmhalteplatte zu einem kleinen Pfützchen an.

Vollgepumpt mit mörderischer Energie verließ Yoshi Franks Haus. Er mußte handeln. Jetzt. Wie und sogar warum, das war egal.

Erst mal Lauras Auto abholen.

Mobilität schaffen.

Yoshi schritt die Straße entlang. Reger Verkehr. Stinkende Traktoren, die zur BayWa fuhren.

Yoshis hatte einen eigenen Namen für die BayWa: ‚Ayer's Rock'. Wie der gigantische Monolith in der australischen Wüste glühte auch das riesige Lagerhaus in der Farbe der untergehenden Sonne.

Auch Militärfahrzeuge dröhnten vorbei.

Amerikanische Militärfahrzeuge.

Yoshi hegte den Verdacht, daß die Amerikaner ihre Jeeps und Panzer und Lastwagen von erfahrenen Hollywood-Designern auf maximale Medienwirksamkeit hin stylen ließen. Tatsächlich sahen die Dinger aus der einen Perspektive bedrohlich, aus der anderen eher herrisch-überlegen aus.

Was wollten die hier eigentlich?

Vor der BayWa stand ein Schützenpanzer, vor dem Kino gleich zwei.

Im Straßenbild fielen die amerikanischen Soldaten gerade durch ihre Tarnanzüge auf: Braun, beige und olivgrün wimmelte es in den Straßencafés und in den Geschäften. Als Yoshi vom Stadtplatz zur Abens hinuntergehen wollte, fielen ihm die drei Soldaten auf, die aus der Redaktion der Zeitung kamen. Gefolgt von Paul Mühlbauer. Und dem Bürgermeister.

Franks Kollege Harald kam nach. Mit einer Kamera. Er ließ die fünf gemeinsam vor dem Maderturm, einem Überbleibsel der historischen Stadtmauer mit Wahrzeichencharakter, posieren und schoß mehrere Aufnahmen.

Ein Schulterschluß.

Amis, BPD und Presse.

Es wurde langsam eng.

„Hm. Faszinierend", sagte Yoshi, als er vor Lauras renoviertem Auto stand. War das überhaupt noch ein Auto? Oder hatte sich eine Kolonie metallicblauer, spoilerähnlicher Baumschwämme an der Karosserie des Wagens verteilt? Wenigstens hatte das putzige kleine Auto jetzt einen Namen: Es hieß ab sofort ‚Kenwood'. So stand es zumindest groß und breit auf der Heckscheibe. Das Auto selbst schien sich für sein neues Outfit zu schämen, denn es duckte sich bis auf wenige Millimeter knapp über den Asphalt.

Der Autohändler sah das anders. Er war stolz auf sein Baby:

„Optisches Tuning, Stereoanlage und Tieferlegung. Außerdem hat die Kistn jetzt 200 PS!"

Yoshi verzog kurz die Miene, als hätte er in einen lebenden Kugelfisch gebissen, zahlte aber dann und fuhr davon. Wenigstens konnte er sich jetzt unbemerkt unter den Einheimischen bewegen.

Zunächst fuhr Yoshi zum Einkaufszentrum.

Er mußte aufs Klo.

Leider lag das Klo im Indianergebiet.

Schon am Anfang des langen, kahl ausgeleuchteten Ganges, der zu den Toiletten führte – an der Ecke von ‚Lulli's Video-Imperium' – prangten absolut beschissen gesprayte Graffiti-Kürzel, die eigentlich schon rein ästhetisch einen bestimmten Abschreckungswert besaßen, aber zusätzlich noch die Bedeutung hatten: „Fremder! Das hier sind die Klos der Gebrüder Kakerlak! Für Selbstmörder freier Eintritt!!!"

Yoshi verstand die Graffiti-Sprache nicht. Er folgte dem Druck seiner Blase.

Er lief den langen, staubigen Gang entlang und durchbrach dabei eine mit Kaugummi an der Wand befestigte Lichtschranke, was wiederum drei Mitglieder der Kakerlaken-Gang auf den Plan rief, typische Mitglieder einer Generation, deren Eltern sich zu viele 80er-Jahre-Gewaltvideos angesehen hatten. Sie standen von dem kleinen, munteren Lagerfeuer auf, das sie hinter der Gangbiegung vor dem Klo angezündet hatten und stapften nun cowboystiefelig auf den völlig ahnungslosen Yoshi zu.

Das liebste Hobby der Gebrüder Kakerlak war sinnlose Gewaltausübung. Ein Zeitvertreib, dem sie mit viel Hingabe eine beträchtliche Menge ihrer wertlosen Zeit opferten. Alle Kakerlaken waren begeisterte Kampfsportler, einer von ihnen hatte es sich zur Aufgabe gemacht, alle auch nur peripher philosophischen Szenen aus alten Karatefilmen herauszuschneiden, so daß nur noch die brutalen Gewaltakte übrigblieben.

Conny Kakerlak, der unumstrittene Anführer der Gang, war bereits wegen Brutalität aus mehreren Jugendstrafanstalten herausgeflogen. Er war nicht mehr resozialisierbar, eine Gefahr für die Gesellschaft. Nicht auszudenken, was er alles anstellen würde, wenn er erst mal seinen 14. Geburtstag hinter sich hatte!

Geringere Straftaten wie Raubüberfälle wurden von der Polizei schon gar nicht mehr in seiner Strafdatei vermerkt. Connys Spezialität waren trickreiche Morde an Alten, Hilflosen und Ausländern. Seine berüchtigtste Tat: das sogenannte Oma-Derby von Rosenheim. Connys Bande hatte fünf alte Damen auf dem Weg zur Kirche vom Altenheimausgang weggefischt, sie ausgeraubt bis auf die Goldzähne und anschließend jede lebend mit einem Seil an das Heck eines Geländewagens gebunden und mit ihnen ein stundenlanges Querfeldeinrennen über das grobe Kopfsteinpflaster der Rosenheimer Fußgängerzone veranstaltet. Bilanz: 20 Tote.

Bereits als Elfjähriger hatte Conny im oberbayerischen Bad Reichenhall für eine beliebte rechtsradikale Partei etliche Ausländer abgefackelt und war blöde genug gewesen, sich dabei von einem Fernsehteam filmen zu lassen – er fand es einfach cool, im Fernsehen zu sein.

Der Reporter kannte Conny nicht, also ging er zu ihm hin, um ihn zu interviewen, anstatt sich schleunigst davonzumachen:

Reporter:	(entsetzt) Ist dir klar, was du da eben gemacht hast, Junge?
Conny:	(völlig locker und gut drauf) Na logo! Kanaken abgebrannt, ey! Hähä! Total geil!
Reporter:	(Schublade auf) Bist du ein Rechtsradikaler?
Conny:	(überlegt kurz) Nö. eigentlich nicht. Hähä. Zündeln macht einfach Spaß, höhö.

Der Reporter, der anschließend mit schwersten Verbrennungen ins Klinikum Großhadern eingeflogen werden mußte, stellte in seinem Kommentar fest, daß „die neueste Generation jugendlicher Gewalttäter nicht mal mehr die Spur einer Rechtfertigung für ihr Handeln braucht."

Schlimmschlimm. Er hatte recht.

Conny war kein Faschist. Er kannte den Namen ‚Hitler' nur aus den Liedern seiner Lieblingsbands.

Conny war sogar gebildet. Er konnte lesen und schreiben. Das hatte er sich selbst beigebracht, um beim Abfassen von Droh- und Erpresserbriefen nicht immer auf Mitwisser und Komplizen angewiesen zu sein, die man hinterher unter großen Umständen sowieso wieder umlegen mußte.

Connys kriminelle Energie würde, in Strom umgewandelt, problemlos dazu ausreichen, die drei größten Industrienationen ein Jahrhundert lang mit Elektrizität zu versorgen.

Conny war das Destillat des Darwinismus. Das Endprodukt einer gnadenlos kompetitiven Gesellschaftsordnung. Grundsätzlich gedankenlos. Unterwürfig, wenn er einem Stärkeren gegenüberstand, heimtückisch, wenn er mit einem langen, spitzen Messer hinter einem Stärkeren stand. Die Avantgarde des Wolfsstaates.

Connys Zukunftsperspektiven?

Man wartete schon sehnsüchtig darauf, daß er endlich 18 wurde und auf die ‚andere' Seite überwechselte. Connys geheimster Wunsch: er wollte Militärpolizist bei der BPD-Elitetruppe werden. Seine Aussichten dafür standen mehr als gut: Er war athletisch, durchtrainiert, ausdauernd, zäh, hemmungslos brutal, gehorsam (wenn es ihm einen Vorteil brachte), opportunistisch, intrigant, konnte Befehle lesen und pedantische, kleine Berichte schreiben und hatte unbestrittene Führungsqualitäten (wenn er eine Waffe im Anschlag hatte).

Momentan befand sich Conny auf Vergewaltigungs-Tournee durch die Mädcheninternate der Oberpfalz. Er nannte das ‚Gene verteilen'. Jaja. So vermehrte sich ein Conny Kakerlak. Katholikinnen ließen niemals abtreiben, also brüteten sie brav ihre Kukuckseier aus. Dabei zu hoffen, daß die Kinder nach der Mutter kämen, half überhaupt nichts, denn schon Connys bloße Gene waren von solch boshafter Rücksichtslosigkeit, daß sie die schwachen, schüchternen Gene der Mutter einfach aus dem Mix 'rauswarfen. Der nächste Schritt bestand darin, daß sich die neuen Connys, sobald sie einigermaßen auf eigenen Beinen stehen und Straftaten begehen konnten, ihre eigene Mutter überfielen und sich davonmachten, um ihre Erziehung auf der Straße zu genießen. Connys vermehrten sich nach Art der Tiere. Erziehung und Lehre brauchten sie keine, was zum Überleben notwendig war, hatten sie schon von den Basisgenen ihres Vaters mitbekommen: Schlagen, Treten, Töten! Die Connys waren die menschliche Umweltverschmutzung. Ihre Verbreitung geschah exponential. Bald würden sie... Nein! Halt! Den Rest der Geschichte lesen Sie bitte im neuesten *Doomsday* nach. Am Kiosk an der Ecke. Kostet nicht viel!

Verdammt viel Glück also für Yoshi, daß Conny heute nicht da war.

Aber Connys Kakerlakenbrüder ließen sich auch nicht lumpen.

Der vorderste Ganove, ein 16jähriger Nichtsnutz namens Gilgamesch Oberhuber, rückte die Baseballmütze auf seinem ferkelrosa Kopf zurecht und ließ anschließend sein Klappmesser demonstrativ federnd ausschnappen. Seine beiden Kumpel zeigten ihre schlechten Zähne.

Yoshi fröstelte vor Angst, zwang sich aber zur Disziplin.

„Hey, Gelber!", prolte Gilgamesch (oder Gilg, wie ihn seine Kumpels nannten). Rassismus gehörte bei Connys Kakerlaken zum guten Ton.

„Lassen Sie mich raten", sagte Yoshi, ganz Englishman in New York, „Sie wollen, daß ich dafür bezahle, hier aufs Klo gehen zu dürfen."

Das Grinsen, das sich auf Gilgs blödem Schweinegesicht breitmachte, ließ direkte Rückschlüsse auf seinen IQ ziehen, welcher in etwa dem einer rostigen leergesoffenen Bierdose entsprach.

„Höhö. Recht hast, Gelber!"

„Wieviel wollen Sie?" seufzte Yoshi. Er war bereit zu zahlen. Er wollte keinen Zwischenfall und er hatte schon mal von Conny Kakerlak gehört.

„Wir haben zwei Tarife", keifte einer von Gilgs Flügelmännern, ein pickliger Fickunfall namens Willi, der bei Gang-Konferenzen immer die Ehre hatte, Conny bei seinen Wutanfällen als persönlicher Sandsack dienen zu dürfen.

Aushilfs-Anführer Gilg zeigte sich von Willis Aussage irritiert. Sein Standardprogramm – Anprolen, Quälen, Aufschlitzen, Zerstückeln, Berauben, Abhauen – war unterbrochen worden. Er brachte seine Verwirrung mit einem grunzenden „Äh?" und einem einzelnen, aus seinem offenen Mund tropfenden Sabberfaden überzeugend zum Ausdruck.

Dann überlegte er etwa eine Minute.

Schließlich fragte er den pickligen Willi: „Was soll'n das heißen, Mann?"

Wenn Gilg etwas nicht verstand – und das kam aufgrund seiner streng limitierten Gehirnkapazität eher oft vor – dann wurde er gewalttätig. So auch jetzt. Er schlug Willi mit der freien Hand mitten ins Gesicht, so daß dieser überrascht nach hinten flog und sein Kopf bedenklich hohl auf dem verschmierten Linoleumbelag des Gangs aufklopfte.

Gilg grunzte befriedigt und kam wieder zur Sache und fragte Willis Busenkumpel Balduin Streamline, der seinen Namen seinen pomadig hintergeglitschten, schwarzen Haaren verdankte, was Willi denn mit den zwei Tarifen gemeint habe.

„Äh", stotterte Balduin Streamline, „er meinte Tarif eins für Einheimische und Tarif zwei für Ausländer."

„Und?" quetschte Gilg aus ihm heraus. Er wurde langsam ungeduldig. Und immer, wenn er ungeduldig wurde, dann hatte das ungefähr dieselben Folgen, wie wenn er etwas nicht kapierte. Balduin Streamline erwies sich als nicht ganz so blöde wie sein Kumpel Willi und beeilte sich, die Information auszuspucken:

„Äh, Gilg, ey. Tarif eins bedeutet: ganzes Geld und Wertsachen und Goldzähne ab- und 'rausnehmen und dann laufenlassen. Tarif zwei bedeutet: Ausländer aufschlitzen, ausrauben und die Einzelteile an die Organspende verkaufen."

Gilg klopfte Balduin zufrieden auf die Bomberjacke.

„Gut gemacht. Tarif zwei gefällt mir."

Er drehte sich wieder zu Yoshi.

Bekam von ihm einen blitzschnellen, präzisen Fußtritt mitten ins Gesicht.

Und plumpste schwer und bewußtlos auf seinen weggetretenen Bruder Willi.

„Höhö", lachte Balduin beeindruckt, „guter Schlag, Mann!"

Und fing selber einen Tritt ein, der ihn ohne Umstände zu seinen pennenden Kumpanen beförderte, der dumpfe Aufprall seines nutzlosen Körpers hallte trocken durch den Gang.

Yoshi ging weiter. Er mußte immer noch aufs Klo. Dank des hitzigen, unsteten Flackerns des Lagerfeuers fand er schließlich die Tür mit dem freundlich grinsenden Plastikmännchen mit Hut drauf. Irgendeine sensible Künstlernatur aus Connys Bande hatte dem Männchen mit 'nem dicken Edding Schwanz und Eier in den Schritt gemalt. Offensichtlich wurden hier die ganz jungen Gangmitglieder in Sexual- und Vergewaltigungskunde unterrichtet (irgendwoher mußten sie ja wissen, wo sie hinvergewaltigen mußten ...), denn auch das weibliche Plastikpiktogramm auf der anderen Tür wies entsprechende grafische Ergänzungen auf. Interessantes pädagogisches Konzept.

Yoshi schüttelte mitleidig den Kopf und öffnete die Tür zum Männerklo.

Und mußte spontan in die nächste Ecke kotzen.

Denn er sah sich mit der wirklichen Bedeutung der Zeichnung an der Tür konfrontiert.

Im Vorraum des Männerklos hatte die Gang über den Waschbecken entlang der Wand die abgeschnittenen, stinkenden Geschlechtsteile von Connys unglücklichen männlichen Gegnern säuberlich mit Wäscheklammern an einer bunten Leine befestigt. Aus einigen tropften noch irgendwelche widerlichen Flüssigkeiten.

„Gut“, dachte Yoshi und tupfte sich mit seinem Taschentuch diszipliniert, ruhig und manierlich den Mund ab, „wenn ich es schon bis hierher geschafft habe, dann kann ich auch noch pinkeln gehen.“

Und er ging durch die nächste Tür und marschierte direkt ins Drogendepot der Kakerlaken.

Heroin, Kokain, Synthetofix. Alles, was Junkies Herz begehrt.

Yoshi nahm das zur Kenntnis, schaufelte mit der Hand die Rosa Pillen aus dem nächsten Pissoir und erledigte sein Geschäft.

Als er sich anschließend erleichtert umblickte und den hakeligen Reißverschluß seiner Hose zuzog, sah er zwischen den Marihuanaballen in der Ecke einen Benzinkanister stehen. Offensichtlich eine Sicherheitsmaßnahme der Kakerlaken, falls es der Polizei doch einmal einfallen sollte, ihr Hauptquartier zu stürmen. Yoshi entschied, der Ernstfall sei jetzt eingetreten und begann damit, den Drogenkram und die abgehackten Schwänze mit Superbenzin anzufeuchten.

Yoshis schmale Hände stanken nach Sprit. Ein surrealer Raum war das hier mit all den abgehackten Schwänzen. Ein Raum für einen André Breton. Yoshi hielt es für logisch, auch der Damentoilette einen Besuch abzustatten. Es lohnte sich, denn hier hatten die Kakerlaken ihr ganzes innenarchitektonisches Können ausgespielt und mit dem Preßlufthammer die Zwischenwände herausgerissen und den Raum anschließend ungeschickt mit Rauhfasertapete ausgekleidet.

Die Einrichtung: ein geklauter Bleikristallüster, ein Wasserbett, in der Mitte des Raums auf einem Podest ein Gynäkologenstuhl mit Lederfesseln, ein Satz der beliebtesten Peitschen dieser Welt, kistenweise Waldibier, ein Fernseher, eine sauteure Stereoanlage, schlechte Digitapes von schlechten Bands, ein riesiger Spiegel neben dem Gynäkologenstuhl und in hektischer Lüsternheit über den ganzen spießigen Teppichboden verteilte Reizwäsche aus dem letzten Pornoshop-Überfall. Kein Zweifel: das war Connys persönliche Suite!

Das belegten auch die riesigen Fotos an der Wand, die einen abgrundtief häßlichen Giftzwerg mit Schnauzbart und Fußballerfrisur zeigten, der sich widerlich grinsend über wehrlos in den Stuhl hineingefesselte Frauen hermachte: Conny bei der Arbeit.

Immer diese Schnauzbärte! Dieser Conny hatte keinen Stil. Blieb nur noch die Frage offen, wie der 13jährige Conny schon einen echten, dichten Schnurrbart haben konnte. Yoshi wußte allerdings nicht, daß die Kakerlaken regelmäßig Apotheken und diese kleinen, putzigen Arzneimitteltransporter überfielen, um Hormone für ihren Boß herbeizuschaffen. Conny spritzte sich alles, was Körperbehaarung und animalischen Muskelzuwachs versprach. Er spritzte sich zurück in die Steinzeit. Tausende Jahre menschlicher Evolution wurden in dieser einzigen Person negiert. In einem Menschenalter vom Homo sapiens zurück zum Australopithecus. Mit Sexualpraktiken, die das Hinterteil eines jeden rechtschaffenen Rotarschpavians vor Scham erbleichen lassen würden.

Yoshi zündete die Bude an, nicht ohne vorher den abgeschlafften Wächtern je eine Handvoll Rosa Pillen in den Schlund gestopft zu haben, um deren Versagen zu erklären. Er dachte daran, daß der Wahnsinn in dieser Gegend immer mehr zur Routine verkam.

Er sah noch kurz dem bunten, stinkenden Feuer zu, dann wurde es zu heiß, und er verschwand durch einen Notausgang, der auf eine rückwärtige Flachdachebene führte, und wäre beinahe in die Hände von Amerikanern gelaufen, die gerade dabei waren, dort eine Batterie von Luftraumüberwachungsgeräten zu installieren. Gut, daß die Soldaten so sehr mit einer frisch abgesoffenen Cyberspace-Steuerungseinheit beschäftigt waren, daß sie gar nicht bemerkten, wie der Japaner hinter einen der riesigen, fettigen Kantinenluftabzüge hechtete.

Still verharrte Yoshi zwischen ausgewaschenen Schottersteinen und angewehtem Hamburgerpapier und versuchte, durch den heftig wehenden Wind durchzuhorchen. Es klappte nicht. Er verstand kein Wort.

Die Amis führten Trockenübungen mit ihrem Equipment durch. Einer der Soldaten hatte einen voll verkabelten Cyberanzug angelegt und hampelte nun herrisch vor der monströsen Mechanik hin und her.

Die Maschinen folgten ihrem Herrn mit dunklem, devotem Servosurren.

Die Tatsache, daß die Geräte auf die Abensebene ausgerichtet waren und aufgrund ihrer besonderen Positionierung direkt hinter einer Wand des Einkaufszentrums gar nicht in der Lage waren, sich umzudrehen, um eventuell einen anderen Bereich zu erfassen, ließ Yoshi vermuten, daß das nächste Auftauchen des UFOs wieder an derselben Stelle wie beim letzten Mal erwartet wurde.

Yoshi lehnte sich mit dem Rücken an den dreckigen Schacht und atmete durch. Woher wußten die Amis bloß immer, wo die UFOs einflogen?

Messungen?

ESP?

Intuition?

Bloße Vermutung?

Dicke Datenkabel führten von dem amerikanischen Equipment aus an der Wand entlang dorthin, wo Yoshi die Verwaltungsräume des Einkaufszentrums vermutete. Es dauerte vielleicht eine Minute, dann kam Marion Muellers mit einer tranigen Assistentin aus ebendiesen Büros herausspaziert und brachte den Ami-Technikern Kaffee und Kekse.

„Will it be happening tonight?“ fragte die Muellers den Oberami.

„I'm sure, it will“, antwortete der und griff sich einen Keks.

Er war sich also wirklich sicher.

Yoshi mußte sich jetzt beeilen.

Schon quoll der Rauch stärker aus der undichten grauen Stahltür des Notausgangs. Der Japaner nutzte die Sekunden, in denen die Amis den davonwackelnden Hintern von Muellers und ihrer Sekretussi nachstierten und entkam über die fragwürdige Feuerleiter.

„Will it be happening tonight?"

Bei Marion Muellers konnte man sich nicht sicher sein, ob die Frau damit ein UFO oder ein kleines Tête-à-tête mit dem feschen Ami-Offizier meinte.

Ruhig lächelnd schlenderte Yoshi über den Parkplatz zu seinem ‚Auto'. Und warf einen kurzen, unauffälligen Blick zurück auf das Dach, wo die Amerikaner gerade überrascht Feueralarm gaben. Das angesteckte Klo brannte lichterloh, drogengeschwängerte Luft wolkte dick aus den zahlreichen Ritzen, einige Hausfrauen grinsten schon wesentlich glücklicher als üblich und rempelten torkelnd ihre Einkaufswagen an herumstehende Mittelklassewagen.

Yoshi beeilte sich wegzukommen. Schon jaulten die Feuerwehrsirenen und auch der obligatorische schwarze Hubschrauber hing bald über dem eifrig brutzelnden Brandherd. In Franks Haus war es still. Yoshis Gehirnfunktionen waren vollauf damit beschäftigt, ein Nachdenken über das Schicksal der drei Kakerlaken zu verhindern. Also stieg er in seine für ihn typische Übersprungshandlung ein und machte Kaffee.

Und schüttete den Kaffee wieder weg. Ein schwarzes Gurgeln im mattsilbrigen Ausguß.

Yoshi atmete vorsichtig.

Er hatte sich jetzt im Griff.

Ruhig.

Ruhig.

Ruhig.

Er setzte sich in den plüschigen Sessel im Wohnzimmer, den Laura so gern mochte, und betrachtete Franks exotische Schrankwand. Er beschloß, über die Schrankwand zu meditieren. In Japan gab es keine ähnlichen Schrankwände. Diese spezielle Schrankwand hatte etwas Wagnerisches. Man konnte sich diese Schrankwand dort vorstellen, wo der Rhein am deutschesten war. Majestätisch ragt sie in den Himmel hinein, aus deutscher Eiche gebaut. Unter ihr strudelt düster der mächtige Strom. Oben auf der Schrankwand, da sitzt die Loreley mit Stratocaster und Verstärker und singt üble deutsche Volkslieder von ‚BAP'. Damit lockt sie die Schiffer auf dem Rhein an, die von diesem seltsamen Dialekt kein Wort verstehen und neugierig heranrudern und schließlich auf die von der cleveren Loreley tückisch im reißenden Strom versenkten gepolsterten Sitzecken auflaufen und Schiller zitierend absaufen.

Das Telefon ließ Yoshi hochzucken.

Und wieder in den Sessel hineinschlaffen.

War eh' für Frank. Die Zeitung. Dieser Harald hatte schon hundertmal hier angerufen und wüste Beleidigungen auf das Band gebrüllt.

Der Anrufbeantworter pfiff sein heiseres Pfeifen und ließ den Anrufer auf die Kassette labern.

„Hallo, Yoshi? Bist du da? Hier ist Eddie, Großmeister der Kloologie! Treffen wir uns um acht auf dem Klo vom McDünnald's? Da gibt's Karten für das Konzert von Iwan Kartuschin und den Wladiwostok Warthogs im ‚Pattex'!" Du mußt kommen! Die Partei zählt auf dich!"

Piiieeeep!

Yoshis Stirn runzelte sich wie ein frisch zusammengeschobener Perserteppich.

„Die Partei zählt auf dich!“

So ein Schwachsinn.

Aber es zerstreute. Eddie war immer so schön zerstreuend. Vermutlich, weil er selbst seine Sachen nicht ganz beieinander hatte. Heheh. Heute Abend also keine UFOs. Oder doch? Das Pattex lag schließlich dicht neben dem Einkaufszentrum. An der Abensebene ...

45

Verdammt!

Hilfe!

Die Flut! Das Meer tobte um mich herum und ich war am Absaufen und ich wußte gleichzeitig, daß die nächste nennenswerte real vorhandene Wassermenge in den friedlichen kleinen Fläschchen im Konferenzraum harmlos vor sich hinsprudelte. Meine Haut brannte und in meinem Hirn schaltete alles auf Erstickungsangst und Fluchtreflex! Eine Angstprojektion! Verdammt wirkungsvoller Sicherungsmechanismus!

Aber nicht mit mir!

Das Dumme war, daß ich nichts sehen konnte. Unter mir konnte eine wunderbar weiche Wiese sein. Oder ein bodenloser Abgrund. Ich wußte es nicht. Ich traute mich nicht springen. Und es brannte und brannte und ich schnappte nach Luft und ich keuchte und ich wußte, daß ich schnell machen mußte, sonst würden sie mich entdecken und ’rausholen und ich würde niemals erfahren, was sich hier unter diesem bizarren Pseudomeeresspiegel befand! Einen solchen weißen, leeren Fleck konnte ich auf meiner Landkarte nicht dulden!

Ich nahm mich zusammen.

Konzentrierte mich auf die wirklichen Empfindungen meines Körpers. Ignorierte die Panik, anstatt sie hochzuschaukeln.

Entspannte mich.

Das Wasser strömte zurück.

Mein Herz pumpte wie verrückt.

Ich kriegte wieder Luft.

Ich stolperte abwärts.

Ich war unter dem Wasser.

Ich war da.

Ich war da und alles löste sich auf.

Da lag ein saftig grünes Tal jenseits der Illusion.

Ich hob meinen Kopf. Über mir war kein Meer, nur Berge und Himmel und hinter mir das Hotel und die großen, weißen Projektoren. Abgetaucht war ich. Unter den Projektoren durch.

Meine Knie zitterten. Ich mußte mich auf einen Stein setzen und durchatmen. Wunderbar! Nichts pfuschte mehr in meinem Kopf herum, ich fühlte mich herrlich normal und entspannt.

Es war Frühling!

Frische, junge Pflanzen brachen durch die uralte Teerdecke einer schlecht gewarteten Straße am Fuß des Abhangs. Die Straße führte über einige sanfte grüne Hügel hinüber in ein Dorf. Ein Dorf unter dem Meer! Ein stummeliger barocker Zwiebelkirchturm spitzte zwischen langgestreckten Bauernhöfen hervor. Nutzlose Bauernhöfe. Leeres Dorf. Kein Schornstein rauchte. Nichts rührte sich. Die einzigen Geräusche kamen vom Hotel hinter mir. Ich drehte mich um und konnte Laura sehen, wie sie über die Absperrung gelehnt den Horizont absuchte. Der breite Steg vor dem Hotel ragte etwa zweihundert Meter ins Tal hinein. Die Touristen darauf blickten ins Wasser, guckten mich direkt an und sahen mich nicht. Ich winkte hinauf. Sie sahen mich nicht. Sie sahen mich wirklich nicht!!!

Gut so!

Ich fühlte mich nun wieder so stark und sicher, daß ich weiterklettern konnte. Schließlich stand ich unten auf der Straße. Ein paar Meter weiter vorne hing ein uralter Wagen im Graben. Völlig verrostet und verlassen. Die Reifen hatte jemand geklaut, auf dem Beifahrersitz lag ein altes Vogelnest, im Handschuhfach fand ich eine Illustrierte von 1992. Ich nahm sie mit. Als Beweis. Sonst fand ich nichts mehr, was das Mitnehmen gelohnt hätte.

So schlenderte ich mit der zusammengerollten Zeitschrift unterm Arm auf das verlassene Dorf zu. Es war nicht weit weg. Ein Kilometer, vielleicht. Ich genoß die saubere Luft. Die Düfte der Felder, der alten Obstbäume. Ein Land zum Durchatmen! Mit einem Dorf als Hauptstadt, das von der Einbildung anderer Leute überflutet worden war. Von den blöden Wünschen und Vorstellungen anderer Leute. Denn die Projektoren produzierten nicht, sie spiegelten nur wider.

Im Dorf: die leeren Häuser. Hatte man die Einwohner vertrieben oder hatte ihnen die BPD gutes Geld dafür bezahlt, daß sie ihre Heimat verließen? Oder hatte man gewartet, bis das Dorf ausstarb und einfach keinen mehr zuziehen lassen?

Der Dorfplatz. Absolut still. Tot. Da gab es eine Wirtschaft, eine Apotheke, eine Sparkasse, das Rathaus, die Kirche. Es schien, als hätten die Einwohner vor ihrem Verlassen noch einmal alles renoviert, denn der Ortskern wirkte auch jetzt noch recht proper. Ein bißchen angestaubt, aber sauber. Sie hatten die Häuser gestrichen, wie man eine Leiche schminkt. Absurd.

Mir wurde schlecht. Mir war in meinem ganzen Leben noch nichts Vergleichbares untergekommen. Ein völlig intaktes Dorf. Einfach verlassen. Ich war mir sicher, daß ich, wenn ich in das Wirtshaus ging, nur den Wasserhahn aufzudrehen brauchte, und das Wasser würde herausfließen. Ganz normal. Alles okay. Nur keine Leute. Pervers. Aber gar nicht so schlecht. Meistens gingen einem die vielen Leute eh' auf die Nerven. Totes, hübsches Dorf. Ich wanderte in die Mitte des alten Dorfplatzes. Der schmucke Dorfbrunnen, eine heimelige Skulptur aus Bronze. Trockengelegt. Betonstaub im Brunnenbecken. Wenn ein Windstoß durch die Häuser ging, dann konnte man sogar die noch überirdisch verlegten Telefonleitungen singen hören. Eine Geisterstadt. Bevölkerung hinweggerafft vom Goldfieber der Entertainment-Industrie.

Was für eine Story!

Ich holte meine Kamera 'raus. Ich ging niemals ohne Kamera aus dem Haus. Es war die kleine automatische mit dem 35-mm-Weitwinkelobjektiv und Autofokus. Ideal.

„Hey, Mann! Laß bitte den Scheiß, ja?"

Ich schnellte herum wie The Famous Gummiman.

Ein Typ!

Da stand ein Typ mitten auf der Straße. Gleich neben dem uraltbayerischen Rathaus. Er trug einen versifften Vollbart und – noch unerfreulicher – eine abgesägte Schrotflinte.

Immerhin hatte er „bitte" gesagt. Vielleicht war er zu einer Dialogform bereit, die über das Austauschen von Beschimpfungen und Blei hinausging?

Erst einmal steckte ich laaaangsam die Kamera zurück in mein Sakko.

Der Typ kam näher, wahrscheinlich, um mich besser umpusten zu können. Die Flinte hatte er immer noch im Anschlag. Es war zu spät, um wegzurennen. Die Telefondrähte über unseren Köpfen sirrten metallisch. High Noon. Aber ich hatte keine Kanone! Wie unfair!

„Wie kommst du hierher?" fragte der Flintenmann mit zwei Kilo Mißtrauen in der Stimme.

„Äh. Durch das Pseudowasser. Hab' die Typen vom Hotel ausgetrickst."

Die Flinte machte ungemütlich „Klick".

„Und wie hast du das gemacht?"

„Da gibt's ein ungesichertes Fenster neben dem Konferenzraum", sagte ich eilig. „Da bin ich durch."

„Verdammt!" fluchte der bärtige Gnom. „Jetzt werden sie dich suchen kommen!"

„Phhttt! Unmöglich! Ich hab meine Spuren verwischt."

Ich schaffte es, so viel Selbstsicherheit auszustrahlen, daß der Flintenmann stutzig wurde.

„Wie denn das?"

Ich erzählte es ihm. War auch nicht viel dabei.

Als ich fertig war, nahm er die Waffe 'runter.

„Hmmm", brummelte er in sein Bartgestrüpp, „könnte funktioniert haben. Besonders helle sind die da oben nämlich nicht. Muß von der ständigen Projektorstrahlung kommen. Die Dinger machen blöde."

„Ich heiße Frank", stellte ich mich vor. Mein ausgerutschtes Grinsen war der perfekte Spiegel meiner vollkommenen Unsicherheit. Würde der Bursche mich abknallen, wenn ihm mein Name nicht gefiel?

„Ich bin Granate", sagte das Männchen stolz und bedeutete mir, mich doch auf eine der alten Betonbänke am Brunnen zu setzen.

„Schön für dich." Sein Name sollte mir anscheinend was sagen.

„Hähäh", lachte er. Es hörte sich an wie das Schmatzen dreckiger Soldatenstiefel in blutgetränktem Bierschlamm. Er mußte lange geübt haben, um diesen Effekt herzukriegen.

„Sag bloß, du hast noch nichts von mir gehört, Mann?"

„Granate? Der Erfinder des gleichnamigen Apfels?"

Er gackerte wieder los.

„Das war gut, Mann! Funny, Mann! Nein! Ich bin Granate, der Drummer von Delirium Clemens!"

Ach so!

„Ha! Astrein! Delirium Clemens! Komapop aus Frankfurt/Oder!"

„Ge-nau, Mann! Willkommen im Paradies!"

„Und wie kommst du hier 'runter, Granate?"

„Kleiner Unfall. Bin beim Kotzen von der Hotelterrasse gefallen. Seither lebe ich hier. Hier ist das Paradies! Hier gibt es absolut alles!"

„Hat dich denn keiner vermißt?"

„Äh, Nö. Clemens hat mich erst mal durch einen Rhythmuscomputer ersetzt. Das gefiel ihm dann so gut, daß das Ding nie besoffen war und nie bei den Proben und Konzerten gefehlt hat, daß er finalmente die ganze Band durch Computer ersetzt hat. Suchen tun mich höchstens die anderen Bandmitglieder. Um mich zu lynchen, weil ich den Wixer auf den Rationalisierungstrip gebracht hab!"

Ich blickte mich demonstrativ um.

„Wovon lebst du hier?"

„Ich hab' da so meine Methoden. Elektrischen Strom gibt's sogar noch. Ich rocke auf Kosten des Hotels. Dann fahr' ich noch ein- bis zweimal die Woche zur Lawine und such' mir was Schmackhaftes 'raus. Seit letztem Jahr versuche ich auch, ein bißchen Landwirtschaft zu betreiben."

„Die Lawine? Was ist die Lawine?"

„Sie kippen die Essensreste vom Hotel einfach aus den Küchenfenstern. Die liegen praktischerweise direkt am Abgrund. Irgendwann wird das ganze

Tal hier voll sein mit Müll. Einmal wollten sie's sogar zu einer offiziellen Deponie machen, aber da waren dann die Hotel-Marketingmenschen dagegen gewesen. Nach dem Motto: Bringt zwar Profit, stinkt aber doch zu stark."

„Stinkt das Essen nicht auch, wenn es im Tal vergammelt?"

Er wickelte sich ein versifftes Bonbon aus und steckte es in seinen ungeheuer breiten Mund. Es knirschte, als er es brutal zerbiß.

„Das haben sie zuerst auch übersehen, und sie haben versucht, es mit einer Saubere-Luft-Illusion psychomäßig zuzudecken. Hat aber nicht geklappt. Also haben sie den kleinen Fluß umgeleitet. Der nimmt das Zeug mit."

„Wie kommst du dann an dein Essen?"

„Plastikwannen. Netze vom alten Tennisplatz. You name it. Jedenfalls funktioniert's. Kaugummi? Nur einmal gebraucht!"

Äck!

„Hähäh! War nur'n Witz. Aber das mit den Auffangbehältern stimmt echt. Du glaubst nicht, was die alles wegschmeißen! Ganze Hummer! Braten! Alles, was das Herz begehrt! Da lebt sich's prima."

Ich stand auf und betrachtete uninteressiert das verwitterte Brunnendenkmal.

„Und hier kommt keiner 'runter, um mal nachzusehen, was hier läuft?"

„Keiner", sagte Granate, und er mußte es ja wissen. „Das ist nämlich verboten. Keiner darf hier 'runter."

Granates Gesicht war mangels Sun-Blocker stark gerötet und zerfurcht.

„Was machst du, wenn du Zahnweh hast?"

Er steckte die Hand in seinen Kittel und förderte eine Handvoll Drogen ans Tageslicht.

„Rosa Pillen! Davon hab' ich einen ganzen Keller voll entdeckt! Wenn die alle sind, dann geh' ich hier weg. Die helfen dir echt über absolut alles drüber! Die legen den ganzen Schmerzsektor des Gehirns lahm, wenn du willst! Magst eine?"

„Nein, Danke."

Er lebte ziemlich ungesund. Genauer gesagt, er lebte wie eine Kellerassel. Wie eine Kellerassel im Asselparadies.

„Nur zum Ficken gibts hier nix", bedauerte Granate. „Keine Frauen. Aber das ist mir wurscht. Hatte schon mehr als genug davon. Und im Supermarkt haben sie ein paar Monate Zeitschriftenremittenden vergessen zurückzuschicken. Genug Wixmagazine für die nächsten paar Jahre."

„Is' ja prima." Alles, was der Mensch braucht.

Die Sonne stand jetzt hoch am Himmel. Es wurde heiß. Die protzige Lüftlmalerei am Rathaus wurde von geschickt aufgestellten Reflektoren effektheischerisch angestrahlt.

„Super, ey? Das ist mein Werk! Ich nenne es: Geblendete Regierung! Das Rathaus steht für die Staatsmacht. Ich blende die Staatsmacht. Ich lebe unerkannt im Schlagschatten des Lichtes, in dem sie sich so gerne sonnt. Gib ihnen Licht! Blende sie mit falschem Respekt! Sie lieben es! Und sie lassen dich in Ruhe! Grüß den Hut auf der Stange, dann brauchst du den Landvogt selbst nicht zu grüßen! Die Installation ist eine Metapher für mein hiesiges Leben."

Ich war schon mehr als verblüfft gewesen, daß der Bursche nach all den Rosa Pillen noch zwei, drei vernünftige Sätze am Stück aus seinem karpfigen Schlund herausbrachte, aber das gerade eben war wirklich eine Überraschung: Der verlauste Ex-Drummer offenbarte mir seine philosophische Tendenz!

Ich setzte mich wieder zu ihm auf die Bank.

Er grinste wissend.

„Wieso bist du wirklich hier unten?" fragte ich ihn.

Er blickte hinauf in den Himmel, dann hinüber zum Hotel am Berg. Der lange hölzerne Steg endete nutzlos-abrupt im Nichts.

„Weil es hier so ruhig ist. Hör mal!"

Ich horchte.

„Naja. Vögel, Wind, Geräusche vom Hotel."

„Das meine ich nicht. Horch mal in dich rein! Laß dir Zeit! Lauf' mal ein bißchen im Tal herum. Möglichst mit nackten Fußsohlen, damit du die Erde spürst. Das ist kein Scheiß! Probier's mal! Mach's unbedingt! Die Gelegenheit kriegst du nie mehr wieder! Tu's, bevor du zurückgehst!"

„Wer sagt, daß ich zurückgehe?"

„Du *wirst* zurückgehen! Zurück zu deiner Frau. Ich kann deine Frau riechen. Eine gute Frau. Laß sie niemals gehen! Sind so verdammt selten, die guten Frauen. Und jetzt lauf los! Probier dich aus!"

Verdammt noch mal! Der kleine stinkende Kerl wußte, wovon er sprach. Ich grinste ihn eiskalt an und zog meine Schuhe aus und lief los.

Hahaaa! Das Gras an meinen Fußsohlen! Wann war ich das letzte Mal barfuß durch eine Wiese gelaufen? Als Kind hatte ich immer Angst davor gehabt, in eine Biene oder sonstwas mörderisch Stacheliges zu treten. Jetzt war es mir egal, völlig wurscht. Ich lief hinter eines der alten Bauernhäuser, in einen verlassenen, wilden Obstgarten, und beschloß zu klettern. Ich kletterte behende auf den größten Baum, der wunderbar filigran und wild und unbeschnitten in den knallblauen Himmel hineinästelte. Und ich setzte mich in eine Astgabel. Der Baum war so lebendig wie uralt. Er sammelte Kräfte für den Frühling. Ich spürte es durch den festen, knorrigen Stamm hindurch pulsieren. Granate, dieser Waldschrat, hatte recht gehabt: Wenn man die Schuhe und Socken der Zivilisation auszog, bekam jeder Schritt eine archaisch-vitale Note. Wieso nur vermummten wir ständig diese unendlich wertvollen, hochsensiblen Sensorfelder, die Fußsohlen? Wegen des Kopfsteinpflasters, vermutlich. Hihi! Die Socken sind die Zivilisation. Die Socken stinken. Die stinken, die Socken. Das merkt man aber erst, wenn man sie ausgezogen hat!

Ich war im Baum. Ganz oben. At the top! Der König der Wildnis! Beinahe so hoch wie der Kirchturm.

Ich wünschte, Laura wäre hier!

Wir würden hier auf der Stelle ... Ha! Lustiger Gedanke. Wohin nur mit all den Körperteilen in diesem Astgewirr? Naja, wenn ich mich da hinsetzte, dann könnte es gehen!

Die graue Mauer, der Damm der tristen Jahre, zerbrach und meine Erinnerungen flossen heraus und trafen mich völlig unvorbereitet und ich fiel aus der Baumkrone in einen weichen Haufen aus Gras und Dreck und ich fühlte mich dabei wie im Whirlpool des Ritz mit zwei splitterfasernackten Megamodels! Ich war bekifft von der totalen, schrankenlosen Freiheit hier in diesem verwahrlosten Schlammloch! Ich kapierte nicht, wozu dieser Waldschrat von Granate überhaupt noch Rosa Pillen brauchte! Ich badete in mir selbst, blubber, blubber! Schaumbad meiner Seele! Ich war schwer im Orbit! Ich hopste freudig durch die Felder, patschte barfuß durch die warme, feuchte Erde, ließ allen Zoff und die ganze UFO-Scheiße hinter mir und lebte einfach mal ein paar Minuten absolut zweckfrei in die herrlich regenerierte Natur hinein. Die Natur entfaltete sich immer dann am tollsten, wenn es weit und breit keinen Menschen gab, der sie genießen konnte.

Als ich zum Dorfplatz zurückkehrte, saß Granate immer noch da und las einen ‚Playboy'.

„Ach! Da bist du ja! Hast du jetzt kapiert, was ich meinte?"

„Glaube schon!" keuchte ich.

„Ich hab' den Dorfbrunnen angestellt. Damit du dir deine dreckigen Füße waschen kannst. Mir geht's danach auch immer so. Dann bin ich für offenes Wasser dankbar."

Ich war dankbar. Das Wasser war ein bißchen braun, von den etwas eingerosteten Leitungen, aber ich kriegte meine Füße wieder sauber.

Granate legte das Wixmagazin beiseite und guckte mich nachdenklich an.

„Sag mal, ist dir nicht auch aufgefallen, daß es da oben" – er meinte die restliche Welt – „nur noch um zwei simple Dinge geht: Manipulation und Eskapismus?"

Zu ersterem fiel mir spontan die Duftberieselung in der Regensburger KonsumiWunderwelt! ein.

„Mit Manipulation, meinst du da die Werbeflut oder Methoden, die direkt ins Gehirn gehen?" fragte ich.

„Beides", antwortete er, „denn das eine ist die logische Folge des anderen. Die Leute werden von der dauernden Sinnesbombardierung immer abgestumpfter, man muß immer stärkere Geschütze auffahren, um überhaupt noch seine Message an den Mann zu kriegen."

„Na logo. Das wissen wir doch alle."

„Aber hast du dich schon mal gefragt, was die Botschaft ist?"

„*Kaufen*?"

„Hähäh. Genau. Du sollst ihnen was abkaufen. Und vor allem sollst du dafür bezahlen. Aber warum treiben sie all diesen bombastischen Aufwand?

Früher haben die Leute doch auch gekauft und meistens auch bezahlt! Wieso muß man jetzt mit kL-Projektoren und ähnlichem Dreck ihre Gehirne lahmlegen, damit sie das weiterhin brav tun?"

„Weil sie etwas kaufen sollen, was sie gar nicht brauchen?"

„Nein. Darum geht's gar nicht. Auch scheinbar sinnlose Käufe haben ihren Sinn: die Wirtschaft am Laufen zu halten. Arbeitsplätze und so. Nein. Darum gehts überhaupt nicht!"

„Pft. Worum dann?"

„Es geht darum, daß alle Firmen nur noch einem einzigen Megakonzern gehören, der immer mehr Scheiße produziert, die so erbärmlich schlecht ist, daß keiner, der einigermaßen bei Trost ist, sie noch kaufen würde. Deshalb müssen sie kosmetisch manipulieren. Und warum ist die Qualität so schlecht? Weil der Megakonzern sich keine Mühe mehr zu geben braucht. Die Leute müssen seine Produkte kaufen, weil es gar nichts anderes mehr gibt! Der Wunschtraum des Kapitalismus! Der monopolistische Orgasmus! Die massive Manipulation soll die Konsumenten ruhigstellen, damit sie weiterkaufen. Die Ironie dabei ist, daß man bald feststellen wird, daß es billiger wäre, die Waren unter herkömmlichen Wettbewerbsbedingungen in akzeptabler Qualität herzustellen, anstatt sie mit diesen sauteuren Manipulationsmethoden unters Volk zu bringen. Das heißt konkret: Die Werbungskosten übersteigen die Produktionskosten um ein Mehrfaches!"

„Megakonzern! So eine Scheiße! Das stinkt stark nach amerikanski Verschwörungstheorie. Kultivierte Paranoia Marke ‚Sie sind unter uns!!!' Wie langweilig!"

„Stimmt. Du hast recht. Hähäh. Hab's gerade im ‚Playboy' gelesen."

„Hehe. Von wegen ‚monopolistischer Orgasmus'!"

„Aber das mit dem Eskapismus und der Realitätsflucht stimmt. Anstatt wirklich auf den Mars zu fliegen, bauen sie Maschinen, mit denen man eine Marslandung hundertprozentig perfekt simulieren kann. Anstatt die beschissene Welt zu ändern, benutzt jeder die Unterhaltungselektronik, um für ein paar Stunden abzuhauen. Eine Tendenz, die natürlich vom Staat unterstützt wird. Nintendos, die im Cyberspace 'rumhängen, überfallen wenigstens während dieser Zeit keine alten Omas oder zetteln Revolten an."

„Na logisch. Und was müßte man tun, um sie alle aufzuwecken?"

„Den Stecker 'rausziehen."

Wie wunderbar einfach!

Granate gab mir einen Tip, wie ich wieder nach oben kommen könnte. Um fünf Uhr hatten die Köche Pause, und da könnte es mir gelingen, durch die zur Müllverklappung stets geöffneten Küchenfenster ungesehen einzusteigen. Der Waldschrat schmiß eine Rosa Pille nach der anderen und winkte mir zum Abschied von seinen prall gefüllten Sammelbehältern aus nach, als ich hochkletterte.

„Bye, bye!" rief er. Und: „Verdammt! *Himbeereis auf dem Rehrücken!* Diese Wixer!"

Die Wixer glänzten durch Abwesenheit an ihrem Arbeitsplatz. Schön für mich. Ich kletterte mit den üblichen Symptomen durch den ‚Wasserspiegel' und anschließend durch das einsteigerfreundlich niedrige Küchenfenster, wobei ich mir die Hose mit Soßenflecken versaute. Kein Sensor, kein Alarm. Wäre auch lästig, wenn bei jedem zaghaft angeknabberten Rehbein, das der Maître beleidigt aus dem Fenster warf, das große Geheule losgehen würde.

Laura lehnte immer noch an der Terrassenreling. Als wäre sie nie von dort weggegangen.

„Pssst!" sagte sie und legte ihren Zeigefinger auf die Lippen.

„Was 'n los?" Ich drehte mich etwas von ihr weg. Die Soßenflecken auf der Hose waren mir peinlich.

„Hör mal!"

Sie meinte die Diskussion am nächsten Tisch. Hübsche Menschen in verantwortungsvoller Position und teurer Kleidung sprachen über die Lage der Nation. Dabei wurden sie immer lauter und lauter.

„Weißt du", verriet mir Laura, „was in Deutschland das unbeliebteste Instrument ist?"

„Was denn?"

„Die zweite Geige!"

Nach dem Bad in mir selbst war mir existentiell zumute. Ich setzte mich auf den steinernen Boden der Terrasse. Laura legte sich zu mir und suchte sich die weichste Stelle meines Bauchs als Kopfkissen aus.

„Wie es wohl Yoshi ergeht?"

„Weißt du, wie Yoshi und Hiroshi am Anfang auf mich gewirkt haben?" sagte Laura und lächelte. „Wie diese billigen Action-Figuren aus Taiwan. Gorgo, Zombar und Captain X, weißt schon. Wie wenn man sie in Tokio aus ihren Blisterpackungen gedrückt und ihnen ihre ganze bizarre Ausrüstung in die klammen Patschehändchen geklemmt hätte."

„Hm", sagte ich.

„Hiroshi ham sie ausgeknipst. Ich hoffe, unser zweiter gelber Kamerad lebt noch. Ich mag den Kerl mittlerweile irgendwie."

„Er fürchtet sich unheimlich."

„Meinst du?"

„Aber sicher."

„Hm."

„Aber zu deiner ersten Feststellung: Ich bin nicht der Meinung, daß Yoshi und Hiroshi konfektionierte Retortenjungs frisch aus dem Reagenzglas waren. Die wußten genau, was Sache war. Profis."

Ein weißgekleideter Ober stellte sich vor uns auf und bat uns, wir möchten doch bitte eine etwas würdevollere Körperhaltung einnehmen. Wir setzten uns auf einen häßlichen Blumenkübel. Am Tisch nebenan rülpste jemand ungestraft.

Es wurde dunkel.

„Wir sollten heimfahren."
„Nach Traunstein?"
„Nein. Nach Abensberg. Es gibt Schwierigkeiten."
„Wieso bist du eigentlich so scharf darauf, in diesem Nest den großen Macker zu spielen? Unter all diesen Kaninchenzüchtern."
„Seh' ich aus wie der große Macker? Und auf meine Leser lass' ich nichts kommen. Die meisten von ihnen sind ausgesprochen angenehme und lebenslustige Zeitgenossen."
„Warum bist du dann nicht lebenslustig?"
„Ich bin ja auch kein Abensberger!"
„Was? Du sollst kein Abensberger sein? Ausgerechnet du?"
„Bin ich nicht. Ich komme nicht aus einer der alteingesessenen Familien. Mir gehört nicht mal ein Haus im Stadtkern."
„Nicht zu fassen", sagte Laura und grinste. „Ein richtiger Club!"
„Genau. Abensberg e. V. . In is', wer drin is'."
Am Nebentisch diskutierten zähe, sehnige Tanten über die neueste kL-Diät.
„Stell dir vor! Sie speichern die Geschmackseindrücke von deinen Lieblingsspeisen und spielen sie bei Bedarf ab. Dann schmeckt jedes Knäckebrot wie 'ne Kaviarschnitte!"
„Toll!"
„Super!"
„Fantastisch!"
Ich stand auf.
„Komm mal mit", sagte ich zu Laura. „Schätze, wir sollten jetzt gehen."
„Wahrscheinlich", sagte sie und warf einen letzten Blick auf ihr ganz persönliches Meer, das sich im schwachen roten Licht der untergehenden Sonne verlor und schließlich ganz verschwand, als sie sich wegdrehte.

„Fertig, Monsieur!", sagte der Lakai. Der Kerl hatte tatsächlich die ganze Zeit über unsere Koffer aus- und wieder eingeladen!
„Ausgezeichnet!" belobigte ich ihn. Laura blinzelte ihm zu. Katharina und die Cousine schämten sich und verkrochen sich auf den Rücksitz.
„Ah! Gräfin! Baronin! Ausgezeichnetes Gepäck!" glitschte der Bubi.
Er wollte Trinkgeld. Ganz klar. Logisch. Wenn einer so viel Schleim absonderte, dann mußte er auch viel trinken. Problem: Ich hatte fast kein Geld mehr und noch weniger Lust, den Mann für seine Blödheit auch noch zu bezahlen. Wer konnte schon ahnen, daß der Junge tatsächlich tun würde, was man ihm sagte!?!
Laura kam die rettende Idee. Sie grinste den Jungen an, als hätte er einen Gratis-Lebensabend mit fünf halbnackten Supermodels auf einer einsamen Insel in der Karibik gewonnen, und eröffnete ihm, daß sie keine Baronin sei.
„Wirklich?" fragte der Bursche, der schon mit zusammengekniffenen Augen versuchte, die ‚Versteckte Kamera' hinter den Mülltonnen ausfindig zu machen.

„Wer sind Sie dann?“

„Gestatten, Loretta Minetti von der Internationalen Gesellschaft für Durchführung sinnloser Tätigkeiten. Mit Sitz in Genf.“

Der Bursche war verwirrt. Sein geistiger Horizont schien von den steilen Hängen des VirtualTals eng begrenzt zu sein.

„Sinnlos in Genf?“ brabbelte er und tupfte sich mit einem Recyclingpapiertaschentuch die feuchte Stirn ab.

„Naja“, sagte Laura, „nicht ganz.“

„Ah?“

„Wir untersuchen, wieviel Sinnlosigkeit Menschen auszuhalten in der Lage sind.“

„Und?“ Er kapierte gar nichts mehr. Seine Logik flutschte fort.

Laura schlug ihm anerkennend auf den Rücken.

„Sie, mein Junge, haben uns einen großen Schritt weitergebracht!“

„Ä-Ehrlich?“

„Genau! Sie haben eine tolle Zeit vorgelegt. Bisher hat noch niemand unter Laborbedingungen so lange in völliger Sinnlosigkeit existiert und gearbeitet wie Sie!“

„Tatsächlich?“

„Jahaaa! Ein neuer Rekord! Sie halfen uns, zu erforschen, wie lange ein Mensch in der totalen Sinnlosigkeit überleben kann!“

„Oha! Toll!“

Er wollte immer noch Trinkgeld. Jetzt erst recht.

Aber Laura holte kein Geld, sie holte ihre Kamera.

„Bitte recht freundlich!“

Das verlegene Grinsen des Jungen fror in seinem schmalen Gesicht fest.

Klick.

„Vielen Dank! Sie kommen in unser ‚Senseless‘-Magazin!“

„I-I-Ich?“ stotterte er. „Ich? In der Presse?“

Laura strahlte ihn an.

„Genau! In der Presse!“

Ich stieg vorsichtshalber schon mal ins Auto und ließ den Motor an und erwartete den Killersatz. Er ließ nicht lange auf sich warten.

„Und was krieg’ ich dafür?“ wollte der Lakai wissen.

„Ruhm und Ehre und den Dank der Wissenschaft!“ entgegnete Laura entrüstet.

Der Lakai lief rötlich an.

„So eine Scheiße!“ schrie er. „Ich will Kohle sehen.“

„Hervorragend!“ meinte Laura.

Der Bursche hielt inne.

„Was soll daran hervorragend sein, häh?“

Laura blickte ihn an und grinste und bewegte sich dabei immer näher zu unserem Wagen hin.

„Damit ist eine meiner wichtigsten Theorien bestätigt.“

„Und die wäre?“

Laura sprang ins Auto und ich gab Gas und sie brüllte ihm noch ihre Theorie hinterher: „Längerer Aufenthalt in sinnentleertem Raum macht aggressiv.“

Der Bursche drehte durch. Den ganzen Nachmittag Koffer ein- und wieder auspacken und das alles völlig umsonst! Sowas konnte einen ganz schön stinkig machen. Er fluchte und schrie und warf dem davonrauschenden Citroën eine halbleere Energy-Drink-Flasche hinterher. Dabei wurde er leider vom allwissenden Geschäftsführer-Computer beobachtet, der ein solches Verhalten bei seinen Angestellten nicht dulden mochte und den Mann gnadenlos feuerte. Dummheit geht ins Geld.

„Was sind wir doch für Schweine“, sagte ich.

„Die Pfadfinder hätten uns dafür wohl ’rausgeschmissen“, vermutete Laura und grinste dreckig.

„Wir sollten einen Fonds für gefoppte Lakaien einrichten“, schlug ich reumütig vor.

„Eine Dummheitskasse. Eine Versicherung gegen sich selbst!“

„Komisch, daß man sich weder gegen Blödheit noch gegen fiese Zeitgenossen versichern kann, dabei sind das doch gerade die schlimmsten Geißeln der Menschheit.“

„Wow! Durch diese Marktlücke paßt eine Luxusjacht!“

„Mindestens!“

„Okay. Eine Luxusjacht und ein schickes Häuschen an der Côte d’ Azur!“

„Und ein Verwaltungsbau auf der Maximilianstraße. Mit viel Marmor und Minirocksekretärinnen.“

„Was sind wir doch für helle Kerlchen.“

Unser Wagen schlüpfte durch die elektronischen Kontrollstellen und verschwand wie ein Quecksilbertropfen im Fahrzeugstrom der Autobahn. Ich mußte an das Dorf und die Wiesen unter dem Meer denken und daran, daß jede Illusion die weiten, fruchtbaren Felder der Realität benötigte, um gedeihen zu können.

46

Das McDünnald’s war einigermaßen leer, als Yoshi, angetan mit Jeans, schwarzer Lederjacke und Sonnenbrille, dort eintraf. Bedienungen im lächerlichen McOutfit stierten gelangweilt auf die grünlich glimmenden Anzeigen ihrer McComputer oder reinigten sich Fingernägel oder Nasenhöhlen mit McZahnstochern.

Es war viel zu warm für die Jahreszeit. Die Klimaanlage an der buntverglasten Decke heulte leise. Mausgraue Duftneutralisatorboxen versprühten Anti-Odeur, eine Chemikalie, die alles Aroma aus der Luft killte und völlige

Geruchsfreiheit hinterließ. Hier hatte man allerdings das AntiOdeur noch mit Hamburger-Aromastoffen angereichert. Appetitlich. Der Kunde roch nur, was er riechen sollte. Im puritanischen Amerika warb McDünnald's sogar mit den Duftneutralisatoren. Nach dem Motto: Zum Mac kann man absolut gefahrlos gehen und zwanglos-fröhliche Treffs genießen, ohne Angst vor sich anbahnenden sexuellen Beziehungen haben zu müssen, denn AntiOdeur eliminiert mit absoluter Gründlichkeit auch alle Sexualpheromone aus der Luft, ohne die bekanntlich beim Zwischenmenscheln gar nichts läuft.

Die Anzeigenserie dazu:

1. Eine staatlich vereidigte 28jährige Jungfrau, die zu dem schönen Satz: „Dank McDünnald's kann ich unberührt in die Ehe gehen!" scheu in die Kamera lächelt.

2. Eine stinkige 15jährige schwangere Farbige, die erklärt: „Bei McDünnald's wäre mir das nicht passiert!"

3. Ein katholischer Priester, der, einen Burger kauend, absolut unbeeindruckt inmitten eines Haufens lüsterner, halbnackter Supermodels sitzt, die ihn unverhohlen anflirten, und der dabei sagt: „McDünnald's – Eine feste Burg des Zölibats!"

Die Konkurrenzkette Burger Hut konterte mit quietschvergnügten Kleinkinderplakaten, auf denen furchtbar nette Rotznasen kalauerten: „Meine Eltern haben sich bei Burger Hut kennengelernt. Gott sei Dank!!!"

Yoshi bestellte sich eine SynthetiCola, die ihren kalorienfreien Geschmack aus modifizierten Wassermolekülen bezog.

„Wollen Sie neongelbe Eiswürfel oder normale?"

Yoshi war keineswegs konservativ. Er orderte die knallig gelbe Eiswürfelvariante, bekam sie und schlürfte lautstark von dannen, setzte sich auf einen Stuhl in der Nähe des Klos und wartete.

Ab und zu warf er mit einem neonfarbigen Eiswürfel nach der dumpf herumschlurfenden Bedienung, die sich darüber furchtbar aufregte, aber zu blöd war, den Schützen auszumachen.

Yoshi sah sich angesichts der völlig geschmacksfreien SynthetiCola als Robin Hood dieses Schnellrestaurants: Wer solches Zeug verkaufte, der mußte dafür bestraft werden!

„Hallooo! Fernöstlicher Freund!"

Eddie hatte seinen besten weißen Mantel angelegt und trug seine Lieblingssehhilfe stolz auf der krummen Nase: zwei miniaturisierte Klobrillen, bei denen die Deckel neckisch durch nach oben wegklappbare Sonnenbrillengläser ersetzt waren.

„Bonjour", lächelte Yoshi mitleidig.

„Auf! Auf!" scheuchte Eddie. „Sonst kriegen wir keine Karten mehr!"

Grinsend ließ Yoshi sich mit aufs McKlo schleppen.

„Alle wirklich wichtigen Ereignisse finden auf oder im Umkreis von Toiletten statt!“ meinte Eddie und kaufte dem verweht lächelnden Hippie, der auf dem einzigen Klodeckel thronte, vier Karten ab.

„Was machen eigentlich die Frauen, wenn sie an Karten kommen wollen?“ fragte Yoshi den Verkäufer.

„Sie gehen durch die andere Tür. Zu meiner Schwester“, schmunzelte der Hippie. Anscheinend ein Familienbetrieb.

„Ah!“ schrie Eddie. „Das sind wahre Kloologen! Leben und arbeiten auf dem Klo!“

„Mann“, gackerte der Hippie, „du redest echt nur Schwachsinn, Eddie!“

„Danke, Bruder!“ freute sich Eddie ernsthaft.

„Lieber auf der Schüssel sitzen als ernsthaft in der Kacke schwitzen“, fiel dem Hippie dazu noch ein.

Yoshi beguckte sein Ticket: drei auf roten Recyclingkarton gedruckte, Balalaika spielende Teddybären mit KGB-Pelzmützen und Sonnenbrillen, dazu der Text ‚Iwan Kartuschin und die Wladiwostok Warthogs‘ und das punkige Logo des ‚Pattex‘.

„Wieso hast du vier Karten gekauft?“ wollte Yoshi wissen.

Sie gingen nach draußen. Vor dem Eingang des ‚Pattex‘ zogen sich schwarze Wolken aus belederjackten Jünglingen zusammen.

„Gutes Gespür für Outfit!“ beglückwünschte Eddie seinen japanischen Freund. „Du hast die Jacke des Abends erraten!“

„Die Jacke des Abends?“

„Ein kleines Spiel. Jedenfalls bist du schön unauffällig.“

Yoshi nahm es als Kompliment, obwohl er wußte, daß Mitteleuropäer gerade bei ihren nächtlichen Vergnügungen nichts so sehr haßten wie Unauffälligkeit.

Eddie jedenfalls brauchte sich um seinen Aufmerksamkeitswert keine Gedanken zu machen. Kaum eine Richtung, aus der er nicht das typische mitleidige Lächeln erntete. Dennoch war er der König der Nacht. Kaum einer, der Eddie nicht kannte, sein wehender weißer Kittel schien unter den schwarzen Lederjacken voll akzeptiert zu sein.

„Hi, Eddie!“

Eine hübsche junge Frau mit glatten, langen, rötlichschwarzen Haaren kam auf den entzückten Kloologen zu und küßte ihn auf den Mund. Sie hatte eine offensichtlich selbstgeschneiderte Jacke aus alten Hopfensäcken an, darunter fünf Lagen schlabberige T-Shirts. Eddies Freundin!

Der Kloologe hob sie hoch – sie war ein gutes Stück kleiner als er – und wirbelte sie einmal in der Luft herum. Die Frau quietschte, die Umgebung duckte sich und grinste.

„Hey, Mann! Auch zum Konzert? Scharfe Jacke!“ sprach ein wildfremder Typ Yoshi von der Seite an.

„Aus Tokio“, sagte Yoshi.

„Wer? Du oder die Jacke?“ fragte der Typ.

„Hah. Beide!“ Yoshi grinste.

„Hey! Echt? Nicht schlecht!“ Der Typ drehte sich zu seiner Frau und seinen Associates um. „Ey, Leute! Hier is’ ein echter Japaner aus Japan!“

„Nicht zu fassen! Was machst du hier?“

„Schon mal die Iwans gehört?“

„Wohl kaum, Mann! Die sind nicht über Stuttgart ’rausgekommen!“

„Nope, Freundchen! Die waren sehr wohl schon mal in Hamburg! Hab’ sogar zu Hause noch ’n Poster! Muß wohl beim restlichen Dreck unterm Bett liegen.“

„Hamburg! Daß ich nicht lache! Ich kenn’ den Drummer in- und auswendig! Der muß es ja wohl wissen! Stuttgart und keinen Kilometer weiter!“

„Warn’ die nicht auf dem Festival in Freiburg?“

„Verdammt! Seit ich mir das Auto nicht mehr leisten kann, komm’ ich echt nirgends mehr hin!“

„Armes Hascherl.“

„Fahr doch mit der Bahn, hähäh!“

„Mit der Bahn. Hähähäh! Der is’ gut. Echt gut!“

„Funny!“

„Ey, Typen! Schaut mal! Sie machen auf!“

Tatsächlich wurden die riesigen metallenen Torflügel von gut muskelbepackten Türstehern beiseite geschoben. Diverse Laserbatterien schossen bunt gefächerte Lichtbündel aus der gähnend schwarzen Toröffnung nach draußen und projizierten komplex-filigrane Muster an die verkorksten Wandflächen des benachbarten Einkaufszentrums.

Das bedeutete das Ende jeder Ruhe und Disziplin. Die Lederjackencrew stürzte auf den Eingang zu, als gelte es, das letzte, schon voll unter Dampf stehende Raumschiff zu erreichen, das die gerade eben explodierende Erde verläßt. Naja. Irgendwas war dran an diesem Vergleich, dachte sich Yoshi, während er von Eddie und dessen Freundin mitgezogen und mitgeschubst wurde, wenn die Leute nicht mehr hier waren, dann waren sie da drin, in ihrer Welt. Da, wo sie definitiv alle hinwollten.

Der Eintritt fürs Konzert hatte fünf Mark gekostet. Ein guter, ein billiger Trip. In der riesigen Halle, einem aufgelassenen Baumarkt, gab es auch nicht viel, wofür man einen großartigen Eintritt hätte verlangen können. Da war erstmal die bombastische Bühne, ein stählernes Konstrukt, das über und über mit gigantischen Lautsprecherboxen, abartig bunten Scheinwerfern und Laserprojektoren behängt war. Dann gab es nur noch nackte, blanke Neonbeleuchtung und einen primitiv zusammengezimmerten Getränkestand, der von dem Hippie und seiner Freundin betrieben wurde. Sie mixten Zitronenlimo und Leitungswasser mit Colakonzentrat. Vermutlich aus dem MacDünnald’s geklaut. Ein schauderhaftes Gesöff, dessen Geschmack sich nur mit einer dreifachen Ladung Wodka vergessen ließ. Das wußten die Hippies natürlich, weswegen sie auch von diesem Getränk ausreichende Vorräte zum Verkauf feilboten. Bei diesen Menschenmassen ein Geschäft mit interessantem Potential.

„Hey!“ fragte Yoshi seinen schwer beschäftigten Kumpel Eddie, „wieso verkaufen die Hippies die Karten nicht einfach vor der Halle? Wär' doch viel bequemer!“

Eddie boxte einen Ledermacker beiseite und lächelte ein verschwitztes Lächeln.

„Weißte, der Kartenverkauf für Rockkonzerte, die nicht von der Regierung ausdrücklich genehmigt worden sind, ist verboten.“

„Was? Nur der Kartenverkauf?“

„Ha! Richtig gelauscht, Partner! Die Konzerte konnten sie nicht einfach so verbieten, das wäre zu hart gewesen. Also haben sie gesagt, Rockkonzerte sind kulturelle Veranstaltungen, für die man eigentlich kein Geld verlangen dürfte. Es sei denn, man läßt sie bei der Regierung als kommerzielle Veranstaltungen eintragen. Letzteres schaffen aber nur große Konzerne, die berühmte Megagruppen unter ihre Fittiche genommen haben. Döf Leppärt, beispielsweise. Die spielen jetzt für diesen Kartoffelbreihersteller mit der unsäglichen Fernsehwerbung. Die Glückliche Gnurr-Familie im Döf-Leppärt-Konzert. Äck! Naja. Die kleinen Veranstalter wie das ‚Pattex‘ wären schon längst pleite, wenn man nicht einen gemeinnützigen Verein gegründet hätte, in den die ‚Mitglieder‘ völlig legal ihre Beiträge einzahlen. Dank der BPD können wir jetzt unsere Eintrittskarten sogar von der Steuer absetzen!!! Der Verkauf findet aber immer noch in konspirativer Atmosphäre statt, weil die Bullen den Austausch von Geld gegen Karten als kommmerzielle Veranstaltung ansehen könnten.“

„Aha.“

Ein spaßiges Detail der pervertierten BPD-Kulturpolitik. Eigentlich kein Wunder. Denn wenn die BPD ‚Kultur‘ sagte, meinte sie Trachtenvereine.

Das Tor wurde geschlossen, die Menge brodelte. Lederjacken rieben sich an viel zu engen T-Shirts, Coladosen flogen durch die Luft – normale Coladosen!

„Hey! Scheiße!“ quietschte es blechern durchs Metallgebälk, „paß doch auf, wo du hinschmeißt!“

Ein Knilch, der eidechsig auf die grellweiß bestrahlte Bühne kletterte, beendete das Chaos mit einem Huster ins nächste Mikrofon. Der Bubi sah aus wie ein Moderator bei einem erbärmlich lokalen Fernsehsender: bonbonrosa Jackett, weißes Button-down-Hemd, völlig unpassende Mondrian-Krawatte und ‚sportive‘ Designer-Jeans. Das Jackett war dem Kerl viel zu groß, es schlackerte um seine dürren Arme, es sah aus, als wäre er der revolutionäre Fahnenträger einer noch zu gründenden schmuserosa Windelrepublik. Schwunghaft hopste der Mensch übers Mikrofonkabel und strahlte dabei wie ein undichter Mikrowellenherd. Ein riesiges Signal über der Bühne flammte auf: „Applaus!!!“ Eine elektronische Fanfare dröhnte blechern durch die Halle, das Ledervolk beklatschte den Gnom, als wäre er die Wiedergeburt Paul McCartneys. Der Bursche badete einige Minuten in dem irrsinnigen Applaus, der ihm entgegenschallte, besänftigte dann die jubelnde Masse mit einer gütig-herrischen Geste.

Wieder räusperte er sich. Yoshi bemerkte, daß einige der Lederjacken riesige Ghettoblaster dabei hatten, mit denen sie einen guten Teil des Jubels vom Band dröhnen ließen! Dann sprach die C&A-Remittende von ihrer Bühne zu ihrem Volk. Vordergründig herrschte Sportpalast-Atmosphäre. Es sah so aus, als hätte der Lackaffe seine Leute vollkommen im Griff. Tatsächlich aber war es so, daß das Publikum sich ernsthaft alle Mühe gab, den Anschein zu erwecken, im Griff des Moderators zu sein!

Es war ein Spiel!

„Llllllllliebes PUblikum! Liebe Zuschauerzu hAUse!"

Zuschauer zu Hause? Yoshi sah sich noch einmal gründlich um. Alles kahl. Nirgends war eine Kamera zu sehen.

Es war ein Spiel.

„Ich freuuue mich ja so, hier zu sein, in Ihrer schönen Stadt! In Ihrem schönen, äh, *Abensberg*!"

Die Menge grölte.

Eddies Freundin kriegte sich gar nicht mehr ein:

„HihihihihihihihihihiHHHHHHIiiiiIIIII! SsssAugut!!!!!"

Der Gnom machte todernst weiter.

„Darf ich Ihnen – als ersten Höhepunkt unserer Sendung – meine bezaubernde Assistentin Tanja vorstellen? Tanja! Nurrrrnichtso SCHÜchternnn!"

Tanja, eine entsetzlich blonde Blondine, kam im rosaroten Minikostüm zu ihrem Herrn und Meister auf die Bühne gestöckelt und verbeugte sich zwei, dreimal vor dem unverschämt pfeifenden Publikum, wobei ihr der Showmaster einen Klaps auf den unwahrscheinlich prallen Hintern gab, in dem hunderttausend Jahre Machogehabe und Frauenunterdrückung konzentriert waren. Die Blondine schaffte es tatsächlich, ein bißchen rot zu werden, und piepste ein pseudo-schüchternes „Guten Abend!" ins gnadenvoll vom Meister hingehaltene Mikro.

„Jaaa! Hier bin ich wieder! Ich, Bertie van Zapp! Mit Ihrer Lieblingsshow: *Melodie fürs Herz!*"

Bertie van Zapp! Der Bursche emulierte einen Holländer! Im deutschen Fernsehen gab es fast nur Holländer. Kein Wunder. Holland war schließlich weltweit als Herstellungsland für Käse berühmt. Und auch im TV machten die Holländer das, was sie schon seit Generationen am besten machten. Bertie, von dem heißen Lichtkegel eines Spots eingekringelt, zog schwitzend, aber elegant ein kleines, rosa Kärtchen aus seiner Sakkotasche.

„Heute abend habe ich die außergewöhnliche Ehre, Ihnen fünf besonders begabte junge Musiker vorstellen zu dürfen: Begrüßen Sie mit mir die Wladiwostock Warthogs und ihren symphatischen Kapellmeister und Sänger Iwan Kar-*tuschin*! Applaus!!!"

Routiniert wie ein filippinischer Flitzekrebs bewegte sich Bertie seitwärts von der Bühne, dabei klatschte er die ganze Zeit mit seinem Mikrofon. Der Spot kreiste schwungvoll von ihm weg, strahlte sekundenlang ins nunmehr völlig abgedrehte Publikum und kreiste dann hinüber zum anderen Ende der

Bühne, wo fünf abgerissene Gestalten auf das Gerüst gesumpft kamen. Die Laserkanonen legten einen dichten Nadelstreifenteppich aus grünen Lichtstrahlen über die Hallendecke, die Musiker nahmen ihre Positionen ein.

Ein dunkler Computerbaß bombte scheppernd durch die Halle. Yoshis Zwerchfell vibirierte, Eddies Freundin hopste schon mal vorsorglich zum Beat herum. Dann setzten die Gitarren ein, die sich nicht dafür entscheiden zu können schienen, ob sie jetzt Punk oder Ska spielen sollten. Machte nix, sie wurden eh' von der überlauten Hammondorgel weggefetzt, über deren wüster Klangebene jetzt Iwan Kartuschin seinen ersten Text in die Anlage brüllte: „Can't find my Generation!" Das Lied handelte von den Problemen eines zeitgenössischen pubertären Musikers, der es unfair fand, daß es, im Gegensatz zu den vorhergehenden Generationen, für seinesgleichen heute unmöglich war, die Vorgängerbands durch noch härtere, üblere, sexistischere und brutalere Musik zu übertrumpfen, weil ebendiese Vorgängerbands schon alles an Provokationen ausprobiert hatten, was überhaupt möglich war. Er forderte sein Publikum zur CD-Verbrennung auf! Weg mit Schaden! Der Saal kochte. Kartuschin traf den Nerv, und er trampelte mit seinen Jungs ausgiebig darauf herum. Der Drummer ließ sich die Schneid nicht vom Rhythmuscomputer abkaufen und legte ein irres Solo hin, während sich seine Kumpane mal eben mit frischem Bier und Drogen versorgten. Irre! MEf[5] schon nach dem allerersten Song! Die Crew kochte, die durchgedrehten Hippies versprühten klebrige Zitronenlimo und synthetischen Wodka über der aufgeheizten Menge.

„Wow! Groovy! Sind die gut!!!" quietschte Eddie und griff sich seine Frau.

Der nächste Song, mit eher gemächlichem Beat, griff das Phänomen der KI-Megabands auf. Die Rolling Stones und Pink Floyd und noch ein paar Altbands lebten elektronisch weiter und verkauften immer noch und blockierten die Frequenzen, die, so meinten sie jedenfalls, rechtmäßigerweise den Wladiwostock Warthogs und ihren Freunden zustanden. Titel: *„Bomb da' Rolling Stone!"* Dann wurde es, für Yoshi völlig überraschend, plötzlich deutsch.

Knallharte Ska-Rhythmen leiteten die offizielle Anti-BPD-Hymne der Parallelkultur[6] ein: *„Vorwärts, Neues Deutschland!"* Das Volk vibrierte mit der Bassline!

„So, Burschen und Maaadels! Jetzt gibt's den wahren Beat! Tyrannen erzittert! *Vorwärts, Neues Deutschland!*"

„JaaaaAAAAAAaaaaaaaaaaaaahhhHHHHHHHhhhhhhhhhh!!!!!!!!!!"

---

[5]MEf = Massenekstatischer Effekt. Tritt ein, wenn sich eine Menschenmenge durch Gefühlssynchronisation ins lokale Morphogenetische Feld einklinkt und ordentlich drauf 'rumgroovt.

[6]Parallelkultur. Früher : ‚Subkultur'. Irgendwann war mal ein ganz besonders Schlauer darauf gekommen, daß der Terminus ‚Subkultur' eigentlich eine Herabwürdigung darstellte, wenn man ihn erst einmal genauer betrachtete. Sub-Kultur wäre ja – streng wörtlich genommen – eine Kultur, die sich unterhalb der offiziellen Kultur bewegte, ihr also rein psychogeografisch unterlegen und deshalb weniger wert war. Und wer will schon weniger wert sein? Bei der Suche nach einem Ersatzbegriff stieß man schließlich auf das Wunderwort ‚Parallelkultur', was bedeuten sollte, daß man sich nebenher und auf mindestens demselben Niveau bewegte wie die offizielle Kultur. Die BPD-Medien verwendeten weiterhin für gewisse Kreise den Begriff ‚Subkultur', wodurch dieser immer weiter degradiert wurde.

Vorwärts, Neues Deutschland!

*bist du ein kleiner, blöder wixer
mit kopfsalat im küchenmixer?
bist du ein frustrierter bazi
und wärst gern einmal ein nazi?
bist du eine graue maus
und hältst dein dasein nicht mehr aus?*

*ist dein mercedes frisch geklaut
die karriere dir verbaut?
ist dir die tussi abgezischt
und hat nicht mal abgewischt?
frißt du gerne magerquark
und fühlst dich in der menge stark?*

*ja, bruder, bist auch du frustriert
weil's dasein nicht so funktioniert?
dann komm und schwenk auch du die fahne
in der versagerkarawane!
und trampel feste zu dem beat
denn jetzt, da gibt's ein neues lied!*

*denn die welt ist nicht nur mist
weil auch du ein deutscher bist!
darum VORWÄRTS! gleichschritt marsch!
und tritt den feinden in den arsch!
NEUES DEUTSCHLAND ist dein heil!
deutschland finden alle geil!*

*NEUES DEUTSCHLAND komm auch du!
und hau ein paar mal kräftig zu!
NEUES DEUTSCHLAND mach doch mit!
dann ist das leben nicht mehr shit!
NEUES DEUTSCHLAND ist dein heil!
deutschland finden alle geil!*

*und herrscht erst einmal die gewalt
dann wern die judn nicht mehr alt!
wer nicht spurt, der kommt ins lager
a bisserl gift – schon isser mager!
der rest der welt sieht's ganz bequem
in deutschland gibt es kein problem!
VORWÄRTS!*

*NEUES DEUTSCHLAND schau' nicht dumm!
bring' lieber irgend jemand um!
NEUES DEUTSCHLAND liebt die macht!
tiefbraun ist die neue tracht!
NEUES DEUTSCHLAND ist dein heil!
deutschland finden alle geil!
deutschland finden alle geil!
deutschland finden alle geil!
deutschland finden alle geil!
deutschland finden alle geil!
deutschland finden alle geil!
heil!
NEUES DEUTSCHLAND!
VORWÄRTS!
NEUES DEUTSCHLAND!
VORWÄRTS!
VORWÄRTS!
VORWÄRTS!*

„JaaaaaaaaAAAAAAaaaaahhhhHHHHHhhhhhhh!!!!!“

Die Menge war nicht mehr zu bremsen. Sie stürmte die Bühne.

In diesem Augenblick breitete sich in Yoshi eine eigentümliche, eine ganz spezielle Ruhe aus. Eine Gleichförmigkeit. Ein Verschwinden von Gedanken und Gefühlen. Eine Strömung aus Nichts hatte ihn gestreift. Ein Abglanz des UFOs in seinem Geist!

Irgendwie öffnete sich für den Bruchteil einer Sekunde eine Lücke aus absoluter Stille in dem unglaublichen Durcheinander der Konzerthalle.

Yoshi nutzte diese Lücke und schrie: „Das UFO! ES IST WIEDER DA!!!“

Stille.

Absolute, reine Stille.

Rauschen in den Ohren, halbe Taubheit von den bombastischen Basslines.

Aber sie hatten ihn verstanden.

„Ein UFO? Wo?“ fragte einer, schrie über die Köpfe der Menge.

„Da! Da draußen! Überm Sumpf!“

Einer glaubte es, sie alle glaubten es. Sie alle drückten zum Hintereingang hinaus, nach draußen, nach draußen, hinein in die Nacht.

Und da war es.

Das UFO.

Schwebte ungerührt schräg über dem Einkaufszentrum.

Wurde von Scheinwerferbatterien angestrahlt, absorbierte still die ungeheuren Mengen an Licht, die von der Erde aus in es hineinflossen.

Keine Hubschrauber, diesmal.

Nur Stille und Wind und Scheinwerferlicht.

„Wunderschön!“ sagte Yoshi hinauf zum UFO.

„Was soll hier wunderschön sein?“ fragte einer neben Yoshi.

„Na, das UFO, du Depp! Siehst du's etwa nicht?“ sagte ein anderer.

„Welches UFO, zum Geier?“

„Na, das Teil da oben! Was sonst? Das is 'n waschechtes UFO!“

„Es gibt keine UFOs, Mann! Und da oben ist nichts! Überhaupt gar nichts!“

„Pah! Wo kommst du denn her? Aus 'm Wald? Natürlich gibt's UFOs!“

„Ich komme aus Abensberg“, sagte der Ungläubige, „und bei uns gibt's keine UFOs! Wär' ja noch schöner! Reichen schon die NATO-Flieger!“

Yoshi wurde von einem intensiv logischen Gedanken durchschossen.

Er packte seinen Nachbarn am Ärmel.

„Wo kommst du her?“

„Aus Abensberg. Why?“

„Was siehst du da oben?“

„Gar nichts. Überhaupt gar nichts. Was soll die Show? He ... “

Doch Yoshi war schon weiter bei einer Frau, die fasziniert hinauf zum UFO starrte.

„Was siehst du da oben?“ fragte Yoshi wieder.

Die Frau beachtete den Japaner überhaupt nicht. Sie blickte hinauf, sie sah das Produkt einer fremden Intelligenz.

„Ein außerirdisches Raumschiff", sagte sie schließlich.
„Wo kommst du her?"
„Das ist doch jetzt nicht wichtig."
„Wo kommst du her? Es ist wichtig!" drängte Yoshi.
„Aus Augsburg. Wieso?"
Das Ergebnis: Die allermeisten Abensberger konnten oder wollten das UFO nicht sehen. Es gab auch einige, darunter auch Eddie und seine Freundin, die waren in der Lage, dort am Himmel etwas zu erkennen, was sie als schwarzen, scheibenförmigen Fleck beschrieben.

Aha. Eine wichtige Erkenntnis.

Yoshi war furchtbar zufrieden, als sich somit herausstellte, daß er nicht verrückt war. Er wollte sich gerade auf den Weg zu Lauras Auto machen, da hielt ihn Eddie am Lederjackenärmel fest.

„Haaaalt! Hiergeblieben! Das Beste kommt erst noch!“

Hinter Eddie traten plötzlich zwei große, dürre, grinsende Jungs mit Lederjacken und langen Haaren aus der Menge heraus.

„Darf ich vorstellen, Yoshi? Fritz und Leo. Gründungsmitglieder der KPA. Wir wollen dich in unserer Partei mit dabeihaben!“

KPA? Yoshi haßte Politik. Er hatte schon dieses dumme Nazilied von vorher nicht gemocht. Kein einziger von den Einheimischen, die er bisher kennengelernt hatte, hatte sich offen wie ein Nazi benommen. Die waren sich hier anscheinend selber nicht ganz grün. Bestimmt eine Folge der BPD-Politik. Teilen und herrschen.

„Was heißt denn KPA?“ fragte Yoshi müde. Es war schon spät. Sogar das UFO war mittlerweile abgeschwirrt.

„Zeigt ihm die Shirts, Jungs!“

Fritz und Leo öffneten nach bester Exhibitionistenart ihre Jacken, und zum Vorschein kamen schwarze T-Shirts mit je einem wunderschön großen, roten Stern drauf. Einem Stern, umrandet von einer Schrift:

„Kommunistische Partei Abensbergs“.

Oh mein Gott!!!

LAURA.

Wir verabschiedeten uns artig von Katharina und der Cousine.

Frankie schien ein bisserl zu bibbern, als er sich von seiner Seherin verabschiedete. Hihi. Er hatte mein kleines Märchen gefressen, dieser Angsthase. Dabei wußte ich bis heute nicht, wieso ich ihm die Story vom ‚Seelenabsaugen‘ untergejubelt hatte. Wahrscheinlich so ’ne Art Besitzergreifungsreflex. Ich haßte diese Konkurrenzsituationen. Immerhin schien Frankie treu wie Gold zu sein. Trotz allem ein Mann, mit dem man rechnen konnte. Sowas von Charakter! Ich mochte das. Dabei war diese Katharina ganz schön ’rangegangen. Naja. Wenn Frankie mitgefickt hätte, dann hätte ich ihn gestern von der Hotelterrasse geschmissen und mit dem Weggehen erst gar nicht auf den Aufprall gewartet. Natürlich war mir sein hübscher Hintern dreidimensional wesentlich lieber!

Sooooo.

Fertig.

Wo hatte ich noch gleich meine Banane?

Noch ein extranettes NutraSweet-Grinsen für Katharina. Tschüß, du müde Tussi! Eigentlich wollte ich ihr zum Abschied noch einen Vibrator mit einem rosa Schleiferl drumrum schenken, aber in diesem Kaff gab es einfach keinen Sex-Shop, also mußte eine einzelne Banane aus dem Waldimarkt herhalten.

Katharina kapierte sofort und guckte stinkig.

„Du siehst immer so blaß aus! In so einer Banane sind alle wichtigen Vitamine und Spurenelemente drin! Damit lassen sich alle möglichen Bedürfnisse befriedigen!"

Sie sagte gar nichts. Sie knurrte höchstens.

Arme Banane!

Frankie knallte die Heckklappe des silbernen Schiffs zu.

„Heute fährst du, Laura!"

„Sonst noch was?"

Er gähnte.

„Nein. Das war's für heute. Heheh."

Du Wixer!

„Du fährst eh' viel besser", ergänzte er.

Braver Junge! Auch Frankie war nicht davor gefeit, ab und zu mal recht zu haben.

Rein in die Kiste!

Motor hochjagen!

Ah! Ein schönes Teil. Frankie hatte Geschmack!

„Ha!" freute ich mich. „Den Kübel fahren wir zu Schrott!"

Frankie kuschelte sich zum Pennen in seinen Sitz.

„Aber bitte erst in Abensberg! Wir könnten ihn gegen Mühlbauers Mercedes brummen lassen."

Ich ließ den Schlitten 'runter auf die Hauptstraße quietschen. Die Hydropneumatik schluckte alles.

„Hmmm", überlegte ich, „Mercedes. Da schau 'n wir alt aus."

„Nicht unbedingt", grunzte Frankie, bereits im Halbschlaf, „Mühlbauer fährt 'nen Öko-Benz. Leicht zu zerschmettern."

„Mmmja."

Wir kurvten durchs gemüsegrüne Oberbayern. Die Sonne schwitzte sich langsam zwischen den Bergen empor. Kühl schoß die Luft aus dem Gebläse des Wagens. Vollgepackte Touribusse dröhnten und zischten uns auf den schmalen, bröckeligen Straßen entgegen, wir drängelten uns zwischendurch.

Hmm. Ich hatte auch mal so 'ne richtig wilde Zeit.

Meine damalige Crew und ich. Jajaaah. Was für Zeiten! Wir hatten uns immer zu diesen Kaffeefahrten angemeldet. Zu viert saßen wir zwischen den wild geblümten Omas und spielten Radiowecker-Basketball.

Radiowecker.

Jeder bekam als ‚Willkommensgeschenk' einen häßlichen weißen Radiowecker aus Malaysia.

Vor mir dröhnte ein altersschwacher Kiestransporter. Scheißkiste! Sechzig ist für mich einfach zuwenig.

Ach ja. Die Radiowecker!

Sie hatten eine blaue Verpackung, die Radiowecker. Das Blau dieser Verpackungen war ganz speziell. Yves Klein, le Monochrome, hätte sich wohl sehr für dieses Eastman-Kodak-Kung-Fu-Film-Himmelblau interessiert.

Ich aber nicht. Ich fand es scheußlich, die anderen auch. Harry und Sally und Kater Tom, mein persönlicher Schmuserich.

Wir rissen die Verpackungen in Fetzen, brüllten laut „KONFETTI!!!" und warfen den Mist über die vor uns sitzenden Omas. Wir saßen jedesmal auf der Rückbank des Busses. Jedesmal.

Das nächste Ritual war das laute Vorlesen der malaysischen Bedienungsanleitung. Der beste Satz darin: „Stopseln sie das stecker in das dose, drucken sie TIME für optimale einstellung von mitteleuropaeische sommerzeit. Weitermachen uebermorgen." Cool. Locker. Das hatte mir schon immer imponiert bei diesen Bedienungsanleitungen aus Malaysia. Diese Nonchalance. „Weitermachen uebermorgen." Super. Sogar die Omas hatten gelacht. Die Omas blieben während der ganzen Show übrigens immer völlig cool und tolerant. 'Ne andere Generation, eben. Der Reiseleiter dagegen – immer derselbe Typ – war eine Katastrophe mit Schnauzbart, Ohrringen und Goldkettchen.

Er schrie ständig etwas von „Dampfkochtöpfen" in sein Mikrofon, was weder wir noch die Omas hören wollten. Der Mann hatte einfach keine Ahnung vom Leben. Die Omas schon. Sie lachten mit uns und kuschelten sich in ihre Rheumadecken und sagten dem Reiseleiter mit dem Goldkettchen, er solle sich nicht so aufregen.

Manchmal hatte ich den Eindruck, die Omas fuhren nur wegen unserer Show mit. Weil es so *lebendig* war. Wir hatten bald unser Stammpublikum. Coole Events sprachen sich in der Oma-Szene schnell herum.

Irgendwann machten wir Schluß mit diesen Fahrten. Kater Tom schnurrte sich davon und ließ mich sitzen und ich schwor mir den völlig beknackten Schwur, daß ich nie mehr was mit 'nem Typen … na, das kennt wohl jede Frau.

Männer sind sowieso scheiße. Bis auf Frankie, den Wiederauferweckten. Er bemühte sich so sehr, alles richtig zu machen, aufrichtig und aufmerksam zu sein. Und das war eigentlich schon alles, was man von einem Menschen erwarten konnte. Er lag da, in seinen Sitz geschmiegt und schnarchte leise. Er fühlte sich gut und sicher, weil ich da war. Nur weil ich da war.

Ich mußte weinen. Ich wußte nicht, warum.

Ich schoß mit Zweihundertzehn über die Autobahn.

Und ich mußte weinen.

Die Landschaft, die anderen Autos, alles floß nach hinten weg.

All diese Gefühle. Immer zum falschen Zeitpunkt!

Irgendwo am Horizont mußte dieser Punkt sein, der diese ganzen Farben und Linien ausspuckte, die mir da entgegenflogen. Der Punkt. Der Ursprungspunkt. Die Urknallkoordinate.

Traurigkeit würgte mich im Hals.

„Hmmmmmmmrrrrr. Is' was, Laura?"

„Ach nichts, Frankie. Schlaf weiter."

Er merkte es natürlich.

„Du weinst ja!"

„Schlaf weiter. Na mach schon."

Einen Scheißdreck tat er. Er setzte sich auf und blinzelte besorgt.

„Spiel hier nicht die Extraharte. Fahr raus und sag mir, was los ist."

„Ach! Scheiße! Ich bin mir mit überhaupt nichts mehr sicher."

„Hähä. Soso?"

„Halt bloß dein Maul. Du bist schuld!"

„Hier. Nimm ein Papiertaschentuch."

„Wie kannst du nur so elend cool sein?"

„Unsicherheit ist ein Zustand, gegen den man *durchaus* anleben kann."

„Du redest so erfahren ... wie ein weißhaariger Schaukelstuhlopa."

„Nette Metaphorik. Aber ich meine es auch ernst."

„Was denn?"

„Ich spiele hier den Liebhaber auf Abruf."

„Was?"

Ich fuhr langsamer, rutschte mit dem Citroën in den Windschatten eines Lastwagens.

„Ja. Genau. Das sollte ich mal loswerden. Und wenn's hinter einem holländischen Tomatentransporter ist: Für mich ist die ‚Beziehung' zu dir einfach wahnsinnig unsicher. Weißt du, bevor du gekommen bist, da habe ich so schön bequem in meine Nische geparkt gelebt. Dann bist du gekommen und ich mußte 'raus und wieder mitspielen. Und wofür?"

„Hab' ich das richtig verstanden? Du wirfst mir vor, daß ich in deine beschissene, kleine Welt eingebrochen bin und alles durcheinandergebracht habe, und jetzt verlangst du von mir Sicherheiten?"

„Oh. Falsch. Nein!" wand er sich. „Ich wollte dich nicht angreifen. Ich, äh, ich liebe dich! Ich. Mist! Ich kann dir das nicht erklären. Ich will, daß du bleibst. Was heißt – ich *will* es nicht, ich *wünsche* es mir. Ich wünsche es mir sehr."

„Verdammt, Frankie! Sicherheiten gibt's nicht!"
„Ha! Weil du nicht willst!"
„Nein!"
„Du wirst gehen", sagte er. „Das weiß ich."
Das machte mich ärgerlich.
„Wo-her willst du das wissen?"
„Leute wie du sind sich selbst viel zu wichtig. Du willst nichts von dir 'rausrücken. Keine noch so kleine Möglichkeit verschenken. Ich bin jetzt gut für 'ne Menge Spaß und Abenteuer. Aber was ist, wenn das hier vorbei ist, Laura? Was machen wir dann?"
„Nette Metaphorik, Frankie. Nette Metaphorik. Hinter einem Tomatentransporter! Was soll ich denn tun? Dich heiraten und mich in deinem Kaff mumifizieren lassen?"
„Hmmm. Hast du dir eigentlich schon mal überlegt, was du bekommen könntest, wenn du auch mal bereit wärst, etwas 'rauszurücken?"
„Was denn? Kinder?"
„Hahaha. Pft! Warum nicht?"
„Frankie", sagte ich ernst, „jeden anderen Typen hätte ich für diese letzten paar Sätze kommentarlos aus dem Auto geworfen. Aber dich ... Aber du ... Glaubst du ernsthaft, ich hätte nicht gemerkt, daß du leidest? Daß du dich immer unwohler fühlst? Ich will nicht, daß du dich quälst! Verdammt, warum kannst du das nicht alles lockerer sehen!"
„Weil für mich zu viel auf dem Spiel steht."
„Du setzt mich unter Druck. Ich hasse sowas."
„Ich will dich nicht unter Druck setzen."
„Tust du aber."
„Du setzt mich auch unter Druck!"
Ich hielt es nicht mehr aus. Ich brach nach rechts aus, schoß auf dem Standstreifen an dem stupiden Lastwagen vorbei und kreischte mit radierenden Reifen auf den nächsten Parkplatz. Ein schöner Ort für einen Showdown: ein vollgepißtes Autobahnklo, verdreckte Ziersträucher und eine holländische Familie mit ihrem Mittelklasse-Toyota beim Frühstück.
Frankie stieg als erster aus und ging weg. Er haute ab. Typisch.
„Hiergeblieben, Freundchen!" schrie ich. „Du hast angefangen mit dem Scheiß!"
Er drehte sich um und sah mich an. Er konnte mir direkt in die Augen sehen. Immer. Das fiel mir jetzt erst auf.
„Laura", sagte er.
Drüben, auf der Autobahn, jaulten blechern die Karrossen vorbei. Ein Gesang.
„Seit du da bist, kann ich wieder durchschlafen."
Ich sah zu Boden.
„Du redest im Schlaf."
„Echt?"

„Mhm. Fast jede Nacht."
„Was rede ich denn?"
„Alles mögliche. Kochrezepte, Liebesgedichte, Betriebsanleitungen für taiwanesische Stereoanlagen."
„Hm. Vielleicht lebe ich mein Leben im Schlaf?"
„Naja. Sonst lebst du ja nicht besonders viel."
„Du hältst mich für einen Verlierer."
„Nein. Ich verstehe bloß nicht, wie sich ein Mann beide Hände abhacken und dann der Welt vorwerfen kann: Du hast mich amputiert! Du bist so verdammt feige! Du denkst dir: Wenn ich mich selber so verschwindend klein mache, dann haben die anderen überhaupt keinen Grund mehr, auf mich einzuschlagen. Und dann frage ich mich wieder: Warum machst du das mit dir? Was ist dir zugestoßen, was hat dich so gemacht? Und ich weiß nicht, was ich tun soll! Ich weiß nicht, was ich tun soll? Ich weiß es nicht! Du machst mich hilflos! Was soll ich tun? Soll ich dir helfen? Soll ich dir in den Arsch treten? Soll ich dich trösten? *Sag doch, was ich tun soll!*"
„Ach, Laura", sagte Frankie und musterte die drei an den Parkbuchten aufmarschierten Metallmülleimer, „du mußt eigentlich gar nichts tun. Du mußt nur da sein. Das ist alles."
Er blickte mich ganz ruhig an.
„Das ist alles?"
„Das ist alles."
„Ha!" freute ich mich. „Ist ja ganz easy!"
„Zieh' s nicht ins Lächerliche!"
„Nein! Ich mein's ernst. Ich bleib bei dir. Vorerst wenigstens."
Ich nahm ihn in die Arme und versuchte, mir nicht anmerken zu lassen, daß ich mindestens so fertig war wie er.
„Bei dieser sexbesessenen Kathi warst du aber ganz, ganz tapfer", lobte ich ihn.
„Oh, ja. Das stimmt."
„Dafür solltest du fürstlich belohnt werden!"
„Hmmm. Das sehe ich auch so."
„Hat der Hobel eigentlich umklappbare Liegesitze?"
„Sogar elektrische, meine Liebe."
Irgend etwas muß in unseren Blicken gewesen sein, als wir zum Auto zurückgingen. Etwas, was die holländische Familie dazu veranlaßte, schnell ihre beiden Kinder und den Recyclingfraß ins Auto zu stopfen und sich von hier wegzuretten.
Wir bemühten uns, alle ihre schlimmsten Befürchtungen bis ins Detail zu bestätigen.

KPA 48

Fritz und Leo besaßen einen BMW, den sie konsequent zu Tode fuhren.

„Keine Wartungsarbeiten mehr an diesem Ding!" sagte Fritz.

„Bis zum Ende", sagte Leo.

Sie peitschten die rostige Kiste die Main Street entlang. In Wirklichkeit hieß diese Abensberger Ausfallstraße anders, aber für Yoshi war es die Main Street, weil es wohl eine der amerikanischsten Straßen von ganz Bayern war: eine breite, geteerte Schneise zwischen McDünnald's, Einkaufszentrum, Waldi-Megamarkt und diversen Autohäusern und Tankstellen. Eine Ackerfurche, in der die Saat automobiler amerikanski Einkaufskultur wuchern und gedeihen konnte.

Die Kommunisten röhrten mit ihrem Mobil scheppernd durch die leeren Straßen. Anstatt des BMW-Logos prangte ein roter Stern auf der airbag-aufgedunsenen Lenkradnabe.

Es ging in die einzige Kaschemme, die noch geöffnet hatte: in die ‚Bierdimpfl-Bar', einem Etablissement, in dem die Luft von Rauch und Alkoholdämpfen so dick war, daß man sich zum Tresen durchgraben mußte. Drei Versager und ein Barkeeper hingen dort herum, an der Wand randalierte eine Batterie bunt blinkender Abzocker-Automaten.

Wäre Frankie dagewesen, er hätte sich vielleicht daran erinnert, daß es in den Räumlichkeiten der ‚Bierdimpfl-Bar' vor langer Zeit einmal ein Hosengeschäft gegeben hatte. Einen abenteuerlichen Laden, der fast ausschließlich Jeans und Cordhosen verkaufte. Und häßliche Hosenträger. Der Besitzer des Ladens hatte die Angewohnheit gehabt, die Reißverschlüsse der neuen Jeans immer mit Labello einzuschmieren, damit sie besser flutschten. Dabei hatte er immer fest die Lippen zusammengepreßt, als handele es sich dabei um Präzisionsarbeit wie etwa die Entschärfung einer mittelgroßen Atombombe. Der Besitzer war ein furchtbar freundlicher, faltiger Mann gewesen, mitsamt seiner pflichteifrigen Frau von einer Rasse, die mittlerweile wohl ausgestorben war. In der Endphase der Existenz des Ladens, Mitte der 80er Jahre, hatte innerhalb der Einrichtung ein Kulturkampf stattgefunden. An den harmlosen, bieder-zweckmäßigen Regalen lehnten plötzlich sexy Jeans-Werbeträger, Fotos von prallen, weiblichen Ärschen, so ausgeleuchtet, daß sie dem Betrachter dreidimensional direkt ins Sexualzentrum des Gehirns sprangen. Dazwischen standen der kleine Hosenverkäufer und seine Frau mit ihren Labellos und träumten von Herrenchiemsee oder von Gran Canaria.

Keine ihrer Hosen hatte jemals gepaßt.

Auch Eddie kannte das Geschäft noch, aber er erinnerte sich jetzt nicht daran, es war ihm wurscht. Die ‚Bierdimpfl-Bar' stellte zwar nicht eben den ästhetischen Höhepunkt unter den Abensberger gastronomischen Einrichtungen dar, aber es war ein proletarisches Lokal und als solches als Gründungsort für die Kommunistische Partei Abensbergs bestens geeignet.

„Ich eröffne die Sitzung!" sagte Fritz.

„Fünf Bier!" orderte Leo.

Eddies Freundin kicherte. Sie hatte bereits gut getankt und hing windschief in ihren hochschäftigen Cowboystiefeln.

Der Wirt des Bierdimpfl, eine speckig-rundliche Gestalt mit wenig Haaren und sehr gelben Zähnen, kam und knallte fünf abgestandene, schlecht eingeschenkte und maßlos überteuerte Biere auf das hochkant stehende Faß, das den KP-Mitgliedern als Tisch diente. Yoshi las die Speisekarte, einen schmierigen, handgeschriebenen Recyclingpapierzettel, der aussah, als ob eine ganze Kohorte angeschmutzter Kanalratten erst mehrmals über ihn drübergetrampelt wäre und dann noch mutwillig ein paar feuchte Biergläser und tröpfelige Kaffeetassen draufgestellt hätte. Das Menu des Bierdimpfl beschränkte sich auf drei verschiedene Sandwiches (‚Extra', mit algerischer Salami und wochenlang sorgfältig abgelagerten Salatblättern; ‚Turbo', mit echtem Reibekäse aus original 60er-Jahre-Imbißtütchen und handgerührter Sittichscheiße, und als Höhepunkt ‚Spezial', mit knorpeligen Metzgereiabfällen auf besonders schimmeligem Brot) sowie zwei Sorten Tiefkühlpizza, die beide schon seit fünfzehn Jahren nicht mehr produziert wurden. Yoshi beschloß, hungrig zu Bett zu gehen.

In der ‚Bierdimpfl-Bar' gab es auch ein Klo, auf dem regelmäßig lukrative Waffendeals zwischen slavobalkanischen Schiebern und ostafrikanischen Raketenwerfer-Endverbrauchern ausgehandelt wurden. In diesen illustren Räumen hing die berüchtigte ‚Pinwand', ein großformatiges Holzbrett, das so hieß, weil die Schieber-Mafia alle paar Wochen einen ihrer Geschäftspartner mit einigen gezielten Stilettostichen dagegennagelte.

„Der Wirt kauft jeden Tag eine Steige Blubberheimer Pils vom Waldimarkt und verkloppt dieses Sojagesöff zum zwanzigfachen Preis an seine Gäste. Die beschweren sich nicht, solange nur genügend Alkohol drin ist", wußte Fritz.

„Herrlich prolo!" kicherte Leo.

Eddies Freundin kippte das Zeug. Sie sah nicht mehr ganz so hübsch aus wie zu Beginn des Abends. Es hatte den Anschein, daß sie nur vom dicken, fettigen Bierdimpfl-Dunst am Umfallen gehindert wurde. Eddie bemerkte das und schubste sie gekonnt in den einzigen, verdreckten Polstersessel, wo sie einmal grunzte und schließlich kraftlos liegenblieb. Als der Staub sich verzogen hatte, begann der KP-Führer mit seiner Ansprache.

„Genossin, Genossen! Wir haben uns heute hier versammelt, um die KPA zu gründen. Die Kommunistische Partei Abensbergs."

„Warum", unterbrach ihn Yoshi, „ausgerechnet eine Kommunistische Partei?"

„Kommunistische Parteien haben sowas Nostalgisches", antwortete Leo.

„Genau. Sechziger Jahre. Nikita Chruschtschow. Prager Frühling. Fidel Castro. Nutzlose Atomraketen. Heckflossen an den Autos", ergänzte Fritz.

„Aber ihr wart doch in den ‚sechziger Jahren' noch gar nicht geboren!" warf Yoshi ein.

„Na und“, sagte Fritz, „ist doch völlig wurscht.“

„Die Fotos aus den Sechzigern sind cool“, rechtfertigte sich Leo.

„Das gibt's doch nicht!“ sagte Yoshi zu seinem Bier.

Eddie legte eine seiner schmalen Hände auf Yoshis Schulter. Beruhigend.

„Schau mal. In Wirklichkeit ist das alles ganz, ganz anders. Wir gründen die KPA, weil es eine uralte Tradition unter verzweifelten Außenseitern ist, eine Kommunistische Partei zu gründen. Eine Desperado-Aktion.“

„Wenn man nicht mehr weiter weiß, dann gründet man eine radikale Partei. Am besten eine Kommunistische. Das hat Stil“, sagte Leo und goß sein Bier langsam und mit der Gründlichkeit eines Chemielaboranten in einen klebrigen Belüftungsschlitz an der Musikbox.

„Wo seid ihr Typen denn verzweifelt?“ ätzte Yoshi.

„All' diese Ereignisse!“ meinte Eddie. „All' diese Amerikaner. Dieses UFO. Dieser Coladosenkult! Wir müssen was unternehmen! Wir müssen uns organisieren!“

„Und warum macht ihr zwei da mit?“ fragte Yoshi Fritz und Leo.

„Weil sich's cool anhört“, meinte Leo.

„Weil hier endlich auch mal was los ist!“ sagte Fritz.

„Vielleicht können wir ja mal was in die Luft jagen!“ freute sich Leo.

Das jämmerliche Bier kroch Yoshis Rückgrat hinauf bis in sein Gehirn, wo es ein paar tausend graue Zellen unwiederbringlich wegätzte.

„Ihr seids also Kommunistn?“ rülpste der Bierdimpfl-Wirt Eddie an. Er hatte alles mitgehört. Die dicke Luft schien ein gutes Medium für Schallübertragung zu sein. Hier drin wurde jeder Furz zum Walgesang.

„Was dagegen?“ Eddie richtete sich mit seinen zwei Metern zehn vor dem kleinen, wabbeligen Wirt auf.

„Jo!“ grunzte der. „Raus aus meim Lokal!“

Die kriminellen Säufer an der Bar waren mittlerweile von ihren Hockern 'runtergerutscht und stapften nun schwer auf die KPA-Mitglieder zu. Sie waren scharf auf Randale.

„Uh-Oh!“ dachte Yoshi und suchte unter den Bierschwaden in seinem Hirn nach Karate-Kenntnissen, um dann feststellen zu müssen, daß diese genau in denjenigen Zellen gespeichert gewesen waren, die das üble Bier eine Minute vorher auf Nimmerwiedersehen weggebrannt hatte.

Eddie betrieb unterdessen seine Art von De-Eskalation. Er zog langsam seinen riesigen, weißen Flattermantel aus und warf ihn mit einer zuckenden, schnellen Bewegung über den stinkenden Barkeeper.

„Aaaaakkakaaaaa!“ brüllte der Bierpanscher und stolperte nach hinten, seinen Stammgästen entgegen, die versuchten, ihren Kumpel aufzufangen, was ihnen mit ihren Messern und zerschlagenen Bierflaschen in den Händen nicht so recht gelang.

Das gab Fritz und Leo genug Zeit, sich Eddies fertige Freundin zu schnappen, sie hinter sich zur quietschenden Tür hinauszuzerren und sie schnell auf den Rücksitz des BMW zu werfen. Die Saufbrüder aber kamen verblüffend fix hinterher, und Yoshi konnte sich gerade noch nach hinten zur nach Alkohol und Schweiß stinkenden Freundin quetschen.

Da drückte Fritz aufs Gas und der massive, rostige Metallhaufen wuchtete sich vorwärts und die grölenden Schatten der fetten Schläger spritzten von der Motorhaube des Achtzylinders weg und plumpsten flach aufs öde Pflaster der leeren nächtlichen Straße. Yoshi rappelte sich auf, stützte sich mit einer Hand versehentlich auf dem zuschandengesoffenen Gesicht von Eddies Freundin ab, merkte es, ließ erschrocken los und fiel wieder auf diese mit Gestank vollgesogene Frau drauf, schaffte es schließlich, sich einigermaßen gerade hinzusetzen und bemerkte dabei, daß der BMW von einem in einer dunklen Ecke versteckten amerikanischen Schützenpanzer angemessen und registriert wurde.

Die Kanone des Panzers blieb still.

Nur ein kleines rotes Scannerlicht flimmerte kurz und doch verräterisch genug im Geschützturm auf.

„Scheiße“, sagte Yoshi.

„Was heißt hier Scheiße? Is’ doch saucool!“ schrie Leo, der damit garantiert nicht den Panzer meinte.

„Halt mal bitte an“, verlangte Yoshi.

Fritz bremste scharf rechts ran. Yoshi zog sich aus dem Auto ’raus, stolperte auf den Bürgersteig.

„Ciao! Ich lauf’ nach Hause.“

„Bis später, Genosse! Fortschritt!“

„Fortschritt“, grüßte Yoshi zurück.

„Idioten!“ dachte er.

Der BMW jaulte davon.

Stille.

Yoshi war schlecht von dem miserablen Bier. Er lief ein paar Meter, gab dann aber doch auf und kotzte an einen der uralten Bäume der Bahnhofsallee. Hier in Europa wurde verdammt viel gekotzt, mußte er feststellen, und es gab auch verdammt viele Gründe dazu. Seien sie politisch oder einfach nur flüssig.

Die Luft. Wenigstens war die Luft in Ordnung. Yoshi dachte an die Firma. Die Firma war weit weg.

Zwei massive menschliche Schemen traten im Gleichschritt aus dem Schatten eines der alten Bäume heraus und bewegten sich mitten auf der Straße in Yoshis Richtung.

Heiseres, gepreßtes Brabbeln aus einem Funkgerät. Kaugummisprache. Rauschen. Amerikanische Soldaten!

Yoshi wischte sich die Kotze an seinem Mund mit dem Lederjackenärmel ab und drückte sich mit dem Rücken an den harten Baum und hoffte, daß die Amerikaner ihn nicht gesehen hatten und tastete und fand seine gottlob schallgedämpfte Pistole. Und er bereitete sich darauf vor, die beiden Soldaten schnell zu töten, er biß sich in die Unterlippe, bis Blut rauskam.

Doch die Nacht war ihm gnädig. Die Soldaten marschierten vorbei, auf die Innenstadt zu, lauschten den breiten Kommandos aus ihrem gelangweilt auf maximale Lautstärke gedrehten Funkgerät. Ein Schützenpanzer rollte flink und leise vorbei, verschluckte Yoshis Schritte, als er sich gebückt Richtung Bahnhof davonmachte.

Keine Toten, heute.

Doch da!

Während der Japaner von einem Baum zum anderen stolperte, zwischen sauber riechenden deutschen Autos hindurch, da vernahm er plötzlich vom Himmel her ein Brausen. Ein feines Zischen, eine scharf durchschnittene Luftströmung. Ein präsentes, ein irdisches Geräusch, ganz anders als das des UFOs, aber doch damit verwandt. Das Zischen wurde stärker. Eine Wand aus Wind schob sich durch enge Straßen. Yoshi duckte sich hinter eins der Autos und suchte den vollkommen schwarzen Himmel ab.

Dann erschien es. Eine glühende Kontur durchkreuzte fein pfeifend die Nacht, zog vorbei, hinterließ ein leises Grollen in der Luft wie ein entferntes Hitzegewitter.

Yoshi erhob sich, streifte den Dreck von seiner Hose.

Ein Raumschiff. Ein amerikanisches Raumschiff. Bei Ingolstadt, in Manching, gab es eine Landepiste, die lang genug war, daß ein Raumschiff dort landen konnte.

Die Piste, so wußte Yoshi, gehörte dem längst heruntergewirtschafteten Europäischen Luft- und Raumfahrtkonsortium A'EUROSPACE. Die Amerikaner hatten sie vor ein paar Jahren für ein Butterbrot erworben und ließen die Anlagen von einer Handvoll schlechtbezahlter einheimischer Lakaien instandhalten.

Wie dem auch sei: Die Amis fuhren schwerste Geschütze auf.

Ein Raumschiff neuester Generation war fähig, von einer guten Piste zu starten wie ein stinknormales Flugzeug, und dem UFO ein Stück weit ins All hinaus zu folgen. Wenn es das UFO war, das sie haben wollten.

Und sie wollten etwas haben.

Etwas ganz Besonderes.

Sonst wären sie nicht hier mit ihren Soldaten und mit ihren Panzern und all der aufwendigen Technik.

Aber diesmal,

diesmal,

diesmal,

diesmal!

Diesmal, schwor sich Yoshi, als er geduckt und verkrampft an den toten europäischen Autos vorbeilief, diesmal würden sie es nicht kriegen. Egal, was es war. Er würde es bekommen! Auch ohne Unterstützung aus Japan. Er allein! Er, und niemand sonst!

Die Luft wurde kühler.

Regenwetter zog heran.

Über der Theke der Autobahnraststätte flimmerte eine uralte, fettverschmierte Fernsehröhre. Das Ding hing an einer Satellitenantenne, die auf einen amerikanischen Desinfokanal eingestellt war, und zeigte gerade ein nagelneues amerikanisches Raumschiff beim heimlichen Einschweben auf eine nächtlich-konspirative Piste. Man sah Reifen des Schiffes in theatralischer Großaufnahme, als sie den Boden berührten und kreischend die Landebahn entlangradierten.

Schnitt zur Reporterin.

„The american military spacecraft USS Armstrong just has landed here in the US facilities in Manching, Bavaria. It participates in the new GlobalWatch program initiated by the United Nations."

Schnitt. Das Raumschiff rollte aus, schwenkte nach links von der Piste weg, gefolgt von eifrigen bunten Servicefahrzeugen.

Untertitel: BLURLEEN BLOCKHEIMER / FROM MANCHING, BAVARIA.

Ich würgte mein gerade noch gelangweilt abgebissenes Stück Butterbreze hinunter und zupfte Laura hektisch am Ärmel.

„Gucksch mal! Daaa!"

Laura drehte ihren Kopf langsam zum Fernseher und sah gerade noch die Einblendung ausglühen.

„Manching?" fragte sie und nahm einen Schluck Kaffee. „Ist das nicht bei uns in der Nähe?"

„Es ist quasi um die Ecke! Ein militärischer Flughafen. Die eine Hälfte gehört der Bundeswehr und die andere den Amerikanern. Die einzige Piste weit und breit, auf der so ein Kübel landen kann."

„Was für ein Kübel?"

„Ein Raumschiff. Ein atmosphärentaugliches Raumschiff der Amerikaner. Sowas setzen die nur in Krisengebieten ein. Da ist was faul. Am besten, wir fahren sofort weiter."

Laura hielt mich am Ärmel fest, als ich gerade von meinem Barhocker 'runterrutschen wollte. Zwei, drei müde Fernfahrer guckten neugierig zu uns herüber.

Die taiwanesische Kaffeemaschine dudelte ‚Old Mac Donald had a Farm' vor sich hin und die Bedienung ersoff ihr Hirn in blödsinnigen Geschichtchen aus ‚Royal', dem ‚Magazin der Internationalen Aristokratie'. Sie hatte ein rotweißgestreiftes Hemd an, die Bedienung. Das sind die Sachen, die einem an frühmorgendlichen Achtziger-Jahre-Niedervoltlampen-Neontheken wie dieser hier auffielen. Ich setzte mich wieder auf meinen Hocker und mampfte weiter. Laura hatte recht. Wir sollten uns nicht das Frühstück versauen lassen.

Bei der rotweißgestreiften Bedienung mußte ich an einen üblen Horrorfilm denken, in dem außerirdische Monsterchen knackig-dralle Kellnerinnen in South Carolina verspeisten. Die Monster lutschten die Kellnerinnen einfach aus, bis sie selber in rotweißgestreiften Klamotten steckten und...

„Mein Gott, Frankie", sagte Laura, „du grinst schon wieder so komisch!"

„Tatsächlich?" sagte ich.

„Komm. Wir sollten jetzt wirklich besser fahren."

Ich konnte es mir allerdings nicht verkneifen, im Hinausgehen noch die rotweißgestreifte Bedienung anzusprechen:

„Ziehen Sie lieber ein anderes Hemd an! *Sie* lieben nämlich rotweißgestreifte Kellnerinnen!"

Sie guckte mir völlig ratlos nach, wobei sie eine gewisse segelohrige Ähnlichkeit mit King Charles aufwies, ich rannte zur Tür hinaus und mußte laut losprusten.

„Frankie", sagte mir Laura draußen, „gegen dich müßte man extra ein neues Medikament erfinden, glaube ich."

Wir liefen durch die frischkühle, abgasduftende Morgenluft zum Citroën und fuhren weiter nach Abensberg, hinein ins schlechte Wetter.

Platsch.

50

Der Citroën flog auf der ganz, ganz linken Autobahnspur an den unglaublichen Massen der anderen Autos vorbei, mit ständig eingeschaltetem linken Blinker.

„Verdammt! Weg mit dir, du Wixer!"

Laura, die Pilotin, vermißte stark ihre elektronische Beschimpfungsmaschine, die sie in ihrem Fiesta in Abensberg gelassen hatte.

„Arrrrrrgh! Die Führerscheine werden heutzutage wohl nach dem Zufallsprinzip verteilt!"

Sie vermißte außerdem eine Photonen-Bazooka unter der Motorhaube, um damit dreiste, lahmarschige Kleintransporter und die unzähligen Außendienstmitarbeiter-Vauwehpassats wegpusten zu können.

„Die Außendienstbranche alimentiert sich selbst", phantasierte Laura. „All diese Außendienstmitarbeiterautos gehören einer Firma, die ausschließlich häßliche Außendienstmitarbeiterkombis herstellt, die dann von ihren eigenen Vertretern gekauft werden, was der Firma so viel Geld einbringt, daß sie davon wiederum haufenweise häßliche Kombis bauen kann. Und schließlich fahren dann nur noch häßliche, übermotorisierte Kombis 'rum, die sich gegenseitig von der Überholspur weglichthupen."

„Hmmmja. Coole Theorie."

„Schon GUT, FETTsack!!!"
„Hey, Moment mal!"
„Mein' nicht dich, Frankie. Ich mein' den BMW."
„Scheiß BMWs."
„Ich laß' ihn versülzen! Wozu haben wir den Turbo?"
Sie trat voll drauf, der BMW klebte uns hinten drauf und zeterte einen ab.
„Verdammt! Was tun die für Motoren in die Dinger?"
„Zwölfzylinder. Laß ihn vorbei."
Sie knurrte. Sie haßte es, irgend jemandem irgendwo den Vortritt zu lassen.
Sie riß die Kiste nach rechts, der BMW kreischte vorbei.
„Nächstes Mal fahr' ich", sagte ich.
„Achhhhh. Is' doch wurscht."
„Was hast du denn?"
„Diese Autofahrerei ist total krankhaft. Diese sogenannte mobile Gesellschaft ist krankhaft. Wir rasen nur noch 'rum. Unsere Urgroßeltern sind meistens noch nicht mal aus ihrem Kaff 'rausgekommen. Das ganze Leben lang. Und wir bilden uns ein, daß wir permanent auf Achse sein müssen. Wozu?"
„Sag' ich auch immer. In Abensberg hatte ich nie ein Auto."
„Aber du hast aus einem anderen Grund auf das Auto verzichtet. Du wolltest deine Ruhe haben oder der Welt deine göttliche Gegenwart verweigern oder sowas. Ich spreche hier von was anderem."
„Von was dann?" gähnte ich.
Sie erklärte es mir. Die fatale industrialistische Trennung zwischen Arbeitsstätte und Wohnung, die Entstehung sinnlos bombastischer Großstädte und so weiter und so fort. Mir war das wurscht. Ich mußte an das UFO denken.
„Du hörst nicht zu. Was ist dir wichtig? Sag's sofort."
Laura, die Wachsame.
„Das UFO. Du hast es noch nie gesehen."
„Pah! Du etwa?"
„Oh, ja. Du warst damals noch nicht da. Yoshi und Hiroshi und ich haben ihm aufgelauert. Auf den Feldern vor der Stadt."
„Du wirst mir doch nicht erzählen wollen, daß es das UFO wirklich gibt?"
„Na logo. Hab's selbst gesehen. Oder auch nicht. Aber das ist nebensächlich. Was wirklich zählte, war nur das Gefühl."
„Was für ein Gefühl meinst du?"
Sie blickte abwechselnd auf mich und auf die Straße.
„Das Gefühl, das das UFO erzeugte. Es war mir völlig fremd. Jetzt erst wird mir das alles so richtig klar."
„Und ich dachte, diese UFO-Suche sei nur blanke Spinnerei. Wieso sind die Japaner eigentlich hier?"
„Sie haben von einem ihrer Satelliten aus eine Anomalie festgestellt. Einen völlig unbekannten Vorgang, von dem sie dachten, daß er vielleicht außerirdischer Natur sein könnte. Dann sind sie gleich gekommen und haben versucht, Kontakt aufzunehmen."

„Hahahihi!“
„Was denn?“
„Wie die Heiligen Drei Könige!“
„Hah. Jaja. Sie folgten dem Stern.“
„Und was fanden sie?“
„Gott.“
„Und was ist die Botschaft von alledem?“
„Welche Botschaft? Will doch eh’ keiner mehr eine Botschaft hören.“

Da! Panzer! Auf der Autobahn. Gelbe Blinklichter, damit man nicht in die überbreiten, schweren Kolosse hineinbretterte.

„Viel Militär unterwegs dieser Tage.“

„Und ob. Da verdichtet sich was.“

„Hoffentlich erledigen sie uns nicht, wenn wir nach Abensberg zurückkehren.“

„Hm. Das glaube ich weniger. Und Yoshi weiß sich auch zu helfen.“

Wir fuhren weiter und weiter, und am Autobahndreieck Holledau bogen wir nach rechts ab. Als die ersten Hopfengärten in Sicht kamen, sagte ich: „Ah! Die ersten Anzeichen der Zivilisation!“, und Laura lachte. Das Wetter war schlecht. Der Citroën schwamm flink durch die feuchte Luft. Immer wieder überholten wir Panzerkolonnen, auch an der Landstraße waren überall Soldaten postiert. Die Aktivitäten des Militärs schienen sich aber keineswegs auf Abensberg zu konzentrieren. Vielmehr waren die Soldaten überall. Hinter den Häusern, hinter den Bäumen. Wie Kellerasseln, wenn man im Garten einen alten Stein umdreht. Es wimmelte von bräunlich-oliven Soldaten.

Als wir schließlich in Abensberg ankamen, als Laura den Turbo leise im Leergang den Hügel zur Ortseinfahrt hinunterrollen ließ, bemerkten wir doch einen Unterschied zur restlichen Region. Abensberg war voll mit amerikanischen Soldaten. Es wimmelte nicht olivgrün, sondern eher gedeckt schmutzig-ockergelblich. Die Volksfestwiese stand voll mit ziemlich extravaganten Kampfhubschraubern, ein achträdriger Schützenpanzer hatte sich schräg an das Geländer der Abensbrücke gelehnt und dabei einen guten Teil davon nach außen weggequetscht. Begeisterte Kinder hopsten um das schwer dieselnde Gefährt herum und luchsten den Amisoldaten Promotion-Kaugummis ab.

„Jeder Amerikaner muß täglich eine bestimmte Menge an Süßigkeiten und Lebensmitteln an die einheimische Bevölkerung verteilen“, wußte Laura. „So haben sie’s jedenfalls beim Einmarsch in Kuba gemacht. Fraß bringt Sympathien.“

Sogar am Eingang zur Burg stand ein Panzer und stank die Luft voll. In der Burg, an der Abens, am Regensburger Tor, sie waren überall. Und sie standen einfach nur herum und taten nichts. Wobei diese passive Präsenz einen

Druck ausstrahlte, der beinahe schlimmer war als ein wie auch immer geartetes offenes Eingreifen.

Außer den Soldaten sahen wir kaum Menschen auf den Straßen, trotz bester Einkaufszeit. Nur ab und zu eine gebückte Oma oder eine hochnäsige Katze.

Laura bog miamivicemäßig in unsere Straße ein, landete unser Schiff in der Betonsteineinfahrt unseres Hauses.

„Huch! Qu' est-ce que c'est?“

Sie meinte das vollverspoilerte Ungetüm von Kleinwagen, das in meiner Einfahrt stand und sich irgendwie vor Laura zu schämen schien.

Schon kam Yoshi die Treppe von der Eingangstür heruntergelaufen. Er war wahnsinnig aufgeregt, aber immerhin lebte er noch.

„Was haben die mit meinem Auto gemacht?“ hauchte Laura. Sie war völlig fassungslos.

„Sie haben den Ausnahmezustand ausgerufen!“ keuchte Yoshi.

„Mein Auto! Was ist mit meinem Autochen passiert?“

„Ausnahmezustand? Was soll denn das werden?“

„Frag mich nicht! Sie zeigen im Fernsehen laufend Bilder von dem UFO über Abensberg, und sie sagen, daß alle Bayern jetzt gegen die außerirdische Bedrohung zusammenhalten müßten, und daß alles nur die Schuld der linken Berliner Regierung sei, und daß Bayern sich deshalb unter der starken Führung der BPD unabhängig machen müßte.“

„Bayern? Unabhängig?“

„Yoshi! Gib mir sofort meinen Autoschlüssel!“

„Der steckt doch.“

„Der *steckt*!?! Noch nie was von Autodieben gehört?“

Ich keuchte die Treppe 'rauf und lief ins Wohnzimmer. Nur um festzustellen, daß Yoshi recht hatte. Alle Fernsehsender strahlten nur noch dasselbe Programm aus: Bayernhymne, Appelle zu Ruhe und Besonnenheit und UFO-Bilder. Und Statements aus den USA. Der amerikanische Präsident hatte unserem nagelneuen Präsidenten und BPD-Vorsitzenden schon die Unterstützung seiner Supermacht zugesichert. Dazu gab's dann die neuesten Folgen von den ‚lustigen Versagern‘, der megabeliebten amerikanski Sitcom, einem Einstandsgeschenk der amerikanischen Fernsehgesellschaften an das nagelneue Bayerische Staatsfernsehen (ehemals Bayerischer Rundfunk – laut VideoBayernText hatte es allerdings in der

Media-Führung des Landes keine einzige nennenswerte Umbildung gegeben, was ich denen sogar auf Anhieb abnahm).

Da! Die Ansprache unseres neuen Präsidenten!

Er saß an einem riesengroßen, schlichten Schreibtisch in seiner Staatskanzlei. Vor sich Bilder von seiner glücklichen

Familie und wichtig aussehende Akten und teures Schreibgerät. Hinter sich ein beeindruckend komplexes Blumenarrangement, das die geschwungene Eleganz der dahinter drapierten Bayernflagge dezent unterstrich. Das Gesicht des Präsidenten war ernst, aber gefaßt. Ein Biergarten von einem Gesicht. Die Nase knorrig wie ein alter Kastanienbaum, die Augen dunkelbraun wie ein Liter schales Starkbier. Er sprach zu seinem völlig ergebenen Volk. Er sprach zu uns. Wir erwarteten seine Worte.

„Liebe Mitbayern. Ich spreche jetzt zu Ihnen in einer für unser Volk historischen Stunde. Tatsache ist: Unser geliebtes Heimatland wird von Kräften heimgesucht, deren Ursache wir nicht erkennen, geschweige denn kontrollieren können. Im selben Atemzug verweigert uns die Zentralregierung in Berlin ihre Unterstützung. Sie alle wissen, daß uns die Zentralregierung aus niederen politischen Gründen Hilfestellung bei verschiedenen wichtigen Problemen verweigerte. Deshalb sind wir der Ansicht, daß es an der Zeit ist, daß wir uns um unsere Probleme selbst kümmern. Das bedeutet auch: In Zukunft werden keine bayerischen Steuergelder irgendwelche Industrieleichen im Ruhrgebiet mehr am dahinschwindenen Leben erhalten. Restdeutschland wird hiermit von unserem Steuertropf abgehängt. Bayern hat heute um 12:00 Uhr Ortszeit seine Unabhängigkeit von der Bundesrepublik Deutschland erklärt. Unsere Truppen sind in diesem Augenblick dabei, an den Grenzen Schlagbäume aufzustellen und sämtliche Zufahrten zu unserem Land gegen etwaige Zugriffsversuche unserer Gegner abzusichern. Sie werden dabei von Soldaten der mit uns eng befreundeten

Streitkräfte der Vereinigten Staaten von Amerika unterstützt. Bitte seien Sie unseren Söhnen bei der Durchführung dieser schwierigen Aufgaben behilflich und teilen Sie den zuständigen Stellen eventuelle gegnerische Maßnahmen unverzüglich mit.

Sie werden sich natürlich fragen, was sich jetzt für Sie und Ihre Familien ändern wird. Die Antwort ist: nichts. Das politische System, das schon in den vergangenen Jahrzehnten in Bayern für Wohlstand und Stabilität gesorgt hat, bleibt in seiner bisherigen Form ohne größere Veränderungen bestehen. In diesem Augenblick bestehen noch die Notstandsgesetze, die geringfügige Einschränkungen der Presse- und Meinungsfreiheit mit sich bringen, aber ich bin sicher, daß wir in kurzer Zeit wieder zur Normalität zurückkehren werden können. Was die Wirtschaft angeht, so freue ich mich besonders, Ihnen signifikante Steuersenkungen ankündigen zu dürfen. Jetzt, da Berlin nicht mehr die sauer verdienten Gelder unserer bayerischen Steuerzahler für überflüssige, unbayerische Projekte abzapfen kann, können wir endlich die Früchte unserer erfolgreichen Wirtschaftspolitik genießen. Meine Freunde, meine lieben Mitbürgerinnen und Mitbürger: Bayern ist frei! Reihen wir uns ein in die stolze Gemeinschaft selbstbestimmter, unabhängiger Völker!"

Der Präsident erhob sich. Er trug einen maßgeschneiderten dunkelblauen Anzug. Er sah souverän aus. Souverän wie sein neues Land. Sein Land. Seine Partei. Alles seins. Souverän.

Ich schaltete den Fernseher aus und das Radio ein. Dasselbe. Ich drehte am Sendersuchlauf herum.

Ein Sprecher: „Sie hören nun die neue Nationalhymne.“

„Gott mit dir, du Land der Bayern,
freie Erde, Vaterland!
Über deinen weiten Gauen
schwebe Gottes Segenshand!...“

Irgendwann stieß ich auf einen Nürnberger Privatsender, der sich offenbar von den Notstandsgesetzen nicht beeindrucken ließ. Die gehetzte Sprecherin berichtete von fränkischen Separatisten-Guerillatrupps, die die Gunst der Stunde zur Ausrufung eines selbständigen Staates ‚Frankonia' nutzen wollten und mit der BPD-Soldateska aneinandergeraten waren. Blutig, blutig.

Ich schaltete aus. Ich wußte gar nicht, was ich sagen sollte. Bayern – ein selbständiger Staat? Einerseits: warum nicht? Das wollten wir doch schon alle mal. Andererseits: mit *dieser* Regierung? A propos Regierung. Wieso griff die BPD zu unverhältnismäßigen Gewaltmitteln, um sich etwas anzueignen, was ihr sowieso schon gehörte? Das Argument mit der Zentralregierung in Berlin zog auch nicht, denn die BPD-Boys hatten ihr Geld geschickt als Druckmittel für mehr Föderalismus eingesetzt. Politisch gesehen hatte Bayern schon lange nichts mehr mit dem Rest der Bundesrepublik Deutschland zu tun gehabt. Warum also das ganze Tamtam mit Notstandsgesetzen und Armee-Aufmärschen?

„Hier stimmt einiges nicht", murmelte Yoshi im Hintergrund. Er hatte sich Orangensaft besorgt, trank direkt aus dem grob aufgeschnittenen Karton.

„Was denn?" grinste ich irr. „Ist doch alles in allerbester Ordnung!"

„Ich mein' ja bloß. Heute, ganz am Morgen, hab' ich einen kleinen Spaziergang auf dem Fußweg zum Berufsbildungswerk vor der Stadt gemacht. Und dabei ist mir aufgefallen, daß der amerikanische Panzer, der dort stationiert war, eine Kolonne deutscher, äh, bayerischer Panzer an der Einfahrt nach Abensberg gehindert hat. Die Bayern sind fast durchgedreht und wollten schon einfach durchfahren – sie waren ja in der Überzahl – aber dann sind diese Kampfhubschrauber gekommen und sind ganz knapp über ihre Panzer drübergeflogen. Mit eingeschalteten Laser-Zieleinrichtungen. Danach haben sich die Bayern schnell zurückgezogen."

„Hm. Schöne Partnerschaft."

„Weißt du schon, daß die Amerikaner ein Raumschiff in Manching haben?"

„Weiß ich. Kam im Fernsehen."

Laura kam 'reingestürmt. Yoshi hätte beinahe den Orangensaft fallengelassen, seine Augen waren weit aufgerissen und suchten nach einer Fluchtmöglichkeit. Doch das war nicht notwendig.

Laura umarmte und drückte ihn ohne Rücksicht auf Orangensaftflecken.

„Yoshi, mein Lieblingsjapaner! Du bist zum Knuddeln!"

„Was denn? Du liebst ihn wegen der Spoiler?"

„Nein. Ich liebe ihn wegen der 200 PS, die er hat einbauen lassen! MMMmmmmSCHMATZ!"

„Die werden wir auch bald brauchen", sagte ich und befreite Yoshi von der Last seiner Orangensafttüte.

„Wozu denn?" fragte Laura und ließ Yoshi wieder Luft holen.

„Zum Abhauen, natürlich. Wir verpissen uns von hier. Am besten nach Frankreich. Ich hab' da ein paar gute Freunde."

BPD

„Hahaaa! Denkste!" konterte Lauradarling. „Hier wird nicht gekniffen! Endlich gibt's Action! Was vorher nur so rumgedruckst hat, brodelt jetzt so richtig los! Yoshi hat mir einiges erzählt. Die Amis kooperieren mit der hiesigen BPD in Sachen UFO-Fang."

„Hmm. Gutgut. Wir werden das zu Ende bringen. Allein schon wegen Hiroshi."

„Sieh's so: Dein Leben hat jetzt einen Sinn."

„Fantastisch. So hab' ich's mir immer vorgestellt! Aber erst schau' ich mal nach, was in der Redaktion los ist. Ich hab' da so ein ungutes Gefühl."

„Ich hab' da was gesehen", meldete sich Yoshi. Der Mann hatte seine Augen überall. „Dein lieber Kollege hat ein Propagandafoto mit BPD-Leuten und dem Oberami gemacht."

Er warf mir eine wild flatternde Ausgabe meiner Zeitung zu, die ich geschickt aus der Luft griff. Heimatseite. Tatsache: Der Befehlshaber der American Task Force bei einer Lagebesprechung mit Bürgermeister Kirmair und beim anschließenden Spaziergang mit Marion Muellers und ein paar BPD-Stadträten. Familienalbum, ich komme! Foto: Harald. Dieser Kerl war wohl völlig übergeschnappt!

Mit röhrendem Turbo raste ich in die Redaktion. Das Wetter war mies, niemand beachtete mich, obwohl mein Fiesta das einzige zivile Fahrzeug auf den Straßen war. Umgekippte leere Einkaufswagen auf den Bürgersteigen der Innenstadt ließen darauf schließen, daß meine Mitabensberger ihre panischen Krisen-Hamstereinkäufe bereits erfolgreich getätigt und sämtliche

Supermarktregale leergeräumt hatten. Ich stellte den Citroën direkt vor die Redaktion, ins Halteverbot, und stürmte ins Büro. Die Anzeigenabteilung war völlig verwaist. Im Redaktionszimmer hingegen unterhielt sich Harald gerade blendend mit einem Ami-Presseoffizier, der an meinem Platz saß.

„Hallöchen!" sagte ich provokant.

„Ach! Da schau her!" grinste Harald unverschämt.

„Was soll denn das hier?" Ich deutete auf den Amerikaner.

„Laß uns erst mal etwas klarstellen", replizierte Harald aus irgendeinem Dummfilm. „Ich bin hier der neue BPD-Pressewart. Und du bist – gefeuert."

Ich grinste erleichtert.

„Schön. Mit einem stinkenden Haufen Scheiße länger zusammen in einem Büro zu sitzen, das so klein ist wie dieses, kann zu schweren Gesundheitsschäden führen!"

„Raus!" bellte Harald. Er war kaum wiederzuerkennen. „Sonst lasse ich dich verhaften! Stimmt's, Howard?"

Howard nickte das fette Nicken eines Amibullen, der einen gut geladenen und entsicherten 45er im Gürtel stecken hatte und sich einem völlig unbewaffneten und hilflosen Opfer gegenübersah.

„Ach", sagte ich, „steckt euch doch eure Kanonen gegenseitig in den Arsch. Soll unglaublich defrustrierend wirken."

Ich drehte mich um und ging und beeilte mich, in meinen Wagen zu steigen und von hier wegzukommen. Wenigstens für mich hatte der größenwahnsinnige Putsch einen Vorteil: Die Verkehrssituation in Abensberg hatte sich entschieden verbessert, seit sich keiner von den GTI-Freaks mehr auf die Straße traute, aus Angst, ein Schützenpanzer könnte ihm mit seiner Kanone den Spoiler eindellen.

Wieder zu Hause, verfluchte ich meine Unvorsichtigkeit. Der blöde Harald hatte jetzt so viel Macht wie Vakuum im Hirn, und das war durchaus beträchtlich. Das heißt, er konnte mich zur Persona non grata erklären und mich von den Schergen der neuen Regierung greifen lassen. Eine unangenehme Perspektive. Definitiv.

„Hier", sagte Yoshi und verehrte mir ein kleines, aber mörderisches Gerät. „Eine wunderschöne Keramik-Uzi. Behandle sie gut. Sie gehörte Hiroshi."

„Vielen, vielen Dank! Genau das, was ich brauche."

Ich konnte gar nicht mit einer Waffe umgehen. Aber ich fühlte mich mit so einem Ding geradezu irrational sicher. Gerade im Hinblick auf zukünftige Begegnungen mit Howard.

Auch Laura hatte sich aufgerüstet. Schulterhalfter. Kanone. Killerblick. La Pasionaria! No Pasarán!

„Auf geht's! Viva la revolución!"

Hm. Das mit meinem Alterssitz hier konnte ich wohl vergessen.

51

Naja. Irgendwie fiel mir ein, daß ich überhaupt keine Waffen mochte.

„Legt das Zeug weg", sagte ich. „Wer sind wir denn? Emilio Zapata und zwei Drittel der Marx Brothers? Wir werden Revolution machen. Aber anders."

Die anderen fragten mich, ob ich denn eine Alternative zur rohen Gewalt wüßte.

Ich sagte, na klar, Leute, laßt mich nur überlegen!

„Mir wird schon was einfallen", brabbelte ich, grinste mit Zuversichtsfaktor 12 und holte mir Stalin aus der Kellergarage und sperrte mich mit etwas Vorrat an Cola und Kartoffelchips und Hamsterfood in mein Kreativzimmer ein. Das Kreativzimmer war ein kahler weißer Raum. Nur ein Dachfenster, eine zweite Tür, ein Tisch und ein Stuhl. Der Stuhl war ein Porsche von einem Stuhl: gasgefedert, mit einer modularen Rückenlehne, die sich automatisch mit dem Oberkörper mitbewegte. Der Stuhl hatte einen eingebauten Mikroprozessor und diskrete Servomotörchen, die es ihm möglich machten, meine Bewegungen vorauszuahnen und sie orthopädisch korrekt zu stützen oder abzufangen. Das Ding kam aus Japan, deshalb hatte es auch noch ein integriertes Massagesystem gegen eingeschlafene Rücken und Hintern sowie einen CD-Player mit drahtlosem Kopfhörer, der Beethoven spielte, wenn man entschlossen genug mit dem Kopf nickte.

Ich hatte mir den Stuhl wegen des CD-Spielers gekauft. Ich liebte es, beim Arbeiten Musik zu hören. Dabei haßte ich es, den Arbeitsfluß zu unterbrechen, um eine Schallplatte umzudrehen oder eine andere CD einzulegen. Mit Hilfe meines Bruders war es mir gelungen, eine Lösung für dieses Problem zu realisieren. Wir hatten einfach alle Musikdateien in einen kleinen optischen Speicher eingelesen, den ich per intelligentem Kopfhörer von jedem Punkt im Umkreis von drei Kilometern aus ansprechen konnte. Musik überall und jederzeit. Ich brauchte nur den Titel des Albums oder des Musikstücks auszusprechen oder nur einen Akkord aus einem Stück zu summen, das ich hören wollte, schon war es da. Sofort. Schon prima, die Zukunft!

Auf dem billigen, aber robusten Tisch vor dem Stuhl stand ein veralteter Computer vom Typ Macintosh IIci.

Ich setzte mich hin, aß einen Keks und erfand eine Story.

Ich tippte direkt in den Computer. Im Moment fiel mir nur absoluter Schrott ein. Eine Story von wildgewordenem Psycho-Geflügel: Die Killer-Flamingos schlagen zu!

Eigentlich hätte es heißen müssen ‚Die Killer-Flamingos *treten* zu', denn die Geschichte handelte von einer Bande krimineller, öko-unsensibler, faschistoider Flamingos in der mittelamerikanischen Republik Cucaracha, die sich aus lauter Langeweile zur Ausrottung des irrsinnig seltenen cucarachianischen Grillfroschs entschieden hatten. Sie dachten einfach, die Menschen seien eine so wahnsinnig erfolgreiche Spezies, und die würden auch dauernd seltene Tierarten ausrotten, also meinten sie, es könne nicht schaden, es ihnen nachzumachen. Der Grillfrosch ist etwa zwanzig Zentimeter lang, hockt meistens träge blubbernd unter Wasser, wo er müde Plankton filtert, und er heißt so, weil schon die Conquistadores herausgefunden hatten, daß er ganz toll schmeckt, wenn man ihn röstet. Weswegen er wiederum heutzutage fast völlig ausgestorben ist.

Wie erledigten die abgedrehten Flamingos die Grillfrösche? Sie machten sich dabei zwei ganz und gar natürliche Tatsachen zunutze: erstens sieht der Grillfrosch im Flamingo keinen natürlichen Feind und hat deshalb keinerlei Tendenz, vor ihm abzuhauen. Zweitens benutzten die Grillfrösche gerne die rauhen Seiten der einzeln im Wasser stehenden Flamingobeine als Rückenkratzer, was den Fröschen jedesmal ein wohliges „CROAAAAAC!“ entlockte. So brauchten sich die mörderischen Flamingos einfach nur in ihre Tümpel zu stellen, ab und zu einen Fisch zu picken und zu warten. Bei jedem „CROAAAAAC“ an dem einen Bein ließen sie dann einfach – entgegen aller sonstigen Flamingogewohnheiten – blitzschnell das zweite Bein ’runter und stampften die ahnungslosen Grillfrösche briefmarkenflach.

ceci n'est pas un flamingo!

Wie gesagt: Der cucarachianische Grillfrosch war bereits vom Aussterben bedroht, dazu kam, daß die Frösche absolute Einzelgänger waren, die sich nur alle zehn Jahre widerwillig zur Paarung trafen. Also konnten die Grillfrösche sich bei etwaigen Froschpartys nichts von der neuen Flamingobedrohung zuquaken, um eventuell rechtzeitig eine kollektive Änderung des Froschverhaltens herbeiführen zu können. So starben die stark individualistischen Frösche an Rückenjucken, Gutgläubigkeit und Kommunikationsproblemen. Letztere zwei Faktoren sind auch bei humanoiden Lebensformen beliebte Todesursachen, es wäre deshalb vielleicht auch interessant zu untersuchen, wieviele Menschen jedes Jahr zu Tode kommen, weil ihnen der Rücken juckt. Beispielsweise könnten sich durchaus manche gelangweilten Hausmeister in New Yorker Wolkenkratzern bei ihren nächtlichen Kontrollgängen im 28. Stock an schlampig angelehnten Fenstern schaben und anschließend ’runterfallen und feucht und fettig auf dem Bürgersteig der Fifth Avenue zerspratzen. Oder gab es etwa Touristen aus den unwirtlichen Bergregionen Albaniens, die es auf ihrer allerersten Auslandsreise ins Vergnügungsviertel von Bangkok verschlug und die dort gebrauchte Heroinspritzen für Rückenkratzer hielten und sich gegenseitig damit kraulten? Mysteriöse Welt! Voller seltsamer Todesursachen.

Aber zurück zu den Flamingos. Diese waren nämlich, nachdem das allerletzte, etwas gepreßt klingende „CROAAAAAC" traurig im Urwald verhallt war, auch an den Grenzen ihrer selbstgebastelten Daseinsberechtigung angelangt.

„Wir müssen uns was neues einfallen lassen", sagte der Flamingoführer, „sonst ..."

Er wußte nicht mehr weiter.

„Sonst was?" krächzte ein eher unterbelichteter Unterflamingoführer.

Der Oberflamingo verzog den Schnabel leicht schmerzhaft und zerhackte seine Argumentationskette noch einmal in auch für schlichtere Flamingogemüter verdaubare Bröckchen.

„Mein Junge", sagte er väterlich, „das ‚sonst ...' gerade eben war ein rhetorischer Kunstgriff, der meine Argumentation untermauern sollte."

„Äh, und was *ist* ihre Argumentation, mein Führer?" fragte ein Flamingomarschall, der ironischerweise von Stieglitz hieß und nicht nur ein Monokel, sondern auch eine schlecht sitzende Pickelhaube trug.

Der GröFlaZ (Größenwahnsinnigster Flamingo aller Zeiten) wischte sich mit einer herrischen Flügelbewegung den stramm brillantinierten Flamingoscheitel zurecht und drehte durch. Er konnte seine blöden Untergebenen einfach nicht mehr ertragen und beschloß, kurzfristig ins Federboa-Business einzusteigen. Das machte seine Kumpels ziemlich tot und ihn selbst relativ reich, also dachte er, er könne sich ruhig mal ein Kentucky Nuked Chicken gönnen. Dummerweise verwechselte der Vogel den Vorder- mit dem Lieferanteneingang der lokalen Fastfood-Filiale – das knusprige Ergebnis kann sich wohl jeder denken, der schon mal eine ‚Wienerwald'-Filiale besucht hat.

Ich ließ die Geschichte so böse für die Flamingos enden, weil ich fand, daß sich Gewalt gegen Frösche einfach nicht rechnen durfte. Das brachte mich andererseits in eine Zwickmühle, weil ich grundsätzlich auch Gewalt gegen Vögel verabscheue.

Jaja. Ich gestehe. Ich bin Spatzifist!

52

Blurleen Blockheimer stand mit ihren Slippern mitten in einer Pfütze und brüllte in hemmungsloser Wut die vier Elitesoldaten auf dem massiven, graugrüngelb gefleckten Schützenpanzer an: „Ihr völlig hirnlosen, degenerierten Arschficker!“ kreischte sie. „Seid ihr nicht in der Lage, *heroisch* von diesem bekifften Scheißpanzer ’runterzuspringen?“

Die Soldaten stierten schwitzend auf Blurleen Blockheimers mit synthetischer Biomasse aufgepumpte Titten, die ärgerlich in der khaki Bluse der Reporterin herumhüpften. Die vier Boys hätten die tobsüchtige Lady verdammt gerne mit dem Panzer überfahren oder noch lieber ins nächste Gebüsch gezerrt, aber leider gab es da die laufende Videokamera, und leider war Reporterin Blurleen Blockheimer ein waschechter Major der U.S. Army.

Im Pentagon war man nämlich draufgekommen, daß auf unserem vollvernetzten Datenglobus ein Fernsehkanal mindestens ebenso bedeutend war wie in früheren Zeiten der Panamakanal. Passend dazu hatte man die Monroe-Doktrin, nach der ganz Mittel- und Südamerika der Vorhof der USA waren, auf den ganzen Erdball ausgedehnt. Um das dem Rest der Welt auch plausibel zu machen, sponserte das US-Verteidigungsministerium einen privaten TV-Kanal namens WWN – World War Network, der via SatelliCom-Netz auf der ganzen Welt empfangen werden konnte. WWN hatte ganz nette Einschaltquoten, denn er sendete rund um die Uhr nur Krieg und Krisen, dazwischen Action- und Karatefilme. Um zu verhindern, daß US-Soldaten in der Berichterstattung keine gute Figur machten, wurden WWN-Reportern und Kameraleuten vom Pentagon hohe militärische Ränge verliehen. Somit konnten die professionellen Kriegsberichterstatter den professionellen Soldaten befehlen, daß sie gefälligst schneidig und und heroisch vom Panzer zu springen hatten. Zur Not auch mehrmals.

Blurleen Blockheimer genoß diese Macht.

„So, ihr Wixer. Nochmal zum Mitschreiben: Ihr springt mit euren Kanonen vom Panzer. Die Sonne habt ihr dabei im Rücken. Das gibt ’nen verdammt coolen Gegenlichteffekt. Larry, ist der Gitternetzfilter auf der Optik? Okay. Also, dann sprintet ihr ’rüber zu der Hecke und bringt eure Waffen in Anschlag. Das war’s dann auch schon. Könnt ihr das in euren Spatzenhirnen behalten?“

Blurleens italienische Slipper versanken im Dreckwasser.

Der Kameramann nahm einen Zug aus seiner Mallborough Plus und guckte stumpf in seinen Sucher. Das ‚Plus‘ in der Zigarettenmarke bedeutete, daß die Glimmstengel mit Marihuana angereichert waren und der Staat daran dreimal soviel Steuern verdiente als an normalen Zigaretten.

Die Soldaten sprangen vom Panzer, diesmal einigermaßen heroisch. Fliegende, massive Schemen mit Maschinenpistolen landeten federnd im zertretenen, dreckigen Gras. Sie sicherten, nervös wie Tiere, sprinteten dann mit kurzen, kräftigen Laufschritten zur angegebenen Hecke hinüber.

„Schnitt!“ brüllte Blurleen Blockheimer und kratzte sich am blond gedauerwellten Kopf.

„Scheiße, Larry! Sieht das einigermaßen airlike aus?“

Larry grinste ein bekifftes Grinsen und warf seinen Zigarettenstummel ins feuchte Feld.

„Ey, geht schon, Blurleen. Noch ’n paar künstliche Verwackler und Kampfgeschrei vom Band dazu, dann geht’s schon.“

„Ev’rything okay?“ brüllte einer der Soldaten, ein dürrer Schwarzer mit einem ‚Fuck Everybody‘-T-Shirt unter der Uniformjacke, zu dem Fernsehteam hinüber.

„Ha’m euch im Kasten!“ schrie Larry durch den trockenen Wind zurück. Es war so verdammt still hier. So mörderisch ruhig. Dem war nicht zu trauen, meinte Larry. Außerdem mußte man immer noch ’n paar Geräusche dazumischen, sonst würden die kriegsgeilen Versager vor ihren Fernsehschirmen meinen, Abensberg würde gar nicht existieren. Nur das, was im Medium ist, existiert wirklich. 78 Prozent der Amerikaner wußten nicht, daß es Deutschland als real existierenden Staat gab. Weitere 10 Prozent von ihnen glaubten, Europa sei der etwas heruntergekommenere romantische Teil von Disneyland.

Blurleen setzte sich erschöpft auf eine olivgrüne Munitionskiste. Ihr Hintern sah ihr zu fett aus. Stundenlanges Working Out war da angesagt. Scheiße. Überall diese Wixer! Sie scannte die Soldaten mit einem leeren, wäs-

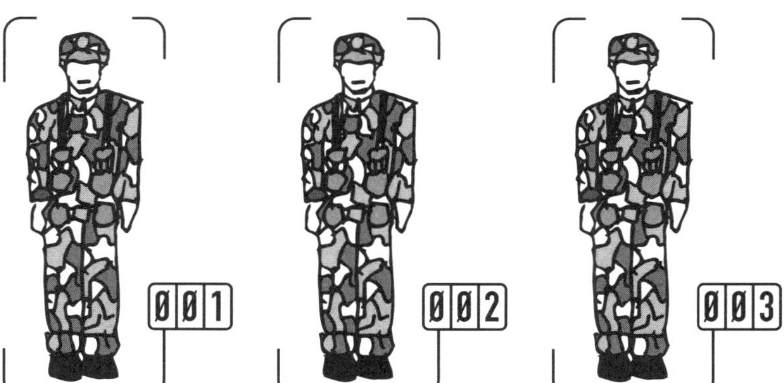

srigen Blick. Und mit diesen Wixern sollte sie für andere Wixer ein verdammtes Wixprogramm machen und dabei noch prima aussehen. Na, okay. War ja alles schon viel besser als früher. Dank Mikrochirurgie hatte sie jetzt echte blonde Haare und völlig blaue Augen. Blonde Haare waren schwer zu kriegen, heutzutage. Blond war ein rezessives genetisches Merkmal. Es gab immer weniger Blondinen. Blond zu sein, das war bares Kapital. Die Brüste hatte sie sich kostenlos in der sendereigenen Beauty-Klinik aufpumpen lassen, um endlich so richtig *gorgeous* zu sein. Inzwischen bereute sie diesen Schritt, denn die Dinger hingen ihr beim Videoschnitt immer irgendwo im Weg herum. Außerdem diese sabbernden Soldaten! Die Boys, mit denen sie es zu tun hatte, hatten oft schon seit Monaten keine Frau mehr gesehen, geschweige denn gefickt. Blurleen war stets bewaffnet, einmal hatte sie einem Regierungssoldaten in Nuevo Mato Grosso die Eier wegschießen müssen. Brüllend, kreischend, blutend war der Kerl in den Dschungel hineingerannt, mitten hinein in 180 Prozent Luftfeuchtigkeit, aggressiv-bissige Fauna und feindliches Sperrfeuer. Die Guerilla, ein verlauster, stinkender Haufen Hispano-Indianer, hatte dann den Rest erledigt. Diese Typen hatten dann auch den Krieg gewonnen, erinnerte sich Blurleen und nahm einen tiefen, teuren Schluck aus einer französischen Mineralwasserflasche. Der Landstrich hieß jetzt Republik Cucaracha und war eine der am besten geführten Anarchien Südamerikas.

Blurleen kramte ihren crèmefarbenen Blazer heraus und zupfte ihren MISC-Prozessorbetriebenen digitalen Lakaien aus der Seitentasche. Welche Termine heute? Ah! Bei den eingeborenen Stammesführern! Empfang bei diesem Bauunternehmer. Wie hieß der debile Revoluzzerverein hier noch mal? B-P-D. Diese Revoluzzer in Lateinamerika hatten meistens längere Namen. Wie etwa Frente Nacional por Socialismo y Libertad oder so ähnlich. Und ihre Ziele, die sich hinter mehr oder weniger geschickt formulierten Revolutionsprogrammen verbargen, waren immer dieselben: Freiheit, Sozialismus, Frauen und dicke Autos. Fand Blurleen wenigstens. Uh! Die BMW-Zapatas. Nur wenige gaben ihre Ziele so offen zu wie der Rebellenführer Ernesto „Benz“ Guitterez, ein echter Operettenlatino, den sie mal interviewt hatte. Der hatte gemeint: „Is’ doch eh’ alles nur Sex! Wir wollen Weiber! Und deutsche Autos!“

Als er dann schließlich Präsident geworden war und sich erfolgreich durch alle Model-Penthouses der Hauptstadt gefickt hatte, war er schließlich einen schönen Tod gestorben, als der Wagen, den ihm Mercedes do Brasil geschenkt hatte, auf eine seiner eigenen Minen aufgefahren war, die ihm sein Gärtner in die Auffahrt gelegt hatte, weil der Presidente es einmal zuviel mit seiner Frau getrieben hatte. Ernestos in Atome zerfetzter Machismo hatte dann die Luft der Republik so stark mit Potenz und gockeliger Kampfeslust angereichert, daß sich gleich die nächsten heißblütigen, glutäugigen Irren zwecks Gründung einer umstürzlerischen Guerilla in den Urwald zurückgezogen hatten. 180 Prozent Luftfeuchtigkeit. Bissige Fauna. Schießwütige Regierungstruppen.

Eine einsame Amsel sang friedlich vom sauberen Dachgiebel eines Abensberger Einfamilienhauses herab. Ihr Gesang wehte durch blühende Kirschbäume, durch großzügige grüne Gärten, über sauber gepflegte Rasenflächen hinweg und wurde sanft von rechtwinklig zugeschnittenen Hecken geschluckt.

Ein Land zum Zurücklehnen, fand Blurleen.

„Das macht mich ganz nervös!" meinte Larry und zerlegte mit zittrigen Fingern seine Kamera. Das Plus in der Zigarette hörte auf zu wirken.

Blurleen Blockheimer wohnte im Hotel Gurglbauer, ironischerweise in genau demselben Zimmer, in dem vorher Yoshi und Hiroshi logiert hatten. Aber Blurleen wußte das nicht. Sie fand es mickrig und unkomfortabel, jedoch: ein gewisser ruraler Charme war dem Ensemble der Bauernmöbel nicht abzusprechen. Die Kriegsberichterstatterin zog sich aus. Ein Hubschrauber ratterte im Tiefflug über die Stadt hinweg. Verschreckte Eingeborene huschten über ihren Stadtplatz, stolperten über das Kopfsteinpflaster, versteckten sich in den Eingängen der Bank, des Zocki-Marktes, der Apotheke. Die Fensterscheiben der alten, pastellfarbenen Bürgerhäuser klirrten in ihren Fassungen. Verdammte Machos. So was konnte man doch auch ruhiger erledigen. Und dann noch dieser Termin bei diesem Bauunternehmer. Der Bauunternehmer war doch der Verbindungsmann zwischen amerikanischer Armee und der BPD, soviel Blurleen wußte. Er war es auch gewesen, der das Signal zum Start der Aktionen hier in Abensberg gegeben hatte. Bisher war es Blurleen noch nicht gelungen, den Grund für das außergewöhnlich starke Engagement der amerikanischen Truppen gerade hier in Abensberg herauszufinden. Vielleicht war heute abend der richtige Abend für Enthüllungen. Blurleen drehte die Dusche an. Das Badezimmer war beinahe so groß wie das restliche Zimmer. Schönes, sauberes Wasser. War doch gar nicht so schlecht hier. Wenigstens zivilisiert. Nicht so wie im Dschungel. Blurleen seufzte glücklich, als die Duschautomatik etwas härtere Wasserstrahlen ihren Rücken 'rauf- und 'runterwandern ließ. Ah! Im Grunde genommen war sie doch verdammt froh darüber, daß sie ein Stück in der Senderhierarchie hinaufgeklettert war und nun nie wieder in irgendwelchen dreckigen Urwäldern herumkriechen mußte, um irgendwelche übelriechenden, hirnlosen Revoluzzer über ihre uninteressanten Ansichten zu interviewen. Stattdessen Langeweile und Luxusduschen in mitteleuropäischen Mittelklassehotels. Die

Dusche schaltete auf Shampooschaum, und Blurleen dachte an diesen Werbeagenturtypen, der ihr in San Francisco dauernd nachgestiegen war. Eigentlich ganz netter Kerl. Nur zweimal geschieden. Keine Kinder. Neutrale Religion. Jede Menge Geld. Darauf kam es an. Oder auch nicht. Vielleicht. Am Ende war es wohl wurscht. Sie war durch die verkommensten Dschungel der Welt gerobbt, auf der Suche nach den verlaustesten Guerilleros, da würde sie es wohl noch schaffen, einen einigermaßen zivilen Typen mit etwas Kohle an Land zu ziehen. Sie würde sich schon so einen Typen angeln. Mediapräsenz war besser als Sexappeal. Die Dusche hatte nun auf Gebläse umgeschaltet und trocknete Blurleens Stromlinien-Pinup-Körper ab und wirbelte dabei eine Wolke pastellfarbiger Papierchen herum, in die diese kleinen Hotelseifchen eingepackt gewesen waren, bevor Blurleen sie ausgewickelt und ihrer Sammlung ausgepackter Hotelseifchen einverleibt hatte. Jaja. Die Sammlung ausgepackter Hotelseifchen. Ausgepackt sahen sie eigentlich alle gleich aus. Die grünen aus Guatemala, die blauen aus Bolivien, die kratzigen aus Kasachstan, die dunkelgelben aus Deutschland. Die Verpackung war unwichtig, relevant war nur der Inhalt. Und der Inhalt war fast immer derselbe. Die Dusche schaltete sich ab, ein schwaches, hohles Gebläseheulen klang in dem gefliesten Raum nach, als Blurleen in ihren Overall stieg. Mühlbauer, der Bauunternehmer, wohnte etwas außerhalb der Stadt. Sie würde den Ü-Wagen nehmen. Ein futuristisches schwarzes Ding mit mehr Stromlinie als Antennenkram. Genau das Gegenteil von den martialischen TV-Buggies im Dschungel. Keine verdreckten Schutzbleche, kein Geschützturm. Eurostyle, halt. Jaja. Der Sender wußte schon, was er seinen Zuschauern schuldig war. Sie ging den dunklen Hotelgang hinunter. Diese naiven Bauernpärchen auf den Türen! Dieses unschuldige, gemalte Lachen! Hah. Waren diese Leute in den goldenen 80er Jahren, als sie dieses Hotel renoviert hatten, tatsächlich besser dran gewesen? Die Bevölkerung hier machte ganz schön rapide Veränderungen durch. Vermutlich waren gerade die Leute hier näher an der Front, als sie dachten. An welcher Front, verdammt nochmal? An welcher Front? Das Wort war ihr einfach so eingefallen. Aber es stimmte. Es stimmte. Es beunruhigte sie, daß sie nicht wußte, warum dieses Wort zutraf. Sie ging die Treppe hinunter. Da. Das versiffte Telefon. Mit seinen völlig abgeschliffenen Metalltasten. Daneben veraltete, angerissene und vollgekritzelte Karten und Alarmpläne. Luft, die nach altem Staub roch. Schnell hinaus! Es war unheimlich. Unheimlicher als im Dschungel. Dieser Ort machte ihr Angst. Sie mußte hier schnell wieder weg, sie wußte es. Sie hatte es schon gewußt, als ihr ihr Einsatzleiter in München dieses Video von diesem deutschen Privatsender gezeigt hatte. Diese Aufnahme mit der alten Frau in dieser Abensberger Kirche, die faltig in die Kamera guckte und dabei in ihrem seltsam quakenden Idiom die Erscheinung beschrieb, die sie gehabt haben wollte. Aberglauben machte die Amerikanerin immer unruhig. Blurleen fiel auf, daß die meisten Gebiete, in denen ihr Einsatz vonnöten war, streng katholisch waren. Tja. Blurleen hatte keine Religion. Wozu auch? Sie war beim Fernsehen.

Mühlbauer machte einen beinahe interessanten Eindruck.

Mühlbauer lächelte.

Mühlbauer nickte und grüßte, dabei bewegte sich sein dürrer Körper mit der zeitlupigen Eleganz eines müßig in nächtlicher orbitaler Schwerelosigkeit rotierenden Satelliten.

Vielleicht aber sagte Mühlbauers Frau viel mehr über ihn aus als sein eigenes Benehmen, als sein eigenes Aussehen. Frau Mühlbauer, Annemarie Mühlbauer, sah aus wie ihre eigene Mutter, und sie trug auch das passende Kleid dazu. Von der viel zu klobigen Brille ganz zu schweigen. Sie war ein geblümtes Unding, das modisch-geschmackliche Äquivalent zum Blob, und sie schwabbelte ständig durch den protzig weißen Raum und beleidigte von Zeit zu Zeit die haßerfüllt kuschenden tschechischen Dienstmädchen. Mit ihren Gästen dagegen parlierte sie nutrasweet, ihr Coregalächeln war beinahe omnipräsent. Bestimmt stammte ihre zweite Leber von einem eigens geschlachteten brasilianischen Slumbaby! Blurleen fand diese Frau zum Kotzen. Blurleen fand alle Frauen zum Kotzen, die nichts für ihr Aussehen taten. Noch schlimmer fand sie Frauen, die gleichzeitig häßlich und blöd waren. Das war nicht das Frauenbild, für das sie seit Jahren als Vorstandsmitglied in der Interessengruppe ‚Airwave Amazones' kämpfte. Frauen hatten schön zu sein *und* intelligent. ‚Airwave Amazones', die Liga der amerikanischen Mediafrauen, bezahlte aus ihrem Fundus Bildungskurse und Schönheitsoperationen für so oder so zu kurz gekommene Geschlechtsgenossinen aus dem Mediensektor. Bei Annemarie Mühlbauer aber kam schon alle Hilfe zu spät. Sie war verkommen, versoffen, und sie hatte ein geblümtes Kleid an.

„Wie gefällt Ihnen unser Haus?" quietschte sie Blurleen an.

„Oooh!" Blurleen schaltete auf breitestes Hollywoodlächeln. „Fantastisch! Wie haben Sie das nur geschafft? Hier in der Provinz sind solche Lucas-Lenardo-Kerzenhalter bestimmt schwer zu kriegen!"

„Ah! Sie kennen Lucas Lenardo? Ich liebe seine Arbeiten! Neulich habe ich ihn in seinem Atelier am Genfer See besucht!"

„Oh! In-ter-essant! Sie müssen ein interessantes Leben führen, Frau Mühlbauer!"

Blurleen aktivierte ihr Notradar, um eine Fluchtausrede zu orten. Als allererstes fiel ihr eine mittelalte Frau von beachtlicher Eleganz auf, die sich etwas am Rande der Gesellschaft hielt, aber doch ständig dabei war, dem einen oder anderen Gast zuzunicken und ihm ein kätzisches Lächeln zu schenken.

Eine wirklich interessante Frau.

„Bitte entschuldigen Sie mich, Frau Mühlbauer", Blurleen ließ den geblümten Blob einfach stehen und steuerte auf Marion Muellers zu, als wäre sie ihre allerälteste Freundin.

„Halloho!" grinste sie. „Sind wir uns schon vorgestellt worden?"

Blurleen bekam ein extrakaltes Lächeln von der Sorte, wie ganz bestimmte Karrierefrauen es im kühlsten Eckchen ihres frostigen Hirns exklusiv für andere Karrierefrauen aufbewahrten.

Eine schmale, kräftige Hand streckte sich der amerikanischen Kriegsberichterstatterin entgegen.

„Muellers. Marion Muellers. Und Sie müssen die Mitarbeiterin des Generals sein ... "

Blurleen drückte die dargebotene Hand, wie sie immer diese kleinen, harten Stahlfedern im L. A. Fitness Club drückte. Muellers hielt problemlos stand.

„Ihnen gehört doch das Einkaufszentrum", vermutete Blurleen und verkniff es sich, ihre schmerzende Hand zu massieren.

„Oooh. Das ist aber etwas übertrieben!" gab Muellers zurück und fischte sich einen Drink vom Freßtisch. „Ich bin lediglich die Vorsitzende des Konsortiums, dem das Zentrum gehört. Wir werden demnächst wieder expandieren."

„Sind Sie auch in der, äh, BPD?"

„Selbstverständlich", Marion Muellers lächelte die Amerikanerin mitleidig an, „jeder, der irgendwas zu sagen hat, ist Mitglied in der BPD. Die Partei tut viel Gutes für dieses Land."

„Schön für die Partei", meinte Blurleen und war froh, nicht in einer Partei zu sein, die in Opposition zu der von Marion Muellers stand.

„Ihr Einsatz hier ist ja bald beendet", plauderte Marion Muellers weiter.

„Vielleicht. Ihr Land ist zwar befreit, aber das Geheimnis des UFOs ist immer noch nicht gelöst."

Da lachte Marion Muellers ein hohes, klirrendes Lachen.

„Meine Liebe, Sie sind scheinbar nicht ganz informiert! Das UFO ist doch nur der Vorwand für das Eingreifen Ihrer Truppen gewesen! Unser gemeinsamer Freund und Parteigenosse Mühlbauer hier hat dazu den Startschuß gegeben. Stimmt's, Paulchen?"

Mühlbauer, der gerade angeberisch mit einem Kistchen echter Havannazigarren vor der Nase des Generals herumfuchtelte, wirbelte herum wie ein beim Müßiggang ertappter Lakai.

„Oh, ja, ja, Marion. Äh, Zigarre? Ah, ha, ha, du rauchst ja nicht, he, he."

Mühlbauer drehte sich wieder weg, und ein einziges Mal waren sich Marion Muellers und Blurleen Blockheimer einig. Mit einem Blick teilten sie sich gegenseitig mit, daß sie beide diesen Paul Mühlbauer für einen ungeschickten Bauerntrampel hielten.

„Oh, Gott. Und das ist der Nachfolger von Hans Stummermayer!"

„Wer war Stummermayer?"

„Der legendäre Gründer von Mühlbauers Baufirma. Natürlich Mitglied der wichtigeren der beiden Vorläuferparteien der BPD. Ein großer Mann. Und jetzt" – sie warf Mühlbauer einen Blick zu, als wäre der Baulöwe ein gut geglitschter Grottenolm – „sowas!"

„Äh, was das UFO angeht... Sie sagen, daß das Ding gar nicht existiert?"

Marion Muellers lächelte.

„Wie denn? Es gibt ja überhaupt keine UFOs. Das Ding ist Produkt von kL-Projektoren in meinem Einkaufszentrum. Morgen schalten wir die Geräte ab. Dazu gibt's eine riesige Show mit eurem Raumschiff. Dann verschwinden eure Truppen von hier."

Der General hatte der Unterhaltung zugehört und gesellte sich zu Marion Muellers und Blurleen.

„Pardon, Madame", sagte der General mit seiner angenehm männlichen, tiefen Stimme. Marion Muellers scannte anerkennend seine militärisch straffe, durchtrainierte Figur.

„Wir werden wohl noch ein paar Tage bleiben. Gibt ein paar Verzögerungen bei den Truppenbewegungen."

„Oh!" Marion Muellers scannte weiter. Dieser Hintern! Auch sie war nur eine Frau. „Ich hoffe, Sie lassen sich von mir zu einer kurzen Führung durch unsere schöne Stadt einladen!"

Der General lachte gequält. Diesmal bereitete es ihm keine Probleme, nicht zu fraternisieren.

„Äh, hahah. Vielen Dank. Aber ich glaube, ich kenne Ihr Städtchen mittlerweile schon besser als so mancher Einheimischer."

„Haha. Sie sind ein kleiner Scherzbold!"

Der General drehte sich schnell zu Mühlbauer um.

„Sie wollten mir doch Ihren Whirlpool zeigen, Paul?"

„Heheheh. Später, General! Erst will ich noch eine kurze Rede halten. Bitte entschuldigen Sie mich für einen Augenblick."

Der General fand Paul Mühlbauer ganz spaßig. Ein nettes, rundes Kerlchen mit der richtigen politischen Einstellung und guten Zigarren. Noch dazu war der Bursche sehr nützlich gewesen. Er hatte immerhin das Signal gegeben.

Auch jetzt gab er Signale: Er trommelte mit einem silbernen Löffelchen gegen sein halbleeres Sektglas.

Helles, gläsern zwitscherndes Klingeln zersetzte die Konversation im ganzen Raum.

„Meine sehr verehrten Damen und Herren, liebe Parteifreunde, liebe amerikanische Gäste! Ich möchte einen Toast ausbringen auf unsere Befreier und auf unseren neuen Staat! Möge unser Bayernland blühen und gedeihen, und möge die bayerisch-amerikanische Freundschaft ewig währen!"

Klatschen. Kaltes, trockenes Klatschen von allen Anwesenden.

Bürgermeister Kirmair schob sich an den General heran.

„Sagen Sie, war das eigentlich nötig, die Hippiefabrik nach dem Signal zu schließen? Da fallen mir wichtige Gewerbesteuern weg!"

„Wir mußten unsere Spuren verwischen", flüsterte der General. Eigentlich sollte Kirmair gar nichts von dem Signal wissen. Verdammte Klatschbasen!

„Worin bestand eigentlich das Signal?" wollte Kirmair wissen und reckte dem General gierig sein rosarotes Ohr hin.

„Ach. Nichts Besonderes. Akustisches Signal auf Randfrequenz. Wurde permanent gesendet. Als es abbrach, da wußten wir, es ist soweit."

„Hat aber doch ganz schön lang gedauert!"

„Die Zeit war noch nicht reif."

„Wieso mußten eigentlich diese Hippies sterben, die das Signal bedienten?"

Der General überlegte. Er brauchte eine Ausrede.

„Sie haben mit dem Signal 'rumgespielt. Eine Verstärkeranlage aufgebaut und es in alle Welt hinausposaunt. Die durften das nicht überleben. Waren ja bloß Klone, anyway."

„Ja. Heheheh. Klone, anyway! Das ist gut, General!"

Kirmair sagte „Tschenerāl". Diese fucking Deutschen kamen sich immer wahnsinnig cool vor, wenn sie amerikanische Wörter benutzten statt ihrer eigenen. Sie benutzen unsere Sprache. Sie tun, was wir sagen. Sehr gut, dachte der General und ließ sich von Mühlbauer den Whirlpool zeigen. Ein amerikanisches Modell. Diese Pressetante, diese Blockheimer, sie guckte den General messerscharf von der Seite her an, als er an ihr und Marion Muellers vorbeiging. Fucking Press People! Ließen seine Soldaten nutzlos herumhampeln und spielten sich zu Befreiern der Welt auf. Gerne würde der General dieser Puppe so richtig den Arsch aufreißen, aber leider, leider war hier nicht der Dschungel, sondern Niederbayern. Da gab es zwar nicht viele Unterschiede, aber trotzdem.

Mühlbauer stieg grinsend auf ein Podest und langte hinauf zum Whirlpoolschalter. Die flache, nachtblaue Pfütze begann, lautstark zu blubbern und warm und feucht zu brodeln.

„Toll, oder?" freute sich der kleine, dicke Mühlbauer.

„Wunderbar", nickte der General, lächelte gütig und dachte dabei an etwas völlig anderes.

53

Ich guckte fern. Surrender, blauer Apparat. Saugt die Energie ab. Macht blöde und schlapp.

Laura stand am Fenster und sah einem Hubschrauber zu, der gerade dabei war, die Amseln in Abensbergs Vorgärten zu erschrecken.

Im Fernsehen kam eine Analyse. Analysen schienen in unserer Kultur wichtiger geworden zu sein als Aktivitäten.

Eine beschissene Zeit, über die heute keiner mehr gerne sprechen wollte. Ich auch nicht. Heute, da es uns wieder goldig ging, da fielen einem solche Dinge ein. Am laufenden Band. Und sei der Auslöser dafür auch nur eine Analysesendung eines Restdeutschen TV-Senders zum Bayern-Problem. Tatsache war: Es gab keine Grenzzwischenfälle. Keine Interventionen.

Die BPD schmollte.

Sie hatte mit ihrem Territorium den Bund verlassen, aber sie hatte insgeheim damit gerechnet, daß man versuchen würde, sie daran zu hindern. Wie eine bockige Teenagerbraut, die ihren Typ scharf machen wollte, indem sie sich demonstrativ von ihm zurückzog. Der Kommentator im Fernsehen argwöhnte, die BPD sei verstimmt, weil ihr ein kleiner Krieg – den sie, mit den Amerikanern an ihrer Seite, wohl ziemlich sicher gewonnen hätte – zwecks Schaffung eines neuen Bayerischen Einheits-Kollektividentitätsgefühls ganz recht gewesen wäre. So aber rührte sich keiner, das Land war ruhig und ordentlich und funktionierte wie gewohnt. Auch in Nürnberg. Das TV zeigte Bilder von gelangweilt gähnenden Hubschrauberpiloten, die mit routinierter Präzision die halbherzigen Frankenaufstände niedermachten. Die Franken, durchaus zum Pragmatismus fähig, rechneten sich aus, daß es das doch nicht wert war und gaben verdammt schnell klein bei. Vielleicht schneller, als es der BPD lieb war. Mehr Bilder. Mehr Bilder von der Grenze. Unbehindert fuhren die Lastwagen ins Land und dieselten die nagelneuen Schlagbäume ordentlich ein. Alles machte einen vollkommen normalen Eindruck.

Die Beziehungen zum Rest der Welt entwickelten sich freundschaftlich. Bayern hatte ein prima Image auf der Welt. Wenn man früher irgendwo auf dem Globus von Deutschland gesprochen hatte, dann war erst mal die Rede auf die unvermeidlichen Nazis gekommen, dann aber gleich auf die Schönheiten Bayerns. Ah! Neuschwanstein! Der Chiemsee! Die Alpen! Bayern war das bessere Deutschland. Die Inkarnation bierseliger Gemütlichkeit. Und wir hatten uns super verkauft. Gestylt wie vom Oberammergauer Herrgottsschnitzer. Schwupps! Schon waren wir UN-Mitglied! Auf Bestreben der Amerikaner, unserer einstigen Besatzungs- und jetzigen Schutzmacht. Jaja. Die Amis hatten sich schon immer wohlgefühlt bei uns. Sowas vergaßen sie nicht.

Das BPD-Bayern wußte sich unter mächtige Fittiche genommen. Österreich schickte nicht nur liebe Grüße, sondern auch Glückwünsche. Eigentlich ziemlich seltsam.

Viel normaler war die Reaktion der Berliner. Sie taten, was Berlin schon immer am besten konnte, sie schrieben bissige Kommentare. Und dabei blieb es. Keine Truppen, kein Krieg. Kein Abschied. Nicht einmal ein Versuch, die BPD zum Einlenken zu bewegen. Ganz klar: Man war froh, daß man die BPD-Gang los war, und noch schien diese Freude den Schmerz über die riesige Lücke im Staatshaushalt, die der Alleingang der Bayern hinterließ, zu überdecken.

Vor allem wollten sie sich nicht mit den Amis anlegen. In den Landstrichen, die einst in grauer Vorzeit die DDR gewesen waren und die sich mittlerweile zu den abgefeimtesten Techno-Staaten Mitteleuropas entwickelt hatten, ging man ruhig den Tagesgeschäften nach. Als wäre nichts passiert.

So kam sich die BPD vor wie Godzilla, der gerade ein 148stöckiges Tokioter Bürohochhaus ins zweite Basement 'runterstampfte – und kein einziger Japaner dabei hinguckte!!!

Nach außen aber war alles eitel Sonnenschein. Nur über Abensberg kreisten ruhelos die Helikopter. Tag und Nacht.

Laura:

Dieses Abensberg. Leben in dieser Stadt war, als ob man eine Maxi-Single auf einem alten Plattenspieler mit 33 statt 45 Umdrehungen abspielte. Langsam, honigzäh. Sumpfiger, klebriger Beat. Es gibt Städte, die nehmen einen auf, die ziehen einen hinein, man hat gar keine Chance, nicht aufgesogen zu werden. Diese Stadt dagegen trieb einen geradezu hinaus. Hinaus in das Draußen in dir drin. Ich legte meinen Kopf, mein rechtes Ohr an die kühle, glatte Fensterscheibe und atmete ruhig und lauschte in mich hinaus.

Und ich war draußen.

Flog knapp über Schutzwallhecken und brutal beschnittene Vorgartenbäume hinweg, fitschte zu den Nachbarn ins Schlafzimmer. Sie lagen schon im Bett, die Nachbarn. Ein dummes, kleines Lämpchen verspritzte winzige Lichtmengen. Der Nachbar hatte sich auf den Rücken gedreht und starrte mit leerem Antimaterieblick kleine, schwarze Löcher in die Decke. Seine Frau hatte sich Strapse angezogen und versuchte, mit ihren kurzen, etwas zu dicken Fingern in der Pyjamahose ihres Männchens etwas längst Erschlafftes zum Leben zu erwecken.

Er reagierte gar nicht. Nicht so und nicht so.

Sondern anders.

„Wenn die UFOs draußn san, dann kon i ned, Schatzerl!“ seufzte er.

„Ooooh“, sagte sie, zog leise ächzend ihren Sexfummel aus und beschloß, ihren Asimov fertigzulesen: ‚Ich, der Robot‘.

A propos Strapse. Ein anderer Impuls ließ Laura weiterflutschen. Zu Eddie. Zu Eddie und seiner Freundin. Auch sie saßen auf ihrem Bett. Aber sie waren beide angezogen. Sie sahen sich ein Fotoalbum an und kicherten irre. Umblättern, umblättern. Sie kriegten sich gar nicht mehr ein. Was war da so lustig? Eddies letztes Forschungsprojekt in der KonsumiWunderwelt!

„Ich hab' mich mit meiner Kamera in der Unterwäscheabteilung dieses Kaufhauses versteckt und dann die Pärchen beim Strapsekaufen beobachtet. Schau dir mal die Bilder an!“

„Hihihi!“ kicherte die Freundin. „Wie der schaut!“

„Funny, n' est-ce pas? Sie schaut ganz emsig die Fummel durch, und er guckt dauernd möglichst unbeteiligt und ist kurz davor, ganz, ganz rot anzulaufen, und er tut so, als ob er am liebsten beim Bier in seiner Lieblingskaschemme sitzen würde und er denkt sich: ‚Nächstes Mal bestellen wir aber beim Versandhaus!‘“

Eddie war furchtbar stolz auf seine präzise Analyse des Unterwäschekaufverhaltens seiner Landsleute.

Die Freundin bestätigte ihn.

„Genauso isses! Hihi! Cool!“

Sie gab ihm ein Bussi dafür, daß er so ein ausgeschlafener Perverser war, und sie tat noch 'ne Menge anderer Sachen, aber Laura mußte weiter. Laura sieht die Satellitenantenne auf Eddies Haus und sie muß an den lokalen Satelliten denken und schwupps! Schon ist sie dort. Im Satelliten trifft sie Hiroshi, den toten Japaner, er ist nur noch ein sanftes Nachglühen in einem peripheren Speicherchip, aber er ist es, sie erkennt ihn sogleich.

„Hiroshi?“ sagt sie, und es hallt eigenartig trocken im Weltraum nach, obwohl da eigentlich gar kein Schall sein dürfte. „Bist du das?“

„Ja.“ Ein schwaches, verwehendes Flüstern. Es ist kalt. Kalter Weltraum.

„Wie geht's?“

„Was für eine Frage“, sirrt die ferne Stimme mit dem japanischen Akzent, „Ich bin immerhin tot.“

„Kannst du mir noch 'nen Tip geben, bevor du verschwindest“, bittet Laura, „sag mir was über das UFO!“

„Hmmm“, überlegt das körperlose Zirpen in den Prozessoren, „ich habe von hier oben einen gewissen Überblick.“

„Stimmt! Und? Weißt du was?“

„Ich weiß“, haucht Hiroshis schwindende Existenz, „daß das UFO da ist, weil keiner an UFOs glaubt!“

„Hey! Was soll das heißen?“

„Lebwohl!“ Er läßt mit seiner Restenergie noch ein paar LEDs blinzeln, so wie ein erlöster Schloßgeist zum Abschied mit seinem immateriellen, weißen Taschentuch winkt, bevor er verschwindet.

Und er verweht.

Kein Grund mehr, im Orbit zu bleiben.

Ich rüttelte Frankie wach.

„Loslos! Wanderzeit!“

„Wwwwaswas?“

Augenreiben. Aufwachen.

„Spazierengehen! Wir haben kein Ausgehverbot! Das sollten wir ausnutzen!“

„Au ja!“ machte Frankie. „Frischluft!“

Er war ziemlich geschafft von den Tagen und Nächten, die er oben mit seinem Computer verbracht hatte. Schließlich war er mit dieser unsäglichen Flamingogeschichte zurückgekommen, und ich hatte ihn ausgelacht. Das war nicht fein von mir gewesen. Aber – mochte er auch noch so viel Geld damit verdient haben – von interessanten Geschichten hatte er keine Ahnung.

„Pah!“ hatte er gesagt. „Du wirst schon sehen, wie sich das verkauft!“

„Darum geht's ja gar nicht. Du solltest dir was Relevantes überlegen!“

„Blödsinn!“ sagte er. „Relevante Geschichten sind out! Nazis, BPD, Religion. Alles schon ausgelutscht.“

„Schreib doch was über uns!“

„Über Sex? Höhö. Langweilig. Jeder weiß, wie das mit dem Sex funktioniert.“

„Hah!“ lachte ich „Die allermeisten Leute haben überhaupt keine Ahnung von Sex.“

„Auch wahr.“ Er nahm mich in den Arm und küßte mich. „Bis auf uns!“

Da hab' ich ihn aber geknufft. So ein Schlawiner! Dafür zerrte ich ihn jetzt hinaus ins nächtliche Zirpen. Frühlingsgerüche. Amseln jodelten von den Dächern. Katzen schnurrten ungeniert durch lasergeschnittene Gartenhecken.

„Wohin?“ fragte Frankie.
„Zum Bahnhof“, sagte ich.
Kühl wars, und wir schritten lautlos nebeneinander her. Manchmal räusperte sich Frankie unsicher, sagte aber dann nichts.

Ein, zwei Autos rollten geduckt vorbei. Die Gegend war ängstlich geworden. Der gepanzerte Cowboystiefel amerikanischer Militärmacht hatte sie eingestampft, die Niederbayern. Platt waren sie, die Bierbäuche, nicht einmal ihre Gedärme trauten sich noch leise gurgeln.
„Schön still hier, hm?“ sagte Frankie ruhig.
„Zu still. Ihr laßt euch aber viel von den Amis gefallen.“
Er wurde ärgerlich.
„Jetzt fängst du schon wieder damit an! Wir werden uns nicht in die Büsche schlagen!“
„Blödsinn. Ich meine nicht uns, ich meine die anderen. Die Abensberger.“
Der Bahnübergang machte DING DING DING. Rot blinkende Lichter. Knarzende Schranken.
„Die Abensberger wissen sich zu helfen“, behauptete Frankie.
Eine hoch sirrende Elektrolok wuchtete sich fein pfeifend vorbei. Hinterher: polternde Güterwagen, schwer mit Heizöl beladen. Alle, alle schwarz gestrichen. Tückisch tauchten ihre zylindrischen Körper unter dem ruhigen Licht der teilnahmslosen Straßenlaternen durch. Wir warteten, bis die Schranken von ihren knarzenden alten Motoren hochgezogen wurden und marschierten weiter zum Bahnhof.
Um jeden Bahnhof, den ich kenne, hat sich eine Art Industrial Wasteland gebildet. Eine verrottete Zone aus Dreck und rostigem, verbogenem Metall. Vielleicht einer der Gründe, warum keiner mehr mit der Bahn fahren wollte. Denn egal, wo man ankam, man sah sein Reiseziel immer zuerst von seiner allerschlechtesten Seite, die womöglich so schlecht ist, daß man am liebsten gleich wieder heimfahren wollte. Kam man danach wieder zu Hause an, dann wurde man auch von einem dreckigen, abstoßend versifften Bahnhofsviertel empfangen. Einem Bahnhofsviertel, das womöglich so stark versifft ist, daß man am liebsten gleich wieder dahin zurückreisen möchte, wo man gerade hergekommen war. Wo dann wieder ein ekliges Bahnhofsviertel mit ausgeblasenen 80er-Jahre-Neonreklamen und AIDS-verseuchten Nutten auf einen wartete. Bizarr. Vielleicht setzte die Bahn ja auf diesen Ping-Pong-Effekt. Vielleicht waren diese älteren, schlecht rasierten Herren mit den ängstlichen Blicken und mit den Aktenköfferchen auf dem Schoß ewige Ping-Pong-Fahrgäste!
Ding, ding, ding, kam es vom Bahnhof ’rüber. Vorbei an schlafenden Lagerhallen gingen wir dem kleinen, hellen Tönchen nach. Am Bahnhof gab es eine lange, flache Laderampe und auf dieser Laderampe stand ein dunkler amerikanischer Panzer, aus dessen halb geöffneter Luke schlechte elektronische Countrymusik sprudelte. Die Nacht fühlte sich trotzdem gut an. Die

amerikanischen Soldaten ließen uns in Ruhe, wir setzten uns auf die kleine rote Holzbank auf dem schwarzgeteerten Bahnsteig. Über uns, in der Holzkonstruktion des Vordachs, hing eine verspinnwebte Bahnhofsuhr, deren schwarze Zeiger jede Minute sperrig knarrend weiterrückten. Die Zeit schien steckengeblieben zu sein. Sie ruckelte, wollte freikommen, wollte schnell von hier weg.

Ich guckte auf die Geleise. Schwach glänzende, polierte, schwere Geleise.

„Wenn man diese Geleise in Nullgravitation versetzen würde", spann ich müde, „dann würde sich das gesamte mitteleuropäische Schienennetz emporheben. Gleichzeitig. Eine stählerne Konstruktion von bemerkenswerter Komplexität. Mit all den Weichen und Geraden. Dabei leicht gekrümmt, wie die filigrane Gebetskappe eines Juden, würde das Netz in der Luft schweben. Silbrig glänzend wie Titangespinst im Mondlicht. Darauf zahllose Lokomotiven und Waggons und Reparaturtrupps. Von Byalistok bis Port Bou."

Schwacher Wind pfiff durch den Bahnhofsbau, floß mir durch die Haare.

„Und was ist mit dem Schienenstrang unter dem englischen Kanal?" fragte Frankie.

Und da hatte ich auch schon die Antwort auf meine eigentliche Frage: warum ich bei ihm blieb und warum ich es so liebte, mit ihm herumzuhängen. Er fragte nach einer solchen wirren geistigen Konstruktion, wie ich sie gerade ersponnen hatte, nie solche saublöden Sachen wie „was sollte das denn eben?" oder „warum sollte einer das ganze miteleuropäische Schienennetz hochheben wollen?" oder ähnliche Sätze, wie sie nur einfallslosen Ignoranten und vollverdichteten Arschlöchern einfallen würden. Nein, er fragte niemals solche beleidigenden, verständnislosen, zerstörenden Fragen. Es war keine dieser logischen Insellösungen. Er war ein offenes System, das zur Stabilität kein Korsett

brauchte, weil es sich auf einen stabilen Stützpfeiler von einer Persönlichkeit verlassen konnte. Deshalb konnte er sich einlassen. Deshalb war er auch so gut im Bett. Ich wollte ihm das gerade sagen, da setzte sich ein Soldat zu uns auf die kleine rote Bank. Er hatte eine Cola dabei, und er grinste. Er hatte eine Brille auf mit kreisrunden Gläsern und eine Uniform an, die gesprenkelt war wie ein Vogelei. Sie kopierten die simplen Tarnmuster von Vogeleiern, sie ließen die Innovationen der Natur für sich arbeiten.

„Hallo, Typen!" sagte der Soldat. Auf deutsch.

„Guten Abend", grüßte Frankie höflich und guckte einen Oberleitungsmasten an anstatt den Amerikaner.

„Was macht ihr hier so?" fragte der Soldat, der unbedingt sein Deutsch ausprobieren wollte. Solche Leute wurde man am schnellsten mit einem Kompliment los.

„Wo haben Sie so gut Deutsch gelernt?" fragte ich.

„Einfach aus Interesse. Wollte mir Hitlers Reden im Original anhören."

Frankie lächelte schmerzhaft. Bitte nicht so einer.

„Oh Gott! Nein!" lachte der Amerikaner und nahm einen Schluck Cola. Er war furchtbar aufgeräumt. „Ich bin nicht einer von denen. Hab' mich nur mal mit Nazis beschäftigt. Wegen dem 2. Weltkrieg. Kriege interessieren mich."

„Hm. Soso."

„Hähä. Ja. Wäre ich sonst bei der Armee?"

Eine einzelne flinke Diesellok pfiff heiser metallisch vorüber. Gebäude, Masten, alles vibrierte. Die hiesigen radikalen Spatzen-Gangs ließ das kalt. Sie zwitscherten sich eins und versuchten, den anderen, herumstehenden Amis ein paar synthetische Hamburgerbrösel abzuluchsen. Unser Amerikaner hatte ein rundes, freundliches Gesicht. Er redete und redete. Die anderen Soldaten standen am anderen Ende des Bahnsteigs und rauchten. Amerikanische Soldaten durften nur im Ausland rauchen.

„Was macht ihr Jungs eigentlich hier?" fragte Frankie, ohne wirklich eine Antwort zu erwarten.

Doch der Ami sagte: „Gute Frage", und nahm sich einen Schluck Cola.

„Ich hab' mal gehört, sie suchen jemanden."

Ich wurde wach.

„Wen suchen sie?"

„Pft", machte der Ami verärgert, „das sagen sie uns nicht. Ich glaube, sie suchen einen Kameraden."

„Da schau her", sagte Frankie, so unbeteiligt wie nur möglich.
„Was soll das für ein Typ sein? Bestimmt ein untergetauchter CIA-Agent."
„Nein", sagte der Amerikaner. „Es war ein Pilot. Man hat das Wrack seiner Maschine im Wald gefunden."
„Wo denn? Hab' ich gar nicht gemerkt! Ein Absturz? Sowas auch! Tststs!"
„Möchte man kaum glauben, was?" sagte der Soldat und blickte hinauf zum Himmel, zu den Sternen. „Schöne Nacht heute, was?"
„Verdammt schöne Nacht."
Frankie blickte mich an.
Die heiße Phase nahte heran. Ich konnte sie riechen.
Ein Zug fuhr ein.
Er brachte Düfte mit aus anderen Regionen.

55

FRANKIE.

Ich schlug die Zeitung auf und ärgerte mich. Niemals hatte ich ähnlich viel Müll gelesen wie in diesen Tagen. Pressewart Harald brachte manipulierte Interviews mit fröhlichen Einheimischen, die sich alle als frischgebackene bayerische Staatsbürger echt rundrum prima fühlten. Sie groovten den National-Boogie: „Super! Endlich haben wir bei uns wieder das Sagen, nicht die Preißn!"
Dazu Berichte vom UFO. Tenor: „Seltsames Phänomen, aber wir werden das schon noch in den Griff kriegen!"
Trat man hinaus auf die Straße, dann fielen einem die vielen frischgeputzten Autos auf. Die Autos waren so sauber, damit man besser die neuen, bayerischen Nummernschilder an ihnen bewundern konnte. Eine der allerersten Maßnahmen der BPD-Regierung. Neue, bayerische, weißblaue Nummernschilder. Eine neue Corporate Identity für das ganze Land. Den Leuten schien es sehr gut zu gefallen. Überhaupt schienen sie mitzumachen, wie man in einer Bauerntheater-Posse mitmachte. Sie spielten mit, sie versuchten nichts von alledem ernst nehmen zu müssen. UFOs, BPD und Amerikaner. Sie versuchten, sich die Angst vom Leib zu halten. Die Atmo war toxisch. Das Telefon klingelte. Eddie van Kloo, Toilettist und KP-Führer, gab sich die Ehre. Er lud zur KPA-Demonstration auf dem Stadtplatz ein. Heute mittag.
„Der spinnt doch!" meinte Laura.
„Hmmja. Uns kann's egal sein. Wir suchen heute ein Flugzeug."
Yoshi war am lokalisieren. Elektronisch, Baby! Er hing am lokalen Satelliten, fand aber erst mal nichts, bis er sich auf die militärische Ebene durchgehackt hatte.

„Da!" freute er sich. „Sie haben es elektronisch getarnt! Ich drucke es aus!"

Der Printer zischte tintenstrahlig.

Voilà! Die Kiste war zwischen Abensberg und Offenstetten, einem Dorf im Osten der Stadt, in den Wald gekracht. Dieser Wald war mit Sandgruben durchsetzt, also relativ gut zugänglich. Wir nahmen das spoilergetarnte Auto.

Klares, frisches Sonnenlicht fiel auf weichen Waldboden. Der Fiesta rumpelte hart über den zerfahrenen Untergrund. Verdammte Tieferlegerei! Sandig war die Schneise, die sie in den Wald gehauen hatten. Spuren von Kettenfahrzeugen. Caterpillars oder Panzer? Es roch dumpf nach Wald. Vogelsignale hallten durchs Gehölz, unterlegt vom aufgemotzten Blubbern des Fiesta-Motors. Die Breitreifen walzten uns knirschend voran. Rechts von uns eine plattgewalzte, zugefüllte Müllgrube, links von uns ockergelb leuchtende Sandhaufen. Laura parkte den Wagen ins Gemüse. Ich sah ihr kurz beim Aussteigen nach. Ihr straffer Körper steckte in einer weiten schwarzen Jeans. Sie bewegte sich wellenförmig, elastisch. Bis in die Haarspitzen hinein. Ich hatte Glück, so viel Glück!

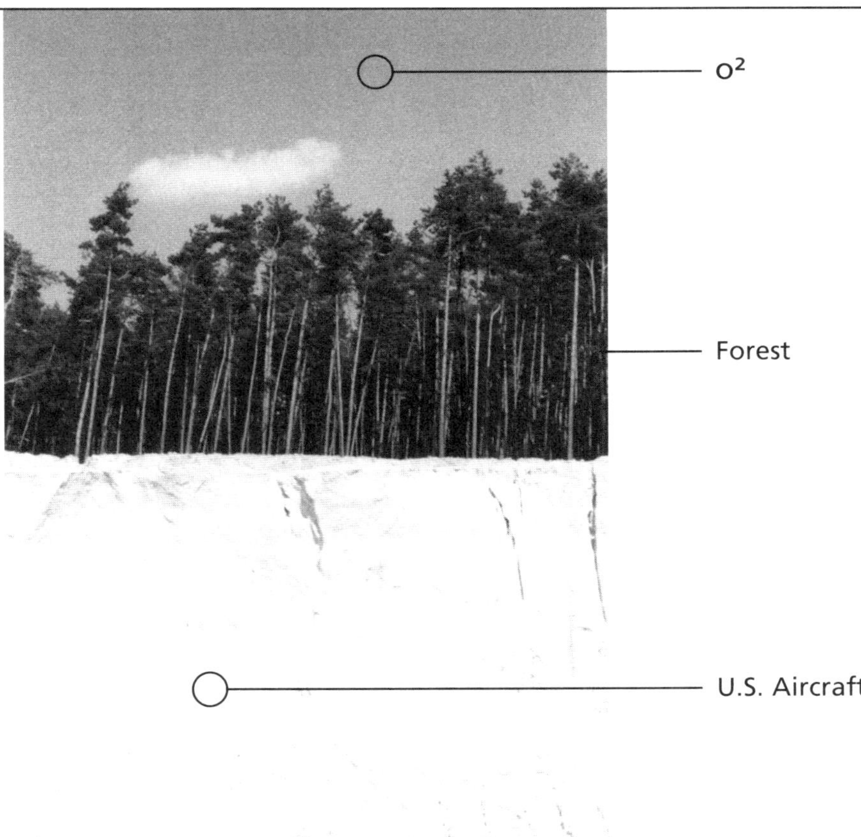

Wir ließen das Auto stehen und gingen zu Fuß weiter in den Wald hinein, bis die Bäume einer weiten, sandig-kahlen Fläche wichen. Eine alte, aufgelassene Sandgrube. Hineinklettern, hinunterrutschen. Sand floß in die Schuhe, die abfallenden Hänge waren gelb mit Huflattich übersät. Klare, warme Luft. Weite, ruhige Grundwasserpfützen. Ruhe. Abgesehen von der schwachen Radiomelodie, die quer durch die Luft geweht wurde. Springsteen. Im niederbayerischen Nadelwald. Die Amerikaner!

„Scht!" machte Laura und schlich voran. Ich nickte und folgte ihr. Knirschend. Vorsichtig. Durch den gelben Sand. Durch diese Mondlandschaft. Hinauf auf den Hügel wühlten wir uns. Sand zwischen den Fingern, Sand in den Schuhen. Vorsichtig. Dieser modrige Duft nach Wald.

Stimmen!

Soldaten!

Das Wrack!

Das Flugzeug, ein einsitziger, schmaler Jet, war schräg durch den Wald geholzt und hatte die halbe Sandgrube umgepflügt. Noch war es halb in den Sandhaufen hineingebohrt, der seine Fahrt beendet hatte. Noch. Denn sie gruben die Maschine aus. Ganz vorsichtig. Aus irgendeinem Grund nahmen sie keine ihrer umherstehenden Maschinen zur Bergung. Kein Caterpillar. Sie gruben mit ihren kleinen olivgrünen Klappspaten, manchmal sogar mit ihren Händen. Sie gruben nach dem Cockpit. Sie suchten den Piloten!

Ruhig war's in der Grube und im Wald. Lauras Atem konnte ich hören und die sandigen Geräusche der grabenden Amerikaner. Hinter der Grube griff expressionistisch gezacktes, dunkles Nadelgehölz in den Himmel hinein. Eine Exhumierung. Die Grube schien herausgenommen aus der Welt, aus dem Zeitfluß. Eine Leistung des Flugzeugs. Das Flugzeug verlangsamte Denken und Bewegungen. Sein stilles Vorhandensein durchdrang metallisch den friedlichen Sand.

Nach einiger Zeit hatten sie es geschafft, und die Glaskuppel des Cockpits war freigelegt. Die völlig intakte Haube blitzte unversehrt gläsern im frischen Sonnenlicht. Kein Schleudersitz. Das tote Flugzeug sah ungewöhnlich komplett aus. Beinahe fabrikneu. Keine Explosion. Kein Brand. Fremdartig, dieser glänzende, in den gelben Sand hineingebohrte, silbrige Flugzeugkörper. Ein unspektakulärer Absturz. Keine Explosion. Keine Flammen. Der Pilot war dringeblieben in seiner eigenartig verdreht in den Sandboden gebohrten Maschine. Man sah seinen Schatten hinter Glas. Er war tot. Ganz klar. Was sonst?

Doch die Soldaten rührten ihn nicht an. Sie taten gar nichts. Sie öffneten nicht einmal die Haube. Im Gegenteil, sie entfernten sich respektvoll und vorsichtig von dem Wrack des Jägers und forderten über Funk etwas an. Jetzt erst zeigten sie ihre ganze Nervosität. Einer trat ein paarmal gegen die nächste steile Sandwand. Er lauschte nicht auf das feine Rieseln des Materials. Die Soldaten wollten weg. Jede ihrer Bewegungen zeigte, daß sie hier weg wollten.

Sie wurden erst ruhiger, als der Helikopter eintraf. Es war ein kleiner, glatter Helikopter. Ein schwarzer, glänzender Helikopter, forellenflink. Keines dieser Gunships, die zur Einschüchterung über der Stadt kreisten. Der hier war viel gefährlicher. Ein Hughes ‚Virus', ein Waffenträger für die elektronische Kriegsführung. Die Maschine kurvte halsbrecherisch knapp über die dürren Fichtenwipfel hinweg und setzte ihre Kufen sanft und präzise auf dem Boden der Grube ab, wobei ihre erstaunlich leisen Rotoren kleine, harte Sandpartikel durch die Luft fetzten. Der Pilot der Maschine schaltete ab. Sein Passagier stieg aus. Ein Arzt oder ein wichtiger Wissenschaftler. Zumindest trug er eine große Tasche. Wie ein Arzt. Er war groß und schlank, und er hörte den Soldaten, die wirr auf ihn einredeten, überhaupt nicht zu, sondern ging schnurstracks auf das Wrack zu und stieg hinauf und öffnete die Pilotenkanzel mit zwei, drei kräftigen Rucken von außen und untersuchte die Leiche des Flugzeugführers, die leblos im kalten Metall der verbogenen Maschine steckte. Er untersuchte alles. Vor allem den Kopf. Und das Brustbein. Er zeigte keinen Respekt vor dem Toten. Der Arzt benahm sich wie ein Metzger.

Und der Metzger sagte: „Verdammt! Er ist nicht mehr hier!"

Das Flugzeug schwieg. Es ließ die Zeit wieder hereinstrudeln. Der eingekapselte Pilotenkörper fiel zurück ins Profane. Ein Stück Fleisch, bereit, von der Welt zersetzt zu werden.

Laura und ich rutschten hinter dem Sandhügel zurück, verschwanden im Wald, bevor der abfliegende Helikopter uns hätte sehen können. Der Gedanke an den schmalen Arzt/Metzger/Wissenschaftler hetzte uns. Wir fühlten uns wie im Kino bei einem skandinavischen Avantgarde-Film ohne Untertitel. Man sieht eine besonders seltsame Szene. Man spürt, es ist die Schlüsselszene. Aber man versteht sie nicht. Man denkt nach, grübelt, forscht in obskuren Regionen seines Hirns nach decodierenden Vergleichen. Aber man versteht sie nicht. Man versteht sie nicht, und somit hat man den ganzen Film verpaßt, und man ärgert sich, wenn man auf dem einsamen, dunklen Nachhauseweg immer noch verzweifelt nachdenkt, man ärgert sich über die eigene Blödheit. Über das mangelnde Verständnis.

„Das da eben war wohl sowas wie der Plot", meinte Laura.

Der kleine schwarze Hubschrauber flog mit der Pilotenleiche davon, und eine Wolke winziger, glitzernder Sandpartikel deckte den entweihten, gestrandeten Düsenjet ein letztes Mal zu.

Vier Kommunisten standen mit einem roten Transparent auf dem Abensberger Stadtplatz, und sie schwitzten. Die Amerikaner betrachteten sie mit entsicherten Waffen und jeder Menge Mißtrauen. Das Verhältnis zwischen Amerikanern und Kommunisten jeglicher Art war von geradezu biblischer Qualität. Wie die Nachkommen Evas und die der Schlange. Ewig soll Feindschaft herrschen zwischen den Kindern der Frau und denen der Schlange. So jedenfalls sahen es die Amerikaner. Unsere Kommunisten hingegen waren alles andere als bibelfest, und auf ihrem roten Transparent stand in goldgelben Lettern: „Schokoladeneis für alle!" Ein Slogan, der die Ordnungshüter verwirrte. Nicht mal im Lande der BPD konnte man ohne weiteres ein paar Typen wegsperren, die nichts weiter taten, als mit einem absurden Transparent auf dem Stadtplatz herumzustehen. Auch in der härtesten Diktatur brauchte man leider einen Grund für Verhaftungen. Aber kein Grund ließ sich blicken. Nicht einmal ein ganz, ganz kleiner Grund steckte sein Wuschelköpfchen aus einem der Stadtplatzgullys hervor und ließ sich packen und an den Haaren herbeiziehen. Die Amis schlugen vor, die Kommunisten ganz einfach mit dem Panzer zu überfahren.

„So ein Schmarrn", meinte Bürgermeister Kirmair und spähte mit seinen kleinen schwarzen Äuglein den Stadtplatz ab. Er suchte und fand den Pfarrer, der grinsend und kopfschüttelnd an einer der mit orangefarbenem Plastik zugeklebten Schaufensterscheiben des Dumpfi-Marktes lehnte.

Kirmair ließ die amerikanischen Militärberater stehen und ging hinüber zum Pfarrer.

„Hochwürden!" sagte der Bürgermeister, meinte es aber nicht so. „Könnten nicht Sie da einschreiten? Das sind doch gottlose Kommunisten! Exkommunizieren 'S die doch ein bisserl!"

Der Priester mußte prusten. Er machte einen auf Don Camillo und hielt dem Bürgermeister einen der roten Zettel unter die Nase, die Eddie und seine Freunde verteilten. Auf dem Zettel stand: „Löcher ohne Schweizerkäse drumherum sind logische Folge kapitalistischer Mißwirtschaft."

Kirmairs schmalziges Hirn tickte rasant. Was war das für ein Straftatbestand? Paragraphen huschten vor seinem trüben geistigen Auge vorbei. Öffentliche Ruhestörung? Anstiftung zur Hungerrevolte? Landfriedensbruch?

Landfriedensbruch!

Unter Landfriedensbruch lief alles, was der BPD nicht in den Kram paßte. Und zum Landfriedensbruch gehörte auch die Beugehaft. Im Land der BPD konnte man schon seit langem allein dafür verhaftet werden, daß ein Polizist es für möglich hielt, daß man eventuell in der Lage wäre, eine Straftat zu begehen. Ein Gesetz zum Schutz der ehrlichen Bürger, selbstverständlich.

Prima!

Eine gute Idee.

Eine sichere Idee.

Kirmairs Gehirn schnappte wieder ein. Er drehte sich um und wollte den Amis sagen, sie sollten die kommunistischen Spinner ins nächste Gebüsch zerren und ein bisserl mißhandeln, da mußte er feststellen, daß Eddie und seine Kommunistencrew bereits verschwunden waren. Überhaupt war auf dem ganzen Platz nur noch ein einzelner, ziemlich unfernöstlich breit grinsender Japaner zu sehen. Kirmair gelüstete es, diesen Mann exekutieren zu lassen. Aber sogleich zupfte er sein Sakko zurecht und disziplinerte sein heißgelaufenes Innenleben. Überhaupt, der Putsch! Dieser Putsch! Kirmair war sich, im Gegensatz zu Marion Muellers, gar nicht so sicher, ob der Putsch eine so tolle Idee gewesen war. Zwar hatte er jetzt als BPD-Mitglied und Bürgermeister eine bisher noch nie gekannte Machtfülle, aber er wußte nicht, wohin mit soviel Macht in seinem begrenzten Oberstübchen. Dieses Gefühl der Unsicherheit wurde von dem sicheren Wissen begleitet, daß dieses bei ihm brachliegende Machtpotential nicht besonders lange einfach unangetastet bleiben würde. Wenn er es nichte benutzte, dann würden sie es ihm nehmen. Er wußte sogar schon, wer es tun würde. Die Muellers-Fraktion, unterstützt von Mühlbauers Millionen, hatte durch den Putsch an Macht gewonnen und drängte nun alle Elemente aus der lokalen BPD hinaus, die ihr zu lasch und zu demokratisch dünkten. Das alles taten sie mit gänzlich unabensbergerischer Brutalität. Vorbei war's mit der G'miatlichkeit.

Kirmair überlegte. Er wollte sein Amt behalten. Er mußte etwas tun, was den Druck von ihm nahm. Er mußte einen Befreiungsschlag führen, die Schmeißfliegen verscheuchen. Er ging also ins Rathaus, setzte sich an seinen Schreibtisch und verhängte das Kriegsrecht.

Yoshi wurde gerufen. Nicht auf dem Audio-Kanal. Da war etwas in seinem Hirn.

Es war Nacht.

Regen.

Träge trommelnde Tropfen auf dem kalten Glas der Dachfenster.

Yoshi stand auf, warf die bunte Wolldecke beiseite.

Er horchte, stellte fest, daß er noch atmete, daß sich der Raum um ihn herum real anfühlte.

Check eins: mit den Fingerkuppen leicht übers durchgeschwitzte, rauhe Frotteebettuch streichen. Rupfige Oberfläche. Stoff. In Ordnung.

Check zwei: einen der freiliegenden Stützpfeiler des Dachgebälks fest greifen. Das faserige, zersplissene Holz spüren.

Gut. Fertig. Hinaus!

Hinaus zur Wallfahrtskirche, nach Allersdorf. Zu dem Punkt, an dem die Seherin gebetet hatte.

Nacht.

Nacht.

Nacht.

Schmutziges Gras.

Kleine, kalkweiß scheinende Kapellen. Bleich hingen sie im Lichtkreis von Yoshis Taschenlampe. Eine nach der anderen.

Er war da.

Er war angekommen.

Er leuchtete in die nächste Kapelle hinein. In diesen engen, weißen Gebetsraum. Da lag ein knorriger Schemel auf dem Boden. Glattes, von gläubigen Knien abgewetztes Holzbrett. Da hing ein rostiges Trenngitter in seinen Angeln, das die Devotionalien in der Kapelle daran hindern sollte, aus dem heiligen in den weltlichen Bereich hinüberzuwechseln.

Yoshi stellte ruhig atmend fest, daß da Eddies abgeschnittener Kopf hinter dem uralten, schweren Eisengitter lag. In einer roten Lache von seinem eigenen Blut. Aufgerissene Augen, kampfzerzauste Haare. Die Zunge, ein nutzloser, rosa Lappen, hing schlaff im Mundwinkel.

Der Kopf war schön rund und abgeschnitten und auf seine elementaren geometrischen Formen reduziert wie eine Skulptur von Brancusi. Kein Körper mehr, der von ihm ablenken konnte. Hier, in der Kapelle, gehörte der Kopf endlich sich selbst.

Yoshi zerrte das Gitter auf.

Etwas brüllte in ihm.

Yoshi hörte nicht darauf.

Er schob es weg, das Schreien.

Das Schreien.

Nacht.

Nacht.

Nacht.

Er nahm den blutigfeuchten Menschenkopf und trug ihn zum Auto und wickelte ihn dick in Zeitungspapier ein.

Dann ging er den Kreuzweg. Seinen Kreuzweg. Jeder Teil von Eddies Körper bewohnte jetzt seine eigene, bleiche Kapelle. Das war schön so. Es war still. Eddies lautes Leben versickerte in ruhigem Laub. Yoshi beschloß, es so zu belassen. Nur den Kopf nahm er mit.

Autos von der B 16. Müdes Vogelsingen. Kratziges, schrilles Zirpen von Insekten. Ein karges Requiem für den toten Kloologen und Kommunisten.

Yoshi schlug die hydraulisch zischende Heckklappe des Fiesta zu und verschwand mit dem Wagen zwischen den Feldern. Er fühlte nichts. Er plante. Er berechnete den Verantwortlichen.

Er ging hin, um zu richten.

Der frische Tag schwappte kühl über die ängstliche kleine Stadt.

Bürgermeister Kirmair erschien erst spät an seinem Arbeitsplatz im Rathaus. Seine neuerworbene Macht, durch das Kriegsrecht noch potenziert, sprengte diese mittelalterlich engen Amtsräume, so fand er. Er würde vergrößern lassen müssen. Seine Sekretärin schien ihm auch nicht mehr ansprechend genug zu sein. Viel zu alt. Runzlig und verbraucht. Hochnäsig und undankbar bewegte sie sich durch seine Räume. Da kam sie auch schon herein. Der böse Gedanke schien sie gerufen zu haben. Kirmairs Blicke blieben an ihrem langen, dunkelblauen Faltenrock hängen, an einem Kleidungsstück, dessen einzige Aufgabe es war, der Öffentlichkeit die viel zu kurzen und viel zu dicken Beine dieser Frau zu ersparen. Dachte Kirmair. Der Blick des Bürgermeisters stieg träge nach oben. Die Sekretärin brachte ein Paket für ihn.

„Da schaun 'S her“, sagte sie und stellte das würfelförmige, gelbe Paket säuberlich in die optische Mitte von Kirmairs Schreibtischunterlage. Sie winkelte es sogar aus, so daß die Kanten des Pakets parallel zu denen der dunkelgrünen Unterlage lagen.

Kirmair wedelte sie weg. Die Sekretärin verschwand ängstlich aus dem Raum und beschloß, den Toner des Fotokopierers auszuwechseln.

So verpaßte sie Kirmairs Gesichtsausdruck, als er vor dem geöffneten Paket stand.

Da, in dem gelben Paket, da war ein Kopf drin.

Ein Menschenkopf.

Der Kommunistenkopf.

Der Kopf hatte angefangen zu stinken. Süßlicher Leichengeruch wehte durch die Amtsräume.

Kirmairs Kehle krächzte rauh und tonlos. Er wollte schreien, heraus kam nur ein hohes, verzerrtes Kreischen.

Da sah er diesen kleinen, transparenten Plastiksack, der zwischen den stumpf glänzenden Zähnen des toten Kommunisten steckte. Da war eine graue Masse drin. Sowas wie Plastilin.

„Seltsam“, dachte der Bürgermeister und explodierte.

Die Luft voll mit Partikeln von Menschen und Häusern

57

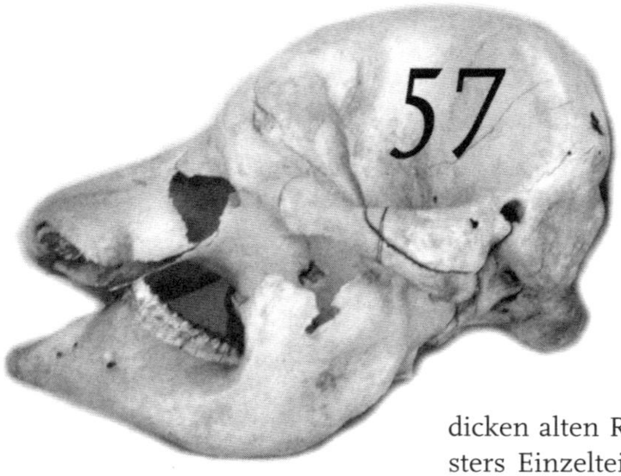

Da gähnte ein Loch in der dicken alten Rathauswand. Des Bürgermeisters Einzelteile steckten in der Mauer des angrenzenden Gurglbauer-Anwesens. Nervöse Amerikaner sicherten den Stadtkern ab. Einer der Soldaten meinte, in Blurleen eine unautorisierte Zivilistin erkannt zu haben, und stürmte mit erhobener Waffe auf sie zu. Die Reporterin stoppte den Mann, indem sie ihm wortlos ihre Armeekennkarte vor den Gewehrlauf hielt. Der verschmierte Soldat zitterte und hielt inne. Blurleen ließ seine innere Angespanntheit kalt.

„Schön, daß du lesen kannst, Soldat!" sagte sie kühl. Der Mann salutierte und ging hinweg.

Blurleen marschierte zurück in die Wirtschaft des Gurglbauer und setzte sich an ihren Stammplatz. Um sie herum viel hübsche pseudohistorische Einrichtung und kartenspielende Einheimische. Sie schienen überhaupt nicht von der amerikanischen Militärpräsenz beeindruckt zu sein. Sie spielten ihren Schafkopf und tranken ihr Bier, und sie sprachen übers Wetter und über Politik.

„Geh! Oiso! Die BPD! Sowas!"

Blurleen sprach nicht gut genug deutsch, um herauskriegen zu können, ob die Leute nun den Putsch der BPD verdammten oder ob sie sich darüber ärgerten, daß ihre Staatspartei erst jetzt den letzten, konsequenten Schritt getan hatte. Wie dem auch sei, diese Leute mit ihren kompakten, beschnurrbarteten Gesichtern und den ihnen scheinbar in die Hände hineingewachsenen Biergläsern regten sich immer über etwas auf. Würde man sie mit einem Kanister Bier in eine absolut leere Körperloses-Licht-Kammer sperren, sie würden sich wahrscheinlich auch noch aufregen. Blurleen stellte sich vor, wie einer dieser Bierbäuche über Steuerpolitik polemisierte, anschließend die Einführung der Todesstrafe forderte, sich dabei immer weiter aufblähte und schließlich dunkelrot anlief und mit einem hohlen Knall zerplatzte. Es würde nach warmem Bier riechen, nach Intoleranz und halbverdautem Schweinebraten.

Blurleen selbst verhielt sich gegenüber jeglicher Eingeborenenbevölkerung völlig intolerant. Sie fand, man könne die ganze Welt – ausgenommen Kalifornien –, wie sie war, in den großen Atomgrill schieben, die Tür zuknallen und auf ‚ganz, ganz heiß' stellen. In L. A. würde sowieso keiner der Bodybuilder am Strand merken, wo der restliche Planet hin war.

Blurleens Boß hatte vorher angerufen. Er war sauer, weil Blurleens Berichte zuwenig Knalleffekt 'rüberbrachten

„Wie denn?" hatte Blurleen geantwortet. „Wenn hier nichts passiert!"

Auweia. Solche Ausreden mochte der Boß gar nicht.

„Dann sorgen sie dafür, daß was passiert!"

Disconnect.

Dieses Arschloch!

Jetzt mußte sie nicht nur den widerwärtigen Fleck aus ihrem Lieblingsoverall 'rauskriegen, der von einem unkooperativen Cocktail auf Mühlbauers langweiliger Party stammte, sondern sie mußte auch noch eine kleine Revolte anzetteln.

Aber woher die Revoluzzer nehmen? Die Abensberger verhielten sich viel zu clever und viel zu ruhig. Sie waren einfach unter dem Zugriff der Truppen durchgetaucht, und man konnte sie nicht greifen.

Blurleen entschied sich, im Rathaus nach den übelsten Unruhestiftern der Stadt zu recherchieren.

Bei den Kakerlaken im Einkaufszentrum gab es Multimedia. Man guckte Horrorvideos, malträtierte ein frisch entführtes Mütterchen, und Conny saß in seinem neuen Gynäkologenstuhl und las sein Lieblingsbuch: „Präzise Darstellungen der Gewalttaten der Roten Khmer in Kambodscha. Mit vielen Farbfotos, Gewalt-Comics und praktischen Tips zum Nachmachen." Conny war gerade beim Kapitel „Fieses Foltern für Fortgeschrittene", da krachte plötzlich die nagelneue Stahltür des umfunktionierten Damenklos auf, und ein Trupp Amerikaner mit vollautomatischen Waffen stürmte herein.

„Hey, Scheiße!" sagte einer von Connys Jungs und riß seine Uzi hoch.

Ein amerikanischer Elitesoldat reagierte roboterhaft und schoß dem Bubi mit einem tückischen Geschoß den Kopf weg. Blut und Gehirnbröckchen regneten naß auf Conny und seine Bande herab.

Stille.

„Höhö. Nett!" freute sich Conny. Endlich war hier mal was los. Noch dazu kam hinter den Soldaten eine abslout geile Tussi durch die weggefetzte Tür gestelzt. Das Leben war mal wieder gut zu Conny.

„Conny Kakerlak, nehme ich an", sagte die Braut.

Diese Titten! Conny sabberte, um seine Wertschätzung zu zeigen.

„Dürfte ich Sie ficken, Ma'am?" fragte Conny so höflich, wie er konnte.

Blurleen ignorierte ihn.

„Äh, ich kann Ihnen ja 'ne aufblasbare Puppe schicken lassen. Aber Spaß beiseite. Ich will Sie und Ihre Jungs einstellen."

„Ein-stel-len?" blökte Conny, der in seinem ganzen Leben noch nie gearbeitet hatte und der nicht einmal eine Lohnsteuer- von einer Telefonkarte unterscheiden konnte.

„Hat das was mit Arbeit zu tun?“ argwöhnte er und legte säuberlich sein Buch auf den kopflosen, blutigen Körper seines frisch abgeknallten Kameraden.

„Aber nein“, wehrte Blurleen ab und würgte. „Ich weiß, Sie sind ein Mann des Vergnügens!“

Conny griff zur Whiskeybottle.

„Das kann man wohl so sagen, Ma’am!“

Er nahm einen tiefen Schluck, rülpste und guckte glasig. Er brauchte den Alkohol, um seine Neuronen zu ölen.

„Dann sind wir uns einig?“

Conny blickte abwechselnd auf Blurleens prallen Bluseninhalt und dann auf die scharfgemachten Waffen der amerikanischen Soldaten.

Triftige Gründe.

Ein zähes „Okay“ kroch über seine Lippen.

Blurleen lächelte.

„Na also, Mister Kakerlak!“

Es war der Beginn einer wunderbaren Freundschaft.

58

FRANKIE

Sie suchten nach Yoshi. Die zwei grauen Typen von der Sicherheitspolizei.

Grau.

Grau.

Grau.

Sie hatten nur diese eine Farbe für diese eine Art von Polizisten. Nur dieses eine, spezielle, beschissene Grau. Gott hatte in seinem wunderbaren Spektrum unendlich vieler strahlender Farben keine einzige für diese kriechenden, brutalen Büttel übriggelassen. Er hatte sie 'rausgeschmissen aus dem Reich der Farben, sie zu einem Dasein als graue Schemen verdammt. Und egal, was sie anhatten, worin sie auch ihre Körper hüllten, sie würden doch immer grau bleiben. Das Grau war ihr Wesen, es diffundierte, es transpirierte immer nach draußen, und jeder mit dem klaren Blick eines reinen Herzens konnte das sehen.

Ich hatte ständig das Gefühl, Laura daran hindern zu müssen, die beiden zu töten. Ja. Da gab es was Tödliches in der Atmo. Fein zerstäubt. Killerpartikelchen zum Einatmen. Die Grauen gingen. Sie fuhren davon. Sie fuhren ein hübsches, neues Auto mit einem neuen, bayerischen Nummernschild. Im Gehen sagten sie zu Laura: „Warum haben Sie noch kein neues Nummernschild?"

„Keine Zeit", sagte Laura.

„Dann nehmen Sie sich welche", drohte der Graue.

Ein Gefühl fraß sich durch meine Eingeweide. Zuviel Verwesung hatte ich eingeatmet. Ansteckender Tod. Yoshi hatte den Bürgermeister abgeschafft. Ich fühlte, jetzt war es an mir, etwas zu tun. Jetzt mußte ich meinen Teil erledigen. Es zog mich hinauf auf den Dachboden. In Yoshis Zimmer, ich konnte nicht anders. Die Waffe, sie lag noch in der länglichen, schwarzen Tasche aus diesem glatten japanischen Material. Sie steckte in ihrer Scheide. Die armlange Keramikklinge. Tiefschwarz. Lichtschluckend. Diamantenhart. Elastisch. Ich verließ das Haus. Es war sechs Uhr dreißig. Laura sah mich fortgehen. Sie fragte nicht, wohin. Sie war meine Frau. Sie brauchte nicht zu fragen. Sie wußte es.

Ich nahm das lächerlich verunstaltete Auto. Leute, die solche Autos fuhren, wurden ernst genommen, kaum zu glauben. Da war noch mehr nicht zu glauben. Daß alle stillhielten und ihre Freiheit verschenkten, beispielsweise. Oh mein Gott! Wie sehr hatte ich's mir gewünscht! Nur ein einziger Tritt von einem von euch gegen einen Besatzerpanzer! Aber nichts. Duckt euch unterm Kanonenrohr. Brav, brav, brave Bürger. Ihr seid das Volk, sicher. Das könnt ihr schreien. Immer wieder: Wir sind das Volk. Ihr seid das Volk und das werdet ihr auch immer bleiben. Aber sie, sie sind der Staat! Und ihr seid ihr Volk. Die Untertanen.

Der grotesk verspoilerte Fiesta röhrte durch die von hohler Leere beherrschten Straßen Abensbergs. Flau flatternde Bayernfahnen am Straßenrand. Darunter besoffene G. I. s. Too much root beer! Mein Gott, ihr Amis! Was ist nur aus euch geworden! Ihr habt uns damals die Hitlernazis vom Hals geschafft und dafür eure Leute geopfert. Niemals werde ich euch vergessen, daß ihr mir die Hitlerjugend erspart habt! Und jetzt, jetzt macht ihr mich zum Unfreien. Ihr seid keine Amerikaner, ihr seid Amerikanski! Und zwar genau in dem Sinne, in dem ein zahnlückiger, rot angelaufener Nikita Chruschtschow dieses Wort ausgespuckt hätte: Amerikanski. Aber noch schlimmer als Invasoren fand ich Kollaborateure.

Kollaborateure.

Durch die Stadt! Nur schnell zum Ziel, bevor das Gefühl, bevor der Drang verfliegt! Ich surfte eine machtvolle Wutwelle, und ich war ganz obenauf. Ich parkte an der Redaktion der Zeitung. Meinem früheren Arbeitsplatz. Ein Gewitter zog herauf. Ich atmete dichte, feuchte Luft. Ich trat in die weißgestrichenen Redaktionsräume. Mit der Klinge, der in ihrer Schutzhülle keiner ansah, daß sie eine Klinge war.

Harald saß am Computer. Neben ihm stand der Ami-Presseoffizier und sagte ihm, welche Knöpfe er zu drücken hätte. Dabei wäre das gar nicht nötig gewesen. Harald schrieb immer, was man gerne las.

In diesem Moment sah ich gar nicht aus wie der Verrückte, der ich war. Ich hielt die verhüllte schwarze Klinge beiläufig baumelnd wie einen Tennisschläger in meiner linken Hand. Ich nickte sogar dem Presseoffizier freundlich zu, als er in den Feierabend ging.

Harald guckte mich müde an. Er war perfekt frisiert, fiel mir auf. Er verdiente jetzt für zwei. Eine Hälfte davon schien er für sein Outfit auszugeben.

„Na", sagte er, „willst wieder mitmachen?"

Mitmachen! Bei wem?

„Warum sollte ich?"

Er schaltete den Computer aus.

„Naja. Wir verdienen jetzt besser. Wir sind wichtig geworden."

Ich setzte mich auf die Kante meines alten Schreibtisches. Wischte mit dem Zeigefinger meiner freien Hand über die feine Staubschicht auf meiner Computertastatur.

„Warum machst du das, Harald?"

„Mach' ich 's nicht, verdient sich ein anderer dumm und dämlich. Es ist doch eh' egal, was in der Zeitung steht."

„Ist es nicht!"

Ich stand wieder auf.

„Und ob! Die BPD, die Amis, die halten das alles für so fürchterlich wichtig. Pressearbeit. Propaganda. In Wirklichkeit weichen die Leute nur dem politischen Druck und dem Terror. Ich bin da nur ein kleiner Fisch."

„Hast du dir schon mal überlegt, was passieren würde, wenn du dich verweigerst?"

„Natürlich. Gar nichts würde passieren. Jemand anderes würde diesen Job machen."

„Na und? Du hättest ein reines Gewissen, nicht deinen eigenen Leuten in den Rücken zu fallen."

Er setzte sich gerade, zeigte Entschlossenheit zur eigenen Niedertracht.

„Ich will aber nicht, daß jemand anderes diesen Job macht. Das hier ist mein Job und meine Position, und ich habe nicht vor, irgendwas aufzugeben. Weißt du, ich glaube, du warst noch nie besonders flexibel. Kommt eine neue Situation, dann haust du ab. Um im Leben zu was zu kommen, muß man vor allem anpassungsfähig sein."

Anpassungsfähig. Das Stichwort. Anpassungsfähig. Aber nach unten. Allzeit bereit zur De-Evolution. Wozu? Um zu was zu kommen. Wozu kam man durch solch ein Verhalten? Wohin kamen wir mit solch einer Einstellung?

„Harald", sagte ich ruhig, „Millionen Jahre hat es gedauert, bis der Mensch aufrecht gehen konnte. Und du – du *kriechst*! Du bist es, der ausweicht, der den bequemen Weg geht. Du duckst dich freudig in den Dreck. Du hast dein ganzes Leben lang nur auf die Gelegenheit gewartet, zu Diensten sein zu dürfen. Du beschissener kleiner Mitmacher. Du bist so abgrundtief schlecht, so niedrig. Als Mensch so erbärmlich wie deine Ausreden. Durch deine Taten machst du dich selbst unsichtbar. Du paßt dich an, du verschwindest, du verzichtest auf dich selbst. Für dich mag das in Ordung sein. Aber nicht für die Menschen, denen du deine Märchen erzählst."

„Heroische Worte", spottete er.

Die Klinge rutschte aus ihrem Futteral und fuhr ihm genau ins Herz.

Ein schneller, feuchter Klang.

Er starb zu meinen Füßen.

Getötet, von meiner Hand.

Ich weiß heute nicht mehr, wie.

Aber ich wußte schon damals, als ich die lebensleeren Redaktionsräume verließ, warum ich den Opportunisten Harald getötet hatte. Ich wußte es genau. Ich hatte ihn töten müssen, weil es da etwas in mir gab, das genauso war wie er. Etwas, was mich jahrelang hier festgesetzt hatte. Etwas Träges, Dumpfes, Teilnahmsloses, Unehrenhaftes. Das mußte sterben, damit ich endlich frei sein konnte. Mit Haralds Tod war es zwar nicht gestorben – sterben würde es erst mit meinem Körper – aber ich hatte ihm alle Wege nach außen versperrt. Der Presseoffizier, den ich so freundlich angelächelt hatte, der würde wissen, wer Harald umgebracht hatte. Er würde sich an das lange, schwarze Futteral in meiner Hand erinnern, und er würde sich denken können, daß es das lange, dünne, schwarze Schwert beherbergt hatte, das jetzt mit dunkelrotem Menschenblut verkrustet tief in der Brust seines beschissenen toten Propagandahelfers steckte.

Ja. Es ist wahr.

Haralds Tod hatte eigentlich verblüffend wenig mit ihm persönlich zu tun.

Ich genoß die letzten Stunden, in denen ich frei durch die Straßen meiner Heimatstadt gehen konnte. In dieser Zeit stellte ich fest, daß ich nun das abstrakte Konzept, das ich immer von mir selbst in meinem Kopf gehabt hatte, mit einer einzigen Aktion, mit einem tödlich präzisen Messerstich, in die Realität transportiert hatte. Ich verkörperte nun meine eigene Idealvorstellung. Heldenhaft. Ein Mann der Aktion. Aber wie gut konnte eine Idealvorstellung sein, zu deren Verwirklichung ein Mensch hatte sterben müssen?

Den Wagen hatte ich stehengelassen. Wir brauchten ihn nicht mehr. Ich ging am riesigen Bau der Klosterkirche vorbei. Visionen. Oma Grittinger und ihre Visionen beim Heiligenfigurenabstauben. Das Fernsehteam mit seinen wichtigen Bewegungen. Die schwarzen Kameraleute. Und was ich sonst noch früher hier erlebt hatte: Prozessionen, prunkvolle Gottesdienste, die Störche in ihrem Nest auf dem ehemaligen Klostergebäude. Alles so schön, so ruhig, so selbstverständlich. Nun war alles weg, alles hinfällig. Ich mußte weinen, Schmerzen zogen sich in mir zusammen. Nun hatte ich alles hingeschmissen, für das vage Konzept einer alternativen Persönlichkeit. Nur um mich in einem Projekt von mir selbst auszuprobieren.

War 's das wert?

Das ist es, genau das, was man sich immer fragt. Jedesmal. War es das wert? Was für ein jämmerlicher Satz! Was für eine dumme Frage! Das Leben: Man schafft sich Möglichkeiten, indem man sich andere verbaut. Oder umgekehrt. Je nachdem. Ah! Das Leben! Allein der Gedanke, darüber nachzudenken, scheint blödsinnig. Die Philosophie scheint lächerlich, wenn man im Krieg mit sich selbst liegt. Wenn das Leben kein Leben mehr ist, sondern nur noch Krisenmanagement. Wenn man sich nur noch im Ausnahmezustand befindet. Das hier war mein Ausnahmezustand. Mein Rausnahme-Zustand. Ich hatte mich herausgenommen aus meinem Zustand. Ich hatte mich bewegt. Und ich würde in Bewegung bleiben müssen. Und zwar von hier weg. Und zwar schleunigst.

Aber erst noch ein letzter Gang durch die Altstadt. Der Blumenladen. Der Supermarkt. Das Museum.

Das Museum!

Im alten Klosterkreuzgang brannte Licht! Ich ging hinüber, traute mich kaum zu atmen. Die schwere schwarze Eisengittertür war nur angelehnt.

Ich trat ein.

Die Torbögen. Die alte Grabplatte mit der kantigen Inschrift drumherum und dem Reliefritter obendrauf.

Körperloses Licht füllte die kühlen Räume.

„Ist da wer?“ fragte ich mich lautlos.

„Ja“, antwortete jemand.

Körperloses Licht. Körperlose Stimme. Autonomes Projektionsfeld.

„Wer bist du?“

„Ich? Ich bin der Grund für eure Handlungen. Ich bin der tote Pilot.“

„Der aus dem Flugzeug im Wald?“

„Ah. Ja.“

„Wie kommst du hierher?“

„Ich liebe diesen Ort“, sagte die Stimme des Piloten, „er ist voller Energien.“

„Äh. Wie kommst du in diesen, äh, Zustand, Pilot?“

Der Pilot lachte ein schwereloses, lockeres Lachen.

„Eine ihrer Maschinen“, erklärte er, „ein Schleudersitz für die Seele.“

„Sie suchen dich.“

„Ich weiß. Aber ich bleibe hier. Sie können mir gar nichts tun.“

„Bist du das UFO? Die Coladose?“

„Ich glaub nicht. Vielleicht aber doch. Vielleicht spiegelt sich in diesen Dingen der Geist der anderen. Ist das wichtig?“

Ich atmete durch. Ich hatte keine Angst mehr.

„Vielleicht bist du nur der Vorwand für den Putsch?“

„Vielleicht war der Einmarsch nur der Vorwand für die Suche nach mir“, kicherte der Pilot. Und: „Ist das nicht völlig egal?“

„Nein“, sagte ich bestimmt. „Ist es nicht. Die Menschen leiden. So oder so.“

„Leiden sie wirklich?“

„Oh, doch. Ihr bringt nur Unruhe hierher. Wir wollen eigentlich nur in Ruhe arbeiten, mit unseren Freunden und Familien sein und unsere Feste feiern. Wir feiern schöne Feste.“

Da amüsierte sich der Pilot.

„Und das sagst ausgerechnet du? Du hast dir all das doch gerade selber verbaut! Dazu hast du mich nicht gebraucht!“

„Hm. Einerseits ja. Andererseits bist du doch schuld. An Haralds Tod. An meiner Emigration. An der BPD-Diktatur.“

„Vielleicht.“

„Was willst du eigentlich?“

„Weiß ich nicht. Vielleicht kriege ich's noch heraus.“

„Ich wünsche es dir jedenfalls.“

„Oh“, sagte er, „vielen Dank. Ich wünsche dir auch alles Gute. Ich hoffe, du bist jetzt der, der du immer sein wolltest.“

„Vielleicht. Ich bin zu lange steckengeblieben. Zwischen Angst und Unsicherheit. Jetzt bin ich frei, jetzt muß ich wieder mit.“

„Ich könnte dir helfen.“

„So? Wie war das eigentlich, als du ausgestiegen bist?“

„Aus der Maschine? Ja. Da war dieser Triebwerksschaden. Und sie fiel und fiel und der normale Schleudersitz funktionierte nicht. Heute weiß ich, daß sie ihn absichtlich lahmgelegt hatten. Ich mußte zu der neuen Vorrichtung greifen, wenn ich überhaupt in irgendeiner Form überleben wollte. Nun suchen sie mich? Sie werden mich niemals finden, es sei denn, ich offenbare mich. Aber da können sie lange warten.“

„Wie war das Aussteigen?“

„Es war wunderschön. Ich habe keine Schmerzen mehr. Nur noch Erinnerungen. Aber das ist leider für mich fast dasselbe.“

„All diese Veränderungen“, sagte ich in den kalten Kreuzgang hinein. Das Gewitter kam. Luftmassen wälzten sich durch die engen Straßen der kleinen Stadt.

„All diese Veränderungen“, sagte der Pilot und entzog sich mir scheinbar, „aber da gibt es noch eine andere Möglichkeit.“

Das körperlose Licht erlosch.

Zeit zu gehen.

59

LAURA

Frankie war weggegangen. Es hatte ihn hineingesaugt ins richtige Leben. Er schien jetzt etwas Krankes tun zu müssen, um gesund werden zu können. Dieser dumpfen Triebhaftigkeit wollte ich mich nicht anschließen. Also ging ich spazieren. Ich ging weit. Am Bahngleis entlang, durchs Industriegebiet. Alles so sauber, weiße Klötzchenbauten, umrahmt von sattgrünen Rasenteppichen. Das Hochhaus, in dem die Hippies gelebt hatten. Bröckelnde, verlassene Reihenhauszeilen. Lichtleere Neonstraßenlaternen. Eine verwelkende Gegend. Es bröckelte, wo man hintrat. Ich lief und lief und schließlich stand ich vor der eckigen Fassade des Einkaufszentrums. Die Front des Baus machte auf mich denselben geschlossenen Eindruck wie das frisch eingeschlagene Gesicht eines Rummelplatz-Preisboxers. Eine halbtote Telefonzelle hing zwischen den vielen Wänden. Die automatische Tür daneben zischte auf und zu und auf und zu und quietschte dabei ein kleines, verlassenes Liedchen monoton an den zerklüfteten Mauern entlang. Zwei, drei nutzlose Autos standen fahruntüchtig auf ihren Parkplätzen. Es gab hunderte von Parkplätzen. Weißgrau unterteilte Flächen. Wie ein bizarrer Spielplan. Im Loser-Café im Erdgeschoß hockten ein paar fette Versager nebeneinander an der Bar wie Spatzen auf einem Überlandkabel. Sie grölten und schimpften und soffen schlechten Alkohol. Inmitten all dieser Hoffnungslosigkeiten mußte mir der mintgrüne, nagelneue Porsche natürlich auffallen. Er stand ganz hinten, fast außer Sichtweite, an einem der vielen Hintereingänge. Instinktiv wußte ich, das da war Marion Muellers' Auto.

Tatsächlich. Ein brandneues, dezentes BPD-Kennzeichen: KEH-MM 933. Die geschmackvolle Sitte, sich die Typenbezeichnung seiner Nobelkiste aufs Nummernschild stanzen zu lassen, fand hier draußen sogar bei den oberen Zehntausend noch ihre Anhänger.

Ich kletterte auf einer Feuertreppe an der Fassade hoch. Auf dem Dach summte noch das schwere amerikanische UFO-Equipment. Dahinter schienen Verwaltungsbüros zu liegen: langgestreckte Fensterfronten mit Stahllamellenjalousien davor. Hinter dem Einkaufszentrum schwamm träge die Abensebene in der Dunkelheit. Emsige LEDs flackerten an der amerikanischen Elektronik. Kein Mensch störte die Maschinen hier in ihrer Einsamkeit auf dem Dach. Da bewegte sich nur ein einzelner, hektischer Schatten hinter den Jalousien. Ruckartige, wichtige Bewegungen. Marion Muellers. Ich suchte und fand einen Eingang. Ich holte die leichte Keramikpistole aus meiner Jacke. Es war still, der dicke Teppichboden war ein guter Komplize. Muellers konnte mich nicht kommen hören. Sie guckte nur recht blöde, als sie aufblickte und mich mit der Waffe in der Hand im Türrahmen stehen sah.

„Hier gibt's kein Geld", sagte sie routiniert. Die Farbe ihres schicken Kostüms paßte zum Porsche.

Diese Frau war ein Prolo!

Ganz klar.

Ich traute mich weiter in den Raum hinein. Mit so einer Tussi hatte ich keine Probleme. Der Versandhausmöbelstil des Büros paßte gut zu Muellers und ihrem porschefarbenen Kostüm. An den Wänden unsagbar süßliche, goldflimmernde Drucke von Friedensreich Hundertwasser, diesem toten Österreicher.

Ich hatte die Waffe. Ich konnte jetzt die Fragen stellen. Aber was für Fragen? Ich wollte diese Frau was fragen. Aber was? Es fiel mir einfach nicht mehr ein. So fragte ich sie etwas anderes, damit sie nicht den Eindruck kriegte, ich wäre unentschlossen.

„Was ist das für ein Gerät?"

Ich deutete mit dem Lauf der Pistole auf diese Maschine am Fenster, die aussah wie eine Kreuzung zwischen Büroschrank und rauchverglaster Duschkabine.

„Ein Festkörperfax", sagte Muellers. Ich wollte kein Geld von ihr. Sondern Antworten. Das machte sie sehr nervös.

„Was soll das sein?"

„Ein Festkörperfax", erklärte sie nochmals, und sie schien froh zu sein, sich kurz in technische Erklärungen flüchten zu können, „damit kann man Gegenstände faxen. Man legt ein dreidimensionales Ding hier hinein, es wird abgetastet und in Impulse zerlegt, und diese Impulse werden über Glasfaserkabel verschickt. Am anderen Ende der Leitung steht auch so ein Apparat, der dann in der Ausgabeeinheit aus einem Block Recycling-Kunststoff ein genaues Abbild des gefaxten Gegenstandes herausfräst."

Sie öffnete eine der Türen, die magnetisch aufschnappte, und zeigte mir einen dieser Kunststoffblöcke. Das Material! Ich kannte es gut.

„Kann man mit dem Ding auch halbtote Japaner faxen?" fragte ich und ließ die Pistole gefährlich in Muellers' Richtung zucken.

Ich hatte zufällig die Wahrheit 'rausgekriegt. Die Hiroshi-Kopie in der KonsumiWunderwelt! war ein solches Festkörperfax gewesen!

„Verdammt!" fluchte die Muellers und schlaffte in ihrem gepolsterten Machofrauen-Kostüm ab. „Diese Arschlöcher in Ingolstadt hatten sich verwählt. Eine Kopie kam irgendwo in Regensburg 'raus."

Ich spielte die Allwissende.

„Wo wir sie natürlich fanden."

Sie setzte sich in ihren riesengroßen Ledersessel. Ich mußte aufpassen, daß sich nicht heimlich irgendeinen blöden Alarm aktivierte.

„Was wollen Sie wissen?" fragte sie.

„Alles", forderte ich.

„So? Ich dachte, Sie wissen schon alles?"

„Über Ihre Putschpläne", schoß ich ins Blaue und traf.

„Genau. Worüber sonst? Sonst gibt es hier nichts Interessantes."
„Was ist mit dem UFO?"
„Irgend so ein Trick der Amis, um ihre Truppenpräsenz zu rechtfertigen. Die stehen auf UFOs, die Amis. Das gehört bei denen zur Folklore."
„Warum sind die Amerikaner überhaupt hier?"
Muellers lachte.
„Sie wissen ja überhaupt nichts! Die Amerikaner wollten Bayern haben. Berlin war denen zu links. Sie haben uns ein Angebot gemacht: Schutz und Souveränität gegen Loyalität. Das konnten wir natürlich nicht abschlagen."
„Sie haben mich falsch verstanden. Ich meinte: Was machen die Amerikaner hier in Abensberg?"
Es war unerträglich hier. Die schwüle Wärme, Muellers' dummes, süßes Parfum. Mir wurde schlecht, mein Magen walkte und knetete vor sich hin.
„Sie sind hier, um uns zu helfen. Sonst nichts. Im Grunde genommen profitieren wir ganz gut von denen. Die sind so herrlich naiv und uneigennützig. Wollen die Welt retten! Hah!"
„Warum mußte Hiroshi sterben?"
„Der Japaner? Sie brauchten ihn für Experimente. Oder so. Was weiß ich? Keine Ahnung."
Gerade wollte ich fragen, wie genau das mit dem UFO gemacht wurde, da grinste Muellers auf einmal viel zu freudig in meine Richtung.
Womit sie wohl den Oberami meinte, der mir seine Dienstwaffe in den Rücken bohrte.
„Her mit der Kanone", knurrte er, „you little german bitch!"
„Nanana! Sie müssen doch nicht gleich von der da auf alle deutschen Frauen schließen!"
Bevor ich die Waffe fallenlassen konnte, zitterte eine dumpf und dunkel grollende Explosion durch den wahnwitzig verschachtelten Gebäudekomplex. Der General zuckte zusammen, vergaß mich genau für den Sekundenbruchteil, den ich brauchte, um ihm mit aller Kraft meinen spitzen rechten Ellbogen trocken krachend in den Solarplexus zu jagen. Er schrie auf, fluchte, stolperte, fiel in den Gang hinein.
„Waffe weg, Arschloch!" schrie ich ihn an. Er tat es.
Ich zitterte. Ich hatte ganz vergessen, daß ich zitterte. Die ganze Zeit schon. Dennoch schwenkte mein Arm mit der Pistole ruhig und schwer wie ein Panzerturm herum, und ich schoß Muellers in den Arm, mit dem sie gerade das Telefon abheben wollte. Yoshis Kanone war wirklich narrensicher zu bedienen. So leicht! So leicht, jemanden damit zu erschießen. Muellers kreischte und wimmerte und fiel blutend in ihren Sessel und war für ein paar Momente geblackoutet.
„Who are you?" fragte der Ami auf dem Teppichboden. „Fucking German Geheimdienst?"
„No", sagte ich, „I'm just myself."
„Just *yourself*?"

„That should be enough", sagte ich und zielte auf seinen Kopf, „shouldn't it?"
Der General verfluchte die Emanzipation, und ich klaubte seine Pistole auf, schoß ihm in den Arm und verdrückte mich. Der General fluchte mir nach und versuchte aufzustehen, aber er fiel immer wieder hin und er blutete und schrie und ich konnte wieder hinaussteigen aufs Dach.

Kühler Wind.

Draußen kamen die Wolken. Gewitter kam näher. Luftströmungen zitterten durch die Pappeln. Sanftes Rauschen. Weiter vorne, am Haupteingang, gab es Radau. Ich hielt mich fern, versteckte mich hinter Bäumen und Büschen, bewegte mich mit den Windstößen vorwärts. Schwindlig war mir, elend schwindlig. Ich hatte versucht, hinter die Fassade zu sehen.

Aber da gab es nichts.

Alles umsonst.

Nur ein dummer Putsch und ein paar machtgierige Idioten.

Wie banal. Wo blieb da das UFO? Wo blieben die Träume? Es war wohl vermessen, von der Realität etwas Poesie zu verlangen. Gerade in dieser Gegend. Vom UFO blieben bloß Gefühle. Große, erhabene Gefühle. Und die vage Hoffnung auf etwas mehr Schwerelosigkeit. Irgendwann.

Ich ging weiter.

Der Haupteingang: Zerstörerische kleine Kinder mit Maschinenpistolen zerschossen alle Glasflächen und warfen Brandbomben und mittendrin stand eine blonde Amerikanerin mit Riesentitten und Videokamera, die all das filmte und die kleinen Hooligans anfeuerte. Panzer rollten heran. Die Kinder verbrannten den Ort. Ich kroch hinter einen Busch in einen nassen Graben, legte mich zu korrodierten Raviolidosen und aufgedunsenen, toten Fröschen. Es war hell.

Das Feuer fraß sich immer weiter in die Struktur des Einkaufszentrums hinein. Die Kinder verbrannten den Ort.

Die Panzer hielten an. Bei dem vordersten Kriegsgerät öffnete sich eine Luke, und ein Mann brüllte etwas heraus. Er meinte die Blonde. Die scherte sich nicht um den Soldaten. Sie trieb weiter ihre brandschatzende Kindergang an und hielt ordentlich mit der Kamera drauf. Die Panzer wollten diese Abfuhr nicht auf sich sitzen lassen und donnerten hinein in die Trümmer und überrollten die kleinen Mordbrenner einfach. Diese schossen mit ihren MPs zurück, aber das piekste die Panzer nicht mal. Die Blonde keifte wie verrückt. Sie kletterte auf den Panzer drauf, aus dem vorher der Soldat rausgeguckt hatte, und trommelte mit ihren Fäusten nutzlos auf einer der hohlen stählernen Luken herum. Feurige Trümmer bröckelten von der zunehmend zersetzten Einkaufsgalerie herab. Bei einem anderen Panzer öffnete sich eine Luke, und ein bewaffneter Soldat erschien und schoß gezielt auf die blindwütig tobenden Kinder.

Scheiße! Das mußte ich mir nicht ansehen! Frankies Welt zerfiel. Die Realität ragte mit einem großen Teil wie die Spitze eines Eisbergs aus Kokainkristallen hinüber in einen kranken Alptraum-Kosmos, und wir alle waren da drauf! Sie waren alle im Rausch. Und ich lag im patschig nassen Schlamm, im grünen, plattgetretenen Gras und guckte ihnen dabei zu, wie sie sich gegenseitig umbrachten, diese Irren. Vom Feuer war jetzt kaum mehr was zu sehen, es war schon weit nach drinnen gekrochen. Schnelles Feuer. Dicke, nach angekokeltem Plastik stinkende Rauchwolken quollen hoch und vermischten sich mit den schwarzen, knapp über der Stadt hängenden Gewitterwolken. Himmel und Erde. Alles schwarz. Kein Nebel heute.

Ich konnte nicht mehr denken.

Ich sah hinter dem Rauch als mächtigen Quader das leere Hochhaus der toten Hippies. Dorthin gehen! Irgendwohin! Weg!

Panzerketten rasseln auch dann metallisch, wenn sie über tote Menschen kriechen. Sie hören nicht auf. Kein Respekt. Keine Schweigeminute. Dumme Materie. Dumm wie die Tierchen, die den Panzer steuern. Ich konnte die plumpe, dumme Schlachterei nicht mehr sehen. Ich konnte der Blondine nicht mehr zusehen, wie sie mit beiden nackten Fäusten auf das geschlossene Schott des Panzers einschlug. Nur das Einkaufszentrum wurde schöner.

Es verbrannte.

Marion Muellers war schwer getroffen, und sie blutete wie ein Schwein, aber sie konnte wenigstens noch laufen. Sie lief und sprang drüber, über den am Boden liegenden, schmerzverzerrt weinenden Amigeneral. Er rief ihr nach, aber sie lief weiter. Sie schwankte, sie prallte gegen die Wände, links und rechts, aber sie schaffte es nach draußen. Die Treppe 'runter, die schmale, metallene Treppe.

Und sie stand auf dem Parkplatz. Allein. Sie sah die Wolken sich verbinden über ihrem Haus.

Es brannte.
Vorbei.
Vorbei war's.
Aus.
Ruhe.

Die anderen hatten gewonnen. Marion gab sich geschlagen. Es sollte wohl so sein, daß die anderen gewinnen. Sie hatten jetzt die Stadt wieder für sich, die Alten. Wie schon vor hundert Jahren. Aber hundert Jahre sind nichts, gar nichts, für eine Stadt wie Abensberg.

Marion Muellers ging zu ihrem Porsche. Der war noch in Ordnung. Sie legte den Gang ein und blubberte davon, sie sah sich nicht einmal mehr um. Sie dachte nach vorne, sie dachte an die Versicherungssumme und an strahlende Gefilde in sattblau glitzernden Ozeanen.

Da wollte sie hin.

Das würde sie bekommen. Nach all den Jahren.

Sie raste davon, ihren Sportwagen antreibend, sie raste davon. Und sie sah sich nicht um und sie vergaß ihren blutenden Arm und ihr Porsche hetzte dahin, über schmale Landstraßen, durch dürre Wälder hindurch, Benzin schwitzend. Davon.

Das Einkaufszentrum brannte, die Feuerwehr konnte nichts mehr tun. Am Ende stand da ein dampfendes Gerippe aus Stahl, an dem schon der still modernde Sumpf leckte.

Der Rauch verwehte mit der Zeit, was blieb, war der Nebel, der ruhig und flach in den feuchten Feldern hing, und der darauf wartete, die Stadt wieder in sich aufnehmen zu können. Diese Stadt, die war seine.

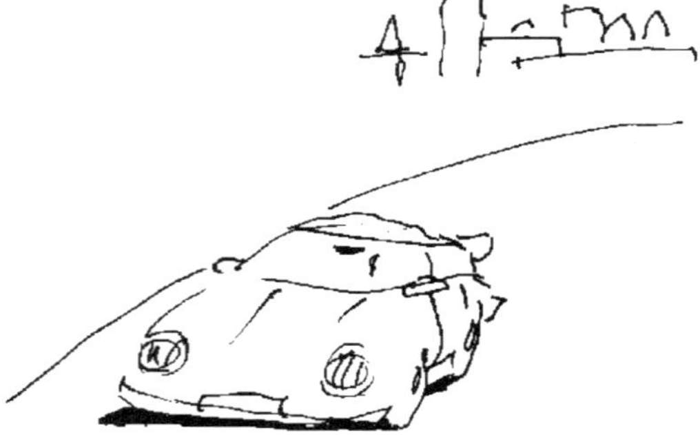

Am anderen Ende Abensbergs, auf einem großen Hügel hinter Frankies Haus, ganz in der Nähe des uralten Steinbruchs, saß ein alter bärtiger Mann auf einem großen Brocken Beton. Es war der Mann von der Zeremonie aus dem Steinbruch. Neben seinem Kopf hing die rote Coladose in der Luft, aber das störte den alten Mann nicht, denn die Coladose war wie er, sie war von seiner Art, sie war von ihm. Der alte Mann sah die dunkle Rauchwolke, der alte Mann sah das Gewitter.

„Bald ist alles wieder wie früher", sagte der Mann. „Sie alle werden gehen und wir werden alle wieder Ruhe haben."

Die Dose verschwand. Sie war hier fertig. Die Stadt entspannte sich. Der Kreis, in dem die Semtex-Gartenzwerge explodiert waren, löste sich auf. Kein Kreis mehr. Kein heiseres Geschrei mehr, keine Beschwörungsformeln, keine Tänze und keine Opfer mehr. Es war vorbei. Da war noch das UFO, aber das UFO war nicht schlimm. Es würde kommen und sich umschauen und dann wieder gehen. Es war ein bescheidener Gast. Es durfte bleiben, es nahm der Stadt nichts weg, es war ruhig, und es störte nicht.

Da waren dann noch der Journalist und seine Frau. Der Journalist war unruhig und seiner Stadt untreu geworden, gerade als er begonnen hatte, ein Teil von ihr zu werden. Schade. Die Frau hatte ihn verdorben. Für immer. Daran konnte und wollte die Stadt nichts ändern, und deshalb konnte auch der alte Mann nichts tun, so gerne er auch den Journalisten zurückgeholt hätte. Er hatte ihm die Dose gezeigt, als er im Schloß gesessen hatte. Der Journalist hätte Teil der Stadt werden können, weil er von der Stadt geträumt hatte. Gerade dann war die Frau gekommen, und sie hatte ihn mit sich genommen, weg von der Stadt.

Der alte Mann lächelte. Fast war alles überstanden, und er würde wieder zurückgehen und sich ausruhen können unterm Nebel.

Die Stadt war nicht seins.

Er war die Stadt.

Und die Stadt gehörte nur sich selbst.

Schon immer.

60

FRANKIE

Ich verließ das Museum. Draußen sah alles anders aus. Verzerrt. Schwarzer Himmel. Und hinter dem großen gelben Pfarrkirchturm ging rund und blau die Erde auf. Ein einzelner Mann kam auf mich zu. Zwischen den kleinen, engen Häusern durch. Übers Kopfsteinpflaster. Er hatte einen dunkelblauen Overall an, mit bunten Aufnähern dran. Ein Astronaut?

Der Pilot!

Er hatte braune Haare und braune Augen. Gehabt. Er hatte braune Haare und braune Augen gehabt. Als er noch ein Mensch mit Körper gewesen war. So wie jetzt?

Er sagte: „Hallo!", und er hob leicht die Hand zum Gruß.

Ich starrte ihn an. Dann die Erde. Wir waren im Orbit. Die Erde zog quer über den Himmel, sie füllte ihn groß und blau aus und versank dann wieder hinter den Häusern.

„Was soll das werden?" fragte ich und wollte hier weg. Nur noch hier weg.

„Dieses Abensberg ist ein hermetisches System. Ich habe es isoliert, kopiert und auf einen Himmelskörper aufgezogen. Diese Welt hier ist nur Abensberg. Das Isolieren war eine sehr einfache Operation, denn Abensberg ist ungeheuer homogen. Ein eigener autonomer Organismus mit verblüffenden Funktionen! Man bräuchte mehrere Leben, um diesen Mikrokosmos zu erforschen."

Ich lief vor zum Stadtplatz. Der Pilot folgte mir gemütlich nach, er hatte Zeit. Ich sah, daß die Pflasterfläche des Stadtplatzes stark gekrümmt war. Eine Biegung, als wäre das Kopfsteinpflaster ein steinerner Ozean. Ein Weltmeer, an dem man die Krümmung der Erde beobachen konnte. Der Pilot hatte recht!

„Was ist jetzt am anderen Ende der Welt?" fragte ich.

„Sandharlanden", grinste er, „ich habe mir erlaubt, auch das noch dazuzupacken. Sonst wäre es doch etwas eng geworden."

Die Erde ging wieder auf. Der Pilot sah sie an und grinste.

„Das ist doch absolut irre, oder? Das ist das Beste an dem Ganzen hier!"

Ich sah mich weiter um. Die Bank, das Wirtshaus, das Hotel Gurglbauer, der Tricky-Mikromarkt – alles völlig leer. So leer – ich konnte meine Gedanken von den Häuserwänden widerhallen hören. Diese Stadt hatte nichts Lebendiges an sich. Das echte Abensberg aber war lebendig.

„Wo sind die Leute?"

„Brauch' ich nicht. Und du auch nicht."

„Ich auch nicht?"

„Ich dachte, ich tu' dir einen Gefallen. Du hattest doch die Alternative, aus der Stadt zu verschwinden oder dich wegen Mordes verhaften zu lassen. Jetzt kannst du hierbleiben."

„Wo, verdammt nochmal, existieren wir? Wo sind wir? Wo ist mein Körper jetzt?"

„Dein Körper liegt auf dem Steinsarkophag im Museum. Und für das hier" – er präsentierte seinen Abensberg-Planetoiden wie ein Showmaster seine neuen Kulissen – „hab' ich einen kL-Computer in Sydney angezapft. In meinem jetzigen Aggregatzustand ist sowas ziemlich easy."

„Hmmmtja", sagte ich nervös, „sehr beeindruckend. Und jetzt möchte ich gerne wieder dorthin."

Ich deutete auf die pralle, blaue Erde am Horizont der Stadt.

„Wow", sagte der Pilot und streckte seinen Nicht-Körper oder seine Körperillusion oder was immer das auch sonst sein mochte, „du bist ganz schön fix mit deiner Ablehnung! Weißt du, was das hier an Rechenzeit kostet?"

„Das ist mir scheißegal! Ich hasse Computersimulationen! Die Dinger stehen mir bis irgendwo da oben! Vergiß diesen kL-Schrott! Ich steh' total auf Realität!"

„Realität?" feixte er. „Was soll denn das sein?"

„Realität, Freundchen, ist der kleinste gemeinsame Nenner. Die Realität ist das, was der überwiegende Teil der Menschheit für die Realität hält."

„Mit dem Cyberspace und kL-Technologie ist aber jetzt erstmals ein breiter Realitäts-Dissens aufgetreten", dozierte er hochnäsig.

Bläuliches Erdenlicht beschien die Häuser, das glänzendglatte Kopfsteinpflaster, meinen Körper, mischte sich mit goldgelben Strahlen von einer Sonne, die es nicht gab.

Ich tat ein paar Schritte. Bewußt. Und entdeckte einen weiteren Effekt: Wenn ich mich bewegte, dann blieb ich immer am selben Fleck. Der Planet rollte unter mir weg. Wie ein Trackball. Ich steuerte meine Umgebung, und alles eierte brav nach meinen Kommandos in einen imaginären Raum hinein. Häuser huschten vorüber wie scheue Taubenschwärme, das Kopfsteinpflaster scrollte trittsicher unter meinen Füßen nach hinten. Der Pilot joggte mit.

„Na? Spitze, oder? Great! Du bist hier der Mittelpunkt! Diese Welt dreht sich um dich!“

„Nettes Gimmick“, mußte ich zugeben. Mich wunderte gar nichts mehr. Regel Nummer eins in elektronisch generierten Welten: Wundere dich über nichts!

„Du wunderst dich ja über gar nichts!“ schimpfte er und blähte sich vorübergehend zu Kugelfischform auf.

„Au ja!“ foppte ich ihn. „Basketball?“

Er schnappte zurück in seine ursprüngliche Form. Dafür war jetzt der Erdball am Himmel einem radikalen Morphing unterworfen: Er verwandelte sich in einen riesigen Golfball.

„Aparte Idee“, kommentierte ich.

Der Pilot reagierte weniger ruhig. Nervös zuckten Störungsstreifen über seine lange, schlotternde Figur.

„Das hab' ich nicht gemacht! Das hab' ich nicht gemacht!“ schrie er, und seine Stimme schwankte wie ein schlecht eingestellter Sender in einem Autoradio.

Die Häuser wellten und wogten wie Weizenfelder zur Erntezeit. Sie schwankten in einer Luftströmung, die ich nicht spüren konnte. Der Pilot aber schon. Seine Figur löste sich spontan in grobe Voxel und verkorkst im elektronisch generierten Raum hängende Störungen auf, die allesamt angespannt auf das Ding starrten, das der Verursacher des Windes war und das gleich hinter dem bergigen bonbonrosa Rathausmassiv auftauchen würde.

Und da kam er. Der Helikopter. Schwarz und schwerelos. Seine Rotoren zerhackten das kleine Türmchen, das auf dem Dach des simulierten Rathauses saß. Schwarze Scheibchen flatterten davon. Statt Fenstern hatte der Helikopter Insektenaugen. Ich fühlte, er spähte nach dem Piloten.

„Sie haben mich gefunden!“ klirrten die wirr morphenden Bauteile des Pilotenkörpers in einem toten, kalten Chor, der mit dem typischen Verzögerungshall einer Satellitenverbindung unterlegt war.

„Fuck!“ durchschoß es mich.

Was für ein Horror!

Des digitalen Piloten Einzelteile wirbelten und spiralten sich hinfort. Der insektoide Helikopter zögerte, aber er kümmerte sich nicht um mich. Ich war ihm wohl zu real. Er suchte nicht nach Realem. Gleichzeitig verspürte ich tief in mir drin ein fundamentales Gefühl von Sicherheit. Niemand würde mir hier an diesem Ort etwas tun können. Der Golfball ging wieder auf, diesmal als Honigmelone, und er umrahmte bald groß und gelb den angespannt abwartenden Hubschrauber.

Dabei umströmte der rabiate Luftwirbel der Rotoren die wogenden Häuser des virtuellen Abensbergs. Der schlanke gelbe Kirchturm tanzte träge durch die Luftmassen, der Helikopter bewegte sich langsam, organisch. Tierisch. Er hatte die Witterung des Piloten aufgenommen. Der aufgepixelte Pilot kreischte ein schrilles, digitales Kreischen und wehte davon. Mein Kopf dröhnte, scharf zischend umkreiste die tierisch/technische Jagdmaschine den Kirchturm, machte sich kalt und gierig an die Verfolgung des Piloten. Die Wände. Tanzten. Fremdes, kaltes Glitzern in nichtexistenten Fensterscheiben. Alles verwehte, verblaßte, sirrende Störungen vom Satelliten. An einer metallischen Wand für einen Sekundenbruchteil das Echo meiner eigenen Gestalt. Ich hatte den Kopf in Flammen. Der Wind verebbte.

Ich war allein.

Die Stadt baute sich wieder auf. Es sah aus wie zuvor. Die Honigmelone hing noch am Himmel, plötzlich stülpte sie sich um und wurde zur Erde. Endlos blaue Meere, weiß wirbelnde Wolkenfelder.

Ich war allein. Allein in diesem System. Ruhig rotierte mein eigener, privater Planet. Ich tat Schritte. Der Planetoid gehorchte. Der Pilot war weg, ebenso sein Verfolger. Sie holten ihn sich zurück. Ich hatte es gleich gewußt. Sie holten sich alles zurück. Ich wette, er war teuer gewesen, der Pilot. An welchem Netzwerkknotenpunkt hatte er sich wohl nach seinem Absprung zum Rapport melden müssen? Tasmanien? Tokio? Der Orbit? Er war nicht erschienen. Er hatte sich stattdessen 'rumgetrieben. Und sie hatten ihn gesucht, und jetzt hatten sie ihn wohl. Vielleicht. Vielleicht, das war sein Wort. Das Lieblingswort von jemandem, der sich nicht mehr sicher sein konnte, ob er überhaupt noch existierte. Ich erinnerte mich an Lauras Geschichte von dem Freund, der sie anrufen mußte, um bei ihr nachzufragen, ob es ihn noch gab.

Die Dose materialisierte sich. Die Coladose. Sie sagte: „Es ist vorbei. Du kannst zurück. Aber nur kurz. Du mußt gehen." Und sie rutschte durch die Luft hinüber zum Pfarrkirchturm und sie verschmolz mit dem Gebäude. Sie war wieder daheim.

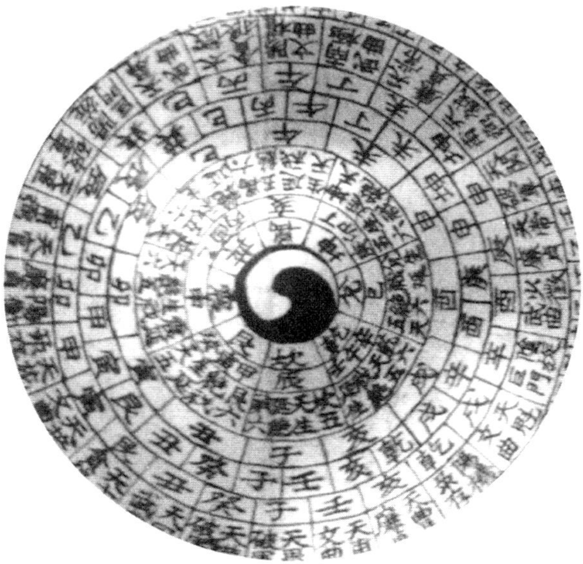

Ich ließ den Planetoiden zu den Abensauen rollen. Ich genoß den Erdaufgang über der Ebene, der Nebel, hinter dem das kalte, massive Kloster Biburg auftauchte, färbte sich im sanften Blau des Erdenscheins. Ich war zufrieden. Denn auch das UFO war da. Es gehörte dazu. Es war Bestandteil der Stadt geworden. Im Gegensatz zu mir. Und es war jetzt hier. Für seine Konstruktion, für seine Existenz machte es keinen Unterschied, ob es jetzt über der Abensebene bei Abensberg oder hier bei mir im Orbit hing. Es war das echte, das wahre UFO, ich konnte es spüren, so wie beim allerersten Kontakt im Hopfengarten, mit dem Dreck der Hallertau an meinen Schuhen und zwei fanatisch kreischenden Japanern hinter mir. Ich winkte hoch zum UFO, dachte ein klares, intensives „Hallo" hinauf zur vagen, schwarzen Scheibe. Da blinzelte es kurz zurück, es kannte mich, es war mein Freund.

„Du mußt jetzt Wache halten", sagte ich zu ihm hinauf in den stillen Wind, „jetzt, da ich nicht mehr da bin."

Das UFO schluckte den Satz. Es nahm ihn auf, es verstand. Ich mußte weinen, aber mein Gesicht blieb trocken. Wirkliche Tränen tropften auf den alten Sarkophag des Ritters im Kreuzgang.

Ich blickte schwach und hilflos hinüber zur Stadt. Bäume, Kirchen, flache Häuser. Eine neue fliegende Coladose patrouillierte von der alten Burgmauer gerade hinüber zur Allersdorfer Wallfahrtskirche. Sie sah traurig aus und zielstrebig. Sie hatte eine Aufgabe.

Ich erinnerte mich an meinen Rücken.

Da war es kalt, mein Rückgrat hinunter. Ich fühlte den Stein!

Ich ergriff den schmalen Bewußtseinsfaden, zog mich langsam, vorsichtig hinüber in die Realität. Die Stadt verblaßte. Bis auf das UFO. Es wartete, bis ich es fast geschafft hatte, dann flog es ein kompliziertes, rituelles Muster über der verschwindenden Ebene, es blieb dabei klar und sicher und als es fertig war, sendete es mir eine Folge von Signalen, die mich zufrieden machten, zuversichtlich und ruhig zugleich und ich wußte daß die Stadt einen guten Wächter hatte und daß das UFO in meinem Herzen und in meiner Seele bleiben würde, wohin ich auch immer gehen würde und ich wachte auf und es wurde mir ein bißchen schwarz vor den Augen, als ich von dem Grabstein aufstand und es war dunkel im Kreuzgang. Grollendes Echo. Das Gewitter!

Ich sprintete, die ersten Tropfen klatschten dick und feucht aufs Pflaster. Ein kleinerer Panzer huschte in Deckung, und ich joggte an glücklich rauchenden Ami-Soldaten vorbei durchs Stadttor. Ich witterte Laura. Sie war im Hippiehochhaus. Ich rannte. Mitten auf der Straße. Amseln flüchteten vor dem Regen. Blitze schickten Energie durchs Land. Ich rannte. Immer schneller. Lange, gerade Straße. Am Ende: das Hochhaus. Ein archaisches Bauwerk. Noch immer prangte an der Tür das abergläubische Zeichen, das ich hingemalt hatte. Es hatte geschützt, es hatte funktioniert. Quer davor, auf den leeren Parkplätzen, stand eine schwere Limousine inmitten der zerschmissenen Bierflaschen. Ihre Motorhaube dampfte.

Laura!

Ich lief zum Treppenhaus, kaum war ich drin, legte das Gewitter so richtig los. Vage hallte mir der prasselnde Regen durchs hohle, kahle Treppenhaus nach. Blitze leuchteten mir den Weg. Bis ich die Stimmen hörte. Da war Lauras Stimme. Aus der Wohnung der Hippies. Sie stand in dem riesigen, fast leeren Raum mit der selbstgebauten Stereoanlage, und sie sprach zu einem kleinen Mann mit Glatze, der leblos an einem der geöffneten Fenster stand und sich anregnen ließ.

Paul Mühlbauer!

„Mühlbauer! Sind Sie allein?“

Er drehte sich herum und sagte gar nichts.

Meine Lungen pfiffen von der Anstrengung. Ich mußte mich hinsetzen, Laura kam sofort zu mir, und ich nahm sie in den Arm. Sie war so naß und lebendig, und ich mußte ihr durch ihre dichten, schwarzen Haare zuflüstern, daß ich nicht mehr sein konnte ohne sie und daß wir schnell von hier weg müßten.

„Am besten ins Ausland“, sagte ich.

„Da haben Sie recht, junger Mann“, sagte Mühlbauer, und seine Stimme klang sehr alt.

„Dieses Land ist nicht mehr gut zum Leben.“ Er machte einen unsicheren Schritt auf uns zu, blieb stehen. „Diese Hexe! Sie hat dieses UFO gerufen! Sie mußte sterben, aber wir haben sie verfehlt! Das waren Sie, oder? Sie haben sie geschützt und weggebracht!"

Er meinte Katharina, die Seherin!

„Jaja. Das waren Sie", murmelte Mühlbauer. „Aber keine Angst. Das ist jetzt egal."

Mühlbauer war kein Mühlbauer mehr. Er löste sich langsam auf.

Draußen rauschte eine unbeteiligte Regenwand.

Der alte Mann mit seinem komischen Vogel! Der Vogel saß jetzt bestimmt am Fenster und sang sein Lied, das einzige, was von den Hippies übriggeblieben war. Ein paar Töne. Aber das war wahrscheinlich mehr, als von den meisten Menschen übrigblieb.

„Sie", keuchte ich, „Sie haben die Hippies umgebracht! Wieso?"

Er ging zurück zum Fenster. Man sah sein blauschwarzes Profil gegen den Regen und die Wolken.

„Sie haben das Signal für diese Amis gesendet. Jede Nacht. Als dann das Signal abbrach, wußten die Amerikaner, daß es soweit war, daß sie kommen konnten. Diese Hippies waren Abfall. Kein richtiges Leben. Sie werden mir wahrscheinlich nicht glauben, daß sie mich darum gebeten hatten, sie nach Beendigung ihrer Aufgabe auszulöschen. Sie sahen im Leben keinen Sinn mehr."

„Ich glaube Ihnen sogar, Mühlbauer."

Laura stand auf und zog mich hoch. Sie war wieder stark, aufgeladen.

Mühlbauer lachte trocken den draußen vorbeifließenden Regen an.

„Sie wollten, daß ich es persönlich mache", sagte er.

„Wirklich?" fragte ich. „Sie mußten die Hippies selbst umbringen?"

„Ja", sagte er leise. Ich konnte im Schatten seine Augen nicht sehen. Könnte ich nur seine Augen sehen!

„Du riechst nach Blut", sagte mir Laura leise ins Ohr.

„Mühlbauer? Was wollen Sie tun?"

„All der Tod!" sagte er. „All der Tod."

Der so leere Raum roch nach Baustelle. Die großen hölzernen Lautsprechergehäuse knarzten mit jedem Windstoß, der durchs Haus hindurchfuhr.

Das Gewitter regnete Mühlbauer ins Gesicht. Man konnte sehen, wie der Mann sich auflöste, wie sein Leben versickerte.

Laura stand nur da und atmete und hielt meine Hand fest.

Und Mühlbauer kippte aus dem Fenster. Schwarz, kompakt. Ein dichter Schatten vor der endlos fließenden Wasserfront. Sein Maßanzug flatterte ein bißchen in Wind und Regen. Dann tauchte er stumm im fallenden Wasser weg. Kein Schrei, kein Abschied. Es war mehr wie ertrinken.

Ich sah Laura an. Wir waren übrig. Wir stützten uns gegenseitig, als wir die schmale, dunkle Treppe im toten Haus hinunterstiegen. Trümmer von Bierflaschen. Beton. Mausoleum.

Draußen war die Luft etwas sauberer und zwei, drei frische Panzer rollten hinüber zum brennenden Einkaufszentrum. Meine letzte lebendige Erinnerung an Abensberg.

„Wir gehen von hier weg", sagte Laura ruhig und sicher. „Ich weiß auch schon, wie."

„Ja, Laura", sagte ich. „Wir gehen weg."

61

LAURA:

Wir hatten es tatsächlich geschafft, an den Grenzern mit ihren scharfen Kötern und ihren Maschinenpistolen vorbeizukommen. Wir saßen im Flugzeug nach Paris. Mit neuseeländischen Pässen, die ich mir über einen Freund im hiesigen Konsulat beschafft hatte. Er war der Meinung gewesen, daß man jetzt, da Bayern kein Freistaat mehr sei, wohl besser verschwinden solle. Die Freiheit hätte jetzt nicht mal mehr im Landesnamen Platz. Wie wahr! Die BPD hatte das Kriegsrecht ausgerufen. Überall formierte sich plötzlich Widerstand. Ich selber, ich war glücklich. Es war mir gelungen, meinen Frankie mitzunehmen, hinüber in mein neues Leben. Wir würden es wohl eine Zeitlang zusammen aushalten. Oder noch viel, viel länger. Es lag an uns, an uns allein. Unzufrieden war ich nur, daß das Rätsel, das wir ursprünglich ergründen hatten wollen, nun ungelöst blieb: das UFO. Wahrscheinlich tauchte es immer noch in Abensberger Gemüsegärten auf und erschreckte alte Omas. Na, in dieser schrulligen Gegend war es gut aufgehoben! Jedenfalls glaubte ich dieser Hexe Muellers kein Wort, wenn sie behauptete, das UFO wäre von den Amerikanern erzeugt worden. Dazu benahm sich das Ding viel zu vernünftig. Und die Coladose? Ein natürliches Phänomen? Die stahlgewordene Popkultur als entarteter Dämon? Hm. Ich schlug meine FEMME auf und beschloß, dieses Objekt als unerklärbare Merkwürdigkeit abzuhaken. Frankie saß zappelig im Sitz neben mir und las seinem persönlichen Bordzahnstocher halblaut die Bedienungsanleitung seiner Schwimmweste vor. Auf arabisch. Ich fühlte: Für den Rest meines Lebens dürfte mein Bedarf an Seltsamkeiten wohl gedeckt sein.

FRANKIE

München, Flughafen.

Die Wartungshallen leuchteten so schwerelos wie immer, Konstruktionen aus Licht und Stahl. Kleine Autochen huschten unterwürfig zwischen den riesengroßen deutschen Flugzeugen hin und her. Ein schönes, sauberes Gefühl, in der letzten ausländischen Maschine auf dem Rollfeld zu sitzen. Ein bisserl nervös war ich trotzdem. Die Innentasche meines Sakkos wurde von der digitalen Ausgabe eines nagelneuen neuseeländischen Passes ausgefüllt. Wenigstens wußte mein arabischer Zahnstocher jetzt, wie er sich im Falle einer Notwasserung auf offenem Meer zu verhalten hatte. Das beruhigte mich.

Laura saß neben mir und zwang sich, ein belangloses französisches Modemagazin zu lesen. Sie trug Sonnenbrille und ein teures, gepunktetes Kopftuch. Und Lippenstift. Ich hatte sie noch nie zuvor so geschminkt gesehen. Sie sah so ein bißchen aus wie die anderen Frauen. Aber nur ein bißchen.

Laura war es gelungen, die Pässe zu besorgen. Wir hatten den Citroën und noch etwas entbehrliche Elektronik aus meinem Hause zu Geld gemacht. ÖTZI wird mir fehlen. Das weiß ich schon jetzt. Hamster Stalin hockte leicht vergrätzt in Lauras Handgepäck und mümmelte an seiner Ration vertrockneter Frühstücksflocken. Er hatte seine wunderbare Garagenödnis nur äußerst ungern verlassen. Naja. Wir alle mußten Opfer bringen. Andererseits warteten in Neuseeland herrlich leere Landstriche auf ihn. Er wußte es bloß noch nicht. Ich war mir nicht mal sicher, ob es in Neuseeland überhaupt Hamster gab. Außerhalb der Zoohandlungen, meine ich. Schwer zu sagen. Außerdem bezweifelte ich, daß ich ihn frei draußen herumlaufen lassen würde. Er könnte einem Kakapo oder sonst einem exotischen Vieh in die Quere kommen. Oder das Ozonloch würde ihm den Garaus machen. Eine Welt voller Gefahren. Selbst für kleine, knuddelige Hamsterchen wie unseren Stalin. Es raschelte nervös in der Handtasche. Aufregung steckt an.

„Ui", machte Laura, „dein Freund Robert Braun ist zum BPD-Oberpressewart ernannt worden!"

„Ah? Wo steht das?"

„Hier. In der FEMME."

Schön für Robert Braun. Ein gutbezahlter Job, der seiner Persönlichkeit ganz und gar entsprach. Nahe an der Macht, nahe am Reichtum, an umfangreichen Bestechungsgelder-Portefeuilles.

„Dachte, das wäre 'ne Zeitung aus Paris?"

„Warst du schon mal in Paris?" fragte Laura.

Ich nickte und dachte zurück an die schönsten Tage meines Lebens. Café au lait unter der Louvre-Pyramide, Hamburger in La Défense, Rotwein auf dem Montmartre. Und dazu unschlagbar gute Freunde, die besten Freunde auf der Welt. Eine gute Zeit.

Laura, meine Frau, lächelte mich an.

Wir hatten sogar schon ein Haus in Neuseeland gekauft. Über ihren Onkel. Moderne Architektur. Eine solarbetriebene Bio-Konstruktion. Mir war es schon lange gelungen, unser gesamtes Geld auf ein Schweizer Computer-Nummernkonto zu transferieren. Zu irgendwas mußte diese ganze Elektronik ja gut sein.

Ein Haus, ganz für uns allein. Ohne bedrohliche Schrankwände und heidnische Reliquien. Drumherum ein Land ohne Aberglauben mit viel Platz für uns und unsere Gedanken und vielleicht noch für ein paar Kinder. Kinder. Die würde Stalin echt nicht aushalten. Der würde dann glatt aus der Emigration emigrieren.

Die Maschine heulte auf, vibrierte, startete. Willkommen an Bord. Bonjour. Mesdames et Messieurs. Willkommen auf französischem Hohheitsgebiet. Ohne Auslieferungsvertrag an die Republik Bayern. Ja, Bayern war jetzt kein Freistaat mehr. Sie hatten gemerkt, wie dumm sich das jetzt anhören mußte. Ironischerweise war das Wort ‚Freistaat' ursprünglich nichts anderes gewesen als der Versuch, den Begriff ‚Republik' ins Deutsche zu übersetzen. Hm. Was ein simpler Name ändern kann. ‚Republik Bayern' klang wesentlich souveräner und härter als ‚Freistaat Bayern'. Nicht so krachledern und rustikal. Eher knallhart. Wir gehen jetzt auf Überschall. Landung in Charles de Gaulle in fünfundvierzig Minuten.

Unten, weit, weit unter uns, da jagten die amerikanischen Tiefflieger dicht über die Felder meiner Kindheit und dort wurde vielleicht gerade jemand geboren, der vielleicht ein kleines bißchen so war wie ich und der mit dieser Gegend da unten wirklich etwas anfangen konnte, mit den Menschen und ihren Bräuchen und mit ihren Festen und der darüber etwas schreiben würde, vielleicht eine halbwegs brauchbare Geschichte. Und ich hoffte, daß ich sie in Neuseeland würde kaufen und unter den glänzenden, sauberen Solarsegeln unserer kleinen Farm auf dem Lande würde lesen können. Und ich würde nachdenken und endlich mit Laura sein und saubere, freie Luft atmen.

Und mich erinnern.

epilogic remix V1.2

Yoshi saß in einem dreckigen Erdloch außerhalb der Stadt in einem Hopfengarten. Hinter sich hörte er seine Leute atmen. Er war sich sicher: Diese Nacht würde er kommen. Aber darauf waren sie vorbereitet.

Warten.

Im Turm der Wallfahrtskirche schaltete sich das traditionelle Pilgerlicht ein.

Es wurde Zeit.

Der Konvoi! Schwergepanzert und vorsichtig auf der Hauptstraße von Siegenburg. Yoshi zischte kleine, harte Kommandos. Fritz und Leo krochen nach vorne und brachten die Bazooka in Stellung. Feines Zirpen vom Zielsuchgerät. Erfaßt! Yoshis Augen leuchteten.

Jetzt!

Die Rakete fuhr aus dem Rohr, brannte einen hellorange Streifen durch den Hopfen und schlug in das erste der Versorgungsfahrzeuge ein. Treibstoff! Volltreffer! Gleißende Helligkeit fauchte heiß durch die nächtliche Hallertau. Wieder kein Treibstoff für die amerikanischen Panzer und keine synthetischen Hamburger für die amerikanischen Soldaten. Die Bahnlinie hatten Yoshi und seine Leute gleich am Anfang gesprengt. Die Abensberger Guerillatruppe erhob sich aus ihrer Tarnung. Sie waren absolut sicher, die Amerikaner beschäftigten sich mit ihrem Feuer. Als die Hubschrauber kamen, waren Yoshi und seine Freunde längst davon, in den Wäldern. Am bewölkten

Himmel strahlten tausende von Neonröhren von drüben, von der Erdölraffinerie in Neustadt. Die ist als nächstes dran, dachte Yoshi und ging mit seinen Freunden den erneuten Sieg feiern. „Die Bevölkerung ist mit uns!" hatte Fritz gesagt, und in der Tat sabotierten die Abensberger inzwischen fleißig mit. Yoshi gab den Amerikanern noch zwei Monate. Die Amis würden gehen. Dann würde sich die BPD nicht mehr lange im Rathaus halten können. Yoshi war sich da ganz sicher. Und die anderen auch. An Tokio und an seine Firma dachte Yoshi nur noch selten. Der Abteilungsleiter versuchte wohl noch immer, den von den Amerikanern vor Monaten gekappten Kommunikationssatelliten zu reaktivieren. Seine Firma hatte ihn und Hiroshi im Stich gelassen. Vor allem Hiroshi. Hiroshi. Sie hatten ihn einfach so umgebracht, die BPD oder wer auch immer. Oder diese Militärs. Diese Spezialisten für Sinnlosigkeit. Sinnlosigkeit. Sie mochten die Sinnlosigkeit. Sie bestätigte sie in ihren dumpfen Depressionen, sie half ihnen dabei, sich ihre kleinen, ausweglosen Weltbilder zu entwerfen. Diese ausgelutschten, müden Mitteleuropäer! Aber sie waren nicht alle so. Die eine Hälfte tanzte in Sandgruben zu Ehren der mysteriösen Coladose nackt um brennende Öltonnen herum, der Rest kroch mit ihm hier durch die Wälder und schoß auf alles, was der BPD lieb und teuer war. Und das war eine ganze Menge.

Die Coladose. Sie diskutierten viel und oft über die Coladose. Vielleicht war sie eine kL-Projektion mit künstlicher Intelligenz, die die Amerikaner zur Verwirrung der Eingeborenenbevölkerung ins Feld geschickt hatten. Andererseits konnte die Coladose ein physisch gewordenes Konstrukt sein, das der kollektive, gebündelte Aberglauben der Eingeborenen aus sich selbst heraus generiert hatte. Eine Art verdichteter Massenpsychose. Naja. Sie würden das schon noch 'rauskriegen! Leo warf Yoshi eine Bierflasche zu, der Japaner fischte sie elegant mitten aus der Luft. An das Zeug mußte er sich noch gewöhnen. Und an den vielen Raum unter dem kalten europäischen Himmel. Aber er hatte jetzt soviel Raum, er fühlte sich so völlig zufrieden. Dies Land war seins.

Günter Hack 14.06.1994 / 22:19 Uhr.

> lokale zeit
> lokales system
> hardcopy sys
> upload to user brain complete
> exit
> ok
> sysdown

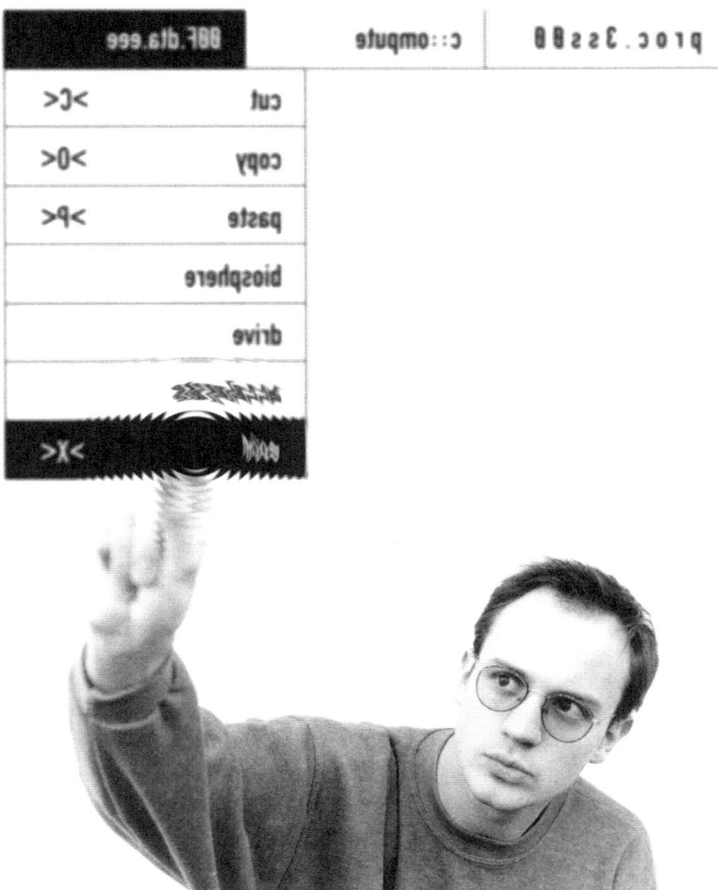
c::ompute
cut
copy
paste
biosphere
drive

Appendix

i) „Freistaat" für Analphabeten

ii) Personalisieren Sie Ihr „Freistaat"-Exemplar

i) „Freistaat" für Analphabeten.

Eine kurze Anleitung für Betroffene und Hilfspersonen

Über dreißig Prozent der erwachsenen Bevölkerung in der Westeuropäischen Gruppe wollen oder können nicht lesen. Die BPD hat deshalb für ihren Sektor ein Unterstützungsprogramm aufgelegt, durch das diese Menschen günstig in den Besitz von hochentwickelten OCR-Lesegeräten kommen können, so daß sie nicht von der schriftlichen Informationstradition des Abendlandes abgeschnitten sind. Weiterhin sind alle Verlage im Sektor Bayern gehalten, ihre Produkte mit IR-Scannerabtastmarken zu versehen und somit lesegerätfähig zu machen. „Freistaat" als modernes Produkt trägt dieser Empfehlung selbstverständlich Rechnung. Wie aus obiger Skizze deutlich ersichtlich, müssen Sie nur ...

1) das Buch mit dem offenen Buchblock voran (Umblätterautomatik!)

2) in das Lesegerät schieben.

Schon interpretiert das Lesegerät mit seiner künstlichen Intelligenz den Buchinhalt in Ton und bunten Bildern! Viel Spaß dabei!

ii) Personalisieren Sie Ihr „Freistaat"-Exemplar.

Die folgenden drei Felder finden Sie auf der Umschlagrückseite:

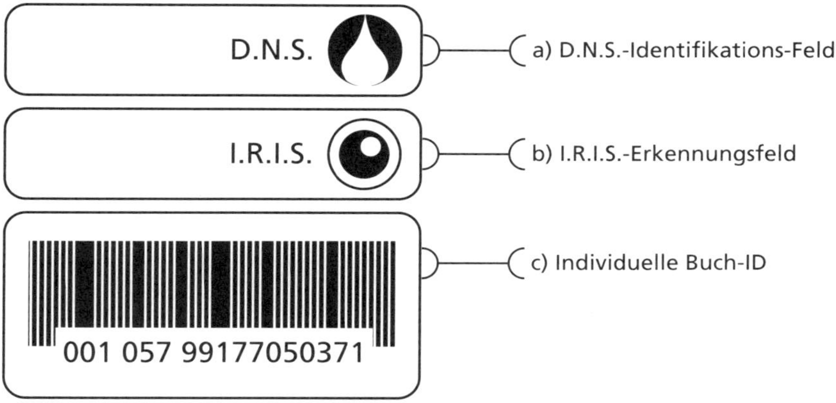

„Freistaat" ist ein hochentwickeltes Produkt der Informationsindustrie, welches Ihnen selbstverständlich eine Reihe zeitgemäßer Möglichkeiten zur Individualisierung Ihres neu erworbenen Datenträgers bietet. Schützen Sie Ihre wertvollen Daten vor Hardcopy-Dieben, indem Sie von diesen Möglichkeiten Gebrauch machen!

Wir empfehlen dabei folgende Vorgehensweise:

- Bringen Sie im Feld a) eine Probe Ihres genetischen Materials an. Es genügt bereits ein mit einem analysatorneutralen Sofortkleber wie NeutroGlue™ fixiertes Haar oder einige Hautschuppen, um eine zu 100 Prozent korrekte Identifikation Ihres Eigentums sicherzustellen. Optimal wäre allerdings ein kleiner Tropfen Blut, der von sich aus tief genug in den Buchdeckel eindringt, so daß er keine besondere Fixierung benötigt. Aus einer solchen Blutprobe könnte auch im Notfall von einem Rettungsteam in Sekundenschnelle Ihre Blutgruppe bestimmt werden!
- „Freistaat" ist Lizenznehmer des weltweit in der Identifikationstechnologie führenden I.R.I.S.™-Systems. Wie Sie sicherlich wissen, steht dieses Akronym für „Individueller RetIna Scan". Um die damit verbundene Technologie zu nutzen, suchen Sie bitte Ihren nächsten I.R.I.S.™-Partner (meistens ein Augenoptiker) auf, um von ihm einen Scan Ihrer unverwechselbaren Netzhaut abnehmen zu lassen. Sie erhalten dann gegen Bezahlung einer geringen Gebühr eine von Ihnen spezifizierte Anzahl von selbstklebenden holografischen Reproduktionen Ihrer Netzhaut. Bringen Sie eine davon in dem dafür vorgesehenen Feld b) auf dem Rücken Ihres „Freistaat"-Exemplars an. Der Spezialkleber geht sofort eine feste Verbindung mit dem Umschlagkarton ein und kann nicht mehr entfernt werden. Ihr „Freistaat"-Exemplar ist somit nicht nur sicher markiert, sondern kann auch in Verbindung mit Ihrer I.R.I.S.™-PIN-Nummer für andere Identifikationszwecke (z. B. Online-Bankgeschäfte) genutzt werden. So ersparen Sie sich und Ihren Augen die lästigen Netzhautscans. Sie sehen: Es lohnt sich, Ihre „Freistaat"-Ausgabe öfter mal dabei zu haben...
- Notieren Sie sich die individuelle Buch-ID-Nummer aus Feld c). Die ISBN-Nummer sollten Sie sich auch aufschreiben, um Freunden und Bekannten, die noch kein eigenes Exemplar von „Freistaat" haben und denen Sie die Lektüre unseres Produktes empfehlen möchten, gleich die Bestellnummer zur Hand geben zu können.

Wir wünschen Ihnen viel Vergnügen mit Ihrem individuellen „Freistaat"-Exemplar!

Sie können sich jetzt entspannen…
You can relax now…
Vous pouvez vous reposer maintenant…